KNAUR

Über die Autorin:
Sonja Rüther, 1975 in Hamburg geboren, schreibt am liebsten Spannung und Phantastik. 2011 eröffnete sie den Ideenreich-Kreativhof in Reindorf, wo sie regelmäßig zusammen mit anderen Autorinnen und Autoren Workshops und Kurse für professionelles Schreiben anbietet. Sonja Rüther lebt mit ihrer Familie in der Nähe von Hamburg.

SONJA RÜTHER

GEIST KRIEGER

FEUERTAUFE

ROMAN

KNAUR

Die Quellennachweise für die Zitate von Ryōkan aka Taigu
finden Sie am Ende des Buches.

Besuchen Sie uns im Internet:
www.knaur.de
Facebook: https://www.facebook.com/KnaurFantasy/
Instagram: @KnaurFantasy

Aus Verantwortung für die Umwelt hat sich die Verlagsgruppe Droemer Knaur zu einer nachhaltigen Buchproduktion verpflichtet. Der bewusste Umgang mit unseren Ressourcen, der Schutz unseres Klimas und der Natur gehören zu unseren obersten Unternehmenszielen. Gemeinsam mit unseren Partnern und Lieferanten setzen wir uns für eine klimaneutrale Buchproduktion ein, die den Erwerb von Klimazertifikaten zur Kompensation des CO_2-Ausstoßes einschließt. Weitere Informationen finden Sie unter: www.klimaneutralerverlag.de

MIX
Papier aus verantwortungsvollen Quellen
FSC® C083411

Originalausgabe Dezember 2021
Knaur Taschenbuch

Ein Imprint der Verlagsgruppe
Droemer Knaur GmbH & Co. KG, München

Redaktion: Catherine Beck
Frei nach einer Idee von Konrad Hollenstein.
Covergestaltung: Guter Punkt, München / Anke Koopmann
Coverabbildung: Collage Guter Punkt, München / Anke Koopmann
unter Verwendung von Motiven von Shutterstock.com
Abbildung im Innenteil: Dasha Efremova / Shutterstock.com
Satz: Adobe InDesign im Verlag
Druck und Bindung: CPI books GmbH, Leck
ISBN 978-3-426-52739-9

2 4 5 3 1

Für Tom Petty

Rest in peace among the wildflowers

GLOSSAR

Até Uzuye	Ehrenvolle Anrede, großer Vater
Ina Uzuye	Ehrenvolle Anrede, große Mutter
Hah-ue	Hallo
Kanaston	Hauptstadt an der Ostküste, Sitz des obersten Ältestenrats
Powtanka	Der Name des Landes (USA)
Powtankanin	Einwohnerin Powtankas
Powtankane	Einwohner Powtankas
Seelenspiegel	Ein Talisman, um Schamanen vor der Astralwelt zu schützen
Tunkan wicasa	Steinmann
Wakan Tanka	Der große Geist
Waktana	Kinder mit besonderen Gaben
Wasicun	Mysteriöser Mensch, Ausdruck für Ausländer
Wicapi	Stern

EINFÜHRUNG

INVASOREN? NEIN DANKE!

Im Jahre 860 kamen die Wikinger nach Powtanka und verbrachten mehrere Jahre in dem Land, dessen Ureinwohner naturverbundene Stämme waren, die in ihrer Entwicklung weit hinter den Wikingern zurückstanden. Licht traf auf Schatten, als die Männer mit ihren blonden Haaren zwischen den schwarzhaarigen Stammesmitgliedern saßen.

Der wohl bedeutendste Moment in der Geschichte dieser langen Freundschaft war die Nacht des Ältestenrats, die seither am 28. November als Nationalfeiertag zelebriert wird. In jener Nacht erzählten die Wikinger von anderen Ländern und Völkern, die irgendwann Schiffe bauen und ebenfalls über die Meere kommen würden.

Diese Warnung setzte ein Umdenken in Gang, und die benachbarten Stämme begruben das Kriegsbeil und dachten gemeinsam an die Zukunft. Friedensläufer wurden ausgesandt, um weiter ins Landesinnere vorzudringen. Jeder Läufer trug eine Wikingeraxt als Beweis für die Existenz der Fremden bei sich. Der Plan ging auf, und zwischen den Stämmen kehrte Frieden ein. Sie taten sich zusammen, um sich auf die drohenden Invasionen vorzubereiten. Viele Jahrhunderte lang.

Die Zeitzeugen der Begegnung mit den Wikingern waren lange tot, auch die Kinder und Kindeskinder. Einzig die blonden Haare in manchen der neuen Clans und einige weiterentwickelte Gerätschaften erinnerten noch an die Initialzündung, die dem powtankanischen Volk den technischen und taktischen Vorsprung geliefert hatte.

Als dann Christoph Kolumbus im Jahre 1492 dachte, er habe Indien entdeckt, wurden er und seine Männer verjagt, bevor sie auch nur einen Fuß auf das Land setzen konnten. Seine Erzählungen über die Schlagkraft der *Indianer* verbreitete sich von Italien nach Spanien, Großbritannien und Deutschland, und von dort in alle anderen westlichen Länder.

Auch wenn später *Indien* in *Powtanka* korrigiert wurde, hält sich der Ausdruck *Indianer* in Europa bis heute hartnäckig. Ebenso wie der Ehrgeiz des powtankanischen Volks, immer einen Schritt voraus zu sein. Technologisch wesentlich fortschrittlicher und in Symbiose mit der Natur, passt das powtankanische Volk stets auf seine Landesgrenzen auf und kann das tief verwurzelte Misstrauen gegenüber Fremden nur schwer ablegen.

Jedoch erreichte die Globalisierung auch dieses Land, und ein neuerliches Umdenken musste stattfinden. Neue Friedensläufer wurden ausgesandt, um Friedens- und Handelsabkommen mit den anderen Ländern zu schließen.

Und so ist das heutige Powtanka ein geöffnetes, aber kein offenes Land, in dem zwar jeder Schritt von Fremden bemerkt wird, aber auch eine stetige Annäherung stattfindet.

Kanaston ist die wichtigste Hauptstadt an der Ostküste. Dort befindet sich der Hauptsitz des obersten Ältestenrats, der über die Geschicke des Landes entscheidet. Und dort lebt seit Kurzem auch der Schotte Finnley Whittle.

KAPITEL 1

Indianer sagt man hier nicht. Das sagen nur die ungebildeten Europäer mit ihren Geschichtsbüchern voller Lügen.«

»Du wirst die Bräuche lernen müssen, wenn du akzeptiert werden willst.«

»Musstest du wirklich all diesen Schrott mitnehmen?«

»Hör auf, die Spinnen zu erschlagen!«

Finnley lag im Bett und starrte an die Decke – an die runde Decke in dem runden Raum, weil Ecken und Kanten in powtankanischen Häusern bestmöglich vermieden wurden. Dennoch fiel ihm die runde Decke genauso auf den Kopf, wie es eine rechtwinklige getan hätte.

»Du bist schon wach?« Seine Verlobte gab ihm einen Kuss auf die Schulter und legte ihm eine Hand auf die Brust.

Sie drehte sich auf den Bauch, aktivierte mit einer Hand die Lichtader über dem Bett, die daraufhin in einem warmen Orange leuchtete, und sah ihn an. Taima störte sich nicht an den Tätowierungen in seinem Gesicht oder auf seinem Körper, die ihn aussehen ließen wie eine wandelnde Maschine. Ihr Blick wurde immer nur dann kritisch, wenn sie darüber nachdachte, wie andere ihn deswegen bewerteten – so wie jetzt.

»Wir müssen darüber reden, was passiert, wenn ich keinen Job finde.«

Sie verzog das Gesicht und drehte sich zurück auf den Rücken. »Waren wir uns nicht einig, dass wir frühestens in einem Monat anfangen, uns darüber Sorgen zu machen?«

»Da dachte ich ja auch noch, es würde leicht werden, irgendeine Anstellung zu bekommen. Aber ihr Indianer macht aus jeder Kleinigkeit eine große Sache. Nicht mal als Lagerist oder Türsteher bin ich gut genug.«

Dass sie sich hinsetzte und den Rücken durchdrückte, war Aussage genug.

»Entschuldige, ich meine natürlich *Powtankaner*«, korrigierte sich Finnley.

»Wie willst du einen Job finden, wenn du dir nicht mal die einfachsten Dinge merken kannst?«

»Ich verstehe nicht, warum ihr euch so darüber aufregt, wenn ich es falsch sage.« Ihm war einfach schleierhaft, was daran beleidigend sein sollte.

»Dann kann ich dich jetzt ja den Peruaner nennen.«

»Wie kommst du denn darauf?«

Taima wölbte eine Augenbraue und sah ihn von oben herab an. »Na, wenn ich damals gedacht hätte, ich fliege nach Peru, und wäre aus Versehen in Schottland gelandet, gäbe es mir nach europäischer Sicht wohl die Berechtigung, Schotten fortan Peruaner zu nennen.«

Für ihn war das was anderes. »Aber der Irrtum, von dem du sprichst, ist uralt. Kolumbus konnte nicht auf die nächste Infotafel gucken und seinen Fehler bemerken. Und nun hält sich der Ausdruck eben. Wenn du neunundzwanzig Jahre in Schottland gelebt hättest, könntest du das auch nicht so schnell aus dem Kopf kriegen. Die Schotten sagen nun mal Indianer.«

»Doch«, antwortete sie wütend. »Wenn ich an deiner Stelle wäre und wüsste, dass ich nach sechs Monaten wieder ausgewiesen werde, wenn ich weder einen Job habe noch mit einer Powtankanin verheiratet bin, würde ich eine Menge hinderliche Sachen aus meinem Kopf verbannen und die Lücken mit dem Wissen füllen, das ich hier brauche. Sprache besitzt Macht. Jedes Mal, wenn du ein ganzes Volk falsch benennst, verhältst du dich respektlos.«

Finnley setzte sich ebenfalls auf und rieb sich mit beiden Händen über die kurzen, stoppeligen Haare. »Ich bin aber nun mal nicht du, Taima. Mir fällt das alles nicht leicht. Meine Stärken liegen in anderen Bereichen, und das weißt du auch.«

Er fühlte ihre Hand auf seiner Schulter, dann einen Kuss auf seinem Nacken. »Du hast recht. Tut mir leid. Auch wenn wir wussten, dass meine Eltern es uns nicht leicht machen würden, wird der Druck immer schlimmer. Vielleicht hätten wir doch in Schottland bleiben sollen?«

»Um jeden Tag zu sehen, wie unwohl du dich dort fühlst? Taima, ich bereue keine Sekunde, mit dir hierhergezogen zu sein, und an meiner Begriffsstutzigkeit wird es nicht scheitern, versprochen. Nur lass mich endlich das tun, was ich am besten kann.« Er sah sie über die Schulter an. »Nur so lange, bis ich etwas anderes finde oder wir verheiratet sind. Du weißt, dass es funktionieren wird.«

Aber Taima schüttelte den Kopf. »Ich will nicht, dass du wieder als Personenschützer arbeitest. Du wärst ständig unterwegs, und ich müsste mir die ganze Zeit Sorgen machen. Diese Sache in Schottland geht mir nicht aus dem Sinn.« Dabei strich sie über die Narbe, die an seinem Rücken mitten durch die tätowierten Platinen und Kabel verlief.

»Mein Kunde und ich haben überlebt, weil ich der Beste in diesem Job bin.«

Mit einem ablehnenden Laut verließ sie das Bett und ging Richtung Bad. »Dein Kunde hatte danach Angst vor dir. Egal, wie dankbar er für seine Rettung war, ich werde nie vergessen, wie er dich angesehen hat.«

Finnley auch nicht. Nur dass er sich an den Grund dafür nicht erinnern konnte. Taima wusste nichts von seinen Blackouts, und das wollte er auch nicht ändern. Sie machte sich schon genug Sorgen. Ihr zu sagen, dass er immer wieder unter Panikattacken und Blackouts litt, würde nichts besser machen. Zudem war er seit einem halben Jahr anfallsfrei – vielleicht hatte er diese Störungen ja überstanden?

»Hat die Polizei nicht eine Art *Ausländerquote,* die bei Einstellungen berücksichtigt werden muss?« Er folgte seiner Verlobten ins Bad. »Ich könnte mich für den Streifendienst bewerben.«

Diese Idee schien ihr schon besser zu gefallen. »Oder den Innendienst. Mein Vater könnte ein gutes Wort für dich einlegen.«

Den Vorschlag abzulehnen, ergab keinen Sinn. Für Taima würde er sogar in den Innendienst gehen, immerhin hatte er für sie auch seine Heimat verlassen. Er stellte sich neben sie. Im Spiegel betrachtete er während des Zähneputzens das Bild, das sie zusammen ergaben. Die Schöne und die Maschine.

Womit auch immer er sich ihre Liebe verdient hatte, sie änderte sein Leben zum Guten – egal, wie umständlich dieser Weg auch verlief.

Das Licht des summenden Projektors flackerte in der rauchgeschwängerten Luft über den Köpfen der Studierenden. Im kreisrunden Hörsaal war außer der Stimme von Professor Atius Catori kaum etwas zu hören. Der Rauch kräuselte sich aus kleinen Kupferschalen zwischen den jungen Männern und Frauen, die im Schneidersitz auf Teppichen auf den kleinen Plateaus der ansteigenden Felswand saßen.

Die Hörsäle der Potomac-Universität profitierten von dem natürlichen Landschaftsbild nahe dem gleichnamigen Fluss, das keine gravierenden Eingriffe für die Errichtung der Lehrstätten notwendig gemacht hatte. In den Fels geschliffene Flächen boten links und rechts neben einer Treppe Platz für zweihundert Studierende.

An diesem Tag waren nur neunundfünfzig junge Frauen und Männer anwesend und lauschten schweigend den Ausführungen über die Historie Powtankas. In diesem Semester befanden sich unter den Studierenden nur sieben *Wasicun* – Nicht-Powtankaner.

Ganz oben am Aufgang stand ein altmodischer Projektor, der die passenden Bilder zu Catoris Ausführungen an die gegenüberliegende Wand warf. Gerade liefen die nachgestellten Bilder der Wikinger, die als erste Besucher in Powtanka an Land gegangen waren. Wie ein Riss verlief ein kleiner Schatten durchs Bild, weil das Licht des Projektors gegen eine Baumwurzel strahlte, die aus der Decke ragte. Catori unterrichtete am liebsten in diesem Hörsaal, in dem die modernere Technik kaum Einzug gehalten hatte. Keine beschichteten Felsflächen, die die Bilder direkt wiedergeben konnten, nur Lichtadern in traditionellen Runen und Formen an den Wänden und der Projektor, den man über eine kleine Fernbedienung steuern konnte. Mehr brauchte er nicht, um zu unterrichten.

Die erste Vorlesung des Semesters war immer die interessanteste. Er betrachtete die jungen Gesichter, die ihm erwartungsvoll entgegensahen. Manche hatten offenbar schon von seinem Ruf gehört, der strengste Dozent an dieser Uni zu sein. Vereinzelt erblickte er kleine Aufzeichnungsgeräte, die selbst seine Personenvorstellung mitgeschnitten hatten.

»Dies ist der denkwürdigste Moment in der Geschichte unseres Landes«, sagte er mit dunkler Stimme, die bis in den letzten Winkel klar und deutlich zu hören war. Die Mauern schluckten den störenden Hall dank einer dünnen Schicht aus gekalktem Lehm.

»Die Landung der Wikinger im Jahre 860 im Stammesgebiet der Pi'tow'ke. Wer weiß, was sie uns gebracht haben?« Er stellte nur während der ersten Vorlesung Fragen, um die Studierenden besser einzuschätzen. Seine Aufgabe war es, Wissen zu vermitteln, und nicht, sich mit dem Gestammel ungebildeter Kinder aufzuhalten.

Ein paar Hände reckten sich in die Höhe. Sogar ein *Wasicun* glaubte, die Antwort zu kennen. Catori atmete tief ein, sodass sich der schwarze Anzug über seiner breiten Brust spannte. Blaue Runen, die am Revers aufgestickt waren, zeichneten ihn als hochrangigen Dozenten und Mitglied des Universitätsrats aus. Darunter trug er ein dünnes Lederhemd. Sie sollten ruhig einen Moment ihre Arme in der Luft behalten. Gemächlich trat er hinter dem Pult hervor und ging auf die Treppe zu.

»Eigentlich müssten alle Hände oben sein.« Seine Stimme klang tadelnd, was weitere Studierende zu einer Meldung zwang. Mit einem zufriedenen Grinsen stieg er bis zum ersten Plateau hoch. »Sie da«, er deutete auf eine Powtankanin, die nach den Silberringen im Haar einem bedeutenden Clan angehören musste. Die Prägung konnte er von seiner Position aus nicht erkennen, aber mit der Zeit würde er alles Wissenswerte über die neuen Studierenden erfahren.

»Die Wikinger brachten uns den technischen Fortschritt und die Kunde, dass Krieger eines Tages übers Meer kommen würden, um uns unser Land zu entreißen«, antwortete sie selbstsicher.

Catori nickte und richtete die kleine Fernbedienung auf den Projektor. Mit einem Knopfdruck wechselten die Bilder und zeigten nun Fotos von alten Werkzeugen und den ersten befestigten Bauwerken.

»Das ist korrekt.« Langsam ging er weiter und sah sich um. Erfahrungsgemäß waren es die *Wasicun*, denen der Sinn für die Relevanz dieses Wissens fehlte. Sie waren auch die einzigen Studierenden, für die Geschichte ein Pflichtfach war, alle anderen belegten es freiwillig. »Ohne den Fortschritt, den sie unserem Volk brachten, wären wir 1492 unmöglich gegen Kolumbus und seine Armee gerüstet gewesen. Es ist erwiesen, dass grundlegende Entwicklungen ohne den Einfluss der Wikinger zu jenem Zeitpunkt niemals stattgefunden hätten. Aber das allein reichte nicht. Erst der Mut zum Frieden zwischen den Stämmen hat uns unsere Freiheit gesichert.«

Er strich sich die langen, von Grau durchzogenen Haare über die Schultern zurück, wobei die Perlenschnüre einer Adlerfeder hörbar aneinanderrieben. Trotz seines hohen Alters wirkte der Powtankane stark und Respekt gebietend, was er gern zu seinem Vorteil nutzte. Respektvolle Studierende waren aufmerksame Zuhörer – mit seiner Strenge tat er ihnen einen Gefallen.

»Man muss nur mal nach Europa blicken, um zu begreifen, welches Schicksal uns dadurch erspart geblieben ist.« Wieder ließ er die Bilder wechseln.

»Die Invasoren hätten sich dieses Land zu eigen gemacht, Wälder gerodet, Tiere ohne Bedarf geschlachtet und ihre nutzlosen Bauten rücksichtslos dicht an dicht zu Städten gedrängt.«

Fotos von europäischen Großstädten flimmerten über die Felswand. Die eng bebauten Stadtbilder ließen jegliche Natur vermissen. Dann folgten Fabriken, Abwasserrohre und tiefe Krater in der Erde. Ein missbilligendes Raunen ging durch den Saal. Die wenigen *Wasicun* zogen merklich die Köpfe ein, als würden sie im nächsten Moment zur Rede gestellt, warum ihre Völker so rücksichtslos mit ihren Lebensräumen umgingen.

»Die Industrienationen betreiben Raubbau, holen gedankenlos Kohle, Öl und Erz aus den Erdschichten und Gebirgen, reichern Uran für Atomenergie an und ersticken in dem radioaktiven Müll, den sie dadurch produzieren.« Er schweifte mal wieder ab. Jedes Mal nahm er sich vor, bei den Wurzeln der Landesgeschichte zu bleiben, aber der Ausblick, was aus dem Land geworden wäre, wenn die Wikinger nicht gekommen wären, sorgte immer wieder für diesen kleinen Ausflug in die fahrlässigen Lebensweisen der anderen Länder.

»Aber die Indianer haben die Atomenergie viel früher entdeckt«, erklang eine männliche Stimme von weiter oben.

Catori sah auf. Der Projektor blendete ihn ein wenig. Er erkannte einen Schwarzen, der sich mit seiner Körpersprache deutlich zu der eben getroffenen Aussage bekannte. Fast schon trotzig reckte er das Kinn.

»Das ist richtig«, sagte der Professor und stieg noch ein paar Stufen höher, um den jungen Mann besser erkennen zu können. »Und wissen Sie auch, warum *die Indianer* diese Energie im Gegensatz zu *Ihrem* Volk nicht mehr nutzen?«

Der Akzent sprach deutlich für eine französische Abstammung, Catori lief also keine Gefahr, versehentlich einen in Powtanka geborenen Schwarzen mit den anderen *Wasicun* in einen Topf zu werfen. Und dass der Kerl auch noch *Indianer* sagte, war grauenhaft ausländisch genug.

Der junge Mann zuckte die Schultern. »Keine Ahnung, wegen des Mülls?«

Ein paar kicherten leise. Verlegen rieb er sich über den Arm. Catori wusste schon jetzt, dass dieser Student keine leichte Zeit an der Uni haben würde. Er sprach schneller, als er zu denken in der Lage war.

»Wegen des Mülls?«, fragte er in die Runde. »Ist das so?«

Diesmal hoben sich sofort fast alle Hände. Er deutete auf den Powtankanen, der neben dem *Wasicun* saß. »Bitte laut und deutlich, alle wollen etwas davon haben.«

Der Kleidung nach eher ein flippiger Kerl, der sich wahrscheinlich auf die wilde Unizeit freute. Das dunkle Lederhemd stand weit offen, und Catori erkannte einen der Basalttalismane, die ältere Studenten gern mit dem Versprechen verkauften, er würde den Träger für Frauen interessanter machen. Bis zum Ende des ersten Semesters wäre sicher auch das *Schwitzhüttendesaster* ein fester Bestandteil seiner Erinnerungen, mit dem traditionell ein ausgewählter Frischling vorgeführt wurde. Er war der perfekte Kandidat dafür.

Überheblich machte sich der junge Mann etwas größer, um den *Wasicun* zu überragen. »Wegen Wakan Tanka.« Er grinste und fügte an seinen Sitznachbarn gerichtet hinzu: »Das ist das powtankanische Wort für den Großen Geist.«

Catori sah, wie der *Wasicun* die Zähne zusammenbiss. Wieder kicherten die Mitstudierenden, diesmal etwas lauter. Nicht-Einheimische lernten die Landessprache in der Regel sehr schnell. Sie war eine Mischung der unterschiedlichen Stammessprachen und Einflüsse der Eingewanderten, jedoch benutzten die wahren Eingeborenen je nach Region gern Wörter der alten Sprachen. Wer in dieser Region bestehen wollte, setzte sich besser mit den Gebräuchen und Sprachen der Lakota, Mohawk und Seminolen auseinander. Catori selbst verstand die Vorliebe für neue Wörter aus anderen Sprachen nicht. Das Wort »Universität« kam zum Beispiel aus dem Griechischen. Die Umbenennung sollte Weltoffenheit symbolisieren. Für ihn jedoch blieb dieser Ort *Navajo Ólta,* egal, wie andere ihn nannten.

»Ruhe jetzt«, herrschte er mit noch tieferer Stimme. Niemand sollte denken, dass seine Vorlesungen für kindische Diskriminierungen genutzt werden konnten.

»Fahren Sie fort.«

Der Powtankane wechselte wieder die Position und zeigte sich nicht mehr ganz so selbstsicher. »Der Große Geist sah den Fortschritt mit Skepsis und hat unseren Ahnen gezeigt, dass die Macht des Lebens größer ist als jede Technik. Es wurden Kinder mit besonderen Gaben geboren.«

Catori nickte zufrieden. »Ganz genau.« Er drehte sich wieder um, damit er von den weiter unten Sitzenden gesehen werden konnte. »Wenn die Industrieländer Mutter Natur nicht dermaßen zerstört hätten, wären ihnen ebensolche Kinder geboren worden, aber dafür fehlte ihr die Kraft. Wir konnten trotz des Fortschritts die Balance halten, aber durch die Atomenergie ist alles dramatisch in Gefahr geraten.« Langsam ging er ein paar Stufen hinab. »Die gesegneten Kinder besaßen Mächte, die uns das drohende Ungleichgewicht verdeutlichen sollten. Vielerorts entstand Chaos, weil Säuglinge Feuerhände bekamen, Jugendliche anderen ihren Willen aufzwingen konnten oder später Erwachsene mit diesen Gaben Einfluss auf die Wirtschaft oder Gesellschaft genommen haben.«

Eine blonde Studentin schrieb eifrig mit. Wahrscheinlich eine Mandan-Powtankanin. Er würde sie bevorzugt behandeln, wenn sie halbwegs schlau war, weil er die nordisch geprägten Völker sehr respektierte. Es freute ihn, eine von ihnen in seiner Vorlesung zu haben. »Wie heißen Sie?«, fragte er sie und blieb kurz stehen.

»Noya, Professor.«

Er nickte zufrieden. »Können Sie meinen Gedanken weiterführen, Noya?«

Selbstbewusst stand sie auf, damit alle sie sehen konnten. »Die Schamanen haben verstanden, was Wakan Tanka uns damit sagen wollte, und das große Umdenken fing an. Fotosynthese-Energie, Polymer- und Biopolymerwissenschaften, Solarenergie – das sind nur einige Beispiele dafür, womit wir das Gleichgewicht wiederhergestellt und die Technik der Natur untergeordnet haben. Und die verhängnisvollen Gaben sind aus den Kinderzimmern verschwunden.«

Mit einer Hand berührte er das Gestein eines Plateaus und strich leicht darüber. Überall an den Wänden glommen Lichtadern auf und leuchteten beständig. Die gewundenen, hellen Formen zeigten Runen und Schutzsymbole, die den Lichtquellen ein besonderes Aussehen verliehen. Dadurch entstand gerade genug Helligkeit, um die Gesichter der weiter hinten sitzenden Studierenden besser erkennen zu können, ohne dass die Bilder auf der Leinwand nicht mehr zu sehen waren.

»Sehr gut. Sie können sich wieder setzen.«

Er suchte nach den *Wasicun,* die in der Regel mit ihrem fremdländischen Aussehen sofort auffielen. Als sein Blick auf eine Chinesin traf, drückte er wieder auf die Fernbedienung, und das nächste Bild erschien. »Wir mussten uns einige Male gegen Besatzungsversuche durch kriegstreibende Länder zur Wehr setzen, und es war immer unser technologischer Vorsprung, der uns siegreich sein ließ. Das Blatt der Geschichte wendete sich, als die Ältestenräte beschlossen, Botschafter auszusenden, die Handelsabkommen mit den potenziellen Feinden aufbauen sollten. Ähnlich wie die Friedensläufer, die damals für eine Einigung zwischen den Stämmen gesorgt haben, sollten die Botschafter für Frieden zwischen den Ländern sorgen.« Er deutete auf die Aufnahme von Körben voller Gewürze und Stoffe. »Unsere Ahnen sind das Wagnis eingegangen, die Tore zu unserem Land für Fremde zu öffnen. Mit China wurden die ersten Handelsverträge und Friedensabkommen geschlossen.«

Noya wollte eine Hand heben, aber Catori winkte ab. Dies war nicht der richtige Zeitpunkt, um ins Detail zu gehen. »Im Laufe dieses Semesters werden wir jedes geschichtliche Ereignis genau unter die Lupe nehmen, und zu diesem kommen wir noch ganz ausführlich.«

Er vollführte eine schwungvolle Geste, die seine Studierenden in den Fokus nahm. »An dieser Stelle möchte ich Ihnen nur sagen, dass dieses Vorhaben gelungen ist und jene Entscheidung uns mit kulturellem Reichtum beschenkt hat.« Er drückte auf den Knopf, damit das Foto mit den Orangenbäumen erschien. »Neue Pflanzen, Gewürze und andere Waren kamen zusammen mit den Fremden zu uns. Und wie wir tagtäglich feststellen, auch ihre unterschiedlichen Sprachen. Selbst heute noch werden Begriffe gegen ausländische Wörter ausgetauscht, weil sie sich sprachgebräuchlich durchgesetzt haben. Auch das ist Fortschritt.«

Keiner, den er schätzte, aber seine persönliche Meinung hatte hier nichts zu suchen.

Er ging wieder zum Pult zurück, der Teppich dämpfte seine Schritte, und nahm eine Friedenspfeife aus einem kleinen Fach.

Er hielt sie kurz hoch, damit alle sie sehen konnten. Es war eine kleine Variante mit kunstvollen Schnitzereien im hellen Holz und kleinen Adlerfedern, die knapp vor dem Pfeifenkopf an dünnen roten Lederbändern hingen. »Sie alle wissen, was das symbolisiert.« Vorsichtig legte er sie auf das Pult und trat ein paar Schritte vor. »Ich möchte, dass jeder von Ihnen –« Ein stechender Schmerz in der rechten Hand ließ ihn jäh verstummen. Die Fernbedienung entglitt ihm und traf neben der Teppichkante auf den nackten Fels. Ein Splitter sprang aus dem Gehäuse und rutschte bis zum ersten Plateau. Catori sah einen kleinen Blutstropfen aus einem winzigen Loch in seiner Hand dringen, dann noch einen dicht daneben aus einer weiteren Wunde.

»Was …?«

Die Blicke waren auf ihn gerichtet, die Studierenden warteten darauf, dass er weitersprach. Der Professor sah sich um. Kein Tier, kein Insekt war zu sehen – nichts, was diese kleinen Stiche hätte verursachen können.

Die Stellen begannen zu brennen. Schweiß rann ihm aus den Poren, ihm wurde kalt, dann wieder heiß, als füllten sich seine Adern mit scheuerndem Sand, der bis in seinen Kopf gedrückt wurde.

»Professor?«

Die ersten Studierenden erhoben sich unschlüssig.

»Ich möchte, dass Sie …«, wollte er wieder ansetzen, als sich brutal ein Riss quer durch sein Gesicht grub. Blut spritzte aus einer klaffenden Wunde, und Catori wurde mit Wucht gegen das Pult geschleudert. Instinktiv fasste er sich ins Gesicht, die Schmerzen waren unerträglich, sein linkes Auge platzte auf, und er brüllte entsetzt, als der gallertartige Glaskörper durch seine Finger rann.

Er hörte die Studierenden panisch durcheinanderschreien.

Dann riss ihm ein weiterer Hieb Knochen und Fleischstücke samt Teilen seines Anzugs vom Brustkorb. Er versuchte zu schreien, aber das Blut erstickte seine Stimme und floss unaufhaltsam in die verletzte Lunge. Das verbliebene Auge aufreißend, versuchte er, seinen Angreifer zu erkennen. Er konnte kaum die Fäuste heben.

Würgend und hustend rang er verzweifelt um Atem, stolperte rückwärts gegen das Pult, der nächste Hieb warf ihn zu Boden. Da war niemand, gegen den er sich wehren konnte.

Aus weiter Entfernung hörte er die jungen Leute schreiend weglaufen.

Die Bewegungen des Professors erstarben, als ein mörderischer Druck auf seinem Brustkorb entstand. Weitere Rippen brachen unter der Last, dann schlug etwas in seinen Torso ein und riss ihm das Leben aus dem Leib. Übrig blieb ein großes Loch, wo zuvor das Zentrum seiner Stärke gesessen hatte: sein Herz.

KAPITEL 2

Die Idee, Finnley durch seinen Einfluss eine Stelle bei der Polizei zu verschaffen, hatte Taimas Vater schon besser gefallen als alle anderen Bemühungen, für den Schotten eine Anstellung zu bekommen. Finnley wusste, dass er bei Erfolg nicht nur in Tatoke Inyankes Schuld stehen würde, er wäre auch ein weiteres Zahnrädchen in der Maschinerie des nach Macht strebenden Clans. Aber in diesen sauren Apfel musste er beißen. Taimas Vater war ein mächtiger Mann, der seine Augen und Ohren überall in der Stadt, wenn nicht sogar in ganz Powtanka hatte. Es würde Finnley nicht wundern, wenn er irgendwann vom Streifendienst in eine Position versetzt werden würde, die Tatoke noch mehr nützen würde.

Am Morgen hatte Taima unaufhörlich geredet, während sie an seiner Kleidung herumgezupft und noch nervöser gewirkt hatte als er. Sein Kopf war voll mit ihrem *tu dies* und *lass das*. So unsicher hatte er sich seit seiner Schulzeit nicht mehr gefühlt. Nun stand er bereits zehn Minuten vor dem Gebäude, ließ immer wieder die Schultern kreisen und versuchte, innerlich ruhiger zu werden.

Wird schon schiefgehen.

Zwei Minuten vor dem vereinbarten Termin betrat er das Polizeipräsidium und kam sich unter den Blicken der Anwesenden wie ein Verbrecher vor. Der dunkelblaue Anzug mit dem hellblauen Hemd war das seriöseste Outfit, das er besaß, aber nichts konnte von den Tätowierungen ablenken, die sein Gesicht aussehen ließen wie das Innenleben eines Computers. Er hätte gedacht, dass gerade in diesem Land niemand Anstoß daran nehmen würde, weil Tätowierungen und die Verschmelzung von Technik und Natur hier große Rollen spielten. Taima hatte dazu nur gesagt: »Sieh dich doch mal um. Wir lassen Technik natürlich aussehen, nicht andersherum.«

Seine Bewerbungsunterlagen bekamen leichte Knicke, weil er die dünne Mappe immer wieder zwischen den Fingern knautschte.

Bis auf die durchscheinenden Außenwände und die Lichtadern an den innen liegenden Mauern sah das große, runde Gebäude fast aus wie ein Revier in seiner alten Heimat. Hinter dem Tresen standen Tische und Stühle, an denen sich Diensthabende mit Leuten unterhielten, und am Tresen wartete eine Polizistin, die ihm freundlich entgegenlächelte. Nicht-Einheimische waren hier sicher keine Seltenheit, aber er hoffte, dass sie dieses Gebäude nicht nur in Handschellen betraten.

Mit unsicheren Schritten ging er zu ihr und vollführte zur Begrüßung die traditionelle Geste mit einer Hand vom Herzen in Richtung der Frau. Die entsprechenden Worte vergaß er dabei komplett.

»Ja, hi«, sagte er typisch schottisch, legte die Mappe auf den Tresen und strich die Ecken glatt. »Mein Name ist Finnley Whittle, ich bin hier zum Bewerbungsgespräch.«

Sie nahm die Mappe entgegen und gab ihm mit einem Wink zu verstehen, dass er warten solle.

So weit, so gut. Er beobachtete, wie sie mit den Unterlagen zu zwei Männern hinüberging, die weiter hinten mit Kaffeebechern in den Händen zusammenstanden und redeten.

Die Mappe wurde ihr abgenommen, alle drei Gesichter wandten sich ihm zu, dann sagte einer etwas, die Frau nickte kurz und kam zurück.

Das wird nie was.

Selbst in einer Uniform würde er noch wie ein Fehler im Bild aussehen.

»Kommen Sie«, sagte sie auf halbem Weg und deutete auf einen Stuhl neben einem der Tische.

Finnley umrundete den Tresen und ging nervös auf sie zu. Alle sahen kurz von ihrer Arbeit auf. Niemand musste etwas sagen, die Blicke brachten bestens zum Ausdruck, dass jeder ihn für einen Verbrecher hielt. Und mit diesen Menschen sollte er zukünftig zusammenarbeiten.

»Setzen Sie sich bitte.«

»Danke.« Er war froh, nicht länger so prominent im Raum stehen zu müssen.

»Möchten Sie einen Kaffee?«

Mit einem Kopfschütteln lehnte er ab. Bei seinem Glück würde er sich den Kaffee noch übers Hemd kippen.

Sie schenkte ihm ein letztes, geschäftiges Lächeln und ging dann zurück zum Tresen. Um niemanden direkt ansehen zu müssen, betrachtete er die Sachen auf dem Schreibtisch.

Die Technik war anders als in Schottland. Gern hätte er sich die Computer genauer angesehen, aber jede seiner Bewegungen wurde beobachtet, dessen war er sich sicher. Wo er saß, war der Platz für Verbrecher oder Augenzeugen, und in diesem Moment fühlte er sich wie eine Mischung aus beidem.

Sag bloß nicht Indianer!

Er zog das Pad aus der Jackentasche und legte es sich so unauffällig wie möglich auf den linken Oberschenkel. Das Gerät übersetzte jedes Wort der alten Sprachen. Wenn er also etwas nicht verstand, musste er nur kurz den Blick senken. Hier an der Ostküste war die Landessprache traditioneller. An der Westküste hätte Finnley es wesentlich leichter gehabt, aber hier benutzten die Menschen gern Wörter der alten Sprachen, die schwerfällige Einwanderer wie er nur schleppend lernten. Taimas Eltern und der Familienrat verfielen meist gänzlich in Lakota, wenn Finnley anwesend war.

»Es sind Powtankaner«, sagte er nahezu lautlos. »Denk an die höfliche Anrede und die Gesten und sag nicht mehr als nötig.«

Nach Aktivierung des Displays sah er nach, ob der Akku noch ausreichend geladen war. Seit dieses Gerät sein überlebenswichtiger Begleiter war, wurde es fast schon zur Zwangshandlung, den Energiestand mehrmals die Stunde zu prüfen.

Danach fiel sein Blick auf einen Hund, der neben den Füßen eines Beamten schlief. Inzwischen gewöhnte er sich an die Tatsache, dass sich überall dort, wo Menschen waren, auch Tiere frei bewegten. Trotzdem musste er sich beherrschen, Nager, Spinnen und Schlangen nicht mit schweren Gegenständen zu erschlagen, wenn sie sich in seines und Taimas Haus verirrten. Seine anfängliche Eigeninitiative in vielen Bereichen war dem folgsamen Lernen gewichen, damit Taima nicht ständig aufschrie. Inzwischen wuchs auch das Grünzeug wieder an, das er vom Dach über dem Küchenfenster hatte entfernen wollen. Als Streifenpolizist hätte er die Gelegenheit, mehr über die Gebräuche zu lernen und gleichzeitig etwas zu tun, das ihm lag.

Aus dem Augenwinkel sah er einen der Männer von den Bewerbungsunterlagen zu ihm aufschauen. Er war blond, sah aber ansonsten aus wie ein Powtankaner. Die Art, wie sie die Unterlagen durchblätterten, gefiel Finnley nicht.

Schnell neigte er den Kopf und tippte mit dem Finger nervös auf das Gehäuse des Pads. Wahrscheinlich würde er sich nie daran gewöhnen, ständig angestarrt zu werden. In seiner Heimat waren auffällige Tätowierungen nicht selten. Die Hälfte seiner Freunde hatte welche und dazu noch Piercings oder ungewöhnliche Frisuren, die nichts mit Traditionen oder Kultur zu tun hatten. Er fand es gut, dass nicht alles eine allgemeingültige Bedeutung haben musste. Wichtig war, was man selbst damit verband.

Mit diesem Gedanken setzte er sich aufrechter hin und ließ die Schultern kreisen.

Der Blonde beobachtete ihn noch immer. Finnley wagte einen Blick in seine Richtung. Die schwarzen Federn in den langen Haaren schimmerten bläulich und passten zu der schwarzen Uniform, die er trug. Nur das braune Lederhemd störte das förmliche Bild.

Wohl eher nicht von der Streife, mutmaßte er. Allerdings konnte er auf Anhieb keine Stickerei erkennen, die mehr über den Stand des Mannes verraten hätte. Der andere Polizist dagegen war einer, wie sie auch in Schottland zu finden waren: nachtblaue Uniform mit deutlichen Kennzeichen, Waffengurt mit einer Pistole, einem Taser, Handschellen und einer Tasche für Kleinkram wie Handschuhe oder einen Notizblock.

Der Streifenpolizist nickte, dann gingen beide auf ihn zu.

»Na super«, raunte Finnley und stand mit dem Pad in der Hand auf. »Jetzt geht das Verhör los.«

»Finnley Whittle?«, fragte der in Blau und hob zur Begrüßung eine Hand, wobei Ring- und kleiner Finger angewinkelt waren.

Finnley nickte und erwiderte die Geste. Er war verunsichert, weil er eine andere Begrüßung gelernt hatte.

»Das ist mein Kollege Thure Ragnason, er möchte bei diesem Gespräch dabei sein. Haben Sie etwas dagegen?«

Ein unsicheres Grinsen ging der Zustimmung voraus, aber sein Einverständnis schien ohnehin nur eine Formalität zu sein, weil sich beide Männer bereits setzten.

»Dann wollen wir doch mal sehen«, sagte der Mann, der seinem Namensschild nach Richard Delsy hieß. Während er las, legte der andere die Fingerspitzen aneinander und musterte Finnley eindringlich. »Setzen Sie sich doch«, forderte er ihn freundlich auf.

Finnley biss sich auf die Unterlippe, um nichts Unbedachtes zu sagen, aber der Blonde brachte ihn aus dem Konzept.

»Gefällt es Ihnen hier in Powtanka?«, fragte Delsy, ohne aufzublicken, und blätterte eine Seite um.

Mit einer Hand kratzte sich Finnley am Hinterkopf. »Ja, ich lebe mich langsam ein.«

Die letzten Vorstellungsgespräche, die mit dieser Frage begonnen hatten, hatten keine zehn Minuten gedauert. Seinen Fähigkeiten nach müssten sie sehr an ihm interessiert sein, leider schien sein Aussehen mehr ins Gewicht zu fallen.

Ihm stand der Sinn nach *Flucht nach vorn*, aber auch diese Strategie hatte ihn bislang nicht weitergebracht, also wartete er geduldig und riss sich zusammen. So nervös, wie er war, lief er Gefahr, etwas Unbedachtes zu sagen, und dann könnte schon wieder alles vorbei sein.

»Sehen in Schottland alle Polizisten so aus?«, fragte der andere und betrachtete eingehend die Tätowierungen in Finnleys Gesicht. Dabei kniff er die Augen zusammen, als versuchte er, hinter die Bilder zu blicken.

»Nein. Aber ich dachte ehrlich gesagt auch, alle Indianer wären dunkelhaarig«, rutschte es ihm heraus.

Er bekam mit, wie alle in Hörweite einen Augenblick ihre Arbeit niederlegten, und spürte ihre Blicke auf sich. »Entschuldigung«, fügte er schnell hinzu. »Ich meinte Powtankaner.«

Delsy legte die Unterlagen auf den Tisch und verschränkte die Arme vor der Brust. Ein sicheres Zeichen, dass sich Finnley bereits ins Abseits katapultiert hatte.

Aber der Blonde grinste nur und nahm die Mappe an sich. »Warum haben Sie die Polizeiakademie so früh verlassen?«

Auf diese Frage hatte er sich vorbereitet. »Meine Mutter ist damals krank geworden, und ich musste mehr Geld für ihre Medikamente verdienen. Als Personenschützer –«

Sein Gegenüber winkte ab. »Verstehe. Nun, Ihre Referenzen sind beeindruckend. Wie ich gehört habe, wurden Sie uns von Tatoke Inyanke empfohlen.«

Finnley war nicht ganz klar, was die richtige Erwiderung auf diese Aussage war. Schmälerte er die Gewichtung der Empfehlung, wenn er von der Verlobung erzählte?

»In Schottland habe ich seine Tochter beschützt«, erklärte er deshalb nur einen Teil der Hintergründe.

»Sie sind im Nahkampf und im Umgang mit Schusswaffen ausgebildet worden. Wie trainieren Sie Ihre Fähigkeiten hier in Powtanka?«

Sein letzter Besuch eines Schießstands lag fünf Monate zurück. »Ich gehe jeden Tag laufen und habe ein festes Fitnessprogramm. Geben Sie mir eine Waffe und eine Zielscheibe, und ich zeige Ihnen, wie gut ich im Training bin.«

Der Blonde grinste. »Wie stehen Sie zu den spirituellen Möglichkeiten in unserem Land?«

Finnley fühlte, wie Muskeln in seinem Gesicht zuckten und seine weniger schmeichelhaften Gedanken verrieten. »Um ehrlich zu sein, habe ich keinen wirklichen Zugang zu diesen Dingen.«

»Hätte mich auch gewundert«, mischte sich Delsy ein. »Warum sehen Sie wie eine Maschine aus?«

Finnley atmete einmal tief durch und ballte unauffällig die Hand zur Faust. »Aus keinem bestimmten Grund. Ich wollte es einfach so haben.«

»Ich glaube nicht, dass ich hier Verwendung für Sie habe. Die Menschen sollen uns um Hilfe bitten, nicht vor uns weglaufen.«

Unbehaglich setzte sich Finnley gerader hin. Er brauchte diesen Job mehr als alles andere, und er würde dafür jede Wertung, jeden Kommentar und jede Auflage auf sich nehmen. »Setzen Sie mich ein, wo Sie wollen. Ich bin belastbar, fleißig und diszipliniert. Wenn ich wegen meines Aussehens nicht für die Streife tauge, dann geben Sie mir eine andere Stelle. Bitte, ich will arbeiten, und alles, was ich brauche, ist eine Chance.«

Ragnason strich sich nachdenklich über das Kinn und hörte nicht auf, Finnley zu mustern, als sähe er irgendwas, das sein Kollege nicht bemerkte. »Wo haben Sie sich bislang beworben?«

»Unterschiedlich.« Er änderte erneut die Sitzposition, was sich nicht angenehmer anfühlte. »Hauptsächlich habe ich mich auf Stellen in Lagern oder auf Baustellen beworben. Ich kann gut zupacken, körperliche Arbeit macht mir nichts aus, aber wirklich gut bin ich im Personenschutz.« Ihm wäre auch der Hausmeisterposten recht gewesen.

»Erlaubst du?«, fragte Ragnason seinen Kollegen und nahm ein Pad vom Tisch, kaum mehr als eine dünne schwarze Scheibe. Sein Kollege nickte nur.

Mit schweißnassen Händen rieb sich Finnley über die Oberschenkel und sah dem Mann zu, wie er darauf herumtippte, wahrscheinlich, um Informationen über ihn zu sichten. Er wusste, was Ragnason finden würde. Eigentlich konnte er auch gleich aufstehen und gehen. In seiner schottischen Polizeiakte stand alles, was er in seinen Bewerbungsunterlagen ausgelassen hatte. Natürlich hatten die Powtankaner aufgrund des Einwanderungsabkommens mit Schottland Zugriff darauf. Deswegen wollte er auf dem Bau oder als Personenschützer arbeiten, um mit seiner Vergangenheit nicht mehr konfrontiert zu werden. Jetzt wusste Ragnason, dass er gelogen hatte. Dass nicht seine kranke Mutter der Grund für den Abbruch seiner Polizeiausbildung gewesen war, sondern der Rauswurf aus der Akademie. Zum Glück stand nicht dabei, dass er seine Eltern nie richtig kennengelernt hatte.

Schon hörte er den Sound eines Videos, das er selbst nur einmal angesehen und am liebsten von allen Internetservern gelöscht hätte. Auch wenn er nicht gut zu erkennen war, gab es eindeutige Einträge zu diesem Vorfall.

»Haben Sie dazu etwas zu sagen?« Ragnason drehte das Display kurz zu ihm und Delsy, aber Finnley schüttelte, ohne hinzusehen, den Kopf.

»Diese Demonstranten wollten uns umbringen, da ist bei mir irgendwie die Sicherung durchgebrannt.« Er wusste, dass es wie eine lahme Ausrede klang, aber genauso war es gewesen. Sein erster schwerwiegender Blackout.

»Passiert Ihnen das öfter?«

Es fiel Finnley schwer, seine Enttäuschung über den Verlauf des Gesprächs nicht offen zu zeigen. Auch wenn sie ihm keinen Job gaben, würden sie Taimas Vater danach Bericht erstatten. Der Alte kritisierte ihn schon genug, und mit diesem Video bekäme er einen Grund mehr, ihn abzulehnen. »Nein, ich habe eine Aggressionsbewältigungstherapie gemacht und habe mich jetzt vollkommen unter Kontrolle.« Letzteres war zwar gelogen, aber das würden sie nun auch nicht mehr rausfinden.

»Aggressionsbewältigungstherapie«, echote Ragnason mit abfälligem Unterton. Er schaltete das Pad aus und sagte auf Lakota etwas zu seinem Kollegen.

Unauffällig sah Finnley auf sein Pad, das die Worte übersetzte. »Wenn du nichts dagegen hast, nehme ich ihn vorerst in meine Einheit?«

Um seine Verwunderung nicht zu offen zu zeigen, legte Finnley eine Hand über seinen Mund und strich mit dem Zeigefinger über die Oberlippe.

Delsy zuckte mit einer Schulter und verzog missbilligend das Gesicht. »Du wirst schon wissen, was du tust.« Mehr sagte er nicht dazu.

Vielleicht brauchte Ragnason jemanden, der zuschlagen konnte. Was auch immer das für eine Einheit war, Finnley würde sich verdient machen und dafür sorgen, dass sein Vorgesetzter diese Entscheidung nicht bereute.

Delsy wandte sich seinem Computer zu und schaltete ihn über einen Daumenabdruckscanner ein. »Wenn ich Ihnen einen Rat geben darf: Werden Sie diese fürchterlichen Tätowierungen los.«

Es fiel Finnley leicht, diese Aussage kommentarlos stehen zu lassen, weil es Wichtigeres gab. *Ich habe einen Job!*

»Nun dann«, sagte Thure Ragnason freundlich und stand auf. »Willkommen in meiner Einheit.« Er ging voran, die Sache war entschieden.

Mit einer Mischung aus Ungläubigkeit und Misstrauen folgte Finnley ihm. In seinem Anzug und dem blauen Hemd sah er zwar nicht gerade wie ein Polizist aus, aber innerlich wuchs die Freude mit jedem Schritt. Dieser Mann gab ihm tatsächlich einen Job. Ab jetzt konnte er beweisen, dass er zu etwas zu gebrauchen war. Seine Fähigkeiten würden schon für sich sprechen, mehr als sein Aussehen.

Sie umrundeten gerade den Empfangstresen, als ihnen eine zierliche Powtankanin entgegenkam. Genau wie Thure trug sie einen schwarzen Anzug, allerdings kein Lederhemd darunter, sondern ein schwarzes Shirt. Dadurch wirkte sie für eine Einheimische ungewöhnlich blass und zerbrechlich. Ihr Blick blieb sofort an ihm hängen. Die Augenbrauen zogen sich zusammen, die Nase brachte gerümpft zum Ausdruck, was sie dachte. Aber Finnleys Laune konnte das nicht trüben. Alle hier würden sich an ihn gewöhnen müssen.

Sie strich die langen schwarzen Haare zurück und reckte stolz das Kinn. »*Hah-ue*«, grüßte sie Thure und versuchte, mit einem Nicken Finnley etwas Höflichkeit entgegenzubringen.

»Es gab einen Vorfall in einem der Hörsäle der Universität«, sagte sie eindringlich und sah kurz zu Finnley. Mit diesem Blick wollte sie Thure offensichtlich signalisieren, er möge ihn wegschicken, damit sie offen reden könne.

»Chenoa Yakesha, das ist …« Er sah kurz auf die Unterlagen. »… Finnley Whittle. Er wird ab heute unser Team unterstützen. Du kannst offen reden.«

»Ist das dein Ernst?«, rutschte es ihr heraus.

Finnley musste grinsen. Er konnte nichts dagegen tun.

Als Thure nichts erwiderte, sammelte sie sich und erstattete kurz Bericht. »Ein Dozent wurde vor den Augen seiner Studierenden ermordet, aber niemand konnte erkennen, wie es passiert ist. Kein Angreifer, keine Schüsse. Die Kollegen haben uns angefordert, weil sie sich den Tathergang nicht erklären können.«

»Na, wenn das nicht der perfekte Sprung ins kalte Wasser ist.« Er klopfte Finnley einmal auf die Schulter und deutete dann auf den Ausgang. »Dein neues Team wird dich in alles einweisen. Dann zeig mal, was du kannst.«

Auch wenn Chenoa Yakesha nickte, entging Finnley nicht das Zucken ihrer Mundwinkel. Er hätte zu gern gewusst, was sie dazu sagen wollte. »Dann komm.« Sie drehte sich um und ging voraus.

»Sieh es als die Chance, die du haben wolltest«, sagte Thure und machte eine einladende Geste auf den Ausgang zu. »Wenn du dieses Team überzeugen kannst, musst du dir um die Probezeit keine Sorgen machen.«

Mit diesen Worten ging er Richtung Flur, und Finnley folgte der neuen Kollegin, der in diesem Moment wahrscheinlich Worte wie *Kindermädchen* und *warum immer ich* durch den Kopf gingen.

»Du wirst am Anfang nur zusehen«, sagte sie geschäftig, als er zu ihr aufschloss. »Du fasst nichts an und überlässt uns das Reden.«

Die Sonne schien blendend hell, als sie ins Freie hinaustraten. Auf dem Parkplatz sah er zwei *Wasicun* in den gleichen Uniformen vor einem schwarzen Blú Controverse stehen. Die Frau war Schwarz, der Mann *weiß*, und Finnley hätte mit seinen roten Haaren das andersartige Trio perfekt gemacht, wenn sie nicht so kurz gewesen wären.

Er mochte diese strombetriebenen, geländefähigen Fahrzeuge, allerdings würde er so einen Wagen lieber fahren, als den Autopiloten alles machen zu lassen. Aber in diesem Land steuerte kein Mensch mehr ein Fahrzeug.

Die Aussicht, mit anderen Nicht-Powtankanern zusammenzuarbeiten, gefiel ihm. Wobei er kaum mit Entgegenkommen rechnete. Wer ein vollwertiges Mitglied dieser Gesellschaft war, übernahm den Argwohn der Powtankaner. *Ich nicht, sollte ich es je so weit schaffen!*

Die Frau sah in ihrem schwarzen Anzug sehr autoritär aus. Sie trug ihre schwarzen Haare in einem strengen Zopf und verzichtete auf jeglichen Schmuck, was die Wirkung zusätzlich verstärkte. Als sie ihn in Begleitung der Kollegin erblickten, verschränkten beide wie abgesprochen die Arme vor der Brust, und Finnley fühlte sich förmlich abgescannt. Wenn Gedanken eine Anzeige hätten, würde dort jetzt in leuchtenden roten Lettern das Wort *Fremdkörper* blinken.

Die Vorstellung fiel eher nüchtern aus. »Deidra Onheira und Tate, das ist Finnley Whittle«, sagte Chenoa. »Er gehört jetzt zu unserem Team.«

»Man könnte meinen, Thure weiß die Arbeit von Nicht-Powtankanern inzwischen mehr zu schätzen«, sagte Deidra und vollführte eine Begrüßungsgeste mit der rechten Hand. »Was bist du? Ire?«

Tate zuckte die Achseln und reichte Finnley die Hand. »Ich würde sagen, Schotte, oder?«

Froh über dieses Entgegenkommen ergriff er die ausgestreckte Hand. »Das ist richtig. Ich bin vor zwei Monaten aus Paisley gekommen.«

»Das hört man«, kommentierte Deidra und öffnete die Wagentür. »Den Rest müssen wir auf der Fahrt besprechen.«

Chenoa sagte etwas auf Lakota, und Finnley sah auf sein Pad und grinste sie an. »Der Spinner sitzt gern ganz hinten.«

Ertappt biss sie sich auf die Lippen, und nacheinander stiegen sie in das Fahrzeug.

Deidra stieg als Letzte in den Blú Controverse, der im Innern einem mobilen Besprechungszimmer glich. »Potomac-Universität, Gebäude 4.1«, gab sie die Sprachanweisung. Das System bestätigte, und nach dem Schließen der Tür setzte sich das Fahrzeug in Bewegung.

»Irgendwie angenehm, dass hier niemand mehr selbst fährt«, sagte Finnley, um irgendetwas Unverfängliches zu äußern, und setzte sich ans hinterste Ende auf die gepolsterte Bank. »In Schottland steuern die Leute ihre Autos gern selbst.«

Chenoa rümpfte erneut die Nase. »Meines Wissens haben sie auch keine andere Wahl, oder?«

Gut, dann eben keinen Small Talk, dachte er und sah sich in der Kabine um.

In der schmalen, milchigen Tischplatte flimmerten genau vor den Ermittlern vier Projektionen auf, die erste Zeugenaussagen vom Tatort wiedergaben. Der Ton war ausgeschaltet.

»Hat Thure dir gesagt, was deine Aufgabe bei uns sein wird?«, fragte Deidra sachlich.

Immer wieder blieben die Blicke an seinen Tätowierungen hängen. Vor allem die junge Powtankanin drückte mit ihrer Mimik überdeutlich ihre Abneigung aus. Aber darüber konnte er hinweglächeln, weil er hier war – hier in diesem Fahrzeug, mit seinem neuen Team, das er für sich gewinnen würde, egal, was er dafür tun musste.

Er legte das Pad neben sich auf den Sitz und betrachtete die Aufnahmen, die sich unter dem Glas zeigten. »Technische Unterstützung oder Schutz«, sagte er unverbindlich, weil er selbst keine Ahnung hatte, was er hier sollte. Bislang wusste er nicht mal, was dies überhaupt für eine Einheit war, in die er ungefragt gesteckt worden war.

Deidra deutete mit dem Zeigefinger auf seine Tätowierungen. »Bist du so ein Technik-Freak?«

»Ich mag Technik, und die Technik mag mich.« Er berührte das Bild auf der Tischplatte, wodurch eine Statistik aktiviert wurde, die neben der Zeugin erschien. Unterhalb des Gesichts verliefen unterschiedliche Wellen, die Aufschluss über den Zustand der sprechenden Person gaben und ob sich eventuell Lügen in den Aussagen versteckten. Der Stresspegel war sehr hoch. Das Wort *Schock* stand blinkend neben der Statistik.

Was zur Hölle ... »Allerdings werde ich mich mit eurer Technik erst mal vertraut machen müssen.«

Deidra war mit seiner Antwort anscheinend nicht zufrieden. »Hat Thure dir wenigstens gesagt, was wir hier tun?«

Zögerlich löste er den Blick von der Aufzeichnung. »Nicht so ganz. Er sagte, Sie würden das übernehmen.«

»Wir sind hier per Du«, mischte sich Tate ein. »Damit könnten wir ja anfangen.«

»Es läuft wie folgt«, sagte Deidra. »Die Kollegen sind als Erstes am Tatort, sperren alles ab und befragen die Zeugen. Wenn irgendetwas auf spirituellen Missbrauch hinweist, kommen wir ins Spiel – die Geistkrieger.«

»Geistkrieger?« Das Grinsen ließ sich nicht unterdrücken. Er wusste, dass diese spirituellen Dinge den Einheimischen heilig waren und sie großes Tamtam darum machten, aber dass es tatsächlich eine Sondereinheit gab, die sich *Geistkrieger* nannte, kam ihm lächerlich vor. Leider war ihm das auch deutlich anzusehen.

Durch ein kurzes Antippen der Oberfläche ließ Deidra ein Menü auf dem Tisch erscheinen und aktivierte die Sprachwiedergabe. Die blonde Zeugin war schwer zu verstehen, weil sie in ihrem Schockzustand viel zu schnell und unzusammenhängend sprach.

Deidra erweckte nicht den Eindruck, viel Zeit für Erklärungen aufwenden zu wollen. Mit zusammengezogenen Augenbrauen sah sie sich die Aufnahme an und kaute nachdenklich auf ihrer Unterlippe.

Finnley verzichtete darauf, auf seinem Pad nachzulesen, was die Frau gesagt hatte, und hoffte, dass er es in verständlichen Häppchen erklärt bekäme.

Nach einer Weile stoppte Deidra die Wiedergabe. »Wenn ich die Zeugin richtig verstanden habe, wurde das Opfer von etwas Unsichtbarem angegriffen und getötet.« Sie ließ den Mitschnitt nochmals laufen, dann rief sie eine andere Aufzeichnung auf, die einen jungen Mann zeigte.

»Ich saß ganz vorne«, sagte der Powtankane in der besser verständlichen Landessprache. Er überreichte dem Beamten ein Aufzeichnungsgerät. »Ich habe die Kamera die ganze Zeit laufen lassen. Da ist alles drauf. Ehrlich, ich wollte ihm helfen, aber ich wusste nicht, wie.« Die Wellen zeigten an, wie aufgeregt er war, auch bei ihm blinkte das Wort *Schock*.

Erneut ließ Deidra das Menü anzeigen, und auf dem Tisch entstand eine Auswahl der Zeugenaussagen, die abgerufen werden konnten.

»Die Aufnahme vom Mord ist noch nicht verfügbar.«

Finnley wagte einen Blick aus dem Fenster. Offensichtlich wollten die neuen Kollegen ihm den Einstieg nicht einfach machen, aber so was kannte er schon. Nichts Bedeutendes in seinem Leben war bislang einfach gewesen. Deswegen passte es auch perfekt ins Bild, dass er sich ausgerechnet in Taima verliebt hatte. Bis dahin hatte er noch geglaubt, in Paisley bis zum Ende seiner Tage ein raues Singleleben zu führen. Ab und an einen trinken gehen, unverbindliche Liebschaften und arbeiten, bis nichts mehr ging – so hätte seine Zukunft aussehen sollen. Aber als er sie damals vom Flughafen abgeholt und nach Paisley gefahren hatte, war alles hinfällig geworden. Es war wie in einem kitschigen Liebesfilm gewesen, in dem der harte Kerl einer Frau in die Augen blickt und augenblicklich zum Softie wird. Dieser Moment, in dem er sich hoffnungslos in Taima verliebt hatte, würde für immer seine absolute Lieblingserinnerung bleiben.

Er sah sich die Umgebung an.

Eigentlich ein wunderschönes Land. *Wenn nur die Menschen nicht wären.*

Er unterdrückte ein Seufzen und dachte über den Fall nach.

Wenn er es richtig verstand, war jemand ermordet worden, und die Indizien wiesen auf *spirituellen Missbrauch* hin. Er schob ein paar Finger über die Lippen, um durch die Berührung ein erneutes Grinsen zu unterbinden.

Er war froh, dass seine neuen Kollegen weitestgehend auf die alten Dialekte verzichteten, denn er hasste es, ständig wie ein dummer Außenseiter auf sein Pad glotzen zu müssen. Sie besprachen die Zeugenaussagen, ließen weitere abspielen und machten auf Eingabefeldern Notizen. Er wusste, dass er besser daran täte, sich in diesen Prozess einzubringen, aber seine Aufmerksamkeit verweilte kurz auf einem Haus, das aussah, als wäre es mit einer mächtigen Eiche verwachsen.

In seinen Augen waren die Städte gar nicht so viel anders als die in seiner Heimat, nur eben wesentlich begrünter und mit viel mehr Liebe zum Detail gestaltet. Taima empörte sich jedes Mal, wenn er so etwas sagte, weil in ihren Augen die Unterschiede nicht eklatanter sein konnten.

Besonders die Solarzellen hatten es ihm angetan. Die Powtankaner hatten einen Weg gefunden, die Sonnenkollektoren so weiterzuentwickeln, dass sie in die urbanen Muster auf den Dächern und Hauswänden integriert werden konnten, ohne den Anschein zu erwecken, für die gesamte Stromversorgung eines Hauses zuständig zu sein. Größere Gebäude wurden mit einem leitenden Material beschichtet, das die Energie direkt nach innen zu den Stromabnehmern weitergeben konnte, ohne dass man einen Schlag bekam, wenn man das Mauerwerk berührte.

Powtanka machte ein wohlgehütetes Geheimnis aus seinem Fortschritt. Wie aus so vielen anderen Dingen auch, die für den Schotten nicht begreifbar waren.

»Bist du noch bei uns?« Deidras Stimmlage war Tadel und Wertung zugleich.

»Sicher.« Er schluckte trocken. »Sie haben gesagt, dass wir als Erstes die spirituelle Sichtung vornehmen, wenn wir den Hörsaal betreten.«

Ihm fiel auf, dass er die Anrede falsch gewählt hatte. Verlegen rieb er sich über den Nacken. »Also, wenn Menschen von unsichtbaren Tätern angegriffen werden, spricht man von spirituellem Missbrauch?«

Chenoa verdrehte die Augen. »Mal ehrlich. Was soll er bei uns, wenn er von diesen Dingen keine Ahnung hat?« Dann sagte sie in seine Richtung: »Nichts für ungut, aber die powtankanische Geschichte und spirituellen Besonderheiten lernt man nicht mal eben als Mitläufer.«

»Wie gut, dass wir zur Uni fahren«, warf Tate amüsiert ein und verschränkte die Hände hinterm Kopf.

Mit einem wütenden Schnauben schickte die junge Kollegin einen Fluch in seine Richtung, der augenblicklich von Finnleys Pad mit *Kreuzbuckeliger Bisontreiber* übersetzt wurde.

Durch den Elektroantrieb machte das Fahrzeug kaum Geräusche und fuhr wie auf Schienen. Dinge wie Ampeln oder Verkehrsschilder gab es nicht mehr. Lediglich Straßennamen und Ortsgrenzen wurden angezeigt, damit Fußgänger sich orientieren konnten.

Der Blú Controverse bog rechts auf eine Hauptstraße, die parallel zum Potomac verlief. Das Wasser stand heute hoch.

»Die Geier kreisen«, bemerkte Chenoa und deutete auf sechs große Vögel mit eingezogenen Hälsen, die über dem nahen Ufer flogen. »Wir sollten eine Einheit dort hinschicken. Wenn es mehr als zwei sind, wird es sich nicht um ein verendendes Kleintier handeln.«

Deidra tippte auf die Tischfläche, wo augenblicklich eine Tastatur entstand. »Ich übermittle die GPS-Daten an die Zentrale.«

»Was soll denn da sein?«, fragte Finnley und drehte sich zu der Stelle um, die durch die wachsende Entfernung immer schlechter zu sehen war.

»Das werden wir wissen, wenn jemand nachgesehen hat.« Chenoa strich mit einer Hand über das laufende Video, das verschwand und Platz für Fotos machte.

»Etwas, das solche Wunden verursacht, muss man doch gesehen haben«, sagte sie und betrachtete den Leichnam des Professors und seinen zerstörten Brustkorb.

Auch die anderen wischten die Videos fort, um die Fotos zu betrachten.

Finnley kratzte sich erneut am Hinterkopf. Die Verbrechen, mit denen er bislang zu tun gehabt hatte, kamen in der Regel ohne Leichen aus. Drei Erhängte, eine Person mit einem zerschmetterten Körper und eine Stichwunde zählten zu der Bilanz der miterlebten tödlichen Personenschäden, die allerdings nicht mit seinem Job in Verbindung gestanden hatten. Doch diese Bilder übertrafen alles, was er je hatte sehen müssen.

»Es ist abzuklären, ob sich der Brustkorb von innen geöffnet hat oder von außen aufgerissen wurde. Gleiches gilt für das Gesicht«, referierte Deidra ungerührt.

Eine schwarze Strähne rutschte hinter dem Ohr der jungen Kollegin hervor und fiel ihr ins Gesicht, während sie nickte. Mit einer eleganten Bewegung zwang sie die langen Haare zurück. Für eine Polizistin wirkte sie recht fragil. Finnley war sich sicher, ihre schlanke Taille spielend umfassen zu können. Als sie vor ihm gestanden hatte, hatte sie ihm gerade mal bis zum Kinn gereicht, und mit seinen 1,76 Metern zählte er nicht unbedingt zu den großen Männern. Bei ihr hatte er die größten Bedenken, ob sie je miteinander klarkämen. In ihrer Nähe fühlte er sich unzulänglich und irgendwie grob. Dafür hatte sie keine fünf Sekunden gebraucht, und er glaubte nicht, dass sich das mit der Zeit verlieren könnte. Es würde ihn nicht wundern, wenn sie mit Taimas Eltern bestens befreundet wäre.

»Chenoa, du kümmerst dich sofort um die Spur«, wies Deidra sie an.

»In Ordnung. Aber ich kann mir nicht vorstellen, dass das möglich ist.«

Finnley tippte unauffällig auf seinem Pad, um nicht erneut etwas fragen zu müssen, das seine Unwissenheit deutlich zeigte.

Grinsend lehnte sich Tate zu ihm rüber und flüsterte: »Die Spur ist wie eine Art permanenter Fellwechsel der Totems, also der Schutzgeister der Powtankaner. Schamaninnen und Schamanen haben Zugang zu dieser feinstofflichen Welt, die sie Astralwelt nennen. Wenn ein Totem zugegen war, als der Mord verübt wurde, findet man überall kleine, flockige Haarbüschel – metaphorisch gesprochen.«

Er bekam einen Tritt gegen das linke Schienbein.

»Ich vergaß«, sagte er und hob grinsend eine Hand vor den Mund. »Wir Nicht-Powtankaner machen keine Witze darüber.«

Chenoa überging die letzten Worte und warf Finnley einen mahnenden Blick zu – offensichtlich sollte er sich kein Beispiel am Verhalten des Kollegen nehmen.

»Mein Pad sagt, dass Chenoa *Taube* bedeutet«, warf er ein.

Tate musste lachen, und auch Deidra sah von den Fotos auf und beobachtete die Situation mit einem leichten Lächeln auf den Lippen.

Chenoa setzte sich aufrecht hin und sah Finnley streng an. »Wage es niemals, mich Täubchen zu nennen, Anspielungen aufs Vögeln zu machen oder Metaphern mit Federn zu benutzen.«

So unauffällig er konnte, tippte er auf seinem Pad das Lexikon an. »Entschuldige, meine Verlobte erwähnte schon, dass ich mich mit solchen Sachen zurückhalten soll.«

»Ist sie Powtankanin?« Chenoa wölbte skeptisch eine feine, dunkle Braue.

»O ja«, sagte er, als wäre es ganz selbstverständlich. »Sie nennt mich *Tunkan wicasa.*«

Stein Mann, übersetzte sein Pad.

Das brachte Deidra zum Lachen. »Nun dann, Tunkan.« Mit beiden Händen bewegte sie das Foto vor sich in die Tischmitte und zog es groß, sodass alle kleineren Abbildungen verschwanden. »Zeig mal, was du kannst!« Ganz offensichtlich duldete sie keine Ablenkungen, was Finnley mehr als recht war.

Auf den ersten Blick sah er nur Blut und klaffende Wunden. Er legte das Pad mit der tiefer gehenden Namensbedeutung beiseite und konzentrierte sich auf das Foto.

»Auch wenn vom Gesicht nicht mehr allzu viel zu erkennen ist, handelt es sich um einen Indianer, ungefähr sechzig Jahre.«

»Professor Atius Catori, einundsiebzig Jahre, *Powtankaner*«, korrigierte ihn Deidra, die das letzte Wort betont scharf aussprach.

»Powtankaner«, wiederholte er entschuldigend und sah sich das Foto genauer an.

Er spürte Chenoas Wut, aber es würde sicher nicht der letzte Fauxpas sein; es nützte nichts, sich lange damit aufzuhalten. Wenn er es schaffte, bei den Geistkriegern zu bleiben, würden sie sich an seine schottische Art gewöhnen müssen. Und Tates Art stimmte ihn zuversichtlich, dass das möglich war.

Finnley deutete auf die Stickerei am Revers des Toten. »Ein Ratsmitglied.«

Deidra nickte und fasste kurz die übermittelten Informationen zusammen. »Und Dozent für Geschichte und Entwicklung. Seit dem Tod seiner Eltern, eines Pawnee-Clanoberhaupts und einer angesehenen Hopi, war er im obersten Clanrat und im Universitätsrat ein wichtiges Mitglied.«

»Die Wundränder sehen nicht kauterisiert aus. Ich nehme mal an, dass es keinen Sinn ergibt, die Studierenden nach Gerüchen zu befragen?« Er sah kurz in die Gesichter. »Ich meine, weil ihr doch überall dieses qualmende Zeug abfackelt?«

Statt sofort eine Antwort zu geben, griff Chenoa behutsam unter das schwarze Shirt und holte einen Anhänger an einem Lederband hervor. Sie drehte den Talisman zwischen den Fingern. Finnley fiel der geschliffene schwarze Kristall auf, der von Silber kreisrund eingefasst war.

»Qualmendes Zeug?«, fragte sie ruhig.

»Na, Sie wissen schon.« Er wurde vorsichtiger. »Dieses Räucherwerk, das ständig angezündet wird.«

Mit einer anmutigen Bewegung ließ sie den Talisman los, lehnte sich mit ineinander verschränkten Fingern auf die Tischplatte und fixierte ihn. »Sicher wissen *Sie* auch, warum wir das ständig *abfackeln?*«

Finnley sah zu seinem Pad, das aus Mangel an powtankanischen Dialekten nichts anzeigte. »Nun, ich nehme mal an, damit es angenehmer riecht?«

Tate gluckste vergnügt.

Der Blú Controverse bog auf das Unigelände ab, was von Deidra mit »Macht euch bereit« kommentiert wurde. »Da du es offensichtlich nicht besser weißt, rate ich dir, grundsätzlich nicht mehr als nötig zu sprechen, wenn du kein Fall für andere Geistkrieger werden willst.«

»Da hätte ich noch eine Frage«, sagte er abgelenkt, als wären ihre

Worte nicht zu ihm durchgedrungen. »Warum heißt diese Einheit Geistkrieger? Ich meine, die anderen werden für jedermann verständlich *Polizisten* genannt, warum heißt es nicht *Spezialeinheit für spirituellen Missbrauch?*«

Chenoa fluchte irgendwas, das Finnley sich nicht auf dem Pad durchlesen wollte. In seinen Augen war es eine berechtigte Frage.

Der Wagen fuhr auf eine Menschenmenge vor einem Gebäude zu. Ihm fiel die besondere Bauweise auf, die den Eindruck erweckte, die Natur hätte diesem Haus seinen Segen gegeben. Auf dem Dach wuchsen Bäume und Sträucher, Fels und Mauerwerk gingen fließend ineinander über. Deidra war sichtlich angespannt, dennoch bemühte sie sich, auf seine Frage einzugehen.

»Je mehr Einwanderer und auch Touristen nach Powtanka kamen, desto notwendiger wurde eine Sprachreform, um einen Weg zu finden, die Sprachbarriere etwas zu mildern. Wichtige Institutionen haben neue Namen bekommen. Aus *Akicita*«, das Pad übersetzte das Wort mit *Friedensbringer,* »wurde *Polizei.* Aber wir agieren auf anderen Ebenen, und es ist nicht notwendig, dass die Allgemeinheit weiß, wer wir sind. Den Rest siehst du gleich.«

Der Wagen hielt an, und Deidra legte eine Hand auf den Griff. »Tunkan, du bleibst immer in meiner Nähe«, wies sie ihn an.

Er griff nach seinem Pad. »Ich heiße Finnley.«

»Jetzt wohl nicht mehr«, sagte Tate grinsend und klopfte ihm auf die Schulter. »Aber sieh's mal so: Ein Stein ist hart und schwer zu brechen.«

Vor dem Gebäude befanden sich ungefähr zweihundert Lehrkräfte und Studierende.

Der Eingangsbereich war sehr gepflegt und frei von wilden Gewächsen. Runen und Solarzellapplikationen verschönerten die weiße Fassade. Die Elemente rechts neben der Tür zeigten stilisierte Menschen, die einander mit erhobenen Händen begrüßten. Über der Tür stand die Gebäudeziffer 4.1.

Beamte sicherten den Eingang, auf dem Gehweg in etwa zehn Metern Entfernung stand ein Einsatzfahrzeug, um das sich die Augenzeugen versammelt hatten, die von Rettungskräften versorgt wurden.

»Du sagst absolut nichts«, befahl Deidra eindringlich und ging voran.

Finnley kratzte sich im Nacken und folgte ihr. Er hatte nicht vor, irgendwas zu sagen. Zusehen, lernen und so lange in dieser Einheit bleiben, bis er sich versetzen lassen konnte. Es war eher unwahrscheinlich, dass er für das Gebiet *spirituellen Missbrauch* etwas taugte.

Die Schaulustigen machten Platz, ließen mit fragenden Blicken die Männer und Frauen in ihren dunklen Anzügen passieren und tuschelten miteinander. Ohne Uniform fiel Finnley neben seinen neuen Kollegen gleich doppelt auf. Manche zeigten auf ihn, er hörte Fragmente von Aussprüchen, die seinen Tätowierungen gewidmet waren.

Er fasste das Pad fester und folgte Deidra schnellen Schritts, dicht gefolgt von Chenoa und Tate.

Als sich die Glastür hinter ihnen schloss, nahm Deidra die Geschwindigkeit etwas raus.

»Tate, sieh dir jedes Detail an«, sagte sie.

Finnley wusste nicht, ob sie den Eingangsbereich meinte, der von mattgrünen Lichtadern beleuchtet wurde. Eines dieser geschwungenen Zeichen kannte er. Bei Taima und ihm leuchtete das gleiche Symbol neben der Haustür. Seines Wissens bedeutete es *Frieden*.

Den Boden bildete das natürliche Felsgestein, das lediglich begradigt worden war und ansonsten durch die tägliche Beanspruchung in der Mitte wesentlich glatter erschien als an den Rändern.

Ein kalter Geruch nach Kiefernnadeln und Süßholz lag schwer in der Luft. Finnley las auf seinem Pad, dann drehte er sich zu Chenoa um. »Das Räucherwerk soll den Raum reinigen und den Geist offen für den Lehrstoff machen.«

Sie schüttelte missbilligend den Kopf. »Das kann ja lustig werden. Geh weiter.« Als sie tiefer in das Gebäude vordrangen, ergänzte sie: »Aber es stimmt, dafür wird das Räucherwerk in der Uni angezündet.«

Die große, hölzerne Flügeltür zum Hörsaal stand offen. Schnitzereien auf dem rechten Flügel stellten die Landung der Wikinger im Jahre 860 dar, und auf der linken hießen die Powtankaner sie willkommen.

Finnley ging daran vorbei. Er hatte all das lernen müssen, aber geschichtliche Ereignisse interessierten ihn nicht sonderlich. Chenoa hingegen verneigte sich im Gehen leicht davor und legte eine Hand aufs Herz. Er ärgerte sich, dass er die Chance verpasst hatte, bei ihr zu punkten, indem er wenigstens stehen geblieben wäre. Andererseits bezweifelte er, bei ihr überhaupt punkten zu können.

Der Hörsaal mit der hohen Decke und dem massiven Felsgestein war die räumlich dargestellte Symbiose, die Bevölkerung und Natur in diesem Land so intensiv lebten. Finnley fehlten die klaren Strukturen, die in seiner Heimat allerorts zu finden waren. Zwar hatte er in seinem Leben noch nie einen Hörsaal betreten, aber Tische und Stühle schienen ihm wesentlich zweckdienlicher zu sein als Teppiche auf Felsvorsprüngen.

Eine Treppe führte rechts zwischen den Plateaus bis zu einem Pult empor. Vereinzelt rauchte es noch aus kleinen Messingschalen auf dem Felsgestein neben den Teppichen. Ein tonloser Film wurde über einen Projektor von oben an die gegenüberliegende Wand projiziert. Die Kollegen hatten die Lichtadern so hell eingestellt, dass die Bilder nur als Schemen zu erkennen waren.

Es sah beeindruckend aus, wie die strahlenden Symbole an den Plateaus und Felswänden leuchteten. Staunend drehte sich Finnley einmal um die eigene Achse.

»Könntest du in Anbetracht einer Leiche mehr Respekt zeigen?«, traf ihn Chenoas Stimme von der Seite.

Erst jetzt sah er den leblosen Körper und wurde blass. Unauffällig legte er die freie Hand auf die Magengegend. Je dichter er herangehen musste, desto deutlicher setzte sich der Blutgeruch gegen den erkaltenden Rauch durch, versetzt mit dem Gestank von Exkrementen. »Ich war mal im Schlachthaus meines Onkels, da roch es ähnlich«, sagte er halblaut.

»Halt endlich die Klappe, Tunkan!«, sagte Deidra gereizt.

In der Realität war der Zustand der Leiche noch erschreckender. Insekten krochen über das zerfetzte Fleisch, Fliegen ließen sich auf den Lippen nieder und verschwanden dazwischen. Geronnenes Blut und Urin hatten sich zu einer dickflüssigen Lache verbunden, die den gemusterten Teppich dunkel färbte.

Die Gesichtszüge des Professors waren vollkommen zerstört. Der Glaskörper des linken Auges war ausgetreten, Spuren der Pigmentschicht glänzten schwarz in den kleinen Mimikfalten.

Finnley hob sein Pad und betrachtete die Leiche über das Display.

»Wir fassen nichts an«, sagte Deidra in seine Richtung. »Chenoa.«

Die Powtankanin nickte, nahm den Talisman ab und legte ihn auf das Pult.

Tate zog Finnley am Arm ein Stück zurück, wahrscheinlich, damit er auf keinen Fall das Ritual störte.

»Sie sucht nach der Spur«, flüsterte er. »Wenn sie die findet, dann haben wir schon mal einen Anhaltspunkt, wo wir nach dem Täter suchen müssen.«

Finnley betrachtete das Geschehen über die Pad-Kamera. »Passieren solche Morde oft?«

Zögerlich streckte Chenoa ihre Finger aus, sang leise Tonfolgen, verstummte und wiederholte die Melodie dann an anderer Stelle neben der Leiche.

Finnley fühlte sich nicht gut. Ihm war übel, und die unterschiedlichen Gerüche verschlimmerten diesen Zustand erheblich. Was er nach dem schwierigen Einstieg nicht gebrauchen konnte, war der Hohn, wenn er sich jetzt auch noch übergeben musste.

»Ich sag's mal so: Sie sind immer anders«, sagte Tate und beobachtete Chenoa.

Der leise Gesang war beruhigend. Finnley ließ das Pad sinken und versuchte, die Zusammenhänge besser zu verstehen. »Ist sie eine …«

»Schamanin?« Tate lehnte sich gegen das Plateau und ließ den Blick durch den Hörsaal schweifen. »Sie hat auf jeden Fall Zugang zu diesen Dingen.«

»Und der Talisman schützt sie davor, ständig den wahrnehmbaren spirituellen Eindrücken ausgesetzt zu sein?«

Grinsend nickte Tate. »Sehr gut kombiniert für einen Stein. Man nennt solche Talismane *Seelenspiegel*. Erfahrene kommen ohne diesen Schutz aus, aber so weit ist Chenoa noch nicht.«

Er klopfte Finnley auf die Schulter. »Sie ist nicht immer so kratzbürstig. Auf ihr lastet enormer Druck, weil ihr Clan sehr hohe Erwartungen an sie hat. Du wirst sie noch von ihrer besseren Seite kennenlernen.«

Deidra kam hinzu. Sie zog ihren Zopf fester. »Das wird noch einen Moment dauern.« Mit einem prüfenden Blick versuchte sie, Finnleys Befinden einzuschätzen. »Du siehst blass aus.«

»Geht schon«, sagte er schnell. »Ich frage mich, ob der Professor wusste, was ihn angegriffen hat.«

»Das ist eher unwahrscheinlich, wenn die Augenzeugen schon nichts gesehen haben.«

Es klopfte an der offenen Tür. Ein *Wasicun* um die sechzig und eine ungefähr dreißigjährige Powtankanin blieben abwartend im Eingang stehen. Der Kleidung nach gehörten sie zum Universitätskollegium.

»Vielleicht weiß der Typ was?«

Deidra drehte den Kopf und gab einen ungeduldigen Laut von sich. »Das werden wir gleich wissen, komm mit und hör zu.«

Er nickte nur knapp, dann folgte er ihr und Tate zum Eingang.

Die Powtankanin war unscheinbar, was durch das weiße Kleid noch verstärkt wurde. Beigefarbene Stickereien zogen sich von den Schultern bis zu den Ärmelsäumen. Die braunen Haare trug sie zum festen, schmucklosen Zopf, was Finnley bei einheimischen Frauen bislang nicht oft gesehen hatte. Taima tat es nur, wenn sie Essen vorbereitete.

Alles schien irgendeine Bedeutung zu besitzen, auch die Art, wie sie ihre Haare trugen, ob kleine Zöpfe hineingeflochten waren, Perlen, Federn oder Silberschmuck sie verzierten oder Bereiche der Kopfhaut rasiert wurden. Das Gleiche galt für Körperbemalungen und Tätowierungen. Sicher kostete es ihn noch Jahre, um alles zu lernen, aber wenn er diesen Job behielt, stünde dem nichts im Wege.

»Verlassen Sie augenblicklich den Tatort«, erhob Deidra ihre Stimme und ging auf die Eindringlinge zu.

Der Mann hob abwehrend die Hände. Dem Aussehen nach würde Finnley auf britische Wurzeln tippen. Er hatte diese typische blasse Gesichtsfarbe, die ins Rosafarbene kippte, schmale Lippen und die passenden hellen Wimpern zu den blonden Haaren, die großzügig von

Grau durchzogen waren. Vielleicht um die sechzig Jahre alt, dafür ungewöhnlich groß. »Uns wurde gesagt, wir sollen hierherkommen, um Ihnen Auskünfte über Professor Catori zu geben.«

Chenoa sang unbeirrt weiter und hielt die Hände ausgestreckt.

»Aber nicht hier«, sagte Deidra und deutete auf die offene Tür. »Nach Ihnen.«

Gemeinsam verließen sie den Saal und blieben wenige Meter hinter dem Durchgang stehen.

Deidra nahm ein kleines Aufnahmegerät zur Hand und zeichnete die Zeugenaussagen mit der Kamera auf. Am unteren Rand des Monitors verliefen die Wellen, die Aufschluss über die Schwingungen in der Stimme und Körperreaktionen gaben.

»Ich weise Sie hiermit darauf hin, dass Ihre Aussagen aufgezeichnet und ausgewertet werden«, sagte sie förmlich und ließ sich von beiden bestätigen, dass sie das verstanden hatten.

»Mein Name ist Peter Broud. Ich unterrichte zusammen mit meiner Kollegin Wenona Yepatana Theorien des Schamanismus.« Er deutete auf die Frau neben sich.

Erstgeborene, erschien auf Finnleys Pad, was sich nur auf den Vornamen bezog. Der Nachname musste eine Abwandlung sein, zumindest fand die Software keine Übersetzung dafür.

»Bevor Sie fragen: Nein, wir haben uns nicht sehr nahegestanden. Genau genommen war ich ihm ein Dorn im Auge, weil an dieser Uni ausgerechnet ein *Wasicun* die heiligen Themen des Schamanismus unterrichtet.«

Weniger Powtankaner als dieser Mann konnte man optisch kaum sein. Selbst das Blau seiner Augen war wie eine gewollte Abgrenzung. Finnley hatte bereits powtankanische Leute mit fremdländischen Wurzeln getroffen, doch wenn sie ihre Plätze in der Gesellschaft gefunden hatten, verloren sich die Unterschiede. Es spielte keine Rolle mehr. Das war das, was Finnley erreichen wollte. Doch dieser Mann tat das offensichtlich nicht. Er strahlte einen gewissen Zorn aus, wie es Menschen taten, die zwanghaft etwas beweisen wollten. Die Stickereien auf seinem dunkelblauen Anzug wiesen ihn als Dozent aus, mehr wusste Finnley nicht darüber.

Professor Broud deutete auf seine jüngere Kollegin. »Tatsächlich musste man mir eine Powtankanin an die Seite stellen, weil viele der Studierenden sich geweigert haben, einem *Wasicun* zuzuhören, der, wie allgemein bekannt ist, keinen Zugang zur powtankanischen Astralwelt haben kann. Es ist meinen Theorien zu totembezogenen Astralreisen zu verdanken, dass die Universität an meiner Anstellung festhält. Ich bringe der Uni Geld.«

»Sind Sie das denn noch?«, rutschte es Finnley raus. »Ein *Wasicun?* Ich meine, Sie unterrichten hier an der Uni – spricht das nicht dafür, dass Sie die powtankanische Staatsbürgerschaft errungen haben?«

Taima hatte ihm lang und breit erklärt, wie das hier lief. Wer dauerhaft hier arbeiten wollte, musste in die Gesellschaft aufgenommen werden.

Professor Broud lockerte seinen Nacken mit einer leichten Kopfbewegung. »Menschen wie wir werden immer *Wasicun* sein«, sagte er abfällig.

»Hatten Sie Streit mit dem Opfer, Professor Broud?«, setzte er nach, obwohl er eigentlich schweigen wollte.

»Nicht in letzter Zeit«, sagte Broud gelassen.

Finnley spürte einen leichten Stoß in der Seite, sah Tate jedoch nicht an. »Aber Sie wüssten theoretisch, wie man jemanden mithilfe von Totems umbringen könnte?«

Deidra atmete hörbar ein.

»Das ist vollkommen absurd«, mischte sich Wenona Yepatana ein. »Peter erforscht Ebenen, die auf weltliche Dinge keinen direkten Einfluss nehmen können.«

»Wie lassen sie sich denn beweisen, wenn man sie auf weltlicher Ebene nicht wahrnehmen kann?« Zu Finnleys Überraschung entspannte sich sein neues Team und ließ ihn weiterreden.

»Das würden Sie nicht verstehen«, sagte Yepatana herablassend.

»Aber Sie können das, Professor Broud?«

Der Gesang endete. Entweder war Chenoa fertig, oder Finnley stand kurz davor, sich eine Standpauke über seine erneute Respektlosigkeit einzufangen.

»Natürlich verstehe ich das«, antwortete der Professor mit Stolz in der Stimme. »Und vielleicht finden wir eines Tages einen Weg, das Privileg der Schamanen allen Menschen zugänglich zu machen.«

Deidra blickte auf ihr Aufzeichnungsgerät und tippte auf das Display. »Hatte Professor Catori Feinde?«

»Er war nicht überall beliebt, mehr weiß ich nicht.« Broud verschränkte die Arme vor der Brust und reckte das Kinn etwas höher. »Wahrscheinlich könnte man mich am ehesten seinen Feind nennen, weil er alles dafür getan hat, meine Forschungen zu behindern.«

Yepatana legte ihm eine Hand auf den Rücken und erweckte den Eindruck, ihn lieber zum Gehen zwingen zu wollen, damit er nichts Unbedachtes sagte. Doch Broud schüttelte sie ab. »Ich gebe es offen zu, ich bin froh, dass er mir keine Steine mehr in den Weg legen kann, aber ein solches Ende habe ich ihm nicht gewünscht.«

»Peter, lass uns gehen. Du hast gesagt, was du sagen wolltest.«

Deidra streckte eine Hand aus. »Ich benötige noch Ihre Ausweise.«

Sie nahm die kleinen Chipkärtchen entgegen und hielt sie nacheinander gegen das Display, das jedes Mal einen bestätigenden Signalton von sich gab. Dann überflog sie kurz die Angaben und händigte die Ausweise wieder aus. »Bleiben Sie in den nächsten Tagen erreichbar.« Sie schaltete das Gerät ab und sah ihnen nach, bis sie sicher war, dass sie außer Hörweite waren.

»Das war richtig gut«, sagte Tate amüsiert und klopfte Finnley auf die Schulter. »Dee? Was haben wir?«

Deidra betrachtete die Auswertung auf dem Aufnahmegerät. »Eines ist sicher: Professor Broud konnte ihn nicht leiden. Und seiner jungen Kollegin ging es nicht anders.«

Finnley sah auf die farbigen Linien, die die Grade der Erregungszustände in den Stimmen und der Herzfrequenzen anzeigten. »Das Gerät kann sogar die körperlichen Parameter ohne Sensoren auf der Haut messen?«, fragte er interessiert.

»Diese Geräte können noch weitaus mehr, aber für eine Nachhilfestunde haben wir jetzt keine Zeit.« Sie lächelte ihn an. »Sieh einfach weiter zu, du scheinst eine schnelle Auffassungsgabe zu besitzen.« Dann steckte sie das Gerät in ihre Jackentasche und ging zurück in den Saal.

Finnley folgte ihr nur bis zur Tür und sah in den Raum.

Chenoa hatte sich dünne Latexhandschuhe über die Hände gezogen, sammelte mit einer Pinzette Insekten aus den Wunden und steckte sie in kleine Gefäße. Sie wirkte blass, und ein leichter Schweißfilm glänzte feucht auf ihren Zügen.

Neben der Leiche brannten ein paar Kräuter in einer Schale ab, die in dünnen Schlieren langsam den Duft von Minze und Rosmarin aufsteigen ließen. Deidra drehte sich zu Tate um und nickte kurz, woraufhin er eine Hand auf Finnleys Schulter legte. »Lass uns am Ausgang auf die anderen warten.«

»Ist Chenoa in Ordnung?« Finnley drehte sich im Gehen nochmals zu ihr um, ihre Bewegungen erschienen langsam und kraftlos. »Sie sieht nicht gut aus.«

»Sag ihr das bloß nicht«, scherzte sein Kollege und schob ihn weiter.

Bevor sie von den Schaulustigen gesehen werden konnten, blieb Tate stehen. »Die spirituelle Sichtung von Tatorten ist eine heikle Angelegenheit, die Schamanen viel Kraft abverlangt. Ich kann dir das jetzt nicht verständlich genug erklären, deshalb nur das, was du wissen musst.« Er zählte an seinen Fingern die Punkte ab. »Erstens: Du störst sie niemals dabei. Zweitens: Du lässt sie auch danach vorerst in Ruhe. Und drittens: Wenn du aufgeregt bist, hältst du dich während der Rituale ganz von ihr fern.«

»Ich habe mich doch im Hintergr...«, verteidigte sich Finnley.

»Ich bin noch nicht fertig.« Tate rieb sich mit einer Hand über die glatten Gesichtszüge. Bei genauerer Betrachtung konnte er deutscher Abstammung sein. Sein Teint war heller als der von Powtankanern, aber etwas dunkler als der von Professor Broud. Auch wenn er das an den hohen Wangenknochen und dem recht kantigen Gesicht festmachte, konnte er komplett falschliegen. Finnley fiel es allgemein schwer, die Menschen ihren Wurzeln nach einzuordnen.

Tate fuhr sich durch die kurzen braunen Haare. Offenbar ging es nicht darum, Finnley zurechtzuweisen, er machte sich Sorgen. »Wenn Chenoa so aussieht wie eben, dann hat sie die Spur gefunden. Jetzt geht die Scheiße erst richtig los.«

Finnley trommelte mit den Fingern nervös auf dem Gehäuse des

Pads herum. Sein Kollege sprach in Rätseln. »Ich dachte, es sei gut, wenn sie die Spur findet, weil dann der Kreis der Verdächtigen eingegrenzt wird?«

Tate schloss einen Moment die Augen und schüttelte den Kopf. »Im Grunde bedeutet es nur, dass wir zu Recht gerufen wurden.« Er griff in seine Tasche und zog einen Tabakbeutel und Blättchen hervor. »Die Geistkrieger gibt es noch nicht lange. Früher haben sich die Räte um spirituelle Vorkommnisse gekümmert, aber dann wurde entschieden, dass die Polizei eingebunden werden muss, um entsprechende Datenbanken für einen Austausch im ganzen Land einzurichten und gezielter gegen Missbrauch vorzugehen. Es hat sich etwas geändert. Die Alten schreiben das der fortschreitenden Globalisierung zu, aber der Respekt vor Traditionen und spirituellen Mächten scheint zu schwinden.« Geschickt drehte er sich eine Zigarette und leckte zum Schluss über das dünne Blättchen, um es zu verkleben. »Seit ich dabei bin, kommt es mir vor, als würden die Ältesten permanent die Luft anhalten, weil sie sich vor Veränderungen fürchten.«

»Du meinst, sie wissen mehr, als sie sagen?«

Tate hielt ihm den Tabakbeutel hin, aber Finnley lehnte dankend ab. Er hatte in seinem Leben so manchen Blödsinn angestellt, aber das Rauchen gehörte nicht dazu.

»Ich denke, sie fürchten sich vor einer Zukunft, in der Einzelne versuchen, aus dem System auszubrechen. Eine Gesellschaft kann noch so gut funktionieren, es wird immer Leute geben, die ihren Egoismus über andere stellen.« Er zündete die Zigarette mit einem Streichholz an und atmete den Rauch tief ein. »Nur dass manche auf Kräfte zugreifen können, die uns vor Herausforderungen stellen, die nicht einzuschätzen sind. Sieh dir diesen Professor Broud an. Er mag nur ein Spinner sein, aber was, wenn mal jemand an derartigen Dingen forscht, der tatsächlich etwas ändern kann?«

Finnley versuchte, sich die Astralwelt vorzustellen. Selbst wenn er davon ausging, dass eine Geisterwelt existierte, gab es für ihn keinen Grund, eine solche Ebene betreten zu wollen.

»Und warum wird der Professor nicht für ein intensiveres Verhör mitgenommen?«

»Seine Reaktionen ergaben keine Indizien dafür.«

Finnley kam dieses Vertrauen in die Technik naiv vor. »Aber seine Forschungen passen doch zu dem Vorfall.«

Mit einem amüsierten Ausdruck blies Tate den Rauch gen Decke und schüttelte den Kopf. »Das ist Blödsinn. Menschen begehren immer, was sie nicht haben können. Schamanismus ist keine Wissenschaft. Wenn Professor Broud glaubt, er müsse nur eine Formel entwickeln, die es ihm ermöglicht, bei den Totems mal Hallo zu sagen, dann ist das reine Spinnerei. Du solltest vor Chenoa lieber nichts Derartiges erwähnen, wenn du ihr Wohlwollen erlangen willst.«

»Aber seine Co-Dozentin war sehr aufgeregt. Das hat das Gerät doch angezeigt.« Er wollte diese Möglichkeit nicht so einfach abtun, dafür passte es zu gut zusammen.

»Beide hatten zu Catori kein gutes Verhältnis, dann haben sie seine entstellte Leiche gesehen. Natürlich waren sie aufgeregt und emotional belastet. Das reicht aber nicht.«

Wahrscheinlich würde er diese Dinge nie richtig verstehen, aber in die Ermittlungsarbeit einzusteigen war ein gutes Gefühl. Nach zwei Monaten Clanterror, fruchtloser Vorstellungsgespräche und mühsamen Lernens konnte er nun endlich etwas Greifbares machen. Auch wenn es mit ungreifbaren Themen zu tun hatte.

Sie standen lange hinter der Glastür, durch die sie die wartenden Menschen beobachten konnten. Finnley machte Aufnahmen mit dem Pad und zoomte dichter an einige Gesichter heran, um sie genauer zu betrachten.

Ihm war klar, dass sie nach nichts Bestimmtem Ausschau hielten, aber es war ihm nur recht, nicht bei der Leiche sein zu müssen. Finnley fragte sich, was Taima sagen würde, wenn er ihr später von dieser Einheit erzählte.

Im Hintergrund konnte er eine Gruppe älterer Männer entdecken, die der Kleidung nach hohe Ratsmitglieder waren. »Ich würde gern noch was fragen, bevor die anderen wieder dabei sind.«

»Dann mach schnell.«

»Wieso kommen die Clanräte ständig persönlich zu allen wichtigen Schauplätzen?« Von den Ratssitzungen, denen er beiwohnen musste, kannte er all die Erzählungen, wer was irgendwann irgendwo in der Stadt gesehen hatte.

»Aus demselben Grund, aus dem du es hier nicht leicht hast: historisch bedingte Wachsamkeit. Die Powtankaner sind seit unzähligen Generationen so sehr darauf geeicht, sich jederzeit Invasoren entgegenstellen zu müssen, dass sie auch heute noch das tiefe Bedürfnis haben, schnell und effektiv zu handeln.«

»Wie hast du es geschafft, dass sie dich akzeptieren?« Es tat Finnley gut, mit einem Kollegen über diese Dinge sprechen zu können.

»Seit ich neun Jahre alt war, habe ich in powtankanischen Familien gelebt. Die Akzeptanz kam von allein. Lerne, halt die Füße still und zeig Respekt, dann wird das schon.«

Nach einer Weile kamen Deidra und Chenoa den Flur entlang. Die junge Schamanin wirkte erschöpft und ging kraftlos dicht hinter ihrer Kollegin. Deidra trug die Tasche mit den Proben und deutete auf die Tür. »Kein Wort sagen und in den Wagen steigen.«

Finnley wusste, dass diese Anweisung nur ihm galt. Er ging voran, blickte starr auf den Blú Controverse und schob einen Reporter aus dem Weg, der noch in der Bewegung hastig seine Fragen aufsagte.

Tate zog an ihm vorbei und entriegelte über den Fingerabdruckscanner die Tür. Kurz vor dem Auto wurde Finnley unruhig, ohne genau deuten zu können, woran es lag. Sein Herz schlug schneller, ebenso wie seine Atmung sich beschleunigte und er merkte, dass er die Hände zu Fäusten ballte. Er kannte diese Vorzeichen.

Verdammte Scheiße!

Unruhig sah er sich um. Wie zuvor wurde er angestarrt. Mit bedachten Atemzügen versuchte er, innerlich zur Ruhe zu kommen. Die Panikattacken kamen und gingen, wie sie wollten, ohne dass er je hatte einen Auslöser dafür finden können.

Jetzt bitte keinen Blackout!

Er ging schneller und hoffte, sein Kollege würde sich beeilen. Die letzten Male hatte es gereicht, die Situation, in der die Störung ausgelöst wurde, schnell zu verlassen. Es fühlte sich an, als wolle sich jeden Moment ein Raubtier auf ihn stürzen. Eine reale Bedrohung ohne ersichtliche Anzeichen. Gehetzt blickte er sich immer wieder um. Nahezu alle starrten ihn an, missbilligend und verurteilend. War es diese offensichtliche Ablehnung, die die Panik in ihm hervorlockte? Er musste sich beeilen, weil er wusste, was als Nächstes käme: Erinnerungsverlust und eine unschöne Schlagzeile in der Presse.

Endlich konnte er in den Wagen steigen und sich auf den hintersten Platz setzen. Mit geschlossenen Augen atmete er gegen das Herzrasen an.

Die Tür wurde geschlossen.

»Präsidium«, sagte Deidra, der Autopilot bestätigte die vorprogrammierte Adresse und fuhr los.

Alle schwiegen.

Sehr lange.

Als er sich wieder unter Kontrolle hatte, sah er sich um und stellte beruhigt fest, dass die gesamte Aufmerksamkeit bei Chenoa war. Die Kollegen warteten darauf, dass sie das Schweigen brach.

»Was bedeutet das Symbol?«, wagte Finnley eine Störung, als ihm das blinkende Symbol auf der Tischplatte auffiel.

Deidra rieb sich über die Stirn und sah genauer hin. Mit einem Finger tippte sie daneben, ihr Fingerabdruck wurde erfasst, und in leuchtenden Buchstaben erschien eine Nachricht unter dem Glas.

»Thure hat uns den Fund eines toten Bären und einer Schlange durchgegeben. Sie lagen an der Stelle, wo wir die Geier gesehen haben. Etwa fünfhundert Meter Luftlinie.«

Chenoa schüttelte den Kopf. »Ein Bär? Das ergibt keinen Sinn.«

Tate legte ihr eine Hand auf den Rücken. »Welche Spur hast du gefunden?«

Sie nickte Richtung Text. »So etwas habe ich noch nicht erlebt, es war, als wäre ein Totem selbst in dem Hörsaal gestorben. Es war keine Spur, es war anders, als würde sich etwas in meine Seele bohren und meine Lebensenergie angreifen. Als würde mich etwas berühren, das körperlos und verloren den Weg in die ewigen Jagdgründe sucht.«

Sie umfasste den Talisman, der sie vor den energetischen Einflüssen beschützte. »Was auch immer den Professor getötet hat, es ist neu und gefährlicher als alles, was wir bislang erlebt haben.«

»Wie ist das zu verstehen?«, fragte Finnley. »Du hast also die Spur von dem Bären gefunden, was bedeutet, dass er den Professor getötet hat?«

»Nicht *dem* Bären«, sagte Tate schnell, um seiner Kollegin zuvorzukommen. »*Bärs Spur*. Um es für dich verständlich auszudrücken: Wenn wir von *Bär* sprechen, dann von dem Geist, der sich in dieser Form zeigt und gewisse Eigenschaften des weltlichen Vorbilds besitzt. Wenn wir von den Totems sprechen, benutzen wir keine Artikel, die sind den Tieren vorbehalten. Wir haben also einen toten Bären und Bärs Spur – das sind zwei vollkommen unterschiedliche Dinge.«

»Aber warum ist der tote Bär von Bedeutung, obwohl er mit *Bär* nichts zu tun hat?«, hakte Finnley weiter nach.

Verschwitzt und blass hob Chenoa den Blick, um ihn anzusehen. »Warum fragst du nicht dein schlaues Pad, Tunkan?« Das Wort *Stein* erschien auf dem Display. »Wir haben keine Zeit, dir Nachhilfestunden zu geben.«

Deidra räusperte sich und drückte die Schultern durch, als würde es ihr schwerfallen, die folgenden Worte zu sagen. »Gib ihm etwas Zeit. Ich glaube, jemanden wie ihn können wir gerade wegen seines Unwissens gut gebrauchen.«

»Ihm fehlt jeglicher Respekt.« Chenoa schüttelte ungläubig den Kopf.

»Genau deshalb. Du hättest hören sollen, wie er mit dem anderen Dozenten gesprochen hat. Das war tatsächlich nützlich, weil er ganz anders an die Sache herangeht, als wir das tun würden.« Sie sah kurz zu Finnley, der regungslos zuhörte. »Lass uns abwarten, wie er sich macht.«

Die junge Schamanin sah ihn müde an. »Ich will ganz ehrlich sein: Wir haben es auch so schon nicht leicht, und ich bin mir sicher, dass du uns nur in Schwierigkeiten bringen wirst. Warum kürzen wir das nicht ab, und du lässt dich in eine andere Einheit versetzen?«

Finnley musste an das denken, was sein Kollege über Chenoa gesagt hatte. »Weil mich niemand sonst haben will. Der Clan meiner Verlobten wartet nur darauf, dass ich versage, damit ich wieder abgeschoben werden kann. Ich brauche diesen Job.«

Das änderte etwas. Chenoa senkte den Blick und nickte. »Tut mir leid«, sagte sie unerwartet. »Du musst deine Verlobte sehr lieben, wenn du all das auf dich nimmst.«

Dann lehnte sie sich zurück und schloss die Augen.

Ja, das tue ich, dachte Finnley.

KAPITEL 3

Thure Ragnarson erwartete sie bereits, als sie das Präsidium betraten. Die schwarzen Federn in seinen blonden Haaren fielen schon von Weitem auf. In Finnleys Heimat wäre jeder Mann ausgelacht worden, der sich mit Federn, Perlen oder Talismanen behängt hätte, aber die Powtankaner wirkten so souverän, ihm kam nicht mal in den Sinn, dass der Schmuck lächerlich sein könnte. Im Gegenteil, wenn er einen traf, der keinen traditionellen Schmuck trug, überlegte er, ob derjenige in Ungnade gefallen sein mochte. Das ließ ihn schmunzeln. Vielleicht war er doch nicht so lernresistent, wenn es um diese Kultur ging. Andererseits erinnerte er sich an seinen Fauxpas, als ihm rausgerutscht war, dass seiner Vorstellung nach alle *Indianer* schwarzhaarig wären. *Einen Schritt nach dem anderen.*

»Wir gehen gleich runter«, sagte Thure ohne Begrüßung und eilte voran Richtung Gebäudemitte. Das Sonnenlicht wurde auf dem Dach durch Kollektoren gebündelt und in die geschwungenen Lichtadern in den Wänden eingespeist, sodass selbst innen liegende Zimmer den Eindruck erweckten, man wäre mitten in der Natur. Anders als im Hörsaal stellten die Lichtadern hier keine Symbole dar, sondern verliefen wellenförmig über die Wände, was eine angenehme Ruhe vermittelte.

»Clever, was du im Wagen gesagt hast«, raunte ihm Tate von der Seite zu.

»Es entspricht der Wahrheit. Du kannst dir sicher vorstellen, wie geschockt Taimas Familie war, als sie mit mir hier angekommen ist.«

Das Team bestieg einen Fahrstuhl, der es drei Stockwerke nach unten fuhr.

»Die Tiere liegen für euch bereit. Ich habe erste Untersuchungen angeordnet, die besonders Mageninhalt und die Todesinsekten betreffen«, sagte Thure.

»Todesinsekten?«

Thure sprach weiter, aber Tate deutete auf den Koffer in Deidras Hand.

»Ah, die Insekten, die sich in Wunden tummeln?«, verstand Finnley und hoffte gleichzeitig, dass er nicht allzu viel mit diesen Viechern zu tun haben musste.

Tate nickte und hörte weiter zu.

»Eine Todesursache konnte äußerlich noch nicht festgestellt werden, beide Tiere sind unverletzt.«

»Kann man ein Totem mit der Aggressivität eines realen Tiers verbinden, damit es in dieser anderen Welt zum Mörder wird?« Das Schweigen, das auf Finnleys laut ausgesprochenen Gedanken folgte, troff vor Fassungslosigkeit.

Chenoa, die langsam wieder gesünder aussah, umfasste ihren Talisman so fest, dass die Knöchel ihrer Hand weiß hervortraten. »Thure, wenn du irgendeinem reichen Spinner einen Gefallen tun musstest, indem du diesen *Wasicun* in unser Team gebracht hast, dann hoffe ich, dass es das wert ist!«

Mysteriöser Mensch, erschien auf dem Display seines Pads – was dem Ton nach weniger schmeichelhaft war als die Übersetzung des Wortes *Wasicun.*

Deidra sah ihn anders an, weniger tadelnd als die Schamanin. Als alle den Fahrstuhl verließen, hielt sie Finnley am Ärmel zurück. »Hey, du, Steinmann«, sagte sie versöhnlich. »Ich gebe dir jetzt einen guten Rat.«

Er hielt ihrem musternden Blick stand.

»Die Totems sind keine Schoßhündchen, die man mit dem richtigen Knochen dressieren kann. Wenn Chenoa dich in Ruhe lassen soll, dann pass besser auf, was du in ihrer Gegenwart über die Heiligtümer sagst, ist das klar?«

Nickend senkte er den Kopf. »Aber Professor Broud –«

Deidra schnitt ihm das Wort ab. »Professor Broud ist ein Wichtigtuer, der nicht verwinden kann, zu sein, wer er nun mal ist. Wenn Chenoa mitbekommen hätte, was er gesagt hat, wäre sein Tag sicher nicht gut ausgegangen. Schlimm genug, dass eine Powtankanin seine Arbeit unterstützt.« Dann schob sie ihn sanft weiter. »Ich bewundere deinen Mut. Denk einfach zweimal nach, bevor du was sagst, okay?«

Sie drehte sich um und folgte den anderen.

Finnley ging ihr nach – etwas langsamer, denn er hatte es nicht eilig, tote Tiere zu sehen. Der lange, ebenfalls durch Lichtadern beleuchtete Flur führte zwanzig Meter geradeaus, am Ende stand eine Tür offen. Noch bevor Finnley eintrat, konnte er einen beißenden Geruch wahrnehmen, der niemanden außer ihn zu stören schien. Moschus-Bärenscheiße musste so riechen.

Auf dem Tisch lag ein ausgewachsener Bär, dessen Beine die Platte weit überragten. Das dicke dunkelbraune Fell war stark verfilzt und zwischen Brust und Bauch wegrasiert worden. Der Pathologe hatte mit einem langen Schnitt die Innereien freigelegt.

Finnley blieb abseits stehen und betrachtete alles durch die Kamera seines Pads. Ihm fiel auf, dass Chenoa ihren Talisman nicht mehr trug und vorsichtig eine Hand auf den Kadaver legte.

»Es gibt keinerlei Erklärung für die Todesursache«, referierte der Pathologe, der optisch dem klassischen Bild eines Medizinmanns glich. Zwar war seine Kleidung weiß, aber die eingenähten bunten Muster passten zu den Talismanen, die an Lederbändern um seinen Hals hingen und teils von den langen grauen Haaren verdeckt wurden. Ein breites rotes Tuch um seinen Kopf sorgte dafür, dass ihm keine Strähnen vors Gesicht fielen. Er griff hinter sich und zog eine gut gefüllte Metallschale vom Beistelltisch.

»Dies haben wir in seinem Magen gefunden. Die Proben werden derzeit noch untersucht, aber wie es aussieht, hat der Bär Sand und Holz gefressen.«

Er stellte die Schale wieder zurück. »Die Kollegen sagten, der Bär hätte die Gegend, in der er gefunden wurde, ziemlich verwüstet.«

»Hier.« Deidra überreichte die Tasche mit den Proben und Insekten. »Bitte untersuch das auch.«

Finnley ließ den Blick schweifen, bevor ihm wieder übel wurde. Die Einrichtung auf der rechten Seite sah aus wie die Küche seiner zukünftigen Schwiegermutter. Trocknende Kräuter hingen an Schnüren von einem Gitter über einem breiten Holztisch, auf dem Mörser, Tiegel und gebrannte Tonschalen standen. Aus einer Kupferschale stiegen kleine Rauchschlieren auf, die sich geruchlich nicht gegen die Moschusscheiße durchsetzen konnten. Auf einem Fell auf der Arbeitsfläche lagen Edelsteine, Federn und mit Schnitzereien verzierte Knochenstücke verstreut. Den Gegensatz dazu fand Finnley auf der anderen Seite, wo Mikroskope, ein Computer und elektronische Messgeräte standen. Beschriftete Schubladen gaben Auskunft über den Inhalt. Ansonsten standen noch leere Glas- und Petrischalen in einem Fach bereit.

Hinter dem Mediziner konnte Finnley eine Tür zwischen zwei vollgestellten Regalen entdecken. Er schien besondere Insekten zu sammeln, die in Glasgefäßen aufgereiht in den Fächern zu sehen waren. Finnley hoffte, nicht allzu oft hier runterkommen zu müssen.

»Und die Schlange?« Tate drehte das ungefähr zwei Meter lange Tier auf dem anderen Tisch und betrachtete die schuppige schwarze Haut.

»In ihrem Magen haben wir eine halb verdaute Ratte gefunden.« Der Pathologe deutete auf eine andere Schale auf dem Beistelltisch, in der ein grauer, haariger Klumpen lag. »Das Blut an den Zähnen wird noch untersucht.«

Tate ließ von dem Kadaver ab und stellte sich neben Finnley. »Na, zartbesaitet?«

»Hier hinten laufe ich weniger Gefahr, etwas Dummes zu sagen.«

Tate lachte leise und zog den kleinen Lederbeutel mit Tabak aus der Tasche. »Lass es raus, dir brennt doch sicher was auf der Zunge, oder?«

Finnley kratzte sich verlegen hinterm Ohr. »Ja«, flüsterte er. »Wenn meine Idee mit der Verbindung von Totem und Tier so albern ist, was machen wir dann hier?«

Tate drehte sich gemütlich eine Zigarette und grinste. »So gesehen hast du recht, wenn dir das sauer aufstößt. Chenoa hält uns *Wasicun* für Ignoranten, weil wir weder Zeichen erkennen können noch Verständnis dafür haben, wie symbiotisch Tiere, Pflanzen und Menschen miteinander sind. Mit deinen Worten vereinfachst du etwas, das wesentlich komplexer daherkommt. Eine direkte Interaktion mit Totems ist nicht möglich. Sie weiß das, weil sie sich in der Astralwelt bewegen kann.«

»Du meinst, dass die Spur und das tote Tier zusammenpassen, sei Zufall?«

Mit einer lässigen Bewegung führte er die Zigarette zum Mund, leckte über das dünne Blättchen, strich die Enden zusammen und steckte sie sich dann zwischen die Lippen. »Tatsächlich habe ich während meiner Zeit bei den Geistkriegern mehr sinngebende Zufälle erlebt, als du dir ausmalen kannst.«

»Aber sind es dann noch Zufälle?«

»Ganz genau.« Tate zwinkerte ihm zu. »Das ist Hanpi Napé. Er ist mehr als ein … wie nennt ihr die noch gleich?«

»Pathologe?« Finnley sah, wie der Mann ein graues Pulver auf die Wunde kippte und anfing, laut zu singen.

»Ja, richtig.« Tate entzündete ein Streichholz und hielt die Flamme gegen den Tabak. Die Zigarette verbreitete einen angenehmeren Duft als der Bär. »Seine Methoden sind umfangreicher und nicht auf die Pathologie beschränkt.«

Deidra sprach leise mit Thure, und Chenoa beobachtete die Reaktionen des Pulvers mit dem Blut.

»Ich war nie in der Gerichtsmedizin«, gab Finnley zu. »In meinem Land war ich Personenschützer, kein Polizist.«

Das weckte Tates Aufmerksamkeit. Finnley hatte das ungute Gefühl, besser nichts gesagt zu haben – andererseits: Warum sollte er das verschweigen? Sein Lebenslauf stand in seiner Personalakte, es war kein Geheimnis.

»Und dann bewirbst du dich bei den Geistkriegern?«

Er schüttelte den Kopf. »Das habe ich nicht. Ich wollte zur Streife.«

»Und wie bist du bei uns gelandet?«

Finnley deutete mit einem Nicken auf Thure. »Er ist bei meinem Vorstellungsgespräch dabei gewesen. Frag besser ihn, warum ich bei euch bin.«

Tate sah ihn an. »Ich schätze, das werden wir früher oder später sehen. Thure weiß, was er tut.«

Das war nicht die Reaktion, die er erwartet hatte. Es störte Finnley, dass ihm ein Geheimnis angedichtet wurde, das ihn dieser Einheit würdig machen sollte. Entweder brauchten sie seine Fäuste oder seinen technischen Verstand. Dazwischen gab es nichts.

Wenn er es richtig beobachtet hatte, übernahm Deidra die Leitung, wenn Thure nicht zugegen war. Chenoas Aufgabe war offensichtlich. Finnley konnte sich zwar nicht vorstellen, wie es war, spirituelle Dinge wahrnehmen zu können, aber sie war für ihn dennoch die greifbarste Person im Raum, wohingegen Tate ein einziges Rätsel war. Mit seiner lockeren, zu Scherzen aufgelegten Art erweckte er den Eindruck, nur kumpelhafter Mitläufer zu sein. Vielleicht diente er dem Schutz des Teams, aber wie ein Schläger sah er nicht gerade aus.

Unruhig verlagerte Finnley das Gewicht auf den anderen Fuß. Technische Unterstützung des Teams war genau genommen Blödsinn, wenn er sich die Geräte ansah. Die Technik in diesem Land war viel fortschrittlicher als alles, was er kannte. Manche Dinge würde er gern auseinandernehmen, um die Funktionsweise besser zu verstehen. Angefangen bei dem lautlosen Rauchabzug über der Feuerstelle zu Hause bis hin zu den Aufnahmegeräten, die von der Polizei benutzt wurden. Auch die Solartechnik weckte sein Interesse. Eine hundertprozentige Energieverwertung hatte er bis zu seiner Einwanderung für unmöglich gehalten.

Thure sah zu ihm rüber. Wieder sprach er mit Deidra, die sich ebenfalls zu ihm umdrehte und nickte. Dann kam sie auf ihn zu. »Na los, Tunkan, wir besorgen dir mal eine Uniform, und danach sollst du dich in der Waffenkammer melden. Du kannst doch schießen?«

»Ja, natürlich.« Er musste grinsen. »Vorausgesetzt, dass kein powtankanisches Fachwissen dafür benötigt wird.«

Mit einem Nicken forderte sie ihn auf, mitzukommen. Der Gesang von Hanpi Napé war noch bis zum Fahrstuhl zu hören. »Auf der Rückseite des Gebäudes gibt es eine Einfahrt zur Tiefgarage. Wenn Leichen von Hanpi untersucht werden müssen, können sie direkt bis zu seiner Tür gefahren werden.«

Finnley erinnerte sich an die weitere Tür zwischen den Regalen.

Der Fahrstuhl öffnete sich.

»Gibt es einen Bewegungsmelder, der den Fahrstuhl aktiviert?« Er sah sich um, fand aber keinen Hinweis darauf.

Deidra drückte den Knopf für die erste Untergrundebene. »Die Sensoren sitzen in der Beschichtung der Wände. Die Zeitersparnis ist tatsächlich deutlich messbar, aber diese Technik kann nur hier unten eingesetzt werden. Oben ist zu viel los.« Sie unterzog ihn einer schnellen Musterung. »Alles etwas viel am Anfang, oder?«

Er unterdrückte den Impuls, sich in den Nacken zu fassen, und zuckte stattdessen mit der Schulter. »Geht schon.«

»Weißt du, wo unser Büro ist?«

Der Fahrstuhl hielt an, und Deidra ging voraus. Er erinnerte sich daran, Chenoa am Morgen aus einem Büro nahe dem Eingangsbereich kommen gesehen zu haben.

»Ja, im äußeren Ring in der Nähe vom Haupteingang?«

Deidra sah ihn über die Schulter an und nickte grinsend. »Sehr gut. Darf ich raten?« Sie deutete auf den Zahlencode, der über seiner Schläfe verlief. Instinktiv fasste Finnley an die Stelle und wartete ab. »Das sind Daten.« Sie sah genauer hin. »Der Tag, als du mit deiner Verlobten zusammengekommen bist, der, an dem sie deinen Antrag angenommen hat, und das Datum der Auswanderung. Du hast es vor der Abreise stechen lassen, weswegen die kleinen, heilungsbedingten Lücken in manchen Zahlen nicht mehr nachgestochen werden konnten. Alle anderen Tätowierungen dagegen sind perfekt.«

Finnley nickte anerkennend. »Du bist eine gute Beobachterin.«

»Deswegen werde ich auch herausfinden, was dein Geheimnis ist.«

Finnley grinste schief. »Dann sag mir Bescheid, ich wüsste es auch gern.«

»Hey, *Wicapi,* du warst so lange weg. Hast du den Job?« Taima kam hinter der kleinen Mauer hervor, die den Wohnbereich abschirmte und trotzdem das offene Gefühl nicht beschnitt. Als sie ihn in seinem neuen Anzug sah, blieb sie irritiert stehen. »Was ist denn das für eine Uniform?«

»Nun ja, zur Streife habe ich es nicht geschafft«, sagte er breit grinsend und warf Hose und Jackett über das Treppengeländer. Der Anzug war ungewohnt, und das blaue Hemd passte nicht zu dem tiefschwarzen Stoff. Er würde wie Deidra und Chenoa schlichte schwarze T-Shirts darunter anziehen, Lederhemden waren nicht sein Fall. Er mochte das glatte Gefühl auf der Haut nicht.

»Und welchen Job haben sie dir stattdessen gegeben?«, fragte sie und kam näher. »Diese Stickereien habe ich noch nie gesehen. Bist du im Innendienst? Das wäre mir auch viel lieber, in Schottland musste ich mir schon genug Sorgen um dich machen.«

Als ihr Leibwächter war er nur bei ihren Terminen dabei gewesen, ansonsten hatte er für andere Kunden gearbeitet.

Er nahm sie in den Arm und hielt sie fest. »Ich und Innendienst, Taima, ist das dein Ernst?« Amüsiert vergrub er das Gesicht in ihrer Halsbeuge, um ihre weiche Haut zu küssen. Sie roch verführerisch. Er ließ seine Hände über ihren Rücken immer tiefer gleiten.

»Meine Eltern sind da«, flüsterte sie, damit er nicht zu weit ging.

»Schon wieder?«, fragte er enttäuscht und löste sich von ihr. »Haben wir denn keinen Abend mehr für uns?«

Sie küsste ihn und sah ihm dann entschuldigend in die Augen. »Ich verspreche dir, dass wir morgen ganz allein sein werden.«

Finnley sah Richtung Wohnzimmer. Die Lichtadern waren runtergedimmt, und der Feuerschein tanzte über die Wände. Auf dem Fußboden im Empfangsbereich zierten dunkelbraune Runen die Steinplatten, die Gäste willkommen hießen. Er erkannte auch das Symbol, das er in der Universität gesehen hatte. Finnleys Blick wanderte zur Seite, wo neben Taimas Schuhen noch zwei weitere Paare standen. Er streifte seine eigenen ab und stellte sie daneben. Die schwarzen Industrieturnschuhe zwischen den handgefertigten Lederschuhen verdeutlichten seine schottische Andersartigkeit.

Behutsam nahm Taima seine Hand und zog ihn mit sich.

Ihm wäre es lieber gewesen, bei seiner Verlobten in der offenen Küche zu sein, ihr beim Kochen zu helfen und dabei über den Tag zu reden, statt seinen Schwiegereltern in spe gegenüberzusitzen. Auch wenn Taima ihm mehrfach versichert hatte, dass der enge Kontakt zum Clan traditionell sei, kam Finnley nicht umhin, ihren Eltern böse Absichten zu unterstellen. Besser gesagt ihrem Vater, Tatoke Inyanke. Das Clanoberhaupt arrangierte ständig neue Situationen, um Finnley vorzuführen. Nach seiner Einwanderung hatte er trotz Jetlag mit in die Oper gemusst. Die war zwar mit ihrem powtankanischen Stil sehenswert gewesen, aber er hatte sie beinahe komplett verschlafen. Um die Oper war es allerdings gar nicht gegangen – Tatoke hatte ihn nur spüren lassen, dass er hier nicht hergehörte. Finnley war in seinem Leben noch nie von so vielen Menschen gleichzeitig abwertend angeschaut worden wie an jenem Abend.

Taimas Mutter tolerierte ihn bis zu einem gewissen Maß, obwohl er nicht dem entsprach, was Oti Win sich für ihre Tochter wünschte. Immerhin war sie so ehrlich gewesen, es ihm direkt mitzuteilen. Es ging nicht nur darum, dass er aussah wie eine Maschine. Taima sollte jemanden heiraten, der Macht besaß und aufstrebend war. Eben einen Mann, der den Clan voranbrachte. Davon war Finnley meilenweit entfernt.

Wenn er in dieser Familie Fuß fassen wollte, musste er Tatoke überzeugen, trotzdem gut für seine Tochter zu sein. Im Vergleich zum Clanoberhaupt waren seine neuen Kollegen ihm gegenüber regelrecht herzlich und aufgeschlossen. Für Taima strengte er sich an, aber die Gespräche mit ihren Eltern waren anstrengend und oft sehr frustrierend.

Auch jetzt spürte Finnley den strengen Blick des Powtankanen, bevor er selbst zu ihm hinsah. *»Hah-ue, Até Uzuye«,* wählte er die respektvolle Anrede und verneigte sich leicht mit einer Hand auf dem Herzen vor ihm und seiner Frau. *»Ina Uzuye.«*

Finnleys neue Uniform erregte dessen Aufmerksamkeit. »Du bist bei den Geistkriegern?«, fragte Tatoke ungläubig.

»Geistkrieger?« Eine Hand legte sich auf seinen Arm, und Taima strich über die Stickerei, die sich mit dem Dunkelgrau kaum vom Schwarz abhob und doch bei näherer Betrachtung eine Feder in einem Kreis zeigte. »Was soll das sein?«

»Das kann uns dein Freund sicher erklären.«

Die Verlobung wurde von Taimas Eltern komplett ignoriert.

»Das ist eine Sondereinheit, die bei spirituellem Missbrauch zum Einsatz kommt«, erklärte er knapp, um möglichst nichts Falsches zu sagen. »*Até Uzuye,* ich danke dir für die Hilfe.«

»Vergiss deine Dankbarkeit nicht. Du stehst in meiner Schuld, und dafür erwarte ich einiges.«

»Ist das wahr?«, überging Taima die Worte ihres Vaters. »Tunkan, wie bist du denn da hingekommen, du hast doch von diesen Dingen keine Ahnung?« Sie kaute nachdenklich auf einem Fingernagel. »Vielleicht haben die einen Fehler gemacht?«

Das war nicht gerade die Unterstützung, die Finnley brauchte. In Tatokes Kopf schien es zu arbeiten. Wahrscheinlich wog er ab, welchen Nutzen der neue Job für den Clan besaß.

In der Mitte des Raums brannte ein Feuer, dessen Rauch durch einen kunstvoll verzierten Kamin abgezogen wurde. Taima hatte die Muster in unterschiedlichen Rottönen eigenhändig auf das geweißte Metall gemalt. Finnley wünschte sich, endlich auf den Fellen in der kreisrunden Vertiefung Platz nehmen zu dürfen, aber aus Respekt musste er warten, bis sich ihre Eltern zuerst hinsetzten.

»Thure Ragnason macht keine Fehler«, sagte Tatoke nach einer gefühlten Ewigkeit nachdenklich. »Ist Chenoa Yakesha noch ein Teil dieses Teams?«

Finnley nickte. Wahrscheinlich wusste Tatoke alles über die neuen Kollegen, die Einheit und jeden Schritt, den Finnley beruflich gehen würde.

»Außerdem noch Deidra Onheira und Tate. Den Nachnamen weiß ich nicht mehr.«

»Weil er keinen hat«, erwiderte Tatoke streng, als hätte Finnley diese Antwort selbst kennen müssen.

»Wenn eine Waise von einem Clan aufgenommen wird, legt das Kind seinen bisherigen Namen ab und bekommt einen festgelegten Adoptivnamen. Bei uns werden adoptierte Jungs *Kuruk* und Mädchen *Ahjoka* genannt. Sie tragen keine Nachnamen, weil sie zu allen Familien des Clans gehören«, erklärte Taima.

Da hatten Tate und Finnley etwas gemeinsam, nur dass Finnley seinen Eltern weggenommen worden war. Er hatte die Familien so oft wechseln müssen, dass er sich kaum an deren Namen erinnern konnte.

»Tate gehört zum Napa-Lute-Clan. Nicht ganz so einflussreich wie Chenoas, aber sehr respektiert«, beendete Taima ihre kleine Rede.

»Du wirst mir berichten, wie sich Chenoa in der Einheit macht«, forderte Tatoke und beendete damit die kleine Namenskunde. »Wenn sie Fehler macht, will ich das wissen.«

Das überraschte Finnley. Er hatte angenommen, dass sie auf einer

Wellenlänge liegen würden. Natürlich stimmte er zu – was sollte er auch sonst machen? Mit diesem Mann gab es genügend andere Kämpfe auszutragen. Chenoa mochte Finnley nicht mal. Sein Gewissen würde es vertragen, mit ein paar Informationen das Wohlwollen des Alten zu erkaufen.

Tatoke lockerte die verschränkten Arme über seinem stattlichen Bauch. Der graue Stoff seines Anzugs war durchwoben mit schwarzen Mustern, die sich am Revers mit Orange und Rot absetzten. Blickfang war allerdings die Tätowierung unter seinem linken Auge, die eine stilisierte Adlerfeder zeigte – eine Auszeichnung, wie Finnley wusste. Wenn er mit Tatoke sprach, betrachtete er meist nur die Tätowierung, um dem Alten nicht in die Augen sehen zu müssen. Immer wieder fiel ihm auf, wie kleine Fältchen die schwarzen Linien durchschnitten, wenn dieser Mann tatsächlich mal lachte. Allerdings passierte das nur, wenn er mit anderen sprach.

Powtankaner, die diese Zeichnung sahen, zeigten augenblicklich Ehrfurcht – also das komplette Gegenteil von dem, was sie zum Ausdruck brachten, wenn sie Finnleys Tätowierungen bemerkten.

Das Schweigen machte Finnley nervös. Er konnte spüren, wie Taima und ihre Mutter abzuschätzen versuchten, wie zufrieden Tatoke mit den Neuigkeiten war. Finnley war sich sicher, dass Taima es inzwischen bereute, ihrer Verwunderung Ausdruck verliehen zu haben.

Endlich drehte sich Tatoke um und setzte sich auf die Felle.

Bevor Finnley ihnen folgte, sah er sich leise seufzend zur Küche um. Auf den ersten Blick wirkte der Raum primitiv, weil die runden Formen mit dem Mauerwerk verschmolzen und zum Kochen ein richtiges Feuer entfacht werden musste. Kräuter hingen vor dem Fenster, und Körbe mit Obst und Gemüse standen auf dem gemauerten Winkel, der eine Art Tresen darstellte. In seiner Heimat gab es in jeder Küche fast mehr Technik als in Arbeitszimmern. Für die Powtankaner war die Nahrungszubereitung ein traditioneller Akt, und der intensive Geschmack der Speisen gab ihnen recht. Aber wie es aussah, käme er so schnell nicht in den Genuss einer richtigen Mahlzeit.

Finnley war froh, dass Taima wenigstens Wein und etwas Brot bereitgestellt hatte. Er setzte sich neben seine Verlobte und legte das Pad mit dem Display nach unten auf das Fell. Sobald die Stimmung nicht mehr so angespannt war, würde er sich ein Stück Brot nehmen.

»So, so, ein Geistkrieger also«, sagte Tatoke erneut. »Sag mir genau, wie du dort hingekommen bist. Das Gespräch hast du doch mit Delsy geführt.«

Finnley zuckte mit den Schultern. »Ich wurde nicht wirklich gefragt, ob ich dort hinwill.«

»Das ist auch nicht deine Entscheidung.« Tatoke wurde ungeduldig. Er stützte sich mit den Fäusten auf den Oberschenkeln ab und presste die Lippen aufeinander.

»Thure war von Anfang an bei dem Gespräch dabei, hat sich meine Referenzen angesehen und mich dann in sein Team geholt. Das war auch schon alles.« Von dem Video sagte er lieber nichts.

»Das reicht aber nicht, um ein Geistkrieger zu werden. Was mag schon in deinen Referenzen stehen? Ein paar Namen von reichen Kunden, eine abgebrochene Polizeiausbildung, Nachweise, die dich für den Personenschutz qualifizieren. Ist da irgendwas los, dass sie Personenschutz benötigen?«

Dieses Verhör wurde langsam unangenehm – wie Zahnschmerzen, die sich nicht mehr ignorieren ließen. »Es war mein erster Tag, ich habe keine Ahnung.«

»Dann sag uns, was an der Universität los gewesen ist. Dort seid ihr doch heute gewesen, oder?«

Tatokes Netzwerk funktionierte zuverlässig und erschreckend schnell.

»Ja, das stimmt, aber mir wurde gesagt, dass ich mit niemandem darüber reden darf.«

Tatoke verzog das Gesicht und wirkte wie ein Bär, der einen stinkenden Fisch aus dem Wasser gezogen hatte. »Muss ich dich daran erinnern, wer ich bin?«

Nein, das musste er nicht. Finnley war nur allzu bewusst, dass ihm einer der mächtigsten Männer der Lakota gegenübersaß. Er gehörte dem Regionalrat an, sein Clan beeinflusste maßgeblich die Landespolitik, und er wurde ehrenvoll *Até Uzuye* genannt, was *großer Vater* bedeutete. Sein Wort war Gesetz.

Finnley schrieb es seinem sadistischen Schicksal zu, dass er sich ausgerechnet in die Tochter eines *Überindianders* verliebt hatte.

»Nein, Sir«, sagte Finnley und korrigierte sich sofort. »Ich meine, nein, *Até Uzuye.*« Er sah zur Seite und durch die großzügige Fensterfront auf den angrenzenden Wald, der nun in der Dämmerung zunehmend schlechter zu erkennen war. Später würde Taima ihn wieder tadeln, weil er den Blicken ihres Vaters ausgewichen war. »Ich weiß auch nicht viel«, ergänzte er, als das Schweigen allmählich unerträglich wurde. »Durch den Mord hatten die anderen keine Zeit, mir alles zu erklären.«

Tatoke sagte etwas auf Lakota, das Pad übersetzte es, aber Finnley traute sich nicht, einen Blick darauf zu werfen, denn Tatoke hatte nicht mit ihm gesprochen. Er würde es später lesen, wenn ihre Eltern gegangen waren.

Taima sagte nun auch etwas und klang aufgeregt. Einzig ihre Mutter schwieg und betrachtete ihn. Ihre steinerne Miene verriet nichts über ihr Gefühlsleben, aber Finnley wusste, dass diese Frau ebenso einflussreich und nicht zu unterschätzen war wie ihr Mann. *Ina Uzuye – große Mutter.* Die ganzen Familienstrukturen waren anders, wesentlich generationenübergreifender und in vielen Bereichen mit einer perfekt funktionierenden Maschine zu vergleichen. Wenn etwas getan werden musste, wurde es getan. Alles wurde besprochen, diskutiert und entschieden – am schlimmsten war es, wenn der Rat im großen Kreis zusammenkam. Dann saß er mit seinem Pad dazwischen und versuchte, das Gesagte hastig mitzulesen. Sie fragten ihn immer nach seiner Meinung, weil das zu den festen Ritualen gehörte. Jeder wurde gehört, auch wenn er wie Finnley absolut nichts zu den Themen zu sagen hatte. Meist strickte er sich eine unverbindliche Aussage aus den Antworten der anderen, was ihm normalerweise übermäßige Aufmerksamkeit ersparte. Es wurde auch nicht mehr bei jedem Ratstreffen erwähnt, dass er die alte Sprache zu lernen hatte.

Taima versicherte ihm beinahe täglich, dass er sich eines Tages damit sehr wohlfühlen würde, wenn er sich seinen Platz in dieser Familie verdient hätte. Bislang war er nur *Tunkan wicasa,* der Steinmann.

Taima rückte dichter an ihn heran und hakte sich unter. Eine Demonstration, dass sie zu ihm hielt. »Até, es war sein erster Tag, gib ihm etwas Zeit.«

Finnley legte eine Hand auf ihre und streichelte sanft ihre Finger.

Der imposante Mann erhob sich, und mit ihm stand auch Oti Win auf. Wieder sagte er etwas auf Lakota, was Finnley verdeutlichen sollte, dass er nicht dazugehörte. Egal, wie viel Mühe er sich gab, diese eigensinnige Sprache bekam er einfach nicht in seinen Schädel – und das, obwohl er Gälisch und Scots gewöhnt war. Er sah sich noch in zehn Jahren mit seinem Pad dazwischensitzen, weil nicht mal die einfachsten Vokabeln hängen blieben.

Auch jetzt hielt er Tatokes Blick nicht stand. Verlegen kratzte sich Finnley am Hinterkopf und wartete darauf, dass sich Taimas Eltern endlich anschickten, das Haus zu verlassen.

Die Art, wie ihr Vater die Luft einsog, brachte seine Verärgerung zum Ausdruck, aber er ging ohne ein Wort zum Ausgang.

Gemeinsam geleiteten sie Taimas Eltern zur Tür.

Alle vollführten mit der rechten Hand eine geschwungene Abschiedsgeste, wobei die kleinen und die Ringfinger angewinkelt waren. Mit den Gesten und der Zeichensprache kam Finnley wesentlich besser zurecht. Seine visuelle Begabung war ein Vorteil, der ihm weitere kritische Blicke ersparte.

Als Taimas Eltern gegangen waren, kehrte er zum Lager zurück und nahm das Pad zur Hand.

»Du machst das immer besser«, sagte Taima und ging in die Küche.

Finnley zuckte mit den Schultern. »Bist du sicher, dass du das auf Dauer ertragen willst?« Er aktivierte das Display und las die Übersetzungen. »Wir gehen heute Abend zu ihnen zum Essen?«

Taima bekam diesen unerbittlichen Gesichtsausdruck, der ihr temperamentvolles Wesen erahnen ließ. »Wenn du genug von meiner Sprache gelernt hast, um zu widersprechen, kannst du die Abendplanung übernehmen.«

Er musste grinsen. »Unerlaubter Tiefschlag«, sagte er, legte das Pad wieder zurück und nahm zwei Gläser Wein vom ringförmig um die Feuerstelle verlaufenden Tisch.

»Ich finde ja, wir sollten das oben ausdiskutieren.«

Versöhnlich kam sie auf ihn zu und nahm ein Glas entgegen.

»Du wirst meinem Vater sagen müssen, was in deiner Abteilung vor sich geht, wenn du sein Wohlwollen ernten möchtest.«

Enttäuscht erstarb sein Grinsen. »Ich habe ehrlich gesagt keine Ahnung, was diese Abteilung genau macht und wie alles funktioniert. Es ist nicht gerade so, dass meine neuen Kollegen freundlicher mit mir umgehen würden. Aber es ist ein Job, und den würde ich lieber behalten, als ihn mit der Weitergabe von Informationen aufs Spiel zu setzen.«

Mit einer Hand strich sie ihm über die Uniform und nickte. »Ich rede mit ihm. Vielleicht nicht gerade heute, aber ich sorge dafür, dass er es dir nicht so schwer macht.« Sie nahm ihn bei der Hand und zog ihn mit sich. »Ich mache dir eine Kleinigkeit zu essen, du siehst ganz ausgehungert aus.«

Er setzte sich auf einen kleinen Hocker vor dem Küchenwinkel und sah ihr zu, wie sie Gemüse klein schnitt. Ihre Handgriffe waren klar und bedacht, er hätte ihr stundenlang dabei zusehen können.

Mit einer Hand tastete er nach dem Gürtelholster und nahm die Pistole ab. Es war eine Tomahawk 940. Finnley hatte das Probeschießen mit dieser Waffe viel Spaß gemacht. Sie lag angenehm in der Hand und ließ sich nur über seinen Fingerabdruck aktivieren. Der Rückstoß war geradezu lächerlich, was eine schnelle und trotzdem genaue Feuerrate spielend leicht machte.

Er legte die Pistole auf die kleine Mauer neben sich. Oben in seinem Arbeitszimmer, in dem er die schottische Technik untergebracht hatte, die in diesem Land antiquiert wirkte, befand sich ein kleiner Safe. Dort würde er sie einschließen. Das Probeschießen wertete seine Personalakte sicher auf, jetzt musste er nur noch den Rest meistern.

Er bemerkte Taimas Blick auf die Waffe. »Hey, mein Herz, mach dir keine Gedanken, ich glaube nicht, dass ich sie benutzen muss.«

»Wirst du *mir* wenigstens erzählen, was bei der Arbeit passiert?«

Finnley stand auf und stellte sich hinter sie, um seine Arme um sie zu legen. »Unbedingt, wer soll mir sonst helfen, alles auf die Reihe zu kriegen?« Und was das anging, gab es vieles, bei dem sie ihm dringend helfen musste.

»Du schaffst das schon. Beobachte, hör zu und lerne. So wie du es schon seit zwei Monaten machst. Ich bin wirklich stolz auf dich, Finnley Whittle. Schottland ist so ganz anders als Powtanka, aber im Gegensatz zu dir hatte ich viel Zeit, mich auf die Monate in deinem Land vorzubereiten. Für dich ist alles so schnell gegangen. Vermisst du deine Heimat?«, fragte sie leise, lehnte den Kopf zurück und legte ihre Wange an seine.

»Ja, jeden Tag«, sagte er ehrlich. »Aber du bist mein Zuhause.«

Mit einer eleganten Bewegung legte sie das Messer zur Seite und drehte sich in seinen Armen um. Nun konnte er fortsetzen, was er wegen ihrer Eltern hatte unterbrechen müssen. Er küsste sie und ließ seine Hände an ihrem Rücken hinabgleiten. Ihre Finger schoben sich unter sein Hemd und strichen zärtlich über seine Brust.

»Wir essen ja gleich bei deinen Eltern«, flüsterte er ihr ins Ohr und setzte sie auf die Arbeitsfläche. Er ließ seine Hände unter den Saum ihres Kleids wandern und schob es hoch. In ihrer Nähe fühlte sich alles richtig an. Leidenschaftlich, aufregend und alle Umstände wert. Und solange sie bei ihm war, wäre er eben auch so was wie ein *Geistkrieger*.

KAPITEL 4

Wie, schon so früh hier?« Deidra setzte sich an ihren Schreibtisch, aktivierte den Computer über den Daumenabdruckscanner und sah zu Tate, der müde an seinem Kaffee nippte.

»Verstehe, erst mal wach werden, ja?« Anders als die meisten Kollegen bevorzugte Deidra Steinplatten, statt den Arbeitsplatz mit warmen Holzarten angenehmer zu gestalten. Auf dem Tisch befanden sich keine überflüssigen Gegenstände wie Fotos, Kalender, benutzte Becher, Räucherschalen oder mehr als ein Kugelschreiber. Akten, und was sie sonst noch benötigte, lagen in den abschließbaren Schubladen. Die vier Arbeitsplätze fügten sich in der Raummitte zu einem großen Tisch zusammen, der von oben betrachtet wie eine Patchworkfläche aussah. Deidras sterile Ordnung, daneben Chenoas Tisch, den sie im Laufe des letzten Jahres nebenbei mit Schnitzereien und kleinen Runenmalereien verziert hatte. Steine türmten sich auf einer Ecke, kleine Stöcke und Kräutersäckchen lagen auf der anderen. Einen Computer benötigte sie nicht.

Finnleys Tisch stand direkt an der Stirnseite von Chenoas und sah noch unbenutzt aus. Nachdem er sich für Eichenholz entschieden hatte, wurde noch am Abend sein Arbeitsplatz eingerichtet. Deidra war sich sicher, dass der Tisch schon bald ein Schaubild der aktuellen Ermittlungstechnik werden würde. Aufzeichnungsgeräte, Ladestationen, Kartenleser und Computer. Was neben Tates allgemeinem Chaos nicht weiter auffallen würde. Tates Platz sah immer nach Arbeit aus, auch wenn man bei genauerem Hinsehen feststellen konnte, dass nichts Aktuelles darunter zu finden war, weil er das wiederum unter Verschluss hielt. Anfänglich hatte sie der Anblick dieser Unordnung gestört, die manchmal drohte, auf ihren Tisch überzugreifen.

»Sind die Ergebnisse schon da?« In wenigen Sekunden würde sie selbst nachsehen können, aber sie drängte ihrem müden Kollegen lieber ein Gespräch auf, damit er langsam auf Betriebstemperatur kam.

Die Außenwand war einseitig durchscheinend. Vor dem Präsidium war nicht viel los. Die Straße war nahezu leer, und die Sonne glitzerte durch die Baumkronen der alten Kastanien.

»Keine Ahnung, ich habe noch nicht nachgesehen.«

»Und? Wie hieß sie?« Deidra musste grinsen. Seit sie Tate vor drei Jahren kennengelernt hatte, waren es immer wieder die unterschiedlichsten Frauengeschichten, die ihn an manchen Tagen derartig müde und verbraucht aussehen ließen.

»Nein, ausnahmsweise mal kein Date. Ich war mit Ehawee einen trinken«, sagte er und sah Deidra über den Rand seines Bechers hinweg an.

»Wie geht es ihr? Sie sieht in letzter Zeit nicht gut aus.«

Die Kollegin hatte nach dem Unglück ihres Mannes in den Innendienst wechseln müssen, viel mehr wusste sie nicht über sie.

»Es ist wohl alles nicht so einfach, aber sie ist stark.« Dann grinste er. »Aber heute Abend habe ich ein Date.«

Tate wurde von den Powtankanern geachtet. An manchen Tagen bewunderte sie ihn für seinen freien Lebensstil. Sie selbst wurde ebenfalls geachtet, sonst könnte sie dieses Team nicht führen, aber sie fühlte es nicht. Hinter ihrer Härte und Disziplin verbarg sich eine Wertlosigkeit, die sie keine Sekunde vergessen konnte. Vielleicht war sie deshalb dem neuen Kollegen gegenüber offener eingestellt, weil sie wusste, wie es war, anders zu sein.

Unter den neuen Nachrichten fand sie den Bericht von Hanpi. »Dann wollen wir doch mal sehen.«

»*Hah-ue.*« Chenoa kam gleichmütig hinzu, neben ihr trottete ihr Rotluchs, Igmu, einher.

Die elegante Raubkatze entschied selbst, wann sie Chenoa begleitete und wann nicht. Deidra mochte es, wenn Igmu dabei war, weil Chenoa durch ihre Anwesenheit eine Art Erdung erfuhr. Die junge Schamanin machte sich gut in der Einheit und konnte einer vielversprechenden Zukunft entgegensehen, wenn sie ihre Unsicherheiten in den Griff bekam. Der gestrige Einsatz hatte wieder gezeigt, dass die Astralwelt ihr zu viel abverlangte. Deidra hatte sich viel Wissen über die Astralwelt aneignen müssen, um auf Chenoa aufzupassen, aber die jüngsten Ereignisse zeigten ihr, dass die blanke Theorie ihr nicht weiterhalf. Sie verstand nicht, was Chenoa so viel Kraft gekostet hatte, wann eine Situation wirklich kritisch wurde und wie sie reagieren sollte, wenn die junge Schamanin bei den Ritualen einen Fehler machte. Sie alle mussten an den Aufgaben wachsen, weil es für die Geistkrieger keine festen Regeln gab.

Deidra fühlte sich für das Team verantwortlich. Nicht nur, weil sie Thures Stellvertreterin war. Wakan Tanka hatte ihr eine Aufgabe gegeben, um mehr zu sein als die leere Hülle, die ihre Existenz nicht ausfüllen konnte. Dieses Team kam für sie einer Familie am nächsten, andere Menschen gab es in ihrem Leben nicht. Zumindest keine, die ihr etwas bedeuteten. Deidras Privatleben war eine Aneinanderreihung von Ehrenämtern, damit sie so wenig Zeit wie möglich mit ihren eigenen Gedanken verbringen musste. Deswegen hatte sie sich vor fünf Jahren bei der Gründung der Geistkrieger auf diese Position beworben, und dieser Fall war die erste richtige Prüfung für sie. Sie hatte immer gewusst, dass etwas kommen würde, das eine neue, erschreckende Größenordnung mit sich brachte. Bisher waren die Einsätze geradezu lächerlich gewesen.

Ich werde bestehen. Mein Team wird bestehen. Und dann habe ich meinen Platz in eurer Welt.

Deidra achtete auf Chenoas Körpersprache. Die Schultern waren leicht angezogen, die Arme schützend vor dem Bauch verschränkt, und ihr Gesicht wirkte angespannt.

Der Seelenspiegel glänzte auf dem schwarzen Stoff ihres Anzugs. Ein Talisman, der gleichzeitig Schutz und das Symbol ihrer Schwäche war, weil erfahrene, starke Schamaninnen, die über die Sicht verfügten, so etwas nicht brauchten.

Finnley traf kurz nach ihr ein. Er sah in dem schwarzen Shirt und der Uniform nun schon eher wie einer von ihnen aus, auch wenn die Tätowierungen das Bild störten. Auch er grüßte, aber ein Blick auf sein Pad würde ihm verraten, dass er ein Wort falsch betont hatte.

Tate grinste ihn an. »Na, bereit für alles, was kommen mag?«

Thures Auftritt vereitelte eine Antwort. Er ging an Finnley vorbei ins Zimmer und stellte sich neben Deidra, die nachdenklich auf einem Fingernagel kaute und sich wieder auf Hanpis Bericht konzentrierte.

Zwischen all den unterschiedlichen Gedanken war es schwer, die wichtigsten in den Fokus zu ziehen.

»Ich habe es auch gerade gelesen. Ist doch seltsam, oder?«, fragte Thure und strich sich übers Kinn.

Deidra vollführte eine packende Handbewegung vor dem Computerdisplay, die dafür sorgte, dass das Dokument für alle sichtbar auf der rechten Wand erschien.

»Bevor du fragst, Tunkan: Polymertechnik«, sagte Tate, drehte sich zu der Darstellung um und las.

Deidra war aufgefallen, dass Finnley etwas ruhiger wirkte als tags zuvor. Und Tates Randbemerkung, die sicher nur noch mehr Fragen aufwarf, wurde von dem Schotten vorerst so hingenommen.

»Das bringt uns nicht weiter«, sagte Chenoa aufgebracht, die die Fakten als Erste erfasst hatte. »Ein Bär mit Sand und Holzsplittern im Magen. Und als einzige Verbindung zum Opfer gibt es nur die Spur.«

»Und woran ist der Bär gestorben? An den Splittern?« Finnley brachte sich weiterhin ein, das gefiel Deidra. Offensichtlich ließ er sich nicht einschüchtern.

»Da steht, das Tier war circa fünf Jahre alt. Das spricht nicht für einen altersbedingten Tod«, sagte Chenoa, als hätte sie ihn nicht gehört. »Aber an Sand und Splittern stirbt ein ausgewachsener Bär nicht mal eben.«

Deidra wischte in der Luft mit der Hand nach links, eine weitere Seite erschien.

»Idiopathischer Herzstillstand«, stand als Todesursache unter dem Text.

»Hanpi Napé weiß also nicht, warum der Bär gestorben ist. Das bedeutet auch, dass sich spirituell keine weiteren Hinweise finden ließen, außer der Spur, die Chenoa auch schon gesehen hat«, fasste Deidra das Wesentliche zusammen. Sie drehte sich zu Thure. »Wer hat der Witwe die Todesnachricht vom Professor überbracht?«

»Das war Anernerk persönlich«, sagte er leise.

Akhlut »Wolf« Anernerk war der Chief des Präsidiums. Alle Fäden sämtlicher Abteilungen liefen bei ihm zusammen. Er war es auch, der sich den Räten stellte, wenn übergreifende Entscheidungen getroffen werden mussten. Der Ältestenrat des Bezirks bestand aus den einflussreichsten Clanoberhäuptern, die ein strenges Auge auf die polizeilichen Abläufe hatten. Deidra war froh, dass ihre Position nicht verlangte, sich diesen Auseinandersetzungen zu stellen.

Früher oder später musste jemand mit Finnley zum Wolf gehen, um ihn vorzustellen – Fragen über die Reaktionen der Witwe waren ein guter Vorwand, diese Formalität kurz zu halten. »Finnley, du kommst mit, so kann er dich auch gleich kennenlernen«, sagte Deidra, und dann an ihren Vorgesetzten gewandt: »Mit deiner Erlaubnis natürlich.«

»Ich wünsche euch, dass er einen guten Tag hat.« Mit einer schwungvollen Bewegung der rechten Hand ließ Thure das Dokument wieder verschwinden. »Einsatzbesprechung im Anschluss.«

Finnley folgte Deidra, der die Anspannung deutlich an der steifen Körperhaltung anzusehen war. Schnellen Schritts ging sie den linken Flur entlang, der ringförmig durch das Gebäudeinnere verlief.

Finnley war neugierig auf *den Wolf*. Taima hatte erzählt, dass dieser Mann ständig von vier Alaskan Malamut, großen Schneehunden, begleitet wurde, die besondere Fähigkeiten besitzen sollten. Als er mehr wissen wollte, winkte sie jedoch ab – er würde es schon sehen, wenn er ihm begegnete.

»Du sprichst nur, wenn du aufgefordert wirst, und siehst seinen Hunden nicht in die Augen. Niemals!«, waren Deidras knappe Anweisungen, bevor sie anklopfte und das Büro mit der Aufschrift *Akhlut »Wolf« Anernerk – Chief* betrat.

Finnley musste blinzeln, weil das Tageslicht ungefiltert durch die gläserne Wand fiel. Das Prinzip war gewiss das gleiche wie in seinem Bad zu Hause. Vor dem Gebäude war alles zu erkennen, während von außen niemand hineinsehen konnte.

Das Licht hier wurde allerdings verstärkt, so als würde der Wolf seine Besucher mit Absicht blenden wollen.

Anernerk saß nicht wie erwartet hinter einem großen Schreibtisch gegenüber der Tür. Er befand sich auf einem schattigen Podest zur Rechten. Vier große grau-weiße Hunde lagen zu seinen Füßen, die mit ihren wachen Augen die Eindringlinge ansahen und in ihre Richtung witterten. Die wenigen Möbel fügten sich zweckdienlich in das geräumige Büro ein, das eher wie ein Höhlenausschnitt anmutete. Anernerk saß auf Fellen halb über ein Pad gelehnt und würdigte Deidra und Finnley keines Blickes. Finnley kam nicht umhin, ihn unverhohlen zu mustern. Ein dicker schwarzer Zopf lag über seinem breiten Rücken und reichte mit der Spitze bis über die Kante des Podests. Wenn er aufstand, würden die Haare sicher bis zu den Oberschenkeln hängen. Auf der rechten Schläfe zeichneten sich schwarze Runen ab, im Ohr trug er einen Ohrring mit langen Lederbändern und Adlerfedern. Knochenapplikationen verliehen dem schwarzen Anzug ein harnischähnliches Aussehen. Finnley schätzte den Mann auf gut fünfzig Jahre, aber mit der einschüchternden Ausstrahlung eines wesentlich jüngeren Kriegers.

Deidra stieß Finnley einen Ellbogen in die Seite, damit er den Blick senkte.

Er neigte zwar folgsam den Kopf, blieb jedoch mit seiner Aufmerksamkeit an den braunen Augen eines Hundes hängen. Sofort fühlte er einen hypnotischen Sog, dem er nicht widerstehen konnte. Das Pad rutschte zwischen seinen Fingern ein Stück tiefer und drohte auf den Steinboden zu fallen. Weltvergessen wurde sein Atem ruhiger, Arme und Beine schwerer. Der Wunsch, sich an Ort und Stelle auf den Boden zu legen, verdrängte alles, was bis eben noch an Gedanken in seinem Kopf präsent gewesen war. Für Sekundenbruchteile fielen ihm die Augen zu, aber immer, wenn er sie wieder aufriss, fingen die Augen des Hundes seinen Blick erneut ein.

Deidra hob eine Hand vor Finnleys Gesicht und unterbrach so den Sichtkontakt. Finnley schloss die Finger wieder fester um das Pad und schüttelte sich.

»Wenn du so weitermachst, werden wir einen Babysitter für dich brauchen!«, sagte sie.

Nun regte sich Anernerk, dessen Augen ebenso braun waren wie die seiner Hunde, nur unerbittlicher. Finnley hatte bei seiner Regung kurz aufgeschaut und dann beschlossen, nur noch fest auf den Boden zu sehen.

»Warum stört ihr mich?«

»*Até Uzuye,* das ist Finnley Whittle, unser Neuer.« Sie versetzte ihm wieder einen Stoß, damit er die angemessene Begrüßung vollzog.

Mechanisch sagte er: »*Hah-ue*«, was offensichtlich nicht der Begrüßung entsprach, die Deidra gemeint hatte. Sie sog hörbar die Luft ein.

Anernerk legte das Pad beiseite und richtete sich auf. Jede seiner Bewegungen wirkte erhaben und gebieterisch zugleich. Mit einer kaum wahrnehmbaren Geste seiner Finger schickte er zwei der Hunde los, die Finnley umkreisten und beschnupperten.

»Ein *Wasicun?* Was will Thure damit beweisen?« Seine Stimme war dunkel und gefährlich leise.

Mysteriöser Mensch leuchtete auf Finnleys Pad auf.

»Ich weiß, Chief«, sagte Deidra bedacht. »Die Probezeit wird zeigen, wie weise Thures Entscheidung war.«

Finnley wich einen Schritt zurück, als er angeknurrt wurde.

»Bleib stehen, verdammt«, raunte Deidra wütend.

»Er sieht aus wie eine Maschine. Meine Hunde mögen ihn nicht.«

Deidra neigte leicht den Kopf. »Ich hoffe, sie werden ihre Meinung ändern.«

Anernerk machte einen leisen Schnalzlaut, und die Tiere kehrten auf ihre Plätze zurück.

»Du kannst gehen, den Rest mache ich allein.« Deidra hielt eine Hand auf ihren rechten Oberarm und wartete, dass Finnley ging.

Unsicher verabschiedete er sich mit der Geste vom Herzen zu Anernerk und war kurz darauf froh, das Büro verlassen zu haben.

»Meine Hunde mögen ihn nicht«, äffte er kaum hörbar den Tonfall nach. »Ich sie auch nicht.«

Er beschloss, vor der Tür zu warten und mit Deidra darüber zu reden, bevor sie wieder zu den anderen gingen. Wann immer jemand vorbeikam, fühlte er sich wie ein ungezogener Schüler vor dem Büro des Direktors, aber wenn die Blicke dann von den Tätowierungen auf seine Uniform fielen, änderten sich die Gesichtsausdrücke bei den meisten. Allein deswegen hoffte er, doch bei den Geistkriegern zu bleiben – dieser gewisse Respekt gefiel ihm.

Es dauerte gut zehn Minuten, bis Deidra ebenfalls das Büro verließ. Sie war noch immer sehr angespannt, die Linke rieb wiederholt über ihren Oberarm.

»Tut dir der Arm weh?«, fing Finnley ein eher unverfängliches Gespräch an, während sie langsam zurückgingen.

»Muskelkater. Ich trainiere jeden Abend. Täte dir auch gut.«

Er blieb stehen. »Vielleicht mache ich das.«

Sie drehte sich zu ihm um und zog ihn weiter. »*Hah-ue?* Warum hast du nicht gleich gesagt: Hey Alter, was geht?«

Finnley musste lachen. »Und warum bekommst du noch Muskelkater, wenn du jeden Abend trainierst?«

Ihr Gesichtsausdruck änderte sich. Wo eben noch ein Funke Wohlwollen zu sehen war, verhärteten sich die Züge. »Wenn du dich nicht an meine Anweisungen halten kannst, bekommen wir beide Probleme. Das würde ich gern vermeiden.«

»Deswegen habe ich hier auf dich gewartet. Ich weiß, alles ist gerade etwas stressig, aber ich brauche mehr Informationen, um mich besser einbringen zu können.«

Das Büro war nicht mehr weit entfernt.

»Du hast recht, und die sollst du auch bekommen. Halte dich an Tate, das hat gestern ja auch gut geklappt. Ansonsten haben wir hier zwei Regeln.« Deidra hob einen Finger. »Wir reden niemals über private Angelegenheiten. Und zweitens: Im Einsatz passen wir immer und jederzeit aufeinander auf.«

»Ich habe euch schon privat reden hören«, sagte Finnley und grinste sie an. Ihr Versuch, alles professionell zu halten, war eine nette Idee, aber er hatte schon mit so vielen Menschen zusammengearbeitet – früher oder später verwischten die Grenzen immer. Und das war auch gut.

Mit einem Kopfschütteln ging sie schneller und vor Finnley durch die Tür.

»Was weiß ich denn schon, ich bin ja nur ein Steinmann«, flüsterte er und folgte ihr.

KAPITEL 5

Abhilasha war spät dran. Erst hatte sie verschlafen, und dann musste sie sich zu allem Überfluss nochmals umziehen, weil sie sich Kaffee über die Bluse geschüttet hatte. Mit einer Hand überprüfte sie den Sitz ihrer Zöpfe. Für den heutigen Anlass trug sie Weißadlerfedern im Haar, die zu dem gleichfarbigen Kostüm mit dezenten erdfarbenen Stickereien passten. Sie betrat die Eingangshalle von Apawitech. Hier würde sich entscheiden, ob sie bald zu dem führenden Rat des Solarkonzerns zählen sollte. In ihrer Tasche befanden sich neue Designs, die hoffentlich die Wahl zu ihren Gunsten beeinflussen würden.

Von außen wirkte das zwanzigstöckige Gebäude wie ein gewundener Stamm. Besonders kunstvolle Solarelemente erweckten den Eindruck, lebendige Tiere würden daran emporklettern, während ein Lichtwasserfall von oben über die Fassade lief. Abhilasha wollte nach ganz oben. Dort, wo kleine Ranken vom Dachgarten über den Rand wuchsen, befand sich das Büro, das wie für sie gemacht war.

Mit ihren neununddreißig Jahren wäre sie die jüngste Powtankanin im Rat dieses Traditionskonzerns, was ihren Clan bekannter und mächtiger werden lassen und ihm eine Teilhabe am Stadtrat sichern würde.

In der Halle eilten die Angestellten zu den Fahrstühlen. Für diese Menschen begann ein normaler Arbeitstag. Abhilasha ging zielstrebig durch die Halle. Ihre Schuhe klackten laut auf dem Marmor. Bilder der Evolutionsgeschichte zogen sich kreisrund über die polierten Platten, Totems und das Symbol für Wakan Tanka bildeten die Mitte. Je nach Winkel schienen sich manche Malereien zu bewegen. Sie freute sich darauf, dieses Kunstwerk jeden Tag sehen zu können.

Im Fahrstuhl mussten sich die Menschen zusammendrängen. Abhilasha mochte es nicht, von Fremden berührt zu werden, aber das ließ sich nicht vermeiden – die Treppe bis in den zwanzigsten Stock zu nehmen, dauerte zu lange. Schulter an Schulter, ein Bauch an ihrem

Rücken, eine Vielzahl unterschiedlicher Eindrücke und Gerüche. Als sich die Tür schloss und sich die Kabine in Bewegung setzte, atmete sie tief ein. Innerlich ging sie alles durch, was sie sagen wollte, rief sich die Namen und korrekten Anreden in Erinnerung, und wem sie besonders imponieren musste. Sie war sich absolut sicher, dass sie es schaffen würde. Nach der langen Vorbereitungszeit wartete nun die Belohnung für ihre harte Arbeit auf sie.

Jemand stieß gegen sie. Der Fahrstuhl hielt im vierten Stock, und eine Frau drängte sich sehr körperbetont an ihr vorbei. Abhilasha blickte an sich hinab. Das Letzte, was sie jetzt gebrauchen konnte, waren irgendwelche Flecken auf ihrer Kleidung.

Die Tür schloss sich wieder, an der Enge änderte sich nichts.

Die Tasche mit den Entwürfen wog schwer in ihrer linken Hand. Immer wieder packte sie den Griff fester. Den ganzen Morgen lang hatte sie im Minutentakt zwanghaft geprüft, ob sie auch alles hatte, bis sie schließlich das Haus verließ. Trotzdem ging sie erneut in Gedanken durch, ob sie an alles gedacht hatte.

»Au, verdammt«, schrie sie auf, als sie einen Stich im Bein spürte.

Umständlich tastete sie nach der Stelle und fühlte warmes Blut zwischen ihren Fingern. »Was war das?«

Die Umstehenden sahen sie skeptisch an, dann fiel einer Frau das Blut an ihren Fingern auf. »Oje, benötigen Sie ein Taschentuch?«

Abhilasha winkte ab. »Es geht schon, danke.«

Wieder hielt die Kabine an, und zwei Personen stiegen aus, aber zu Abhilashas Bedauern stiegen auch drei wieder ein, wodurch sie noch ein Stück nach hinten gedrängt wurde.

Sie fühlte sich nicht mehr wohl in ihrer Haut. Die Stelle an ihrem Bein brannte, und ihr Herz begann schneller zu schlagen. »Das ist nur ein Stich«, sagte sie leise und atmete ruhig ein und aus.

Die Frau neben ihr sah sie erneut an. Gern hätte sie ihr gesagt, dass sie sich um ihren eigenen Kram kümmern solle, als sich etwas auf ihre Schulter legte.

»Finger weg«, fuhr sie den Mann neben sich an, der abwehrend die Hände hob. Der Druck endete jedoch nicht.

»Ist wirklich alles in Ordnung?«

Die hilfsbereite Frau streckte eine Hand nach Abhilasha aus, hielt aber mitten in der Bewegung inne. »Möchten Sie aussteigen?«

Unruhig rieb sich Abhilasha über die Schulter, wo der Druck unaufhörlich zunahm, und schüttelte den Kopf. Dann hörte er schlagartig wieder auf.

Die Anzeige verkündete den elften Stock. Der Fahrstuhl hielt, und zwei Personen stiegen aus. Am liebsten hätte Abhilasha alle rausgeworfen, weil sie die Enge nicht mehr ertragen konnte. Schweiß ließ die Kleidung an ihrem Körper kleben. Wenn sie endlich oben ankam, bliebe ihr keine Zeit, sich notdürftig frisch zu machen.

Mühsam erhaschte sie einen Blick auf die Fahrstuhlknöpfe. Bis ganz oben waren noch drei weitere Etagen gedrückt worden und leuchteten matt. Genervt verdrehte sie die Augen.

Endlich ging die Fahrt weiter.

Das Blut lief ihr langsam am Bein hinab.

»Könnte ich bitte doch ein Taschentuch bekommen?«

»Sicher.« Die Powtankanin griff in ihre Tasche und holte eine Packung Einwegtaschentücher hervor. »Ich habe immer welche dabei, man weiß ja nie«, plauderte sie freundlich.

Doch als sie von ihrer Tasche zu Abhilasha aufsah, ließ sie vor Schreck die Packung fallen.

Ein grauenhaft stechender Schmerz bohrte sich gleichzeitig an sechs Punkten wie dicke Stahlspitzen in Abhilashas Schädel. Sie schrie verzweifelt auf und schlug um sich, traf aber nur andere Passagiere, die sie entsetzt von sich stießen. Das Durcheinander versetzte die Kabine in Schwingung.

Auch die anderen Fahrgäste drehten sich nun zu ihr um, die entsetzten Rufe gingen in ihrem eigenen Geschrei unter. Ihre Kopfhaut verzog sich, Risse entstanden, und dunkelrotes Blut quoll aus den tiefen Löchern.

Mehrere Hände legten sich auf die Fahrstuhlknöpfe, drückten den Notruf und sämtliche Stockwerke. Das Drängeln und Stoßen nahm bedrohliche Ausmaße an, die vordersten an der Tür drohten zu ersticken, kämpften schreiend gegen den mörderischen Druck an.

»Nehmt es weg«, schrie Abhilasha panisch. »Helft mir doch!« Blind vor Schmerzen prallte sie gegen die Leute, die sie mit grober Kraft zurückschlugen. Ihre Finger griffen ins Leere.

Die unsichtbaren Klingen zogen sich aus ihrem Schädel, und es fühlte sich an, als würde etwas auf ihrem Kopf die Position wechseln.

»Aufhören!«

Wie kleine Axthiebe trafen Schläge unerbittlich ihren Nacken. Fleisch und Haare wurden ausgerissen. Mit blutigen Händen griff sie nach der Frau mit den Taschentüchern. »Nehmen Sie es weg«, schrie Abhilasha panisch. Schwindel und Schmerz ließen sie taumeln.

Die Frau drückte sich rückwärts gegen die anderen Insassen und schüttelte entsetzt den Kopf.

Durch eine weitere Attacke brach ein Wirbel, und Abhilashas Knie gaben nach.

Endlich hielt die Kabine an. Die vordersten, die gegen die Tür gequetscht wurden, klemmten sich die Finger in der Lücke zwischen Schiebetür und Kabine, während die hinteren unnachgiebig den Druck verstärkten. Die Tür quietschte, und als der Spalt groß genug war, wurden die Ersten hinausgedrückt und stürzten.

In ihrer Panik rannten die dahinter über die Körper hinweg und versuchten, das Grauen hinter sich zu lassen. Eine Frau blieb bewusstlos auf der Schwelle liegen, die Tür stieß immer wieder gegen ihren Körper und fuhr dann zurück.

Als andere das Geschrei hörten, kamen sie aus den Büros gelaufen, um nachzusehen. Ungläubig starrten sie in den Fahrstuhl. Abhilasha lag mit weit geöffneten Augen in ihrem Blut, unfähig, sich zu bewegen. Ihr Körper ruckte, als würde etwas Unsichtbares sie bei lebendigem Leib auffressen. Dann brach ihr Blick, und der Spuk war vorbei.

»Herrje, Finnley, muss das sein?« Chenoa schob mit einer Hand sein Pad nach unten. »Kannst du die Leiche nicht wie jeder andere direkt ansehen?«

Der Hausmeister hatte den Fahrstuhl abgeschaltet, sodass die Tür offen blieb und lediglich die Beleuchtung noch in Betrieb war. Polizisten verhörten die Augenzeugen. Die Verletzten wurden bereits im Krankenhaus behandelt. In dem knappen Vorbericht war die Rede von drei massiven Handverletzungen, einer Schwerverletzten mit Lungenquetschung und Schädeltrauma und allgemeinen Schockzuständen.

Finnley fühlte sich überflüssig, weil er zu den Untersuchungen kaum etwas beitragen konnte. Chenoas ständige Kritik marterte ihn, und nein, er konnte die Leiche nicht direkt ansehen, ohne würgen zu müssen.

Das Businesskostüm der Toten war vollgesogen mit ihrem Blut. Ein Stück der Schädelplatte war herausgebrochen und hing an einem Fetzen Haut über ihren Hinterkopf. Das Gehirn zeigte an dieser Stelle tiefe Verletzungen.

»Ihr Genick ist gebrochen«, sagte Deidra sachlich und stellte Utensilien für die Untersuchungen bereit.

Chenoa legte den Seelenspiegel in die offene Gerätetasche und atmete tief durch. Behutsam stieg sie über das Blut hinweg und hockte sich hinter die Leiche. Eine Fliege schreckte kurz auf, ließ sich dann jedoch wieder auf dem trocknenden Augapfel nieder und tastete ihn mit dem dünnen schwarzen Rüssel ab.

»Wir sehen uns ein wenig um«, sagte Tate leise und ging Richtung Stimmengewirr. Finnley folgte ihm, dankbar, eine Aufgabe zu bekommen. Immer wieder bewegte er Kopf oder Schultern, um dieses unangenehme Gefühl aus dem Nacken zu vertreiben, das ihn störte, seit sie bei der Leiche eingetroffen waren. Eine drohende Panikattacke, die er absolut nicht gebrauchen konnte.

»Was für ein Vogel wird das gewesen sein?«

Tate sah ihn verwundert an. »Vogel?«

Finnley deutete auf seinen Hals. »Vögel packen ihre Beute und hacken ihr in den Nacken, um das Genick zu brechen, damit sie anschließend in Ruhe fressen können. Als Kind war ich in den Ferien oft bei meinen Großeltern an der Küste.«

»Ja, ich weiß, wie Vögel angreifen. Ich bin nur überrascht, dass du es auch weißt.« Tate grinste verschmitzt. »Wie wäre es mit einer Wette?«

Sie blieben stehen, und Tate deutete hinter sich auf den Fahrstuhl. »Ich sage, wenn wieder ein totes Tier im Umkreis von fünf Meilen gefunden wird, das zu diesem Fall passt, ist es ein Kondor.« Er hielt seinem Kollegen die Hand entgegen, Finnley schlug ein.

»Ich sage, es ist eine Harpyie.«

Nun musste Tate lachen. »Eine Harpyie? Okay, bis eben dachte ich noch, du wüsstest mehr über unsere Flora und Fauna. Harpyien kommen hier an der Ostküste nicht vor.«

Finnley kratzte sich am Kopf. »Das ist der einzige richtig große Greifvogel, den ich kenne.«

Sie gingen weiter und erreichten eine Art Lounge, in der sich Beamte um die Augenzeugen kümmerten und die zuständigen Konzernverantwortlichen auf Antworten warteten.

»Tu mir nur einen Gefallen, lass diese Wette unter uns bleiben. Chenoa würde ausflippen.«

Finnley erkannte sofort Taimas Vater, der bei anderen älteren Männern und Frauen stand und einer jungen, blutverschmierten Angestellten zuhörte. Das ungute Gefühl verstärkte sich mit jedem Herzschlag. Ebenso erhöhte sich sein Puls, und seine Atmung ging schneller.

»Diesmal will er es genau wissen«, sagte er wütend. Diese Art der Kontrolle gefiel ihm gar nicht.

»Wie bitte?« Tate folgte seinem Blick.

»Das ist mein Schwiegervater in spe.«

Tate sog hörbar die Luft ein. »Heilige Scheiße, das erklärt, wie du zu uns gekommen bist.«

Finnley wollte sich gegen die Behauptung wehren, aber gedanklich ging er seine Fluchtmöglichkeiten durch – das war in diesem Augenblick wichtiger.

»Dann lass uns hingehen.«

Finnley hätte Tate gern zurückgehalten, aber Tatoke Inyanke hatte sie bereits bemerkt. Mit vor der Brust verschränkten Armen wartete er, bis Finnley bei ihm war und berichtete. Fünf Räte, drei Männer und zwei Frauen, sahen ihn und seinen Kollegen abschätzend an. Sie, zwei Nicht-Powtankaner, die in einem Mordfall ermitteln mussten, der größtes schamanisches Wissen und Können voraussetzte. Finnley glaubte, jeder müsse seinen rasenden Herzschlag hören.

»*Até Uzuye*«, benutzte er die angemessene Anrede.

»*Hah-ue*«, sagte Tatoke weniger höflich und nickte Tate zu. »Was habt ihr herausgefunden?«

»Die Untersuchungen dauern noch an. Zu diesem Zeitpunkt können wir noch keine Auskunft über den Stand der Ermittlungen geben.« Diese Worte gingen Finnley so leicht über die Lippen, dass er sie sicher später bereuen würde.

Die altbekannte Wut glomm in Tatokes dunklen Augen auf. Er deutete auf die Angestellte. »Wiederholen Sie, was Sie uns gerade erzählt haben.«

Ihre Kleidung und ihr Gesicht waren voller Blut. Weinend knüllte sie ein inzwischen ebenso rotes Taschentuch zwischen den Fingern. Tate aktivierte sein Aufnahmegerät, auch wenn er die Aussage von den Kollegen später zusammen mit allen anderen Aufnahmen bekommen würde.

»Irgendwas hatte ihr ins Bein gestochen, sie hat geblutet, und ich habe ihr ein Taschentuch angeboten. Kurz darauf öffneten sich Löcher in ihrem Kopf, sie schrie, schlug um sich – es war grauenhaft.« Sie brach ab und wischte sich weinend die Tränen aus dem Gesicht. »Sie hat nach mir gegriffen, aber wie hätte ich ihr helfen sollen? Ich dachte, wir würden alle sterben.«

Tatoke bedankte sich bei der Angestellten und schickte sie zu den Rettungsschamanen, die ihr bei der spirituellen Reinigung von der aufzehrenden Angst helfen sollten.

»Wir erwarten Ergebnisse«, sagte er im Befehlston und fixierte dabei Finnley mit übertriebener Strenge.

»Und das, bevor weitere Menschen getötet werden«, ergänzte einer der anderen Räte, der Jüngste in der Runde. Ein sehr großer Mann mit Clanschmuck im langen Haar. Finnley fühlte sich, als würde er jeden Moment Amok laufen, und bei dem Riesen würde er anfangen.

»Wir sprechen uns heute Abend«, raunte Tatoke so freundlich wie eine Drohung, anschließend drehte er sich um, und er und die Räte gingen.

Finnley war nur noch auf seine Atmung konzentriert. In ihm drängte etwas, auszubrechen und unter diesen Menschen zu wüten. Das durfte er nicht freilassen.

»Ich muss mich korrigieren. Der Alte kann dich nicht leiden. Jetzt tust du mir leid«, flüsterte Tate und klopfte ihm auf die Schulter. »Vom Ältestenrat des Bezirks mal eben ohne Verabschiedung stehen gelassen zu werden – Junge, bei deinen Familienfeiern möchte ich nicht dabei sein.« Er tippte auf seinem Aufnahmegerät herum. »Ich schicke Thure den Mitschnitt und sage ihm, dass ein Team nach einem toten Greifvogel suchen soll.«

Finnley rieb sich über den Nacken, vermied es, irgendwen anzusehen, und atmete bewusst gegen das Herzrasen an.

»Ist alles okay?«

Er wollte die Situation herunterspielen, seinen Zustand auf die Begegnung mit seinem Schwiegervater schieben, aber er glaubte, wenn er jetzt die Konzentration verlor, zerbräche auch die Kontrolle wie dünnes Glas, das über seinen inneren Berserker gestülpt war.

»Finnley?«

Eine Hand legte sich auf seinen Rücken, und Tate schob ihn mit etwas Druck Richtung Flur. »Komm erst mal runter«, hörte er Tate ruhig sagen.

Mit jedem Schritt in den gegenüberliegenden Flur, in dem keine Leute standen und gafften, wurde die innere Unruhe schwächer.

»Soll ich raten?«, fragte sein Kollege und sah Finnley ins Gesicht. »Dein Schwiegervater löst bei dir Panikattacken aus?«

Mit einem Nicken bestätigte Finnley diese Vermutung, auch wenn das nicht ganz der Wahrheit entsprach. »Ich kann das nur schwer kontrollieren«, sagte er, als er keine Angst mehr haben musste, dass etwas Schlimmeres passierte. »Jetzt geht es wieder.«

»Ganz ehrlich, du tust mir leid«, sagte Tate freundschaftlich. »Tatoke Inyanke ist ein mächtiger und gefürchteter Mann. Powtankaner haben es schon schwer, ihn zu beeindrucken. Ich kann mir vorstellen, wie schwer es für dich sein muss, ihn überhaupt zufriedenzustellen.«

Es tat gut, mal jemanden auf seiner Seite zu wissen. »Wie hast du es geschafft, von den In… äh, von den Powtankanern akzeptiert zu werden?«

Tate lachte. »Ich bin hier aufgewachsen. Nach dem Tod meiner Eltern wurde ich von Powtankanern großgezogen, da vergisst man leicht, dass man streng genommen keiner von ihnen ist.«

»Dann sieht es wohl schlecht für mich aus.«

Der vielleicht zehn Jahre ältere Tate legte Finnley väterlich eine Hand auf die Schulter. »Wakan Tanka wird seine Pläne mit dir haben, du musst nur geduldig sein und durchhalten.« Dann ergänzte er verschwörerisch: »Diese kleine Panikattacke bleibt unser Geheimnis.«

»Danke«, sagte Finnley und fühlte sich wieder wohl in seiner Haut. Sein Herzschlag hatte sich beruhigt, und Gleichmut legte sich über das Unbehagen wie eine warme Decke. »Es ist schön, mal nicht vorgeführt zu werden.«

»Nimm es den Powtankanern nicht übel. Über ein Jahrtausend hat ihnen die Angst vor Fremden dabei geholfen, Invasoren abzuwehren. Sogar ich traue dem Frieden nicht so recht, obwohl mein Verstand sagt, dass Kriege heute eher auf dem Papier geführt werden. Unsere Wirtschaft ist stark. Wer sollte sich trauen, das Bündnis zu brechen?«

Finnley ließ die Schultern kreisen. »Ich habe die Erfahrung gemacht, dass selten Völker Kriege beginnen. Es sind immer einzelne Menschen, die Neid und Habgier auf andere übertragen. Davor sind auch Powtankaner nicht sicher.«

»Sieh an, sieh an«, scherzte Tate. »In unserem Steinmann steckt ein kleiner Philosoph.«

Es musste nicht laut ausgesprochen werden, dass derartige Thesen besser nicht auf andere Ohren trafen. Finnley hoffte, dass es noch viele Gespräche dieser Art geben würde, weil er merkte, wie erträglich dadurch die Last seines neuen Lebens wurde.

»Was genau tun wir beide in dieser Einheit? Es kann doch nicht sein, dass wir nur nebenherlaufen und blöd in der Gegend rumstehen.«

Sein Kollege zog den Tabakbeutel aus der Tasche und begann, sich eine Zigarette zu drehen. »Derzeit schaue ich tatsächlich erst mal nur zu«, sagte er beiläufig. »Fakten und Eindrücke sammeln, zuhören und die Situationen wirken lassen. Mein Part kommt später. Was du bei uns machst, weiß ich ehrlich gesagt auch nicht.«

Sein Telefon gab ein Signalton von sich. Beiläufig las er die Nachricht.

»Na, dann wollen wir mal.« Tate sah Richtung Lounge. »Hier werden wir im Moment nicht gebraucht.«

Finnley folgte ihm zu den Fahrstühlen, die auf dieser Seite des Gebäudes noch in Betrieb waren.

»Es wurde ein toter Greifvogel gemeldet, den sehen wir uns an. Hier können wir gerade eh nichts ausrichten.«

Unterwegs tippte Tate eine Nachricht. »Wir gehen zu Fuß, so weit ist es nicht. Sollte Chenoa die Spur finden, ist es besser, wenn der Wagen für sie bereitsteht.«

Im Fahrstuhl fragte sich Finnley, wie es gewesen sein musste, dicht zusammengedrängt jenes Grauen zu erleben. Wäre er dabei gewesen, hätte vielleicht niemand überlebt. Menschen, die sich panisch gegen ihn gedrückt hätten, wären von ihm geschlagen worden, ohne dass er sich später auch nur an ein Gesicht hätte erinnern können. Ihm war klar, dass er seine Störung nicht lange für sich behalten konnte. Vielleicht bis zum Ende der Probezeit, wenn er sie so lange unterdrücken konnte. Oder er weihte Tate ein, damit der ein Auge auf ihn hielt.

In Schottland hatte er mal versucht, bei den ersten Anzeichen einen Blackout mit einem schnell wirkenden Beruhigungsmittel zu verhindern, aber das hatte nicht geholfen. Der Blackout war unaufhaltsam gewesen, aber nachdem er die Gegner zusammengeschlagen hatte, konnte er der Polizei keine Fragen mehr beantworten, weil er so tiefenentspannt gewesen war. Sein Schutzbefohlener war damals sehr großzügig mit dem Trinkgeld gewesen, weil er den Überfall wahrscheinlich nicht überlebt hätte, wäre Finnley nicht zum Berserker geworden. Trotzdem vergaß der Schotte nicht, mit welcher Angst in den Augen er sich bedankt hatte. Und Taima auch nicht, die bei dem Nachtreffen dabei gewesen war.

Sie traten in die Sonne hinaus, und Finnley sog die Luft tief in die Lunge. »Schon besser«, sagte er erleichtert und ging neben Tate her.

»Die Adresse gehört zu einem Privatgelände«, erklärte Tate. Auf seinem Smartphone ließ er ein Satellitenbild des Areals erscheinen und vergrößerte einen Ausschnitt.

»Ist das ein Park?« Wenn Finnley es richtig erkannte, wurden große Wiesen, zahlreiche Baumgruppen und vereinzelte Bauten von einem hohen Zaun eingegrenzt. Im nördlichen Teil sah er kleine Felsen aus dem Grün ragen, auf denen sich Ziegen verteilten.

»Eine Auffangstation für verletzte Tiere. Der Zaun hält ungebetene Gäste draußen und frei laufende Tiere drinnen.« Offenbar kannte sich Tate in der Stadt bestens aus. Er steckte erst das Telefon weg, ging zielstrebig weiter und rauchte in Ruhe seine Zigarette. Für eine Großstadt wirkte alles viel zu naturbelassen. Zwar gab es beeindruckende Hochhäuser, dicht bevölkerte Wohnviertel und Einkaufsstraßen, aber nicht eine Fassade war gänzlich ohne Pflanzen. Efeu rankte aus kleinen Nischen und umrahmte Fenster, Bäume wuchsen auf Dächern und aus kleinen Pflanzbalkonen. Jeder Gehweg wurde von Rasen gesäumt, und der Wind erzeugte ein leises Rauschen in den unzähligen Baumkronen, die vornehmlich die Laternen überragten.

Taima hatte recht, Schottland und Powtanka konnte man nicht miteinander vergleichen. In seinem alten Wohnort liefen keine Tiere durch die Straßen – zumindest keine, die größer als Ratten waren –, und Vogelschwärme ließen sich nicht auf den Dächern nieder oder nisteten im zehnten Stock eines Hochhauses.

Fast jedes Haus wurde hier von den Bewohnern mit Runen und Schutzsymbolen verziert. Vor den Fenstern baumelten kunstvolle Traumfänger, die nach alter Tradition gemeinschaftlich geknüpft worden waren. Das war eine der ersten Clanhandlungen, in die Finnley nach seiner Einwanderung eingebunden worden war. Taimas Mutter hatte damals ihre gesamte Geduld zusammengenommen, um ihm die Handgriffe genau zu erklären. Sie war es auch gewesen, die alle Falkenfedern wieder gelöst und durch Adlerfedern ersetzt hatte, die lockere Steine besser befestigte und die farbigen Perlen neu arrangierte. Einzig das gewickelte Lederband, das den Rahmen verdeckte, war so geblieben, wie er es gemacht hatte.

Taima grinste ihn immer wissend an, wenn sie *sein Meisterwerk* vor dem Schlafzimmerfenster sah. Der, den sie geknüpft hatte, hing über dem Bett. Ein schönerer Anblick: schwarz-weiß mit schottischen Kieseln, die Taima bei einem ihrer gemeinsamen Dates gesammelt hatte. Es war üblich, dass jeder erwachsene Bewohner des Hauses einen Traumfänger anfertigte. Die Exemplare, die vor die Fenster gehängt wurden, warnten die bösen Träume, dass es in diesem Haus kein Durchkommen gäbe. Finnley konnte aus leidlicher Erfahrung sagen, dass dieser Zirkus nicht funktionierte. Die Albträume kamen und gingen, wie sie wollten. Nicht selten lag er lange wach und hielt dabei Taima im Arm.

»Bewunderst du unsere schöne Stadt?«, fragte Tate scherzend.

Finnley sah sich um. In dieser Stadt gab es keine Graffiti oder Plakate an den Wänden – niemand käme auf die Idee, seinen Müll auf die Straße zu werfen. Der allgegenwärtige Respekt vor dem notwendigen Einklang zwischen Mensch und Natur sorgte dafür, dass die Bewohner sorgfältig mit ihrem Lebensraum umgingen.

Die leisen Elektroautos fuhren gemächlich die Straßen entlang. »Bist du hier aufgewachsen?«

Tate zog die Schultern hoch. »In Belthada, das liegt im Randgebiet. Zumindest bis zum Unfall meiner Eltern, dann kam ich in die Obhut eines einflussreichen Clans im Süden der Stadt. Ich wäre sonst vielleicht genau wie mein Vater Mechaniker geworden.« Er musste lachen. »Der Große Geist hat dafür gesorgt, dass mein Leben ständig neue Wendungen erfuhr. Wie ist es mit dir?«

Finnley machte einem Straßenkehrer Platz, der ihnen entgegenkam. »Ich glaube weder an große noch an kleine Geister. Wenn ich hier aufgewachsen wäre, würde ich wahrscheinlich eher wie der da den Dreck wegmachen.«

»Das glaube ich kaum«, sagte Tate amüsiert. »Dieser Mann dort gehört zu den ehrbarsten Mitgliedern der Gesellschaft.«

Finnley blieb stehen und drehte sich zu dem Mann mit dem kleinen Handwagen um, auf dem ein Besen und eine Schaufel aus einem großen Eimer ragten. »Du nimmst mich auf den Arm, oder?«

Die Kleidung war aus hellem Leder mit blauroten Mustern, die über den breiten Rücken verliefen.

»Alle Männer und Frauen, die hier Blätter kehren, Hinterlassenschaften der Tiere beseitigen und auf die Pflanzen achten, sind Hüter des Gleichgewichts. Sie sorgen dafür, dass Menschen, Pflanzen und Tiere in dieser Stadt in Harmonie gemeinsam existieren können. Diese wichtige Aufgabe würden sie sicher keinem *Wasicun* überlassen.«

Finnley schüttelte den Kopf und setzte sich wieder in Bewegung. »In Schottland müssen Straftäter die Straßen säubern, um sich in der Gesellschaft wieder verdient zu machen.«

Sie überquerten eine Straße und gingen auf ein eingezäuntes Grundstück zu.

»So wie ich das sehe, könnte kaum etwas besser die Ignoranz eines ganzen Volks symbolisieren. Du solltest solche Details besser nicht vor Powtankanern erwähnen, wenn du dir keinen Spott einfangen möchtest.« Mit der Rechten zeigte er auf ein Tor in wenigen Metern Entfernung. »Wir sind da.«

Die runtergebrannte Zigarette landete im Gras, Tate zertrat sie. »Was wir aus der Natur nehmen, können wir auch wieder zurückführen. Weder vom Papier noch vom Tabak wird in einer Stunde noch etwas zu sehen sein. Es ist ganz leicht, diese einfachen Dinge zu lernen.«

Das bezweifelte Finnley, aber er gab sich Mühe.

Durch den Maschendraht erkannte er nur dichtes Buschwerk, das kaum erahnen ließ, wie das Gelände dahinter aussah.

»Tja, und trotz des Gleichgewichts, all der Traditionen und des friedlichen Stadtbilds passieren hier ebenfalls Straftaten bis hin zum Mord«, sagte Finnley sarkastisch. Die Erhabenheit der Powtankaner vermittelte ihm oft den Eindruck, alle anderen Völker wären minderwertig, dabei waren sie selbst auf Institutionen wie die Polizei angewiesen.

Tate klopfte ihm amüsiert auf die Schulter. »Tunkan, sie sind auch nur Menschen.«

Als sie das Tor erreichten, öffnete es sich automatisch zu einer schmalen Schleuse. Finnley suchte nach Kameras, aber Tate winkte ab. »Spar dir die Mühe. Du wirst keine offensichtliche Technik finden.«

Eine ältere Frau erwartete sie. Ihre langen grauen Haare trug sie hochgesteckt, sodass die Ohrringe mit kleinen Flusskieseln frei schwingen konnten. Ihr Gesicht zeigte ein Geflecht aus Falten auf der wettergegerbten Haut. Wertend kniff sie die Augen zusammen, und der Laut, den sie von sich gab, war sicher der mangelnden Begeisterung geschuldet, weil sich keine Powtankaner der Sache annahmen.

Tate überging diese Unhöflichkeit routiniert und begann nach der respektvollen Begrüßung die Befragung auf Lakota.

Finnleys Pad übersetzte.

Ich habe den Vogel erst gestern bekommen. Flügelbruch. Ein junger Mann hatte das Tier gefunden, wahrscheinlich wurde es ausgesetzt, und er war mutig genug, es einzufangen und herzubringen.

Tate sah kurz zu Finnley und grinste. »Was ist es für ein Vogel?«

Eine Harpyie, die gibt es hierzulande gar nicht. Nur ein mysteriöser Mensch würde so ein erhabenes Tier illegal hier gefangen halten. Ich möchte wetten, dass sie deshalb auch ausgesetzt wurde, statt sie behandeln zu lassen.

Nun grinste Finnley. Auch wenn er ansonsten nicht viel beitragen konnte, gehörte ihm wenigstens ein kleiner Sieg. Die Frau setzte sich in Bewegung und ging einen schmalen Pfad voraus. Vögel zwitscherten im dichten Geäst um sie herum. Nervös schlug Finnley Zweige weg, die ihn streiften, und rieb sich wiederholt übers Gesicht. Es behagte ihm nicht, mitten in der Natur zu sein. Er war durch und durch Stadtmensch.

Überall kribbelte und krabbelte etwas.

Vorhin fing der Vogel dann an zu kreischen und wild in der Voliere zu flattern. Er schlug mit dem Schnabel immer wieder auf den Ast ein, auf dem er saß. Hat sich ganze Hornschichten dabei abgesplittert, es war grauenhaft mit anzusehen. Und als ich ihn gerade mit einem Betäubungspfeil ruhigstellen wollte, fiel er tot zu Boden.

Sie erreichten die Voliere, deren Boden mit Federn übersät war. In der Mitte lag ein ungefähr einen Meter großer Vogel. Sein kräftiger Schnabel zeigte Risse, eine Lache aus geronnenem Blut hatte sich unter dem grauen Kopf gebildet.

»Warum haben Sie den Tod des Vogels der Polizei gemeldet?«, wollte Finnley wissen. »Sicher sterben hier öfter kranke Tiere.«

Die Alte drehte sich zu ihm um, schürzte einen Moment die faltigen Lippen und betrachtete Finnleys Tätowierungen.

Das Tier ist illegal in diesem Land, ich habe es gestern der Polizei gemeldet. Nun musste ich mitteilen, dass es verstorben ist. Ich bringe jedes illegale Tier zur Anzeige, das sich fern von seinem artgerechten Lebensraum befindet. Harpyien verfliegen sich nicht mal eben an die Ostküste von Powtanka.

Das lichter werdende Dickicht hinter der Voliere ließ vermuten, dass sich dort eine der großen Grünflächen erstreckte, die Finnley auf dem Satellitenbild gesehen hatte. Zwei Schatten bewegten sich hinter den Blättern. Der Größe nach konnten es Pferde sein.

»Laufen alle anderen Tiere hier frei herum?«

Der Gesichtsausdruck der Alten war Antwort genug – sie würde seine Unwissenheit nicht weiter mit Auskünften belohnen.

Tate holte sich formal die Einwilligung, dass er das Tier mitnehmen durfte. Er stellte sich neben Finnley und betrachtete den Vogel.

»Hanpi Napé wird ihn untersuchen. Ich glaube nicht, dass wir im Register eine legale Harpyie finden. Die Powtankaner respektieren das Leben, du wirst kaum auf Haustierhaltung stoßen, wie sie in deiner Heimat üblich ist. Keine Hunde an Leinen, keine eingepferchten Kleintiere«, erklärte er.

»Du meinst, Chenoas Rotluchs begleitet sie freiwillig?« Er kam nicht überall mit hin, aber im Präsidium lag er gern in ihrer Nähe.

Tate klopfte ihm schon wieder auf die Schulter. »Jetzt hast du es verstanden.«

Finnley betrachtete die Alte, die ein letztes Gebet für den Vogel sang. »Hat Chenoa denn keine Angst, dass der Rotluchs eines Tages lieber woanders hingeht?«

»Genau das ist ja der Unterschied zu euch Europäern«, sagte Tate und kramte aus seiner Tasche einen Zwanziger. »Ihr glaubt, man hätte das Recht, Lebewesen zu besitzen. So lebt ihr eure Beziehungen, und so geht ihr mit Tieren und Pflanzen um. Powtankaner folgen ihrem Herzen, der Intuition. Nenn es Bauchgefühl, wenn du willst.« Er drückte ihm den Schein in die Hand. »Ich hoffe, du hast dein Monogamiedenken in Schottland gelassen.«

»Wie bitte?« Finnley steckte das Geld in die Tasche und dachte über seine Worte nach, weil er nicht wusste, ob Tate sich einen Spaß mit ihm erlaubte. »Willst du sagen, es wäre normal, dass Powtankaner Affären haben?«

Tate verschränkte die Arme vor der Brust. »Nein, keine Sorge. Loyalität wird hier trotzdem großgeschrieben. Ich sage nur, dass sie es könnten, wenn es ihnen ein Bedürfnis wäre. Freie Partner sind treue Gefährten. Du solltest nur niemals versuchen, deine Taima einzusperren.«

Der Gesang endete, und die Alte ging in den kleinen, mit Efeu überwucherten Anbau, um ein Tuch zu holen.

Der Vogel wiegt gute sieben Kilo, übersetzte das Pad ihre Worte, als sie zurückkam. *Das Tor wird sich automatisch öffnen, wenn Sie darauf zugehen. Ich nehme mal an, Sie bringen den Vogel direkt zum Präsidium?*

Tate bestätigte mit einem Nicken.

Ich werde meinen Pick-up entsprechend programmieren, da Sie ja offensichtlich ohne Fahrzeug zum Abholen des Tiers gekommen sind.

Sie wartete nicht auf eine Antwort. Finnley hätte ihr gern von der getöteten Frau und dem Blutbad erzählt, was zu der Notwendigkeit führte, ohne Fahrzeug herzukommen, aber er hielt sich an die Schweigepflicht. Wahrscheinlich änderte es sowieso nichts an ihrem Urteil. Die unzähligen Geräusche im Unterholz verstärkten seinen Wunsch, alles schnell zu erledigen. »Dann wollen wir mal.«

Das dichte Gefieder an den Beinen mit der Querbänderung fühlte sich warm und weich an. Finnley lief es kalt den Rücken hinab, als er sich vorstellte, wie es für die Frau gewesen sein musste, die langen Krallen in ihren Kopf stechen zu spüren. Die Schmerzen waren sicher unerträglich, noch bevor die Harpyie der Frau in den Nacken gehackt hatte.

Gemeinsam legten sie den Vogel behutsam auf das Tuch. »Wenn wir sie eingewickelt haben, kann ich sie allein tragen. Ich will nur nicht, dass uns jetzt durch zu starke Bewegungen Insekten verloren gehen«, sagte Tate, den Blick auf das Gefieder gerichtet.

Finnley konnte nichts Auffälliges erkennen. Beim Einwickeln hielt er sich an Tates Anweisungen und spürte, wie streng er dabei von der Alten beobachtet wurde.

»Geh voraus, ich folge dir«, wies Tate ihn an und hob das Bündel auf den Arm.

Finnley ging zwei Schritte und fragte sich dann, von wo genau sie gekommen waren. Ein missbilligender Laut der Alten brachte ihn an den Rand der Zurückhaltung. Zig Kommentare drängten sich seinem Sprachzentrum auf, mit dem tiefen Verlangen, laut ausgesprochen zu werden. Mürrisch biss er sich auf die Zunge und nickte ihr stattdessen auffordernd zu, damit sie voranging.

Der Maschinenmann scheint unter Blindheit zu leiden.

Finnley hätte die Worte auf dem Pad nicht lesen müssen, um sie zu verstehen.

Ein Tier verfolgte sie, er konnte hören, wie es schräg hinter ihnen durch die niedrigen Pflanzen schlich.

»Können Sie bitte etwas schneller gehen?«

Aufrecht und mit eiserner Haltung behielt sie die Schrittgeschwindigkeit bei.

»Wer läuft«, sagte sie in der gebräuchlichen Landessprache. »Präsentiert sich den Jägern als Beute. Hat man Ihnen das nicht beigebracht, als Ihnen das Recht ausgesprochen wurde, hier zu leben?«

Finnley sah sich angestrengt um. »Das war bislang nicht nötig.«

Zu seinem Ärger blieb die Alte stehen und drehte sich zu ihm. »Nicht nötig?«

Beim büffelhäutigen Geist der Einfalt.

»Egal, wo Sie leben, Jäger und Beute sind allgegenwärtig. Wahrscheinlich ist es Wakan Tanka zu verdanken, dass Sie bislang an allem blind vorbeigegangen sind, bei dem Ihr Unwissen Ihnen zum Verhängnis geworden wäre.«

Ein leises Grollen drang dicht neben ihnen aus dem Unterholz. Der Kopf eines Berglöwen war durch die Lücken zwischen den Blättern zu sehen.

»Würden Sie das bitte beenden?« Tate klang angestrengt, auch wenn der Vogel nur sieben Kilo wog.

Mürrisch reckte sie das Kinn nach vorn und griff mit der Linken in eine Tasche ihres Kleids. Sie holte kleine, zu Würfel gepresste Kräuter hervor und warf sie mit einem Wort, das Finnleys Pad nicht übersetzen konnte, Richtung Berglöwe. Dieser verlor augenblicklich das Interesse und verschwand.

Finnley zuckte es in den Fingern, die Alte weiter Richtung Ausgang zu schubsen, stattdessen hielt er ihrem Blick wütend stand. Er wusste, dass er immer wieder Leuten gegenüberstehen musste, die ihn in ihrem Land nicht akzeptierten. Taima und Tate erklärten das mit der Urangst vor Fremden, aber nicht selten kam Finnley eher *Fremdenhass* in den Sinn. Wobei das ein zu hartes Wort für Unfreundlichkeit und dieses Maß an Ablehnung war. Niemand verfolgte ihn, zündete sein Haus an oder rief ihm auf der Straße Beleidigungen nach. Zudem wusste er auch, dass er allein durch sein Aussehen immer der Außenseiter bleiben würde; besser also, er gewöhnte sich daran.

Endlich ging die Alte weiter, und Finnley atmete erleichtert auf, als sie die Schleuse erreichten.

Ein alter Pick-up stand vor dem Tor bereit. Die gelbe Lackierung war mit stilisierten Tierzeichen in einem milden Braun bemalt.

Tate verabschiedete sich respektvoll, was Finnley nur eingeschränkt gelang. Er war froh, in den Wagen zu steigen und wieder Technik und verständliche Dinge um sich zu wissen. Im Innenraum des Pick-ups gab es nur ein halbrundes Polster, auf dem die Männer einander zugewandt sitzen konnten. Alle Fahrzeuge begünstigten durch die Konstruktionen eine bessere Kommunikation unter den Mitreisenden. Deshalb entging Finnley auch das breite Grinsen nicht, das sein Kollege zur Schau stellte.

»Was auch immer dir auf der Zunge liegt, lass es einfach«, sagte Finnley und sah aus dem Fenster. Wieder kamen Tates Worte über Beziehungen in seinen Sinn. Was, wenn Taima irgendwann lieber mit einem anderen Mann zusammen sein wollte? Nach Tates Ausführungen könnte sie dann einfach gehen. Doch sein Bauchgefühl beantwortete diesen Gedanken mit einer Sicherheit, die diese Option undenkbar machte. Was sie miteinander verband, war so besonders, dass es jeden Umstand, all die Schwierigkeiten und frustrierenden Augenblicke wert war. Mehr konnte man nicht lieben. Niemals.

KAPITEL 6

Die Untersuchung des Mageninhalts der Harpyie hat ergeben, dass sie vom Volumen her exakt so viel Holz gefressen hat, wie dem Opfer Fleisch aus dem Körper gerissen wurde«, sagte Deidra, die sich den Bericht auf dem Pad durchlas. »Hanpi Napé hat es bei dem Bären nachgeprüft, da ist es auch so.«

Chenoa legte eine Hand auf den Rotluchs, der dösend die Augen geschlossen hielt. »In beiden Fällen habe ich die Spur als Verbindung gefunden, aber ich verstehe immer noch nicht, wie das gehen soll.« Seit der letzten Tatortuntersuchung wirkte sie noch zerbrechlicher, weil die Eindrücke und Empfindungen sie viel Kraft gekostet hatten.

Ihre Finger zitterten leicht, sie war blasser als sonst. Deidra war sich nicht sicher, ob das bereits die Symptome waren, von denen Thure gesprochen hatte. »Geht es dir gut?«

Chenoa drückte den Rücken durch und sah Deidra trotzig in die Augen. »Hör auf, mich das ständig zu fragen. Ich sage dir schon, wenn mir irgendwas zu viel wird.«

Das weckte wiederum Finnleys Interesse. »Ich verstehe noch nicht so ganz, was genau dich anstrengt, wenn du die Sicht wechselst. Wechselst du nicht einfach nur die Ebene?«

Im Grunde wusste Deidra, dass sie den neuen Kollegen vor Chenoas Wut beschützen sollte, aber wenn es die Anspannung der Schamanin milderte, musste er es aushalten. Da er seinen Mund nicht halten konnte, hatte er sich ihren Zorn irgendwie auch verdient.

Chenoas Augen nahmen diese gewisse Schwärze an, wenn die Pupillen das Braun der Iris verdrängten. Sie stand auf und ging einen Schritt auf den Schotten zu, der ganz offensichtlich merkte, dass er diese Frage nicht hätte stellen dürfen.

»Das ist dein Problem«, sagte Chenoa mit gesenkter Stimme. »Du hast keine Ahnung von diesen Dingen und baust dir wie ein kleiner Junge Vorstellungen auf. Du kannst nicht mal Leichen ansehen, ohne dass dir schlecht wird. Wir brauchen dich und deine dummen Fragen nicht.«

»Chenoa«, sagte Deidra mit mahnender Stimme. »Geh nicht zu weit.«

Aber Finnley stand ungerührt vor ihr und wartete ab. Deidra wäre an seiner Stelle wesentlich impulsiver gewesen. Sie wusste, dass er diesen Job brauchte. Sie hoffte, dass er standhaft bleiben würde, wenn Chenoa ihn nicht in Ruhe ließ.

»Zu weit?« Ganz offensichtlich war sie noch nicht fertig. »Was dann? Schmeißt er hin? Oder rennt er zu seinem Schwiegervater, damit der sich drum kümmert?« Deidra hatte gehofft, Chenoa würde nicht so schnell dahinterkommen, welchem Clan Finnley angehörte, dabei hatte sie jedoch vergessen, wie wachsam die Clanoberhäupter waren.

»Das reicht«, mischte sich nun auch Tate ein.

Aber Chenoa schien gerade erst anzufangen. »Ihr wisst es doch auch. Außer seinem Unwissen hat er bislang nichts zu den Ermittlungen beigetragen. Ich wette, er ist nur bei uns, damit Tatoke auf dem Laufenden bleibt. Willst du wissen, warum ich mir deine Aura noch nicht angesehen habe?« Sie verschränkte die Arme vor der Brust, wodurch ihre Ablehnung noch deutlicher wurde.

»Meine Aura?« Hilfe suchend sah er zu Tate, der nur die Lippen aufeinanderpresste und wiederum zu Deidra sah. Irgendwer musste die Wogen glätten, was in diesem Team ihre Aufgabe war.

»Darüber weißt du auch nichts?« Chenoa hob die Hände, als wollte sie sagen: *Seht ihr, er ist nutzlos.* »Wenn ich meinen Seelenspiegel abnehme und die Sicht wechsle, kann ich alles von dir sehen. Wie du dich fühlst, wie stark du bist, ob du eine Schuld mit dir herumträgst. Astral bist du vor meinen Augen sozusagen vollkommen nackt.«

»Verstehe«, erwiderte Finnley und zuckte mit einer Schulter. »Also siehst du mich nicht astral an, weil du denkst, dass ich auf allen Ebenen hässlich bin?«

Die Gegenfrage ließ Chenoa den Blick senken. Sie drehte sich um und kehrte zu Igmu zurück. Zu Deidras Überraschung ging Finnley der Schamanin nach und stellte sich so vor sie, dass er sie nur wenig überragte. »Für dich bin ich der dumme Steinmann. Das hast du mit meinem Schwiegervater gemeinsam. Aber ich lasse mich nicht als Spion missbrauchen, und ich werde sicher nicht jedes Mal Blitzableiter spielen, wenn du schlechte Laune hast. Ich bin jetzt hier – in dieser Einheit. Und das werde ich so lange sein, bis Thure entscheidet, dass es ein Fehler war. Thure, nicht du, Chenoa.« Auch wenn der Inhalt seiner Worte sehr bestimmt war, sagte er es ruhig und beinahe entschuldigend. Ihm war anzumerken, wie sehr er es mit Chenoa hinbekommen wollte, aber es gefiel Deidra, dass er sich trotzdem nicht alles gefallen ließ. Sie mochte ihn, und Tate schien ebenfalls kein Problem mit ihm zu haben.

Finnleys Clanzugehörigkeit war für Chenoa ein Problem, weil eine generationenübergreifende Feindschaft zwischen seinem und ihrem Clan bestand. Sie mied seinen Blick und nickte zum Zeichen, ihn verstanden zu haben. Finnleys Rede würde dafür sorgen, dass sie ihn vorerst in Ruhe ließ, aber akzeptieren konnte sie ihn noch lange nicht. Seit Deidra Chenoa kannte, hatte sich die junge Schamanin kaum verändert. Stets angespannt, kontrolliert und tadellos. Ihre Karrierepläne sahen vor, in höhere Positionen befördert zu werden und später ihren Clan im Bezirksrat zu unterstützen. Aber um das zu schaffen, musste sie herausragende Leistungen bringen. Dass sie nun das Gefühl hatte, von Finnley ausspioniert zu werden, verkomplizierte die Zusammenarbeit. Deidra hatte kein gutes Gefühl bei der Sache.

»Ich denke, ich habe genug gesehen, um meiner Intuition das Ruder zu überlassen«, lenkte Tate die Gedanken wieder auf das Wesentliche und lehnte sich auf dem Bürostuhl zurück.

Finnley nahm wieder eine gleichmütige Haltung ein und ging an seinen Platz.

Dieses Team brauchte Erfolge, um stärker zu werden.

»Ist gut«, sagte Deidra und zog ein Aufnahmegerät aus einer Schublade. »Tate geht alle Eindrücke von den Tatorten durch, und wir zeichnen auf, was er assoziativ dazu sagt. Er hat ein fotografisches Gedächtnis, auf das er auf diese Weise zugreifen kann«, erklärte sie Finnley.

Tates Finger trommelten auf die Tischplatte, er schloss seine Augen, die sich hinter den Lidern schnell bewegten. Das Trommeln verstärkte sich, immer wieder drehte er den Kopf und erweckte den Eindruck, suchend durch einen vollgestellten Raum zu gehen. Deidra aktivierte das Gerät und stellte es vor Tate auf den Tisch.

»Kann Hanpi jetzt noch feststellen, ob ein Toxin im Blut des Bären nachweisbar ist?«, fing er an. »Er soll es untersuchen«, setzte er nach. »Ein Betäubungsgift.« Das Trommeln verstärkte sich. »War ein Tierarzt bei der Harpyie, nachdem sie in die Voliere gebracht worden war?«

Finnley wollte etwas sagen, aber Deidra hielt ihn mit erhobener Hand davon ab.

»Warum die Schlange?«, fuhr er fort. »Was hat die Schlange zu bedeuten? Es war eine Giftschlange, aber an dem Gift ist der Professor nicht gestorben. Kann Gift nicht übertragen werden? Wo sind die Bissspuren? Die Löcher in der Hand? Bei der Harpyie war keine Schlange, die Frau erlitt jedoch auch einen Biss – im Bein. Wo ist die Schlange?«

Tate hob eine Hand und drehte den Kopf hin und her. »Was haben die Opfer gemein? Nichts.« Dann schüttelte er den Kopf. »Hat der Finder die Harpyie überhaupt gefunden, oder ist er der Täter? Wer ist der Mann?«

Das Trommeln endete abrupt, und Tate öffnete die Augen. »Ich glaube, unser Steinmann hat recht.«

»Ich habe gar nichts gesagt.« Finnley hob abwehrend die Hände und sah unsicher zu Chenoa, die wiederum nur mit versteinerter Miene auf Tates Erklärung wartete.

»Nicht eben gerade, aber gestern hast du gefragt, ob man ein Totem mit der Aggressivität eines Tiers verbinden könne, damit es über die spirituelle Ebene Menschen tötet. Die Indizien sprechen alle dafür.«

Wenn das Wespennest eben noch in Sicherheit gewesen zu sein schien, stachen Tates Worte nun mitten hinein. »Ist das tatsächlich dein Ernst?«, entfuhr es Chenoa, die aussah, als würde sie im nächsten Moment angewidert ausspucken.

Sie grub ihre Finger tiefer in das Fell, und der Rotluchs fauchte ungehalten. »Die Spur war da, aber *das* ist nicht möglich. Wie kannst du so was nur aussprechen?« Igmu befreite sich von ihren Händen und sprang vom Tisch, um sich etwas entfernt auf dem Boden zusammenzurollen.

»Wir können keine Möglichkeiten außer Acht lassen, nur weil sie undenkbar für dich sind«, sagte Tate vorsichtig. »Professor Broud forscht an Wegen, Zugang zum Totemreich zu bekommen. Wir sollten ihn fragen.«

»Er ist ein *Wasicun*. Glaubst du im Ernst, er weiß mehr über das Totemreich als ich?« Ihre Stimme kippte und zeigte, wie emotional dieses Thema für sie wurde.

Deidra nickte. »Mir gefällt zwar nicht, wie du das sagst, aber das kann ich mir auch nicht vorstellen. Dennoch weiß er mehr über die Versuche, diesen Missstand zu beheben. Wir sollten ihn vorladen.« Sie straffte die Schultern. »Chenoa, du kümmerst dich um die Aufzeichnungen. Sorge dafür, dass Hanpi alle notwendigen Tests durchführt. Tate, gib Anweisungen an die Kollegen, damit Professor Broud und seine Co-Dozentin hier antanzen.« Mit einer leichten Drehung widmete sie sich Finnley. »Und wir beide sollten uns mal unterhalten.«

Sie war froh, dass Chenoa ohne Widerworte das Aufnahmegerät nahm und mit Tate den Raum verließ. Es war nicht leicht, sich auf diesen rätselhaften Fall zu konzentrieren und gleichzeitig den richtigen Platz für Finnley im Team zu finden. Bislang verstand sie nicht, warum Thure ihn in diese Einheit geholt hatte.

»Tut mir leid, ich weiß, dass ich –«

Kopfschüttelnd lehnte sie sich mit beiden Armen auf die Tischfläche. »Du hast alles richtig gemacht. Und du hast recht. Ich würde dir gern helfen, in unserem Team besser klarzukommen. Also, warum bist du bei uns?«

Er legte sein Pad auf die Tischplatte und drehte es mit zwei Fingern nervös hin und her. »Hast du Thure schon gefragt? Wenn jemand das weiß, dann wohl er.«

Wusste er es wirklich nicht? Sie spürte, dass er ihr etwas verheimlichte. »Ich habe in deine Akte geschaut.«

Finnley zuckte mit einer Schulter. »Da kann ja noch nicht so viel drinstehen.«

Sie tippte auf ihr Pad, und seine Akte erschien. Das Foto stammte aus einer Zeit, als sein Gesicht noch gänzlich unberührt gewesen war. Ein gutaussehender junger Mann. Sie konnte nicht verstehen, warum er sich freiwillig derartig mit den Tätowierungen verschandelte. Andererseits ging sie nicht besser mit ihrem Körper um. Jeder brauchte etwas, um sich lebendig zu fühlen, selbst wenn es Schmerzen waren.

Als das Foto aufgenommen worden war, war er neunzehn gewesen und hatte gerade bei der schottischen Polizei seine Ausbildung begonnen.

»Warum bist du nur ein paar Monate dabei gewesen?«, fragte sie.

Finnley lehnte sich auf dem Stuhl zurück und sah nur auf das sich hin und her drehende Pad. »Keine Ahnung, es hat mir nicht gefallen.«

»Das glaube ich nicht.« Sie wischte mit den Fingern über das Display, die Seiten wechselten. »Wer bei uns hier Ermittler ist, muss mehr können, als eine Pistole zu halten. Diese Einheit gibt es noch nicht so lange, und seit der Gründung vor fünf Jahren können wir nicht gerade von einem rasanten Zuwachs sprechen. Die meisten mussten so schnell wieder gehen, wie sie gekommen waren. Thure, Tate und ich sind am längsten dabei, Chenoa muss sich noch bewähren, aber wir alle erfüllen auf irgendeine Weise Anforderungen, die uns als Geistkrieger würdig machen.«

Mit zwei Fingern zog sie einen Abschnitt in seiner Bewerbung größer. »Hier steht, dass du dich für den normalen Streifendienst beworben hast. Deine Ausbildung zum Personenschützer wäre dir angerechnet worden, aber dennoch bist du jetzt hier bei uns. Warum?«

Die Unruhe breitete sich sichtlich in ihm aus. Er wippte nervös mit einem Bein und zuckte immer wieder mit der Schulter. »Wahrscheinlich hat Thure einen Fehler gemacht.«

Sie schob das Gerät zur Seite und wechselte auf Tates Platz, damit keine Tische mehr zwischen ihnen waren. »Thure sagt, er habe dich aus Intuition zu uns geholt. Nicht mal er kann einen vernünftigen Grund dafür liefern.« Mit einer ruhigen Bewegung schob sie auch sein Pad ein Stück von ihm fort, damit er von seinen Fingern zu ihr aufsah.

»Ich bin mir ziemlich sicher, dass du diese ganzen Tätowierungen hast, um von irgendwas abzulenken.«

Nun sah er sie spöttisch an. »Du meinst, ich wäre magisch oder so was?«

»Wow, da kommt der Europäer durch«, sagte sie und lachte. »Magie ist was für Kinder.«

Sie schürzte nachdenklich die Lippen. »Ich habe dich jetzt zwei Tage beobachtet und komme nicht drauf, aber das wird sich ändern. Es wird hier nicht immer so turbulent zugehen, dann habe ich etwas mehr Zeit für dich. Allerdings hatte ich gehofft, du würdest selbst mit der Sprache rausrücken.«

Mit der Sprache rausrücken. Finnley sah sie nur kurz an und fühlte sich unwohl. Was sie freundlich sagte, klang dennoch wie eine Drohung. Dabei wusste Finnley tatsächlich nicht, was ihn hierhergebracht hatte. Er wusste nicht mal, ob es ihm gefiel, in dieser Einheit zu sein. Seit Dienstantritt musste er sich Dinge ansehen, die er weder begreifen noch in irgendeiner Weise angemessen verarbeiten konnte. Als er in der letzten Nacht neben Taima im Bett gelegen hatte, waren die Bilder des toten Professors und des Bären zurückgekommen. Er hatte es sich nicht anmerken lassen, weil er keine Wahl hatte, aber der Gedanke, er wäre fehl am Platz, ließ sich nicht gänzlich wegschieben. Es war ein seltsames Wechselbad, Mitglied dieses Teams zu sein. In manchen Momenten wollte er bleiben, sich verdient machen, in anderen wollte er nur schnell weg.

»Na gut, du willst dazu nichts sagen?«

»Ich wüsste nicht, was.«

Sie lehnte sich zurück und verschränkte die Arme vor der Brust. »Oder stimmt es, und du bist nur auf ausdrücklichen Wunsch deines Schwiegervaters hier?«

»Wenn ja, dann wird diese Rechnung nicht aufgehen. Es würde mir keinen Respekt verschaffen, wenn ich Spitzel spiele. Der Hochzeit würde er trotzdem nicht zustimmen, denn wer will schon einen Verräter in seinem Clan haben? Keine Sorge, ich habe nicht vor, irgendwen in Schwierigkeiten zu bringen.«

Er hielt Deidras prüfendem Blick stand, weil er die Wahrheit sagte. Er war keiner von ihnen; sollten sie ihre Spielchen doch allein austragen.

»Du hältst eine Menge aus. Ich bin beeindruckt.«

Finnley musste grinsen. »Das ist sicher meine besondere Fähigkeit.« Er sah zu Chenoas Schreibtisch hinüber, der mit den Schnitzereien eher an ein Kunstwerk erinnerte. »Chenoa muss offensichtlich auch viel aushalten, und ich verkörpere so ziemlich alles, was sie ablehnt. Ich werde ihre Worte nicht überbewerten.« Er dachte an seine Schwiegereltern in spe, die ihn mit Erwartungen unter Druck setzten. »Und ich werde ihr beweisen, dass sie mir vertrauen kann.«

Deidra grinste. »Das kann ich mir vorstellen. Vielleicht hilft es dir zu wissen, dass Tate und ich auf deiner Seite sind? Du bist anders, aber gerade das finde ich gut.«

Das zu wissen, war erleichternder, als er gedacht hätte. Wie ein erster Schritt über eine Grenze, die unüberwindbar erschien.

»Danke.« Verlegen kratzte er sich am Hinterkopf. »Es gibt noch etwas, das ich wirklich gut kann.« Wahrscheinlich war es auch das Einzige. »Ich bin ein wirklich guter Personenschützer. Sollte es je hart auf hart kommen, kannst du dich vollkommen auf mich verlassen. Jeden in unserem Team werde ich mit meinem Leben schützen.«

Das war keine leere Phrase, was er ganz offensichtlich auch ausstrahlte. Deidra nickte dankbar. »Ich hoffe, dass wir darauf nie zurückkommen müssen, aber es tut tatsächlich gut, das zu wissen.« Sie fasste mit beiden Händen hinter ihren Kopf und zog den strengen Zopf fester. Eine Geste, die er sehr oft bei ihr beobachtete, wenn sie nachdachte oder sich für etwas bereit machte. »Halte dich bei Chenoa zurück und frag Tate oder mich, wenn du etwas wissen willst. Den Rest kriegen wir schon irgendwie hin.«

Das reichte ihm nicht. »Gib mir eine Aufgabe. Irgendwas, das sinnvoller ist, als untätig rumzustehen.« Ihm wurde bewusst, dass sein Ton harscher klang, als er wollte. »Ich würde mich gern mehr einbringen.«

Nickend stand Deidra auf und ging zu einem kleinen Schrank neben der Eingangstür. »Du hast recht. Dein Einstieg wurde dir nicht gerade leicht gemacht.« Sie zog einen schwarzen Kasten hervor. »Wenn diese Morde nicht gewesen wären, dann hätten wir dir in Ruhe alles gezeigt. Aber ich finde, du hältst dich bisher sehr gut.« Sie stellte das Kästchen vor ihm ab. »Das ist ein Aufnahmegerät. Die Bedienungsanleitung kannst du dir im Menü anzeigen lassen. Und falls ich das noch nicht gesagt habe: willkommen im Team.«

Das Gerät war noch originalverpackt. Finnley zog die Schutzfolie vom Display und platzierte die Ladestation auf seinem Schreibtisch. Es tat gut, eine verständliche Aufgabe zu haben. Seit er die Geräte im Einsatz gesehen hatte, war er neugierig auf die Technik, die so viel ausgereifter war als alles, was er aus Schottland kannte. Die powtankanischen Konzerne könnten einen historischen Umsatz generieren, wenn sie diese Geräte anderen Ländern zugänglich machten, aber die Landesgeschichte war geprägt von der Notwendigkeit, dem Rest der Welt immer einen Schritt voraus zu sein. Die vollkommene Globalisierung scheiterte ebenso an den Landesgrenzen wie die unzähligen Eroberer in den Jahrhunderten zuvor. Selbst wenn Geräte außer Landes geschmuggelt wurden, waren sie nicht reproduzierbar. Die existierenden Plagiate der Solartechnik scheiterten am mangelnden Wissen über die Algentechnologie. Die Effektivität konnte zwar auf 25 Prozent gesteigert werden, der Rest der Sonnenenergie blieb jedoch ungenutzt.

Deidra setzte sich wieder an ihren Computer und fing an, etwas zu tippen.

Solange der Akku lud und sie auf Professor Broud und Yepatana warten mussten, ging Finnley aus dem Büro. Er nahm sich einen Moment Zeit, um die Architektur des Gebäudes genauer zu betrachten, den Umgang der Kollegen miteinander zu studieren und seinem Kopf etwas Ruhe zu gönnen.

Tate stand am Empfangstresen im Eingangsbereich und scherzte mit einer Polizistin, die dahinter stand. Die Lichtadern am Tresen leuchteten nur schwach orange, weil genügend Sonnenlicht durch die Scheiben der breiten Eingangstür und die durchscheinenden Wände fiel. Die Powtankanin wirkte müde, Augenringe verstärkten den Eindruck. Aber so, wie sie Tate anstrahlte, schien sie die Gründe für ihre Erschöpfung kurz zu vergessen. Tate mochte sie. Finnley bemerkte, dass er anders mit dieser Frau umging. Er flirtete nicht, er schenkte ihr Unbeschwertheit – offensichtlich war es ihm wichtig, dass es ihr gut ging.

Finnley ging weiter, fand eine kleine Teeküche und nahm sich einen

Becher vom Tablett. Der Kaffee schmeckte anders als in Schottland, irgendwie aromatischer. Für ihn etwas gewöhnungsbedürftig, aber von Tag zu Tag mochte er den Geschmack mehr. Taima sagte, dass es an der Röstung läge. Er vermutete, dass das integrierte Mahlwerk in der Kaffeemaschine die Bohnen nochmals erhitzte, bevor sie zu Pulver gerieben wurden.

Langsam schlenderte er wieder in den Eingangsbereich, Tate bemerkte ihn und verabschiedete sich von der Kollegin. »Na, auf Erkundungstour durch unsere kleine Festung?«

»Sehr wehrhaft sieht das Gebäude nicht aus.«

Tate musste lachen. »Mir täte jeder leid, der es stürmen wollte.« Dann wurde er ernst. »Du weißt, dass Chenoa es eigentlich nicht so meint, oder?«

Finnley musste grinsen. »Das hat Deidra auch schon gesagt. Danke.«

Es sprach für das Team, dass die anderen so bemüht waren, die Wogen zu glätten.

Nach einem Blick auf sein Telefon deutete Tate auf den dampfenden Becher in Finnleys Hand. »Eine hervorragende Idee. Broud und Yepatana müssten jeden Moment hier sein, ich hole mir auch einen.«

Finnley sah ihm nach. Er war dankbar für die lockere Art seines Kollegen, die ihm das Gefühl vermittelte, nicht gänzlich fehl am Platz zu sein. Dieses Entgegenkommen vermisste er seit seiner Einreise am meisten. Keinen Moment seines Lebens würde er vergessen können, dass er anders war als die Einheimischen. Man musste es ihm nicht ständig unter die Nase reiben.

Ein Wagen fuhr vor, und Broud stieg aus, Yepatana folgte ihm.

»Da sind sie ja.« Tate kam gerade zurück, ging an ihm vorbei und nahm die Verdächtigen in Empfang. Finnley grüßte knapp und folgte als Letzter.

Yepatana und Broud wurden in zwei unterschiedliche Verhörzimmer gebracht, und Deidra und Chenoa kamen hinzu.

»Gut«, sagte Deidra. »Tunkan, du kommst mit mir, ihr beide verhört Yepatana.«

Das Verhörzimmer sah beinahe exakt so aus, wie er solche Räumlichkeiten aus Schottland kannte. Die Lichtadern verströmten ein kaltes Licht, die dem Platz der Verdächtigen gegenüberliegende Wand war gewiss einseitig durchsichtig. In der Mitte standen ein grauer Kunststofftisch und auf beiden Seiten passende Kunststoffstühle. Kein Powtankaner würde sich in diesem Raum wohlfühlen und sicher viel schneller zu einem Geständnis gebracht werden können.

Finnley blieb neben der Eingangstür stehen und beobachtete, wie Broud und Deidra sich setzten. »Bitte nehmen Sie zur Kenntnis, dass alles, was Sie sagen, aufgezeichnet wird und vor den Ältestenräten gegen Sie verwendet werden kann. Haben Sie das verstanden?«

Der Professor nickte. »Ich verstehe nur nicht, warum ich hier bin. Wollen Sie mir allen Ernstes den Mord an Catori anhängen?«

»Zu diesem Zeitpunkt benötigen wir vorrangig Ihr Fachwissen. Aber ja, eine Beteiligung Ihrerseits an dem Mord wird nicht ausgeschlossen.«

Finnley beobachtete Broud ganz genau. Er wollte keine Regung verpassen, die ihm einen Hinweis auf dessen Schuld geben konnte. Gern hätte er jetzt schon das neue Aufzeichnungsgerät ausprobiert, aber der Akku war noch nicht geladen.

»Sie forschen an Möglichkeiten, Nicht-Schamanen mit Totems zu verbinden. Ist Ihnen das schon einmal gelungen?«

Die blauen Augen wirkten glasklar. Er legte den Kopf schief und reckte das Kinn empor, dabei schob er den Unterkiefer etwas vor, was die stolze Haltung noch betonte. Bevor er antwortete, machte er ein schmatzendes Geräusch mit den Lippen. »Noch nicht, aber ich weiß, dass es funktionieren wird. Der Schamanismus ist eine Wissenschaft, keine Magie.«

Finnley war sich sicher, dass Chenoa im anderen Raum bei der Powtankanin saß, damit sie sich mit Broud keinen offenen Schlagabtausch lieferte. Er bezweifelte nur, dass die powtankanische Dozentin so viel besser war.

»Yepatana überwacht Ihre Versuche, um über Erfolg oder Misserfolg zu urteilen?«

»Sicher«, sagte er mit Inbrunst. »Nicht alle sind so rassistisch und engstirnig, dass der Fortschritt im Keim erstickt wird.«

Deidra lehnte sich zurück und fixierte Broud. »Wie es aussieht, wurden für die Morde Totems mit der Aggressivität von wilden Tieren verbunden. Das klingt doch ganz nach Ihrer Forschungsarbeit, nicht wahr?«

Broud zog erstaunt die Augenbrauen hoch. »Ist das bewiesen?«

»Es deutet alles darauf hin.«

Er kaute auf seiner Unterlippe und dachte angestrengt nach. Dann schüttelte er den Kopf. »Mir ist nicht klar, wie das gehen soll.«

»Wie machen Sie es denn?«, mischte sich Finnley ein.

Deidra neigte nur leicht den Kopf in seine Richtung, ohne den Verdächtigen aus den Augen zu lassen.

»Das ist streng geheim«, lehnte Broud eine Antwort ab.

»Oh, ich fürchte, Geheimhaltungsstufen gelten bei Mordverdacht nicht«, sagte Deidra und lehnte sich vor. »Meinen Sie, der Ältestenrat lässt Sie weiterforschen, wenn auch nur ein Zweifel an Ihrer Unschuld besteht?«

Es kostete ihn unendlich viel Überwindung, auf die Forderung einzugehen. Finnley konnte sehen, wie es in dem Kopf des Mannes arbeitete. »Schon gut.« Er rieb sich über die Augen. »Sicher unterliegt dieses Gespräch einer gewissen Schweigepflicht, die Sie einhalten müssen, solange sich der Verdacht gegen mich nicht erhärtet, oder?«

Deidra verschränkte die Arme vor der Brust und sah ihn unerbittlich an. »Was glauben Sie, wo Sie hier sind? Welche Informationen an die Räte weitergeleitet werden, hängt ganz von der Relevanz ab.«

Broud seufzte, seine stolze Haltung wandelte sich und brachte mit hängenden Schultern sein Einlenken zum Ausdruck. »Sie wissen sicher, dass im menschlichen Körper mehrere Energieknotenpunkte zu finden sind. Manche nennen sie Chakren, aber ich finde, das trifft es nicht ganz. Wenn Sie so wollen, sind es Ausläufer der Seele, die Körper und Geist in Einklang bringen. Und diese Knotenpunkte kann man mit einer schnöden Blutabnahme an den richtigen Stellen anzapfen.« Ein begeistertes Leuchten erhellte seine Züge. »Wenn man die Knotenpunkte von Schamanen anzapft, könnte man theoretisch eine Spur dessen entnehmen, was den Zugang zum Totemreich herstellt. So weit die Theorie.«

Jetzt erstarb die Begeisterung wieder. »Allerdings habe ich noch keine Möglichkeit gefunden, die Moleküle zu isolieren oder gar zu konservieren. Alle Selbstversuche habe ich mit Vollblut durchgeführt, um durch das Zentrifugieren nichts zu zerstören. Sicher wissen Sie, dass der zelluläre Bestandteil des Blutes –«

»Aber die gewünschte Wirkung blieb aus?«, fiel Deidra ihm ins Wort, bevor er zu sehr ins Detail ging.

Es war dem Professor deutlich anzusehen, wie enttäuscht er wegen der Ergebnisse seiner Forschungen war.

»Woher haben Sie das Blut?«, fragte Deidra weiter. »Ich kann mir kaum vorstellen, dass die Schamanen freiwillig zu Ihnen kommen.«

Er nahm wieder eine selbstbewusste Haltung ein. »Doch, das tun sie. Sehr viele sogar. Anfänglich lief die Forschung schleppend an, aber dann kam ein ganzer Schwung Studierender zu mir, die sich auch für meine Vorlesungen eingeschrieben hatten. Sie haben ihr Blut sehr gern für die Sache gegeben.«

Hinter Deidra ertönte ein leises Signal aus der Wand. »Das ist eine Lüge, Professor«, sagte sie kühl, stand auf und sah von oben auf den Mann herab.

»Vielleicht habe ich ihnen nicht bis ins Detail mitgeteilt, wofür ich das Blut benutze, aber sie haben es freiwillig gemacht.«

Diesmal blieb das Signal aus.

»Ihnen ist sicher klar, dass wir das überprüfen werden.«

Vor der Tür wurde es lauter. Offensichtlich musste Chenoa das Verhör abbrechen, weil der Verrat an ihrem Volk durch Yepatanas Mitwirkung an diesen ungeheuren Forschungen sie zu sehr aufbrachte. Finnley hörte diverse Lakota-Worte, die sein Pad allesamt als Beleidigungen übersetzte, die gerade noch zumutbar waren, ohne eine offizielle Beschwerde zu rechtfertigen.

»Eine Frage noch, Professor.« Deidra überlegte und sah dabei nachdenklich zu Finnley. »Könnte es sein, dass Yepatana Ihre Versuche weiterentwickelt hat?«

Er musste lachen. »Wenona Yepatana ist eigentlich Dozentin für kulturübergreifende Philosophie. Sie dient nur als mein Sprachrohr. Es ist mein Glück, dass sie die Gabe des Sichtwechselns besitzt, aber bevor sie zu mir kam, hat sie kein Labor von innen gesehen.«

»Auch das werden wir überprüfen. Sie dürfen gehen, aber bleiben Sie erreichbar.«

Mit trägen Bewegungen stand der alte Mann auf, strich seine Kleidung glatt und richtete sich zu voller Größe auf. »Es ist nichts falsch daran, in die Geheimnisse anderer vorzudringen, wenn es allen zugutekommt. Haben Sie sich nie gewünscht, von bestimmten Bereichen nicht länger ausgeschlossen zu werden?«

Deidra öffnete ihm die Tür. »Ich denke, man sollte nicht mit Dingen experimentieren, deren Auswirkungen man nicht einschätzen kann. Und ich bin froh, zu denjenigen zu gehören, die auf *alle Menschen* aufpassen.«

Mürrisch verzog er das Gesicht und verließ das Verhörzimmer. Yepatana wartete auf ihn. Sie sah blass aus und presste die Lippen fest aufeinander. Offensichtlich hatte Chenoa ihr mit ihrer wütenden Rede ordentlich zugesetzt.

Finnley sah dem ungleichen Dozentenpaar hinterher, während es aus dem Präsidium eilte. »Ich denke, er ist nur ein Spinner«, sagte er. »Er glaubt an das, was er sagt, aber außer blanker Theorie scheint nichts dahinterzustecken.«

Deidra nickte. »Aber Spinner sind oftmals die Schlimmsten, weil sie selten bemerken, wenn sie richtigen Schaden anrichten. Wir hatten mal einen Fall …« Sie konnte nicht weitersprechen, weil Chenoa wutentbrannt auf sie zukam. Offensichtlich hatte sie nur auf den Moment gewartet, in dem sie ihrer tief empfundenen Abscheu über die Powtankanin Ausdruck verleihen konnte.

»Nicht hier, Chenoa«, sagte Deidra schnell, ging auf sie zu und schob sie in das Büro. »Tunkan, schließ besser hinter dir die Tür, das wird sicher laut.«

»Tunkan«, murmelte er und setzte sich in Bewegung. Irgendwie gefiel ihm der Name mit der Zeit immer besser, weil er powtankanisch war und somit eine schmale Brücke zwischen ihm und seinem Team erschuf.

»Schamaninnen wie sie sollten augenblicklich verbannt werden!«, giftete Chenoa los, noch bevor die Tür gänzlich geschlossen war. »Ich habe sie mir angesehen, ihre einzige Gabe ist die Sicht, ansonsten ist sie kaum besser als Tunkan.« Wütend schlug sie sich mit der Faust gegen die Stirn. »Entschuldige, ich wollte nur sagen …«

»Dass ihr Zugang zu diesen Dingen begrenzt ist«, half er aus. »Schon gut, lass es raus.« Es war schon nett, dass sie sich überhaupt Mühe gab, auf ihn Rücksicht zu nehmen.

Tate vollführte vor dem Computermonitor eine Geste, und Yepatanas Akte erschien an der Wand. »Mäßiger Abschluss in Philosophie, ihr Clan besitzt nicht viel Macht. Soweit ich es in Erfahrung bringen konnte, gibt es keine Schamanen in ihrer Blutlinie. Wahrscheinlich macht sie deshalb bei seinen Machenschaften mit.« Er grinste breit. »Ihr hättet sehen sollen, wie beherrscht Chenoa zwei Drittel des Verhörs ertragen hat. Aber als Yepatana sagte, der Versuch mit *Seelenblut* sei gescheitert, war ich mir nicht sicher, ob Chenoa sie lebend aus dem Gebäude lassen würde.«

»Habt ihr sie gefragt, ob sie eigene Forschungen angestellt hat, von denen Broud vielleicht nichts weiß?«, fragte Finnley und ging zu seinem Tisch, um das Aufnahmegerät aus der Station zu nehmen. »Wenn Broud nicht vorangekommen ist, kann sie doch trotzdem –«

Chenoa fluchte unerwartet derb und sah aus, als wollte sie am liebsten etwas durch das Büro schleudern. »Sie ist die Mittelmäßigkeit in Person, ohne einen Funken Respekt. Wenn ihr etwas Derartiges gelänge, dann muss Wakan Tanka sehr unzufrieden mit unserem Land sein.«

Auf Deidras Computer leuchtete ein Zeichen auf. »Die Aufnahmen aus den Verhörzimmern sind da, aber meinem Gefühl nach ist das eine Sackgasse.« Sie atmete tief durch.

Finnley konnte sich vorstellen, unter welchem Druck sie stand. Wenn Thure nicht anwesend war, hatte sie das Sagen, und wenn weitere Morde folgten, müssten beide mit ziemlicher Sicherheit bei den Räten vorsprechen.

»Los, macht ’ne Pause, geht was essen, spazieren, ganz egal, aber lasst mich hier mal einen Moment allein.«

»Na dann«, sagte Tate. »Ich habe schon eine Idee, wo wir hingehen. Dort grillen sie das Fleisch über Buchenholz.«

Chenoa machte noch immer einen wütenden Eindruck. Finnley

vermutete, dass ein gewisser Ärger über sich selbst hinzukam, weil sie manche Möglichkeiten aus traditionell geprägten Gründen kategorisch ablehnte.

»Ich komme mit«, sagte sie entschlossen. »Und du, Tunkan, erzählst mir all deine haarsträubenden Theorien, zu denen Tate gesagt hat, du solltest sie nicht laut vor mir sagen.«

Ein Grinsen stahl sich auf Finnleys Gesicht. Insgeheim hoffte er, dass er mit seinen Vermutungen recht hatte. Dann läge auf der Hand, warum er in dieses Team gehörte.

Chenoa schüttelte den Kopf. »O Mann, der Große Geist meint es heute echt nicht gut mit mir.«

KAPITEL 7

Die Sonne schillerte durch die gläserne Dachkuppel, und die Spiegelmobiles, die künstlerisch darunter befestigt waren, ließen kleine Lichtpunkte durch die Halle tanzen. Mosaike aller Stämme fügten sich über Wände und Fußboden zu einer Einheit, und in der Mitte des Fußbodens lag eine in Kunstharz gegossene Axt über einer mit Runen verzierten Silberplatte. Sie stand für die Ankunft der Wikinger, und niemand setzte einen Fuß auf das Symbol des größten die Geschichte verändernden Moments der Powtankaner.

Drei Schulgruppen saßen in Kreisen auf dem Boden und ließen sich von den Ältesten die Muster und Besonderheiten der Mosaike erklären. Auf etwa einen Meter hohen Säulen, die in allen vier Himmelsrichtungen vor den Wänden standen, räucherten gepresste Kräuter in Messingschalen. Der Duft nach Rosmarin und Süßholz reinigte die jungen Geister und öffnete sie für das neue Wissen.

Das leise Gemurmel erfüllte die Halle mit einer Atmosphäre von Geschichte und Respekt.

Erwachsene saßen in der Nähe der Gruppen und hörten ebenfalls zu. Die Überlieferungen wurden in ganz Powtanka an Orten wie diesen von Generation zu Generation weitergegeben. Eintritt oder Spendenaufforderungen gab es nicht, diese Stämme-Hallen wurden als Begegnungsstätten erbaut und unterlagen keinen finanziellen Zwängen. Wenn Gelder nötig waren, wurden sie von den Ältestenräten zur Verfügung gestellt.

Ehawee zog ihre Schuhe aus und stellte sie zu den anderen neben dem Eingang. Der warme Boden fühlte sich unter ihren nackten Füßen angenehm an. Eine junge Frau bot ihr eine kleine Tonfigur an, die, wie Ehawee wusste, den Frieden unter den Stämmen symbolisierte.

»Der Friede aller beginnt in einer auserwählten Seele«, sagte sie freundlich und zog die gleiche Figur aus ihrer Jackentasche. »Vielen Dank, ich habe eine dabei.«

Sie mochte den Anblick der kleinen, handgefertigten Figuren, die dicht gedrängt auf dem Tablett standen. Auch wenn alle gleich waren, sahen sie doch unterschiedlich aus. Ihre hatte sie am Tag zuvor mit Bedacht ausgewählt. Sie war nicht perfekt, ein kleiner Riss zeichnete ihren Rücken. Wenn Ehawee in ihre Tasche griff und mit den Fingern den Riss entlangfuhr, erinnerte es sie daran, dass kein Mensch perfekt war. Eine Tatsache, an die sie sich nun öfter erinnern musste, wenn sie nach Hause kam und ihr Mann untätig neben den hungrigen Kindern saß.

Ihr Mann war aus großer Höhe von einem Baum gestürzt, als er sehen wollte, ob sein Falke die Verbindung zwischen ihnen spürte und dorthin flog, wo er ihn hingeschickt hatte. Das Tier hatte Hilfe geholt, die Verbindung funktionierte, aber ihr Mann konnte nicht verwinden, dass er nicht mehr laufen konnte. Und Ehawee konnte es nur schwer ertragen, ihn jeden Tag freudlos und zunehmend schwächer zu sehen.

Deswegen kam sie her. Dieser Ort schenkte ihr Trost und Hoffnung.

Sie betrachtete die Kinder, die mit den bunten Figuren spielten, die ihnen gegeben worden waren. Rote, gelbe und orange Sonnenkinder in den kleinen Händen. Sie fragte sich, ob es jemanden störte, wenn sie ihre Figur nachträglich ebenfalls bunt anmalen würde. Etwas Farbe täte ihrem Gemüt gut.

Wie die anderen Erwachsenen setzte sie sich neben einen der Kreise und hörte zu.

Die Erklärung der einzelnen Bilder und Symbole endete, und für ein paar Sekunden wurde es vollkommen still. Als die Älteste die Geschichte von Powtanka begann, fingen auch die anderen Erzählerinnen an. Vollkommen synchron, genau dieselben Worte.

Ehawee konnte die Geschichten ebenfalls mitsprechen, aber sie hörte lieber zu. Die Erzählerinnen durften kein einziges Wort verändern. Es hieß, dass die Geschichte Powtankas seit über tausend Jahren immer auf dieselbe Art erzählt wurde. Ehawee hatte kein einziges Mal miterlebt, dass jemand bei der Erzählung einen Fehler gemacht hatte.

Ein kleines Mädchen drehte sich zu ihr um und lächelte sie an. Die Zahnlücke ließ sie frech wirken. Ihre eigenen Töchter lächelten nur noch selten. Andere Clanmitglieder kümmerten sich um die Kinder, wenn sie aus der Schule kamen, aber trotzdem mussten sie jeden Tag zwei Stunden allein mit ihrem Vater sein.

Nach ihrer Mittagspause musste Ehawee wieder zurück zum Präsidium. Sie war gern Polizistin, auch wenn ihr der Außendienst besser gefallen hatte als ihr neuer Einsatz hinterm Empfangstresen. Die permanente Schreibarbeit war ermüdend, aber sie brauchte die geregelten Arbeitszeiten.

Das Mädchen streckte eine Hand aus und strich mit einem Finger über die Stickerei am Ärmel der Uniform. Die weiße Feder im Kreis auf dem nachtblauen Stoff wies sie deutlich als Polizistin aus.

»Der Friede beginnt in unschuldigen Kinderaugen«, sagte Ehawee kaum hörbar, nur ihre Lippen bewegten sich leicht.

Mit einem Fingerzeig bedeutete sie der Kleinen, sich wieder auf die Erzählung zu konzentrieren, und schloss die Augen. Die Stimmen der alten Powtankaninnen waren angenehm warm und tief. Sie sprachen langsam und betont, sodass die Zuhörerschaft keines ihrer Worte verpasste.

»Die Friedensläufer waren mutige Männer, die von Stamm zu Stamm liefen und die Kunde der Wikinger verbreiteten. Manche kamen erst nach zwei Sommern in ihre Heimat zurück.«

Ehawee liebte diese Stelle. Es war schwer vorstellbar, dass die Stämme zu jener Zeit untereinander teils kriegstreibend verfeindet und sich über die Gebietsgrenzen hinweg vollkommen fremd gewesen waren. Die Friedensläufer hatten etwas geschafft, das geschichtlich das bedeutendste Ereignis nach der Landung der Wikinger war.

Sie wusste, dass die Erzählerinnen die kleinen Friedensläufer hochhielten.

»Ihrem Mut ist es zu verdanken«, flüsterte sie und öffnete verwundert die Augen, weil die Erzählerinnen nacheinander verstummten.

Der Ältesten fiel die Figur aus den Fingern, und diese zerschellte auf dem Steinboden in mehrere Splitter. Die Kinder sogen erschrocken die Luft ein, weil jedem eingeschärft worden war, dass genau das niemals passieren dürfe. Auch den anderen Erzählerinnen fielen sie aus den Händen. Am Eingang krachte das Tontablett mit den Figuren auf den Boden, und die Bruchstücke rollten über die Mosaike.

»Großer Geist, steh mir bei!« Ehawee wollte aufspringen, aber der Anblick der Frauen ließ sie innehalten.

Entsetzt sah die Älteste von ihrem blutenden Finger auf die Scherben. »Bei Wakan Tanka, es tut mir so leid«, sagte sie und wollte augenscheinlich zu einer Erklärung ansetzen, aber irgendetwas lenkte sie ab. Erst kratzte sie sich ruckartig über den Handrücken, dann hörte Ehawee einen spitzen Schrei, den eine andere Frau ausgestoßen hatte. Auch die begleitenden Lehrkräfte und anderen Erwachsenen fingen an, sich zu kratzen und erschrocken zu schreien.

»Was ist das?«, schrie eine Lehrerin und sprang auf.

Aber Ehawee konnte an der Stelle, an der sie kratzte, nichts entdecken. Auch bei den anderen nicht.

»Es soll aufhören!«, schrie sie weiter und wollte aus der Halle laufen, wobei sie über ein Kind stolperte und direkt auf das heilige Siegel stürzte.

Die Kinder schrien ängstlich auf, rutschten von den Erwachsenen weg, und einige fingen an zu weinen.

»Bleibt ruhig«, rief Ehawee durch den Lärm. »Ich bin Polizistin, hört nur auf mich.« Ihre Worte kamen ihr selbst dünn und kläglich vor. Was auch immer hier passierte, die Kinder mussten schleunigst die Halle verlassen. Die Lehrerin stemmte sich wieder hoch und rannte davon, was die Kinder noch mehr verunsicherte.

»Ich will, dass ihr euch alle an den Händen fasst und langsam die Halle verlasst. Nicht rennen! Sammelt euch auf der Wiese und wartet dort auf die Polizei. Habt ihr das verstanden?«

Manche bestätigten, andere rannten voraus, während die meisten einander die Hände reichten und sich Richtung Ausgang bewegten.

Entsetzt sah Ehawee zu, wie die Erwachsenen sich die Haut von Armen und Hälsen kratzten, während sie ihr Telefon aus der Tasche zog und die Nummer des Reviers wählte.

Mit dem ersten Freizeichen wurde es schlagartig still in der Halle. Die Frauen und wenigen Männer waren wie erstarrt. Wie im Krampf verkrümmten sich ihre Finger, und Speichel troff über die sich bläulich verfärbenden Lippen.

»Verdammt, was passiert hier?« Langsam stand Ehawee auf und sah sich unter den Anwesenden um. Nicht einer dieser Menschen bewegte sich noch.

Der Speichel wurde dickflüssig und lief nur noch träge über die Unterlippe der Ältesten, vereinzelt konnte sie erstickende Atemzüge hören.

»Hauptpolizeipräsidium – wie können wir Ihnen helfen?«, erklang die Stimme am anderen Ende.

»Hotah, hier ist Ehawee, ich befinde mich in der Stämme-Halle.« Sie versuchte, möglichst ruhig alle Fakten zusammenzufassen. »Draußen sitzen ungefähr fünfzig Kinder, die schnellstens untersucht werden müssen. In der Halle sind …«, sie zählte kurz nach, »neunzehn Erwachsene, die aus unbekanntem Grund Krampfanfälle haben. Ich weiß nicht, was ich tun soll. Vielleicht wurden sie vergiftet. Wir brauchen schnell Hilfe!« Sie schluckte trocken gegen die aufkommende Panik an. »Sie sterben, Hotah. Vor meinen Augen! Bitte, was soll ich tun?«

Ihr Kollege tippte klackend etwas auf der Tastatur. »Hilfe ist unterwegs.« Sie hörte aufgeregte Stimmen im Hintergrund. »Ehawee, geht es dir gut?«

Ging es ihr gut? Sie wusste es nicht.

»Warum sterbe ich nicht?«, fragte sie dünn und musste Tränen wegblinzeln.

»Halte durch, die Kollegen sind gleich da!«

Mit tauben Fingern fasste sie das Telefon etwas fester und ging zu der Frau, die ihr am nächsten saß. Hinter ihr fielen die ersten Körper leblos um. Sie wollte ihr helfen, sich hinzulegen, aber die Frau war vollkommen verkrampft. In den weit aufgerissenen Augen platzten die Äderchen. Die Augäpfel färbten sich dadurch schlagartig rot.

»Würdest du bitte dranbleiben, bis die anderen da sind?«, bat Ehawee ihren Kollegen.

»Sicher.«

Die Frau zitterte, Spucketröpfchen trafen Ehawee im Gesicht, sie konnte die Sterbende nicht festhalten, die plötzlich unkontrolliert zuckend auf den Boden prallte. Die Haut platzte am Hinterkopf auf, Blut floss aus der Wunde und lief in das silberne Relief, das die Axt einfasste.

Ängstlich wischte sich Ehawee mit dem Ärmel übers Gesicht.

»Was soll ich nur tun?«

»Wenn du nicht helfen kannst, dann geh raus. Bring dich in Sicherheit.«

Der Todeskampf endete, der Körper erschlaffte, und Ehawee richtete sich mit dem Gefühl grauenhafter Hilflosigkeit auf.

Tränen rannen über ihre Wangen. Wenn die Kollegen kamen, wollte sie professionell Bericht erstatten, aber der Anblick der Toten war zu schockierend. Sie schloss die Augen und atmete mehrmals tief durch. »Wenn mir etwas passiert, dann sag meinen Kindern …«

»Hör auf damit. Dir passiert nichts, geh jetzt raus!«

Der Ausgang war nur wenige Schritte entfernt. »Die anderen werden wissen, was zu tun ist, Ehawee, geh einfach raus.«

Ihr Körper fühlte sich taub an. Angst und Grauen hatten sie fest im Griff.

Sie versuchte, die Opfer nicht anzusehen, deren Gesichter angeschwollen waren und denen noch immer dicke Spucke aus den Mündern floss. Der Urin der Toten färbte die Fugen der Mosaike dunkel. Ehawee musste würgen und kam ins Stolpern. »Scheiße!« Tränen nahmen ihr kurz die Sicht.

»Was ist passiert?«

»Ich bin nur gestolpert.« Ein Zittern fuhr durch ihre Glieder. »Nur gestolpert.«

Die Powtankanin, die das Tablett gehalten hatte, lag tot in den Scherben. Blut floss von ihrem Gesicht träge über das Mosaik, wahrscheinlich schnitten Splitter in ihre Haut.

Draußen hörte Ehawee Fahrzeuge mit Sirenen herannahen. Sie entdeckte ihre Schuhe und ging etwas schneller.

Zitternd stieg sie in den ersten, verlor das Gleichgewicht und musste einen unsicheren Schritt zurück machen. Sie spürte einen tiefen Schnitt in ihrer Ferse. »Verdammt!« Hektisch griff sie danach und zog eine Scherbe aus der Wunde. »Ich bin in eine Scherbe getreten.«

»Das macht nichts, geh einfach weiter.«

Ihr wurde ganz heiß, und ihr Atem ging schneller. Der Schreck saß tief, und jede Bewegung fiel ihr unglaublich schwer. Hölzern und viel zu langsam ging sie weiter auf den Ausgang zu. »Ich bin gleich draußen.«

Etwas kribbelte auf ihrer Hand. Sie klemmte das Telefon mit einer Schulter ein, um mit der anderen Hand darüberzustreichen, aber dort saß nicht wie erwartet ein Insekt – da war nichts zu sehen. Sie spürte es, fühlte, wie es sich auf ihrer Haut bewegte, unter den Ärmel kroch und ihren Arm hinaufeilte. Entsetzt strich sie immer wieder darüber, aber es ließ sich nicht aufhalten.

»Es geht los!«, rief sie panisch.

»Was geht los? Ehawee, rede mit mir!«

Sie schrie, konnte es nicht unterdrücken, weil sie plötzlich ahnte, was mit ihr passierte. Mit geweiteten Augen sah sie auf die blutigen Scherben zurück. »Die Figuren«, schrie sie, aber das Telefon rutschte zwischen Kopf und Schulter heraus und prallte auf den Steinboden. Das Krabbeln setzte sich unter ihrem Haaransatz fort und endete hinter ihrem Ohr. Das Kratzen half nicht – was immer auf ihr saß, es ließ sich nicht greifen.

In ihrer Angst schrie sie nur noch und stolperte auf den Ausgang zu. Die Kollegen waren schon zu sehen, sie mussten ihr helfen. Jetzt! Bevor …

Der Biss durchdrang brutal ihre Haut direkt über der Halsschlagader, stechend und blitzschnell. Tränen liefen über ihr Gesicht. Ihr Körper verkrampfte sich schlagartig, die Lunge wollte sich nicht mehr weiten, ihr Herz begann unerträglich zu schmerzen, als würde alles in ihr augenblicklich zu dickflüssiger, heißer Lava.

Verschwommen sah sie die Uniformierten eintreffen, die sie von den Füßen rissen.

Die Stimmen setzten sich nicht mehr gegen das Rauschen in ihren Ohren durch. Ein Medizinmann untersuchte sie hektisch und schnitt ihre Uniform auf, um eine Spritze direkt über ihrem Herzen anzusetzen. Die Nadel fühlte sie noch, dann war die Lava in ihrem Kopf.

Die weißen Krankenhauswände waren genau wie das Präsidium mit geschwungenen Lichtadern durchzogen und zusätzlich mit roten Schutzsymbolen versehen, um die Heilung zu unterstützen. Wenn Geleittiere zu den Patienten gehörten, ruhten sie entweder neben den Betten oder auf Stangen vor den durchschimmernden Wänden, die das heilende Sonnenlicht in die Räume ließen. Durch Klappen konnten größere Tiere wie Pumas oder Hunde nach draußen und wieder hineingelangen.

Chenoas Rotluchs blieb dicht bei ihr. Die Pfoten machten kaum Geräusche auf dem versiegelten Holzboden, nur ab und an, wenn eine Kralle auf den Untergrund traf.

Je nach Krankheit wurden die Patienten an anderer Stelle des sternförmigen Gebäudes untergebracht. Die notwendigen Kräuter wuchsen in einem großen Hofgarten in der Mitte.

»Ehawee ist die erste Überlebende eines Totemangriffs«, sagte Deidra gedämpft.

»Sag nicht Totemangriff«, erwiderte Chenoa wütend. »Kein Totem würde je …«

»Schon gut, ich weiß, Totems ergänzen und stärken nur das Gute in euch.« Deidra war müde. Die Ereignisse und ihre Machtlosigkeit fraßen sich wie Säure durch ihr Nervenkostüm. Ein Zustand, den sie nicht mehr lange würde ertragen können, wenn sie sich keine Auszeit nahm.

»Sie tut mir leid.« Mit einer Hand umfasste Chenoa den Seelenspiegel. »Erst der Unfall ihres Mannes, jetzt das.«

»Klingt nicht gerade nach einer Glücksfamilie«, warf Finnley ein, der bislang nur schweigend hinterhergegangen war. Dabei sah er kaum von seinem Pad auf. Deidra vermutete, dass er Informationen zu irgendetwas suchte, das er mal wieder nicht ganz verstanden hatte, nach dem er aber nicht fragen wollte.

Hinter ihm ging Tate. Es tat ihr leid, ihn so besorgt zu sehen. Ihr sonst gut gelaunter Kollege war seit den Neuigkeiten vollkommen in sich gekehrt. Sie wusste, dass er Ehawee mehr mochte, als er zugeben würde. Wie es aussah, hatte Ehawee durch das Gift sehr leiden müssen. Sie lebte noch, aber ihr Zustand war kritisch.

Als sie die Tür mit der Nummer 2.49 erreichten, verließ eine Schamanin das Zimmer. Sie war eine alte Frau mit eingefallenen, faltigen Wangen und wässrigen Augen. In ihrer Hand hielt sie ein kleines Säckchen, das farblich zu dem hellbraunen Kleid passte. Unzählige Talismane hingen an Lederbändern um ihren Hals, und blaue Perlen hielten Zöpfe zusammen, die dünn in ihren grauen Haaren baumelten.

Chenoa verneigte sich vor ihr und flüsterte einen respektvollen Gruß. Deidra fiel auf, dass die Alte nur Finnley betrachtete, aber nicht seine Tätowierungen, wie jeder andere es tat.

Sie sieht es auch, dachte sie und drehte sich leicht zur Seite, um Finnleys Reaktion zu sehen. *Irgendetwas ist mit ihm.*

Doch er war zu sehr mit seinem Pad beschäftigt, um den Blick zu bemerken. Die Schamanin griff in die Vielzahl Talismane und ertastete blind einen geschliffenen Knochen, der zu einem Wolfskopf geschnitzt worden war, öffnete mit wenigen Griffen den Knoten und zog das Band aus dem Wust heraus.

»Weisheit ist Stärke«, sagte sie mit rauer Stimme und legte den Talisman auf Finnleys Pad.

»Was?« Überrascht und mit der neuen Situation offensichtlich überfordert, sah er ihr ins Gesicht und hielt den Anhänger fest, bevor er vom Pad rutschen konnte.

Chenoas Mund stand ungläubig offen.

»Los, bedank dich, Tunkan«, raunte Tate.

Er stammelte irgendetwas, das wie Fragmente powtankanischer Wörter klang, die nicht mal vom Pad übersetzt werden konnten, aber die alte Schamanin schien ihn zu verstehen. Lächelnd tätschelte sie seine Hand und ging.

Mit einem missbilligenden Laut nahm Chenoa den Talisman aus Finnleys Fingern, knotete das Lederband wieder zusammen und legte es um seinen Hals. Ihr Blick ruhte auf dem Wolfsknochen. »Du wirst ihn jeden Tag tragen, hast du das verstanden?«

Auf dem schwarzen Hemd kam der weiße Knochen noch besser zur Geltung.

»Was soll denn das alles?«

Deidra hob eine dunkle Augenbraue. Nun war sie noch gespannter, was in ihm stecken mochte. Sie legte eine Hand auf die Türklinke und drückte die Tür auf.

Der Raum war abgedunkelt, das Sonnenlicht wurde nur in wenige Adern geleitet. Vor dem Bett saß eine Katze und fauchte sie an, auf der Stange neben dem Bett flatterte aufgeregt eine Eule.

»Zwei Geleittiere?« Chenoa nahm bedächtig den Seelenspiegel ab und hängte ihn an einen Haken neben der Tür.

Ehawee lag im Bett, nur der Atem bewegte leicht ihren Brustkorb. Bergkristalle und Amethyste lagen dicht neben ihren Armen auf der Decke, und kleine Kräuterbündel ruhten auf ihrem Bauch und ihrer Stirn.

Die Klappe in der Wand schwang hoch, und ein Puma setzte seine krallenbewehrten Pranken in das Zimmer. Ein leises Grollen drang aus seiner Kehle, während er neben die Katze schritt und sich vor dem Bett niederließ.

»Werden sie uns durchlassen?«, fragte Deidra, die so etwas noch nicht gesehen hatte.

Chenoa schloss die Augen und streckte die Hände aus. Dabei strich der Rotluchs um ihre Beine, als würde er sie bewachen. Alle Tieraugen waren auf sie gerichtet.

Der Klang ihrer leisen Stimme, die sich zum Gesang erhob, wirkte auch auf Deidra. In ihr wurde alles ruhig, und ihre Ungeduld löste sich auf. Für einen Moment glaubte sie, Chenoa würde ihr alle Geheimnisse aus dem Körper ziehen, aber sie wusste, dass die junge Schamanin sich ganz auf die Tiere konzentrierte. Sie wagte einen Blick in die Gesichter von Tate und Finnley.

Während Tate ebenfalls einen entspannten und von dem Gesang berührten Eindruck machte, tippte Finnley unbekümmert auf dem Pad herum und schien Aufnahmen von den Tieren zu machen. Nichts in seinem Gesicht oder der Körpersprache wies darauf hin, dass er etwas spüren konnte. Sie betrachtete den Talisman, der nun zur Hälfte unter dem Jackett verschwunden war.

Sogar ein Stein würde etwas fühlen, warum du nicht?, fragte sie sich stumm.

Der Puma legte den Kopf auf die Pranken und schloss halb die Augen. Unter dem Kopfkissen schlängelte sich eine Wassermokassinotter heraus und ließ sich gemächlich vom Bett gleiten. Der schmale Schlangenkörper zeigte noch die Musterung eines Jungtiers mit der auffälligen gelben Schwanzspitze. »Finnley, bleib im Hintergrund. Manche dieser Tiere können sehr unangenehm werden, wenn man sie stört«, wies Deidra ihn an.

Finnley stand schon von allein so weit wie möglich von den Tieren entfernt. »Ich stehe hier hinten sehr gut«, bestätigte er und machte weiter Aufnahmen.

Mit eleganten Bewegungen ging Chenoa in die Hocke und tastete mit den Fingern durch die Luft. Deidra wusste, dass sie sehr wohl etwas berührte, auch wenn es für andere nicht sichtbar war. Die Astralwelt war eine feinstoffliche Ebene, die nur von wenigen Schamanen in Gänze wahrgenommen werden konnte. Chenoa würde den Begriff *feinstofflich* niemals benutzen, sondern eher von Energien, Auren und Geistern sprechen. Für Deidra war die genaue Definition irrelevant. Es gab diese besondere Welt, und manchmal nahm sie Einfluss auf jene, die sie erfassen konnten.

Deidra spürte leichte, lufthauchähnliche Berührungen und ahnte, dass sich die schamanische Energie ausbreitete. Chenoa neigte den Kopf zur Seite und sah in ihre und Tates Richtung.

Tu das nicht. Deidra wurde wütend. Es gab klare Regeln, an die Chenoa sich zu halten hatte. Eine davon besagte, dass sie niemals ungebeten in den Auren ihrer Kollegen lesen durfte. Aber genau das schien sie in diesem Augenblick zu tun. Statt ein Zeichen zu geben, dass sie Ehawee nun verhören konnten, blieben ihre Augen auf Deidra gerichtet. Und Deidra wusste, was sie sah.

Normalsterbliche konnten ihre Auren nicht verstecken. Sie stellte sich ihre eigene wie verunreinigtes Tuschwasser vor, das Aufschluss darüber gab, wie sehr ihr der Druck zu schaffen machte, sich clanlos in dieser Gesellschaft zu behaupten, und was sie sich selbst antat, um ein Ventil dafür zu finden. All das ging die Schamanin nichts an. Deidra wollte sich keine Belehrungen oder Urteile anhören müssen, das hatte sie mit Chenoa alles schon einmal hinter sich bringen müssen. Damals hatte sie ihr eindeutig klargemacht, dass ihr Verhältnis niemals freundschaftlicher Natur sein würde und dass Chenoa kein Recht hatte, diese Grenzen zu überschreiten. Nun brachte das junge Gesicht all die Wertungen zum Ausdruck, die bei Deidra die Wirkung des Gesangs zunichtemachten.

Gerade als Deidra sie zurechtweisen wollte, verstummte Chenoa, und der erzeugte Frieden blieb im Zimmer zurück.

»Ihr könnt jetzt anfangen«, sagte Chenoa benommen, wobei ihr Blick auf Deidra gerichtet blieb.

»Darüber reden wir noch«, raunte Deidra ihr wütend zu.

Sie ging mit Tate respektvoll an den Tieren vorbei und stellte sich neben das Bett. Jeder Schritt wurde aufmerksam beobachtet.

Behutsam nahm Tate die Kräuter von der Stirn der Schlafenden und legte sie auf das Tischchen neben dem Bett. Er berührte den kalten Schweiß auf ihrer blassen Haut. Die Katze neben dem Bett fauchte bei der Berührung. »Schon gut.« Tate hob demonstrativ die Hände. »Ich tu ihr nichts.«

»Sie hat verdammtes Glück gehabt, dass sie noch lebt«, flüsterte Deidra.

Chenoa schüttelte im Hintergrund den Kopf. »Manchmal ist der Tod die Gnade. Geh lieber einen Schritt zurück, Tate, es macht die Tiere nervös, wenn du ihr zu nahe kommst.«

Er nickte. »Ist gut.«

Die Verletzte zu wecken, war auf Abstand nicht einfach. »Ehawee, kannst du mich hören?«, fragte er sanft. »Wach auf, wir müssen dir ein paar Fragen stellen.«

Erst flatterten die Lider, dann ging ihr Atem schneller. Offensichtlich war jede Regung eine enorme Anstrengung für sie.

»*Hah-ue,* Ehawee«, seine Finger zuckten, aber dann machte er eine Faust, statt nach ihrer Hand zu greifen. »Wie geht es dir?«

Sie öffnete die Augen. Die Augäpfel waren vollkommen rot, als wäre karmesinfarbene Tinte über der Lederhaut verlaufen und eingezogen. »Tate?« Ein leichtes Lächeln umspielte ihre weißen Lippen. »Ich wusste, dass ihr kommt. Die Tiere waren ganz aufgeregt.«

Deidra empfand Mitgefühl für die Kollegin, die unruhig die Augen hin und her bewegte. »*Hah-ue,* ich bin's, Deidra. Bitte beschreibe uns, was passiert ist.«

Tränen lösten sich aus Ehawees Augenwinkeln und liefen in die verschwitzten Haare. Dennoch lächelte sie tapfer. »Ich saß zwischen den Kindern und habe der Überlieferung zugehört, als alles anfing.« Ihre Stimme war dünn, kaum mehr als ein Flüstern. Zwischen den Wörtern sog sie hörbar die Luft ein, weil die Atemzüge für ganze Sätze nicht reichten.

Deidra sah zu Chenoa, die mit geschlossenen Augen und ausgestreckten Händen zuhörte. Ihr Gesicht war wie versteinert vor Konzentration.

»Dann wurdest du später angegriffen?«, fragte sie an Ehawee gewandt.

Über deren Jochbein zuckte ein Muskel, die Haut bewegte sich deutlich. Die Nerven litten unter dem Gift. »Ich ging zu meinen Schuhen zurück und schnitt mir dabei den Fuß an den Scherben auf, kurz darauf fing es an.« Sie hob den linken Arm und führte ihn schwach über ihren Körper, um auf ihre andere Hand zu deuten. »Wie eine Spinne, die unter meine Kleidung gekrabbelt ist. Ich wollte sie fortwischen, aber da war nichts.«

Chenoa keuchte hörbar auf.

Ehawees Hand glitt zitternd höher und wischte dabei die Kräuterbündel von ihrem Leib. »In meinen Haaren. Ich … ich …« Sie brach ab und schluckte schwer. »Ich habe begriffen, dass die Kinder verschont geblieben sind, weil sie andere Figuren geschenkt bekommen hatten. Es lag an den Figuren … das wollte ich Hotah melden, als …«

Tate legte nun doch seine Hand auf ihren Arm, was die Tiere zum Fauchen und Knurren brachte. Sofort zog er sie zurück und ballte sie wieder zur Faust. »Als du gebissen wurdest?«, blieb er beherrscht bei der Sache.

Deidra konnte sich vorstellen, wie gern er Ehawee in den Arm genommen oder seine Hilflosigkeit herausgeschrien hätte. Sie so zu sehen, musste grauenhaft für ihn sein.

Ehawee nickte und ließ den Kopf nach links fallen, sodass die Bissstelle sichtbar wurde.

Ein blutunterlaufener Kreis hatte sich unterhalb ihres Ohrs um eine eitrige Stelle herum gebildet.

»Es war, als würde alles in mir heiß anschwellen und mich erdrücken. Keine Luft, keine Sicht, nur noch Schmerz und dieser unglaubliche Druck.«

Mühsam richtete sie ihre blutigen Augen auf Chenoa, die schwer atmend zwei Schritte rückwärts gegangen war. »Ich weiß nicht, wie das möglich ist, aber ich habe Spinnen gesehen. Diese Gabe besitze ich eigentlich nicht, aber ich sah das Totem wütend diese spirituelle Verbindung attackieren, die mich mit dem Totem verbunden hatte, ohne etwas ausrichten zu können.«

Chenoa schüttelte mit geschlossenen Augen den Kopf und tastete nach dem Seelenspiegel hinter sich an der Wand, ohne den astralen Blick abwenden zu können. Ihre Bewegungen wurden fahrig, ihr Ausdruck verzweifelter.

Nicht ausgerechnet jetzt.

Deidra musste die Befragung abbrechen, wenn Chenoa nicht signalisierte, dass sie die Situation im Griff hatte.

»Was ist mit ihr?«, wollte Finnley wissen und sah unschlüssig zwischen Deidra und Chenoa hin und her.

Deidra fluchte laut. »Tate, sie schafft es nicht.«

Dies war eine Nummer zu groß für die junge Schamanin. Das Letzte, was Deidra jetzt noch gebrauchen konnte, war, dass Chenoa kollabierte. Bislang hatte sie sich gut gehalten, ihre Grenzen respektiert und die astrale Ebene immer rechtzeitig wieder verlassen. »Verdammte Bisonscheiße, Chenoa, bleib ruhig und konzentrier dich!«

Sie wollte zu ihr gehen, aber Finnley war schneller.

Er hatte die Hände erhoben, um nach Chenoa zu greifen, aber sie wich entsetzt vor ihm zurück. Ein verzerrter Schrei drang aus ihrer Kehle, der Deidra einen kalten Schauer über den Rücken jagte. Wieso hatte sie Angst vor dem Schotten?

»Was tust du da?«, brüllte Deidra ihn an, aber Finnley reagierte nicht auf sie. »Hier stimmt was nicht.« Mit einer Hand an der Waffe ging sie auf Finnley zu. »Geh weg von ihr!«

Im gleichen Moment bekam Chenoa den Seelenspiegel zu fassen

und hängte ihn sich um den Hals. Verwirrt starrte sie den neuen Kollegen mit weit aufgerissenen Augen an.

Die Tiere hingegen blieben ruhig und wachsam, sie schienen ihn nicht als Gefahr zu sehen. Was auch immer besonders an ihm war, Chenoa musste es gesehen haben.

»Bist du in Ordnung?« Deidra trat an sie heran und legte ihr eine Hand auf den Arm.

Die Schamanin nickte schwach, was wenig überzeugend aussah.

»Du musst mir die Wahrheit sagen.« Deidra blieb hartnäckig. Thure würde ihr den Kopf abreißen, wenn Chenoa etwas passierte.

»Alles gut, ich komme klar.« Während sie sprach, ließ sie Finnley nicht aus den Augen, der noch immer auf derselben Position stand und etwas desorientiert wirkte.

»Darüber reden wir im Wagen.« Deidra wandte sich zu Tate um. »Das reicht für heute.«

Ihr Instinkt versetzte Deidra in höchste Alarmbereitschaft. Chenoa musste hier weg. Was auch immer sie gesehen hatte, es war gefährlich für sie. Wenn die Gedankenwelt der Schamanin im Chaos versank, musste sie schnell an einen vertrauten Ort gebracht werden. Noch konnte Deidra nicht sagen, ob es dazu kommen würde, aber so wie jetzt hatte sie Chenoa noch nie gesehen.

Erneut schwang die Klappe auf, und ein Waschbär schlich hindurch. Unbeirrt von Mensch und Tier kletterte er auf das Bett und ordnete die Kräuter wieder richtig auf Ehawees Körper an. Die kleinen schwarzen Hände tasteten geschickt nach jedem Blatt, das sich aus den Gebinden gelöst hatte, und fügte es an richtiger Stelle wieder hinzu.

Mit einem knurrenden Laut scheuchte er Tate von ihr weg und machte mit leisen Grunzlauten, Fauchen und Drohgebärden auch den anderen klar, dass die Besuchszeit nun vorbei war.

»So etwas habe ich noch nie gesehen«, sagte Deidra ernst. »Das ist doch nicht möglich, oder?«

Chenoa lehnte sich kraftlos gegen die Wand und hielt eine Hand auf den Magen gedrückt. »Sie wurde gesegnet«, flüsterte sie. »Die Totems haben die Tiere zu Ehawees Schutz geschickt, um das Unrecht zu mildern.«

Der Waschbär tapste zum Fußende und rollte sich zwischen ihren Knien auf der Decke zusammen.

»Ich komme wieder«, sagte Tate. »Dann reden wir weiter. Du wirst wieder gesund, und wir werden herausfinden, wer dir das angetan hat, das verspreche ich dir.«

Zur Antwort schloss Ehawee nur die Augen.

Tate gesellte sich zu Deidra und sah Chenoa nicht minder besorgt an. »Besser, wir beeilen uns.«

»Es geht mir gut«, sagte sie schwach und deutlich bemüht, sich stärker zu geben, als sie war. »Behandelt mich nicht wie ein Kind.« Niemand würdigte diese Beschwerde einer Antwort.

Mit einer Hand klopfte Tate Finnley auf die Schulter. »Bist du noch bei uns?«

Der Schotte nickte, sah dabei aber eher abwesend aus.

Das gefällt mir alles nicht. Deidra brauchte Antworten. Viele Antworten. Und zwar schnell. »Dann los.«

Das Zimmer zu verlassen war wie ein Aufatmen. Chenoa ging langsam, die Finger fest um den Seelenspiegel gelegt und gedanklich im eben Erlebten verhaftet. Ihr war schwindlig. Sie musste die unterschiedlichen Empfindungen und Eindrücke sortieren und alles ausblenden, was von Deidra und Tate auf sie eingewirkt hatte. Die Bilder und Emotionen waren wie die Fäden einer Spinne, an denen ihr Geist festzukleben drohte. Immer wenn sie es in die Realität schaffte, hing sie an einem fest und wurde zurückgezogen, besonders jetzt, da keiner mehr mit ihr redete und sie eilig durch die Flure gingen.

Sie sah kurz zu Finnley und fröstelte. Es war, als wäre er nicht existent gewesen. Schlimmer noch: Als er sich vor sie gestellt hatte, war die Verbindung zur Astralwelt vollkommen abgebrochen, als wäre er ein personifizierter Seelenspiegel.

Auf der spirituellen Ebene war kein Mensch unsichtbar.

Niemals.

Es sei denn, er wäre ein so mächtiger Schamane, dass er seine Aura hinter einer Art Maske verbergen konnte. Aber Finnley war nicht mal Powtankaner. Wie sollte das gehen?

Chenoa fasste sich an den Kopf, ihr Herz schlug schneller, ihre Schritte wurden langsamer, sodass sie hinter den anderen zurückfiel. »Nicht möglich«, flüsterte sie.

Wieder hing sie fest. Erst an Ehawees Auraimpression, dann kam Deidras hinzu. Sie sah den Flur, sah ihre Kollegen, die weitergingen, hörte die Geräusche und nahm die Gerüche wahr, aber ihr Körper gehorchte ihr nicht mehr. Deidras Schmerz fuhr ihr in die Glieder, verwob sich mit Tates Kummer und Ehawees Pein. Chenoa wurde unruhig und versuchte, sich aus dem Gewirr freizukämpfen. Ihr Verstand sagte ihr noch, dass sie genau das vermeiden sollte, aber sie verlor zunehmend die Kontrolle über sich. Alles, was sie wollte, war, ihren Geist von diesen klebrigen Fäden zu befreien.

Jetzt.

Aber je mehr sich ihre Gedanken wanden, desto fester wurde das Gespinst, das ihren Geist von der Realität wegzog.

Es war ihr Rotluchs, der mit einem Fauchen auf sie aufmerksam machte.

»Chenoa?«, Deidra klang alarmiert.

Die Leiterin des Teams war verletzt, Chenoa hatte es deutlich in ihrer Aura gesehen – und sie hatte gesehen, wie sehr Deidra es ablehnte, dass sie ihr zu nahe kam. Ein dunkles Geheimnis trieb ihre Vorgesetzte um. Sie litt und wollte es genau so haben. Wieder rutschte Chenoa innerlich ab, verfing sich in Deidras Aura und kam nicht mehr davon los.

»Tate, bring sie zum Wagen!« Deidras Stimme kam von ganz weit weg. »Finnley, wir besorgen die Untersuchungsergebnisse.«

Eine Hand schob sich unter Chenoas Arm, sie nahm Tates typischen Körpergeruch wahr, als er sie stützte und die Führung übernahm.

»Wir bringen dich an einen ruhigen Ort.«

»Du liebst sie«, flüsterte Chenoa.

Durch den Stoff fühlte sie, wie er ihr beruhigend über den Arm strich.

»Scht«, sagte er und ging schneller. »Wir haben es gleich geschafft.«

Übelkeit und Herzrasen ließen ihre Knie weich werden. Sie fühlte Spinnes Spur in ihrer Körpermitte, die an Ehawees Aura haftete wie frisches Blut nach einer Vergewaltigung. Die Spur war nicht rein und leuchtend gewesen, sondern voller schwarzer Schlieren, die Trauer und Tod verströmten. Chenoa musste würgen.

Dann wieder ein Blitz, ein Donnerschlag, geistig zerrte sie an dem Spinnennetz und verhedderte sich dadurch nur noch mehr in den Eindrücken. Die Außenwelt wurde leiser. Ging sie noch? Hielt ihr Kollege sie noch fest? Sagte sie etwas?

Angst breitete sich wie Nebel in ihrem Geist aus. Chenoa wusste, dass sich ihre Seele ablöste, wusste, dass sie es zurückschaffen musste, bevor ihre Seele in die Astralwelt gesogen wurde.

»Chenoa, sieh mich an«, hörte sie Tate in weiter Ferne rufen. Um sie herum entstanden die Auren der Tiere und Menschen, die sich in dem Zimmer befunden hatten. Tiere, die über die Frau wachten, deren Aura mit Schwärze und Pein durchzogen war. Chenoa stand mitten unter ihnen, aber die Eindrücke verdrängten die Außenwelt.

Sie sah Tates Aura, seine gut verborgenen Gefühle, die Färbung, wo seine Hand Ehawee berührt hatte. »Du darfst nicht …«

»Chenoa! Komm schon!« Seine Stimme klang wie eine schwache Erinnerung.

Der Herzschlag tat weh, unerträglich schnell wurde ihr Blut durch die Venen gepresst. Ihr Gesicht fühlte sich taub an, Hände und Beine spürte sie nicht mehr. Ein Schlag traf sie an der Wange, Tates Worte verzerrten sich zu unverständlichen Lauten im Rauschen ihrer Ohren. Das Atmen fiel ihr schwer.

Andere Stimmen mischten sich unter die Geräusche. Sie erinnerte sich an Deidras Schatten, Ehawees Pein, die schwarze Spur, Tates Zuneigung. Chenoa wollte schreien, aber es ging nicht.

»Sie wird kollabieren«, sagte jemand – vielleicht Deidra.

»Dann müssen wir sie wieder reinbringen.«

Nein, nicht wieder dort hinein, wo so viel Leid und Schmerz waren. Chenoa glaubte, Hände würden ihr die Kehle zudrücken. Die Eindrücke durchdrangen ihre Seele, zogen und zerrten an ihr, zeigten ihr mit gewaltiger Intensität, welche Macht die Welt aus Licht und Schatten besaß. Sie verlief sich darin, die Realität verlor den Kampf gegen diese Übermacht.

Dann plötzlich legte sich eine Hand auf ihre Stirn, und die Qual hörte schlagartig auf.

Das Rauschen wurde leiser, Schwärze ersetzte die Bilder, und Chenoa blieb kraftlos in dem Spinnennetz gefangen.

KAPITEL 8

»Wie hast du das gemacht?« Tate sah Finnley an, der nun dabei half, Chenoa in eine bequemere Lage auf das Polster des Blú Controverse zu legen.

»Keine Ahnung«, sagte er ehrlich. »Ist ganz automatisch passiert.«

Deidra saß auf der gegenüberliegenden Seite. Einen derartigen Anfall hatte sie noch nie miterlebt. Erst jetzt verstand sie, warum Thure sie so oft gewarnt hatte. Anernerk betonte immer wieder, Chenoa sei nicht stark genug für diesen Job, und jetzt musste Deidra fürchten, dass er recht behielt. »Hat sie etwas gesagt?«

Tate wischte sich den Schweiß von der Stirn und setzte sich neben die Bewusstlose. »Ich glaube, sie wollte uns auf etwas Wichtiges hinweisen, aber was sie gesagt hat, ergab keinen Sinn.«

Finnley machte Platz, damit sich der Rotluchs neben Chenoa legen konnte. Das Tier schnurrte zum Dank und rollte sich auf dem Polster zusammen.

»Wir sollten sie wieder reinbringen und von einer Schamanin untersuchen lassen«, sagte Tate.

»Nein.« Deidra schloss die Wagentür. »Nein, sie muss es allein schaffen. Wir fahren zu ihr nach Hause.« Ihr war klar, dass sie diese Entscheidung nicht allein treffen durfte, aber wenn sie Chenoa wieder reinbrächten, müssten sie gleichzeitig ihr Versagen melden.

Die Dinge entglitten ihr. Deidra versuchte, alle Empfindungen wegzuschieben und die richtigen Entscheidungen zu treffen.

»19 63 Oak Peek«, gab Deidra die Sprachanweisung an den Autopiloten. »Ich schicke Thure eine Nachricht, dass ich später Bericht erstatten werde.«

»Dee, das ist zu gefährlich«, hielt Tate dagegen.

»Der Wolf wird sie rausschmeißen, wenn das rauskommt. Das weißt du genauso gut wie ich.«

»Das glaube ich nicht. Immerhin haben wir es hier mit spirituellen Mächten zu tun, die bislang noch nicht vorgekommen sind.«

Aber Deidra schüttelte nur müde den Kopf. »Das ist es nicht. Der Wolf hasst Chenoas Clan. Du weißt doch, was damals passiert ist.«

Das machte Finnley hellhörig. Wahrscheinlich war es für ihn beruhigend, zu hören, dass auch Chenoa nicht perfekt war. »Was ist denn passiert?«

Ihm die ganze Geschichte zu erzählen, ginge zu weit, also beschränkte Deidra die Erzählung auf die kürzeste Variante. »Als es damals bei Anernerks schwangerer Frau so weit war, wurde Chenoas Mutter Inola zur Geburt hinzugerufen. Es hatte Komplikationen gegeben.« Sie deutete auf das Gebäude, das in einiger Entfernung noch zu sehen war. »Anernerks Frau ist noch vor dem ersten Schrei ihres Sohns gestorben. Soweit ich weiß, hat er Inola nie verziehen, dass sie nicht mehr tun konnte.« Ihr restliches Wissen beruhte auf Gerüchten, die zwar sehr glaubhaft waren, aber nicht weitererzählt werden mussten. Angeblich hatte die Frau während der Wehen einen Astralschock erlitten. Manche Schamaninnen verloren unter Schmerzen die Kontrolle, ähnlich wie Chenoa vorhin, und Inola hätte stark genug sein müssen, seine Frau zurückzuführen.

»Ich habe großen Respekt vor dem Wolf, aber wenn es um Chenoa geht, spricht oftmals der Zorn aus ihm.«

Finnley sah Chenoa nachdenklich an. »Dann geht es ihr ja nicht besser als mir.«

»Stimmt, dich mag der Wolf auch nicht gerade.«

»Was machen wir jetzt mit ihr?«

Sie fasste sich an den Kopf und atmete tief durch. »Vorerst warten wir. Wir geben ihr Zeit, selbst zurückzufinden.«

»Ach, und wie lange?«, mischte sich Tate ein. »Keiner von uns weiß, wann es zu spät ist. Das ist eine Nummer zu groß für uns. Wir sollten wenigstens Inola hinzuholen.«

Aber Deidras Instinkt sagte ihr, dass sie auch Chenoas Mutter noch nicht einweihen sollten. Jeder Schritt musste von hier an gut durchdacht sein. Wahrscheinlich würde Inola in Anernerks Büro stürmen und ihm vorwerfen, ihre Tochter wissentlich in Gefahr zu bringen. Und sie war sich nicht sicher, ob sie damit nicht sogar recht hätte.

»Wenn Chenoa es allein schafft, wird sie jedem die Stirn bieten können, der an ihr zweifelt. Wir sollten ihr diese Chance nicht nehmen.« Dann deutete sie auf Finnley. »Was immer du getan hast, damit sie ruhig wird, du wirst nicht von ihrer Seite weichen, falls du das wiederholen musst.«

Chenoas Reaktion auf ihn war seltsam gewesen. Auch dass er plötzlich wusste, was zu tun war, gab ihr zu denken. Jetzt saß er da und bändelte mit dem Rotluchs an, der sich tatsächlich von ihm streicheln ließ.

»Ich weiß nur nicht, was ich getan habe«, sagte er.

»Igmu mag dich«, gab sie zerstreut zurück.

Finnley sah auf sein Pad. »Der Rotluchs heißt *Katze?*«

Sie nickte nur und sah zu, wie sich das Tier sogar auf den Rücken drehte und sich Kehle und Bauch von ihm kraulen ließ.

»Warum hast du dich im Krankenzimmer vor sie gestellt?«

Er kratzte sich hinterm Ohr und zuckte die Schultern. »Keine Ahnung«, sagte er erneut. »In Stresssituationen handle ich intuitiv. Als ich bemerkte, dass sie in Schwierigkeiten war, bin ich wohl einfach dem ersten Impuls gefolgt. Ich kann mich ehrlich nicht erinnern, überhaupt etwas getan zu haben.«

»Wie ein Hüter?« Tate schüttelte den Kopf. »Nein, das würde ja bedeuten …«

Deidra setzte sich aufrecht hin. »Ein Hüter? Quatsch, das kann nicht sein.«

Aber Tate hielt an dem Gedanken fest. »Du sagst, du kannst dich nicht erinnern, etwas getan zu haben. Ist dir das schon mal passiert?«

Finnley wich ihren Blicken aus und verschränkte die Finger ineinander. Igmu rieb ihren Kopf an seinem Bein, weil er aufgehört hatte, sie zu streicheln. »Ich weiß, ich hätte das sagen müssen«, gab er resigniert zu. »In Stresssituationen kann es passieren, dass ich unter Panikattacken und Blackouts leide. Ich kann das nicht kontrollieren, aber ich arbeite daran. Eigentlich dachte ich, ich hätte es inzwischen unter Kontrolle.«

»Verdammte Scheiße.« Tate schlug sich mit einer Hand gegen die Stirn. »Ich bin so ein Idiot.« Dann drehte er sich zu Deidra, als wäre Finnley gar nicht mehr da. »Bei Apawi-tech sind wir Finnleys Schwiegervater in spe begegnet, und ich dachte, der alte Herr hätte bei ihm eine Panikattacke ausgelöst. Aber so betrachtet ergibt alles viel mehr Sinn.« Er hob nacheinander die Finger seiner Rechten in die Luft. »Warum Thure ihn haben wollte, warum er so anders ist und warum er Chenoa helfen konnte. Unser Steinmann ist ein Hüter.«

Finnley schüttelte den Kopf. »Ich habe keinen Plan, wovon ihr da überhaupt redet.«

Am liebsten hätte Deidra dem Schotten ein paar kräftige Ohrfeigen verpasst, damit er keine Informationen mehr zurückhielt. »Was hat Thure dazu bewegt, dich einzustellen?«

Als Igmu nicht lockerließ, fing Finnley wieder an, sie zu kraulen. Dabei zuckte er mit den Schultern und sah aus wie jemand, der gezwungen wurde, sein schlimmstes Geheimnis preiszugeben. »Ich weiß es nicht. Als er das Video in meiner Personalakte abspielte, dachte ich eigentlich, das wär's gewesen.«

Deidra tippte auf die Tischfläche und ließ sich Finnleys Personalakte anzeigen. Diesmal sichtete sie auch die Anhänge, unter denen sie den Link zu dem Video fand. Sie ließ es so abspielen, dass auch Tate die Aufnahme gut sehen konnte, während Finnley auf dem Polster in sich zusammensank. Wäre er wirklich ein Hüter, der Steinmann wäre ein verfluchtes Geschenk für diese Einheit.

»Was ist damals passiert?«, forderte sie ihn auf, die Bilder zu erklären.

Finnley berührte den Knochenwolf auf seiner Brust und seufzte ergeben. »Es gab Ausschreitungen in der Stadt, Demonstranten sind randalierend durch die Straßen gezogen, und wir Kadetten sollten die Hundertschaft unterstützen. Im Hintergrund bleiben und sichern, das war die Order.« Es schien ihm schwerzufallen, darüber zu reden. Immer wieder sog er die Luft ein, als könne er die Worte damit zurückhalten. »Aber die Leute waren vollkommen außer Kontrolle und gingen mit Steinen, Schlagstöcken und Messern auf uns los. Als die Ersten von uns verletzt wurden, muss ich durchgedreht sein.« Er kniff die Augen zusammen und wandte den Kopf von der Tischfläche ab. »Ich kann mich wirklich an nichts erinnern, aber anschließend haben meine Kameraden einen großen Bogen um mich gemacht und mich *Freak* genannt.«

Igmu streckte sich und legte den Kopf auf Finnleys Oberschenkel. »Ich soll elf Leute krankenhausreif geprügelt haben, mit bloßen Händen, dann sei der Rest vor mir weggelaufen.«

Das Video zeigte genau das, auch wenn Finnley nicht wirklich zu erkennen war. Er trug einen Helm und Schutzkleidung, die Kamera hatte die Szene aus der Vogelperspektive gefilmt. Aber die Schlagkraft, mit der er seine Leute verteidigte, war deutlich zu erkennen.

Tate und Deidra wechselten kurze Blicke und nickten. »Haben sie auch gesagt, dass du dich in der Zeit verändert hättest? Ich meine, physisch verändert?«

Mit einem Ausdruck des Elends nickte er. »Einer hat behauptet, ich hätte im Gesicht wie ein Raubtier ausgesehen, vollkommener Blödsinn, aber es hat trotzdem dafür gesorgt, dass mich keiner mehr in seiner Nähe haben wollte. Ich sei ein Psychopath, haben sie gesagt.« Er versuchte zu grinsen, um die Sache runterzuspielen. »Was soll's, ich musste eine Aggressionsbewältigungstherapie als Auflage für Straffreiheit machen, die fristlose Kündigung wurde mir drei Tage nach dem Vorfall ausgesprochen, und ich bin in eine andere Stadt gezogen.«

Deidra glaubte kaum, was sie hörte.

So eine Gabe, und die Leute verurteilen ihn. »Europäer«, kam es ihr abfällig über die Lippen. »Ist denn niemand auf die Idee gekommen, dass du gesegnet sein könntest?«

Ungläubig lachte Finnley auf. »So etwas gibt es bei uns nicht. Was soll das Ganze überhaupt? Ihr tut so, als wären meine Ausraster etwas Gutes. Schaut hin, sieht das in euren Augen gut aus?«

Deidra konnte sich kaum vorstellen, wie es gewesen sein musste, von den eigenen Leuten gefürchtet zu werden, obwohl er sie beschützt hatte. Zwischen der Aufnahme und dem heutigen Tag lagen knapp zehn Jahre. Zehn Jahre, in denen er sich hatte tätowieren lassen, um das Totemgesicht zu verstecken, das ihm so viel Ärger eingebracht hatte.

»Hüter sind Menschen, denen Totems zugewandt sind, ohne auf die Herkunft oder Wahrung der Traditionen zu achten. Seltene Seelen, die oft ungesehen bleiben, weil nichts die Gabe aktiviert. Mächtige Totems schätzen diese Seelen und verleihen jenen, die sie segnen, das Totemgesicht – eine Art spontane Verschmelzung von Totem und Mensch für die Dauer des Kampfs.« Sie sah Finnley an, dass er erneut lachen wollte, aber als er kurz zu Chenoa blickte, atmete er schwer ein.

»Okay, du willst mir also weismachen, dass meine Blackouts so was wie feindliche Übernahmen meines Körpers sind?«

»Gut möglich. Nur dass ich nicht von feindlicher Übernahme sprechen würde.«

Deidra hoffte, dass Chenoa schnell wieder zu Kräften käme, um diesen Verdacht zu bestätigen. Es musste so sein. Sie brauchte irgendetwas, das dieses Chaos in eine bessere Richtung lenken konnte.

»Du warst bestimmt ein hervorragender Personenschützer, oder?«

Finnley nickte. »Einer der besten.«

»Und warum bist du hier nicht in den Personenschutz gegangen?«

Wenn das alles stimmte, wäre es vollkommen irrelevant, ob er ansonsten wie ein Fremdkörper war. Sie konnten auf ihn zählen, wenn er gebraucht wurde.

»Weil ich meiner Verlobten versprechen musste, diesen Job nie wieder zu machen.«

Der Autopilot gab ein Signal, dass das Ziel vor ihnen lag.

»Wir sind da. Lasst uns im Haus weiterreden«, sagte Deidra.

Tate machte sich bereit, Chenoa in das Gebäude zu tragen. Der Wagen hielt vor einem kleinen Rundbau in einer Nachbarschaft, in der die Häuser wie ein erdfarbener Saum um einen Wald errichtet worden waren.

Kleine Bäume wuchsen auf den Bauten, und ineinandergeschlungene Wurzeln führten von den Dächern bis in die Erde, auf der die Häuser standen.

Es war wichtig, dass Chenoa in einer gewohnten Umgebung aufwachte, die ihr Sicherheit und Schutz vermittelte. Deidra war bislang nur wenige Male im Haus der Schamanin gewesen. Privaten Kontakt mit Kollegen vermied sie in der Regel.

»Wir bringen sie erst mal rein und warten ab. Wenn sich nichts ändert oder ihr Zustand sich verschlechtert, dann rufe ich Thure an, versprochen.«

Finnley nickte.

Tate trug Chenoa zum Eingang, wo Deidra deren Hand auf den Scanner presste. Ein grünes Lämpchen leuchtete, und die Tür schwang auf. Der Geruch nach kalten Räucherkräutern, Leder und Fellen war sehr einladend. Dunkelrote Wände mit Schutzzeichen aus Edelsteinen verliehen dem großen Raum eine beruhigende Wärme, der Fußboden bestand aus unbehandelter Rotbuche. Stoffe auf den Möbeln fügten sich mit einem warmen Orange und unterschiedlichen Rottönen in die behagliche Atmosphäre, die so ganz anders war als in ihrer eigenen Wohnung. Deidra legte keinen gesteigerten Wert auf ein gemütliches Zuhause, weil sie dort kaum Zeit verbrachte.

In der offenen Küchenzeile standen Gefäße mit Kohlestücken und Streichhölzern.

»Legt sie dort hin, ich bereite das Räucherwerk vor.« Sie deutete auf ein mit Fellen abgedecktes Lager im hinteren Bereich. Ein stilisierter Baum aus Basalt verzierte die Wand dahinter und breitete seine Äste bis über die Decke aus.

»Kommt Igmu nicht mit rein?«, fragte Finnley und sah sich nach dem Rotluchs um.

»Wahrscheinlich geht sie auf die Jagd. Mach dir keine Gedanken darüber, sie kommt wieder, wenn sie fertig ist.«

Finnley zuckte gleichmütig mit den Schultern und setzte sich bei der typischen Vertiefung in der Raummitte vor die kalte Feuerstelle. »Wie auch immer«, sagte er kaum hörbar.

Das war typisch für einen Schotten, der es sicher gewohnt war, Tieren Leinen anzulegen und ihnen seinen Willen aufzuzwingen.

Eine Treppe neben der Tür führte in den Keller, wo sich das Bad, eine Vorratskammer und ein Ankleidezimmer befanden. Deidra erinnerte sich an die kurze Hausführung, die Chenoa bei ihrem ersten Besuch mit ihr gemacht hatte.

Vorerst würde die Mischung aus Süßholz und Minze hoffentlich die richtige Wahl für die Räucherschale sein. Aber es war gut möglich, dass Deidra in der Vorratskammer nach anderen Zutaten suchen musste.

»Mach bitte ein Feuer«, wies sie Finnley im Vorbeigehen an und holte eine Kupferschale von einem Steinquader vor der Fensterfront.

Chenoa hatte einen Traumfänger und Mobiles mit Federn, Steinen und kleinen, verzierten Knochen an die stilisierten Äste des Basaltbaums gehängt, sodass sie sich direkt über ihrem Lager befanden. Neben den Fellen führten schmale, maßangefertigte Regale bis zu den bodentiefen Fenstern. Kleine Tiegel, Säckchen, Mörser, Schachteln und Dosen standen darauf. Darüber hingen an Nägeln unterschiedlich lange Lederbänder, Perlenschnüre und durchsichtige Säcke mit Federn.

Deidra beobachtete, wie Finnley Holzscheite in der Mitte der Feuerstelle stapelte.

Wirklich ein Hüter? Sie hätte zu gern Thure angerufen, um ihn zu fragen, ob Finnley deshalb in ihrer Einheit war, aber dann hätte sie ihm sagen müssen, dass es um Chenoa kritisch stand. Dafür war es noch zu früh.

In der Küchenzeile legte sie ein Kohlestück auf etwas Zunder in die Schale und zündete es an. Süßholz und Minze knisterten leise, als sie die Gebinde hinzufügte. Nun konnten sie vorerst nur warten.

Der Abend brach an. Sie wechselten sich mit der Wache an Chenoas Lager ab. Deidra drehte ihr Telefon zwischen den Fingern. In einer Stunde musste sie Thure anrufen und um Hilfe bitten, falls Chenoa nicht aufwachte. Immer wieder fragte sie sich, ob sie die richtige Entscheidung getroffen hatte. War es tatsächlich wichtiger, den Ärger von ihr fernzuhalten, als der sicheren Rückführung den Vorzug zu geben?

Während sie warteten, hatte Deidra die Aufnahmen von Finnleys Pad an Thure weitergeleitet und eine intensive Untersuchung der zerbrochenen Figuren und des Steinbodens veranlasst. Immer wieder ging sie im Geiste die Aussage von Ehawee durch. Es war tatsächlich, wie Finnley gesagt hatte: Jemand missbrauchte die Spur, zwang Totems und Tiere zum Mord – nein, es missbrauchte die Spur, damit *Tiere* mordeten, nicht die Totems, oder?

Erschöpft lehnte sie sich gegen die Wand und ließ etwas Rosmarin in die Glut rieseln. Die Kohle war fast verglüht, durch einen Spalt in der Asche erkannte sie noch ein schwaches Glimmen.

Finnley stand vor der Glastür im Garten und telefonierte mit seiner Verlobten, weil es an diesem Abend ungewiss war, wann er nach Hause käme. Deidra musste an ihren Liebhaber denken. Ob es ihm egal wäre, wenn ihr etwas passierte?

Sie rieb sich über die Arme, die bei den Berührungen deutlich schmerzten. Die Antwort auf diese Frage kannte sie. Wenn sie verfügbar war, war sie für ihn unwiderstehlich, aber das war keine Liebe. Nein, er würde sie nicht vermissen, im Gegenteil, wahrscheinlich wäre er erleichtert.

Ein Seufzen kam ihr über die Lippen.

»Düstere Gedanken?« Auch wenn Tate bei der Feuerstelle saß, bekam er wie so oft mehr mit, als ihr lieb war. Zumindest, was ihr Privatleben betraf.

»Wir haben doch die ganze Zeit nach Verbindungen zwischen den Opfern gesucht. Aber was, wenn sie ganz willkürlich ausgewählt wurden?«

Er stand auf und ging zum Kühlschrank. »Spätestens die neunzehn Toten von heute sprechen für diesen Gedanken.« Im obersten Fach befanden sich Flaschen mit Dunkelbier. Tate zog zwei heraus und schlenderte auf Deidra zu.

»Die Stämme-Hallen sind Tag und Nacht frei begehbar, eine Videoüberwachung gibt es nicht.« Ächzend setzte er sich neben sie an die Wand und reichte ihr eine Flasche. Es zischte leise, als er die Verschlüsse mit einem Kapselheber öffnete. »Wenn es stimmt, dass die Figuren die Überträger der Spur waren, dann muss sie irgendwie mit ihnen verknüpft worden sein.«

Sein Zeigefinger fing an, gegen das dicke Glas der Flasche zu trommeln.

»Warte«, Deidra legte eine Hand darüber. »Ich bin zu müde zum Mitschreiben, lass uns später darüber nachdenken, wenn Tunkan zu Ende telefoniert hat.«

Tate musste grinsen. »Unser Hüter?«

»Das wissen wir noch nicht. Bislang ist es nur eine Vermutung.« Sie hoffte es. Die Sache drohte, aus dem Ruder zu laufen. Wenn die Öffentlichkeit erfuhr, dass diese Morde willkürlich stattfanden, es tatsächlich jeden treffen konnte und die Ermittler im Dunkeln tappten, würde das unangenehme Folgen haben. Unter den neuesten Opfern befanden sich auch *Wasicun*, was eine Eingrenzung der gefährdeten Personen unmöglich machte. »Aber ja, eine positive Nachricht, zum Beispiel, dass der Steinmann ein verdammter Hüter ist, können wir jetzt dringend gebrauchen.«

»Dee.« Tate deutete an ihr vorbei zu Chenoa, die sich erstmals seit ihrem Zusammenbruch regte.

»Hol Tunkan, wir müssen auf alles gefasst sein.« Sie stellte ihre Flasche weg und kniete sich vor das Lager. »Chenoa, hörst du mich?«

Chenoas Lider flatterten, Deidra konnte die verdrehten Augen sehen. Mit zwei Fingern tastete sie nach dem Puls am Handgelenk. »Das ist nicht gut, das macht ihr Herz nicht lange mit.«

»Geschlagene … Liebe in Tod … bringenden … schwarzen Schlieren«, stammelte Chenoa.

Deidra lief es kalt den Rücken hinab.

»Was soll ich tun?« Finnley kniete sich neben sie.

»Folge deiner Intuition.« Behutsam legte sie Chenoas Hand wieder auf die Decke und stand auf, um Finnley mehr Freiraum zu geben. In ihrer Hand hielt sie das Telefon bereit, falls es schlimmer wurde und er nichts ausrichten konnte.

Sie beobachtete, wie er die Augen schloss und eine Hand über Chenoas Gesicht ausstreckte. Inzwischen ging Chenoas Atem bedrohlich schnell. Statt ihren Kopf zu berühren, wanderten seine Finger tiefer, strichen über ihren Hals bis zum Brustbein, dann legte er seine Hand genau über ihr Herz.

Wenn es half, würde Chenoa ihr und Tate verzeihen, dass sie diese Berührung zuließen. Wenn nicht, spielte es sowieso keine Rolle.

Die junge Powtankanin atmete unregelmäßig, bäumte sich auf, und Schweiß lief in dicken Tropfen über ihr Gesicht. Ansonsten passierte nichts.

»Ich habe mich geirrt«, sagte Deidra. Sie war überzeugt gewesen, dass dies der richtige Weg sei. Ihr Verstand gewann nun die Oberhand und entfaltete in ihrem Kopf alle Bedenken. »Er kann nichts ausrichten. Das vorhin ist vielleicht nur ein Zufall gewesen.«

Es nützte nichts, sie musste Thure um Hilfe bitten. Entschlossen wählte sie seine Nummer.

Es war besetzt.

Wieder und wieder drückte sie auf die Wahlwiederholung – erfolglos. »Verdammte Scheiße«, fluchte sie, um ihrer Wut über sich selbst ein Ventil zu geben. »Los, wir packen sie ein und fahren zurück ins Krankenhaus, bevor es zu spät ist.«

»Du hast recht«, stimmte Tate zu. »Aber es war gut, dass wir es versucht haben.«

War es nicht.

»Los, geh zur Seite, Tunkan«, befahl sie ungehalten und wollte ihn gerade am Arm wegziehen, als er mit einem tiefen Grollen sein Gesicht zu ihr drehte.

Entsetzt wich sie vor ihm zurück und legte eine Hand an die Waffe, ohne sie jedoch zu ziehen. Unter seinen tätowierten Gesichtszügen zeigte sich ein mächtiges Wolfswesen; das musste Fenrir sein. Er hatte die Zähne gefletscht und erweckte den Eindruck, jedem an die Kehle zu gehen, der ihn bei seinem Wirken stören wollte.

Schwarze Schlieren stiegen unter Finnleys Fingern empor, dann helle Lichtquellen in den unterschiedlichsten Farben. Sie schwebten durch die Luft, verteilten sich im Raum und wurden zu lebensgroßen Silhouetten.

»Das ist unglaublich«, flüsterte Deidra ergriffen. Sie erkannte ihren eigenen Umriss mit den dunkelblauen Verfärbungen an den Stellen, wo die Verletzungen der letzten Liebesnacht ihre ansonsten orange Abstrahlung schwächten. Verunsichert sah sie zu ihrem Kollegen, aber Tates Aufmerksamkeit war zum Glück auf seine eigene gerichtet. Dort, wo er auf Ehawees schwarz durchwobene, schwache Aura getroffen war, schien etwas auf ihn überzugreifen. Deidra sah sich alles genau an, dankbar, endlich eine Vorstellung davon zu erhalten, was Chenoa sah, wenn sie auf diese Ebene wechselte.

»Was sie dabei wohl empfindet? Für mich sind es nur Bilder«, flüsterte sie und streckte vorsichtig eine Hand nach einer Tieraura aus. Es waren nur Trugbilder, durch die sie einfach hindurchfassen konnte.

Die Intensität der Lichter wurde stärker und geriet in Bewegung. Es wirkte bedrohlich, ohne dass es für sie mehr als leuchtende Farben waren. Pulsierende Blitze durchschlugen die Distanz von den Auren zu Chenoa und schienen sie zu treffen. Aus Chenoas Richtung floss rotes Licht wie Blut in die Atmosphäre und vermischte sich mit den Erscheinungen – ähnlich wie bei einem Tuschebild, das mit Wasser übergossen wurde.

»Das muss der Zeitpunkt gewesen sein, als Chenoa abbrechen wollte«, flüsterte Tate. »Siehst du die Bewegungen von uns?«

Deidra machte instinktiv einen Schritt rückwärts, als die Auren auf sie zukamen, dann schob sich im nächsten Moment etwas Unsichtbares davor, und die Lichter erloschen.

Chenoa stöhnte auf.

Deidra sah Finnley an. Die wolfsähnlichen Züge zogen sich zurück und hinterließen Finnleys gleichmütiges Gesicht. Er wirkte unbeteiligt, als er die Augen öffnete und mit den Schultern zuckte.

»Tut mir leid«, sagte er bedauernd. »Ich fürchte, ich kann ihr nicht helfen.« Ihm fiel auf, wo seine Hand lag, und er nahm sie erschrocken fort, doch Chenoa fing sie ab und hielt sie fest in ihrer.

Mit zitternden Fingern zog sie sich zu ihm hoch und umarmte ihn.

Zögernd und unbeholfen legte er seine Arme um sie und blickte fragend zu Deidra. Sie musste hart schlucken und nickte ihm nur zu.

»Ich mache uns was zu essen«, sagte Tate und ging in die Küche.

Entgegen ihrer Natur hätte sie es Chenoa gern gleichgetan und ihn ebenfalls umarmt. Finnley war ein verfluchtes Geschenk, ohne es selbst zu wissen. »Wir haben einen Hüter.«

Als Chenoa ihn wieder losließ, zitterte sie am ganzen Körper. Sie war blass und verschreckt, schien aber wieder vollkommen bei sich zu sein. Unsicher sah sie sich in ihrem Haus um, dann zu Deidra, der sie dankbar zunickte.

»Bisher weiß niemand, was passiert ist. Der Wolf muss davon nichts erfahren«, sagte Deidra schnell.

Chenoa stemmte sich mühsam hoch und ließ sich von Finnley stützen. Fortan würde sie ihn mit anderen Augen sehen, so viel war sicher.

»Wir sollten andere fürchten als den Wolf«, sagte sie heiser. »Mag sein, dass andere Schamanen stärker sind als ich, aber das, was ich gesehen habe, lässt uns keine Zeit für Diskussionen über mich oder meine Fähigkeiten.« Bei den ersten Schritten knickte sie ein, sodass Finnley sie fester umfassen musste, damit sie nicht stürzte.

Gemeinsam gingen sie zu der Feuerstelle und setzten sich auf die Felle. Tate brachte ein Tablett mit Brot und Getränken und setzte sich dann ebenfalls in die Runde. »Wie geht es dir?«

Sie nahm ein Stück Brot und fing an, es zwischen den Fingern zu kleinen Krümeln zu zerreiben. »Anders«, sagte sie abwesend. »Irgendwie dumm und unwissend, weil ich so ignorant gewesen bin.«

Dann sah sie zu Finnley, der sich Mühe gab, sein Unbehagen zu verbergen, jedoch nur mit mäßigem Erfolg. Wenn er sich tatsächlich an nichts erinnern konnte, musste es sehr schwer für ihn sein, mit den Auswirkungen adäquat umzugehen. Vom dummen Steinmann zum respektierten Hüter in nur wenigen Stunden.

Immer wieder blickte er zur Tür, dann auf die Zeitanzeige auf seinem Pad, dann änderte er unruhig seine Sitzposition.

»Du hast mir das Leben gerettet«, sagte Chenoa ernst. »Ich danke dir.«

Aber Finnley schüttelte nur den Kopf. »Ich habe gar nichts getan. Genau genommen war ich nicht mal dabei.«

In ihren Augen glomm das Licht der Auren, die sie gesehen hatte. »Du bist ein Hüter«, sagte sie mit Bewunderung. »Ich habe noch nie eine solche Aura gesehen. Fenrir hat sich mir in Gänze gezeigt und mich befreit. Noch nie durfte ich einer solchen Präsenz begegnen.«

Finnley machte eine abwehrende Geste. »Fein, mir hat er sich noch nicht vorgestellt, auch wenn er meinen Körper benutzt.«

Das machte sie wütend. »Benutzt?« Die Erschöpfung zeichnete sich deutlich auf ihrem Gesicht ab, aber Chenoa konnte das nicht auf sich beruhen lassen. »Fenrir *schenkt* dir seine Macht, damit du deine Leute beschützen kannst. Er benutzt dich nicht, im Gegenteil, er wartet darauf, dass du endlich die Reinigungszeremonie vollziehst, damit der endgültigen Zusammenführung nichts mehr im Wege steht.«

»Blödsinn«, sagte Finnley und stand auf. »Lasst mich aus eurem Hokuspokus raus, ja?« Er öffnete die Terrassentür und setzte sich draußen an die Mauer.

Deidra konnte es ihm nicht einmal verübeln. Als Fenrir ihn gefunden hatte, war er mit Unverständnis und Ablehnung gestraft worden – der Weg zum Totem würde noch sehr viele Opfer fordern, weil er seine inneren Schutzwälle niederreißen müsste.

»Gib ihm Zeit, er muss das erst verarbeiten«, sagte sie.

Aber Chenoa regte sich nur noch mehr auf. »Wer weiß, wie lange er Fenrir bereits missachtet. Er wird Finnley sicher auf eine harte Probe stellen, wenn es so weit ist.«

»Zehn Jahre«, gab Deidra ihr Wissen weiter. »In seiner Heimat hatten seine eigenen Leute Angst vor ihm. Er wurde bestraft für das, was er zu ihrem Schutz getan hat. Jetzt kommen wir daher und überschlagen uns fast vor Begeisterung.«

Tate nickte zustimmend. »Er hat geglaubt, Fenrirs Verbindung wäre eine Panikstörung – und er musste eine Aggressionsbewältigungstherapie über sich ergehen lassen.«

Chenoa drehte sich nachdenklich zu Finnley um, der hinter der Spiegelung auf der Fensterscheibe nur zu erahnen war. »Wir haben keine Zeit für Samthandschuhe. Wenn Fenrir ihn erwählt hat, dann muss er die Stärke besitzen, mit den Konsequenzen zu leben.«

»Jetzt komm du erst mal wieder zu Kräften. Wir alle sollten für heute Schluss machen und uns ein wenig ausruhen. Fehler können wir uns gerade nicht erlauben.«

Angriffslustig verschränkte sie die Arme vor der Brust. »Ist das so? Und warum schwächst du dich dann?«

Aus dem Augenwinkel konnte Deidra sehen, wie Tate sich respektvoll erhob und ebenfalls nach draußen ging. Offensichtlich wusste er, dass Chenoa von Deidras geschwächter Aura sprach – natürlich hatte er es gesehen, diesem Mann entging selten etwas. Aber sie hatten ein Abkommen, dass die Schamanin niemals preisgab, was sie bei ihren Kollegen wahrnahm und fühlte – nun brach sie damit.

»Du überschreitest die Grenze«, sagte sie deshalb streng.

»So wie du«, war die trotzige Antwort, bevor sie Tate nachsah und ihre Stimme erhob. »Die angreifende Spinne ist noch immer auf der Jagd, weil sie Ehawee nicht töten konnte. Wenn du zu lange ihre Hand hältst, findet sie vielleicht dich. Sie wird kommen, die Tiere wissen das.

Die Spur hat ihre Macht verloren, aber Ehawee ist gezeichnet.« Sie ließ das Brot auf den Teller fallen und wischte die Krümel an ihrer schwarzen Hose ab. »Wenn ich es richtig verstanden habe, werden die Geleittiere keine Seele nah an sie heranlassen, bis die Spinne sterben musste.«

Tate nickte. »Danke, Chenoa.« Dann schloss er die Tür hinter sich.

Deidras Smartphone klingelte und ließ sie vor Schreck zusammenfahren. »Thure« stand auf dem Display.

»Wir reden später weiter.« Sie stand auf und nahm das Gespräch entgegen, wobei sie nach draußen zum Fahrzeug ging, um sich eventuelle Ergebnisse im Blú Controverse auf dem Tischprojektor anzeigen zu lassen.

»Ist alles in Ordnung bei euch? Du hast dich nicht bei mir gemeldet.«

»Finnley ist ein Hüter, Thure. Und das konntest du mir nicht sagen?«, fragte sie wütend zurück. »Wir hätten ihn ganz anders einsetzen können, wenn wir das gewusst hätten.«

Sie hörte ihren Vorgesetzten atmen. »Ich wusste nicht, was mit ihm ist«, gestand er. »Der Junge kam zu Richard zum Vorstellungsgespräch für die Streife, aber als ich ihn sah, sagte alles in mir, er müsse in unser Team.« Schleifende Geräusche im Hintergrund, wahrscheinlich nahm er sein Pad zur Hand, um Finnleys Akte aufzurufen. »Ein Hüter, sagst du?«

»Ich habe Fenrir in seinem Gesicht gesehen!«

Ein leiser Pfiff kam als Antwort. »Warum hat er das nicht bei seiner Bewerbung angegeben? Das würde ihn sogar als Leibwache der Ehrwürdigen qualifizieren.«

»Er wusste es nicht.« Mit einer Hand auf der Tischplatte aktivierte sie das System. »Und er kann sich hinterher an nichts erinnern. Ohne ihn hätten wir Chenoa vielleicht verloren, es war unglaublich!«

Thure wurde hellhörig. »Was meinst du damit?«

Verdammt! Ohne Chenoas Grenzüberschreitung hätte sie sich gewiss nicht verplappert, jetzt musste sie Thure alles sagen.

»Die letzten Tage haben ihr viel abverlangt«, begann sie ausweichend. »Und sie hat sich an alle Vorschriften und Sicherheitsmaßnahmen gehalten.«

»Was ist passiert?« Seine Stimme bekam diesen gefährlichen Unterton. Es war besser, alles geradeheraus zu sagen.

»Die Eindrücke im Krankenzimmer waren zu viel für sie. Sie ist zusammengebrochen.«

Am anderen Ende konnte sie Thure schnaufen hören.

»Wir sind zu ihr nach Hause gefahren, haben uns an alle Vorgaben für einen solchen Vorfall gehalten.«

»Ach ja?«, fragte er aufgebracht. »Nur die Details mit der Berichterstattung und sofortigen schamanischen Hilfe habt ihr wohl vergessen?«

Deidra wollte etwas erwidern, aber letztendlich hatte er recht – das ließ sich nicht schönreden. Also verzichtete sie auf Rechtfertigungen. »Er hat die Auren aus dem Körper steigen lassen, die ihr den Weg versperrt haben. Ich schwöre, etwas Derartiges habe ich noch nie gesehen.« Einen Moment lang stützte sie ihren Kopf auf einer Hand ab und wählte ihre Worte mit Bedacht. »Ihr Haus war erfüllt von diesen leuchtenden Gestalten, es war unglaublich.«

»Geht es ihr gut?«

Unsinnigerweise nickte sie, obwohl er sie nicht sehen konnte. »Ja, sie ist stärker, als du denkst.«

Als er nicht sofort etwas erwiderte, sah sie nachdenklich aus dem Fenster. Die Häuser waren nur durch die dezenten Lichtadern an den Eingängen zu erkennen. Die Einwohner verzichteten auf Straßenbeleuchtung, um den Lebensraum der nachtaktiven Tiere artgerecht zu halten.

»Es geht hier nicht um Stärke«, sagte er aufgebracht. »Von allen, die sich beworben haben, war Chenoa die Beste. Wenn ich gewusst hätte, wie sehr ich durch meine Wahl bei dem Wolf ins Kreuzfeuer gerate, hätte ich mich anders entschieden. Was glaubst du, was er mit mir macht, wenn ihm so eine Geschichte zu Ohren kommt?«

»Ich weiß, es tut mir leid. Es war allein meine Entscheidung. Ich nahm an, es wäre wichtig für Chenoa, ohne Hilfe zurückzufinden.« Deidra versuchte, nicht gereizt zu klingen, aber die innere Unruhe wuchs mit jedem Herzschlag. »Mir hätte bewusst sein müssen, dass die möglichen Auswirkungen dagegensprechen.«

Zu ihrer Überraschung verzichtete Thure auf weitere Zurechtweisungen. »Wakan Tanka scheint einiges mit uns vorzuhaben«, sagte er stattdessen. Sie hörte Schritte und eine Tür klappen. »Vielleicht ist alles nur genau so passiert, damit sich der Hüter zeigen konnte? Ich denke, es wird besser sein, wenn wir dem Wolf vorerst nichts über Chenoas Zusammenbruch erzählen. Ich habe dir die Untersuchungsergebnisse vom Tatort per Mail geschickt.« Bei diesen Worten klang er wieder ganz sachlich.

Ein Symbol erschien auf der Tischplatte, das Deidra sofort antippte. »Wir haben an den Figuren Mikroinjektoren gefunden, die anscheinend nicht ausgelöst sind. Spuren an den meisten Scherben lassen vermuten, dass dort auch welche gesessen haben.«

»Mikroinjektoren?« Deidra betrachtete eine Mikroskopaufnahme eines kleinen Plättchens, das eher wie ein Wassertropfen aussah.

»Diese Technik befindet sich noch in der Testphase. Sinn dieser kleinen Injektoren ist, chronisch kranken Menschen ein möglichst sorgenfreies Leben zu ermöglichen, wenn sich über Medikationen die Einschränkungen beheben lassen. Diabetes, Depressionen, Schilddrüsenerkrankungen – eben all das, was sich nicht auf natürliche Art in den Griff kriegen lässt.«

Ein Querschnitt zeigte die Funktionsweise. »Wenn sie aktiviert werden, drückt sich der Inhalt wie bei einer spontanen Verätzung durch die Haut des Patienten. Die Mikrodosis ist so hochkonzentriert, dass nicht mehr als ein winziger Tropfen notwendig ist. Gedacht ist, dass es kaum spürbar sein soll und entweder manuell über einen Sender oder programmiert über eine Heimstation ausgelöst werden kann. Die Testphase hat bislang gezeigt, dass die Aktivierung noch immer zu starke Auswirkungen hat. Die Testpersonen erlitten jedes Mal kleine, blutende Wunden.«

»Das waren also die vermeintlichen Schlangenbisse. Dann hatte die beim Bären gefundene Schlange gar nichts mit dem Mord zu tun«, folgerte Deidra.

Thure gab einen bestätigenden Laut von sich.

»Wo werden diese Injektoren hergestellt?« Deidra musste an die Beschreibung des zweiten Opfers denken, das von etwas ins Bein gebissen worden war und geblutet hatte. Bislang waren sie von Schlangenbissen ausgegangen, auch wenn bei der Harpyie keine gefunden worden war.

»Es gibt nur einen Konzern an der Ostküste, der dafür infrage kommt. Nakosmed hat seinen Sitz in Mapuchmap, etwa eine Stunde von hier. Als ich dem Konzernrat vortrug, dass mit deren Technik Morde verübt werden, haben sie sich sehr kooperativ gezeigt.«

Nun wurde Deidra einiges klar. »Als Ehawee auf die Scherben trat, drang die Mikrodosis in ihren Körper ein.«

Es hätte jeden treffen können, auch die Ermittler, wenn sie nicht sorgsam mit den Beweismitteln gewesen wären. »Wie gehen wir jetzt weiter vor?«

»Die damit betrauten Mitarbeiter wurden vorgeladen, Chenoa ist hoffentlich fit genug, die Befragungen spirituell zu überwachen?«

Deidra war sich nicht sicher. »Du solltest lieber noch einen Schamanen hinzubitten. Als ich Chenoa eben in die Augen gesehen habe, konnte ich die Auren noch schwach darin glimmen sehen.«

»Du hast gesagt, sie ist stärker, als ich denke«, sagte er entschlossen. »An den heutigen Ereignissen wird sie wachsen und, so Wakan Tanka will, mit Weisheit gesegnet werden.«

Für Deidra bedeutete es, dass sie nicht nur die Verhöre führen, sondern gleichzeitig auf Chenoa aufpassen musste.

»Welche Substanzen befanden sich in den Injektoren?«, nahm sie den Faden wieder auf.

»Spinnenblut. Wie in den letzten beiden Fällen mussten wir nur fünfhundert Meter südlich des Tatorts suchen, um die toten Tiere zu finden.«

Ein Bild von einer Trichternetzspinne mit der Unterschrift *Atrax robustus* erschien auf der Tischplatte.

»Eine australische Spinnenart, alles männliche Tiere, die offensichtlich für diesen Zweck ausgesetzt worden sind. Derzeit wird noch eine Modifizierung des Gifts untersucht, weil die Symptome von den eigentlichen Vergiftungserscheinungen abweichen.«

Der Körper der abgebildeten Spinne war graubraun, wobei die Beine nahezu metallisch glänzten. Die ausgeprägten Giftklauen waren deutlich erkennbar.

»Es ist auch noch nicht ersichtlich, wie das Gift in die Körper der Opfer gelangen konnte. Im Erdreich unter den Spinnen wurden Bissspuren gefunden. Sie haben den Untergrund attackiert, auf dem sie sich befanden.«

»Nur mal so ins Blaue gefragt.« Deidra fühlte sich, als wäre sie so unwissend wie Finnley. »Was, wenn das Totem die Fähigkeit besitzt, einen Menschen auf diese Weise zu töten? Ich weiß, das klingt haarsträubend.« Sie wollte die Frage am liebsten zurückziehen. »Wir verstehen einfach nicht, ob die Tiere durch die Totems morden oder die Totems durch die Tiere. Das ist alles so …«

»Erschreckend?«, half Thure aus. »Ihr müsst das herausfinden. Die Ältesten machen mir enormen Druck. Sie wollen Schamanen schicken, die schlechtes Karma abwenden sollen, aber das können wir jetzt nicht gebrauchen. Ich bin mir sicher, dass mehr hinter diesen Morden steckt. Und solange wir die Motivation nicht kennen, wird es schwierig, den Mörder zu finden.« Wieder blinkte es, dann erschien eine Liste. Deidra las neun Namen von Männern und Frauen.

»Morgen Nachmittag werden die Forschungsmitglieder hier sein.« Sein Ton wurde ruhiger. »Ich werde den Ältesten sagen, dass wir einen Hüter im Team haben, das sollte sie vorerst beruhigen.«

Das hatte Deidra befürchtet. »Er kann es weder beeinflussen, noch weiß er irgendetwas darüber. Ich halte das für keine gute Idee.«

»Das lass meine Sorge sein. Bringt mir Ergebnisse.«

Er legte auf, und Deidra blieb mit dem unbefriedigenden Gefühl, nichts unter Kontrolle zu haben, zurück.

Jemand klopfte an die Fahrzeugtür. Deidra ließ die Anzeige schwarz werden und öffnete die Tür. »Finnley, was ist?«

»Es geht Chenoa wieder besser. Ich würde jetzt gern nach Hause fahren und noch etwas Schlaf bekommen.«

Deidra nickte. »Das sollten wir alle. Steig ein.«

Sie nahm seine Hand und presste den Daumen auf die Tischplatte, dann gab sie ihm durch ihre autorisierte Stimme die Befugnis, auf die Systeme des Wagens zugreifen zu können.

»Bitte schick das Fahrzeug wieder her, wenn es dich zu Hause abgesetzt hat. Wir sehen uns morgen im Büro.« Damit nahm sie ihm das

Pad aus der Hand und legte es ebenfalls auf den Tisch. Sie sah ihm deutlich an, dass er keine Lust hatte, nochmals über die Geschehnisse zu reden. Also sagte sie nur das Lakota-Wort für *Hüter*, was das Pad sofort übersetzte. »Lies es nach, Tunkan. Frag deine Verlobte, was sie darüber weiß. Je eher du es annimmst, desto schneller kannst du uns helfen.«

Finnley sah auf die Wörter *Hüter* und *Stein* und nickte.

Deidra wusste, dass er das Thema nur schnell beenden wollte. Also verließ sie den Wagen. »Ich kann nur erahnen, was du durchmachen musstest, und es tut mir ehrlich leid. Aber wenn du dich erst auf diese Verbindung einlässt, wirst du …«

Finnley griff nach der Tür und winkte ab. »Lass gut sein für heute. Ich will nichts mehr hören.«

Mit einer Hand versetzte sie der Tür einen Stoß und sah zu, wie der Wagen losfuhr. »Wir brauchen dich«, sagte sie leise. »Es ist für uns alle nicht leicht.«

Erschöpft und mit zu vielen Gedanken im Kopf ging sie ins Haus zurück. Ihr war nach einer weiteren Nacht bei ihrem Geliebten, aber selbst wenn sie ihm das verabredete Zeichen schicken und er sie in sicherer Entfernung abholen würde, wäre es verantwortungslos. Am nächsten Morgen musste sie hoch konzentriert bei der Sache sein. Wenn er genauso brutal wäre wie am Abend zuvor, käme sie im Anschluss zwar zur Ruhe, aber die Zeit für die Regeneration würde nicht reichen.

»Vielleicht morgen, großer Mann, vielleicht morgen.«

KAPITEL 9

Was soll das heißen, du musst gehen?« Chenoa folgte Deidra vor die Tür.

Ihr war etwas schwindlig, aber sie überstand die Überwachung der Verhöre besser als erwartet. Sie fühlte, dass die Erfahrungen und auch das Wissen, dass Finnley bei ihr war, sie stärker machten.

Als Deidra auf ihr Telefon sah und verkündete, das letzte Verhör müsse ohne sie laufen, hatte sie etwas in Deidras Augen gesehen, das zu den Erinnerungen an ihre Aura passte.

»Hör zu, was auch immer du da treibst, es ist nicht gut für dich. Die alten Wunden sind noch nicht verheilt – willst du dir wirklich neue zufügen lassen?«

Deidra stieß Chenoa grob gegen die Schulter. »Häng dir sofort den Seelenspiegel um«, befahl sie kalt. »Es steht dir nicht zu, in meiner Aura zu lesen.«

Auch wenn Chenoa der Aufforderung nachkommen wollte, konnte sie es nicht. »Finnley verwahrt ihn für mich. Wir brauchen dich hier!«

Deidra deutete auf die Tür des Verhörzimmers. »Das bringt gar nichts. Du hast es doch selbst gehört: Praktisch jeder könnte sich diese Technologie zu eigen gemacht haben. Ihr könnt euch eine Liste der Testpersonen geben lassen. Ich muss jetzt los.«

Chenoa reckte das Kinn. »Um dich zu prügeln?«

Gern hätte sie in diesem Moment Deidras Aura gesehen, aber aus Respekt wechselte sie nicht die Sicht. Ihre Vorgesetzte litt unter der zunehmenden Kritik und den Erwartungshaltungen der Räte. Wahrscheinlich nahm sie an Hinterhofkämpfen teil, was nicht nur illegal, sondern auch gefährlich war. Andererseits war da noch etwas in der Aura gewesen, das nicht ganz zu dieser Theorie passte.

»Kenne die Grenzen, Chenoa«, sagte Deidra kalt. »Es geht dich nichts an, was ich privat mache.«

»Ich mache mir Sorgen um dich«, versuchte Chenoa dennoch, sie umzustimmen. »Lass mich dir helfen.«

Aber Deidra verschränkte die Arme vor der Brust und drückte mit ihrer gesamten Haltung aus, dass Chenoa niemals an sie herankommen würde. »Wenn du uns helfen willst, dann bring Finnley dazu, die Zusammenführung zu machen. Als halber Hüter hilft er uns nicht.«

»Das habe ich schon versucht, aber er ist genauso stur wie du. Er will von alldem nichts wissen und sperrt sich gegen meine Argumente. Rede du doch mit ihm.«

Deidras Telefon gab ein Signal von sich – sie wurde erwartet.

»Es ist kein Fight Club, oder?«, fragte Chenoa.

Es passte viel besser zu Deidras Aura, dass ein Mann ihr diese Verletzungen zufügte. In diesem Augenblick veränderte sich das Bild, das sie bislang von ihrer Chefin gehabt hatte. All die Selbstsicherheit, ihr hartes Auftreten und ihr selbstloser Einsatz fürs Team waren die Fassade einer bedürftigen Seele. Sie fragte sich, ob sie in den fünf Jahren schon früher hätte hinsehen sollen oder ob sich etwas in Deidras Leben geändert hatte.

»Schick mir eine Nachricht, wenn ihr neue Erkenntnisse gewonnen habt.« Deidra beendete das Gespräch, indem sie Chenoa stehen ließ.

Schnell wechselte Chenoa die Sicht, um einen letzten Blick auf Deidra zu werfen, bevor sie das Gebäude verließ. Ihre Aura ließ Wut und Scham erahnen, aber auch Entschlossenheit.

Sie hat recht, es geht mich nichts an. Allerdings passte es ihr nicht, dass sie das letzte Verhör ohne Deidra führen mussten. Vier Beamte waren sicher übertrieben, aber dieser Fall forderte das Team auf eine Art heraus, die bislang noch nicht vorgekommen war. Chenoa war sich sicher, dass nur einer von ihnen in der Lage sein würde, die Lösung zu finden, aber sie wusste nicht, wer. Es konnte ebenso gut der Steinmann sein, der mit seinen dummen Theorien am dichtesten dran war.

Alle Verdächtigen, die sie bislang verhört hatten, waren unauffällig gewesen.

Tate würde später alle Eindrücke mit seiner Assoziationsgabe durchgehen, aber sie machten sich wenig Hoffnung, dass etwas Brauchbares dabei herauskäme.

Chenoa ging zurück in das Verhörzimmer, wo Tate und Finnley auf sie warteten. Eine junge Frau saß am Tisch. Dem Äußeren nach war sie eine Powtankanin, aber ansonsten deutete nichts auf ihre Herkunft hin. Sie trug die Haare ungewöhnlich kurz, die weiße Kleidung wies keinerlei Stickereien oder traditionelle Verzierungen auf. Chenoa konnte auch keinen Schmuck an ihr entdecken.

Etwas abseits saß Finnley auf einem Stuhl und tippte mal wieder auf seinem Pad herum, ein Aufzeichnungsgerät ruhte auf seinem Oberschenkel. Wenn das Verhör losging, würde er einfach von einem Gerät zum anderen wechseln. Wenn sie ihn so ansah, konnte sie glatt vergessen, dass Fenrir bei ihm war. Er repräsentierte so ziemlich alles, was sie ablehnte. Dass er sich stur weigerte, über die Zusammenführung zu reden, machte es nicht besser. Was immer das Totem an diesem Mann fand, sie konnte es nicht sehen.

Tate nickte ihr zu und setzte sich der Verdächtigen gegenüber. Also lehnte sich Chenoa lässig gegen die Wand und wechselte die Sicht.

In ihrem Geist entstand das vertraute Bild, das, bis auf Finnley, die Menschen in diesem Raum zeigte. Tates Aura war kräftig, mit starken orangefarbenen und roten Einfärbungen in dem gelben Licht. Die Powtankanin besaß hingegen eine schwache, bläuliche Aura, die ins Grünliche zu kippen drohte. Offensichtlich lastete eine Schuld auf dieser Seele, aber stand diese Schuld mit den Morden in Verbindung?

Es kostete Chenoa eine Menge Mut, nach dem Erlebten länger auf der astralen Ebene zu verweilen. Sie war vorsichtig und stets bereit, sofort abzubrechen, sollten die Eindrücke zu stark werden. *Finnley ist da, alles ist gut,* beruhigte sie sich selbst.

Aus weiter Ferne hörte sie die Stimmen.

»Abequa Cha'risa, wie lange arbeiten Sie bereits für Nakosmed?«

»Drei Jahre.« Ihre Stimme klang unsicher.

»Wissen Sie, warum Sie vorgeladen wurden?«

An der blauen Aura konnte Chenoa das Kopfschütteln erkennen. Ein leichtes Grün entstand im Kopf der Aura-Figur. Chenoa hob den Daumen und signalisierte so ihrem Kollegen, dass er den Druck erhöhen sollte.

»Mithilfe Ihrer Mikroinjektoren wurden mehrere Morde verübt.«

Angst zog blutrote Adern durch das Blau. »Sie weiß etwas«, sagte Chenoa und verlor dadurch kurz den Kontakt.

Abequa zuckte zusammen. »Nein, ich weiß gar nichts!«

Tate änderte die Verhörweise. Er stellte sich hin und stützte sich mit den Fäusten auf die Tischplatte, sodass die Verdächtige zu ihm aufschauen musste. Die Angst pulsierte in ihrer Aura. Mit ruhigen Atemzügen brachte Chenoa ihre eigenen Empfindungen unter Kontrolle.

»Sie sagen uns jetzt besser, was Sie darüber wissen, bevor weitere Unschuldige ermordet werden.« Tates Stimme klang bedrohlich und unnachgiebig.

»Das wollte ich doch nicht«, sagte sie mit brechender Stimme. »Ich habe nur eine Box verkauft. Ich dachte, der Mann sei von der Konkurrenz.«

»Wie hat er ausgesehen?«

Das Rot verdrängte sämtliches Blau, während von ihrem Kopf aus das Grün hinablief und begann, alles braun zu färben. Anscheinend begriff diese Frau erst jetzt, was sie getan hatte.

»Ich weiß es nicht mehr«, sagte sie weinend.

»Chenoa?«

Chenoa wechselte die Sicht. »Es sieht so aus, dass sie von den Mordabsichten tatsächlich nichts gewusst hat. Aber sie fühlt sich durch und durch schuldig.«

Im Hintergrund legte Finnley die Geräte beiseite und lockerte die Schultern.

»Alles gut, Finnley?« Sie sah ihn prüfend an. Jetzt, da sie wusste, dass er ein Hüter war, beunruhigte es sie, wenn er nervös wurde.

Er strich sich wiederholt über den Nacken und nickte. »Ich denke schon.«

Abequa weinte und wischte sich mit einem Ärmel Rotz aus dem Gesicht. Ihre Haut wirkte irgendwie grau, Augenringe zeichneten ihr Gesicht, und die Haare lagen ihr wie Blei am Kopf. Es ging ihr schon länger nicht gut.

»Mach weiter.« Chenoa wechselte die Sicht und wollte sich gerade auf die Veränderungen konzentrieren, als sich plötzlich aus der Körpermitte der Befragten eine schwarze, schlierenartige Spur herausbildete und quer durch den Raum und die Wand schnellte. Die Frau schrie verzweifelt auf. Chenoa wechselte wieder die Sicht und sah das Blut an der Hand der Verdächtigen, die sich an den Hals gefasst hatte. »Sie wird angegriffen! Finnley, tu irgendwas!«

Zitternd vor Angst sah die Frau zu Chenoa. »Er wird bekommen, was er will. Er bekommt immer, was er will.«

»Wer steckt dahinter, sagen Sie es uns«, brüllte Tate sie an. Finnley war aufgesprungen und sah sich kampfbereit um, aber da war nichts, wogegen er kämpfen konnte.

»Ich will nicht sterben«, schrie Abequa hysterisch. »Ich habe nichts gesagt, ich, ich …«

Tate umrundete den Tisch und zog die Frau am Kragen vom Stuhl. »Helfen Sie uns, diese Morde zu beenden!«

»Ich wusste nicht, was er damit machen würde …« Ihre Stimme überschlug sich. »Es tut mir so leid! Das wollte ich alles nicht.«

»Seinen Namen!«

Ihr Körper ruckte zur Seite, und Blut quoll aus ihrer Schulter, wo Stoff und Fleisch weggerissen wurden. Tate konnte sie unter der Wucht des Angriffs nicht festhalten. Sie wurde brutal gegen die Wand geschleudert.

»Verdammt! Finnley!« Tate setzte ihr nach und kniete sich über sie. »Den Namen, sagen Sie den Namen!«

Die Angst ließ Chenoas Herz unerträglich schnell schlagen, als sie auf die astrale Ebene wechselte und erschüttert mit ansehen musste, wie das Totem Panther von der schwarzen Spur eingehüllt die Frau attackierte, fauchte und in wilder Raserei tobte. Sie sah, welche Schmerzen die Frau aushalten musste und wie ihre Aura zunehmend schwand. Das Totem brüllte gequält und riss seine Kiefer weit auseinander, sodass die tödlichen Fänge deutlich zu sehen waren.

»Nicht«, hauchte Chenoa. »Tu es nicht.«

Sie begann zu singen, in der Hoffnung, es würde das Totem besänftigen, aber die schwarze Spur wurde dadurch nur noch finsterer. Panther biss zu, die Aura der Powtankanin erlosch, und die schwarze Spur löste sich augenblicklich wieder auf. Alles ging unfassbar schnell.

Mit einem wehklagenden Laut ließ Panther von Abequa ab. Als er Chenoa bemerkte, kam er auf sie zu. Sie wollte etwas sagen, aber es gelang ihr nicht. Angst lähmte sie. Das Totem war wütend. Die schwarze Spur hatte sich zwar aufgelöst, aber Chenoa konnte nicht sagen, ob Panther sie nicht dennoch angreifen würde. Das leise Fauchen klang gespenstisch in der Astralwelt, und seine Präsenz schüchterte sie vollkommen ein. Kein Laut kam mehr über ihre Lippen, sie war wie erstarrt und konnte nur abwarten, ob er zubeißen würde.

Das Totem sah ihr direkt in die Augen, fletschte seine leuchtenden Zähne und sprang auf sie zu.

»Chenoa?«

Die Astralwelt löste sich schlagartig auf. Chenoa zuckte schmerzhaft zusammen, aber selbst wenn Panther ihr tatsächlich etwas hätte antun wollen, war sie nicht verletzt. Vor ihr stand Finnley und sah sie prüfend an.

»Bei Wakan Tanka …« Mühsam blinzelte sie gegen Tränen an. »Es war …« Ihr Blick fiel auf die Tote, deren Hals vollkommen aufgerissen war. Instinktiv fasste sie sich an die Kehle, und ein Schaudern lief durch ihren Körper. Ohne die schwarze Spur konnte offenbar nichts passieren.

Tate hatte die Tote losgelassen. Er war vollkommen rot von ihrem Blut. Fassungslos blickte er auf den Leichnam zu seinen Füßen.

»Ich konnte ihr nicht helfen«, sagte Finnley bedauernd.

Chenoa merkte, wie das Erlebte in ihr Wellen schlug. Ihr Atem ging schneller, und ihr wurde schwindlig. Sie hatte alles mit angesehen, aber wie sollte sie es in Worte fassen?

Finnley nahm sie in den Arm, was sich seltsam vertraut anfühlte. Er roch nach warmer Erde und Meer – gar nicht wie eine Maschine. Sie fühlte, wie er über ihre Haare strich. »Es tut mir leid«, flüsterte er. »Ich wusste nicht, was ich tun sollte.«

Es war ihr egal, wie verletzlich sie sich in diesem Moment zeigte, dass ein *Wasicun* sie umarmte und die professionelle Distanz zwischen Kollegen damit aufgehoben wurde – weil es funktionierte. Durch den Stoff seines schwarzen Shirts konnte sie sein Herz hören. Mit geschlossenen Augen ließ sie sich von den Schlägen beruhigen.

»Wir müssen Deidra informieren«, sagte Tate gefasst. »Und Thure. Ein Team soll im Umkreis des Präsidiums nach einem toten Panther suchen. Bislang wurden die Kadaver eher südlich gefunden, dort sollten sie anfangen.«

Chenoa wusste, dass er im Geiste gerade alle Fakten durchging, und überlegte, was sie als Nächstes tun sollten. Sie musste sich ebenfalls konzentrieren. Finnleys Herzschlag wurde schneller. Viel schneller. Chenoa wurde bewusst, wie unangebracht diese Situation war.

Verunsichert löste sie sich aus seiner Umarmung. »Danke, es geht wieder«, sagte sie und wollte von ihm zurücktreten, aber er ließ sie nicht los. »Finnley, es reicht!«

Er strich mit den Händen über ihren Rücken zu den Armen und packte sie.

»Verdammt noch mal, jetzt lass mich los!«, schrie sie und sah zu ihm auf.

Das Grün seiner Augen wurde von den schwarzen Pupillen vollkommen verdrängt. Er schnaubte, und unter seiner Haut formten sich die wilden Züge Fenrirs. Ihr Herz schmerzte, als es sich vor Schreck zusammenzog. Dass sich das Totem zeigte, konnte nur Gefahr bedeuten, aber der Angriff war doch vorbei.

Hilflos musste sie zusehen, wie er ihren linken Arm zu sich zog und den Ärmel aufriss. Ihre Gedanken stolperten wie betrunken seiner Handlung hinterher.

»Habe ich welche an mir?« Sie wollte sich losreißen und selbst nachsehen, aber sein Griff war stahlhart. Mit der freien Hand kratzte er über ihre Haut.

Jetzt, da sich der Mikroinjektor löste, sah sie ihn auch. Doch es war zu spät. Mit einem stechenden Schmerz wurde die Substanz von einem zweiten Injektor in ihr Blut übertragen. Chenoa hörte ihren eigenen Schrei, als wäre sie selbst gar nicht mehr da.

Sie sah Tate neben Finnley stehen, das Blut auf seiner Kleidung, an seinen Händen und im Gesicht. »Ich werde sterben«, sagte sie beinahe tonlos. »Ihr könnt nichts dagegen tun, ich habe es gesehen.« Ihre Stimme überschlug sich.

Mit einem wilden Ausdruck in dem Fenrirgesicht, das durch die seltsamen Tätowierungen grotesk aussah, drückte Finnley sie von sich und rannte aus dem Raum.

»Nein!« Sie wollte ihm nachlaufen, ihn anschreien, sie jetzt nicht allein zu lassen, aber Tate war vor ihr an der Tür.

»Ich weiß, was er vorhat. Chenoa, bleib hier, wir werden das Tier finden und es töten.« Sein Blick fiel auf die kleine Wunde an ihrem Arm. »Wir werden alles tun, was in unserer Macht steht, das verspreche ich dir.« Ohne weitere Zeit zu verlieren, lief er hinter Finnley her.

Geschockt ging Chenoa rückwärts bis zur Wand, stieß dagegen und rutschte daran hinab, während sie auf die astrale Ebene wechselte. Wenn sie angegriffen wurde, wollte sie es kommen sehen.

Sie berührte die schwarze Spur, die ihrer Körpermitte entsprang, spürte den eigenen, schmerzhaften Atem, der vor Angst unregelmäßig stockte.

Die schwarzen Schlieren fühlten sich wie Ausdünstungen von Hass an, die sich in ihrer Seele zu festen Wurzeln manifestierten. So sorgte diese schwarze Spur dafür, dass das Totem sein Opfer nicht verlieren konnte. Die tote Frau im Zimmer strahlte keinerlei Licht mehr ab, und auch die Gegenstände wie Tisch und Stühle ließen diese Welt schattenhaft und leblos erscheinen. Deshalb fiel die mächtige Aura sofort auf, als sie auf Chenoa zukam.

»Bitte nicht!«, sagte die junge Schamanin mit körperloser Stimme, während sich die Tigerpython immer weiter näherte. Die schmale, gespaltene Zunge schnellte wiederholt witternd aus dem Maul hervor.

»Bitte, tu es nicht!«

Das kräftig gelbe Licht der Schlange blitzte durch die finstere Spur hindurch, die sie umgab. Unbändige Wut drückte sich in jeder Bewegung dieses erhabenen Totems aus, der Schwanz zuckte angespannt.

Mit aller Kraft sammelte Chenoa ihre Energie, um sich zur Wehr zu setzen, hoffend, dass ihre schamanischen Fähigkeiten ihr helfen konnten.

Aber was sie fühlte, war in der realen Welt, nicht in der astralen. Der schwere Leib rutschte über ihre Beine, fuhr ihren Oberkörper empor und legte sich langsam um ihren Hals. Die Tür öffnete sich, Thure stürzte zu ihr in den Raum und sprach mit ihr. Tiefe Sorge und Angst färbten seine Aura blutrot. Sie wechselte die Sicht, Tränen sammelten sich in ihren Augen, die sie wegzublinzeln versuchte, aber es flossen sofort neue nach. Dort, wo sie das Tier spürte, war nichts zu sehen. »Eine Python wird mich erwürgen«, sagte sie mit zitternder Stimme.

Er wählte auf seinem Telefon eine Nummer. »Schickt Hanpi ins Verhörzimmer neun, er soll den Rettungskoffer mitbringen, wir haben einen Notfall. Schnell!«

Dann wählte er eine andere Nummer. »Wir lassen dich nicht sterben.«

Der Leib zog sich unerbittlich fester, der Druck wurde unerträglich. Obwohl Chenoa wusste, dass sie nichts dagegen ausrichten konnte, begann sie verzweifelt über ihren Hals zu kratzen. Kein Atemzug gelang mehr.

»Ihr müsst eine Python finden!«, hörte sie die letzten Worte, bevor der Druck ihr die Sinne raubte.

Tate legte auf und rannte weiter. »Such nach einer großen Schlange«, rief er Finnley zu. Sie trennten sich, um bessere Chancen zu haben, die Python schnell zu finden.

Seine Augen brannten. Er hatte Angst, an dem Tier vorbeizulaufen oder zu langsam zu sein. »Nicht Chenoa«, fluchte er.

Dichte Sträucher erschwerten die Übersicht. Das südliche Areal war geprägt von kleinen Bächen und einem weitläufigen Mischwald, der einen breiten, unberührten Gürtel durch dieses Stadtviertel zog. Finnley war nicht mehr zu sehen.

Er hörte ihn in einiger Entfernung etwas rufen. Um ihn besser verstehen zu können, blieb er stehen. »Hast du sie gefunden?«

Als er seinen Kollegen wieder nicht verstehen konnte, wollte er die Richtung wechseln, aber ein Stoß traf ihn hart in den Rücken. Strauchelnd stürzte er zu Boden und schmeckte Blut auf der Zunge.

Ein großer Schatten legte sich über ihn. Er spürte Knie, die sich auf seine Schultern pressten, um ihn am Boden zu fixieren, und zwei Hände, die seinen Kopf umfassten.

»Was soll das?«, presste er hervor und versuchte, die Arme freizubekommen.

Anfänglich war es nur ein leichtes Kitzeln, wo die Finger seine Kopfhaut berührten, aber schon bald sickerte etwas durch Tates Schädeldecke wie glühendes Eisen durch Eis.

Jemand drang in seinen Geist ein.

Tate wehrte sich heftiger, aber dadurch bekam er brutale Kopfschmerzen. Als wöge der Angreifer eine Tonne, musste Tate die Gegenwehr aufgeben. Seine Sicht kehrte sich nach innen in eine Dunkelheit, die trocken und drückend war.

Erinnerungen blitzten auf, wurden von dem Fremden angefasst, angeschaut und zur Seite geschoben. Tate spürte die Erregung des Angreifers. Die Macht war wie tatsächliche Finger, die in seinem Hirn wühlten und ihm die widersprüchlichsten Empfindungen aufzwangen. Auf Genuss, Pein und Erregung folgten Angst und Anflüge von Panik, die sein Bewusstsein vollkommen durcheinanderbrachten. Vor Qual schreiend musste er miterleben, wie etwas in seinem Kopf freigelegt wurde. Der Angreifer schälte es vorsichtig aus den Verwachsungen seiner Persönlichkeit heraus.

Tate verlor das Gefühl für die Realität, als kehrte er gänzlich in sich. Er sah, wie etwas Leuchtendes in der Dunkelheit schwebte. Und er wusste, dass er es brauchte und bewahren musste, also rannte er mit seinem Geist darauf zu und warf sich schützend mit seinem gesamten körperlosen Sein darüber. Als implodierte sein Geist, zog sich alles zu einer Finsternis zusammen, und in der vollkommenen Stille blieb Tate regungslos liegen.

KAPITEL 10

In dieser Nacht tat es besonders weh, und doch würde sie wiederkommen. Deidra lag schwer atmend in dem Ehebett ihres Liebhabers, das von seinem und ihrem Schweiß feucht war. Bis seine Frau zurückkäme, wäre das Zeugnis dieser Nacht getrocknet. Dass die Treffen heimlich stattfanden, gehörte zu der Vereinbarung, die sie miteinander hatten. Deidra benutzte kein Parfum, das noch schwer an den Laken haften würde. Seit sie zu ihm kam, lief es immer gleich. Keine großen Worte, keine Zärtlichkeiten, nur pure Lust, Schmerzen und Erniedrigungen. Das war alles, was sie wollte – was sie so sehr brauchte, und er gab es ihr.

Sie richtete sich behutsam auf. Die Spuren auf ihrem Körper waren die einzigen Beweise dieser Nächte. Bald würden sich weitere blaue Flecken an ihren Oberarmen und an den Schenkeln bilden, die auf ihrer Schwarzen Haut nur schwer zu sehen waren. Ihr Gesicht fasste er niemals an.

Wenn er sich in sie ergoss, legte er manchmal dabei von hinten eine Hand um ihren Hals und drückte ihr die Luft ab. Gerade so, dass keine Abdrücke zu sehen sein würden, wenn er mit ihr fertig war. Dabei liefen ihr Tränen übers Gesicht, weil sie genau das über alle Maßen genoss. Ihre innere Wertlosigkeit wurde auf diese verdrehte Weise verdrängt und für den Moment mit Schmerzen erstickt. Hier war Deidra fühlbar, ihr Liebhaber nahm während dieser Treffen nur sie wahr, nichts und niemanden sonst.

Nur ein einziges Mal in drei Jahren hatte er sich zu richtigen Schlägen hinreißen lassen, normalerweise waren seine sadistischen Quälereien subtiler.

Sie würde sich noch Tage an diese Nacht erinnern, bei jeder Bewegung und jedem noch so kleinen Schmerz unter ihrem schwarzen Anzug, den sie bei der Arbeit trug. In dieser Nacht hatte sie ihm einen Kuss aufgezwungen, bevor er sie auf das Bett geworfen hatte. Auch an den Geschmack würde sie sich mit einem Lächeln erinnern.

Im Bad rauschte das Wasser. Der große Mann wusch sich von ihr rein.

»Ich nehme deinen Schweiß und alles andere mit nach Hause«, flüsterte sie grinsend und richtete sich auf. Sie spürte, wie sein Sperma aus ihr floss und über ihren Oberschenkel lief. Kein Tropfen würde auf das Laken gelangen, denn sie wollte wiederkommen, musste wiederkommen. Nichts durfte verraten, was hier geschehen war. So war der Deal.

Deidra ließ einen Blick über die Stoffe wandern, ob sich ein Haar aus ihrem festen Zopf gelöst hatte und verräterisch auf der champagnerfarbenen Seide lag. Absolut nichts außer Schweiß und zerwühlten Decken und Kissen. Sie war die perfekte Geliebte.

Das Wasser wurde abgedreht. Deidra musste sich beeilen. Wenn er aus dem Bad kam, musste sie verschwunden sein. Er war wie eine gespaltene Persönlichkeit. Der eine Teil wollte sie, der andere hasste, was sie miteinander taten – und wenn der begehrende Teil befriedigt war, sah sie einem Mann in die Augen, der den Sinn dieser Beziehung zunichtemachte. Der ihr sagen wollte, dass er lieber nicht brutal zu ihr wäre. Seiner Zuneigung wollte sie nicht begegnen. Deidra war nicht liebenswert.

Und dann gab es da noch den dritten Teil in ihm, der ihr, wenn es nötig war, vollkommen neutral gegenüberstehen konnte.

So wie sie es handhabten, war es perfekt. Er war die Medizin gegen das Gedankenkarussell. In dieser Nacht würde sie nicht wach liegen und an die Decke starren.

Eilig zog sie sich den Slip über, der die meiste Feuchtigkeit aufsog, dann die Hose und das schwarze Shirt. Den BH steckte sie schnell in ihre Hosentasche, die Schuhe nahm sie in die Hand. Als sich im Bad die Tür öffnete, schloss sie gerade die Haustür hinter sich.

Das Licht neben dem Eingang war wie immer ausgeschaltet. Neugierige Nachbarn mussten um diese Zeit schon sehr genau hinsehen, um Deidra zu bemerken. Dafür gab es allerdings keinen Grund, denn er war ein geachteter Mann in einer guten powtankanischen Nachbarschaft.

Sie zog sich die Schuhe an und ging los. In etwa dreißig Minuten würde sie ihr Fahrzeug erreicht haben. Der Hinweg ging immer schnell. Er sammelte sie ein, sie saß hinten, verborgen durch getönte Scheiben, während er unnötigerweise vorne saß, obwohl das Auto gänzlich allein fuhr. Wenn sich das Garagentor hinter ihnen schloss, stieg sie auf sein Geheiß aus und ging ins Schlafzimmer vor.

Alles unterlag festen Ritualen.

Aber Deidra mochte den Spaziergang nach diesen Nächten. Wenn sie sich wie ein Geist durch die Dunkelheit bewegte und das Wissen in sich trug, für einen von ihnen unwiderstehlich zu sein.

Nach zehn Minuten Fußmarsch zog sie das Telefon aus der Tasche und schaltete es ein. Niemand sollte sie stören oder gar in seinem Haus orten können, deswegen blieb es bis zu diesem Zeitpunkt immer ausgeschaltet.

Das Display leuchtete nur schwach. Sie tippte die PIN ein, und kurz darauf summte es mehrmals. Neunzehn Anrufe in Abwesenheit.

Alle beruflich. Thure, der seit Stunden versuchte, sie zu erreichen. Kurz darauf meldete das Telefon eine Nachricht.

Sie tippte darauf und las: *Notfall, melde dich umgehend!*

»Scheiße!« Sie beschleunigte ihre Schritte und wählte Thures Nummer.

Als er das Gespräch annahm, klang er hellwach und fürchterlich wütend. »Verdammt, Dee, wir haben uns Sorgen gemacht. Wo zur Hölle bist du?«

»Es geht mir gut. Was ist passiert?«

Thures Atemstoß verursachte ein lautes Rauschen am anderen Ende. »Das erzähle ich dir, wenn du hier bist. Im Krankenhaus, Zimmer 3.17.«

Bevor sie fragen konnte, wer im Krankenhaus behandelt werden musste, legte er auf.

Ein Wagen fuhr an ihr vorbei, und Deidra lief los und rief gleichzeitig ihr Fahrzeug über die Steuerung des Telefons zu sich.

Als sie am Krankenhaus ankam, konnte sie Anernerk sehen, der begleitet von seinen vier Hunden auf den Eingang zuhielt.

Verdammt, das ist gar nicht gut.

Er bemerkte sie und blieb stehen.

Mit ein paar schnellen Handgriffen überprüfte sie den Sitz ihrer Kleidung und wünschte sich, sie hätte wenigstens den BH wieder angezogen. Zwar war durch das Jackett ihr Oberteil gut bedeckt, aber es fühlte sich nicht gut an. Sie ging auf ihn zu und grüßte in gebührendem Abstand. »*Até Uzuye,* was ist passiert?«

Seine braunen Augen fixierten sie, während seine Hunde an ihr schnupperten. Sie fühlte eine raue Zunge an der Hand, traute sich aber nicht, das Tier zu streicheln. Ein vertrauter Umgang mit den Geleittieren des Chiefs war nicht erwünscht.

»Es gab einen Überfall, mehr weiß ich auch nicht.«

Deidra fühlte sich wie mit siedendem Wasser übergossen. Für einen Moment vergaß sie den Respekt und stürmte an ihm vorbei ins Innere des Gebäudes.

Die Lichtadern verbreiteten eine blaue Helligkeit, die zu der Nachtstille passte. Hinter sich hörte sie die ruhigen Schritte von Anernerk und seinen Hunden. Dieser Mann rannte nicht, es sei denn, er befand sich auf der Jagd.

Vor der Tür mit der Aufschrift 3.17 atmete sie kurz durch, dann trat sie ein. Das blaue Licht war hier etwas heller, sodass Deidra Chenoa auf dem Bett erkennen konnte. Igmu lag am Fußende zusammengerollt und schnurrte beruhigend.

»Warum hat das so lange gedauert?« Thure stand am Fenster und sah in die Nacht hinaus.

»Es tut mir leid, ich bin so schnell gekommen, wie ich konnte.«

Bedächtig drehte er sich um, die Hände hinterm Rücken verschränkt. »Sieh sie dir an«, sagte er mit kalter Stimme.

Während sie dichter an das Bett trat, hörte sie Anernerk den Raum betreten. Thure grüßte ihn respektvoll.

Chenoa schlief. Sie wurde über einen Schlauch beatmet, der durch einen Schnitt an ihrer Kehle verlief. Ihr Hals war grün und blau und mit Schwellungen übersät. An manchen Stellen klebten Pflaster.

»Ich musste mit ansehen, wie sie sich selbst die Haut aufgekratzt hat, weil sie die unsichtbare Würgeschlange nicht greifen konnte«, sagte Thure. Er ließ sich auf einem Stuhl nieder und stützte sich auf den Tisch daneben. »Die letzte Zeugin wusste etwas, aber bevor sie ihre Informationen weitergeben konnte, ist sie Opfer des Mörders geworden. Finnley hat zwar die Injektoren bei Chenoa gefunden, aber es war zu spät.«

Anernerk berührte mit einer Hand Chenoas Stirn. Seine Hunde legten sich verteilt um das Bett herum.

»Finnley und Tate sind losgerannt, um das Tier zu finden, das Chenoa umbringen wollte. Ihre Wege haben sich getrennt. Finnley fand erst den toten Panther, der die Zeugin gerissen hatte, dann die Würgeschlange. Als er sie erschossen hatte, konnten wir Chenoa retten, aber Tate wurde ebenfalls angegriffen.«

Deidra fühlte sich schuldig, weil sie gegangen war, und sie schämte sich, weil sie bei ihrem Geliebten gewesen war, als es passierte. »Ist er …?«

Thure schüttelte den Kopf. »Aus unerfindlichen Gründen liegt er im Koma. Die Ärzte konnten nur eine Prellung am Rücken feststellen, aber weder ein Schädeltrauma noch sonstige Verletzungen geben einen Hinweis auf die Ursache seines Zustands.«

Eine Schwester kam herein, grüßte leise in die Runde und überprüfte Chenoas Vitalfunktionen. Anschließend notierte sie die Werte auf einem Pad, das dann wieder in ihrer Tasche verschwand, und zog routiniert einen Beutel mit gepressten Kräutern aus einer Schublade des Beistelltischchens.

»Ich mache das schon«, sagte Deidra freundlich und nahm ihr die Utensilien aus der Hand. Es war gut, etwas zu tun zu haben. Die Schwester nickte und ging wieder.

Melisse und Baldrian, erkannte Deidra den Geruch. »Hat Finnley den Angreifer gesehen?«, fragte sie.

»Er muss ihn sogar attackiert haben. Seine Kleidung sah sehr schmutzig aus, und seine Waffe haben wir in der Nähe von Tate gefunden. Leider kann er sich an gar nichts erinnern.«

Die Asche in der Kupferschale war noch warm. Deidra legte die Kräuter obendrauf und entzündete sie mit einem Streichholz.

»Wo warst du, Dee? Dein Team hat dich gebraucht.«

Vor dieser Frage hatte sie sich gefürchtet. Unsicher sah sie zu Anernerk, der leise Wakan Tanka um Wohlwollen für Chenoa bat.

»Ich musste aus privaten Gründen gehen.« Gern hätte sie Chenoas

Hand genommen und sie um Verzeihung gebeten. Immer wieder sah sie ihre Kollegin vor sich stehen und sagen, sie solle nicht gehen.

»Private Gründe? Du hast keine Familie und keinen Partner – manchmal frage ich mich, ob du überhaupt ein Privatleben hast.«

Anernerk drehte sich um und mischte sich erstmals ein: »Es bringt nichts, über Stürme zu reden, wenn sie vorbeigezogen sind.« Mit einem Laut gab er seinen Hunden zu verstehen, dass sie aufstehen sollten. »Sie haben zu dritt eine einzige Zeugin befragt, Deidra Onheira ist keine Nachlässigkeit vorzuwerfen.« Er sah Thure unnachgiebig an. »Warum kann sich der *Wasicun* an nichts erinnern?«

»Er leidet unter Blackouts«, sagte sie schnell, um seine Aufmerksamkeit auf sich zu ziehen, aber sein Blick ruhte weiterhin auf Thure.

»Wann wird er die Zusammenführung machen?«

Sie wusste, dass Thure dem Chief Bericht erstattet hatte, und durch den neuerlichen Angriff wuchs der Druck auf den Schotten. »Er hat noch nicht eingewilligt, aber wir arbeiten daran«, antwortete sie wieder für Thure.

Sie konnte spüren, wie Thure bei ihren Worten die Luft anhielt.

»Morgen will ich alle Berichte haben. Der Schotte soll zu mir kommen.«

Bestätigend nickte Thure. Er sah elend aus. »Natürlich, *Até Uzuye,* ich werde persönlich dafür sorgen.«

Der Wolf ging zur Tür und vollführte mit seiner rechten Hand eine schwingende Bewegung vom Herz zu den Anwesenden. »Wakan Tanka prüft euch. Eine Kette ist nur so stark wie ihr schwächstes Glied.«

Das war einer jener Sprüche, die Deidra nicht mehr hören mochte. In diesem Augenblick war sie sich auch nicht sicher, wen genau er damit meinte. Niemand von ihnen machte derzeit eine gute Figur, andererseits glaubte sie nicht, dass andere Geistkrieger sich besser schlagen würden. Das, was hier passierte, stellte eine ganz neue Dimension spirituellen Missbrauchs dar.

Deidra und Thure erwiderten den Gruß, und nachdem Anernerk gegangen war, wurde es still.

Der Geruch der Kräuter war beruhigend. Deidra setzte sich neben Thure und rieb sich übers Gesicht.

»Tut mir leid«, sagte er schließlich. »Ich bin zu weit gegangen. Aber du hast nicht gesehen, was ich gesehen habe.«

Deidra nickte.

Mit ruhigen Atemzügen sammelte sie sich, um besser nachdenken zu können. »Meinst du, der Angreifer wollte Tate davon abhalten, die Schlange zu töten? Vielleicht ahnte er nicht, dass sie zu zweit waren.«

»Wir wüssten mehr, wenn Finnley sich erinnern könnte. Wenn er die Seelenreinigung und Zusammenführung nicht macht, wird er nur halb so nützlich für uns sein.«

Deidra dachte an Anernerks Forderung. »Wenn der Wolf morgen mit ihm fertig ist, wird er keine Wahl mehr haben.«

Es klopfte leise an der Tür, und eine Schamanin trat ein. Deidra erkannte Inola, Chenoas Mutter. Offensichtlich hatte sie gewartet, bis Anernerk gegangen war.

Der Name Inola bedeutete *schwarzer Fuchs,* was passender kaum sein konnte. Ihre tiefschwarzen Haare glänzten bläulich, sie war ebenfalls sehr zierlich und bewegte sich anmutig und nahezu lautlos. Sie würde dafür sorgen, dass es ihrer Tochter bald besser ging.

»Ich konnte Tates Heilkräfte aktivieren, aber die Aura seines Kopfs ist wie abgeschnitten – so etwas habe ich noch nicht gesehen. Andere Komapatienten zeigen diese Veränderung nicht. Mehr kann ich vorerst nicht tun.«

Thure bedankte sich.

»Wir sollten jetzt gehen«, sagte Deidra, damit Mutter und Tochter allein sein konnten.

»Ihr würdet Tate helfen, wenn ihr zu ihm geht und mit ihm redet.« Inola lächelte sanft, als sie ihre Hände auf Chenoas Arm legte und bedächtig die Augen schloss.

»Das werden wir. Und wir werden auch regelmäßig nach Chenoa sehen.« Thure verneigte sich und legte eine Hand auf sein Herz. Deidra wusste, dass die Schamanin sie immer noch sah, auch wenn ihre Augen geschlossen waren.

Auf dem Weg zur Intensivstation kamen sie an dem Trakt vorbei, in dem Ehawee lag. »Ob die Trichternetzspinne schon bei ihr war?«

Thure sah sie verständnislos an.

»Chenoa sagte, weil Ehawee nicht gestorben sei, würde das beeinflusste Tier sie immer noch attackieren wollen. Es wurden neunzehn Trichternetzspinnen gefunden, oder?« Mit einem Nicken bestätigte er.

»Wie viele wohl freigelassen worden sind?«

Leise ging sie zu dem Zimmer und drückte die Tür einen Spalt auf. Die Anzahl der Tiere hatte sich inzwischen verdreifacht. Von kleinen Mäusen bis zum ausgewachsenen Berglöwen war alles vertreten. Sie lauerten, blickten augenblicklich in Deidras Richtung, und manche drohten leise.

Ehawee schlief. Sie war noch immer sehr blass, aber ihr Atem ging kräftiger als tags zuvor.

»Dee?« Thure kam zu ihr und sah an ihr vorbei in den Raum. »Bei den mächtigen Ahnen …«

»Wie viele es wohl noch werden?« Sie ließ die Tür wieder zufallen. »Thure, ich glaube nicht, dass wir diesen Fall allein lösen können.«

Ihr Vorgesetzter sah sie streng an. »Du gibst auf?«

Sie lachte freudlos. »Ich weiß, eine Powtankanerin würde das niemals in Betracht ziehen, aber zwei unserer Leute liegen im Krankenhaus, und wir tappen im Dunkeln. Meinst du wirklich, wir schaffen das ohne Hilfe?«

Er senkte den Kopf und zuckte die Achseln. »Ich fürchte, wir haben keine Wahl. Hast du Anernerk vorhin gesehen?«

Langsam gingen sie weiter.

»Er wird nicht zulassen, dass der Ältestenrat erfährt, wie kritisch die Situation tatsächlich ist. Du weißt, wie sie sind, wenn sie sich erst mal einmischen.« Deidra hoffte, dass Thure mit dieser Vermutung recht behielt, weil es Kritiker gab, die sagten, spirituelle Belange gehörten in die Hände der Räte. Was gerade passierte, wäre nur Wasser auf deren Mühlen und würde politisch eingesetzt werden. Das half jetzt niemandem.

Um diese Uhrzeit gingen nur wenige Angestellte, die nachts nach den Patienten sahen, durch die Gänge. Es war ruhig und friedlich.

Mit geschlossenen Augen nickte sie. »Gut, wie du willst. Ich werde alle Berichte und Zeugenaussagen nochmals durchgehen. Sicher haben wir etwas übersehen, das uns weiterhilft.«

Thure öffnete die Tür zu Tates Zimmer. Am liebsten wäre Deidra sofort ins Präsidium gefahren, statt ihn dort regungslos auf dem Bett liegen zu sehen. Eigentlich sah es so aus, als würde er sich nur ausruhen. Ganz so wie Finnley, der weiter hinten auf einem Stuhl eingeschlafen war. Eine Schwellung unterhalb des rechten Auges zeugte von dem Kampf, den der Schotte ausgetragen hatte.

»Er wird es tun müssen«, sagte sie, den Blick weiterhin auf den Schotten gerichtet.

Thure stimmte ihr zu. »Wir alle müssen uns zusammenreißen und noch viel besser werden, um diese Sache zu beenden.«

Für diese Plattitüde hätte sie ihm gern einen Tritt verpasst. Auch wenn sie in diesem Land aufgewachsen war, nervte es sie an manchen Tagen, dass oft Metaphern bemüht oder unnötige Phrasen gedroschen wurden. Natürlich wusste sie, dass sie einfach nur gereizt war. Sie müsste jetzt in ihrem Bett liegen und sich von der Nacht erholen. Was Entspannung hatte bringen sollen, endete in einem noch größeren Chaos. Die Tiere im Krankenhaus konnten sicher ihren Liebhaber an ihr riechen – wie gut, dass sie nicht reden konnten. »Ich fahre jetzt los, wir sollten keine Zeit mehr verlieren.«

»Deidra?«

Ungeduldig blieb sie stehen.

»Wo warst du?«

Zur Antwort schüttelte sie nur den Kopf und ging. Das würde er niemals erfahren.

KAPITEL 11

Tate fühlte nichts. Um ihn war Dunkelheit. Er wusste nicht, wo er sich befand oder was genau passiert war, bevor er das Bewusstsein verloren hatte. Da war nur die schwache Erinnerung an einen Lichtkugel, und dass er sich auf sie geworfen hatte.

»Hallo?« Seine Stimme klang gedämpft, als würde er versuchen, unter dichten Stoffschichten zu sprechen. Er richtete sich auf und sah sich um, aber es war einfach nur dunkel. »Kann mal jemand das Licht anmachen?«

Mit ausgestreckten Händen ging er ein paar Schritte und stieß gegen einen Widerstand. Augenblicklich erschienen im Raum schwebende Bilder, ohne genügend Licht abzustrahlen, dass er sich umsehen konnte. Er erkannte seine Mutter, die sich zu ihm beugte und ihn hochhob. Er hörte ihre Stimme, die Geräusche der Umgebung. Wenn er diese Erinnerungen berührte, schmeckte, roch und fühlte er, was er damals geschmeckt, gerochen und gefühlt hatte. Die Bilder liefen weiter. Als er zurückwich, stieß er wieder gegen etwas. Neue Darstellungen entstanden, zeigten den Blick über den Grand Canyon und Sarah, die Frau, mit der er ein Jahr lang zusammengelebt hatte. Am Grand Canyon waren sie sich zum ersten Mal begegnet. Je mehr er sich bewegte, desto mehr Erinnerungen liefen wie frei schwebende Projektionen ab und hielten nicht mehr an. Das Gemurmel wurde zu anschwellendem Lärm. Er sah sich selbst an unterschiedlichen Lebenszeitpunkten in den Spiegel schauen. Erlebte ein zweites Mal die Beerdigung seiner verunglückten Eltern und die Fürsorgeverhandlung der Räte. Erinnerungen an leidenschaftliche Nächte mit unterschiedlichen Frauen, die er mal mehr, mal weniger mochte. Ehawee, wie sie mit so viel Stärke von ihrem gelähmten Mann erzählte.

Tate setzte sich wieder. Er hatte das Gefühl, vor lauter Bildern nicht mehr atmen zu können.

»Das ist mein Leben«, dachte er gefasst. Er wollte die Augen schließen, aber die Erinnerungen gingen nicht weg.

»Das ist ja kaum auszuhalten.«

Jegliches Zeitgefühl ging in diesem Zustand verloren. Wenn er lange genug still saß, dann verschwanden nach und nach die Erinnerungen, doch sobald er sich bewegte, leuchteten sie wieder auf. Er schaffte es, so lange regungslos zu sein, bis auch die letzte erlosch.

Wie durch eine dicke Wand konnte er Stimmen hören. Tate nahm all seine Konzentration zusammen und versuchte, das Gesagte zu verstehen.

»... kommen, wenn er nicht aufwacht.« Tate erkannte Thures Stimme.

»Chenoa und Tate fehlen im Team. Er muss wieder aufwachen!« Deidra klang ungewohnt schwach.

Chenoa – er erinnerte sich an den Tag. Die Bilder manifestierten sich in der Finsternis. Chenoa blutete am Arm, Finnley zeigte das Fenrirgesicht und rannte hinaus, um das Tier zu finden, das sie töten wollte.

»Aufwachen?«, flüsterte er. »Schlafe ich denn?«

Er sah den Weg, den er gerannt war, hörte seinen Schrei, als ihn etwas in den Rücken traf. »Nein, nicht noch mal«, brüllte er, als der Angreifer in seinem Kopf wühlte. Und dann begann etwas zu leuchten. Erst glaubte er, es sei auch nur in seiner Erinnerung, doch das Bild verblasste, das Leuchten nicht.

Behutsam ging er darauf zu und ließ auf seinem Weg weitere Bilder entstehen, denen er keine Beachtung mehr schenkte. Eine sonnengleiche Lichtkugel etwa in seiner Größe steckte halb im Untergrund. Im Schein dieser Kugel konnte er seine Hände betrachten. Sein Körper wirkte irgendwie durchscheinend, und er glaubte, eine Art Anzug zu tragen.

Die Finsternis blieb, egal, wie hell die Kugel strahlte. Vorsichtig streckte er die Finger nach der Oberfläche aus. Sie gab keine Wärme ab, aber ein leichtes Kribbeln zog sich von den Kuppen bis in seine Körpermitte.

Die Projektionen verschwanden, und die Stimmen von außen wurden wieder lauter.

»Finnley sollte das tun«, sagte Deidra.

»Finnley«, wiederholte Tate spontan und legte seine Hände ganz auf die Kugel. Wie von einer unsichtbaren Macht ergriffen, wurde er fortgeschleudert, durchbrach die Finsternis, wurde geblendet von Licht und saß plötzlich auf einem Stuhl in einem Krankenzimmer. Es musste morgens sein, neben ihm auf dem Tisch stand ein Tablett mit unangerührtem Frühstück.

Ungläubig sah er zu Thure und Deidra, die ihre Aufmerksamkeit auf ein Pad gerichtet hielten. »Was gibt es Neues?«, fragte er und hörte sich ganz fremd an.

Deidra überließ das Pad ihrem Vorgesetzten und zuckte mit den Schultern. »Nicht genug. Wenn du dich wenigstens an den Angreifer erinnern könntest.«

Es lag kein Vorwurf in ihrer Stimme, aber die Enttäuschung konnte sie nicht verbergen.

»Er hat mich von hinten angegriffen, ich konnte ihn nicht sehen«, sagte er bedauernd.

»Du weißt es wieder?« Auch Thure sah ihn jetzt an. »Ich dachte, du könntest dich an nichts erinnern?«

Tate kratzte sich an der Wange. »Wann habe ich das denn gesagt?« Ihm war schleierhaft, warum sich niemand wunderte, dass er so plötzlich hiersaß. Vielleicht waren das die Nachwirkungen dieses seltsamen Eingriffs in seinen Kopf?

Deidra verschränkte die Arme vor der Brust und sah ihn wütend an. »Verarsch mich nicht.« Eine kleine Falte entstand zwischen ihren Augenbrauen.

Tate hob die Hände und winkte ab. »Entschuldige, ich bin nur etwas durcheinander.« Er deutete auf das Bett. »Wie geht es Chenoa?«

Ungläubig sah Deidra erst ihn, dann Thure an. Tate verstand gar nichts mehr. Bedächtig stand er auf, sein Körper fühlte sich seltsam an. Er musste lange regungslos auf dem Stuhl gesessen haben.

»Bist du okay?« Deidra musterte ihn prüfend, als er sie umrundete und auf das Bett zuging.

Das war nicht Chenoa, die dort lag.

Übelkeit stieg ihm in die Kehle, als er sich selbst ins Gesicht sah. »Das ist unmöglich!«

»Finnley?«

Er spürte, wie sich Deidras Hand auf seine Schulter legte.

»Geht es dir nicht gut?«

»Finn…« Langsam begriff er, was passiert war, aber bevor er auch nur ein Wort darüber verlieren konnte, zog ihn die Macht wieder gewaltsam zurück. Tate sah noch schemenhaft, wie er über das Bett flog und dann erneut in die Dunkelheit eintauchte. Als er in der Finsternis über den Boden rollte, wurden unzählige Erinnerungen aktiviert, die laut durcheinanderlärmten.

Finnley sah Deidra irritiert an. »Entschuldige, ich war mit meinen Gedanken eben ganz woanders.«

Dass sie ihn so prüfend musterte, gefiel ihm nicht. Tatsächlich fehlten ihm ein paar Minuten. Es war, als wäre Fenrir in ihn gefahren: Er war zwar anwesend, aber wie ausgeschaltet gewesen. Seine Erinnerung endete, als er sich auf den Stuhl gesetzt hatte, nun stand er am Bett.

»Du hattest nicht das Totemgesicht. Was war los mit dir?«

Finnley schüttelte den Kopf. »Keine Ahnung. Eigentlich nichts.«

»Du sagtest, du wärest von hinten angegriffen worden«, mischte sich Thure ein. »Meinst du, Fenrir wollte sein Wissen preisgeben und kam deshalb zurück?«

»Nein«, Finnley kratzte sich im Nacken. »Es war anders.«

Er sah zu Tate, der in regelmäßigen Zügen atmete. »Wenn er wieder aufwacht, ist er dann ganz der Alte?«

Auf dem Brustkorb bewegten sich die Edelsteine im sanften Rhythmus seines Atems. Den Amethyst konnte Finnley noch identifizieren, was die anderen Steine waren und was sie bewirkten, wusste er nicht. Die Schamanin hatte eigens für Tate ein viereckiges Knochenstück mit Schnitzereien versehen, das nun auf seiner Stirn lag.

Niemand beantwortete die Frage, weil keiner sagen konnte, was das Koma ausgelöst hatte. Er seufzte, ging zum Stuhl zurück und setzte sich wieder.

»Ich habe mit meiner Verlobten gesprochen«, sagte er nach einer

Weile. »Sie wäre am liebsten sofort zu ihrem Vater gelaufen, als sie das Wort *Hüter* gehört hat, weil das meinen *Stand im Clan* positiv verändern würde.« Seine letzten Worte klangen sarkastisch. »Ich konnte sie überzeugen, dass ich mich erst auf andere Art beweise. Ich will keine Anerkennung dafür haben, dass ein anderes Wesen die Kontrolle über meinen Körper übernimmt.«

Thure schien diese Entscheidung zu missbilligen. »Tatoke Inyanke ist kein Mann, vor dem man derartige Geheimnisse haben sollte. Und sag bloß nicht, *anderes Wesen!*«

Finnley seufzte. »Ich weiß.«

»Dann wäre es für uns alle von Vorteil, du würdest es ihm sagen. Er ist ein einflussreicher Mann, die Abteilung braucht sein Wohlwollen.«

Finnley lehnte sich gegen die Wand und verschränkte die Arme vor der Brust. »Ich weiß ja nicht mal, ob ich dieses Reinigungszeugs überhaupt machen will«, sagte er bestimmt. »Dieser ganze Hokuspokus ist nichts für mich.«

Er konnte sehen, wie Thure mit sich rang. Wahrscheinlich hätte er das Wort *Hüter* am liebsten groß auf die Bürotür geschrieben, um diese gute Nachricht wie einen Schutzschild vor die Misserfolge zu stellen. »Hat Deidra dir schon gesagt, dass du heute zum Wolf gehen musst?«

Finnley sah auf sein Pad und nickte. »In einer Stunde soll ich dort sein.« Er sah seine Kollegen an und bekam ein schlechtes Gewissen. »Ich weiß, ihr habt alle einen Heidenrespekt vor dem Wolf, aber ich werde nichts tun, was ich nicht will, nur weil der Chief es verlangt.«

Beiden war deutlich anzusehen, dass sie überzeugt waren, dass er nach dem Termin anders denken würde. Sie kannten die Sturheit eines Schotten noch nicht.

»Wenn die Verbindung geschlossen wurde, wirst du dich sehr schnell beweisen können«, blieb Thure hartnäckig. »Siehst aus wie eine Maschine und erhältst so ein Geschenk. Ich kann nicht glauben, dass du überhaupt zögerst.« Mit einer Hand fuhr er sich durch die blonden Haare, aus denen er die üblichen Federn entfernt hatte.

»Deidra ist gestern nochmals alle Fakten durchgegangen, aber außer loser Enden haben wir nichts. Sieh dir Tate und Chenoa an – wir brauchen dich.«

Finnley verstand, was er ihm sagen wollte: Ein halber Hüter war besser als nichts. Aber seine Kollegen sahen nur das Prestige, das ein vollwertiger bedeutete. Sie wollten Fenrir, nicht ihn. Keiner von den anderen hatte gefragt, wie es sich anfühlte, von einem Totem besetzt zu werden oder gegen seinen Willen zum Berserker zu werden. Niemanden interessierte es, ob er so ein Mensch sein wollte. Immerhin war es beruhigend zu wissen, dass seine Blackouts keine Auswirkungen einer Panikstörung waren, sondern dem Schutz der anderen dienten. Wenn seine Taten dann Fenrir zugeschrieben wurden und er sich nicht daran erinnern konnte, betraf es ihn irgendwie auch nicht.

Finnley war zuvor bei Chenoa gewesen. Sie war stark und tapfer. Auch wenn sie noch immer über den Schlauch beatmet werden musste, machte sie einen sehr wachen Eindruck. Die Sorge, die zeitweise abgedrückten Halsschlagadern hätten schlimme Folgen für sie, wurde nicht bestätigt. Sie sah ihn nun anders an, irgendwie wärmer und zugewandter. Anders als Taima, weil dieser Betrachtung keine Gefühle zugrunde lagen, sondern Chenoa Fenrir gesehen hatte. Ihm war nicht ganz klar, was er lieber mochte: persönlich abgelehnt zu werden oder als bester Kumpel eines mächtigen Totems bei der Party dabei sein zu dürfen.

Warum wählte Fenrir nicht eine wie sie aus? Eine Person, die diese Ehre auch zu schätzen wusste? Er war es so leid, herumgeschubst zu werden. Die einen fürchteten sich vor ihm und hatten ihn fortgejagt, hier feierten sie ihn wie einen Superhelden, wobei sie ihm gleichzeitig ständig seine himmelschreiende Unwissenheit unter die Nase rieben. Um sich davor zu schützen, instrumentalisiert zu werden, würde er sich auch den Zorn des Wolfs oder Tatoke Inyankes zuziehen. Er wäre nicht mehr der richtige Mann für Taima, wenn er seine Entscheidungen nicht selbst träfe.

»Ich gehe jetzt«, sagte er in das Schweigen hinein. »Besser, ich bringe das Gespräch hinter mich.«

Sie ersparten ihm weitere schlaue Sprüche oder Ermahnungen und verabschiedeten sich nur. Bevor er ging, sah er ein letztes Mal zu Tate. Ein schlechtes Gewissen brachte ihn jetzt nicht weiter. *Sie werden mit meiner Entscheidung leben müssen.*

Anernerks Büro wirkte diesmal freundlicher. Das Sonnenlicht, das durch die durchscheinende Wand fiel, blendete nicht, und die Hunde witterten zwar in seine Richtung, versuchten jedoch nicht, seinen Blick zu fangen.

Aha, die nette Tour.

Finnley konnte nicht verhindern, dass ihm seine Entschlossenheit deutlich ins Gesicht geschrieben stand. Seine Züge fühlten sich angespannt an. Er merkte, dass er die freie Hand immer wieder zur Faust ballte und mit der anderen das Pad fester als nötig umfasste. Seine Begrüßung war knapp und unhöflich ausgefallen, aber Anernerk störte sich nicht daran.

»Setz dich.« Mit einer einladenden Handbewegung deutete der Wolf auf das freie Ende des Podests, auf dem er saß. »Du weißt, worum es geht, und ich will gleich auf den Punkt kommen. Also: fang an.«

Finnley kam der Aufforderung nach, ging vorsichtig an den Hunden vorbei und setzte sich so hin, dass er sich gegen die Wand lehnen konnte. »Ich will das nicht«, sagte er geradeheraus. »Zumindest jetzt nicht.«

Die braunen Augen richteten sich auf ihn. In dem alten Gesicht war nicht zu lesen, was der Wolf dachte. »Deine Gründe?« Seine Stimme klang ruhig und klar, fast schon väterlich.

Finnley war sich sicher, dass es nicht so bleiben würde. Der Alte taktierte, mehr nicht. »Darf ich ganz offen sprechen?«

Anernerk vollzog eine einladende Handbewegung.

Was soll's. »Niemand in diesem Land respektiert mich, weil ich der schwerfällige Schotte bin, der überall unangenehm auffällt. Ich will das nicht ändern, indem alle nur noch Fenrir in mir sehen. Ich will mich selbst verdient machen.«

Als Anernerk nicht gleich etwas sagte, fügte er hinzu: »Ich bin keine Handpuppe eines Totems, das mir in der Vergangenheit nichts als Ärger gebracht hat.«

Das warme Braun von Anernerks Augen schien zu gefrieren. »Du denkst, Fenrir benutzt dich«, sagte er unverändert gleichmütig, aber Finnley wusste, dass er besser nicht ehrlich antworten sollte.

»Derzeit fühlt es sich so an. Ich werde einfach zur Seite gestoßen, und Fenrir übernimmt die Führung.«

»Und du denkst, dass Fenrir deinen Körper nach der Reinigung und Zusammenführung gänzlich besitzen wird?«

Finnley wich Anernerks Blick aus und sah zu den Hunden, deren Ohren zu ihm gedreht waren, als hörten sie aufmerksam zu. »Warum sonst sollten alle so einen Wirbel darum machen?«

Der Wolf lehnte sich ebenfalls gegen eine Wand und verschränkte die Arme vor der Brust. »Du hast recht, du bist ein schwerfälliger Schotte. Urteilst über Dinge, die du nicht verstehst.«

Dass der Alte seine Stimme noch immer nicht erhob, irritierte Finnley. »Meine Verlobte hat mir eine Menge darüber erzählt. Sie sagte, die Zusammenführung sei eine große Ehre für den Hüter und die durchführende Schamanin gleichermaßen. Es gäbe sogar ein Geschenk, das der Schamanin gemacht würde. Als vollwertiger Hüter würde sich mein Leben ändern – besser werden.«

»Aber du willst lieber den steinigen Weg gehen? Willst dich beweisen, obwohl Tatoke dich niemals akzeptieren wird, wie du bist?« Es lag auf der Hand, dass der Wolf mehr über die Umstände wusste, unter denen Finnley hier lebte. »Niemand wird Tatoke widersprechen, wenn er deine Zeit in unserem Land für abgelaufen erklärt.«

»Es sei denn, ich bin ein richtiger Hüter«, verstand Finnley. »Aber das ist Erpressung.«

Der Alte hob das Kinn und fixierte ihn. »Nenn es, wie du willst. Was ist dir dein Stolz wert? Wird deine Verlobte verstehen, dass du sie lieber verlässt, als diese Ehre anzunehmen?«

Nein, das würde sie nicht. Sie verstand ja nicht einmal, dass er überhaupt zögerte. Und wenn er seinen Stolz mal beiseiteschob, musste er sich eingestehen, dass er ohne Fenrirs Hilfe kaum etwas für das Team getan hatte. Chenoa wäre jetzt tot, Tate wahrscheinlich auch.

»Was ist das für ein Geschenk?«, fragte er genervt. »Also das, das die Schamanen erhalten?«

»Die Schamanin«, korrigierte der Wolf. »Bei männlichen Hütern sind es immer Frauen, die das Totem bei der Zusammenführung beruhigen.«

Das beantwortete nicht seine Frage. »Also?«

Ein Muskel neben Anernerks linkem Nasenflügel zuckte. Es schien seine gesamte Geduld zu fordern, die sich häufenden Respektlosigkeiten zu ignorieren. »Das Totem wählt aus, was der Stärke der Schamanin würdig ist. Das wirst du dann sehen.«

Finnley dachte an Chenoa, an alles, was sie durchmachen musste, und wie tapfer sie es ertrug. »Dann soll Chenoa es durchführen.«

Der Blick des Wolfs verfinsterte sich. »Niemals.«

»Das ist meine Bedingung. Sie oder keine.« Wenn es dafür ein Geschenk gab, dann hatte sie es verdient. Das wäre zumindest ein Teilsieg, auch wenn es sich nicht mal ansatzweise so anfühlte.

»Das hast du nicht zu entscheiden.« Nun klang Wut in der Stimme mit, die der Alte bislang gekonnt unterdrückt hatte.

Einem stärker einschüchternden Mann hatte Finnley in seinem ganzen Leben noch nicht gegenübergesessen. Es hätte ihn nicht gewundert, wenn Fenrir jeden Moment das Ruder übernommen hätte, weil Anernerks Präsenz so bedrohlich wirkte.

Die vier Hunde richteten sich auf und änderten ihre Positionen. Die gesamte Aufmerksamkeit war bei ihm, und es fühlte sich grauenhaft an, all diesen braunen Augen ausgeliefert zu sein. Die Blicke durchdrangen ihn, ließen seine Selbstsicherheit schmelzen, als säße er plötzlich nackt auf diesem verfluchten Podest.

»Ach, nicht?«, fragte er dennoch mit fester Stimme. »Wenn ich es richtig mitgeschnitten habe, wäre es für alle hier eine große Nummer, wenn bekannt wird, dass ein Hüter die Einheit verstärkt. Es geht nicht um mich, sondern um Fenrir, der euch ohne mich jedoch nicht unterstützen wird. Ich gebe nach, ich werde es tun – ihr habt gewonnen. Aber nur, wenn Chenoa das Ritual durchführt.«

Der Wolf schnipste mit einer Hand, was die Hunde dazu brachte, aufzustehen und den Weg zur Tür frei zu machen. Als er Finnley wieder ansah, lag etwas Diabolisches in seinem Blick. »Heute gewinnst du, schwerfälliger Schotte. Dafür wird es vollzogen, sobald Chenoa aus dem Krankenhaus entlassen wird. Ihr verliert keine Zeit, und *du* wirst mir nach dem Ritual umgehend und persönlich Bericht erstatten.«

Finnley war sich nicht sicher, wer gerade gewonnen hatte. Anernerks Versuch, dennoch seine Bedingungen zu diktieren, hinterließ einen seltsamen Beigeschmack. Irgendetwas stand im Raum, das Finnley am Ende wieder als Idioten dastehen lassen würde, aber der Wolf sah nicht so aus, als ob er ihm verraten würde, was es war.

Was soll's, immerhin wird Chenoa davon profitieren, und Taima wird auch glücklich sein. Es war wie immer in seinem Leben: Andere gewannen, während er auf der Strecke blieb.

Das war alles. Das Gespräch dauerte weniger lang als erwartet und war kaum mehr als die Unterstreichung seiner Steinmannattribute gewesen.

Anernerk entließ ihn mit einer leichten Drehung seines Kopfs. Die Geste war unmissverständlich, auch wenn sie minimal ausfiel. »Ich werde es Chenoa selbst mitteilen«, sagte er wieder ruhig. »Diese Freude wirst du mir doch nicht nehmen wollen, oder?«

Aus einer Unsicherheit heraus verneigte sich Finnley, was keiner Geste entsprach, die angemessen gewesen wäre, aber der Wolf sah ihn schon nicht mehr an. Er ließ ihn spüren, dass seine Respektlosigkeit Konsequenzen haben würde, aber das war Finnley egal. Bei den anderen mochte das Eindruck schinden, aber er wollte nur noch aus dem Büro raus und diese Begegnung vergessen.

Die Tür hinter sich zu schließen, war wie ein Schwall Eiswasser, der ihn begossen und fröstelnd im Flur stehen ließ.

Wieso nur fühlte sich seine Entscheidung wie ein großer Fehler an? Nun entsprach er schon den Wünschen dieser Menschen, aber es ging ihm damit kein Stück besser.

KAPITEL 12

Tate probierte es immer wieder aus, und es funktionierte jedes Mal: Wenn er sich nur genug konzentrierte, erschien die Kugel. Dass die Berührungen der Oberfläche kein Kribbeln verursachten, gab ihm jedoch Rätsel auf. Er wurde nicht erneut aus der Finsternis gerissen, um dann in einem anderen Körper zu stecken.

Auch wenn er kein richtiges Zeitempfinden mehr besaß, schloss er aus den Geräuschen seiner Umgebung, dass es bereits abends sein musste. Er hatte Rollwagen und Geschirr am vermeintlichen Mittag gehört, und das Gleiche vor einiger Zeit wieder, was dann das Abendessen gewesen sein musste. Manchmal kam jemand zu ihm, spritzte etwas in die Zugänge und verschwand wieder.

»Warum funktioniert es nicht?«, murmelte er nachdenklich. »Ich habe Finnley gesagt, und schwupps, war ich in ihm.«

Jetzt, da er wusste, dass er im Koma lag, konnte er seine Sinne besser aktivieren. Vorsichtig setzte er sich mit dem Rücken an die Kugel und dachte über die Zusammenhänge nach. »Wahrscheinlich brauche ich eine Verbindung nach außen.«

Er hörte das Klappen der Tür, jemand kam herein. Gleichzeitig begann das leichte Kribbeln in seinem Rücken. »Das ist es, die Gabe reagiert auf andere Menschen.«

Schnell legte er seine Hände auf die Kugel und sprach alle Namen laut aus, die ihm zu möglichen Besuchern einfielen. Nichts passierte.

»Los jetzt«, flüsterte eine Frau drängend. »Lootah, tu es endlich, bevor jemand kommt.«

Tate spürte, wie sein Körper in Not geriet. Das Piepen des Alarms drang zu ihm, im nächsten Moment wurde hörbar der Stecker gezogen.

Ich ersticke!

»Lootah«, brüllte Tate gegen die Kugel, die Macht packte ihn und katapultierte ihn in den fremden Körper.

Er sah auf die Hände hinab, die ein Kissen auf sein Gesicht gedrückt hielten. Schnell nahm er es fort und hielt eine Hand auf seinen Brustkorb.

»Ich glaube nicht, dass das gereicht hat, Loo. Los, bring es zu Ende«, drängelte die Frau, die Tate mit einem Blick als Schamanin identifizierte. Sie drehte nervös einen Talisman zwischen ihren Fingern.

»Warum tun wir das noch gleich?«, fragte er und ließ das Kissen auf den Boden fallen.

»Ist das dein Ernst? Nachdem du dich drum gerissen hast, bekommst du jetzt Gewissensbisse?« Sie kam auf ihn zu. »Dann mache ich es selbst.« Aber das Klingeln ihres Telefons stoppte sie. »Verdammt.« Ihr Ton drückte nackte Angst aus. »Er ist es. Bring es zu Ende, ich sage ihm, wir wären nur schnell noch mal bei Noya gewesen. Sie wird uns decken.«

Tate nickte und bückte sich nach dem Kissen, als würde er den Mord nun doch begehen. »Mal sehen, wie weit ich mit diesem Körper komme«, flüsterte er und sah auf die Uhr. Die Frau telefonierte drei Minuten. Lange genug, damit er behaupten konnte, es erledigt zu haben. Gerade als die junge Powtankanin wieder eintreten wollte, ging er ihr entgegen. »Einen komatösen Mann umzubringen, ist so ziemlich das Schäbigste, das ich je machen musste.«

Sie umarmte ihn und gab ihm einen zärtlichen Kuss. Tate musste aufpassen, dass er nicht zurückzuckte, als ihre Lippen auf seine trafen. Sie war vielleicht achtzehn Jahre alt, maximal zwanzig. Er war Frauen zwar recht zugetan, aber nicht jenen, die seine Töchter sein konnten.

»Wir hatten keine andere Wahl«, sagte sie ernst. »Jetzt lass uns verschwinden.«

Schnell zog sie ihn durch die Flure aus dem Krankenhaus zu einem roten Kleinwagen. Im Innern roch es nach Cannabis, was zu den Resten in der Räucherschale passte. Offensichtlich hatten die Täter sich Mut machen müssen. »Burning Tree Road, Bethesda«, sagte sie zum Autopiloten, der nach Abfrage der Hausnummer bestätigte und dann den Wagen startete.

»Burning Tree Road?«

Sie zuckte die Achseln und kuschelte sich in seine Arme. »Er will uns nur etwas übergeben und meinte, das Engländerviertel wäre dafür geeignet.«

Tate kannte Bethesda. Der Ort wurde wegen der englischen Namen der Straßen *Engländerviertel* genannt, auch wenn dort kaum *Wasicun* lebten. Für jeden Friedensvertrag mit anderen Ländern gab es jeweils einen Ort in Powtanka, der dem entsprechenden Land zugeordnet war.

»Wir haben es tatsächlich getan.« Tate versuchte, die Betonung so zu wählen, dass seine vollkommene Unwissenheit nicht gänzlich auffiel.

»Ja, das haben wir.« Nachdenklich ließ sie ihre Finger über den Stoff seines Hemds kreisen. »Ich hoffe, seine Seele wird Frieden finden.«

»Bist du dir wirklich sicher, dass wir das Richtige getan haben?«

Sie richtete sich auf und sah ihn traurig an. Tate hätte Triumph oder eine Art Genugtuung von seiner Mörderin erwartet. »Wenn ich einen anderen Weg gesehen hätte, wäre das nicht nötig gewesen, aber da war keiner.«

Erste englische Straßennamen waren im Scheinwerferlicht erkennbar. »Erklär es mir noch einmal.«

Irritiert sah sie ihn an und ließ das Innenlicht über einen Fingerdruck auf einem recht primitiven Schalter heller werden. »Was ist mit dir?« Sie rückte von ihm ab und sah noch genauer hin.

»Sag mir, wen wir gleich treffen werden.«

Ihre Augen weiteten sich angstvoll. »Ich dachte, im Koma könntest du es nicht einsetzen.« Sie hob die Hände als Zeichen, dass sie kooperieren wollte. »Dir muss doch bewusst sein, dass diese Gabe nicht existieren darf.«

Tate wurde langsam ungeduldig. Etwas in seinem Innern spannte sich wie ein unsichtbares Gummiband, das die Verbindung zu seinem Körper hielt. »Ich will alles wissen, was du darüber weißt! Und woher du es weißt.«

Abschätzend sah sie ihn an. »Ich hatte eine Vision. Bei Wakan Tanka, ich schwöre, dass ich sie vor meinem Vater geheim halten wollte, aber er hat sie einfach aus meinem Kopf gezogen – so wie er es mit all meinen Visionen macht. Er darf die Gabe nicht bekommen, unter keinen Umständen!«

»Eine Vision?«

Die junge Frau wischte sich Tränen aus den Augen. »Die besonderen Kinder, sie sind unter uns. Ich bin eine von ihnen. Du bist einer von uns. Wir sind Waktanas.«

»Aber ich bin kein Kind mehr, die Gabe war vorher nicht da.«

Der Wagen bog ab und fuhr langsam durch das Wohngebiet. Ein Signal kündigte an, dass das Ziel vor ihnen lag.

»Doch, jede Generation hat Waktanas, und die Gaben sind in uns. Aber Wakan Tanka brauchte uns nicht, das Gleichgewicht besteht.«

»Du meinst, dein Vater kann die Gaben aktivieren?« Schon die Vorstellung war erschreckend. Der Wagen wurde langsamer. *Das reicht nicht!*

»Bitte, du musst sterben, es geht nicht anders. Wenn er sich die Gabe holt …« In einer unbeleuchteten Biegung blieb der Wagen stehen.

»Los, schick den Wagen weiter, wir stellen dich unter Polizeischutz. Wenn du mich wirklich für das Gute umbringen wolltest, dann beweise es, indem du uns alles sagst, was du weißt.« Sie sah an Tate vorbei in die Dunkelheit und schlug entsetzt eine Hand vor den Mund. »O Großer Geist, ich habe dich direkt zu ihm gebracht.«

Aus den Schatten löste sich eine Gestalt, die auf den Wagen zukam. Die Scheinwerfer des Wagens erzeugten genug Licht, um den Schemen neben den Lichtkegeln zu erkennen. Tate sah angestrengt aus dem Fenster, um das Gesicht sehen zu können. Die Frau war wie erstarrt vor Angst. Keine Angst vor ihm, sondern vor dem Unbekannten, der nun mit einem schwarzen Gehstock gegen die Scheibe klopfte.

»Bitte, sage kein Wort«, beschwor sie Tate.

Zitternd öffnete sie das Fenster mit einem Knopfdruck. Tate versuchte, den Mann zu erkennen, aber noch immer war es unmöglich.

»Wo kommt ihr denn her, meine Turteltauben?« Die Stimme klang dunkel und rau. Er beugte sich nicht in den Lichtschein hinab.

Tate wollte etwas sagen, den Mann provozieren, damit er seine Position änderte, aber bevor ein Laut über seine Lippen kommen konnte, zog der Fremde das Handstück aus dem Stock, und eine Klinge bohrte sich ansatzlos durch Tates Kehle. Ein grauenhafter Schmerz fuhr schockartig in den jungen Leib. Er wollte schreien, aber seine Stimme blieb stumm.

»Ihr habt mir das falsche Krankenhaus genannt«, raunte der Fremde kalt.

Neben ihm schrie die junge Frau vor Entsetzen und Angst.

Blut floss in Tates Lunge, erstickte gurgelnd jeden Versuch, zu atmen. Der Mann beugte sich nun runter und zog dabei die Klinge aus dem Hals. Der Herzschlag des Sterbenden hämmerte ein letztes Mal gegen den Brustkorb, und bevor er den Angreifer besser erkennen konnte, riss ihn die Macht hinaus in die Nacht. Er hörte noch einen letzten Schrei weit hinter sich abrupt enden. Wie im Zeitraffer sah er die Umgebung wechseln, durchfuhr dabei Wände, Bäume und Menschen, bis er schließlich zurück in seinen Kopf geschleudert wurde.

Durch den Lärm, den seine Erinnerungen dabei erzeugten, hörte er in der realen Welt mehrere Personen um sein Leben kämpfen. Medikamente wurden in seine Venen gespritzt, jemand drückte auf seinen Brustkorb, dann ertönte die elektronische Bestätigung seiner Herzschläge.

Für einen Moment wurde es vollkommen ruhig, dann legten sich Finger auf seine Stirn, und ein kurzer Dank an Wakan Tanka wurde gesprochen. »Er ist wieder da.«

Er kannte die Stimme. Es war Schwester Makawee, die Mütterliche. Auch wenn es ihm unendlich schwerfiel, nahm er all seine Kraft zusammen, ließ die Kugel erneut erscheinen und legte seine Hände drauf. »Makawee.«

Der erneute Sprung in einen anderen Körper fühlte sich anstrengender an.

In ihr war die Koordination problematischer, als hinderte ihn der weibliche Körperbau in den Bewegungsabläufen. Das gesamte Eigenempfinden war anders, kleiner und wesentlich sensibler. Leicht schwankend verließ er den Raum und ging geradewegs zum Telefon, um Deidras Nummer zu wählen. Es klingelte nicht lange, da hörte er seine verschlafene Kollegin am anderen Ende.

»Bitte entschuldige die späte Störung. Es gab einen Angriff auf deinen Kollegen. Wir konnten ihn zurückholen, aber er ist hier nicht mehr sicher. Außerdem wurde ein junges Paar in einem roten *Wi Zaptan* in der Burning Tree Road ermordet. Die Morde stehen in direktem Zusammenhang mit diesem Fall. Beeile dich.«

Er legte auf, noch bevor Deidra irgendetwas fragen konnte.

»Schwester Makawee, was machen Sie denn?«

Tate wandte sich um. »Wenn ich nur wüsste, wie ich wieder zurückkomme«, dachte er und sah den Mediziner möglichst unbedarft an. »Wie bitte?«, ließ er die Schwester fragen.

Der Mann schüttelte den Kopf. »Das ist das erste Mal in vierzehn Jahren, dass ich erlebt habe, dass Sie Ihre Arbeit nicht ordentlich zu Ende führen. Der Patient ist noch nicht fertig.«

Folgsam nickte Tate, murmelte noch eine Entschuldigung und hoffte, dass es keine Konsequenzen für die arme Frau haben würde. Er ging zurück und fragte sich, was der Vorgesetzte meinte.

»So sehe ich also aus, wenn ich schlafe«, murmelte er und sah genauer hin. »Wenn ich nicht bald aufwache, werde ich nur noch ein halbes Hemd sein.«

Er setzte sich auf die Bettkante und konzentrierte sich darauf, wieder zurück in seinen Körper zu finden, aber es wollte ihm nicht gelingen. Er fluchte, was so gar nicht zu seinem mütterlichen Äußeren passte. »Beim ersten Mal habe ich mich erschreckt und kam zurück. Beim zweiten Mal ist der Körper gestorben. Aber es muss doch auch anders …«

Nach einer Weile stand er auf und durchschritt den Raum. Das Denkvermögen dieses Kopfs hemmte ihn. Zwar konnte er seinen eigenen Geist mit all seinem Wissen umfüllen, aber mit dem Körper des jungen Mannes war er schneller und auch geistig beweglicher gewesen. Etliche Minuten verstrichen, ohne dass etwas passierte.

»Das bringt nichts«, raunte er und ging zu seinem Körper zurück. Er beugte sich ganz weit runter zu seinem Gesicht, sodass er die Stirn auf seine legen konnte. »Ich will wissen, wie es funktioniert.«

»Was machst du da?« Deidra stand in der Tür und hielt eine Hand an der Waffe. »Entferne dich vom Bett.«

Tate richtete sich auf und hob die Hände, damit Deidra sehen konnte, dass die Frau unbewaffnet war. »Ich habe dich angerufen.«

Deidra zog die Brauen zusammen.

»Ich muss dir etwas erzählen, das du wahrscheinlich nicht glauben wirst, aber vorher müssen wir Tate zumindest in einen anderen Raum bringen, falls ein weiterer Attentäter kommt.«

An ihrem Blick erkannte er, dass sie sämtliche Gesten und Mimik analysierte. Er grinste schief und kratzte sich an der Wange.

»Ist gut«, sagte sie schließlich.

Sie schalteten die Geräte aus, die während der Rettungsmaßnahmen wieder in Betrieb genommen worden waren, und lösten alle Kontakte von der Haut. Dann zog er das Laken über sein Gesicht. Die flache Atmung war am Stoff kaum zu sehen.

»Am sichersten wäre er bei Ehawee im Zimmer, wenn die Tiere unsere Anwesenheit erlauben.«

Deidra sah ihm über das Bett hinweg in die Augen. »Woher …«

»Gleich, Dee. Ich verspreche, ich werde dir gleich alles erklären.«

Gemeinsam schoben sie das Bett auf den Flur in das nächtlich gedimmte Licht. Nur wenige Personen begegneten ihnen, und da Makawee bekannt war, fragte keiner nach, wohin sie den Patienten brachte.

Ehawees Zimmer war nicht weit entfernt. Tate konnte spüren, dass Deidra eine Menge Fragen auf der Zunge brannten, die alle aus ihr herausplatzen würden, sobald sie es erreicht hatten.

Als sie leise die Tür öffneten, waren die Tiere sofort hellwach. Ungefähr fünfzig verschiedene Arten belagerten das Zimmer und warteten auf die eine Trichternetzspinne, die sich noch immer auf der Jagd befand.

Behutsam schoben sie das Bett möglichst weit weg von der Schlafenden, sodass die Wächter ruhig liegen blieben.

»Bei allem, was mir heilig ist, Tate, wie ist das möglich?«, platzte es aus Deidra heraus.

»Ich weiß es nicht. Dieser Unbekannte hat diese Gabe in meinem Kopf aktiviert, weil er sie irgendwie aus mir herausschälen wollte. Wenn Finnley nicht gewesen wäre, hätte er es vielleicht geschafft.« In seiner hastigen Erzählung ließ er nichts aus. »Wenn stimmt, was die Schamanin gesagt hat, dann kommt da etwas auf uns zu, das wir nicht mal ansatzweise abschätzen können.«

»Das ist unfassbar«, sagte sie beunruhigt. »Und diese, diese *Gabe* – hast du eine Ahnung, was für eine Macht du besitzt? Du kannst in jeden Menschen eindringen und ihn benutzen – was könnte jemand mit niederen Absichten damit alles anstellen?«

»Ja«, stimmte Tate gefasst zu. »Und wer auch immer der Mann ist, er weiß, wie er sie an sich reißen kann. Sie konnte mir nur nicht mehr verraten, wer ihr Vater ist, aber sollte er sie ebenfalls …« Tate schüttelte den Kopf. »Welcher Vater bringt schon sein eigenes Kind um?«

Deidra sah auf den regungslosen Körper. »Wie können wir dich zurückbringen? Tate, wir brauchen dich.«

Wenn er das nur wüsste.

»Inola sagte, dass die Aura an deinem Kopf blockiert sei, so etwas habe sie noch nie gesehen. Wenn du die Ursache dafür findest, kannst du deinem Gefängnis sicher entkommen.«

Im Nachbarbett regte sich Ehawee. Deidra drehte sich zu ihr um und ging, soweit die Tiere es erlaubten, dichter an sie heran. Die Polizistin wirkte noch immer schrecklich kraftlos und blass. Dennoch lächelte sie dünn, als sie die Augen öffnete und Deidra erkannte.

»*Hah-ue*, Ehawee«, sagte Deidra leise. »Wir mussten Tate hierher zu dir verlegen, weil er woanders derzeit nicht sicher ist.«

Ehawee sah an ihr vorbei und erkannte ihn in dem Bett. Ihm war der Ausdruck vertraut, den er in ihren Augen sah, denn ihm war es ähnlich ergangen, als er zum ersten Mal dieses Zimmer betreten und sie hier liegen gesehen hatte.

»Alles Weitere erkläre ich dir später, okay?«

Ehawee nickte schwach, zu schwach, um Fragen folgen zu lassen.

»Gut.« Dann sagte Deidra an Tate gewandt: »Gehen wir.«

Sie verließen den Raum und gingen zum anderen Krankenzimmer zurück.

»Wie kommst du in deinen Körper zurück?«

Tate sah an sich hinab. »Keine Ahnung, aber der Blase der guten Frau nach zu urteilen, sollte es bald passieren. Ich habe keine große Lust, ihr an die Wäsche zu gehen.«

Deidra grinste. »Ja, da bist du wählerisch.«

Sie setzten sich im alten Krankenzimmer auf die Stühle.

»Also, wenn ich das richtig verstehe, siehst du eine große Lichtkugel, die du nur berühren musst, um in einen anderen Körper zu wechseln?«

Tate nickte und rieb sich die kurzen Finger. Für so eine kleine Frau besaß die Krankenschwester beachtlich kräftige Hände. Er erinnerte sich daran, wie sie ihn herumgewuchtet hatte, damit er sich nicht wund lag.

»Aber in fremden Köpfen kannst du die Kugel nicht herbeirufen?«

Er schüttelte den Kopf und dachte dabei an die kleine Sonne in der Finsternis. Der Sog packte ihn unvermittelt und riss ihn augenblicklich fort.

»Wie bitte?« Schwester Makawee änderte die Position, und der Ausdruck auf ihrem Gesicht wandelte sich so gravierend, dass Deidra sofort erkannte, dass Tate wieder fort sein musste. »Entschuldigung, ich war wohl gerade mit meinen Gedanken ganz woanders.«

Mitfühlend legte Deidra der Frau eine Hand über die Finger. »Ich sagte, das ist uns allen schon mal passiert. Am besten melden Sie sich für den Rest der Schicht krank und gehen nach Hause.«

Makawee blinzelte und sah sich verwirrt im Raum um. »Bin ich …?«

»Nur ein kleiner Schwächeanfall.«

Sie zog die Brauen zusammen und schüttelte ärgerlich den Kopf. »Ich habe mein Leben lang kein einziges Mal gefehlt. Um für meine Patienten da zu sein, achte ich auf meine Kraft. Ich hatte gewiss keinen *Schwächeanfall!*« Sie stand auf und strich ihre Kleidung glatt. »Falls jemand nach mir sucht, ich geh mich nur kurz frisch machen, dann geht es wieder.«

Ihr Blick fiel auf die leere Fläche, wo zuvor Tates Bett gestanden hatte. »Wo ist Ihr Kollege?«

Deidra war keine geübte Schauspielerin, also senkte sie den Kopf und vermied es, Makawee in die Augen zu sehen. »Er hat es nicht geschafft.«

Aus dem Augenwinkel sah sie das Zucken, als habe sie der Krankenschwester in den Magen geboxt, und es tat ihr unendlich leid, dass sie die Frau in dem Glauben lassen musste, Tate nicht richtig geholfen zu haben.

»Das verstehe ich nicht«, sagte sie dünn. »Er war doch stabil.«

»Wir nehmen an, dass die Kopfverletzung schlimmer gewesen ist, als es den Anschein hatte.«

Deidra hoffte, die Frau würde endlich gehen, damit sie nicht noch mehr lügen musste.

Das Telefon in Deidras Tasche gab einen kleinen Signalton von sich. Sie zog es heraus, aktivierte das Display und las den knappen Bericht.

Tate hatte mit seiner Vermutung richtiggelegen: In dem roten *Wi Zaptan* war nur die Leiche eines jungen Mannes gefunden worden. Der geheimnisvolle Attentäter hatte seine Tochter verschont. Sie sah sich die Bilder genau an. Das Fahrzeug war auf ihn registriert, und der Fahrzeugmarke nach war er kein wohlhabender Mann. Das Auto war kaum mehr als das Material wert, aus dem es gefertigt worden war.

»Ich muss jetzt los, wir alle sind Ihnen für Ihren Einsatz sehr dankbar.« Deidra vollführte eine respektvolle Geste mit der rechten Hand und verließ das Zimmer.

Obwohl es inzwischen spät am Abend war, rief sie Inola an. Chenoas Mutter war die einzige Person, die ihr einfiel, die sich um Tate kümmern konnte, ohne direkt zum Ältestenrat zu rennen und Bericht zu erstatten. Sie klang verschlafen, als sie das Gespräch annahm.

»*Hah-ue*, Inola«, grüßte Deidra und suchte noch immer nach den richtigen Worten. »Wir brauchen deine Hilfe.«

Das Detail mit seiner neuen Gabe sparte sie bei ihrer Erzählung vorerst aus. Bevor sie die Konsequenzen für ihren Kollegen nicht abschätzen konnte, wollte sie darüber schweigen. Ein Mann, der den Körper wie Kleidung wechseln konnte, war gefürchtet und begehrt zugleich – und wenn bereits einer wusste, wie man ihm die Gabe entreißen konnte, würden andere nachfolgen.

»Ich mache mich gleich auf den Weg«, sagte Inola, nachdem sie sich alles angehört hatte. »Niemand sonst wird das Zimmer betreten. Ehawees Besonderheit wird Grund genug dafür sein.«

Dankbar schloss Deidra einen Moment die Augen. »Da ist noch

etwas.« Wenn sie Inola schon so viele Umstände machte, konnte sie ihr das, was Chenoa betraf, nicht verschweigen. »Wie es aussieht, haben wir einen Hüter in unserem Team.«

Inola sog hörbar die Luft ein. »Ist er bereits …«

»Nein«, fiel Deidra ihr ins Wort. »Darum geht es. Solange er die Reinigung und die Zusammenführung nicht durchführen lässt, ist er nur halb so wertvoll für uns. Bislang kann er sich an nichts erinnern, wenn Fenrir die Kontrolle übernimmt.«

»Fenrir?!« Schon in diesem einen Wort steckte Inolas gesamte Ehrfurcht. »Das ist unglaublich. Wer ist es?«

»Der Neue, Finnley. Du weißt schon, der, der wie eine Maschine aussieht.«

Ein Lachen erklang durch den Hörer. »Das passt.« Dann wurde sie wieder ernst. »Aber ich kann die Reinigung nicht durchführen.«

»O nein, das wollte ich gar nicht erbitten«, sagte Deidra schnell. »Anernerk hat mich soeben in Kenntnis gesetzt, dass Chenoa es macht.«

Mehrere Herzschläge lang sagte Inola nichts dazu.

»Ich weiß, seine Wahl ist ungewöhnlich, aber …«

»Ungewöhnlich?« Inolas sonst so ruhige Stimme wurde vor Wut ganz dunkel. »Nein, ganz und gar nicht. Ich werde ihr sagen, wie sie sich auf das Ritual vorbereiten muss. Wie viel Zeit haben wir?«

Wem machte Deidra etwas vor. Sie beide wussten, dass der Wolf Chenoa scheitern sehen wollte. Ein verunglücktes Ritual wäre genau der richtige Eintrag in ihrer Personalakte, um dem Wolf einen guten Tag zu bescheren.

»Sie sollen es so schnell wie möglich angehen. Ich schätze mal, sobald sie entlassen wird«, sagte Deidra mitfühlend.

»Wakan Tanka schickt uns auf die seltsamsten Wege«, sagte Inola. Sie klang müde. »Chenoa hat schon immer die schwierigsten beschreiten müssen. Vielleicht soll es so sein.« Ob nun weise Schamanin oder für Menschen in Not der Fels in der Brandung, wenn es um Chenoa ging, war sie in erster Linie Mutter – und Mütter sorgten sich um ihre Kinder.

Deidra verabschiedete sich mit dem unguten Gefühl, nicht genug gesagt zu haben.

Das war doch alles verrückt.

Auf dem Weg zum Ausgang ging sie die wichtigsten Fakten nochmals durch.

Powtanka war im Gleichgewicht, Wakan Tanka musste keine besonderen Kinder schicken, um Einfluss zu nehmen. Aber das, was Tate tun konnte, *war* besonders. Gab es wirklich einen Menschen, der Gaben bei anderen *anknipsen* konnte?

Es lag an Finnleys naiver Art, spirituelle Themen anzugehen, dass Deidra anfing, ebenfalls neue Betrachtungsweisen zuzulassen. Was konnte ein Mensch, der Gaben rauben konnte, noch in den Seelen anderer finden und sich zu eigen machen?

Bislang waren die Powtankaner davon ausgegangen, dass sie nur die Natur achten und mit ihr in Symbiose leben mussten, um den Frieden zu bewahren. Wahrscheinlich war niemand darauf eingestellt, dass dieses Gleichgewicht auf andere, spirituelle Weise gestört werden könnte.

Hast du uns deshalb einen Hüter geschickt?, fragte sie den Großen Geist stumm.

Es war nicht die richtige Zeit, um zu Thure zu fahren und diese Gedanken in seine Verantwortung zu übergeben. Deidra war müde und mental und physisch vollkommen erschöpft.

Noch nie ist ein Wasicun ein besonderes Kind gewesen, schob sie die Überlegungen beiseite und ging auf ihren Wagen zu. Ihr Smartphone summte und eine altbekannte Nachricht erschien auf dem Display.

»Schon wieder, großer Mann?« Seufzend ließ sie es in ihre Tasche gleiten.

Auch wenn der Gedanke, ihn nochmals zu treffen, sehr verlockend war und mit Sicherheit die Anspannung mit dem Einsetzen der Schmerzen eliminiert hätte, musste sie vernünftig sein. Sie wusste, dass er exakt fünfzehn Minuten auf eine Antwort warten würde, danach erlosch die Option.

Als sie im Wagen saß und dem Autopiloten ihre Wohnadresse als Zielort nannte, kämpften noch immer Verlangen und Vernunft miteinander. Um sich abzulenken, schrieb sie Finnley und Chenoa, dass die Besprechung um neun Uhr morgens in Chenoas Krankenzimmer stattfinden würde. Die Ärzte und Heiler hatten gute Arbeit geleistet, der Schlauch war an diesem Abend entfernt worden. Chenoa war zwar noch heiser, aber sie war sehr erleichtert gewesen, sich endlich wieder mitteilen zu können. Deidra hatte nur kurz mit ihr telefoniert. In den nicht mal 48 Stunden, in denen zwei Mitglieder ihres Teams schmerzlich ausgefallen waren, hatten Thure und sie keine neuen Erkenntnisse gewinnen können.

Deidra legte das Pad beiseite und schloss einen Moment die Augen. Sie versuchte, sich an alle Personen zu erinnern, die sie seit dem ersten Mord gesehen hatte. Niemand kam ihr in den Sinn, der verdächtiger gewesen war als Professor Broud und seine unehrenhafte Assistentin. Und die beiden passten einfach nicht ins Bild. Gut möglich, dass sie einen gedanklichen Anstoß dazu gegeben hatten, aber hinter dieser Sache musste ein vollkommen anderer stecken. Ein Powtankaner, der Zugriff auf die Astralwelt hatte. Jemand, der seine Finger in die Köpfe anderer Leute stecken konnte.

»Das ergibt doch alles keinen Sinn«, sagte sie frustriert. Der Wagen fuhr wie auf Schienen durch die nächtliche Stadt. Unruhig nahm sie wieder das Telefon zur Hand und sah die letzten Berichte durch.

In der Wohnung der im Verhörzimmer getöteten Angestellten waren alte Fotos der Frau gefunden worden, nach denen sie einem mittelständischen Clan der Westküste angehört hatte. Ausgestoßen und verbannt, hatte sie ihren Clanschmuck zurücklassen und ein ganz neues Leben anfangen müssen. Deidra hatte sich die Aufzeichnungen der Kollegen an der Westküste angesehen. Sie stießen bei den Eltern auf sehr viel Ablehnung. Von ihrer Tochter sprachen sie, als sei sie bereits vor Jahren verstorben. Die Todesnachricht hatte die Familie angeblich nicht interessiert.

Die Begründung für die Verbannung war doppelter Kindsmord in der zweiunddreißigsten Schwangerschaftswoche. In den Clans musste niemand ungewollte Kinder selbst großziehen. Sie wurden von den Familienverbänden aufgenommen, versorgt und erzogen. Wer die Schwangerschaft dennoch willentlich beendete, schadete dem Ansehen des Clans, dem dadurch die Ehre des neuen Lebens vorenthalten wurde.

»Also erhoffte sie sich durch die Weitergabe der Mikroinjektoren eine Gegenleistung, die ihr eine Rückkehr in den Clan möglich machen sollte, aber was …«

Ihr Smartphone summte erneut. Die fünfzehn Minuten waren verstrichen, der große Mann gewährte ihr eine Verlängerung. Ergeben tippte sie die vereinbarte Bestätigung. Dann änderte sie die Anweisung für den Autopiloten. Dies war nicht der richtige Moment, um standhaft zu bleiben.

KAPITEL 13

Orenda stand mit fünfzehn anderen jungen Männern und Frauen im Hörsaal und wischte sich immer wieder die Tränen aus dem Gesicht. Das Blut ihres Freunds klebte an ihr und erinnerte sie an die Schuld, die sie tragen musste. Niemand stellte sich in ihre direkte Nähe, sie wusste, dass den meisten die Tragweite dieser Zusammenkunft bewusst war. Besonders Noya, die ihre Freundin decken wollte und nun um ihr eigenes Leben fürchten musste. Sie weinte hörbar ein paar Schritte hinter Orenda.

Der Polizist lebt noch, wir haben versagt. Bei diesem Gedanken verkrampfte sich ihr Magen.

Warum habe ich es nicht selbst getan?

Um diese Gabe zu vernichten, hätte sie es über sich gebracht, einen Mann zu töten, daran hegte sie keinen Zweifel. Aber Lootah hatte ihr die Last nehmen wollen. *Jetzt ist er tot – für nichts und wieder nichts.*

Der Hörsaal war nicht sehr groß und nur mäßig beleuchtet. Mächtige Baumwurzeln zogen sich durch die kleine Anhöhe und festigten die mit Teppichen bedeckte, gestampfte Erde, die Plätze für die Studierenden bot, die hier tagsüber Mathematik- und Physikvorlesungen besuchten. Die Steigung war durch den natürlichen Verlauf des Hügels nicht ganz so steil wie in anderen Sälen, aber dafür wurde die Decke extra hoch gebaut, um den Raum offener wirken zu lassen.

Orenda wusste, wer der Mann war, auf den sie hier warten mussten, und was sie alle zu befürchten hatten. Er war so unglaublich wütend gewesen, als er sich in ihre Gedanken gegraben und die Erinnerung an den Polizistenmord angesehen hatte. Für einen Augenblick schien es, dass er sie ebenso umbringen wollte wie ihren Freund. Seiner Raserei war es geschuldet, dass er sich in ihrem Geist anderen Dingen zugewandt hatte, bevor er sehen konnte, dass sie versagt hatten und der Polizist noch lebte. Stattdessen hatte er ihre wertvollste Erinnerung genommen, hatte sie die Liebe zu Lootah nochmals spüren lassen und die Gefühle dann zu einem Klumpen aus Schuld und Schmerz deformiert. Keine Freude würde je wieder in ihrem Sein erblühen, solange diese Barriere in ihr lastete. Der Tod wäre gnädiger gewesen. Die von ihm gegebene Pein war so unerträglich, dass sie sogar die Angst verdrängte.

Endlich kam er durch die Tür. Der schwarze Stoff über seinem Gesicht ließ ihn zusammen mit der schwarzen Kleidung wie einen imposanten Schatten wirken. Sie wusste, wie er darunter aussah. Dieser Mann hatte sie großgezogen, sie alles über Werte und das Gleichgewicht gelehrt. Sie liebte ihn schon ihr ganzes Leben lang, konnte aber nicht zulassen, dass er Powtanka zerstörte.

Selbst seine Hände steckten in schwarzen Handschuhen, und sie erkannte den Sender in der linken.

Orenda schüttelte entsetzt den Kopf, aber sie wagte nicht, auch nur ein Wort zu sagen.

»Wir haben Verräter unter uns«, sagte er bedrohlich leise.

Die jungen Männer und Frauen sahen sich um und stoben auseinander, als könnten sie sich von den betreffenden Personen distanzieren, die er jeden Moment bestrafen würde. Die Unschuldigen aus ehrlichem Entsetzen, die Schuldbewussten in ängstlichem Schauspiel. Sie kannte ihre Mitstreiter, die trotz allem versuchten, auf diese Weise mit dem Leben davonzukommen.

Er hob den Sender gut sichtbar in die Luft. »Hat mir irgendjemand etwas zu beichten?«

Niemand trat vor, niemand zeigte auch nur den kleinsten Willen, das Wort zu ergreifen oder um Gnade zu flehen.

Seine Stimme klang kalt und bedrohlich. »Nun, dann will ich euch eine kleine Geschichte erzählen.«

Im oberen Bereich öffnete sich eine Tür, und gut sechzig junge Männer und Frauen kamen schweigend hinzu und setzten sich still auf die kleinen Plateaus. Die Personen, die sich dieser Gruppe anschlossen, wurden täglich mehr.

Das ist eine Hinrichtung, verstand Orenda. Die Neuen sollten sehen, was passierte, wenn man seinen Zorn auf sich zog.

»Ich war es«, rief sie hastig. »Nur Lootah und ich haben den Anschlag geplant und durchgeführt, das schwöre ich!«

Durch den Stoff seiner Maske konnte sie seine Blicke spüren.

Die anderen wichen noch weiter vor ihr zurück.

»Den Anschlag.« Er hob seine Arme und wurde lauter. »Sie hat das zerstört, was ich haben wollte, wonach wir alle so lange gesucht haben. Orenda ist eine Mörderin, eine Polizistenmörderin, die uns alle verraten hat.« Die anderen fingen an, sie zu beschimpfen, und sie sah, wie Hände zu Fäusten geballt wurden und ein paar der Anwesenden dicht davor waren, auf sie einzuschlagen. »Aber haben sie es tatsächlich allein geplant? Unsere beiden Turteltäubchen?«

Er streckte einen Finger in die Luft. »Wir alle hier wissen, dass dem nicht so ist.« Er führte den Finger zur Fernbedienung. »Lasst mich euch zeigen, was mit Verrätern passiert.«

Für alle sichtbar drückte er auf den Knopf.

Augenblicklich spürte Orenda kleine Stiche in ihrem Nacken. Auch einige der Umstehenden schrien auf. Alles Mitwisser, die ihretwegen sterben würden.

Sie betastete die schmerzende Stelle und blickte entsetzt zum Maskierten. »Aber ich …« Ihr versagte die Stimme.

Noya fiel panisch vor ihm auf die Knie. »Ich wusste nicht, was sie vorhatten, ich schwöre es!«, beteuerte sie weinend. »Bitte, verschone mich. Ich habe dir doch die Injektoren gebracht. Ich habe immer alles getan …«

Mit einem Fuß stieß er sie von sich. »Gnade kann nur Wakan Tanka gewähren.«

Ein Student versuchte wegzulaufen, rannte die Anhöhe Richtung Tür hinauf, nur um im nächsten Moment von den Füßen gehoben zu werden. Es fuhr Orenda durch Mark und Bein, als sie seine Knochen splittern hörte. Die unsichtbare Macht wuchtete ihn auf einen der oberen Balken der Dachkonstruktion, wo er schreiend ausgeweidet wurde. Noya schrie panisch auf, dann erwischte es sie an der Schulter. Wer nichts zu befürchten hatte, presste sich die Hände auf den Mund, um nicht laut zu schreien, während Noya kreischend in die Luft gehoben wurde. Blut tropfte auf den Boden, traf andere als roter Regen.

In wilder Panik liefen die durch die Mikroinjektoren gezeichneten

Männer und Frauen auf die Ausgänge zu, suchten nach Schutz, den sie nicht finden würden. Nur Orenda blieb still stehen und sah ihren Vater in Erwartung des Angriffs fest an. Er sollte ihr ins Gesicht blicken, wenn sie starb.

Ihr Herz schlug unerträglich schnell. Die Todeskämpfe fanden neben der Anhöhe auf Felsvorsprüngen und im Gebälk ihre Schauplätze.

Die Studierenden auf den Plateaus sahen entsetzt zu und folgten der Anweisung, sich keinesfalls wegzubewegen. Keiner von ihnen würde es zukünftig wagen, sich in irgendeiner Form zu widersetzen.

Die drei Männer und zwei Frauen, die zwischen den Opfern gestanden hatten und verschont geblieben waren, drängten sich neben dem Maskierten gegen die Wand.

Orenda wartete darauf, brutal von den Füßen gezogen zu werden. Mit einer Hand umfasste sie den Seelenspiegel, der auf Höhe ihres Herzens an einer Kette baumelte. Sie wollte das Totem nicht sehen, der Schmerz sollte nur schnell vorbeigehen.

Ihr Vater sagte stets, sie sei ein begabtes Kind mit dem heiligen Geschenk der Voraussicht. Aber weder Lootahs Tod noch diese Hinrichtung hatten sich ihr gezeigt. In ihrer Vorstellung war sie sich immer vollkommen sicher gewesen, den eigenen Tod zu sehen, bevor sie in die ewigen Jagdgründe einging.

Sie wünschte sich die Erlösung, auch wenn sie den Angriff aus dem Nichts von Kopf bis Fuß zitternd fürchtete.

Aber die Attacke blieb aus.

Der Maskierte kam langsam auf sie zu, kümmerte sich nicht darum, dass er durch eine Blutpfütze schreiten musste und weitere Tropfen auf ihn niederregneten. Er strich ihr über die kleinen Wunden im Nacken und verrieb das Blut zwischen den Fingern. »Das war eine Warnung«, flüsterte er.

Als er sich dicht an ihr Ohr beugte, konnte sie seinen Atem durch den Stoff auf ihrer Haut fühlen. »Und nun sei eine brave Tochter, geh auf dein Zimmer und mach dich frisch. Du siehst erbärmlich aus.«

Als Finnley eintrat, saß Chenoa abreisebereit in ihrem Zimmer auf dem Bett. Um ihren Hals lag ein Verband, der die Stelle verdeckte, wo sie zuvor noch durch einen Schlauch beatmet worden war. Die Kratzer und Blutergüsse heilten bereits.

»*Hah-ue*«, grüßte er und vollführte eine respektvolle Geste mit der rechten Hand.

Sie tat es ihm gleich und lächelte. »Da ist ja mein Lebensretter.«

Er mochte es nicht, so genannt zu werden. »Du klingst immer noch ganz schön heiser.« Er zog sich einen Stuhl neben das Bett und setzte sich zu ihr.

»Wenn du nicht gewesen wärst, könnte ich jetzt gar keinen Laut mehr von mir geben.« Sie sah ihm in die Augen und verbeugte sich leicht mit einer Hand auf dem Herzen. »Danke, Finnley.«

Verlegen führte er die Hand zum Kopf und kratzte sich hinterm Ohr. »Das war Fenrir«, sagte er das Lob abwehrend. »Aber ich bin sehr froh, dass es dir wieder gut geht.«

»Und ich bin froh, dass du die Zusammenführung nun doch machen willst.«

An ihrer Haltung sah er, dass sie sich die kommende Rede gut überlegt hatte, also ließ er sie gar nicht erst zu Wort kommen. »Ich werde das nur mit dir zusammen machen.«

Taima hatte ihm alles erzählt, was er darüber wissen musste, und er hatte definitiv keine Lust, irgendwelchen alten Schamanen vorgeführt zu werden.

»Aber Tunkan, du weißt doch gar nicht, wovon du da sprichst. Das können nur die ältesten Schamanen. Ich bin gar nicht würdig, es überhaupt zu versuchen.«

Mit beiden Händen strich sie ihre Haare über die Schultern zurück und drückte mit ihrer Haltung ihren Respekt vor den Traditionen aus. »Der Wolf hat gesagt, dass du darauf bestehst, aber …«

Finnley fing ihre Hand ab und hielt sie wie bei einem Antrag fest. Die erhoffte Wirkung trat ein. Chenoa hielt inne und sah ihn aufmerksam an.

»Ich habe keine Ahnung, welche Konsequenzen es für mich haben wird und ob ich diese Verbindung überhaupt eingehen will.« Gedankenverloren strich er über ihre Finger. »Du hast recht, ich weiß nicht wirklich, was auf mich zukommt. Taima sagte, es sei ein altes Ritual, das sehr präzise durchgeführt werden muss. Es gibt wohl einiges, das ich falsch machen kann, aber wie es aussieht, habe ich keine Wahl. Mir ist klar, dass du mich nicht sonderlich leiden kannst, aber ich vertraue dir. Erspare mir bitte die peinlichen Bewertungen durch eine fremde Schamanin.«

Chenoa zog ihre Hand zurück und senkte den Kopf. »Dafür bin ich nicht stark genug.«

Finnley grinste sie an. »Du hast mutig dem Totem entgegengesehen, das dich umbringen sollte, hast all die Schmerzen und Todesangst überstanden und sitzt hier nun aufrecht auf dem Bett und wartest darauf, dass du wieder an die Arbeit gehen kannst. Wie stark muss man denn noch sein?«

Chenoa hob ihre Hand und berührte die Tätowierungen auf seiner Wange. »Hast du wirklich gedacht, du könntest Fenrir hinter den Bildern verstecken?«

Finnley sah zur Seite und unterbrach dadurch die Berührung. »Von Fenrir wusste ich ja nichts, aber in den Augen der anderen war ich ein Monster. Ich dachte, es sei besser, jeder würde gleich sehen, woran er ist.«

Erneut öffnete sich die Tür, und Deidra kam hinzu. Als sie die beiden so vertraut sah, blieb sie abrupt stehen.

Finnley lehnte sich auf dem Stuhl zurück und verschränkte die Arme vor der Brust. Chenoa hingegen setzte sich gerade hin und sah Deidra mit einem gebieterischen Ausdruck an.

Er konnte sich nicht des Gefühls erwehren, irgendetwas Wichtiges verpasst zu haben.

»Ist deine private Sache es wert gewesen, dass du uns allein gelassen hast?«, fragte Chenoa harsch.

»Lass es, Chenoa«, sagte Deidra. »Ich weiß, dass du darauf gewartet hast, deinen ganzen Ärger rauszulassen, aber wir haben wichtigere Dinge zu besprechen.«

Geschmeidig wie der Rotluchs ließ sich Chenoa vom Bett gleiten und ging auf ihre Kollegin zu. »Was ist passiert?« Mit einer Hand umfasste sie ihren Seelenspiegel. »Hat der Mörder wieder zugeschlagen?«

»Nein, nicht direkt«, sagte Deidra und strich sich unruhig über ihren linken Oberarm. »Tate wurde gestern angegriffen.«

Chenoa machte einen Schritt zurück. »Ist er …?«

»Nein, alles gut, wir haben ihn zu Ehawee verlegt, aber offiziell ist er vorerst tot. Zumindest so lange, bis er aus dem Koma erwacht oder wir seinen Widersacher gefunden haben.«

Finnley verschränkte die Finger und stützte die Ellbogen auf dem Bett auf. Wenn er die Geschehnisse in dieser Einheit verstehen wollte, musste er Abstand gewinnen und von außen auf das schauen, was er seit dem ersten Tag miterlebt hatte. Er kam sich vor wie in einem Sci-Fi-Streifen im Kino, nur dass er mitten hineingezogen wurde und nun mit Dingen umgehen sollte, die seinen Horizont überstiegen.

»Tate hat irgendetwas in seinem Kopf, das es ihm ermöglicht, in andere Körper zu wechseln. Ich habe es mit eigenen Augen gesehen. Auf diese Weise konnte er auch den Mord verhindern.«

»Von so etwas habe ich noch nie gehört«, sagte Chenoa und schüttelte ablehnend den Kopf. »Wenn das stimmt –«

»Es stimmt, und wir müssen darüber Stillschweigen bewahren. Denn genau diese Gabe ist es, die der Angreifer aus seinem Schädel reißen wollte.«

Die Schamanin sah zu Finnley. »Das darf doch alles nicht wahr sein.«

Das Klingeln ihres Smartphones ließ Deidra zusammenzucken. Sie holte es aus der Tasche und warf erst einen Blick auf das Display, bevor sie das Gespräch annahm. »Es ist Thure.«

Finnley sah Chenoa an, dass sie mit sich haderte. »Was denkst du?«

Mit einem verächtlichen Schnauben ließ sie sich auf die Bettkante fallen. »Was ich denke? Ich denke, kein Mensch sollte solche Macht besitzen. Überleg doch mal, warum jemand versucht, diese Gabe an sich zu reißen. So jemand könnte unfassbaren Schaden anrichten. Er könnte sich mal eben in dich hineinbewegen und dafür sorgen, dass du mich erschießt.« Sie schnippte mit den Fingern. »Einfach so. Du würdest lebenslang hinter Gitter kommen, ohne zu verstehen, wie das passieren konnte.«

Finnley nickte. Ihm war diese Tragweite vielleicht sogar verständlicher als allen anderen, weil er sehr gut wusste, wie es war, wenn jemand die Kontrolle übernahm und er sich anschließend an nichts erinnern konnte. »Und das könnte er mit Clanoberhäuptern, Staatsmännern und -frauen ebenso machen. Industriespionage, Anschläge, Kriegserklärungen. Wir wissen nicht, mit wem wir es zu tun haben.«

Es wurde wieder ruhig. Deidra legte auf und verstaute das Telefon. »Thure ist immer noch wütend, dass du die Zusammenführung machen sollst. Er glaubt, dass der Wolf ein Exempel statuieren will. Finnleys Bedingung ist idiotisch, aber unabänderlich, wie es aussieht.«

Chenoa reckte das Kinn und nahm wieder eine stolze Haltung ein. »Der Wolf will mich scheitern sehen?«

»Was passiert denn, wenn du scheiterst?«, mischte sich Finnley ein. »Ich meine, mehr als dass es nicht klappt, kann doch nicht passieren, oder?«

Seine Bedingung fühlte sich richtig an, nicht idiotisch. Er entsprach dem, was alle wollten, und verschaffte Chenoa einen Vorteil. Wie schwer konnte so was schon sein?

»Ich dachte, Taima hat dir alles darüber erzählt?«, wich Chenoa aus.

»Das hat sie«, sagte er schneller als gewollt. »Na, eben, dass es eine große Ehre sei und man sich ganz genau an den Ablauf halten müsse.«

»Worauf warten wir dann noch?«, fragte sie mehr an Deidra gerichtet. »Der Wolf will, dass es schnellstmöglich passiert, also fahre ich jetzt heim und lerne alles darüber.«

Deidra sah wenig überzeugt aus. »Kann dich deine Mutter dabei unterstützen?«

»Igmu, kommst du mit?« Der Rotluchs kam unter dem Bett hervor und streckte sich. Chenoa drehte Deidra den Rücken zu und packte ihre restlichen Sachen in eine Tasche. »Niemand kann mir dabei helfen. Mit anderen Worten: Falls du heute Abend noch was vorhast, wird dich keiner aufhalten.«

»Ich glaube, dass sich etwas bei den Morden geändert hat«, wechselte Deidra das Thema. »Der Bär war das einzige einheimische Tier. Die

Harpyie, die Trichternetzspinnen und die Tigerpython sind alle Exoten. Die Kollegen ermitteln bereits in diese Richtung, aber da ist irgendetwas, das wir nicht sehen, ich weiß es.«

»Du hast recht«, stimmte Chenoa zu. »Auch die Spur fühlte sich anders an. Zwar ebenso hasserfüllt, missbraucht und gequält, aber wesentlich stärker.«

»Vielleicht überträgt das Totem dem Mörder durch den Mord Stärke?«, sprach Finnley einen weiteren Gedanken dazu aus.

Das Wort *Tunkan* schwebte deutlich im Raum, aber Chenoa atmete nur tief durch und nahm den Faden widerwillig auf. »Das ist möglich. Ich meine, nach allem, was wir erleben mussten, sollten wir auch das Undenkbare in Betracht ziehen.«

Sie streckte sich, und ein leises Knacken ihrer Gelenke erklang. Mit einer eleganten Bewegung fasste sie ihre Haare zusammen und nahm mit der freien Hand ein Lederband vom Tischchen neben dem Bett, um den Zopf zu fixieren.

»Ich halte die Ermittlungen am Laufen. Ihr kümmert euch um die Reinigung und Zusammenführung.« Mit diesen Worten beendete Deidra die Besprechung.

»Ist gut.« Es war Chenoa deutlich anzusehen, dass sie Deidra noch wesentlich mehr sagen wollte, aber sie beließ es dabei und nickte nur. »Gehen wir.«

KAPITEL 14

Wie suchte man nach etwas, das mit dem Verstand nicht zu finden war? Tate wusste es nicht. Frustriert ließ er die Kugel erscheinen und wieder verschwinden. Er hatte zuvor die Erinnerung wiedergefunden, die ihm den Kampf nochmals zeigte, aber außer Pein brachten ihm die Bilder nichts, was ihm geholfen hätte.

Er bemerkte es, wenn Chenoas Mutter anwesend war und ihn zu unterstützen versuchte, aber sie kam nicht zu ihm durch. Wenn sie bei ihm war, dann redete sie mit ihm, erzählte, dass weder Schwestern noch Ärzte das Zimmer betreten durften und offiziell nur Ehawee hier lag. Auf dem Papier war er tot.

Da er nun wusste, wie er wieder in seinen Körper zurückkehren konnte, wurde er mutiger, die Gabe zu benutzen. Allerdings fehlten ihm die richtigen Menschen dafür. Es kam ihm falsch vor, in Ehawees Körper zu wechseln, aber wenn er mit Inola reden wollte, gab es niemanden sonst in der Nähe.

Schweren Herzens ließ er die Kugel erscheinen. Er tat es nicht gern, und noch lieber hätte er sich vorher die Erlaubnis geholt, aber das war unmöglich. Vorsichtig legte er seine durchscheinenden Hände auf die Oberfläche, fühlte das Kribbeln und sagte: »Ehawee.«

Die Tiere knurrten, als sie die veränderte Aura wahrnahmen. Tate hörte es, lange bevor er auch nur die Augen öffnen konnte. Ehawees Körper schmerzte und fühlte sich an wie mit Blei gefüllt. Die Sicht war getrübt, er musste mehrfach blinzeln, um überhaupt etwas erkennen zu können. »Es dauert nicht lange«, versprach er mit dünner Stimme und sah zu Inola, die sich verwundert zu den knurrenden Tieren umgedreht hatte.

Wahrscheinlich erwartete sie die Spinne, die es bislang noch nicht hierhergeschafft hatte. »Bitte, Inola, hör mir zu.«

Die Medikamente und die Nachwirkungen des Gifts ließen ihn wie einen schwer Betrunkenen reden. »Ich will Ehawee das nicht lange antun. Kann ich dir ein paar Fragen stellen?«

»Tate?« Die Schamanin legte eine Hand vor den Mund. »Du kannst wandern?« An ihren Augen erkannte er, dass sie seine Aura betrachtete.

»Das ist eine wirklich sehr lange Geschichte. Das Sprechen strengt diesen Körper an, kann ich dir das später erklären?«

Der Waschbär zu Ehawees Füßen richtete sich auf und kam fauchend auf ihn zu.

»Bitte, nur einen kleinen Moment«, bat Tate den pelzigen Aufpasser.

Inola legte einen Finger an die Lippen. »Was willst du wissen?«

»Der Angreifer hat in meinem Kopf gewühlt und mich in diesen Zustand gebracht. Wie kann ich das rückgängig machen?«

»Über so eine Macht weiß ich nichts«, sagte sie ehrlich. »Man kann Auren reinigen, sich mit Totems oder Tieren verbinden oder Geister in sich fahren lassen – allgemein verständlich ausgedrückt –, aber tatsächlich in den Geist von jemandem hinein*greifen?* Davon höre ich zum ersten Mal.«

Sie stand auf und wollte dichter an ihn herangehen, aber die Tiere stellten sich ihr drohend in den Weg. Folgsam blieb sie stehen und verneigte sich respektvoll. »Beschreibe mir, wie es war.«

Tate ließ sich auf die Kissen zurücksinken. Diesem Körper fehlte die Kraft für alle wichtigen Erzählungen. Ehawee tat ihm unglaublich leid. Wenn nur die Spinne endlich käme, damit der mörderische Schatten von ihr wich. Bei jedem Wort, das er bislang durch sie gesprochen hatte, war sie schwächer geworden. Selbst wenn er sich größte Mühe gab, das Geschehen in möglichst wenigen Worten wiederzugeben, beraubte er seiner Freundin der Kraft, die sie brauchte, um durchzuhalten.

Tate schloss Ehawees Augen und ging in seinen Körper zurück, nur um im nächsten Moment in den von Inola zu wechseln. Alles ging so unfassbar schnell, dass er überzeugt war, dass die Schamanin ihn nicht mal hatte kommen sehen.

Er suchte in ihrer Tasche nach dem Telefon und nahm seine Erzählung über die Geschehnisse mit der Sprachnotizfunktion auf. Am Ende entschuldigte er sich für diesen Übergriff. Bevor er in seinen regungslosen Körper zurückwechselte, stellte er eine Erinnerung ein, die in fünf Minuten auf die Sprachnachricht hinweisen sollte.

In Inolas Körper fiel ihm alles unglaublich leicht. Die Gedanken erschienen ihm klar und flexibel. Eine gewisse Offenheit und erfrischendes Begreifen der Umwelt verlockten ihn, noch einen Moment länger in ihr zu verweilen und über die Fakten nachzudenken. Er fragte sich auch, ob er durch sie auf die astrale Ebene wechseln konnte, aber wenn Inola wieder zu sich kam, sollte sie möglichst wenige Gründe haben, wütend auf ihn zu sein. Noch wusste er so gut wie nichts über diese Gabe, oder was mit den Seelen jener passierte, die er zeitweilig verdrängte.

Er sah seinen Körper auf dem Bett liegen und strich mit einer Hand über seine schlafenden Züge, die unrasiert kratzten. »Es reicht jetzt«, sagte er mit der ungewohnt weichen Stimme. »Du nützt niemandem etwas, wenn du hier herumliegst. Wach endlich auf!«

Als er der Vernunft gehorchend den Körper verließ, fühlte es sich wie ein Sprung in kalte Tiefe an.

Wieder in seinem Kopf, lauschte er ganz genau, was nun passierte. Er konnte sich vorstellen, wie irritiert Inola war, dass sie plötzlich woanders stand und ihr Telefon in der Hand hielt.

Das Signal ertönte, danach hörte er ihre Stimme, wie sie sich selbst erzählte, was bei dem Angriff vorgefallen war, die wenigen Fragen, die ihm sinnvoll erschienen, und seine Entschuldigung. Als die Aufnahme endete, war es lange Zeit still.

Komm schon, hilf mir.

»Ich glaube«, begann sie irgendwann zögerlich. »Als du dich auf die Kugel geworfen hast, hast du die Blockade selbst ausgelöst, um diese Gabe zu beschützen.«

Sie setzte sich in Bewegung und schien im Raum umherzugehen. »Ja, ich könnte mir vorstellen, dass du sie nur gänzlich aus dem Untergrund emporheben musst, um wieder aufzuwachen.« Ihre Stimme wurde lauter, sie kam also zu seinem Bett zurück. Er fühlte ihre Hand auf seiner Stirn. »Versuche es.«

Unschlüssig sah Tate zu der leuchtenden Kugel, die bei jeder Berührung ein Kribbeln durch ihn hindurchschickte. »Soll das die Lösung sein? Nur anheben, und puff?« Er stieß gegen die Erinnerung seines ersten Arbeitstags in der Spezialeinheit, sah Deidra, die damals noch nicht so hart gewesen war wie heute. Sie lachte. Dann hockte er sich vor die Kugel und ließ seine Finger an der Oberfläche hinabgleiten. »Mach deinen Kopf frei«, befahl er sich selbst, damit seine Bemühungen nicht darin endeten, dass er wieder in Inolas oder Ehawees Körper wechselte.

Seine Finger drangen in den Spalt zwischen Kugel und Finsternis. »Gleich bist du hier raus, ist doch ganz einfach.« Er fühlte sich wie unter Strom gesetzt. Kleine Wellen ließen ihn aufschreien – und seine Stimme drang von außen zu ihm.

»Es funktioniert, noch ein Stück!«, rief Inola.

Er biss die Zähne zusammen und stemmte sich mit all seiner Kraft gegen die Lichtkugel. »Scheiße, das ist …«

Ein lauter Knall ging dem Elektroschock voraus, der Tate explosionsartig von der Kugel fortschleuderte. Er glaubte zu ersticken, weil er körperlos über dem Bett schwebte und auf sich und Inola hinabsah. Inola drehte den Kopf zu ihm und stieß irgendwelche Laute aus, woraufhin eine weiße Lichtspur aus seiner Körpermitte ausstrahlte, die seine Seele einhüllte.

Sie redete mit ihm, er sah, wie sich ihre Lippen bewegten – er sollte wieder zurück in seinen Körper fahren. Aber da war dieser Drang, loszulassen.

Inola wurde wütend, ihre Stimme schien lauter zu werden, die Tiere im Zimmer wurden unruhig und bewegten sich lauernd. Er sah, wie manche aufsprangen, in seine Richtung fauchten und Drohgebärden vollzogen. Mit Gesten zog Inola an dem Band aus weißem Licht, zwang ihn dichter zu seinem Körper zurück. Sein Bewusstsein verlor sich in dem Kampf zwischen Loslassen und dem Willen, zu leben. Beides war überwältigend und zerreißend zugleich.

»Jetzt!«, schrie Inola, und das weiße Licht zerstob wie dünner Rauch in einem Windstoß.

Dunkelheit.

Ein Herzschlag.

Ein Atemzug.

Das Leben in ihm wurde neu gestartet, und Tate öffnete die Augen, sah die Lichtadern in den Wänden und Inola, die atemlos einen Schritt von ihm zurückwich.

»Du wirst hier in diesem Zimmer bleiben müssen«, sagte sie.

Er wagte es, sich zu bewegen. Das Liegen hatte seinen Körper geschwächt, aber er fühlte sich gut. »Was meinst du?«, fragte er mit belegter Stimme. »Du musst keine Angst vor mir haben, ich werde diese Gabe nicht …«

»Du hast die schwarze Spur«, fiel sie ihm ins Wort. »Als du in Ehawees Körper warst, hat sie sich auf dich übertragen.«

Sie ging noch ein paar Schritte rückwärts, während sich die Tiere nun auch vor seinem Bett verteilten. »Ich habe Deidra versprochen, Stillschweigen zu bewahren, aber ich hatte keine Ahnung, zu was du tatsächlich in der Lage bist.«

Tate legte eine Hand auf sein Herz und verneigte sich in halb aufrechter Position, so gut er konnte. »Ich stehe tief in deiner Schuld.«

»Dann enttäusche mich nicht«, sagte sie harsch. »Finde heraus, was du brauchst, um die richtigen Entscheidungen zu treffen. Aber wenn du der Verlockung deiner Macht erliegst, dann werde ich mein Wort brechen.«

Die Tiere gingen ein Stück zur Seite, als sie zu Ehawee schritt und ihr eine Hand auf die Stirn legte. Der Waschbär machte Platz, damit sie sich auf die Bettkante setzen konnte. Tate wurde plötzlich bewusst, was er getan hatte. »Inola, bei Wakan Tanka, es tut mir so leid.«

In ihrem Lächeln lag so viel Güte, sodass sein schlechtes Gewissen nur noch stärker wurde. »Woher hättest du wissen sollen, dass du die schwarze Spur nun ebenfalls auf andere überträgst?« Mit einer Hand zog sie ein Ölfläschchen aus dem kleinen Schränkchen neben dem Bett und träufelte zwei Tropfen auf Ehawees Stirn. »Wenigstens kann ich mich nun anständig um sie kümmern.« Ganz auf ihr Tun konzentriert, sagte sie nur noch: »Weisheit ist kein schneller Pfeil, sie ist wie das Wasser, das sich seinen Weg durch festes Gestein bahnt.«

Tate verstand diese Metapher als dezenten Hinweis, keine voreiligen Entscheidungen zu treffen. Er setzte sich auf das Bett und genoss es, endlich wieder bei vollem Bewusstsein im eigenen Kopf denken zu können, auch wenn die Eindrücke von Inolas Geist ihm Türen zu anderen Optionen geöffnet hatten.

»Was für eine Schweinerei«, sagte ein Beamter, der Deidra die Tür zum Hörsaal offen hielt.

Thure begleitete sie als Verstärkung. Später würde sie es ihm danken, indem sie für ihn dem Wolf Bericht erstattete. Anernerk wurde langsam wütend, weil die Zeit ergebnislos verstrich und nun junge Menschen dem Mörder zum Opfer gefallen waren. Wenn es stimmte und der Mörder willkürlich handelte, nahmen die jüngsten Taten neue, dramatische Ausmaße an. Unter den getöteten jungen Männern und Frauen befanden sich die Kinder einflussreicher Clanoberhäupter, die den Druck auf den Wolf und somit auf alle Ermittler um ein Vielfaches erhöhten. Dabei spielte es keine Rolle, dass sie es mit einem noch nie da gewesenen Verbrechen zu tun hatten.

Ohne das gewohnte Team fehlte die Routine. Deidra kannte zwar die Kolleginnen und Kollegen, die neben Thure die Untersuchungen durchführten, aber es nervte sie schon jetzt, dass sie mehr Anweisungen als sonst geben musste, um am Ende weniger detaillierte Ergebnisse zu erhalten. Aber Chenoa und Finnley mussten sich auf das Ritual vorbereiten, und Tate lag noch immer im Koma.

Deidra rechnete jeden Moment mit der Meldung neun toter Greifvögel in unmittelbarer Nähe der Uni. Dieses Wissen brachte sie nur nicht weiter.

»Ob es ein Zufall ist, dass die Potomac-Universität erneut zum Tatort geworden ist?« Deidra sah zu den Leichen hinauf, die auf Balken und Vorsprüngen lagen.

»Zufälle gibt es nicht«, sagte Thure. Er zog sich Latexhandschuhe über und sammelte die Insekten aus den Wunden der ersten Leiche, die von Rettungskräften bereits geborgen worden war. »Richard Delsy befragt gerade den Dekan.«

Deidra ging ein paar Schritte die Anhöhe hinauf und sah sich um.

Von hier oben konnte alles gut überblickt werden. Die Mauern hinter dem Podium waren so erbaut worden, dass die Akustik hervorragend war. Sie konnte ihre Kollegen miteinander sprechen hören, obwohl sie kaum ihre Stimmen erhoben.

Links neben ihr standen zwei Männer auf Leitern, die mit Seilen und einer Bahre den nächsten Körper von einem Dachbalken bargen. »Was mag hier passiert sein? Was hatten die Opfer mitten in der Nacht im Hörsaal zu suchen?«

»Der Sicherheitsdienst sagte, die letzte Runde wäre um Mitternacht gewesen. Eine durchgehende Überwachung ist in der Regel nicht nötig.« Es klackte metallisch, als Thure den Utensilienkoffer öffnete und weitere Gefäße heraussuchte.

»Wir sollten auch diese Blutspuren untersuchen«, sagte Deidra und deutete auf ein paar Flecken auf dem Boden. »Ich habe da eine Theorie.«

Sie ging zu ihrem Kollegen zurück und hockte sich ebenfalls neben die Leiche. »Es war ein Pärchen, das Tate umbringen wollte, aber man fand nur die Leiche des jungen Mannes. Es würde mich nicht wundern, wenn die Komplizin sich unter den Toten hier befindet.«

Er deutete auf die Leichen. »Dann mach Bilder von den Gesichtern und zeig sie der Zeugin. Vielleicht kann sie die Frau identifizieren.«

Er meinte die Krankenschwester, Makawee.

Lieber hätte sie ihm die Wahrheit gesagt, aber Thure musste sich bereits vor dem Wolf verantworten, Tates Geheimnis hätte er niemals für sich behalten können. Diese Last bürdete sie ihm erst auf, wenn es sich nicht länger vermeiden ließ. Tates Schutz stand derzeit für sie über allem anderen. Also nickte sie lakonisch. Die Krankenschwester würde vorerst als Zeugin herhalten müssen, auch wenn Tate in ihren Körper wechseln musste, um etwas zu den Fotos zu sagen. Nur wie sollten sie das hinbekommen, ohne dass die Frau merkte, dass er noch am Leben war?

»Alles gut, Dee?«

»Ja, klar, ich musste nur gerade an das anstehende Ritual denken«, log sie.

»Glaubst du, Chenoa bekommt das hin?« Er verstaute die gefüllten Gefäße und sah Deidra an.

Wieder nickte sie, diesmal jedoch weniger überzeugend. »Es wird Zeit, dass man ihr mehr zutraut.«

»Soll das Kritik sein?«

Ein fremder Schamane erschien im Durchgang und hielt seinen Ausweis hoch. Thure winkte ihn rüber zu der anderen Leiche, die gerade abgelegt wurde. »Bitte fangen Sie bei der dort hinten an.« Der Mann setzte sich in Bewegung und begann mit versteinerter Miene seine Arbeit.

»Keine Kritik«, griff Deidra das Thema wieder auf. »Wir sollten ihr nur nicht das Gefühl geben, dass wir nicht an sie glauben.«

Sie sah ihm zu, wie er die Handschuhe von den Händen zog und neben die Leiche legte.

»Chenoa hat hohe Erwartungen zu erfüllen.« Er verschloss den Koffer. »Ihr Clan sieht sie eines Tages unter den führenden Schamanen des Landes, sollte ihre Karriere tadellos bleiben. Ich weiß, dass das Wohlwollen auf ihre Schwester umschlagen wird, wenn Chenoa sich nicht beweisen kann. Und ganz unter uns, wenn sie bei dem Ritual versagt, wird der Wolf eine große Sache draus machen.«

Er stand auf, und Deidra verstand, dass die Kollegen den Rest machen würden. Sie richtete sich ebenfalls auf und wartete, dass er vorausging.

»Mit dem Polizeidienst hat sie den schwersten Weg gewählt, um sich zu beweisen. Denkst du, es macht mir Spaß, auf sie aufpassen zu müssen?«, fragte er.

Sicher nicht. Chenoas Clan war wie ein imposantes Mosaik, in dem fehlerhafte Steine sofort ausgetauscht wurden. »Ein komplizierteres Team hätten wir uns nicht aussuchen können, oder?«

Er grinste und klopfte ihr auf dem Oberarm. »Man bekommt stets das, was man braucht, um über sich hinauszuwachsen.«

Deidra ließ sich nichts anmerken, aber er traf genau einen schmerzhaften blauen Fleck.

»Mir reicht's für den Moment mit dem Wachsen«, sagte sie müde.

»Nach der Zusammenführung wird ihr Schicksal entschieden sein, dann wird sie niemandem mehr etwas beweisen müssen.«

In Deidras Ohren klang das etwas zu dramatisch für ein schamanisches Ritual, aber sie hatte gelernt, derartige Gedanken für sich zu behalten.

Sie verließen den Hörsaal und gingen auf den Ausgang zu, als Deidra Professor Broud unter den Schaulustigen entdeckte. »Sieh mal einer an.«

Der Mann verzog bei ihrem Anblick den Mund und verschränkte die Arme vor der Brust.

»Professor Broud, wieso überrascht es mich nicht, Sie hier zu sehen?«, sprach sie ihn an.

Etwas war seltsam an ihm, wie ein Fehler im Bild, den sie nur finden musste. Sein helles Gesicht glänzte in der Mittagssonne, die durch die Glasdecke der Eingangshalle drang. Er wirkte ruhelos und unkonzentriert. Mühevoll hielt er seine ablehnende Haltung aufrecht, aber gedanklich schien er ganz woanders zu sein.

»Sie wissen etwas. Wie viele Morde kann Ihr Gewissen wohl aushalten?«, fuhr sie ihn an.

Thure legte ihr eine Hand auf die Schulter. »Nicht hier.« Dann an den Professor gewandt: »Sie kommen mit uns ins Präsidium.«

Broud nickte. »Ich hole nur meine Jacke.«

Irritiert blickte Deidra zu ihrem Vorgesetzten. Broud wehrte sich nicht, gab keine abfälligen Kommentare von sich oder wurde wütend, wie er es die Male zuvor geworden war. Entweder hatte er durch das, was in dem Hörsaal geschehen war, einen Schock erlitten, oder er war plötzlich ein zerstreuter alter Mann.

»Beeilen Sie sich«, wies Thure ihn an.

Ehe sie den Details mehr Beachtung schenken konnte, wurde sie von Thure sanft Richtung Ausgang geschoben. »Der läuft schon nicht weg«, flüsterte er neben ihr.

»Irgendwas ist mit ihm«, sagte sie und drehte sich nochmals um. »Ich denke, es ist besser, wenn ich ihn begleite.«

Professor Broud ging leicht vorgebeugt auf eine Tür zu.

Thure folgte ihrem Blick. »Wie weit würde der schon kommen. Sieh ihn dir an, er ist ein alter Mann, der nicht mal seine Schuhe ordentlich zubinden kann. Tatsächlich waren die Schleifen ungleichmäßig und ein Schnürsenkel schleifte über den Boden.«

»Vor ein paar Tagen konnte er es aber noch. Ich sage dir, da stimmt was nicht.«

Ohne weitere Erklärungen lief sie los und folgte dem Professor, der seine Schritte beschleunigte und vor ihr durch die Tür ging. Sie hörte Thure seufzen und ihr hinterherkommen.

Im Lauf zog sie ihre Waffe, fing die Tür ab, bevor sie hinter Broud zufallen konnte, und schob sich in den Raum. »Warten Sie, Professor Broud!«

Etwas Hartes traf sie mitten ins Gesicht.

Tränen schossen ihr in die Augen, und sie taumelte rückwärts gegen die Wand. Verschwommen sah sie jemanden direkt vor sich. Ihr wurde schwarz vor Augen, dann tanzten kleine helle Punkte durch ihr Sichtfeld. Bevor Thure die Tür erreichen konnte, wurde sie von innen verschlossen, und jemand packte Deidra am Kragen, zog sie weg von ihrer Waffe und wieder auf die Füße.

»Wir sind nur so gut wie unser Team, Deidra Onheira«, flüsterte der Angreifer kalt.

Sie versuchte, an der Stimme zu erkennen, ob es der Professor war, der sie von hinten fest im Griff hielt. Eine Hand lag bedrohlich um ihren Hals, in der anderen hielt er eine Waffe mit einer scharfen Klinge, die er an ihr Kinn drückte.

Die Lippen des Angreifers berührten zart ihr Ohr, als er gerade noch hörbar sagte: »Dein Team ist schwach.«

Es polterte. Thure versuchte, die Tür aufzubrechen. Laute Stimmen, jemand kam laufend hinzu und hantierte mit Schlüsseln. Die Hand wanderte von ihrem Hals unter ihre Haare. »Dann wollen wir mal sehen, was du mir zu sagen hast«, raunte er lustvoll.

Ihr unregelmäßiger Atem hallte in dem Unterrichtsraum von den unebenen Felswänden wider.

Sie stöhnte auf, als er in ihren Geist eindrang, jeden Gedanken berührte und sich ihre Geheimnisse ansah. Seine Erregung übertrug sich auf sie. Noch war das Gesicht ihres Liebhabers nicht zu sehen, aber sie kannte diese spezielle Erinnerung und wusste, dass ihr Liebhaber sie jeden Moment umdrehen würde, damit sie ihn ansah. Der Körper des Angreifers war dicht an ihren gepresst. Er steckte das Messer weg und ließ auch die Finger der zweiten Hand in ihre Haare gleiten. Die Erinnerung erlosch, sie hörte seinen Atem, als er sich andere Bilder ansah. Sie stammten aus ihrer Jugend und waren ebenso intim.

»Was hast du noch?« Gierig wühlte er in ihrem Kopf wie in einer Schatzkiste, als plötzlich etwas seine volle Aufmerksamkeit erweckte und er alle anderen Bilder fallen ließ. Er stöhnte begehrlich auf, sie spürte, wie seine Gefühle ekstatisch zu explodieren schienen. Hilflos sah sie mit an, was ihn so sehr erregte. Seine Hand glitt aus den Haaren tiefer über die Haut in ihrem Nacken. Ohne Zweifel wollte er noch viel mehr mit ihr anstellen, aber die Geräusche an der Tür wurden lauter. Seine erregte Hochstimmung war überwältigend, als er sich aus ihrem Kopf zurückzog und sie wie etwas Verbrauchtes von sich stieß.

Deidra hatte sich in ihrem Leben noch nie derartig missbraucht gefühlt. Keine Nacht mit ihrem Liebhaber kam an die Erniedrigung heran, die der Fremde in ihrem Kopf angerichtet hatte. Jeder Versuch, ihm nachzusehen, wurde von Schwindel und Orientierungslosigkeit vereitelt.

Die Tür wurde aufgestoßen, und Thure sicherte den Raum mit ausgestreckter Waffe, während ein weiterer Beamter sich um Deidra kümmerte.

Der Mann war fort.

»Bei den Ahnen, Dee, ich sollte manchmal besser auf deine Intuition vertrauen. Geht es dir gut?« Thure sah zu ihr rüber.

»Er weiß es«, sagte sie benommen und setzte sich aufrecht hin. »Er weiß jetzt, dass Tate lebt, wir müssen sofort für seinen Schutz sorgen!«

Sie ließ sich von dem Polizisten aufhelfen und suchte nach ihrer Waffe, die zum Glück noch dort lag, wo sie ihr aus der Hand gefallen war.

Weitere Beamte durchsuchten die Räume und auch den Rest der Universität, aber Deidra wusste, dass man weder den Professor noch den Angreifer finden würde – sofern es überhaupt zwei unterschiedliche Personen waren.

»Bist du verletzt?«

Mit zwei Fingern betastete sie die Nasenwurzel, die noch immer pochend schmerzte. »Alles gut. Es ist mein Ego, das leidet.« Wütend über sich selbst versuchte sie, sich dennoch zu beherrschen, um möglichst würdevoll das Gebäude zu verlassen. »Ich bin wie eine Anfängerin in den Raum gestürmt, weil ich dachte, dass der Professor unfähig sei, mich anzugreifen.«

»War er es denn?«

Deidra folgte Thure mit unsicheren Schritten. »Keine Ahnung.«

KAPITEL 15

Thure veranlasste über das Eingabefeld auf der Tischplatte den Schutz von Tate und schrieb Professor Broud zur Fahndung aus. »Präsidium«, befahl er dem Autopiloten, woraufhin sich das Fahrzeug sofort in Bewegung setzte.

»Soll ich lieber zum Wolf gehen?«

Deidra winkte ab. »Schau mich an, mein Aussehen wird authentischer sein.« Dann zuckte sie die Achseln. »Und ein Anschiss tut mir sicher ganz gut, um wieder in die Spur zu kommen.«

Vor dem Fenster zeigte sich die Landschaft nahe der Potomac-Wasserfälle in ihrer rauen Pracht. Als Kind hatte sie in den ruhigeren Bereichen des Flusses mit Freunden Schnappschildkröten aus dem Wasser gezogen. Ihr kleiner Bruder wurde damals so sehr in die Hand gebissen, dass er im Krankenhaus behandelt werden musste. Sie war mit dem schreienden Elfjährigen auf dem Rücken bis nach Hause gerannt. All seine Finger blieben ihm erhalten, aber Deidra kassierte die erste Tracht Prügel, die mehr als züchtigende Schläge gewesen war. Eine Woche lang hatte sie im Bett gelegen, um sich davon zu erholen. Heute fehlte jeglicher Kontakt zu ihrer Familie. Auch zu *Turtle,* wie ihr Bruder dank der offensichtlichen Narbe und der damit verbundenen Geschichte fortan von den australischen Nachbarn genannt wurde, was alle anderen übernommen hatten. Es war seltsam gewesen, von dem Angreifer diese alten Bilder gezeigt zu bekommen. Als er in ihrem Kopf gewesen war, hatte er die Erinnerung einfach beiseitegeschoben. Nichts in ihrem Schädel war erinnernswert.

Deidra rieb sich übers Gesicht, was den Schmerz erneut pochen ließ. Chenoa sollte am Ende recht behalten: Die Nächte bei ihrem Geliebten schwächten sie, und sie wusste, dass sie genau deshalb Fehler machte.

Verstohlen beobachtete sie Thure, der auf der Tischplatte herumtippte und sich die wichtigsten Fakten dieses komplizierten Falls anzeigen ließ. Seine Verzweiflung, die sie hinter der steinernen Miene erahnen konnte, war verständlich. Mehr als vage Theorien und lose Enden konnten sie nicht vorweisen, während sich die Machtlosigkeit wie ein Nebel der Angst verbreitete. Der Druck auf die Ermittler wuchs, und Thure musste am meisten davon aushalten. Auch wenn sein Blick über die Informationen wanderte, war er gedanklich ganz woanders. Deidra brauchte ihre Körpersprachenkenntnisse nicht, um das zu erkennen. Wahrscheinlich überlegte er, wie er den Eltern der Opfer gegenübertreten sollte und welche Fragen die zuständigen Beamten stellen mussten, wenn die Umfelder der Getöteten durchleuchtet wurden.

»Zu welcher dieser Familien wirst du gleich fahren?«, fragte sie ruhig.

»Ein Opfer wurde als Ypsy Malcom identifiziert. Halb-Powtankanin. Ihre Eltern sind vor fünf Jahren aktenkundig geworden, als sie versucht haben, Industrieinformationen an europäische Konzerne zu verkaufen. Die Anzeige wurde zurückgezogen, danach sind sie nicht wieder straffällig geworden.«

Deidra nickte. »Denk daran, dass sie den Tod einer Tochter zu beklagen haben, bevor du sie ins Verhör nimmst.«

Mit einem Fingerdruck ließ er alle Informationen verschwinden und lehnte sich dann auf die Tischplatte. »Uns läuft die Zeit davon. Geschockte Eltern sagen oft Dinge, die sie später nicht sagen würden. Ich kann auf Trauer keine Rücksicht nehmen.«

Deidra tat es ihm gleich und legte ihm eine Hand auf den Unterarm. »Wir werden den Mörder finden.«

Er überging diese Geste, aktivierte erneut die Anzeige und zog ein Foto in die Tischmitte. »Das ist das Opfer aus dem *Wi Zaptan*. Lootah Abey. Ein einfacher Maurer, der keine besonderen Spezialisierungen besaß und keine erkennbare Verbindung zu den Studierenden hatte. Allerdings wurde niemand gefunden, der uns mehr über ihn sagen konnte als sein direkter Nachbar, der wiederum keine große Hilfe war.« Frustriert trommelte er mit den Fingern auf das Glas. »Der wusste nur, dass Abey viel unterwegs war.«

»Das ist tatsächlich nicht viel. Denkst du nicht auch, wir sollten den Wolf um Hilfe bitten?« Ihr war bewusst, dass es als Versagen ausgelegt werden würde, wenn sie ihre Ratlosigkeit offenlegten, aber es waren bereits zu viele Menschen getötet worden.

»Weißt du was?« Er ließ das Foto verschwinden und lehnte sich zurück. »Entscheide du das, wenn du gleich bei ihm bist und seine Laune einschätzen kannst.«

Schweigend lehnte sie sich zurück und sah wieder aus dem Fenster. Da waren sie nun, nahezu auf Augenhöhe, mit der gleichen Last auf den Schultern und derzeit die Einzigen, die vom Team noch übrig waren.

Dann hoffen wir, dass er gute Laune hat.

Thure stieg nicht mal mit aus. Er setzte Deidra nur vor dem Gebäude ab und fuhr direkt weiter. Die Atmosphäre im Präsidium war angespannt. Die mysteriösen Morde lagen wie ein mächtiger Schatten über allen Abteilungen. Allen war bewusst, dass jederzeit bei jeder Person Mikroinjektoren ausgelöst werden konnten und dann das unaufhaltsame Morden brutal seinen Lauf nehmen würde. Chenoa hatte nicht mal sagen können, wie die Injektoren auf ihre Haut gelangt waren. Vielleicht hatten sie in ihrer Kleidung gesteckt, bevor sie sich angezogen hatte. Was bedeuten würde, dass der Mörder in ihrem Haus gewesen sein musste. Warum dann der ganze Aufwand? Wenn er so ein guter Einbrecher war, konnte er sich Tates Gabe auch anders holen. Oder hatte der Angriff auf Tate nichts mit den Morden zu tun?

Deidra ging mit gesenktem Kopf an den Kollegen vorbei, die sie alle ansahen.

Sie richtete den Pferdeschwanz neu, überprüfte den Sitz ihrer Kleidung und lockerte die Schultern. Vor Anernerks Tür blieb sie stehen und atmete einige Male tief durch, bis sie schließlich die Hand hob und anklopfte.

Wie immer klang seine Aufforderung, als wüsste er längst, wer vor seiner Tür stand.

Sie trat ein und war froh, dass er das Sonnenlicht diesmal nur schwach durch das Spezialglas fallen ließ.

»Até Uzuye«, sprach sie ihn in angemessenem Abstand an und hielt den Blick gesenkt.

Er verzichtete auf eine Begrüßung. »Die Geister sind dir derzeit nicht wohlgesinnt, oder, Deidra?«

Sie spürte seine Musterung, wusste, dass auch die Hunde sie fixierten.

Mit einem Fingerschnippen gab er den Hunden das Zeichen, Deidra Platz zu machen. »Setz dich.«

Sie gehorchte und begegnete seinem Blick.

Erbarmungslos ergründeten seine braunen Augen ihre Gedanken. Ihr war bewusst, dass Anernerk nicht dieselbe Gabe wie der Angreifer hatte, dennoch fielen alle Masken, wenn man diesem Mann in die Augen sah.

»Die Kontrolle zu behalten, ist die Gleichgewichtsübung des Schicksals. Wirst du fallen, Deidra?«

Sie schloss die Augen, um die Verbindung zu unterbrechen, und neigte den Kopf. »Nein, Chief, werde ich nicht.«

Geschirr klapperte. Anernerk schenkte Tee in zwei Becher und reichte ihr einen, als sie wieder hinsah.

»Du bist stark, aber bist du auch weise genug?«, fragte er nachdenklich. »Dein Team wurde empfindlich geschlagen. Was ist noch passiert?«

Der stetig heißer werdende Becher zwischen ihren Fingern tat gut. Sie ließ das Brennen nahezu unerträglich werden und löste nur kurz den Kontakt der einzelnen Finger, damit die Haut nicht verletzt wurde. Schmerz war ihr Verbündeter. Er half ihr, zur Ruhe zu kommen oder wie jetzt die Konzentration nicht zu verlieren.

»In der Potomac-Universität sind weitere Menschen dem Mörder zum Opfer gefallen. Zuvor gab es einen Anschlag auf Tate, der glücklicherweise vereitelt werden konnte. Wir sehen einen direkten Zusammenhang zwischen dem Anschlag und den Morden.«

Ein kratzendes Geräusch entstand, als Anernerk sich nachdenklich übers Kinn strich. »Warum Tate?«

Deidra schluckte trocken. Niemand log den Wolf an. Sie hielt den Becher fester, damit die Hitze deutlichere Schmerzen verursachte. »Das wissen wir noch nicht.«

Aus dem Augenwinkel konnte sie sein Zögern wahrnehmen.

»Ich bin mir sicher, dein Unwissen wird sich wandeln.« Mehr sagte er nicht zu ihrer Lüge. Stattdessen beugte er sich vor und streckte seine Finger nach ihrem Gesicht aus. Ihr Herz schlug schneller, als sie regungslos die vorsichtigen Berührungen an ihrer verletzten Nase spürte.

»Wer war das?«, fragte er, ohne väterlich oder besorgt zu wirken.

Tränen stiegen ihr in die Augen, während sie den Blick hob. »Ich denke, es war der Mörder.«

Als eine über ihre Wange rollte, nahm er sie mit dem Zeigefinger auf und zerrieb sie nachdenklich, während er sich wieder gegen die Wand lehnte.

Deidra hasste es, wenn er in ihr alles durcheinanderbrachte – dann fühlte sie sich wie ein dummes, kleines Mädchen, obwohl sie wusste, dass er genau das absichtlich herbeiführte.

»Ich verfolgte Professor Broud, weil …« Sie brach ab, als sie an das Geschehen dachte. Was, wenn der Angreifer sein gewonnenes Wissen gegen ihren Liebhaber einsetzte? Wenn er doch mehr gesehen hatte? Wer sollte ihn schützen?

Anernerk sah von seinen reibenden Fingern auf. »Weil?«

Schnell ließ sie den Blick durch den Raum schweifen, um nachzudenken.

»Weil er sich verdächtig benahm«, fuhr sie zögerlich fort.

Der Wolf sah sie nun lauernd an, ihr Verhalten fiel ihm auf.

Entschlossen nahm sie all ihre Aufmerksamkeit zusammen und erwiderte offen seinen Blick. »Ich bin ihm nachgelaufen und wurde beim Betreten eines Raums von einem Schlag im Gesicht getroffen.«

Nachdenklich legte Anernerk einen Finger auf die geschürzten Lippen. »Und dann?«

Die Hitze des Bechers reichte ihr nicht mehr, also stellte sie das Gefäß beiseite. »Ich weiß nicht, wie er das gemacht hat, aber er ist in meinen Kopf eingedrungen und hat meine Erinnerungen durchwühlt«, sagte sie ehrlich. Der Gedanke daran löste erneut das Gefühl aus, missbraucht worden zu sein.

»Was hat er gesucht?«

Deidra rieb sich über den linken Oberarm, was leichte Schmerzen erzeugte, die ihre Gedanken im Hier und Jetzt hielten »Eine Schwachstelle, nehme ich an. Aber er hat aufgehört, als er Tate in meiner Erinnerung sah. Ich spürte, wie erregt er deswegen war. Der Angreifer hat sofort von mir abgelassen.«

Der Wolf betrachtete ihre Hand, die immer wieder über den Arm rieb.

Deidra wünschte sich, ganz offen sprechen zu können, aber das durfte sie nicht. Er würde sie verurteilen. Sie kannte die Grenzen.

»Liegt er noch im Koma?«

Zur Bestätigung nickte sie nur.

»Und du hast bereits für seinen Schutz gesorgt?«

»Thure hat das getan.« Deidra drückte den Rücken durch. »Ich bin mir nur nicht sicher, ob es reichen wird.«

Anernerk trank von seinem Tee und nahm eine lässige Haltung ein. Das Gespräch neigte sich dem Ende zu. »Hinterfrage niemals, warum Wakan Tanka dich prüft, Deidra. Frage dich nur, ob du alles in deiner Macht Stehende tust, um dem Großen Geist zu genügen.«

»Das tue ich«, bestätigte sie.

»Ogaki Qaletaqa ist hier gewesen.«

Natürlich wusste Deidra, was er ihr damit sagen wollte. Den Familiennamen *Qaletaqa* erhielten Ogakis Ahnen als Auszeichnung – der Name bedeutete *Beschützer des Volks.* Wenn er persönlich ins Präsidium gekommen war, bedeutete es, dass der oberste Rat die Geschehnisse beobachtete.

»*Até Uzuye,* wir tun alles, was in unserer Macht steht …«

Anernerk hob eine Hand. »Tut mehr als das. Ganz offensichtlich reicht es bislang nicht.«

Mit einer leichten Drehung der Rechten entließ er sie.

Deidra stand auf und verabschiedete sich gebührend, was von dem Wolf nur halbherzig erwidert wurde. Offensichtlich hatte sie sich an diesem Tag keinen Respekt verdient.

Tate saß bei Ehawee auf der Bettkante und hielt ihre Hand. Jetzt, da er sich die schwarze Spur eingefangen hatte, konnte er ihr zumindest etwas Kraft schenken. Allerdings würde er nicht in diesem Zimmer bleiben. Inola hatte kurz den Raum verlassen, um das Gegengift für ihn zu besorgen, sollte diese ominöse Spinne tatsächlich eines Tages zubeißen. Seinen Argumenten, warum er nicht untätig hier verweilen wollte, hatte die Schamanin nichts entgegensetzen können. Es tat ihm leid, dass er Inola mit hineingezogen hatte.

»Inola sagt, dass es dir schlagartig besser gehen wird, wenn die Spinne in die ewigen Jagdgründe eingezogen ist«, sagte er, als das Schweigen zu lange dauerte.

Ihm war nur etwas schwindlig, ansonsten fühlte er sich schwach vom Liegen, doch das würde bald vergehen.

»Manchmal habe ich mir gewünscht, es würde etwas passieren, das mir das Recht gäbe, mich um nichts mehr kümmern zu müssen.« Sie lächelte müde. »Ich denke, eine Weile halte ich das noch aus. Meine Familie kommt auch ohne mich zurecht.«

Die Tür öffnete sich, und Inola kam mit einer Spritze in der Hand herein.

Tate nickte ihr zu und stand auf. »Ich komme wieder.«

»Pass auf dich auf, mein Freund.«

Er sah sie ein letztes Mal an, ohne seine Zuneigung verbergen zu können. Die Gefühle waren einfach da gewesen, als er sie vor Jahren kennengelernt hatte. Lange bevor ihr Mann gestürzt und ihr Leben zu einem Gefängnis geworden war. Als Freund konnte er für sie da sein, als Geliebter wäre er eine Katastrophe gewesen. Weil er sie liebte, ließ er sie in Ruhe und hoffte, dass er diese Entscheidung niemals bereuen müsste. Er wusste, dass sie ebenso fühlte, was dieser Verbindung eine spürbare Besonderheit verlieh.

»Und ihr passt auf meine Freundin auf«, wies er die Tiere betont humorvoll an.

Die Reaktionen fielen mäßig aus. Weder Luchs noch Fledermaus interessierten seine Sprüche.

Er ging zu Inola hinüber und nahm die Spritze entgegen.

»Solltest du gebissen werden, bleiben dir nur ein paar Sekunden, bevor die Krämpfe losgehen. Diese Spinnen sind außergewöhnlich aggressiv und giftig. Und der Gedanke, dass möglicherweise zahlreiche davon ausgesetzt wurden, ist grauenhaft.«

Nickend steckte er das Medikament in seine Tasche. »Verstehe. Ich danke dir.«

Damit er nicht einfach an ihr vorbeigehen konnte, stellte sie sich dichter vor die Tür. »Wohin gehst du jetzt?«

Behutsam schob er sie zur Seite. »Erst mal nach Hause, um mir etwas anderes anzuziehen.« Auch wenn er froh war, das Krankenhaushemd gegen richtige Kleidung eingetauscht zu haben, war das, was sie ihm gebracht hatte, nicht ganz sein Geschmack. Er trug neben der schwarzen Uniform auch privat ausschließlich schwarze Kleidung. Jetzt musste er sich mit erdfarbenen Stoffen zufriedengeben, die mit hellblauen Stickereien verziert waren und ihn wie einen *Wasicun* im Powtankaner-Kostüm aussehen ließen. »Ich werde mich von Dee abholen lassen, damit sie mich auf den neuesten Stand bringen kann. Dann ziehe ich mich um, und wir legen diesem Wichser das Handwerk.«

Die Schamanin verengte die Augen. »Und wie gehst du mit deiner Gabe um?«

An ihr vorbei langte er nach dem Türgriff. »Seit ich nicht mehr im Koma liege, scheint es nicht mehr zu funktionieren. Aber ich verspreche, dass ich alle notwendigen Untersuchungen und Rituale über mich ergehen lassen werde.«

Zur Verdeutlichung seines Respekts legte er die rechte Hand auf sein Herz und verneigte sich vor ihr.

Noch immer mit einem skeptischen Gesichtsausdruck trat sie gänzlich zur Seite und ließ ihn gehen. »Mögen die Geister dich beschützen.«

Mit ihm verließ eine Katze den Raum und trottete neben ihm her. Sie war etwas dicklich und orange-schwarz getigert. »Ich brauche keine Begleitung«, sagte er freundlich, aber bestimmt, was das Tier nicht sonderlich zu interessieren schien. »Na, das kann ja heiter werden.«

Er zog das von Inola geborgte Telefon aus der Tasche und wählte Deidras Nummer. Als sie das Gespräch entgegennahm, bereitete es ihm ein diebisches Vergnügen, sie mit seiner Stimme zu überraschen. Inola hatte es ihm überlassen, seine Kollegen darüber zu informieren, dass er wieder erwacht war.

»Tate? Den Ahnen sei Dank!« Dann etwas gedämpfter: »Wir haben dir Kollegen zum Schutz geschickt. Der Mörder weiß, dass du noch lebst.«

Abrupt blieb er stehen. »Was?« Sein Blick schweifte den Gang entlang. Alles schien ruhig zu sein. »Wie ist das möglich?« Er hörte, dass sie sich bewegte und in ein Auto stieg. »Dee?«

Die Antwort fiel ihr schwer, aber schließlich sagte sie: »Von mir. Er war in meinem Kopf, ich konnte nichts dagegen tun.«

Schnell ging er auf den Ausgang zu, die Katze lief dicht neben ihm. Dabei beobachtete er die Menschen, denen er begegnete. Niemand schenkte ihm besondere Aufmerksamkeit.

»Schon gut, hol mich einfach nur umgehend ab, ja?« Er sah den Haupteingang und ging schneller. »Wir müssen dringend über alles reden und Maßnahmen ergreifen. Wenn er diese Gabe aus meinem Kopf schälen kann …«

Neben ihm schepperte es, und er sah Schwester Makawee, die ein volles Tablett fallen gelassen hatte und ihn mit vor den Mund geschlagenen Händen anstarrte.

»Verdammt«, fluchte Tate.

»Sie sind tot«, hörte er den undeutlichen Aufschrei hinter den zitternden Fingern. Sie wurde kalkweiß und drohte, vor Schreck umzukippen.

Tate hob beschwichtigend die freie Hand. »Bitte, beruhigen Sie sich!«

Aus dem Augenwinkel bemerkte er einen ungefähr Zwanzigjährigen, der ein Telefon aus der Tasche zog und ihn beobachtete, während er mit jemandem sprach.

»Verdammt, verdammt, verdammt«, fluchte er und ging weiter, ohne sich weiter um die bedauernswerte Frau zu kümmern. »Beeil dich, ich werde verfolgt.«

Er beendete das Gespräch, lief zur Bushaltestation und drehte sich immer wieder um. Der junge Mann folgte zwar, blieb jedoch an der Tür stehen.

Die ungewohnten Schuhe drückten, und die Hose spannte bei jeder Bewegung unangenehm an den Oberschenkeln.

Er lief weiter die Straße hinauf, auf der anderen Seite sah er Wohnhäuser. Mit etwas Glück fände er ein Versteck, von dem aus er den Treffpunkt bis zu Deidras Ankunft im Auge behalten konnte. Die Anstrengung ließ kleine Sterne vor seinen Augen aufblitzen, und Schweiß lief aus jeder Pore. »Meine Güte, so lange war ich nun auch wieder nicht außer Gefecht gesetzt«, raunte er mürrisch. Die Katze sprang locker neben ihm her.

Ein kleiner Ford Fire fuhr an ihm vorbei und hielt vor dem Krankenhaus, wo der junge Mann hastig einstieg. Tate konnte sehen, dass er auf ihn zeigte. Die andere Person schien den Autopiloten deaktiviert zu haben und steuerte das Fahrzeug selbst. Das funktionierte nur noch bei sehr alten Modellen, und nicht viele Leute waren dazu noch in der Lage. Manche jungen Leute machten einen Sport daraus, was sich aber bislang auf die Unigelände beschränkte.

Kurz entschlossen flüchtete er in das nächste Gebäude, in dem es aufdringlich nach Waschmittel und Seife roch. Aus dem Keller kamen mehrere Frauenstimmen, begleitet von den schlagenden Geräuschen, mit denen Stoffe ausgeschüttelt wurden. Er klingelte an der ersten Tür zu einer Wohnung, die vermutlich Fenster zur Straße hin hatte. Draußen hörte er den Wagen bremsen.

Ein kleines, vielleicht gerade mal sechsjähriges Mädchen öffnete und sah ihn mit großen Augen an. Er musste all seine Geduld zusammennehmen, um vor dem Mädchen in die Knie zu gehen und ganz ruhig mit ihm zu reden. »Würdest du mich bitte reinlassen? Ich bin Polizist und muss ganz dringend mal das Telefon benutzen.« Unauffällig ließ er das Mobiltelefon, das er noch immer in seiner Linken hielt, in die Jackentasche gleiten. Er hatte keine Zeit, an einer anderen Tür zu klingeln, also hoffte er auf die naive Hilfsbereitschaft des Kindes.

Ihre fast schwarzen Augen blieben auf ihn gerichtet, während sie bedächtig den Kopf schüttelte. Schritte kamen auf den Hauseingang zu.

Da sprang die Katze an ihm vorbei und lief in die Wohnung. Das Mädchen kicherte begeistert und rannte hinterher. Tate nutzte den Moment, schlüpfte hinein und schloss kaum hörbar die Tür hinter sich. Schwer atmend ließ er sich am Holz hinabrutschen und schloss für ein paar Herzschläge die Augen. Die Schritte eilten vorbei.

Das Mädchen lachte, und als Tate die Augen öffnete, sah er es glücklich mit dem Tier auf dem Arm in seine Richtung kommen.

Er grinste sie an und stemmte sich wieder hoch, als die Katze wütend zu fauchen begann. Das Mädchen drehte sich zum offenen Fenster und schrie, wobei es die Katze fallen ließ. Eine maskierte Frauengestalt stieg gerade ein. Den Bewegungen nach war sie athletisch und konditionell zumindest in diesem Augenblick Tate gegenüber im Vorteil.

»So eine Bisonscheiße.« Tate sprang auf und rannte auf die Angreiferin zu, kassierte jedoch den ersten Schlag ins Gesicht, noch bevor er ausholen konnte.

»Er ist hier«, schrie sie und setzte unerbittlich nach.

Das Mädchen kreischte, neben ihm fauchte die Katze.

Bereits nach wenigen Treffern wusste Tate, dass er in seinem Zustand chancenlos war. Ihm fehlten Schnelligkeit und Kraft. Er sah sich Hilfe suchend in der Wohnung um, während sich die Angreiferin auf ihn fallen ließ und ihm mit den Knien die Luft aus der Lunge presste.

Leotie, stand krakelig auf einer Kinderzeichnung geschrieben.

Er ging in sich und suchte das Licht. »Ich weiß, dass du hier bist«, sagte er keuchend in der Schwärze hinter seinen Augen. »Zeig dich endlich!«

Ein weiterer Hieb traf ihn am Kopf, die Frau zwang seinen Arm auf den Rücken.

»Leotie«, rief er in seinem Geist.

Ein heller Blitz blendete seine Gedanken, dann öffnete er die Augen und stand neben der Kampfszenerie.

Durch die Kinderaugen sah die Umgebung anders aus, irgendwie bunter und von Reizen durchsetzt. Als er sich bewegte, stieß er gegen die Katze, die einen Satz zur Seite machte und mit einem gurrenden Laut die Krallen in den Teppich grub. Der Komplize schien den Ruf der Angreiferin nicht gehört zu haben, alles war ruhig. Langsam ging er in die Küche und zog ein großes Messer aus dem Block. Es wog schwer in den kleinen Händen. Mit vorsichtigen Bewegungen schob er sich an der Wand entlang in den Rücken der Frau, die gerade Kabelbinder von ihrem Gürtel fischte.

Siegessicher legte sie das dünne Plastik um beide Hände seines wehrlosen Körpers. Die Motorik des Mädchens war noch unreif, also versuchte er, die Handlungen so einfach wie möglich zu planen, aber er musste schnell sein.

Noch bevor die Fremde zuziehen konnte, packte er sie mit der kleinen Hand im Gesicht und schnitt ihr mit der Klinge die Kehle durch.

Gurgelnd erstickte die Frau an ihrem eigenen Blut, der Todeskampf dauerte nur wenige Minuten, dann blieb sie regungslos auf ihm liegen.

»Verdammte Scheiße«, fluchte er mit der Mädchenstimme. Er sah auf die blutigen Finger runter und dachte nach. Wenn die Polizei sie befragte, durfte sie nichts über diese Ereignisse wissen. Schnell lief er in die Küche und reinigte sorgfältig die zarten Finger unter fließendem Wasser. Das Kleid hatte nichts abbekommen. Im Flur sah er in den Spiegel, um sich zu vergewissern, dass er alles abgewaschen hatte.

Dann verließ er in ihrem Körper die Wohnung und kehrte erst in seinen zurück, als die Tür hinter ihr ins Schloss gefallen war. Es dauerte einige Herzschläge, bis sie zu schreien anfing und polternd die Treppen in den Keller hinablief.

Tate stemmte mit aller Kraft die Tote von seinem Rücken, riss ihr die Maske vom Gesicht und machte ein Foto mit seinem Telefon.

Powtankanin, ungefähr zwanzig Jahre alt, Clanschmuck in den schwarzen Haaren. Im Wagen würde er den Clan anhand der Zeichen und Farben identifizieren können.

Der Ford stand verwaist vor dem Gebäude, der andere Angreifer war nirgends zu sehen.

»Dee, wo bleibst du?« Schnell sammelte er das Messer ein. Ohne die Tatwaffe würden die Kollegen im Dunkeln tappen. Später konnte er dem Wolf dann alles erklären.

Sehr viel später, wenn er genau darüber nachdachte.

Er hörte aufgebrachte Frauenstimmen im Treppenhaus. Schlüssel klapperten.

Mit dem Messer in der Hand hievte er sich aus dem Fenster und rannte einige Meter vom Gebäude weg. Endlich sah er auch den schwarzen Blú Controverse in die Straße einbiegen. Das Kennzeichen des anderen Fahrzeugs würde hoffentlich Informationen liefern, mit denen sie etwas anfangen konnten. Er sagte es sich immer wieder auf, damit er es im Wagen gleich eintippen konnte.

Deidra empfing ihn mit geöffneter Wagentür und gezogener Waffe.

Die Katze war schneller und sprang hinein.

»Bist du verletzt?«, fragte Deidra mit einem Blick auf seine blutige Kleidung.

»Nein, das ist nicht meines.« Er musste erst Atem schöpfen.

»Wirst du noch verfolgt?« Sie sah an ihm vorbei zum Haus, wo aufgeregte Frauenstimmen durch das offene Fenster drangen.

»Kann sein«, sagte er gehetzt und stieg ein. »Aber die Kollegen sollen sich darum kümmern. Lass uns fahren.«

»Wessen Blut ist das?«

Er musste gut darüber nachdenken, was er über die Geschehnisse preisgeben wollte. Sein Plan, die Gabe vorerst zu verleugnen und als Besonderheit des Komas zu verkaufen, musste er nun wieder verwerfen. Zumindest vor Deidra, deren Unterstützung er dringend brauchte. Er schleuderte das Messer in den Fußraum und schlug mit einer Faust gegen das Polster. »Ich musste in den Körper eines Mädchens wechseln, um meine Gegnerin auszuschalten. Dem Mädchen geht es gut, ihm ist nichts passiert, aber ehrlich, Dee, wenn wir hierbleiben, werde ich ziemlich viele unangenehme Fragen zu beantworten haben, die allesamt dafür sorgen, dass ich aus dem Verkehr gezogen werde.«

Sie schloss die Tür und nannte dem Autopiloten Tates Wohnadresse. »Du hast recht. Wir fahren zu dir, dann greifst du auf die Schnelle alles, was du brauchst, und anschließend bringe ich dich in ein Hotel.«

Ein paar Straßen weiter kam ihnen ein Einsatzfahrzeug mit Blaulicht entgegen. Tate fühlte sich wie ein Verbrecher, weil er lieber floh, statt dafür zu sorgen, dass der andere Verfolger geschnappt und befragt werden konnte.

Deidra lehnte sich zurück und sah ihren Kollegen ernst an. »Schön, dich wiederzuhaben.«

Eine nette Lüge. Tate wusste, wie sehr alles durch ihn verkompliziert wurde. Als wären die rätselhaften Morde nicht genug, wurde in seinem

Kopf eine Gabe aktiviert, vor der sich jeder fürchten musste. »Hier geht eine verdammte Scheiße ab. Sag mir, dass ihr mit den Ermittlungen weitergekommen seid.«

Bedauernd schüttelte sie den Kopf. »Es gibt weitere Opfer.«

Er bemerkte ihren Blick, der mehr als Sorge ausdrückte. »Wir schaffen das, Dee. Bislang waren unsere Fälle vergleichsweise harmlos, aber wir sind die Besten für diesen Job.«

Die Katze legte sich zwischen ihnen auf den Sitz und rollte sich zusammen.

»Na, du warst mir ja eine große Hilfe«, sagte er sarkastisch. »Darf ich vorstellen, meine neue Lebensgefährtin, die Feinde in die Flucht faucht.«

Mit einem Kopfschütteln verschränkte Deidra die Arme vor der Brust. »Ein *Wasicun* mit Geleittier? Ehrlich, Mann, unsere Welt fällt auseinander. Nichts scheint mehr so zu sein, wie es bis vor ein paar Tagen noch war. Wo nimmst du nur deine Zuversicht her?«

Tate seufzte schwer und wischte sich mit dem Ärmel etwas Blut vom Gesicht. »Sieh es als eine meiner Gaben.« Aber als er die Katze betrachtete, fiel ihm noch etwas ein, das sein Gewissen schwer belastete: »Beim Großen Geist, das Mädchen!«

»Was meinst du?«

»Ich habe sie infiziert. Na, mit dieser schwarzen Spur, die an mir klebt.«

Deidra verdrehte die Augen. »Ist das dein Ernst?«

»Ja, ich habe Inola auch infiziert. Ich weiß nur nicht, ob die Spinne so lange jagen wird, bis sie jeden von uns erwischt hat, oder alles mit dem nächsten Biss vorbei ist.«

Mit einem Blick nach hinten vergewisserte er sich, dass der Ford Fire ihnen nicht folgte. »Wir kriegen das hin, weil wir es müssen.« Ihm wurde klar, wie plakativ sich das anhörte, also fügte er schnell hinzu: »Nenn es Eingebung oder Intuition, aber ich weiß, dass wir es stoppen können. Sowohl die Spinne als auch die Person, die hinter allem steckt.« Es musste so sein, weil die Alternative eine Zukunft skizzierte, für die er nicht verantwortlich sein wollte.

»Hoffen wir, dass du recht hast. Ich werde später mit der Familie reden und sie vor gefährlichen Spinnen warnen, die in dieser Gegend ausgesetzt wurden. Ich fürchte, mehr können wir gerade nicht tun.«

Tate zog die Spritze aus seiner Tasche. »Gib der Familie das Gegengift.«

Sie nahm die Spritze und nickte. »In Ordnung.«

Deidra sah nicht gut aus. Die Anspannung verhärtete ihre Züge, Schatten lagen unter ihren Augen, während ihre dunkle Haut ungewöhnlich blass erschien. Menschen wie sie und Tate mussten sich stets mehr beweisen als andere. Seine Kollegin wurde respektiert, ihre Führungsqualitäten hielten das Team zusammen, und Thure vertraute ihr. Tate wusste, was in diesem Augenblick in ihrem Kopf vorging. Wie sie versuchte, den besten Weg zu finden, ohne Thure belügen zu müssen oder Tate in Schwierigkeiten zu bringen.

»Ich werde Thure alles über diese verfluchte Gabe sagen«, sagte er, um ihr ein Stück dieser Last zu nehmen. »Nur lass mich bitte den richtigen Zeitpunkt dafür wählen, okay?« Das würde ihm zumindest etwas Zeit verschaffen.

»Ist gut«, sagte sie matt. »Wer weiß, vielleicht brauchen wir deine Fähigkeit am Ende, um das größte Übel abzuwenden.«

Mit dem rechten Zeigefinger tippte er auf die Tischplatte und wählte aus dem erscheinenden Menü die Suchabfrage aus. »Mal sehen, was das Kennzeichen über die beiden verrät«, kommentierte er sein Tun. »Juan Vasquato ist der Besitzer. Hausmeister. Vor zehn Jahren aus Spanien eingewandert, keine Vorstrafen.«

»Ich sage Thure, dass dieser Mann überprüft werden muss.« Deidra tippte entsprechende Anweisungen.

»Er soll überprüfen, ob der Mann die Tote kennt. Kannst du das so einbringen, dass …«

»Du nicht damit in Zusammenhang gebracht wirst?« Sie nickte nur und schrieb weiter. Als sie fertig war, deaktivierte sie die Anzeige und sah Tate offen an. »Wenn du diese Gabe jemals missbrauchst, mache ich dir Feuer unterm Arsch.«

Er wusste, dass sie es genauso meinte, wie sie es sagte. »Das hätte ich gern als Versprechen.«

KAPITEL 16

Finnley verließ das Bad und ging nach unten, um sich von Taima zu verabschieden. Für das Ritual hatte er sich ein schwarzes Hemd und eine Jeans angezogen, weil er sich in dieser Kleidung am wohlsten fühlte. Im Grunde hatte er keine Ahnung, was auf ihn zukommen würde, Taimas Anspannung war so deutlich zu spüren, dass er es nur schnell hinter sich bringen wollte. Sie war extra früher von der Arbeit gekommen, aber statt ihm noch ein paar sinnvolle Ratschläge zu geben, räumte sie Dinge hin und her. Als wäre es auf einmal dringend notwendig, Ordnung in die Regale zu bringen oder Schubladen auszumisten.

Er kam ins Wohnzimmer und fand sie zwischen Fotos auf dem Boden sitzen. »Hey, Wicapi, was machst du da?«

»Ich dachte, wir könnten vielleicht ein paar bei der Treppe aufhängen. So wie ihr das in Schottland gern macht. Was meinst du?«, erklärte sie und durchwühlte die Bilder.

In seinem Besitz befanden sich nur sehr wenige Fotos, und die wollte er nicht jeden Tag sehen. »Das klingt gut«, sagte er unverbindlich. »Ich muss jetzt los.«

Sie ließ von den Bildern ab und stand auf. So nervös war sie das letzte Mal bei der Landung gewesen, kurz bevor die erste Begegnung mit ihrem Vater angestanden hatte.

»Du schaffst das schon«, sagte sie, was wohl eher ihrer eigenen Beruhigung dienen sollte.

Er nahm sie in den Arm und drückte sie fest an sich. Ihre Nähe war alles, was er brauchte. Keine Fotos an den Wänden, kein nordisches Supertotem und keine Anerkennung ihrer Eltern. Nur sie. »Mach dir keine Sorgen. Ich werde aufmerksam zuhören, tun, was Chenoa mir sagt, und am Ende haben alle, was sie wollen.« Bei Chenoas Namen spannte sie sich deutlich an. Mit seiner Forderung hatte er für unerwartet viel Wirbel gesorgt. Jeder fürchtete etwas anderes. Deidra und Thure fürchteten, Chenoa könnte versagen, Tatoke fürchtete, der Yakesha-Clan könnte durch das Gelingen zu viel Macht zugewinnen, und Taima fürchtete ganz offensichtlich, dass Finnley mit dem Ritual überfordert sein würde. Eine richtige Vorbereitung hatte es nicht gegeben. Genau genommen hatte Taima dasselbe nur ständig in anderen Worten wiederholt. Er sollte sich an jede Anweisung halten und auf keinen Fall davon abweichen.

»Ich sollte nicht zu spät kommen«, flüsterte er in ihr Ohr und küsste ihren Hals, bevor er die Umarmung lockerte.

Taima lehnte sich etwas zurück und sah ihm in die Augen. »Ich liebe dich«, sagte sie ernst und strich ihm über die Wange. »Was auch passiert, daran wird sich nichts ändern.«

Grinsend umfasste er ihre Finger und führte ihre Hand an seine Lippen. »Was soll schon passieren? Wenn ich versage, erfülle ich aller Erwartungshaltungen, wenn nicht, freuen sie sich über meinen Kumpel Fenrir.«

Ungehalten stieß sie die Luft aus. »Nenn Fenrir nicht so, das ist respektlos.«

Finnley zog sie an sich und kam ihrem Gesicht ganz nahe. »Das kann er mir ja bald selbst sagen.« Schnell erstickte er den nächsten Tadel mit einem Kuss. »Und? Hast du noch ein paar weise Worte, die du mir mit auf den Weg geben willst?« Er ließ sie los und zog sie mit sich zur Garderobe. Während er in die Schuhe stieg, blieb sie mit verschränkten Armen neben ihm stehen und sah ihm mit ernster Miene zu. Ihr standen all die Gedanken, die sie nicht aussprechen wollte, ins Gesicht geschrieben. Er glaubte, sie auch so zu verstehen. »Dein Clan wird es überwinden, wenn Chenoa beschenkt wird. Was es auch ist, sie verdient es, weil sie wirklich gute Arbeit leistet. Ich verstehe ja nicht viel von diesem spirituellen Kram, aber solche Familienfehden hören nie auf, wenn man ständig alle Nachkommen mit reinzieht.« Er ließ die Jacke am Haken hängen, weil es angenehm warm war. »Und sie wird es sicher kurz und schmerzlos halten, weil wir einander nicht so viel zu sagen haben. In ein, zwei Stunden bin ich sicher wieder zurück, und dann machen wir es uns gemütlich, ja? Nur du und ich, ohne deine Eltern.«

Ihr Nicken wirkte wie ein Entgegenkommen. »Viel Erfolg.«

Sie brachte ihn noch zur Tür und gab ihm zum Abschied einen innigen Kuss.

»Ich liebe dich auch«, sagte er und ging.

Im Wagen drehte er sich nochmals zu ihr um und hob eine Hand zum Abschied, dann startete das Fahrzeug und fuhr los. Als das Wohngebiet hinter ihm lag, stieß er den Atem aus und rieb sich übers Gesicht. Ein anderer Abschied wäre ihm lieber gewesen. Einer, der ihm nicht das Gefühl vermittelte, alles falsch machen zu können. Vielleicht hätte er sich doch besser vorbereiten müssen? Diese ganzen rituellen Geschichten waren ihm zu hoch, weil alles eine Bedeutung hatte. Die Anordnung von Kleinkram, die Kräuter, Farben und Symbole. Taima hatte lernen müssen, dass es besser war, ihm direkt bei der Durchführung Regieanweisungen zu geben, statt ihm vorher alles zu erklären. Je weniger Gedanken er sich über rituelle Abläufe machte, desto größer wurde die Wahrscheinlichkeit, dass er es schaffte. Für Taima würde er alles schaffen.

»Komm rein.«

Finnley war nicht wohl dabei, Chenoas Haus zu betreten. Rituale hatten oft etwas Intimes an sich, was sich bei alten und fremden Schamaninnen schon unangenehm anfühlte, aber jetzt wurde ihm bewusst, dass er Chenoa täglich bei der Arbeit sah. Was, wenn er sich peinlich benahm oder irgendwas Unwürdiges tun musste? Sie sah angespannt und etwas ängstlich aus. Was wahrscheinlich dem Respekt vor diesem spirituellen Hokuspokus geschuldet war. Was sollte schon groß passieren? Im schlimmsten Fall ging es schief, und es blieb bei den Blackouts.

»Zieh bitte deine Schuhe aus«, wies sie ihn an.

Als sie ihm den Rücken zudrehte, rollte er mit den Augen und kam der Bitte nach. In diesem Land behielten die Menschen selten ihre Schuhe an den Füßen, wenn sie irgendwo einkehrten. Es wunderte ihn, dass sie im Präsidium mit dieser Eigenart brachen. Entsprechend überflüssig war es, dass Chenoa das überhaupt erwähnte.

Es war ungewohnt, sie in einem dünnen weißen Baumwollkleid statt in der schwarzen Uniform zu sehen. Auch ihr Wohnzimmer sah anders aus als zuvor. Für das Ritual hatte sie alles weggeräumt, das nicht gebraucht wurde. Kein Kleinkram auf den Regalen, keine Schälchen, Säckchen oder Mobiles. Dafür zierte ein großer weißer Kreis mit unterschiedlichen Symbolen den Fußboden.

»O Mann, ist dieses Ritual die ganze Arbeit überhaupt wert?« Es tat ihm leid, dass sie sich so viele Umstände machen musste, obwohl sie ihn eigentlich nicht mal leiden konnte.

»Zieh bitte dein Hemd und die Hose aus.«

Finnley wollte auflachen, aber Chenoa meinte es bitterernst. »Muss das sein?«

»Die Zeichen lassen sich nicht auf deine Kleidung malen, also tu es bitte.«

Da war es wieder, all das Kleingedruckte, mit dem er sich doch hätte auseinandersetzen sollen. Wahrscheinlich war Taima deswegen so nervös gewesen: Weil er jeden Moment halb nackt bei einer anderen Frau sitzen würde, die ihn mit Farbe einpinselte.

»Na schön«, sagte er schlecht gelaunt und zog sich das Hemd über den Kopf. Ihr Blick fiel auf seinen Oberkörper, der ebenfalls stark tätowiert war und den Eindruck erweckte, er sei halb Mensch, halb Maschine.

»Wenn ich das vorher gewusst hätte, dann hätte ich wenigstens Shorts eingepackt.« Er trug eine dieser eng anliegenden Unterhosen, und eine weitere Lage Stoff wäre definitiv angenehmer gewesen.

Eigentlich hatte er noch nie Probleme damit gehabt, sich vor Frauen auszuziehen, denn er wusste, dass er gut gebaut war. Als die Tätowierungen noch neu gewesen waren, hatte er es als besonders reizvoll empfunden, Frauen mit seinem Aussehen zu imponieren. Wenn sie dann neugierig mit ihren Fingern über die Körperpartien gewandert waren und sich gewundert hatten, dass er sich dennoch nach warmer Haut anfühlte, hatte er in den meisten Fällen sicher sein können, in jenen Nächten wilden und hemmungslosen Sex zu haben. Aber dieser Mann war er schon lange nicht mehr, und die jetzige Situation war ihm äußerst unangenehm.

Chenoa ließ seine verlegen ausgesprochenen Worte unkommentiert und drehte sich respektvoll um, als er die restliche Kleidung ebenfalls ablegte. »Bitte trete nicht auf die weißen Linien, weil eine Veränderung der Symbole auch das Ritual verändern würde.«

Wieder klang die Angst sehr deutlich in ihrer Stimme mit.

»Solltest du lieber abbrechen wollen, dann ist das okay«, bot er an. »Du musst das nicht tun.«

Mit einem traurigen Ausdruck in den dunklen Augen sah sie wieder zu ihm hin. »Dafür ist es jetzt zu spät, Tunkan. Das war deine Forderung, jetzt müssen wir beide es zu Ende bringen.«

Eigentlich hatte er ihr einen Gefallen tun wollen. *Sie* würde doch mit Erleuchtung oder so was gesegnet werden, nicht er.

»Ich erkläre dir jetzt, wie es weitergeht«, sagte Chenoa und streckte auffordernd eine Hand nach ihm aus. Er ergriff sie und ließ sich in den Kreis ziehen. Dabei sah er nur auf den Boden, um ja keines der Symbole zu verwischen.

»Wir setzen uns hier in den Kreis, dann bemale ich deinen Körper mit Symbolen, und wir rufen Fenrir.«

Soweit klang alles ganz einfach.

»Wenn wir die Verbindung geschlossen haben, darfst du sie auf keinen Fall lösen, bevor das Ritual vollendet wurde«, sagte sie konzentriert.

»Und woran merke ich, dass es vollendet wurde?«

Immer wieder wanderte ihr Blick über seine Tätowierungen. »Fenrir wird entscheiden, wie lange es dauert.«

Auf ihr Geheiß setzte er sich in der Mitte in einen Schneidersitz und wartete ab.

»Es wird etwas kalt sein«, warnte sie ihn vor.

Er spürte ihre linke Hand, die sich kühl und vor Aufregung feucht anfühlte, auf seiner Schulter. Mit dem Zeigefinger der anderen Hand rührte sie kurz in einer Schüssel mit weißer Farbe und begann dann, auf seinem Rücken zu malen.

Sein Herzschlag ging schneller. Wenn er den Kopf zur Seite drehte, konnte er die Blätter mit den Zeichnungen sehen, die sie als Vorlage benutzte. Er versuchte, ganz ruhig zu atmen, aber in seiner Körpermitte wuchs eine unbestimmte Aufregung.

»Gibt es Nebenwirkungen?«, fragte er, um die Stille zu brechen und von seiner Aufregung abzulenken.

»Nun«, Chenoa ließ die Hand über seine Schulter gleiten, »wir müssen während der Zusammenführung sehr stark und in uns gefestigt sein, weil wir dem Ur-Totem Fenrir begegnen werden. Es ist kein powtankanisches Totem, und es wird sich uns in seiner ganzen nordischen Wildheit zeigen.«

Mit gespreizten Fingern fuhr sie mit der Hand von seinem Rippenbogen bis vorne zum Solarplexus, wobei sie ihm mit ihrem eigenen Körper sehr nahe kommen musste.

Finnley biss sich auf die Unterlippe, um nicht unvermittelt zusammenzuzucken. »Sind die nordischen Totems wilder als powtankanische?«

Sie nahm ihre Hände fort und setzte sich mit dem Farbtopf und der Zeichnung vor ihn. Der Seelenspiegel lag nicht mehr um ihren Hals. Nun fielen ihm die Stickereien auf, die sich mit einem leichten Beige vom Weiß des Kleids abhoben. Tiergestalten säumten die Ärmelaufschläge und ihren Ausschnitt, der nur von dünnen Schnüren über der Brust zusammengehalten wurde. Finnley schloss die Augen und versuchte an etwas anderes zu denken. Es war ihm peinlich, dass sein Herz so schnell schlug und er ihre Berührungen zunehmend erregend empfand.

»Jene Totems sind Seelensucher. Es interessiert sie nicht, welche Herkunft die Träger haben, ob Traditionen gewahrt werden oder überhaupt ein Verständnis für die Astralwelt besteht. Sie erwählen die Seelen, die sie für besonders halten, und bieten dem Träger eine Verschmelzung an.«

Ihre weiß getünchten Hände legten sich auf seine Oberschenkel, und Finnley drehte mit angehaltenem Atem den Kopf zur Seite.

Vielleicht wäre es doch besser gewesen, eine fremde Schamanin das Ritual durchführen zu lassen, aber dafür war es nun zu spät.

»Keine Sorge«, sagte sie ruhig. »Alle Rituale sind auch immer emotionale Reisen zu uns selbst. Wir leben, also fühlen wir, das muss dir nicht unangenehm sein. Ich verspreche dir, dass nichts passieren wird, für das du dich hinterher schämen musst.«

Dann hob sie die Hand und malte ihm einen Strich von der Stirn bis zur Nasenspitze. Allein diese Aussage trieb ihm die Schamesröte ins

Gesicht, die glücklicherweise unter Tätowierungen, Farbe und im Schummerlicht nicht zu sehen war.

Zum Schluss nahm sie etwas Farbe zwischen ihre Hände, verrieb sie und presste die Handflächen dann links und rechts gegen seine Brust. »Das symbolisiert das Bündnis der Drei«, erklärte sie und deutete nacheinander auf die Abdrücke. »Der Hüter, die Schamanin«, dann auf seinen Solarplexus gerichtet: »Das Totem.«

Mit beiden Händen hielt sie ihm die Schüssel entgegen. »Du musst jetzt deine Hand auf mein Brustbein drücken.«

Verlegen strich sie sich die Haare hinter die Ohren, dabei hinterließ sie mit den Fingern weiße Farbe an ihrer Wange.

Bereitwillig streckte er seine rechte Hand aus und verrieb etwas Farbe auf der Innenfläche. »Das fühlt sich merkwürdig an.«

Mit einem tapferen Lächeln öffnete sie das Kleid so weit, dass er seine Hand auf ihre Haut legen konnte. Die Blutergüsse und die kleine Wunde an ihrem Hals waren wie Mahnmale, warum er diese Zusammenführung machen musste. Als er sie zögerlich berührte, legte sie ihre eigenen Hände über seine und hielt ihn fest, damit er seine Finger nicht mehr lösen konnte. »Es ist eine Mischung aus gemahlenen Knochen, Talg und Elfenbein.«

Erwartungsvoll schloss sie die Augen, und er konnte deutlich ihr Herz unter seinen Fingern schlagen fühlen. Sie schien vollkommen in eine andere Welt abzutauchen. Ihre Brust hob und senkte sich gleichmäßig. Finnley sah, wie sie ihren Mund langsam öffnete und zu singen begann. Gleichzeitig löste sie eine Hand, fasste blind nach vorne und legte sie genau auf den passenden Abdruck auf seiner Brust.

Wie ein Feuerstoß fuhr etwas in ihn, das ihn stöhnend den Kopf zurückwerfen ließ. Erregung jagte durch seinen Körper, steckte jede Zelle in Brand, die bisher unfühlbar gewesen war. Er hörte sich atmen und Chenoa singen. Er wollte sie anflehen aufzuhören, weil er zunehmend die Kontrolle über sich verlor. Auf diese Reaktionen hatte sie ihn nicht vorbereitet – wahrscheinlich wäre er genau davor auch zurückgeschreckt. Jetzt hing er wie verschmolzen an der Schamanin und glaubte vor plötzlicher Ekstase zu verglühen. Aufregung und Hitze ließen ihn laut und keuchend nach Luft schnappen. Von seinem eigenen

Schrei gelockt, öffnete er die Augen und sah Chenoa und sich in Flammen stehen. Ihre Hände bannten ihn so fest, dass er glaubte, sie würde ihm das Herz entreißen, stieße er sie von sich.

Und dann sah er ihn, Fenrir, den mächtigsten aller Wölfe, der aus gelben Augen starrend und mit gefletschten Zähnen auf ihn zukam. Mannsgroß mit mächtigen Pranken und ehrfurchtgebietender Präsenz. Drohend sprang er auf Finnley zu, der ganz ruhig wurde und dem Totem fest in die Augen sah. Als wäre auf einen Schlag alles ganz logisch, übernahm Finnley nun die Kontrolle.

Er machte sich groß und drückte Chenoa rücklings auf den Boden, ohne die gelben Augen auch nur einen Moment aus dem Blick zu lassen. Sie sang. Er spürte ihre Angst, aber sie hörte nicht auf.

Fenrir schritt näher, stolz und mächtig, ließ Finnley seine Stärke in den eigenen Adern fühlen, die Wildheit in sein Herz sprudeln und die Witterung von frischem Blut wahrnehmen.

Er spürte, wie seine Muskeln anschwollen, Unbesiegbarkeit pumpte Mordlust in sein Verlangen. Den Blick senkend, sah er Chenoa unter sich liegen. Sie roch aufregend, ihr warmes Blut pulsierte. Ihr Gesang wurde kurz schwächer, als er ihren Kopf mit der freien Hand an den Haaren zurückriss, um ihrer ungeschützten Kehle näher zu kommen.

Fenrir knurrte zufrieden und schickte ein Heulen durch den Astralraum, das Finnley mit einem wilden Aufschrei beantwortete. Er konnte das Totem fühlen, in seiner Seele, in seinen Muskeln, in jeder Faser seines Körpers. Fänge wuchsen ihm aus dem Mund, und er leckte wild darüber.

Chenoas warmer Körper lag unter ihm gefangen, und Fenrir brüllte in seinen Ohren, als er gänzlich in seine Seele einfuhr. Mit aufgerissenem Mund neigte sich Finnley vor und schmeckte ihren Schweiß, während er mordlüstern über ihre Halsschlagader leckte. Er wollte sie reißen und in ihrem Blut baden, der Welt zeigen, wie mächtig er war. Sein Atem ging stoßweise, er witterte ihre Angst, was seine Erregung nur noch steigerte.

Aber Chenoa sang weiter.

Mit einem frustrierten Knurren zog er den Kopf zurück und sah ihr ins Gesicht. Sie weinte mit weit aufgerissenen Augen, aber die Tonfolgen endeten nicht. Ihre Hände hielten eisern die Verbindung. Schreiend richtete er sich auf und zog Chenoa brutal mit sich.

Fenrir lauerte in ihm, prüfte ihn, verlockte ihn mit seiner unbändigen Wildheit, aber Finnley zog das Kinn zur Brust und hielt Chenoa wie ein Beutetier vor sich. »Nein«, schrie er. »Ich bin ihr Schutz, ihr Hüter mit Leib und Seele. Und ich werde all jene mit meinem Leben verteidigen, die deiner Gnade würdig sind! Segne sie für ihre Stärke.«

Wie eine Welle der Wildheit durchfuhr ihn etwas, das all seine Sinne berauschte, und er beendete Chenoas Gesang mit einem leidenschaftlichen Kuss. Er löste dabei seine Hand von ihrem Brustbein, zerriss das Kleid und achtete nicht länger auf irgendwelche Symbole oder Kreise. Er wusste nicht, ob sie ihn ebenfalls küsste, ob sie sich zu wehren versuchte oder die Leidenschaft erwiderte.

Er wollte sie.

Nein, Fenrir wollte sie.

Herrisch hob er sie von den Füßen und brachte sie auf den Fellen vor der Feuerstelle zu Fall. Nichts würde ihn jetzt noch aufhalten. In seinem Denken gab es nur noch sie, und er würde sie sich jetzt nehmen.

Finnleys Kopf schmerzte wie bei einem ausgewachsenen Kater nach einer durchzechten Nacht, als er in vollkommener Dunkelheit die Augen öffnete. Er fühlte sich unglaublich ausgelaugt und – glücklich. Das Gefühl, endlich vollständig zu sein, tröstete über die Schmerzen hinweg, die jeder Muskel produzierte, wenn er ihn anspannte. Er zog seinen Arm fester um die Schlafende neben sich und drückte ihr einen Kuss auf den Schopf.

»Taima, ich hatte einen irren Traum«, flüsterte er und strich ihr über die nackte Haut.

Er hatte große Lust, die Trugbilder im wahren Leben nachzuspielen, allerdings nur auf den berauschenden Sex reduziert. Er würde ihr nicht verraten, dass er in seinem Traum all die unanständigen Sachen mit seiner Kollegin gemacht hatte, nur dass es sich wahnsinnig echt angefühlt hatte. Vorsichtig streichelte er ihren Rücken und wartete, dass sie davon wach wurde.

Endlich regte sie sich und setzte sich aufrecht hin.

»Nicht doch, Liebling, bleib liegen«, sagte er enttäuscht, aber sie bewegte sich weiter von ihm fort. Dann hörte er ein schabendes Geräusch, und ein Streichholz entzündete sich.

»Ich bin nicht deine Verlobte«, hörte er die Frau sagen, die nicht Taima war.

Entsetzen und Schuld eilten dem Begreifen voraus. »Chenoa, ich …«

»Scht, ist schon gut«, sagte sie ruhig und entzündete ein paar Kerzen. Dann zog sie das zerrissene Kleid über und setzte sich ihm gegenüber auf die Felle.

»Ich weiß nicht, wie ich das sagen soll«, flüsterte sie dünn.

»Du hast gelogen«, half er ihr wütend aus. »Du hast gesagt, es würde nichts passieren, für das ich mich schämen müsste.«

Chenoa nickte. »Es gibt einen Grund, warum nur die ältesten der Schamaninnen Zusammenführungen begleiten.«

Finnley verzog das Gesicht. »Du sagst mir jetzt nicht, das hätte ich mit jeder Frau gemacht, oder?« Das Bild von einer generischen alten Frau entstand vor seinem geistigen Auge, und er musste sich schütteln.

»Nein, das hätte Fenrir nicht. Das warst nicht du, Finnley.«

»Hat sich aber verdammt so angefühlt«, hielt er wütend dagegen. »Was soll ich denn jetzt Taima sagen?«

Chenoa senkte den Blick. »Sie weiß es.«

Finnley wollte wütend aufstehen, aber unter der Decke war er vollkommen nackt. »Was soll das werden? Willst du mein Leben ruinieren?«

Er sah Tränen in ihren Augen. Die weiße Farbe war überall auf ihrer Haut.

»Du bist so unglaublich stark gewesen«, sagte sie, ohne auf seine Fragen einzugehen. »Als ich gelesen habe, dass die meisten Schamaninnen während des Rituals von den Hütern getötet werden, dachte ich, meine Disziplin würde reichen, um so etwas abzuwenden. Aber du bist es gewesen, der stark sein musste. Du hast mich verschont.«

Finnley erinnerte sich an die Mordlust, an den Geruch ihres Schweißes und die Gier nach ihrem Blut. »Ich kann nicht fassen, dass ihr mir das angetan habt«, sagte er außer sich vor Zorn. »Jeder von euch wusste, dass der dumme Steinmann dich wahrscheinlich umbringen würde, aber hey, scheiß drauf, ist doch lustig.«

Entsetzt schüttelte sie den Kopf. »Nein, so war das nicht.«

»Deswegen hat der Wolf nachgegeben. Ich hätte meinen Willen bekommen und es bitter bereuen müssen …«

Finnley stand entschlossen auf und suchte seine Kleidung. Er wollte nicht länger als nötig in ihrer Nähe bleiben, weil er große Lust hatte, seine Wut an irgendetwas auszulassen. »Pah, und wenn er sie nicht umbringt, dann vögelt er sie so richtig durch, das ist sicher der Brüller bei zukünftigen Ratstreffen.« Er musste laut aufschreien, um irgendwie ein Ventil zu finden. »Und du meinst nicht, dass das Details gewesen wären, die ich vorher hätte wissen müssen?«

Ihr Körper zuckte, aus dem Augenwinkel konnte Finnley sehen, wie sehr sie versuchte, nicht zu weinen. Ihm wurde bewusst, dass sie genauso erschreckt über den Verlauf des Rituals war wie er. Wie hätte sie sich auf das vorbereiten sollen, was mit ihr passiert war? Sicher, sie hatte mehr über das Ritual gewusst, aber in dieser Nacht hatte sie erfahren müssen, was es tatsächlich bedeutete, Fenrir zu begegnen. Aber Finnley war zu wütend, um ihr entgegenzukommen.

»Es tut mir leid.« Sie wischte sich mit dem Ärmel über das Gesicht. »Aber es ist, wie ich sagte: Du musst dich wegen nichts schämen. Es war Taimas Entscheidung, dass wir diese Zusammenführung gemeinsam machen. Sie wusste, dass es so laufen könnte, und hat ihren Segen dazu gegeben.«

Finnley musste sich wieder setzen. Wenn ihn dieses Geständnis beruhigen sollte, verfehlte es komplett die Wirkung. »Moment, verstehe ich das richtig? Ihr Frauen entscheidet nicht nur, ob du Gefahr laufen sollst, von mir umgebracht zu werden, ihr wart euch auch noch einig, dass ich dich bei Erfolg vergewaltige?« Genau das hatte er getan. Er hatte nicht auf ihre Einwilligung gewartet, er hatte sie sich einfach genommen. Finnley wurde schlecht. Scham war nicht mal im Ansatz das richtige Wort für das, was er empfand.

Chenoa schüttelte den Kopf und wischte sich wiederholt übers Gesicht, wobei neue weiße Farbe auf ihrer Haut haften blieb. »Nein, so war das nicht. Finnley, es ist kompliziert … wir wussten nicht, ob das passieren würde. Jedes Totem entscheidet erst während der Zusammenführung, welche Ehre es der Schamanin zuteilwerden lässt. Die wenigsten erfahren die Gunst dieser Wahl.« Sie umfing ihre Knie mit beiden Armen, was sie noch verletzlicher aussehen ließ. »Viele Faktoren spielen dafür eine Rolle, es hätte ebenso gut sein können, dass mir Weisheit oder eine besondere Gabe geschenkt wird.«

»Das nennst du eine Gunst? Das, was ich mit dir gemacht habe, war kein Geschenk. Was zur Hölle soll der Nutzen von dieser Scheiße sein? Dass du sagen kannst, Fenrir hat mich gefickt? Steigert das dein Ansehen?« Er hörte selbst, wie laut er sie anschrie, aber die Wut ließ sich kaum bändigen.

»Hör auf, Finnley, du hast mich nicht … vergewaltigt. Erinnere dich. Ja, anfänglich bist du über mich hergefallen, aber dann …«

»Sag es nicht!« Er wollte es weder hören, noch wollte er sich daran erinnern. Das hätte nicht passieren dürfen. Niemals.

Da war noch etwas. Finnley sah ihr deutlich an, dass sie ihm noch mehr sagen wollte, aber Angst davor hatte. Bei allem, was er in dieser Nacht erleben musste, war ihre Furcht berechtigt. »Was immer du noch zu sagen hast, du sagst es besser schnell. Ich habe nicht vor, noch länger hierzubleiben.«

Ertappt wich sie seinem Blick aus. »Ich bin mir nicht ganz sicher, wie ich es dir sagen soll«, sagte sie leise. »Bitte schrei mich nicht noch mehr an.«

KAPITEL 17

Finnleys Zeitempfinden war vollkommen gestört. Die Uhr im Fahrzeug zeigte 2:26 Uhr nachts an. Auch wenn er seine Wohnadresse nannte, fühlte es sich nicht so an, als würde er nach Hause fahren. Chenoas letzte Worte klangen noch bitter nach und machten ihn unfassbar wütend. Er war kein Powtankaner. Die Traditionen, Mythen und übernatürlichen Begebenheiten wurden von ihm weitestgehend akzeptiert, aber verstehen konnte er nichts davon. Fenrir war bei ihm, das fühlte er, als würden fortan zwei Herzen in seiner Brust schlagen. Dieses Gefühl war ungewohnt, aber nicht unangenehm. Eines wurde sehr deutlich: Die Zusammenführung war längst überfällig gewesen. Ohne es zu wissen, hatte ihm genau diese Einheit immer gefehlt, doch darauf musste er sich später konzentrieren, wenn sein Zorn Platz dafür machte.

Jeder hatte gewusst, dass dieses Ritual mehr sein würde als ein paar Singsangstunden und Räucherkram. Der Wolf wollte ihn vorführen, ihm eine Lektion erteilen.

Mit ihrem Tod wäre niemandem geholfen gewesen. Was für eine bescheuerte Lektion hätte das sein sollen?

Es würde ihm zukünftig noch schwerer fallen, den nötigen Respekt für den Chief aufzubringen. *Der Wolf* war jemand, den man in seiner Heimat mit *Arschloch* betiteln würde. Er fragte sich, ob die Powtankaner ein adäquates Wort dafür hatten.

Wenn ja, heißt es sicher ›Mann eines kopffernen Körperteils‹.

Er musste in Ruhe über alles nachdenken. In diesem Moment verachtete er die Powtankaner zutiefst. Taima zuliebe und nicht zuletzt auch wegen Chenoa würde er sich zusammenreißen. Wenn er zum Chief ginge und seinem Ärger Luft machte, wäre er nur wieder der dumme Steinmann.

Aber Taima hätte ihm sagen müssen, was passieren würde. Genau wie Deidra oder Thure. Niemand hatte ihn gewarnt oder ihm Ratschläge gegeben, wie er sich auf die Mordlust oder das, was danach passiert war, vorbereiten sollte.

Die nächtlichen Straßen waren ruhig. Finnley wäre den Weg lieber gelaufen, um den Kopf frei zu bekommen, aber ohne den Autopiloten war er in diesem weitläufigen Land aufgeschmissen.

Als der Wagen schließlich bei ihm zu Hause in die Auffahrt fuhr, konnte er noch Licht im Haus sehen. Er wusste nicht, wie er Taima gegenübertreten sollte. Die Wut und sein schlechtes Gewissen ließen ihn keinen klaren Gedanken fassen.

»Ich sehe aus wie ein Clown«, sagte er finster, als ihm die weiße Farbe auf seinen Händen auffiel. Ihm hatte nicht der Sinn danach gestanden, in Chenoas Haus auch noch wie ein gewöhnlicher Liebhaber unter die Dusche zu gehen. *Vergewaltiger duschen nicht.*

Es war nett gewesen, dass Chenoa das relativieren wollte, aber der Augenblick, in dem er sich auf sie gestürzt hatte, war zu präsent in seinem Kopf. *Geschenk ...*

Er stieg aus und ging zur Tür. Als er seine Hand auf den Scanner legte und der Durchgang sich öffnete, hörte er wie so oft Stimmen von innen.

Der Zorn ließ sich nur schwer unterdrücken. Sein Atem ging schneller, er zog das Kinn nach unten und ballte die Hände zu Fäusten. Taima, die ihn gehört hatte und ihm entgegenkam, blieb sofort stehen, als sie sein Gesicht sah. »Finnley?«

Wegen ihrer alarmierten Stimme kamen ihre Eltern hinzu und stellten sich links und rechts neben sie. Erstmals verlor sich der verurteilende Ausdruck ihres Vaters und wich einer Art ehrfürchtiger Bewunderung.

Sie hat es ihm gesagt ...

»Ist sie ...?« Taima wollte es offensichtlich nicht aussprechen.

»Du meinst, ob ich sie getötet habe?« Er sah ihr an, dass er sich nicht erwartungsgemäß verhielt. »Du hast es deinen Eltern gesagt?«, fragte er vorwurfsvoll.

Schuldbewusst neigte sie den Kopf.

»Natürlich hast du das.« Wütend strich er sich die Schuhe von den Füßen und legte eine Hand auf das Treppengeländer, das nach oben verlief. »Wollt ihr hören, wie ich ihr die Kehle aufgerissen habe? Ob sie dabei geschrien hat?«

Taima legte beide Hände über den Mund, aber ihr Vater machte im Gegensatz zu ihr einen zufriedenen Eindruck. »Ist es so passiert?«, fragte er gelassen. »Wo ist dann ihr Blut?«

Finnley sah an sich hinab und auf die weiße Farbe an seinen Händen. »Sie lebt.«

Seine Worte verdrängten jegliche Geräusche. »Chenoa lebt, weil sie unfassbare Stärke gezeigt hat.« Wütend sah er seine Verlobte an. »Denkst du nicht, dass eine Warnung angebracht gewesen wäre? Wo du doch die Entscheidung für diese Zusammenführung getroffen hast? Ist mein Ansehen im Clan dieses Risiko wert gewesen?«

Mit eingezogenem Kopf legte sie die Arme um sich.

»Wurde das Ritual beendet?«, fragte Tatoke streng.

Erschöpft setzte Finnley einen Fuß auf die erste Stufe nach oben. »O ja, das wurde es.«

Etwas weiße Farbe blieb auf dem Geländer zurück.

»Welches Geschenk hat Fenrir ihr gegeben?«, mischte sich nun Oti Win ein.

Wenn Taima ihre Eltern schon eingeweiht hatte, dann verdiente sie in diesem Moment auch keine Schonung. »Freut euch auf das Kind, das sie euch bringen wird. Ich hoffe, ihr seid zufrieden.«

Taimas Eltern waren es. Ihre Gesichter erhellten sich erregt, weil dieser ungewöhnlichen Verbindung ein totemgesegnetes Kind entspringen würde. Aber seiner Verlobten sah er an, dass es sie mehr traf, als sie wahrscheinlich angenommen hatte. Entschlossen ging er nach oben, um ein langes Bad zu nehmen, das Farbe, Schweiß und Chenoa von seinem Körper waschen würde. Dieses Mal ließ *er* Tatoke ohne Verabschiedung stehen.

Durch die einseitig durchsichtige Wand konnte er ihre Eltern über die Straße zu ihrem eigenen Haus gehen sehen. Eine feste Einheit, nichts würde diesen Mann und diese Frau auseinanderbringen. Er kratzte sich hinterm Ohr und seufzte schwer. Ob er das Gleiche von sich und Taima auch noch behaupten konnte?

Seine Verlobte klopfte an die Badezimmertür, ein sicheres Zeichen, dass es ihr mit der Situation ebenfalls nicht gut ging.

»Komm rein«, sagte er enttäuscht, aber nicht mehr kochend vor Wut.

Sie hielt den Blick gesenkt und sah zur Badewanne. »Soll ich?«

Ohne auf eine Antwort zu warten, drückte sie den Stöpsel in den Abfluss und drehte das Wasser auf. Finnley schätzte ihre anmutigen Bewegungen, und dass jeder Handgriff bei ihr besonders aussah. Er sah ihr zu, wie sie einen Zusatz in das sprudelnde Wasser goss und mit einer Hand verteilte. Der Geruch nach Sandelholz breitete sich im Bad aus.

»Wie konntest du mich blind in diese Nummer tappen lassen?«, fragte er nach einer Weile. »Es war nicht richtig, dass du und Chenoa über meinen Kopf hinweg entschieden habt. Hast du eine Ahnung, wie ich mich jetzt fühle? Mich verfolgen die Bilder, wie ich kurz davor war, sie wie ein wildes Tier in Fetzen zu reißen. Was, wenn sie oder ich nicht stark genug gewesen wären? Denkst du, ich hätte mit dieser Schuld leben können und wäre bereit für einen zweiten Versuch gewesen? Haltet ihr mich alle für bescheuert?«

Mit Tränen in den Augen trocknete sie ihre Hand an einem Handtuch ab. »Und wie hättest du entschieden, wenn du die Risiken gekannt hättest?«

Er wusste genau, worauf sie hinauswollte. »Was weiß ich … wahrscheinlich hätte ich mich überreden lassen, das Ritual mit einer fremden, alten Schamanin durchzuführen. Du weißt, dass ich bereit bin, alles zu tun, um hier bei dir zu bleiben.«

Vorsichtig kam sie auf ihn zu und legte ihre Hände auf seinen Arm. Es bereitete ihm Unbehagen, wie sie über die weiße Farbe strich. »Das hätte Anernerk nicht zugelassen. Chenoa hat mir erzählt, dass du so leichtsinnig gewesen bist, Forderungen zu stellen.«

Finnley wusste nicht, wie er mit seinem Zorn umgehen sollte. Am liebsten wäre er zu dem alten Mann gefahren, um ihm gewaltig auf die Fresse zu schlagen. »Hat sie dir auch gesagt, warum er ihre Familie hasst und ihren Tod in Kauf genommen hat?«

Taima ergriff den Saum seines Shirts und zog den Stoff nach oben. »Ja, ich kenne die Geschichte. Niemand redet so mit dem Wolf, ohne Konsequenzen fürchten zu müssen. Du hast ihm in die Hände gespielt.«

Finnley hob die Arme, damit sie das Shirt über seinen Kopf ziehen konnte. Ihre Blicke wanderten über seinen Körper.

Vorsichtig legte er einen Finger unter ihr Kinn und zwang sie, ihn direkt anzusehen. »Als ich gesagt habe, ich würde nie wieder eine andere Frau haben wollen, war das mein vollkommener Ernst. Was da passiert ist, wollte ich nicht.«

Tränen sammelten sich in ihren Augen. »Ich auch nicht.«

Sie trat einen Schritt zurück und wandte sich ab. »Ich hatte so sehr gehofft, Fenrir würde ihr ein anderes Geschenk machen. Wenn du mich jetzt verlassen willst, werde ich dich nicht aufhalten.«

Verlassen? Finnley ging ihr nach und legte von hinten seine Arme um sie. »Niemals, ich liebe dich.«

Zögerlich drehte sie sich weinend zu ihm. »Aber ich habe gelesen ...«

»Scht, das ist mir egal. Ich will es nicht mal hören. Das, was Fenrir mich hat tun lassen, war brutal und wild, ich werde etwas Zeit brauchen, um damit klarzukommen.« Es tat ihm leid, sie so zu sehen, gleichzeitig konnte er nicht vergessen, dass sie selbst schuld an dieser Misere war. Trotzdem nahm er sie fest in den Arm und drehte sein Gesicht in ihr Haar, das nach Mandeln roch. »Nur damit ich die Situation richtig begreife: Bedeutet das, wir bekommen eine Art Wunderkind mit besonderen Kräften ins Haus?«, fragte er nach einer Weile. Das war der nächste Fakt, der ihm falsch vorkam. Er musste an Chenoa denken, die, wenn ihr das Kind genommen wurde, am Ende gar nichts durch diese Verbindung gewonnen hatte.

Taima wischte sich die Tränen fort. »Es wird ein Hüter wie du sein. Von Fenrir gewollt und schon jetzt mit ihm verbunden.«

Die Wanne war fast voll. Finnley ließ sie los und zog sich die Hose aus. »Ich hoffe, es wird ein Mädchen. Ich wollte schon immer ein Mädchen haben, das anderen zeigt, wo der Hammer hängt.«

Bevor seine Verlobte seinen besudelten Körper noch länger betrachten konnte, stieg er in das Wasser. Die Bilder der letzten Nacht durchzuckten seinen Geist wie Flashbacks, fingen an, den Eindruck der Vergewaltigung zu verdrängen, und zeigten ihm, wie leidenschaftlich und überwältigend es tatsächlich gewesen war. Irritiert schüttelte er den Kopf und spritzte sich Wasser ins Gesicht. Er wusste nicht, was er fühlen sollte. Sein Verstand hatte diverse feste Vorstellungen davon, aber keine stimmte mit dem überein, was in seiner Körpermitte ein heilloses Chaos veranstaltete.

Traurig ließ sich Taima auf dem Wannenrand nieder und strich sanft über seinen Oberkörper. »Wirst du mir erzählen, wie es war?«

Finnley nickte und zog sie zu sich ins Wasser. Taima protestierte nicht mal, obwohl sie ihre Kleidung noch trug. Ihre Nähe tat gut, weil sich an seinen Gefühlen für sie nichts geändert hatte. Das war das, was er am dringendsten spüren musste. »Aber vergiss nicht, dass Fenrir das gewesen ist, nicht ich.«

Sie schmiegte sich an ihn und verrieb zärtlich die weiße Farbe auf seiner Brust. »Das werde ich nicht. Es muss schlimm gewesen sein, sie erst töten zu wollen und dann …«

Mit geschlossenen Augen neigte er seinen Kopf gegen ihren. »Die Mordlust war überwältigend und so brutal der erste Kuss. Als ich wieder zu mir kam, dachte ich, ich hätte sie …« Es fiel ihm so schwer, das auszusprechen, aber Taima war die Einzige, mit der er offen reden konnte. Und das musste er, wenn er das Geschehene irgendwie verarbeiten wollte. »Also ich dachte, ich hätte sie vergewaltigt, weil ich mich daran erinnert habe, wie sehr ich sie wollte. Ohne Rücksicht auf ihre Reaktionen oder auf ihre Zustimmung zu warten, habe ich …« Wieder brach er ab. Er wollte sie nicht verletzen, nicht aussprechen, wie er Chenoa die Kleidung vom Leib gerissen hatte.

Taima rutschte etwas höher und küsste seine Wange. »Red einfach weiter, ich bin bei dir.«

»Ich denke, sie wurde von Fenrir geliebt, weil sie eine Stärke bewiesen hat, die selbst ihm imponierte.« Die Situation wurde erträglicher, wenn er Fenrir die ganze Schuld dafür gab, aber er wusste, dass es nicht stimmte. Er hatte Chenoa in jenem Moment gewollt, das Totem hatte ihm die Wahl überlassen. Das Ritual war intensiv und mitreißend gewesen, aber der Kuss war einem Impuls des Begehrens gefolgt, den Chenoa bei ihm ausgelöst hatte. Und jetzt erinnerte er sich wieder, wie aufregend sie sein Begehren erwidert hatte. Aus der dominanten Brutalität waren ein geradezu verzweifeltes Lieben und eine überwältigende Vereinigung geworden. Der körperliche Akt hatte zu einer tatsächlichen Verschmelzung geführt, die ihm erst jetzt bewusst wurde.

Er umfasste Taima fester und vergrub das Gesicht in ihren Haaren. »Ich gehöre zu dir«, flüsterte er ihr zu. Sein Verstand gab diesen Kampf nicht auf.

Er musste an das denken, was Tate über Freiheit und Treue gesagt hatte. Bei Taima sah er, dass es auch einer Powtankanin nicht egal war, wenn ihr Partner fremdging. Seine Liebe zu ihr war unantastbar, ganz gleich, welche spirituellen Mächte sich einmischten. *Ich muss nur durchhalten und kluge Entscheidungen treffen, dann hört das Durcheinander auf.*

Sein Wunsch, sich auf andere Weise beweisen zu wollen, war jedenfalls absurd gewesen, jetzt, da er wusste, was eine Zusammenführung bedeutete. Und ja, er war tatsächlich stolz auf sich, denn *Tunkan wicasa* war es gewesen, der Fenrirs Blutgier widerstanden und sich als würdig erwiesen hatte.

Chenoa sah auf die Uhr und wartete. Die Zeit, bis Thure und ihre Mutter bei ihr sein wollten, erschien ihr viel zu kurz, um mit allem klarzukommen, was sie zu verarbeiten hatte. Sie wusste, dass sie stolz auf sich sein sollte, dass sie sich bewiesen und ihrem Clan Ehre gemacht hatte, aber es fühlte sich nicht so an.

Finnley war außer sich gewesen. Er hätte verstehen sollen, was sie gemeinsam vollbracht hatten, aber das tat er nicht. Und Chenoa konnte ihn, den *Wasicun,* besser verstehen als all jene, die sie beglückwünschen würden. Diese Nacht war unglaublich gewesen. Eine derartige Liebe hatte sie zuvor noch nie empfunden. Sie sah Finnley nun mit anderen Augen, alles hatte sich verändert. Wenn die Hüter die Schamaninnen nicht töteten, sondern ihnen ein Kind schenkten, blieben sie für den Rest ihrer Leben zusammen. Nirgends stand geschrieben, ob die Gefühle der Grund dafür waren oder ob vielmehr die intensive Erfahrung oder das Kind sie zusammenschweißte. Finnley jedoch war verlobt. Mehr noch, er gehörte durch das Eheversprechen dem Inyanke-Clan an. Das hätte so niemals passieren dürfen. Taima und sie hatten diese Möglichkeit besprochen. Das Telefonat war sachlich und distanziert verlaufen, als wären sie Unterhändlerinnen gewesen, die versuchten, einen Kompromiss abseits des Kriegsgeschehens zu schließen. In der Theorie war es ganz leicht gewesen, Zugeständnisse zu machen. Im Falle von dieser Segnung bekäme Finnley das Kind, weil nur er wusste, was die Verbindung zu Fenrir bedeutete. Chenoa war so überzeugt gewesen, niemals mit dem Steinmann mehr als nötig zu tun haben zu wollen, dass sie viele Versprechen gegeben hatte. Es war eine Frage der Ehre, sich an jedes gegebene Wort zu halten.

Doch was blieb am Ende noch von ihr? Oder von dieser Segnung?

Unwissend hatte sich das Leben besser angefühlt. Nun würde sie für etwas geachtet werden, das in absehbarer Zukunft nicht mehr wert war als die Erinnerung an eine unfassbar spirituelle Nacht. Wie lebte man weiter, wenn man etwas hatte fühlen dürfen, das sich niemals wiederholen konnte? Das Chenoa wahrscheinlich bis zu ihrem Tode vermissen musste? Finnley war da. In ihrem Kopf und in ihrem Herzen. Der dumme Steinmann, der so grässlich aussah und nun ihre Seele fest in seinen Händen hielt.

Es klingelte an der Haustür, die Schonfrist war verstrichen.

Gefasst nahm sie eine aufrechte Haltung ein und öffnete die Tür. Ihre Mutter sah sofort, was passiert war, Chenoa musste gar nichts sagen. Inola nahm sie nur kurz in den Arm und schob sie dann schnell wieder von sich. »Es tut mir leid, meine kleine Taube, aber ich habe Spinnes schwarze Spur an mir. Ich kann nicht lange bleiben und darf dich nicht richtig in den Arm nehmen.« Sie machte Thure Platz, damit er eintreten konnte. »Aber ich wollte dich sehen und sichergehen, dass es dir gut geht.«

Chenoa sah sie an und spielte mit dem Gedanken, den Seelenspiegel abzunehmen, um zu ergründen, von welcher schwarzen Spur ihre Mutter sprach, aber Thure sprach sie an.

»Wo ist er?«, fragte ihr Vorgesetzter.

»Finnley ist nach Hause gefahren.« Sie spürte, wie sich bei diesem Gedanken alles in ihr zusammenzog. Seine Wut war verständlich gewesen, aber trotzdem hatte es sie getroffen, wie zornig er reagiert hatte. Anscheinend fühlte er nicht so wie sie.

»Hat alles wie erhofft funktioniert?«

Statt einer Antwort kam nur ein leises Keuchen über ihre Lippen.

»Wir sollten uns setzen«, sagte ihre Mutter und deutete Richtung Wohnzimmer.

Chenoa war nicht in der Lage gewesen, die Spuren des Rituals zu beseitigen. Der Kreis war verwischt, die Felle lagen unordentlich vor der Feuerstelle.

Thure sah weder die Indizien noch das, was es mit Chenoa gemacht hatte, Fenrir entgegenzutreten. Seine gesamte Körpersprache verriet, dass er Erfolge brauchte und mehr auch nicht sehen wollte.

»Es hat funktioniert«, sagte sie mit brüchiger Stimme und folgte den beiden nur zögerlich. »Finnley ist unfassbar willensstark gewesen. Fenrir hat ihn unerbittlich geprüft, ihm gesagt, er solle mich töten, aber Finnley hat mich beschützt.«

»Das bedeutet auch, dass du großen Mut bewiesen hast.« Inola verstand die Tragweite der Erzählung. »Du hast nicht aufgehört, das Ritual weiterzuführen, als du den Tod fürchten musstest.«

Ein Zittern fuhr durch Chenoas Körper. Sie nickte und kämpfte die Tränen zurück.

Jetzt zeigte auch Thure, dass er verstand, was dieser Moment bedeutete: Chenoa lebte noch.

Er sah sie auf eine Weise an, die sich in ihrer Erinnerung festbrannte. Er war stolz auf sie. Mehr als es ihr Vater oder die Räte je sein würden. Erst jetzt schien er zu begreifen, dass sie tatsächlich hätte sterben können, und es bedeutete ihm etwas, dass sie noch lebte. »Welche Gnade hat Fenrir dir zuteilwerden lassen?«

Chenoas Knie wurden weich, und sie musste aufpassen, dass sie nicht zeigte, wie schlecht es ihr in diesem Augenblick ging. »Ich bin schwanger«, sagte sie fest.

Ihre Mutter wechselte die Sicht und legte beide Hände über den Mund. »Chenoa, das ist ja wundervoll.«

Thure sah weniger begeistert aus. Er setzte sich auf die Felle und barg sein Gesicht in beiden Händen.

»Ich weiß«, sagte Chenoa. »Aber wenn Finnley die Ereignisse überwindet, wird er auf mich aufpassen. Du musst dir keine Sorgen wegen eines schwangeren Teammitglieds machen.«

»Der Wolf hat eine nützlichere Gabe erwartet.«

Das stimmte. Er hatte von ihr sogar gefordert, Fenrir um das dritte Auge zu bitten, als wenn sie das während des Rituals noch gekonnt hätte.

»Lass mich mit ihm reden. Immerhin konnte ich am Ende nicht die Entschlossenheit aufbieten, Fenrir um etwas anderes zu bitten.«

Thure schüttelte den Kopf. »Finnley sollte im Anschluss direkt zu ihm kommen. Es ist schon schlimm genug, dass er sich nicht daran gehalten hat.«

Chenoa konnte einen leisen Schluchzer nicht unterdrücken. »Es ist besser, wenn Finnley vorerst mit niemandem spricht. Er war außer sich vor Wut. Niemandem wäre damit geholfen, wenn er den Wolf anschreit.«

Thure nickte verstehend. »Es tut mir leid, Chenoa. Ich wollte nicht wahrhaben, was so eine Zusammenführung für euch bedeutet. Beim Großen Geist, ich kann noch immer nicht fassen, dass ich diese Gefahr für dich überhaupt zugelassen habe. Ich meine, wir reden von Finnley, dem Mann, der am wenigsten Verständnis für spirituelle Dinge zeigt. Es ist ein Wunder, dass er dich nicht getötet hat.«

»Lasst das, bitte«, mischte sich Inola ein. »Ihr könnt eure Gedanken darum kreisen lassen, was alles glücklicherweise nicht passiert ist, oder ihr fangt an zu erkennen, dass ihr erfolgreich gewesen seid. Jede Entscheidung war weise, weil euer Team nicht nur an Stärke dazugewonnen hat. Chenoa wird ein gesegnetes Kind zur Welt bringen. Der Wolf ist ein Narr, wenn er glaubt, man könne mit Fenrir um das Geschenk verhandeln.«

Instinktiv legte Chenoa eine Hand auf ihren Bauch.

»Ist das sicher? Ich meine, man wird ja nicht gleich schwanger, nur weil man …«, Thure sprach den Satz nicht zu Ende.

Inola und Chenoa nickten gleichzeitig. In ihrer Aura war die kleine Seele deutlich zu sehen. Kaum mehr als ein Flämmchen, aber intensiv gelb.

»Daran gibt es keinen Zweifel«, bestätigte Inola.

»Was ist mit Finnley?«, fragte Thure.

Chenoas Knie gaben nach, sie musste sich setzen. Mit unsicheren Schritten schaffte sie es zu den Fellen und ließ sich darauf nieder. Es war, als könne sie den Schweiß auf dem Lager noch riechen. Dort, wo Thure saß, hatten sie sich geliebt. Erinnerungen blitzten auf und jagten die unterschiedlichsten Empfindungen durch ihren Körper. »Wir hätten ihm sagen müssen, was bei so einer Zusammenführung passieren kann. Als alles vorbei war und er zu sich kam, war er so enttäuscht und wütend.« Tränen begleiteten stumm ihre Worte. Sie flossen einfach zwischen den Lidern hervor, ohne dass Chenoa etwas dagegen tun konnte.

»Aber er wird sich doch wieder einkriegen, oder?«

Thures sachliche Art, mit der Situation umzugehen, machte es nicht besser. Er war es nicht, der die Erlebnisse verarbeiten musste. In seiner Vorstellung musste eine Zusammenführung ein schwieriger, aber gut machbarer Akt sein. So war es jedoch nicht gewesen.

»Wir alle haben ihn unterschätzt. Ich wage keine Aussage, ob er sich *wieder einkriegen* wird. Aber wenn er es tut, sollte ihn niemand mehr wie den *dummen Steinmann* behandeln. Fenrir hat ihn erwählt, weil er ein außergewöhnlicher Krieger ist.« Sie strich sich über den Bauch. »Er ist gegangen, weil er das Leben als Hüter auf seine Weise führen wird. Mit seiner Verlobten.«

Anscheinend verstand Thure, was sie ihm sagen wollte. Er stand auf und legte mit einer Verneigung eine Hand aufs Herz. »Und Fenrir hat dich beschenkt, weil du Finnley ebenbürtig bist. Wenn ich jetzt im Anschluss nicht dem Wolf Bericht erstatten müsste, könnte ich besser zum Ausdruck bringen, wie stolz ich auf dich bin.« Er verbeugte sich auch vor Inola. »Euer Clan sollte nun keinen Zweifel mehr haben, ob Chenoa mehr Einfluss bekommt, oder?«

Aber Chenoas Mutter blickte bedauernd zu ihrer Tochter. »Der Clanrat wird mit anderen Dingen als Anerkennung beschäftigt sein«, sagte sie mit einem enttäuschten Unterton. »Sie werden die nächsten neun Monate damit verbringen, Wege zu suchen, das Kind im Clan zu behalten. Weil gesegnete Kinder zu den Hütern gehören, werden sie von Chenoa verlangen, sich zwischen Finnley und seine Verlobte zu drängen, und damit argumentieren, dass bei diesem Geschenk die Einheit bestehen bleiben muss.«

Sie hat recht, begriff Chenoa. Egal, was sie tat, sie konnte nicht gewinnen. Um sich zu beweisen, hatte sie sich in Lebensgefahr begeben, aber es änderte nichts. »Ich werde das nicht tun«, sagte sie fest.

»Ich weiß, meine kleine Taube.« Es war Inola anzusehen, wie gern sie ihre Tochter in den Arm genommen hätte. »Und ich werde zu dir stehen, komme, was wolle.«

»Ich auch«, sagte Thure wie bei einem Schwur. »Nun ruh dich aus. Es ist viel passiert. Nicht nur hier. Es gibt zehn weitere Opfer, Tate ist aufgewacht, und uns bleibt keine Zeit fürs Wundenlecken. Aber ich verspreche dir, dass wir alle dich beschützen werden.«

Tate. Für diese Nachricht war sie besonders dankbar. Jetzt musste nur noch Finnley seinen Zorn überwinden, damit das Team nicht auseinanderbrach.

Als Inola und Thure ihr Haus wieder verließen, blieb Chenoa auf den Fellen sitzen. Sie musste sich einen Plan ausdenken, der sie vor den Forderungen des Clans und ihrer eigenen Gefühle schützte. Nach allem, was passiert war, würde sie Finnley nicht auch noch seine Verlobte nehmen. Und schon gar nicht würde sie ihn zwingen, sich mit einem der mächtigsten Clans des Landes anzulegen, um in einen anderen zu wechseln, der ihn ebenfalls nur benutzen würde. Statt sich den Räten entgegenzustellen, beschloss sie, sich folgsam zu zeigen. Vielleicht weihte sie Taima erneut in ihre Pläne ein, damit sie gemeinsam einen Weg fänden, das Schauspiel lange genug aufrechtzuerhalten, bis das Kind geboren und in ihre Obhut übergeben werden würde. Chenoa war bereit, jeden Weg zu gehen, um es für Finnley nicht schwerer zu machen. Wie stark sie war, hatte sie bewiesen. Diese Willenskraft würde sie erneut aufbringen, wenn sie sich gegen ihre eigenen Gefühle und den Clan stellen musste.

Deidras Telefon gab einen Signalton von sich. Sie war auf dem Sessel eingedöst, Tate lag auf dem Sofa und schlief tief und fest. Auch wenn sie kurz in seiner Wohnung gewesen waren, damit er ein paar Sachen packen konnte, sah ihr Kollege anders aus, als sie ihn kannte. Zerwühlter und von den Ereignissen gezeichnet. Bis sie einen besseren Plan hatten, verbrachten sie die Nacht in einem Hotel.

Sie zog das Telefon vom Tisch und las die Nachricht. »Den Geistern sei Dank«, flüsterte sie erleichtert. Seit Stunden wartete sie auf eine Nachricht von Chenoa, Finnley oder Thure, ob die Zusammenführung gelungen sei. Nun endlich gab Thure Entwarnung.

Sie wusste nicht allzu viel über solche Rituale, aber Thures Sorgen waren ihm in den letzten Tagen ins Gesicht geschrieben gewesen. Sie wählte seine Nummer, und er nahm sofort ab.

»Werden beide morgen einsatzbereit sein?«

»Dir auch einen guten Abend«, sagte er tadelnd.

»An diesem Abend ist wirklich absolut nichts gut. Tate wird verfolgt, und wir hocken in einem verdammten Hotel – also, sind sie morgen einsatzbereit?«

Sie hörte ihn atmen und sich bewegen.

»Bist du unterwegs?«

Ein freudloses Lachen ertönte am anderen Ende. »Was glaubst du, was der Wolf mit mir macht, wenn ich ihm eine so wichtige Mitteilung per SMS schicke? Oder bis zum Morgen damit warte?«

In diesem Moment hätte Deidra gern mit ihrem Vorgesetzten getauscht. Sie hätte sich lieber Anernerk gestellt, als ruhelos auf diesem stinkenden Sessel zu sitzen. »Chenoa hat es geschafft. Er wird doch sicher sehr zufrieden sein, oder?«

»Du meinst, weil wir jetzt einen vollwertigen Hüter in unserer Einheit haben?«

Deidra spürte, wie diese Aussage auch sie selbst beruhigte.

Seine Schritte endeten, wahrscheinlich war er so gut wie angekommen. »Chenoa hat ihrem Clan große Ehre gemacht, sie hat selbst während der größten Lebensgefahr Stärke und Mut bewiesen.« Es war ihm anzuhören, dass es noch mehr zu erzählen gab.

»Was noch?«

Thure zögerte, doch dann sagte er: »Sie ist schwanger. Der Zusammenführung wird ein gesegnetes Kind entspringen. Daran gibt es keinen Zweifel.«

»O Mann.« Für Totems galten die Naturgesetze offensichtlich nicht, wenn es direkt nach dem Akt sicher war, dass ein Kind der Vereinigung entsprang. Ihr erster Impuls war, Finnley zu verurteilen, der gleich darauffolgende zählte alle zukünftigen Schwierigkeiten auf, die ein schwangeres Teammitglied bedeutete.

»Dee?«

Sie schluckte trocken. »Damit hat sich meine Frage wohl erübrigt, oder? Ein schwangeres Teammitglied können wir nicht gebrauchen.«

»Lass uns in Ruhe darüber reden. Ich muss da jetzt rein, morgen früh sehen wir weiter.«

Thure legte auf, und Deidra blieb mit ihren Gedanken und dem schlafenden Tate allein zurück. Es erschien ihr wenig sinnvoll, ihn zu wecken. Er brauchte etwas Ruhe, und ihr war schleierhaft, ob sie alles richtig verstanden hatte und somit auch korrekt wiedergeben würde.

»Ein gesegnetes Kind«, wiederholte sie. »Ich wette, ihre eigenen Kinderschuhe passen ihr noch – was soll daran eine gute Sache sein?«

Erschöpft änderte sie die Position und sah zu dem verwaisten Bett, das sich noch immer in tadellosem Zustand befand. Tate hatte es ihr überlassen wollen und hatte sich ohne weitere Diskussionen auf das Sofa gelegt, aber Dee saß lieber in dem Sessel und dachte nach. Mit ihren Fingern tippelte sie nervös auf dem Polster der Armlehnen, wobei sie abwesend auf die dunkle Haut ihrer Hand blickte.

Egal, wie verdient sie sich im Auftrag von Powtanka gemacht hatte, sie blieb die Andersartige. Es lag nicht allein an ihrer Hautfarbe. Sie wurde in diesem Land geboren, niemand in ihrem Umfeld würde sie *Wasicun* nennen. Vielmehr war es die Stimme ihres Vaters, die in ihrem Innern nicht verstummen wollte. Deshalb vermied sie es, mit ihren Gedanken zu lange allein zu sein. Arbeit, Schmerzen oder Ehrenämter, ihre Tage waren randvoll mit Aufgaben und Begebenheiten, die sie von sich selbst ablenkten. Ihr Blick wanderte kurz zu dem Pad, das auf ihrer Jacke auf einem Stuhl neben der Tür lag. Nein, sie konnte nicht schon wieder alles durchgehen. »Ich sollte schlafen«, sagte sie halblaut.

Sie bewunderte Tate, schon seit er kurz nach ihr in die Einheit gekommen war. Ein Weißer, der zwischen den Powtankanern ebenso auffiel wie sie, aber sein Selbstbewusstsein ließ keinen Platz für Unterschiede. Und sein umfangreiches Wissen über die powtankanischen Kulturen, Sprachen und Umgangsformen öffnete ihm alle Türen. Optisch ein *Wasicun,* der *weißer* nicht sein konnte, innerlich schlicht Tate.

Wenn sie in ihr eigenes Herz sah, dann sah sie nur den ewigen Kampf, einen Platz in dieser Welt zu finden, die so sehr von ihr respektiert wurde. Und sie fragte sich, ob ihr Leben anders verlaufen wäre, wenn ihr Vater ihr die Wertlosigkeit in der Kindheit nicht eingeprügelt hätte.

Sie ließ den Kopf kreisen, ein Wirbel knackte hörbar. Deidra musste bitter grinsen, als sie an ihren Vater, den Lagerarbeiter, dachte. Ein unzufriedener Mann, der für seine Misserfolge stets andere verantwortlich gemacht hatte. Als ihre Mutter gegangen war, hatte sie nur das jüngste von drei Kindern mitgenommen. Deidra hatte weder ihre Mutter noch ihren kleinen Bruder je wiedergesehen. Ihr Vater sagte, es sei ihre Schuld gewesen. Er hatte all seine Wut, die Unzufriedenheit und den Schmerz auf Deidra übertragen und es bis zu ihrem Auszug fortgeführt.

Deidra hatte in ihrer Jugend nichts ausgelassen, um ihren Vater rasend zu machen. Die Angst vor Schlägen war so schnell dem Bedürfnis nach Schmerz gewichen, dass sie alles tat, um ihn sich zu verdienen.

Sie fuhr sich mit einem Finger über die Lippen und dachte an die letzte Nacht. Die Gewalt des großen Mannes war ihr Anker in dieser chaotischen Welt. Mit geschlossenen Augen rief sie sich die Bilder in Erinnerung. Erstmals hatten sie es nicht bis ins Schlafzimmer geschafft. Als er sie gegen das Holz der Tür gepresst hatte, die Kanten der Schnitzereien gegen ihr Gesicht drückten und sie ihm vollkommen ausgeliefert gewesen war, hatte sie absurderweise an seine Frau gedacht, die ihre Reise hatte verlängern müssen.

»Vielen Dank«, sagte sie und grinste.

Leider war alles viel zu schnell gegangen. Auch wenn ihr Körper in zu kurzer Folge viel zu viel ertragen musste, reichte es ihr nicht. Trotzig hatte sie mit dem Gedanken gespielt, einfach zu bleiben und ihn so lange zu reizen, bis er vor Zorn weitermachen würde, aber die Vernunft schaltete sich rechtzeitig ein, um diese Torheit zu verhindern.

»Es ist dieser verdammte Stress«, dachte sie.

An guten Tagen glaubte sie, einen Weg finden zu können, Selbstwert aus ihrer Arbeit zu schöpfen und den anormalen Umgang mit sich selbst hinter sich zu lassen. Dann ging sie nur ein-, zweimal im Monat zu ihm. Doch wann immer sie sich schwor, gänzlich aufzuhören, erfuhr ihr fragiles Selbstbild einen Stoß, der ihrem Verlangen nach bekannten Mustern unerträgliche Macht verlieh.

Tate regte sich. Offensichtlich träumte er. Wie mochte es wohl sein, in einen fremden Körper zu wechseln? Deidra sah ihn lange nachdenklich an. Ob er fühlen konnte, was die Menschen fühlten, wenn er in sie fuhr? Ob er ebenso Zugriff auf die Gedanken bekam wie der vermeintliche Mörder? Oder drängte er die Seele nur für die Dauer des Missbrauchs beiseite?

Sie erinnerte sich an die Krankenschwester, die vollkommen verwirrt gewesen war.

»Was für eine ungeheure Macht«, sagte sie leise. Der Klang ihrer eigenen Stimme gab diesen Worten noch mehr Gewicht.

Wenn er Kinder mal eben zu Mördern machen konnte, was für Grenzen gab es dann noch? Was würde der Angreifer damit machen, wenn er diese Gabe an sich reißen könnte? Ihr schauderte.

»Diese Gabe muss zerstört werden«, sagte sie, um die einzige Konsequenz beim Namen zu nennen. Gleichzeitig wünschte sie sich, sie selbst könnte nur für einen Tag in den Körper eines anderen Menschen schlüpfen und vierundzwanzig Stunden ein ganz normales Leben führen. »Wahrscheinlich würde ich feststellen, dass meine Seele das Problem ist, nicht mein Aussehen.« Kopfschüttelnd führte sie eine Hand zum Gesicht und rieb sich über die Augen. »Ich sollte endlich schlafen.«

Niemandem war damit geholfen, wenn sie am nächsten Tag vollkommen übermüdet war. Ergeben stand sie auf und strich neben dem Bett über eine Lichtader, um die Helligkeit bis zu einem leichten Glimmen zu dimmen. Sie sah gern die Umgebung, wenn sie aufwachte, weswegen sie niemals in vollkommener Dunkelheit schlief. Das Hotel im *Kolonialstil* war für europäische Besucher konzipiert, die sich mit vertrauten Möbeln und Speisen in diesem Land etwas heimischer fühlen sollten. Powtankaner waren gute Gastgeber, die man jedoch immer mit Respekt behandeln musste. Eine Tatsache, die viele Europäer nicht gerade zu gern gesehenen Gästen machte. Rücksichtnahme und Feingefühl waren nicht gerade die Stärken jener Kulturen. Deidra hatte es nie gereizt, die Industriestaaten zu bereisen, und dieses Hotelzimmer bestätigte sie in ihrer Ansicht.

Sie legte sich auf die Decke und schloss die Augen. Entweder würde sie einschlafen, oder die Erinnerungen an den großen Mann kämen zurück – ihr war beides recht.

KAPITEL 18

Orenda saß am Fenster des Studentenwohnheims und betrachtete den Sonnenaufgang über dem Potomac. Sie liebte das goldene Licht, das dadurch in den Lichtadern im Mauerwerk erzeugt wurde und allen aufwachenden Bewohnern eine warme Atmosphäre schenkte. Sie liebte das glitzernde Wasser, liebte die raue Landschaft, die mit schroffen Felsen und mächtigen Bäumen so viel Stärke ausstrahlte. Ganz in der Nähe war sie geboren worden, hier wollte sie im Alter auch sterben.

Bei diesem Gedanken fasste sie sich in den Nacken und strich über die zwei kleinen, verkrusteten Stellen. Der Schock saß noch immer tief, weil sie geglaubt hatte, sie würde jeden Moment genau wie ihre Freunde von unsichtbaren Raubtieren zerfetzt werden. Ein Zittern ging durch ihren Körper, sie musste schluchzen.

Alle waren umsonst gestorben. Lootah, Noya und all die anderen, denn der Polizist lebte noch. Sie glaubte nicht, dass ihr Vater sie selbst nur leben ließ, weil sie sein Fleisch und Blut war. Er hatte ihre Gabe aktiviert und drang seitdem in ihren Kopf ein, um sich ihrer Vorahnungen zu bedienen. Wenn er die Gabe des Polizisten erst sein Eigen nennen könnte, nähmen Dinge ihren Lauf, die sich niemand in Powtanka auch nur ansatzweise ausmalen konnte. Sie allein trug die mögliche Zukunft in ihrem Kopf. Und mehr war es auch nicht: Ihre Gabe der Vorsehung funktionierte nach einer Art Wahrscheinlichkeitsprinzip.

Durch die Eingriffe ihres Vaters in ihren Kopf hatten sich ihre Visionen verändert, besonders durch den letzten. Es hatte sich angefühlt, als wollte er die Gabe aus ihrem Kopf reißen, aber es hatte nicht funktioniert. Seine Wut war so beängstigend gewesen, dass sie ihm die Visionen freiwillig überlassen hätte, wenn sie dazu imstande gewesen wäre. Seitdem klemmte etwas in ihrem Kopf. Die Visionen zeigten sich nur noch fragmentarisch, was ihren Vater zusätzlich erzürnte.

Sie wollte nichts von all dem mehr haben. Die Schuld fraß sie von innen auf, so wie ausgelaufene Magensäure, die langsam die Organe zersetzte. Ohne ihr Zutun hätte ihr Vater keinen der Waktanas gefunden. Aber anfangs hatte sie nicht geglaubt, dass er niedere Absichten verfolgen könnte – er war doch ihr Vater, der Mann, der sie so liebevoll großgezogen hatte. Von ihm hatte sie alles über Traditionen und das Gleichgewicht gelernt. Jetzt lernte sie nur noch Furcht. Seit sie die Gabe in dem Polizisten entdeckt hatte, veränderte sich alles unentwegt. Ihr Vater hatte sein wahres Gesicht gezeigt, und niemand würde ihn für den Schuldigen halten, weil alle Augen auf einen anderen gerichtet waren.

Seit sie an diesem Morgen aufgewacht war, sah sie ihren eigenen Tod. Er war allerdings nicht gewiss, denn von jetzt an würde sie sich anders verhalten und so ihr Ende womöglich abwenden.

Auch wenn sie die Erlösung verlockend fand, musste sie all ihre Kraft aufbringen, um ihren Vater zu stoppen. Was passieren würde, wenn sie es nicht vermochte, erschreckte sie bis ins Mark. Die Zukunft des Landes lag in den Händen des Polizisten. Wenn er nicht starb, bekäme ihr Vater dessen alles entscheidende Gabe. Um das zu verhindern, musste sie ihn finden und ihn von seinem zwingenden Tod überzeugen.

Ganz in der Nähe des Unigeländes lebte Professor Broud. Sie wusste, dass er polizeilich gesucht wurde, und das spielte ihr in die Hände. Alles, was sie tun musste, war, es bis zu dem Haus zu schaffen, Wenona Yepatana eine Nachricht zu schicken und dann auf sie, den Professor und die Polizei zu warten. Wenn sie gemeinsam ihren Vater belasten konnten, würde das seine Pläne erschweren.

Andererseits konnten ihm die Morde nicht nachgewiesen werden. Orenda schrie frustriert auf. Ihr Kopf schmerzte von den Überlegungen.

Wenn sie diesen Tate nicht am Tatort von Professor Catoris Ermordung gesehen hätte, wäre ihr seine Gabe niemals aufgefallen. Sein Kopf hatte geleuchtet wie die Sonne – nur für ihre Augen, wie sie wusste.

Inzwischen war auch ihre Mitbewohnerin Takawi nicht mehr am Leben. Sie war mit aufgeschlitzter Kehle in einem Wohnhaus nahe dem Krankenhaus gefunden worden. Ein Polizist war nachmittags bei Orenda gewesen und hatte ihr viele Fragen über ihre Mitbewohnerin gestellt. Mit Tränen in den Augen sah sie zum Bett ihrer Freundin. Die

Beamten hatten im Beisein ihres Vaters alle persönlichen Gegenstände mitgenommen, die in irgendeiner Weise Auskunft über die Zusammenhänge geben konnten. Talismane, Notizbücher, ihr Pad und den Laptop.

Sie werden nichts finden, dachte sie traurig.

Wenn sie davon gewusst hätte, wäre sie versucht gewesen, Informationen über die Machenschaften ihres Vaters zwischen Takawis Sachen zu schmuggeln. Aber die Beamten hatten sie unvorbereitet getroffen. Keiner von ihnen würde sie schützen können, wenn sie die schreckliche Wahrheit preisgab – schlimmer noch: Niemand könnte deren Leben schützen.

Die Verblendeten nannten ihren Vater einen Visionär. Sie gaben ihre Söhne und Töchter bereitwillig her, um dem Kult zu mehr Macht zu verhelfen. *Diese Ahnungslosen,* dachte sie und schloss gequält die Augen. Das warme Sonnenlicht fiel auf ihr Gesicht, und sie fühlte die Tränen auf ihrer Haut.

Das war ihr Gefängnis. Physisch in ihrem Zimmer eingesperrt, psychisch allein mit all diesen Gedanken, die sich immer wieder im Kreis drehten. Das Gesamtbild war ihr unverständlich. Sie glaubte, dass sie es nur richtig zusammensetzen musste, um etwas zum Guten zu ändern, aber es gelang ihr nicht. Egal, wie oft sie die Fakten durchkaute, ihr Vater würde gewinnen.

Orenda hatte überlegt, selbst Mikroinjektoren zu stehlen und sie entweder ihrem Vater oder Tate anzuhaften. Aber sie hätte es nicht nur überlegen sollen. Was immer sie unternahm, musste spontan passieren, weil seine Kontrollen derartig engmaschig vollzogen wurden, dass er ihre Pläne bereits kannte, bevor sie auch nur einen zu Ende geschmiedet hatte. Er durchwühlte ihren Geist, wann immer er sie sah, und für jeden falschen Gedanken ließ er sie bitter leiden.

Kein einziges glückliches Bild aus ihrem Leben war mehr verfügbar, nur jene, die mit ihrem Vater in Verbindung standen – die ließ er unberührt, um sie daran zu erinnern, wessen Blut durch ihre Adern floss.

»Du kannst meine Erinnerungen manipulieren, aber nicht meinen Verstand!« Die Glasscheibe beschlug leicht, als sie sprach. Nur wenige Zentimeter trennten sie von der kühlen Oberfläche.

Es wäre verlockend gewesen, dem eigenen Leiden durch einen Sturz in die Tiefe ein Ende zu bereiten, aber wer gäbe diesem Land dann die Chance, ihren Vater aufzuhalten? Für Suizid war es viel zu spät, vor einem Monat hätte sie damit alles Übel abwenden können; nun war ihr Tod wertlos.

Sie weinte. Laut und verzweifelt.

Loo hatte es für sie tun wollen, weil er stärker gewesen war. Als er Zweifel bekam, hätte sie wissen müssen, dass er nicht mehr er selbst sein konnte – aber vielleicht waren es ihre eigenen Zweifel gewesen, die ihr verboten hatten, ein Leben zu beenden.

Sie ballte die Hände zu Fäusten. *Nun werden viele mehr sterben. Und deine Opfer sehen dir tagtäglich ins Gesicht, schenken dir ihren Respekt und ihre Anerkennung. Niemand wird kommen sehen, dass du es bist, der diesem Land die Kehle aufreißt und das Blut bis nach Europa fließen lässt.*

Sie ließ sich an der Wand neben dem Fenster hinabgleiten und schrie vor Verzweiflung laut auf. Alle Nachbarzimmer waren mit den Jüngerinnen und Jüngern des Kults belegt, niemand würde kommen und ihr helfen. Ihr – der Mörderin geliebter Freunde und Verräterin der Sache. Telefon und Computer waren ihr genommen worden. Wenn sie der Welt etwas mitteilen wollte, musste sie es aus dem Fenster schreien, was nur auf eingeweihte Ohren treffen würde. Sie hatte kläglich versagt.

Es sei denn … die Idee, die ihr unvermittelt in den Geist schoss, war verzweifelt. Wenn sie gelingen sollte, musste es schnell gehen.

Entschlossen knotete sie ein Verlängerungskabel an die Heizung, was ihren Sturz um zwei Meter verringern würde. Sie befand sich im dritten Stock. Wenn sie richtig auf dem Untergrund aufkam, würde sie mit ein paar Prellungen davonkommen.

Sie nahm den Seelenspiegel ab, das einzige Erinnerungsstück an ihre Mutter. Vorsichtig presste sie die Lippen auf den Kristall und legte ihn dann auf ihr Kopfkissen. »Wir sehen uns in den ewigen Jagdgründen.«

»Dee?«

Tates Stimme weckte sie, bevor er eine Hand auf ihre Schulter legte und sie durch die Berührung gänzlich aus dem Schlaf holte. Sie zuckte zusammen.

»Entschuldige. Bist du verletzt?«

Deidra richtete sich auf und rieb über die Stelle. »Es ist nur ein blauer Fleck.« Immerhin entsprach das der Wahrheit.

»Du hast öfter mal blaue Flecken«, stellte Tate fest. Er war zum Glück nicht wie Chenoa, die nachbohrte und Urteile fällte. Bei ihm klang es mehr nach Small Talk.

Die Sonne war bereits aufgegangen, Tate strich über eine Lichtader, damit es im Zimmer heller wurde. »Thure hat uns eine Nachricht geschickt, dass wir uns in zwanzig Minuten im Europatreff einfinden sollen.«

Beim Sprechen öffnete er die Tür zum Bad und suchte das Waschbecken ab. »Gibt es in Hotels nicht immer irgendwelche Einwegzahnbürsten?«

»Hier«, Deidra zog ein kleines Päckchen aus ihrem Jackett. »Nimm ein Kaugummi.« Sie steckte sich eines in den Mund und warf ihm das Päckchen zu. »Und, gut geschlafen?«

Tate konnte eine Rasur und eine Dusche vertragen. »Nicht sonderlich, und du?«

Deidra zuckte mit den Schultern. »Nicht schlechter als sonst.« Sie stand auf und richtete ihren Zopf neu. »Es ist gut möglich, dass es eine Weile dauert, bis unser Team wieder das alte ist. Kann ich auf dich zählen?«

Er hielt in der Bewegung inne und sah sie genauer an. »Was meinst du damit?«

Geschäftig strich sie ihre Kleidung glatt und rümpfte die Nase. Ihnen beiden würde eine Dusche guttun. »Chenoa und Finnley haben es geschafft, er ist jetzt ein vollwertiger Hüter. Aber wie es aussieht, ist sie schwanger.«

Letzteres sagte sie so schnell, dass sie sich selbst kaum verstanden hätte.

»Schwanger?«

Sie machte eine wegwischende Handbewegung. »Ein von Fenrir gesegnetes Kind. Anscheinend eine große Ehre, aber ich habe keine Ahnung, wie die beiden damit umgehen werden.«

Schnell ging sie an ihm vorbei ins Bad und schloss hinter sich ab. Sie wollte sich zumindest etwas frisch machen.

Vor der Tür konnte sie Tate hören. Den Geräuschen nach zog er sich die Schuhe an.

»Wusstest du, dass es in den Sechzigern mal ein ziemliches Gemetzel deswegen gab?«, plauderte er ungerührt durch die Tür. Immer wusste er zu jedem Thema etwas zu sagen. Deidra bewunderte sein Allgemeinwissen.

»Als bekannt wurde, dass Totems bei Zusammenführungen durchaus mehr zu geben haben als Weisheit, waren die Clans ganz verrückt nach Hütern, die ihrer Berufung noch nicht folgten.« Das Sofa knarrte.

Deidra befeuchtete ein Handtuch, um sich das Gesicht zu waschen. »Und dann?«

»Die jungen Schamaninnen wurden reihenweise während des Rituals von den Hütern zerfleischt. Das reinste Blutbad, weil sie nicht bereit und stark genug gewesen waren. Weder die Frauen noch die Männer.«

Sie stützte sich auf das Waschbecken und betrachtete sich im Spiegel. Nach allem, was sie hörte, musste es Thure sehr schwergefallen sein, die Entscheidung zu treffen. Mit einer Hand strich sie sich über ihr Gesicht und sah sich dabei in die tiefbraunen Augen.

»Jedenfalls gab es anschließend auffallend weniger Hüter, weil die Betroffenen sich zweimal überlegten, ob sie sich meldeten oder nicht. Erst fünf Jahre später wurden feste Regeln für Zusammenführungen definiert, die unter anderem besagten, dass das Geschenk gesegneter Kinder nicht im Verhältnis zum Verlust junger Schamaninnen steht.«

Sie warf das Handtuch achtlos auf den Fußboden und verließ das Bad wieder. »Was du so alles weißt.«

Tate grinste. »Solche Dinge faszinieren mich.«

»Gibt es irgendwas, das dich nicht fasziniert?«

Er sprang auf und öffnete die Zimmertür. »Wer weiß, vielleicht finden wir ja heute etwas?«

Grinsend ließ er ihr den Vortritt. Im Vorbeigehen boxte sie ihm gegen die Schulter. »Es ist wirklich schön, dich wieder dabeizuhaben.«

Er drehte sich nochmals um. »Na los, Tiger.« Die Katze streckte sich auf dem Sofa und setzte sich in Bewegung. »Ich glaube eher, dass du die Spinne verschlafen würdest.«

Das Europatreff war ein kleines Diner an einer Schnellstraße. Es stammte noch aus Zeiten, als keine Autopiloten die Fahrzeuge steuerten und Trucker nach langen Fahrten eine Rast machen mussten. Die Besitzer hielten jedoch an ihrem Unternehmen fest und machten ihr Angebot für die angrenzenden Wohngebiete attraktiver, indem sie exotische Gerichte aus Europa, Afrika und China zubereiteten. Deidra hatte dort vor einigen Jahren eine überwürzte Wurst essen müssen, die der Koch in lauwarmer Tomatensoße ertränkt und mit Currypulver bestreut hatte. Was er Curry nannte, identifizierte sie als eine grauenvolle Mischung aus Kurkuma, schwarzem Pfeffer und Kreuzkümmel, was sicher nur ein paar Komponenten gewesen waren. Es passte jedoch zu den Industrienationen, die offensichtlich alles mit einer gewissen Grobmotorik erledigten.

Als sie das tiefrote Backsteingebäude betraten, stieg ihr auch sogleich der typische Geruch dieses Gewürzes in die Nase.

Thure saß bereits an einem Tisch und winkte sie und Tate zu sich.

»*Hah-ue*«, grüßte Deidra und setzte sich ans Fenster.

Kurz darauf öffnete sich die Tür, und Chenoa kam zu ihnen. Sie lächelte unsicher. Deidra wusste nicht, wie sie sich verhalten hätte, wenn jedem freudig berichtet wurde, dass sie Sex mit ihrem Kollegen gehabt hätte. Egal, wie heilig der Akt war, Sex blieb Sex.

Chenoa blickte auf die Katze, die sich neben Tate zusammengerollt hatte. »Du hast ein Geleittier?«

Er grinste. »Das ist eine lange Geschichte.«

Noch bevor Chenoa sich setzen konnte, kam auch Finnley hinzu. Er war für Deidra am schwersten einzuschätzen, weil er wie ein Tölpel durch die powtankanischen Heiligtümer stolperte. Heute war etwas an seiner Körperhaltung anders – er wirkte viel selbstsicherer. Wohingegen Chenoa den Kopf einzog und sich vor dieser Begegnung zu fürchten schien.

Wütend sah er nicht mehr aus, eher gefasst und einsatzbereit. Er grüßte mit einer erstmals vollkommen korrekten Kombination aus Geste und Worten in die Runde, aber seine Aufmerksamkeit galt Chenoa. Er blieb vor ihr stehen und legte eine Hand auf sein Herz. »Bitte entschuldige meinen Wutausbruch letzte Nacht«, sagte er leise. »Ich brauchte etwas Zeit, um zu verstehen, was da mit mir passiert ist – was mit dir passiert ist.«

Deidra hatte ihre Kollegin noch nie weinen sehen, aber als ihr jetzt Tränen in die Augen stiegen, wirkte es nicht wie Schwäche. Eher legte dieser Ausdruck Zeugnis darüber ab, wie tapfer sie nach allem weitermachte. Finnley nahm sie in den Arm und gab ihr einen Kuss auf das Haar. Es wirkte so selbstverständlich, die beiden vertraut miteinander zu sehen, als hätte es all die Auseinandersetzungen im Vorfeld nie gegeben.

»Ich weiß, dass ihr es alle wisst«, sagte er über Chenoas Kopf hinweg und hielt sie weiter fest. »Und ich weiß, dass jeder die Vorkommnisse als ein Geschenk betrachtet. Sogar Taimas Familie ist ausgesprochen nett zu mir, seit ich körperlich dazu beitragen durfte, Chenoa mit einem Kind zu segnen.« Ein gewisser Sarkasmus schwang in den letzten Worten mit. »Mir wurde gesagt, wie ich mich jetzt zu verhalten habe. Dass ich Chenoa und das ungeborene Leben schützen soll. Dass ich alles zu lernen hätte, was ich später meinem Kind beibringen muss. Mir wurde auch gesagt, wie ich mich jetzt fühlen oder was ich über mein Leben als Hüter denken soll.« Mit einer Hand strich er über Chenoas Kopf. »Aber ganz ehrlich, ich höre nicht mal eben auf, *Tunkan wicasa* zu sein. Ich glaube auch nicht, dass Fenrir das recht wäre, weil er mich schließlich nicht ohne Grund ausgesucht hat. Also erspart mir bitte jegliche *Du-musst*-Phrasen, davon darf ich mir schon zu Hause zu viele anhören, in Ordnung?« Dann schob er Chenoa von sich und umfasste ihr Gesicht mit beiden Händen. »Und erspart Chenoa das Gerede, was für eine Ehre es sei, dieses Kind auszutragen. Sie werden es ihr wegnehmen. Schlimmer noch, auf einmal planen sie meine Hochzeit, damit Chenoas Clan nicht auf die Idee kommt, dazwischenzufunken, um das Kind selbst behalten zu können.«

Ihrem Gesicht sah Deidra an, dass die junge Schamanin gerade sehr viel Liebe und Stolz für den *Steinmann* empfand, zu Recht, wie es aussah.

»Ich verspreche dir, dass wir einen Weg finden werden. Sollen die Alten Tobsuchtsanfälle bekommen – ist mir egal«, fügte Finnley noch an.

Deidra musste sich eingestehen, dass Finnley auch bei ihr im Ansehen erheblich stieg. Die beiden würden damit nicht durchkommen, und da war auch noch Finnleys Verlobte, die durch seine Entscheidungen in Mitleidenschaft gezogen wurde. Aber allein die Anerkennung, die er Chenoa mit seinen Worten entgegenbrachte, weckte wahrscheinlich gerade bei jedem im Team so etwas wie Stolz auf ihn.

Er deutete auf die gepolsterten Bänke und ließ Chenoa den Vortritt. Sie setzte sich neben Thure, und er nahm neben ihr Platz.

Erst jetzt bemerkte Deidra, wie in sich gekehrt Thure wirkte. Das bedeutete wohl, dass sein Gespräch mit Anernerk nicht gut verlaufen war. Er schien noch ein ganzes Stück erleichterter als zuvor zu sein, dass Chenoa unbeschadet neben ihm saß.

Die Besitzerin des Diners kam an den Tisch. Sie trug etwas, das man in Deutschland *Dirndl* nannte und das mit den ausladenden Röcken und dem breiten Ausschnitt gut zu ihrer kräftigen Figur passte. In den Ohrläppchen steckten zwei unterschiedliche Hänger, wobei derjenige auf der einen Seite die Landesflagge von Frankreich und derjenige auf der anderen die von England zeigte. Auf ihrem Kopf saß ein Strohhut mit breiter Krempe, gespickt mit Pins der restlichen Europaflaggen.

»*Güten Morgen*«, grüßte sie auf Deutsch, was mit ihrem powtankanischen Akzent etwas unbeholfen klang. »Wir haben heute halbes Hähnchen mit Specksalat im Angebot, oder wie wäre es mit einer Erbsensuppe?«

Sie machte einen enttäuschten Eindruck, als nur Kräuterbrote und Kaffee bestellt wurden. Außer ihnen waren noch keine anderen Gäste im Diner.

Über die Lautsprecher neben der Theke spielte ein Mix der unterschiedlichen Ländermusik.

»Es fehlt nur noch ein kleiner Atomreaktor im Hinterhof«, scherzte Tate, den dieser Ort ganz offensichtlich faszinierte.

Deidras Blick blieb immer wieder an Finnley hängen, der sich in seinem Wesen verändert zu haben schien. Er war präsenter, stärker und aufmerksamer. Es gab keinen Zweifel, dass er jederzeit für den Schutz des Teams kämpfen würde. Und besonders Chenoa war in seiner Nähe sicher.

Thure rieb sich übers Gesicht und faltete dann die Hände auf der Tischplatte. Obwohl er fast so hellhäutig wie Tate war, würde ihn niemand für einen *Wasicun* halten.

Dieses Team war besonders. Deidra wurde erst in diesem Moment bewusst, *wie* besonders sie waren. Wakan Tanka hatte die Krieger zusammengeführt, die für die bevorstehende Aufgabe gebraucht wurden. Es waren keine Zufälle, dass Tates Gabe entdeckt wurde, dass Finnley ein Hüter war oder Chenoa das Ritual gemeistert hatte. Sie alle waren hier, weil sie das Rätsel lösen konnten.

»Wir haben jetzt einen vollwertigen Hüter«, fasste Thure das Geschehen auf den wichtigsten Aspekt zusammen. »Das ist gut.« Seine ineinander verschränkten Finger tippten nervös auf die Handrücken. »Von nun an können wir Chenoa größere Aufgaben anvertrauen. Ich danke dem Großen Geist für deine Stärke.«

Letzteres klang sicher emotionaler, als er gewollt hatte.

»Also kommen wir zum wichtigsten Punkt.« Er deutete auf Tate. »Was will der Kerl von dir?«

Deidra wäre gern von ihrem Kollegen weggerückt, damit Thure nicht auffiel, dass sie bereits mehr darüber wusste.

»Ich weiß es«, sagte Tate ehrlich. »Als er in meinen Kopf gegriffen hat, wurde eine Gabe aktiviert, die er mit seinen Fähigkeiten wohl irgendwie aus meinem Geist herausreißen kann.«

Deidra atmete unauffällig auf. Bis eben hätte sie nicht sagen können, ob er es leugnen würde. Sie wusste nicht mal, was sie an seiner Stelle zugegeben hätte.

»Als ich im Koma lag, konnte ich sie selbst einsetzen«, fuhr er fort.

Dass er die Tragweite nun doch einschränkte, entging ihr dabei nicht.

»Ich konnte mich in andere Personen hineinbewegen und ihre Körper übernehmen. Beim ersten Mal war es ein Versehen.« Mit einem Finger deutete er auf Finnley. »Ich war plötzlich in ihm, aber ich dachte, ich selbst säße wie von Zauberhand auf dem Stuhl im Krankenzimmer. Du hattest dich mich Dee unterhalten, und bevor ich begriff, was passiert war, zog es mich in meinen Körper zurück.«

Thure nickte verstehend. Auch Finnley zeigte, dass er genau wusste, welche Situation Tate meinte.

»Das nächste Mal funktionierte es erst wieder, als dieses Pärchen im Krankenhaus war, um mich zu töten. Ich wechselte in den Mann, täuschte meine Ermordung vor und verließ mit der Frau das Krankenhaus. Aber statt Antworten zu bekommen, wurde der Körper von einem unidentifizierbaren Mann umgebracht. Was mich wieder zurück in meinen Körper brachte.«

Thure blieb ganz ruhig. Deidra wusste, was gerade in ihm vorging. Wenn der Wolf davon erfuhr, käme Thure nicht so glimpflich davon, weil Tate längst bei Hanpi sitzen müsste, um untersucht zu werden.

»Du willst mir ernsthaft sagen, dass du willentlich andere Körper besetzen kannst?«, fragte Thure dann.

»Ich weiß, wie irre sich das anhört.« Tates Worte klangen wie eine Entschuldigung. »Und ich verspreche, dass ich alles über mich ergehen lassen werde, was diese Gabe zerstört.«

Kopfschüttelnd legte Thure eine Hand über die Augen. »Du sagst, du kannst die Gabe jetzt nicht mehr einsetzen?«

Die Bedienung kam und brachte fünf Becher mit Kaffee. »Milch und Zucker stehen dort drüben.« Sie deutete auf das Tischende. Auf den Gefäßen standen die unterschiedlichen Wörter der fremden Sprachen für den jeweiligen Inhalt. Deidra ertappte sich, wie sie leicht den Kopf schüttelte und das Faible für diese Länder innerlich verurteilte.

Thure rieb sich erst übers Gesicht, dann fuhr er sich mit den Fingern durch die Haare. Die Frau störte und sollte schnell wieder gehen.

»Haben Sie sonst noch einen Wunsch?«

Alle verneinten, dann ging sie endlich zurück hinter den Tresen.

»Gut, wir dürfen uns jetzt keine Fehler erlauben«, sagte Thure nachdenklich. Er schien seine vorherige Frage vergessen zu haben. »Der Wolf ist derzeit sehr gereizt, gut möglich, dass er dich auseinandernimmt, um sich das selbst anzusehen. Besser, wir sagen vorerst nichts.«

Deidra hielt die Luft an. Hatte sie richtig gehört? Er wollte dem Wolf schon wieder etwas verheimlichen? »Bist du lebensmüde?« In seinen Augen sah sie, dass er den Wolf in seiner gesamten Wildheit kennengelernt haben musste. »Thure, soll ich es ihm sagen?«

Thure musste freudlos lachen. »Niemand sagt es ihm! Du hast seinen Zorn nicht erlebt. Es war grauenhaft.«

Chenoa, die bislang noch kein Wort gesagt hatte, legte Thure nun eine Hand auf den Arm. »Du willst doch nicht etwa sagen, er hat dich …«

Er winkte ab. »Der Wolf schlägt nicht, er nimmt dich mit seinen Blicken auseinander. Ihr könnt euch nicht vorstellen, wie es sich anfühlt, den mächtigsten Mann des Präsidiums bitter enttäuscht zu haben. Ich habe von Kollegen gehört, die sich nach so einer Begegnung das Leben genommen haben. Jetzt kann ich es nachempfinden.«

Deidra blickte in den schwarzen Kaffee und suchte betroffen nach Worten.

»Ich kann sie noch einsetzen«, sagte Tate unvermittelt. »Es tut mir leid, ich dachte, es sei für uns alle einfacher, wenn ich behaupte, es nicht mehr zu können, aber ich will euch nicht anlügen.«

Nun machte Thure den Eindruck, die Option mit dem Freitod vorzuziehen. Mit einem leisen Stöhnen rieb er sich wiederholt übers Gesicht und ließ den Kopf kreisen. »Los, nennt mir alle Fakten, die euch einfallen«, forderte er.

»Das Paar wollte mich umbringen, weil sie verhindern wollten, dass der andere an diese Gabe kommt. Wir müssen die Frau suchen«, sagte Tate.

»Hast du dir die Fotos angesehen, ob sie unter den Opfern ist?«

»Zeig sie mir noch mal«, bat Tate und streckte die Hand nach dem Pad aus. Thure rief die Fotos auf und sah zu, wie sein Kollege Foto für Foto zur Seite wischte. Bei einem stutzte er.

»Ist sie dabei?«

»Nein.« Tate drehte das Pad so, dass alle das Foto sehen konnten.

»Das ist die Studentin, die als Zeugin zu Catoris Mord ausgesagt hatte, erinnert ihr euch?«

Deidra lehnte sich etwas vor. »Du hast recht. Ich wette, dass sie bei Brouds Studien mitgemacht hat. Dann ergäbe es auch einen Sinn, dass es den Professor getroffen hat.«

»Aber die Nachforschungen haben nichts dergleichen ergeben.« Thure nahm das Pad zurück und rief die Berichte auf. »Sie studierte Geschichte und Polymertechnologie. Sie gehörte keiner Studentenverbindung an und war ehrenamtlich in Begegnungsstätten tätig. Wir haben weder auf ihrem Computer noch in ihren persönlichen Sachen etwas Auffälliges finden können.«

Finnley holte sein Pad ebenfalls hervor und rief die Aufnahmen auf, die er durch die Glastür gemacht hatte, als sie am ersten Tatort auf Deidra und Chenoa gewartet hatten. Die Blonde war unter den Schaulustigen nicht mehr zu sehen, dafür Studierende, Lehrkräfte und vier Räte, von denen drei den Runen nach dem Stadtrat angehörten. Die Frau und die beiden Männer waren auch bei Apawi-tech gewesen. »Wer ist dieser Mann?« Er deutete auf den großen Mann, den er nicht kannte.

»Das ist Ogaki Qaletaqa«, erklärte Deidra. »Er ist Mitglied im Nationalrat. Und er ist kürzlich bei Anernerk gewesen. Es ist nicht gut, dass wir im Fokus der Ehrenwerten stehen.«

»Aber als der Professor ermordet wurde, wusste noch keiner, wie die Ereignisse sich entwickeln würden. Warum ist er dort gewesen?«, fragte Finnley. »Haben Mitglieder des obersten Rats nichts Wichtigeres zu tun?«

»Was meinst du?«, mischte sich nun Chenoa ein. »Willst du sagen, er wusste, dass das passieren würde?«

»Ich sage nur, dass es merkwürdig ist, dass dieser Mann vor Ort gewesen ist.«

Deidra entging nicht, wie Chenoa ihren Kopf in Finnleys Richtung neigte und tief einatmete. Anschließend seufzte sie und strich sich die Haare über die Schultern. »Wahrscheinlich nicht so merkwürdig, wie du denkst«, sagte Chenoa. »Die Ältesten wissen irgendwas. Wie eine Vorahnung, dass sich etwas ändert. Bei den letzten Ratsversammlungen wurde darüber geredet, ohne dass jemand konkrete Gründe liefern konnte.«

Wenn Deidra die beiden so ansah, hatte sie auch eine schlimme Vorahnung.

»Ein Grund mehr, dass wir schnell handeln müssen«, brachte sich Thure wieder ein. »Es macht unsere Arbeit nicht gerade leichter, wenn wir ständig unter Beobachtung stehen.«

Vor allem ihm nicht. Deidra trug viel seiner Last mit, aber Thure musste sich all den Räten mit ihren strengen Beurteilungen stellen, wenn die Ergebnisse nicht befriedigend waren.

»Bleibt die Gabe in deinem Kopf, wenn du den Körper wechselst, oder nimmst du sie mit?«, fragte Finnley unvermittelt. Er wirkte zunehmend unruhig, sah sich immer wieder um und lockerte die Schultern.

»Ist etwas?«, überging Deidra die Frage. Er wirkte lauernd, als würde er eine Gefahr wittern. Das gefiel ihr nicht.

»Das kann ich nicht genau sagen, noch ist alles fremd für mich, aber irgendwas sagt mir, dass ich aufpassen muss.« Immer wieder sah er aus dem Fenster, dann wieder durch den Raum zur Tür, in die Küche und wieder nach draußen.

»Keine Ahnung, ob die Gabe mit meinem Bewusstsein mitzieht oder im Körper bleibt.« Auch Tate fing an, sich beim Reden umzuschauen.

»Das solltest du herausfinden. Was nicht da ist, kann er nicht herausreißen«, sagte Finnley abwesend.

Deidra nickte. »Tunkan hat recht.«

Ein leises Knurren kam aus Finnleys Kehle, das Fenrirgesicht zeigte sich schwach unter der tätowierten Haut.

»Finnley?« Deidra sah sich beunruhigt um und legte eine Hand an die Waffe.

Draußen fuhr ein Wagen vor. Thure griff ebenfalls unter seine Jacke.

Je zwei Männer und Frauen stiegen aus und gingen auf den Eingang zu. Sie waren in Gespräche vertieft und trugen Rucksäcke bei sich, in denen sich alles Mögliche befinden konnte. Die Kleidung war eher sportlich mit einer europäischen Note. Eine der Frauen trug einen

Pullover mit norwegischem Strickmuster, der so gar nicht zu ihrem halbseitig rasierten Kopf passte. Auch die anderen trugen teilrasierte Frisuren, wahrscheinlich waren es von Irokesen abstammende Powtankaner.

Chenoa legte den Seelenspiegel ab, um auf anderer Ebene zu sehen, was gerade vor sich ging. Nun war Finnleys Aura für sie zu sehen – nur für sie –, und sie strahlte unglaubliche Macht ab. Fenrir tobte in ihm, fühlte sich durch das Unverständnis des Hüters gehemmt. Aber das würde sich mit der Zeit geben.

Finnleys kräftig gelborange Aura verband sich mit der strahlenden Totemaura, die in Indigo- und Rotverläufen deutliche Konturen der Fenrirgestalt zeigte.

Chenoa betrachtete die vier ankommenden Gäste, die kurz davor waren, das Diner zu betreten. Ihre Auren zeigten Gelassenheit. Beunruhigt blickte sie Richtung Küche, wo ebenfalls alles unauffällig war, dann zu Deidra und Tate, die ihr gegenübersaßen.

Seine Aura war vollkommen verschmutzt, schwarze Schlieren zogen sich durch das grünliche Licht und ließen ihn grau und krank aussehen. Er trug die dunkle Spur an sich, genau wie ihre Mutter. »Bei Wakan Tanka, Tate …« Entsetzt wechselte sie die Sicht.

Ein lautes Kratzen lenkte sie ab. Finnley ballte auf der Tischplatte die Hände zu Fäusten und sprang wild brüllend über den Tisch. Er holte zum brutalen Schlag auf Tate aus.

»Finnley, nicht!«, schrie sie und mochte gar nicht hinsehen.

Seine Faust schnellte vor, verfehlte Tates Kopf und schlug mit aller Kraft ein Loch in die Wand direkt neben Tates Ohr.

Die Besitzerin schrie vor Schreck und kam zeternd zu ihnen. »Was fällt euch ein?« Im Hintergrund zeigte sich der Koch im Durchgang zur Küche und schob die Ärmel seines Kittels hoch. »Jetzt sieh sich einer meine Wand an!« Eine Vielzahl europäischer Flüche traf den Schotten, der sich nur darauf konzentrierte, sich, möglichst ohne etwas umzustoßen, wieder hinzusetzen. Chenoa war sicher, dass mindestens die Hälfte der Schimpfwörter falsch ausgesprochen wurde. »Stonko« und »blauder Ash« fielen ihr dabei besonders auf.

Deidra griff in ihre Tasche und legte eine Visitenkarte vor die Frau. »Tut uns wirklich leid. Bitte schicke die Rechnung zu meinen Händen, wir werden die Reparatur selbstverständlich bezahlen.«

Noch immer zeternd, nahm die Frau die Karte. Das Dirndl schwang bei jeder Bewegung, aber ihre Haltung wurde schnell zu geschäftstüchtiger Freundlichkeit, als die neuen Gäste das Diner betraten. Sie steckte die Karte weg und ging auf die jungen Leute zu.

»Was sollte denn das?«, fragte Tate. Er beugte sich vor, damit nicht alle im Diner mithören konnten. »Du hast mir einen Riesenschreck eingejagt.«

Finnley rieb sich über die Knöchel der rechten Hand, die von dem Aufschlag gerötet waren. »Tut mir leid«, sagte er ruhig.

Chenoa blickte fassungslos zu der zerdrückten Spinne, die hinter Tate in der eingedellten Wand klebte, wechselte die Sicht und sah, wie sich die schwarzen Verunreinigungen in Tates Aura auflösten. »Die Stämme-Halle ist hier ganz in der Nähe. Unfassbar, dass …«

Wie in Zeitlupe wandte sich Tate um und entdeckte ebenfalls die Überreste der Trichternetzspinne. Das Begreifen sorgte für einen Moment der Sprachlosigkeit im Team. Nur Finnley lehnte sich entspannt zurück und trank seinen Kaffee, den er wie durch ein Wunder nicht umgestoßen hatte.

»Die schwarze Spur hat sich aufgelöst«, sagte Chenoa. »Ihr seid in Sicherheit.«

Sie musste an ihre Mutter denken, die jetzt auch außer Gefahr war, und atmete erleichtert auf.

»Warum verfolgst du mich noch gleich?«, fragte Tate die getigerte Katze. Sie streckte sich und legte ihren Kopf auf sein Bein. »Na, du bist mir ja eine tolle Beschützerin.« Er tastete seine Jackentaschen ab. »Verdammt, das Gegengift haben wir ja weggegeben. Danke, Finnley.«

»Gern geschehen«, sagte er unbeteiligt. »Ich denke, ich verstehe langsam, wie es läuft.«

»Du kannst dich erinnern, richtig?« Chenoa sah ihn von der Seite an.

Er nickte.

»Wenn ich nicht gegen Fenrir angehe, können wir als Einheit agieren. Langsam kriege ich den Dreh raus.«

Chenoa war seit der Zusammenführung wie betäubt. Die Ereignisse hatten sie überfordert und von dem abgelenkt, was ihr in diesem Moment bewusst wurde: Das alles war tatsächlich passiert. Sie war stark genug für die Zusammenführung gewesen, Finnley nahm das Geschenk des Totems an, und sie war schwanger. Lächelnd legte sie eine Hand auf ihren Bauch und wechselte die Sicht. In ihrer eigenen Aura konnte sie das noch sehr kleine Licht des neuen Lebens sehen, das wie ein winziges gelbes Flämmchen leuchtete.

Langsam streckte sie die andere Hand nach dem Seelenspiegel aus und legte ihn sich wieder um den Hals – die astrale Welt erlosch. Wenn sie recht darüber nachdachte, hätte sie sich keinen besseren Vater für ihr Kind wünschen können.

»Was ist mit diesem Professor Broud?«, nahm sie das Gespräch wieder auf.

Die noch immer mürrische Diner-Besitzerin brachte Körbe mit Kräuterbrot und sah Finnley dabei finster an. Er sollte merken, dass sie ihn im Auge behielt.

Doch Finnley nahm sie gar nicht wahr. Er drehte seinen Kaffeebecher zwischen den Fingern und wartete auf Thures Antwort.

»Er und seine Co-Dozentin wurden zur Fahndung ausgeschrieben. Ich warte noch auf die Berichte. Sein Haus wird überwacht.« Er zog sein Pad hervor und wischte mit einem Finger über das Display. »Bislang nichts Neues.«

Deidra brach sich etwas von dem Brot ab und roch daran. »Ist da Curry drin?«

Angewidert legte sie das Stück wieder zurück in den Korb. »Das einfachste powtankanische Backwerk, und sie ruinieren es.«

Chenoa roch an ihrem Brot und verstand, was Dee meinte. Die anderen kümmerte es nicht. Sie griffen zu und aßen davon, ohne dem Geschmack viel Beachtung zu schenken. Die Gespräche am Nachbartisch wurden lauter. Offensichtlich erwachten die Lebensgeister der jungen Gäste.

Chenoa betrachtete Tate und dachte über seine Gabe nach. Jemand, der ohne Weiteres andere Menschen als Gefäße benutzen konnte, war sicher ein gefürchteter Mann. Wenn er diese Fähigkeit tatsächlich zerstören wollte, musste sie mehr darüber lernen.

»Ich möchte, dass du es mir zeigst«, sagte sie entschlossen.

Tate sah sie irritiert an. »Was zeigen?«

»Übernimm für einen Moment meinen Körper. Ich will sehen, was passiert.«

Zur Verdeutlichung nahm sie den Seelenspiegel wieder ab und betrachtete seine Aura. Seit der Zusammenführung fühlte sie sich stärker, irgendwie gefestigter, als könne es ihr nicht mehr passieren, dass sie geistig den Weg zurück nicht mehr fände.

Dass Tate sich sträubte, beruhigte sie. Zumindest setzte er die Gabe nicht leichtfertig ein – noch nicht.

Ein gleißendes Licht blitzte in seinem Kopf auf, dann fuhr seine Seele aus ihm heraus und kam auf sie zu. Alles ging sehr schnell, Chenoa hoffte, sich jedes Detail merken zu können. Doch er prallte von ihr ab. Seine Aura verfärbte sich für die Dauer des kurzen Kontakts blutrot, dann blitzte es erneut in seinem Kopf, und er war zurück in seinem Körper. Von all dem war nichts spürbar gewesen. Wenn sie es nicht selbst beobachtet hätte, wäre Tates Aktion vollkommen unbemerkt geblieben.

Sie öffnete die Augen in der realen Welt und sah ihn fasziniert an.

»Was ist passiert?«, wollte Deidra wissen.

Tate strich sich die braunen Haare zurück und zuckte mit den Schultern. »Es hat nicht funktioniert.«

»Nicht funktioniert?« Sie nahm den Daumennagel zwischen die Zähne und kaute nachdenklich darauf. »Hat es vorher schon mal nicht funktioniert?«

Er schüttelte den Kopf. »Aber so oft habe ich es noch nicht ausprobiert.«

»Doch, hat es«, mischte sich Chenoa ein. »Aber du bist von mir abgeprallt. Vielleicht wegen Fenrir?« Sie legte eine Hand auf den Bauch und dachte nach. »Probiere es mal bei Dee, Thure oder Finnley«, schlug Chenoa vor, aber Thure ging dazwischen.

»Das hier ist jetzt wirklich nicht der richtige Ort dafür.«

Enttäuscht musste sie ihm recht geben, obwohl sie es zu gern gesehen hätte. Davon abgesehen, dass ein Missbrauch dieser Gabe sehr gefährlich war, konnte man doch damit auch viel Gutes für die Menschen tun. Geiselnehmer, die ihre Waffen niederlegten und sich ergaben, Selbstmörder, die nicht sprangen, Kinder, die sich in Notsituationen genau richtig verhielten, und Flüchtige, die plötzlich still standen. Eine unblutige Lösung, schnell und unkompliziert. Ohne es zu merken, starrte sie Tate an. Auch wenn sie ihn schon länger kannte, war es schwer abzuschätzen, wie verantwortungsbewusst er auf Dauer mit dieser Gabe umgehen würde. Eine Kontrolle wäre nötig. Und wenn er in ihren Geist nicht eindringen konnte, war sie dann nicht die beste Wächterin zur Wahrung der Grenzen?

Chenoa musste dringend mehr darüber erfahren, was nicht ganz einfach werden würde, wenn niemand sonst davon Kenntnis erlangen durfte. Tate begegnete ihrem Blick, und das Lächeln erstarb auf seinen Lippen. Sie nickte ihm zu, als Zeichen, dass sie auf ihn aufpassen würde. Zu seinem Schutz und dem aller anderen.

KAPITEL 19

Orenda rannte, so gut sie es mit ihrem schmerzenden Fuß konnte, um ihr Leben. Sicher war ihre Flucht bereits bemerkt worden, schon bald würden sie ihr nachjagen und diesmal nicht zimperlich bei ihrer Ergreifung sein. Also rannte sie, auch wenn der stechende Schmerz mit jedem Schritt unerträglicher wurde. Das weitläufige Unigelände bot jede Menge Winkel und naturbelassene Pfade, die sie vor Blicken schützten.

Sie hielt sich abseits der bekannten Wege und blieb nicht stehen.

Im Laufen kratzte sie sich über Arme und Nacken und hoffte, dadurch eventuelle Mikroinjektoren zu entfernen, bevor sie auslösen konnten. Sie wusste nicht, ob ihr Vater bei ihr welche angebracht hatte. Die Technologie war nicht spürbar, und die Reichweite der Auslöser deckte einen Radius von mehreren Kilometern ab.

An einem Abhang stolperte sie und rollte die Böschung hinab. Als ein Baumstumpf ihren Sturz abfing, knackte eine Rippe. Orenda schrie auf vor Schmerz, aber sie durfte nicht anhalten.

In einiger Entfernung hörte sie Rufe. Die Jagd begann.

»Nein!« Sie nahm all ihre Kraft zusammen und setzte den Lauf fort. Rücksichtslos brach sie durch alles hindurch, was in den Weg gewachsen war. Zweige hinterließen dabei blutige Kratzer überall auf ihren ungeschützten Hautpartien oder peitschten in ihr Gesicht. Dreihundert Meter lief sie, ohne sich umzusehen.

Dann spürte sie es.

Es waren nur zwei kleine Stiche direkt hinter ihrem rechten Ohr. Ein panischer Schrei drang aus ihrer Kehle. Ihre Knie sackten weg, und Tränen schossen ihr in die Augen.

Sie wechselte die Sicht und betrachtete die schwarze Spur, die augenblicklich von ihrer Körpermitte ausging und vor ihr hinter Bäumen verschwand.

»Ich muss schneller sein«, trieb sie sich selbst an.

Mit wackeligen Beinen sprintete sie erneut los.

Ein Hund bellte dort, wo die schwarze Spur durch eine dichte Blätterwand führte, und dann sah sie ihn: Hund, der in schwarzen Schlieren eingehüllt der finsteren Verbindung folgte und seine hell leuchtenden Fänge fletschte. Pure Angst jagte durch ihre Adern, sie schrie, als er sie anfiel und ihr brutal in den Arm biss.

Ihr Fleisch riss, Blut quoll heiß aus der Wunde, aber Orenda lief weiter. Sie wusste, dass sie gegen das Totem nichts ausrichten konnte.

Seine Krallen gruben sich in ihre Hüfte, der Schlag brachte sie ins Stolpern, doch es gelang ihr, den unsichtbaren Angreifer mitzuschleppen. Dorthin, wo ein großer Wolfshund gerade einen Ast attackierte. Blut troff aus seiner Schnauze, die mit Holzsplittern gespickt war.

Er löste seine Kiefer, um erneut zuzubeißen, da konnte sie sich auf ihn werfen.

Mit all ihrer Kraft hielt sie den schnappenden Kopf in ihrer Armbeuge gefangen und drückte ihm die Luft ab. Ihr Blut färbte sein Fell rot.

Fiepen und Jaulen ersetzten das Knurren. »Es tut mir leid«, sagte sie weinend und sah zu, wie die Aura des Tieres schwächer wurde. »Scht, wehre dich nicht.«

Die schwarze Spur pulsierte erst, dann löste sie sich auf, und das Totem erschien wieder hell leuchtend und wütend wegen des Missbrauchs, den es ertragen musste. Mit gesträubtem Fell, das aus kleinen Sonnenfäden zu bestehen schien, durchschritt Hund den Kadaver und verwischte dabei den letzten Schein der sterbenden Seele.

Zitternd ließ sie den toten Hund los. Sie fühlte, wie der Blutverlust sie schwächte.

»Ich werde es nicht schaffen.« Sie konnte die Finger ihrer rechten Hand nicht mehr bewegen.

Zurück in der wirklichen Welt sah sie sich um und versuchte, sich zu beruhigen. Noch hatte sie nicht verloren. Mit den Fetzen des zerstörten Ärmels band sie die Wunde ab. Ihr gesamter Körper brannte. Die letzte, verzehrende Lebendigkeit vor dem Einzug in die ewigen Jagdgründe. Sie wusste, was passieren würde. Schon als Kind hatten ihr die Geister erlaubt, die nahe Zukunft zu erahnen, wenn lebensverändernde Dinge ihren Lauf nahmen.

Als legten unsichtbare Mächte schützend ihre Hände an ihren Rücken, setzte sie mit geschlossenen Augen einen Fuß vor den anderen.

Über zwei Stunden saßen sie im Diner und gingen alle Fakten wieder und wieder durch, ohne dabei zu neuen Erkenntnissen zu gelangen. Finnley tippte auf seinem Pad herum, um Zusammenhänge und Bedeutungen besser verstehen zu können. Es kam ihm vor, als eröffnete sich ihm ein besserer Zugang, wenn Fenrir präsent war, ein Zugang, der allerdings augenblicklich wieder verschwand, wenn sich das Totem zurückzog.

Er war unglaublich müde. Die Anstrengungen und Ereignisse hatten ihm eine schlaflose Nacht beschert. Einerseits war er immer noch wütend, andererseits verging dieses Gefühl, wenn Fenrir ihn erfüllte. Finnley wollte das Richtige tun. Er war nicht in dieses Land gezogen, um sich von der ersten größeren Schwierigkeit wieder rauswerfen zu lassen. Taima hatte sich die halbe Nacht bei ihm entschuldigt und versucht, ihm zu erklären, wie groß die Ehre für ihn sei und wie stolz sie auf ihn wäre. Aber wenn er seine Augen schloss, sah er Chenoa, und was er im Rausch alles mit ihr getan hatte. Noch irritierender war, dass ihm die Bilder etwas bedeuteten, obwohl er so gefestigt und glücklich mit Taima war. Je näher Fenrir ihm war, desto stärker wurden die Empfindungen für Chenoa. »Fenrir ist es«, flüsterte er abwesend.

»Wie bitte?« Chenoa berührte ihn am Arm, was ihn zusammenzucken ließ.

»Nichts, schon gut.«

Sie nickte verstehend. »Wenn du Fragen hast, bin ich immer für dich da.«

Deidra, Thure und Tate redeten über die unterschiedlichen Fakten. Immerhin nahmen sie Rücksicht auf ihn. Anfänglich war es einfach gewesen, nur wütend zu sein und alles irgendwie wegzuschieben, die Besonderheit anzunehmen, die durchaus fühlbar war. Aber inzwischen mischten sich die unterschiedlichsten Gedanken in die Erinnerung. Was wenn er wieder zu dem Mann wurde, der er in Schottland gewesen war? Wenn es ihm doch nicht mehr reichen würde, nur mit Taima zusammen zu sein? Wenn Fenrir Dinge in ihm entfesselte, die er hinter sich lassen wollte?

Er sah Chenoa von der Seite an. Eine bemerkenswerte Frau. Jung, zerbrechlich und dabei so unglaublich stark. Niemals würde er zulassen, dass ihr etwas zustieß. Blutige Rache würde er über jene bringen, denen es gelänge, seinen Schutz zu durchbrechen.

Was er eingangs zu ihr und den anderen gesagt hatte, war sein absoluter Ernst gewesen. Fenrir legte keinen Wert auf Traditionen, sonst hätte er sich einen anderen als Hüter ausgesucht. Keine Mutter sollte gezwungen werden, ihr Kind fortzugeben, ganz egal, unter welchen Umständen es gezeugt wurde. Chenoa hatte es verdient, ihr Kind aufwachsen zu sehen. Allerdings wusste er auch, dass er sich nicht nur wegen Chenoa gegen diese Pläne wandte. Ihre Nähe fühlte sich vertraut an, und sie fehlte ihm, wenn sie sich nicht bei ihm befand.

Es piepste, Thure nahm sein Pad vom Tisch und öffnete die Nachricht. »Broud wurde gesehen«, verkündete er.

»Wo?« Deidra beugte sich vor, um über den Tisch hinweg mitlesen zu können. »Er ist zu seinem Haus zurückgekehrt? Sag den Kollegen, wir übernehmen das, sie sollen nur beobachten.«

Thure warf ihr einen tadelnden Blick zu.

»Entschuldige.«

Dennoch tat er, was sie sagte. »Tate, du bleibst besser im Hotel, wir …«

»Hey, wenn du glaubst, ich verstecke mich, während ihr hier weitermacht, dann hast du nicht alle Federn am Hut.« Er verschränkte die Arme vor der Brust. »In dem dämlichen Hotelzimmer bin ich euch keine Hilfe.«

Chenoa legte beiläufig eine Hand auf Finnleys Arm. »Ich bin Tates Meinung.« Finnley widerstand der Versuchung, die freie Hand auf ihre Finger zu legen. »Überleg doch mal, wie nützlich seine Gabe sein kann, wenn Broud flüchten will. Außerdem haben wir einen Hüter bei uns. Ich glaube nicht, dass wir Tate richtig schützen können, wenn wir uns aufteilen.«

Für Thure war das sicherlich keine einfache Entscheidung. Wenn irgendetwas schiefging, würde Anernerk kurzen Prozess mit ihm machen. Allein, dass er dem Vorgesetzten keinen Bericht erstattete, könnte Thures Verbannung aus dieser Stadt bedeuten. Finnley wusste nicht viel über die powtankanische Kultur, aber wie schwerwiegend es war, bei den Ältesten in Ungnade zu fallen, gehörte zu den am meisten erwähnten Warnungen Taimas.

»Gehen wir«, beschloss Thure. Er legte das Geld für das Frühstück auf den Tisch und ging voran.

»*Auf Weidasehen*«, rief die Besitzerin des Diners auf Deutsch, allerdings weniger freundlich als bei der Begrüßung.

Thure, Finnley und Chenoa schickten ihre Fahrzeuge per Autopilot nach Hause und stiegen dann mit den anderen in den Blú Controverse.

Thure gab die Sprachanweisung an das Navi und kniff die Augen zusammen. »Wir müssen mit allem rechnen«, sagte er nachdenklich. »Entweder hat er gar nichts oder alles mit diesem Fall zu tun.«

Deidra ließ die Aufnahmen von Broud auf dem Tisch erscheinen. »Schwer zu sagen. Unschuldig ist er nicht. Vergesst nicht, was mir in der Uni passiert ist. Ich weiß nicht, ob er es gewesen ist, aber sein Verschwinden spricht zumindest für seine Mitwisserschaft. Was, wenn er es tatsächlich geschafft hat?«

»Was meinst du?« Chenoa nahm eine ablehnende Haltung ein. »Dass er sich mit einem Totem verbinden konnte, das ihm eine derartige Macht verleiht?« Sie schüttelte den Kopf. »Das ist lächerlich!«

Wahrscheinlich war es das, aber Finnley empfand seine Unwissenheit über solche Dinge als Vorteil, weil er gedanklich auf Deidras Seite war. »Du würdest es erkennen, wenn es so wäre, nicht wahr?«

»Natürlich würde ich das, aber kein *Wasicun* wird je Zugang zur Astralwelt finden. Niemals.« Offensichtlich hatte sie das nicht so abfällig sagen wollen, wie es geklungen hatte. Chenoa biss sich auf die Lippen und sah zu ihrer Kollegin. Deidra atmete tief durch und senkte den Kopf. »Tut mir leid, Dee, ich wollte nicht …«

»Rassistisch sein?«

Der Wagen fuhr schneller als gewöhnlich, denn Thure hatte die Geschwindigkeitsbegrenzung aufgehoben, trotzdem war im Wageninnern kaum etwas von der Fahrt zu spüren.

»Diskutiert das später aus«, sagte Tate, bevor Chenoa etwas erwidern konnte. »Wir sind aufeinander angewiesen. Die letzten Tage waren kraftraubend, aber wenn wir gleich ankommen, müssen wir hellwach sein.«

Deidra nickte. »Wenn das vorbei ist, sollten wir alle ein paar Tage freinehmen.«

Professor Brouds Haus war ein Gebäude, das mutigerweise der britischen Bauweise nachempfunden worden war. Sicher ließen sich nur wenige Unternehmen für derartige Arbeiten anheuern. Der Professor musste dafür ein Vermögen ausgegeben haben. Die rot verklinkerte Fassade und die klobigen Mauern ließen das Haus wie einen Fremdkörper in der Natur wirken. Broud dominierte das Stück Land, das er sein Eigen nannte. Der Garten war rücksichtslos zurechtgestutzt und Pflanzen hinzugefügt worden, die mit der hiesigen Flora und Fauna nicht im Einklang waren. Sogar Finnley erkannte das auf einen Blick, weil Haus und Garten so wirkten, als wäre ein Stück Britannien hier eingefügt worden.

Nach allem, was er inzwischen gelernt hatte, wunderte ihn nicht, dass Broud keine direkten Nachbarn besaß. Ein Rebell auf ganzer Linie, der sich nicht damit zufriedengeben wollte, in einem Land zu leben, in dem ihm bestimmte Dinge verwehrt blieben. In Finnleys Augen war ein solcher Kampf zwecklos. Auch wenn er wusste, wie es war, zu rebellieren, sah er in Powtanka keine Notwendigkeit dafür. Wenn man den Powtankanern etwas zum Vorwurf machen wollte, dann, dass sie lieber unter sich blieben und es Fremden sehr schwer machten.

In Schottland hatte er allerdings mit ansehen müssen, wie Rassismus tatsächlich aussah, wie Menschen gejagt, verstümmelt und getötet wurden, weil die Meute sie als wertlos erachtete. Wie gesellschaftliche Probleme auf Randgruppen projiziert wurden, weil es einfacher war, die Schuld abzuwälzen, statt Lösungen zu finden. Die Angst vor Fremden war in der powtankanischen Landesgeschichte so tief verwurzelt, dass sie wahrscheinlich nie gänzlich verschwinden würde. Was auch besser so war. Er wusste, wie in anderen Ländern miteinander umgegangen wurde, und auch, wie viel Neid und Missgunst ganze Völker

Powtanka entgegenbrachten. Powtanka war wie der erfolgreiche Bruder, der kaum Kontakt zu seiner sich ständig balgenden Großfamilie hatte.

Er fragte sich, was Broud wohl machen würde, wenn er eine Verbindung zum Totemreich bekäme. Sicher würde es ihm bei den Powtankanern weder Ruhm noch Ehre einbringen. Was täte ein Mann mit einer neu gewonnenen Macht, die er für sich erzwungen hätte, aber vielleicht trotzdem nie verstehen könnte?

Gedankenverloren legte er einen Arm um Chenoa, die sich daraufhin wie von selbst an ihn lehnte, während sie weiter die Informationen auf dem Tisch durchging.

»Nach allem, was wir bislang mitbekommen haben, müssen wir mehrere Gefahren bedenken«, sagte Thure. »Bei einem von uns könnten Mikroinjektoren ausgelöst werden. Wie wir wissen, bemerkt man es nicht unbedingt, wenn sie angebracht werden.« Er hielt zwei Finger hoch. »Jemand will an Tates Kopf herankommen. Egal, was passiert, Finnley bleibt bei Tate und beschützt ihn.« Sein Blick blieb kurz an Chenoa hängen, die unauffällig ihre Linke auf Finnleys Hand an ihrem Arm legte. Dadurch bemerkte auch Finnley, dass er die Nähe nicht vermeiden konnte. Er verstand diese Nähe als zusätzliches Geschenk, das nur leider in seiner Situation vollkommen unangebracht war.

Das kann ja heiter werden.

»Chenoa bleibt auch bei Tate«, bestimmte Thure. »Wir wissen nicht, was uns im Haus erwartet, ob Broud überhaupt noch dort ist, oder warum er hierher zurückgekehrt ist, obwohl er weiß, dass er gesucht wird.«

»Als wir ihn das letzte Mal gesehen haben, machte er einen verwirrten Eindruck«, ergänzte Deidra. »Wir dürfen ihn nicht davonkommen lassen, wenn wir Antworten bekommen wollen.«

In einiger Entfernung stand das Fahrzeug der Kollegen, die das Haus beobachteten. Thure bekam die Nachricht, dass Broud sich noch immer im Innern befand.

»Dann wollen wir mal«, sagte er und sah kurz in die Runde. »Weiß jeder, wo er zu stehen hat?«

Sein Team bestätigte, dann überprüften alle ihre Dienstwaffen und stiegen aus. »Die Kollegen sichern die Rückseite. Egal, was passiert, bleibt zusammen.«

Finnley horchte in sich hinein, ob Fenrir sich bereits regte, aber noch war alles ruhig.

Die Gartenpforte quietschte beim Öffnen. Der englische Rasen war unnatürlich kurz und frei von jeglichem Wildwuchs. Der Natur wurde hier kaum Spielraum gelassen. Wie sollte jemand Zugang zu den spirituellen Kräften erhalten, wenn er so wider die Natur lebte? Er ging als Letzter hinter dem Team, stets in der Nähe von Tate und Chenoa.

»Dort ist Blut«, machte Deidra die anderen auf Spuren an der Haustür aufmerksam. »Der Farbe nach höchstens ein paar Stunden alt.«

Mit dem Griff ihrer Tomahawk 940 schlug sie gegen die Tür. »Professor Broud, hier ist die Polizei, wir wissen, dass Sie da drin sind. Aufmachen!«

Finnley ließ sein Pad in die Uniformtasche gleiten, um die andere Hand frei zu haben.

Aus dem Innern des Hauses erklangen Schritte, kurz darauf öffnete sich die Tür, und ein freundlich lächelnder Professor Broud stand im Durchgang.

»Guten Tag«, sagte er gleichmütig, drehte sich um und ging wieder zurück. »Ich hätte doch Kaffee gekocht, wenn ich von Ihrem Besuch gewusst hätte. Ihr mögt doch lieber Kaffee als Tee, oder?«

»Ist das eine Falle?«, flüsterte Chenoa und sah Finnley fragend an.

»Wenn ja, dann merke ich nichts davon.«

Nach und nach folgten sie dem Professor, der den Geräuschen nach in der Küche Wasser in ein Gefäß füllte. Eine blutige Spur zog sich vom Eingangsbereich rechts die Treppen hoch. »Zusammenbleiben«, sagte Thure nachdrücklich. »Finnley, du behältst den Flur im Auge.«

Finnley stellte sich so hin, dass er den Eingangsbereich im Blick behalten und gleichzeitig die offene Küche sehen konnte.

Der Professor befüllte seelenruhig eine Kaffeemaschine. Die Geräte waren Importware, ebenso die kunststoffbeschichtete Arbeitsplatte. Im angrenzenden Wohnzimmer standen Sessel, ein Sofa und richtige Stehlampen. Statt einer offenen Feuerstelle war ein breiter Kamin in die Wand gemauert. Es roch nach Putzmitteln und Plastik.

Keine Lichtadern, keine Räucherschalen, kaum naturverbundene Elemente.

Finnley sah sich nur flüchtig um; für ihn war der Anblick bei Weitem nicht so ungewöhnlich wie für die anderen. Seine eigene Wohnung in Schottland hatte ähnlich ausgesehen, wenn auch nicht so hochwertig. Ihn beschäftigte mehr die wachsende Unruhe, die Fenrir ankündigte. Er kratzte sich abwechselnd über den Brustkorb und den Nacken.

»Finnley?«

Er winkte ab. »Ich bin mir nicht sicher.«

Chenoas Finger legten sich auf seinen Rücken. »Du musst innerlich loslassen, um zu verstehen, was passiert, dann wirst du es auch deuten und kontrollieren können.«

Mit einem Nicken gab er ihr zu verstehen, dass er es versuchte, aber das war nicht so einfach, wie es klang.

»Wir wissen, dass Sie die Mikroinjektoren präpariert haben«, hörte er Deidra sagen.

»Oh, jetzt haben Sie mich aber erwischt«, sagte Broud und kicherte. Dabei stellte er die Kaffeedose zur Seite und schob den linken Ärmel hoch. Zahlreiche Narben und verkrustete Wunden zeichneten die Haut. »Kommt, habe ich gesagt«, aus dem Kichern wurde Wut. »Kommt in mich, habe ich gesagt. Kommt, meine kleinen Geistertierchen.« Dann schüttelte er energisch den Kopf. »Aber sie kamen nicht, haben mich ignoriert wie dieses rassistische Pack, das mir nicht sagen will, wie es geht.«

Mit beiden Händen fuhr er sich durch die Haare. Kaffeepulverkörnchen blieben in den graublonden Haaren zurück. Mit schmatzenden Geräuschen tat er so, als würde er eine Katze anlocken wollen. »Ich hatte auch was Feines für die Tierchen.« Dann hielt er stockend inne, drehte sich um die eigene Achse und begann zu singen. Finnley erkannte die Nationalhymne von Großbritannien.

Wieder bei der Kaffeemaschine angekommen, ergriff er den Löffel und trommelte damit den Takt zu seinem Gesang.

»Professor Broud!« Thure klang ungeduldig. »Hören Sie auf damit und sehen Sie uns an!«

Der Löffel knallte ein letztes Mal auf die Arbeitsfläche, er drehte den Kopf zu ihnen, und Tränen sammelten sich in den eisblauen Augen des alten Mannes. »Sie wollen mich nicht, ist es nicht so?«

Schleppend ging er zwei Schritte auf Deidra zu und blieb vorgebeugt vor ihr stehen, einen Arm angezogen, während die andere Schulter tief hinabhing, sodass seine Statur asymmetrisch und kraftlos aussah.

Deidra lockerte die Finger, mit denen sie die Waffe ausgestreckt auf den Professor richtete.

»Wessen Blut ist das dort im Eingangsbereich?«

Brouds Augen zuckten in die Richtung, aber seine Gedanken schienen in eine andere zu gehen. Seine Zunge leckte wiederholt über seine Unterlippe, dabei formte er tonlose Worte. »Ach ja, der Kaffee. Wo habe ich nur meinen Kopf?«

Ohne die Frage zu beantworten, ging er zur Maschine zurück und befüllte sie erneut. Das Wasser im Tank lief über, als er mit einem Messbecher neues dazuschüttete.

»Chenoa.« Thure zog ebenfalls seine Tomahawk 940 und nickte der Schamanin zu.

Finnley wäre es lieber gewesen, sie würden den verrückten Professor einpacken und gehen. Auch wenn es vollkommen ruhig im Haus war, stimmte etwas nicht. Im Flurspiegel konnte er sein Gesicht sehen, das keinerlei Veränderungen aufwies, aber Fenrir war auf dem Weg zu ihm.

Chenoa verstand, was Thure ihr sagen wollte. Sie nahm den Seelenspiegel ab und legte ihn in Finnleys linke Hand. »Pass bitte gut darauf auf.«

Es gab ihr so viel Sicherheit, dass er bei ihr war. Er, Tunkan wicasa, bei diesem Gedanken musste sie lächeln. Sie wechselte die Sicht und staunte über das helle Strahlen, das aus der Küche kam. Vorsichtig ging sie ein paar Schritte weiter. Die vertrauten Auren von Thure und Deidra bewegten sich zur Seite, damit Chenoa ungehindert den Professor sehen konnte. Ihn und ungefähr zwei Dutzend Lichtgestalten, die ihn umgaben.

Um die Totems zu besänftigen, fing sie an zu singen, aber sie glaubte nicht, dass sie erhört wurde, weil die Geisterwesen, die sie sah, rasend vor Wut tobten. Dünne Lichtfäden aus Brouds Seele lagen wie Ketten um die Tiergestalten, die daran zogen und zerrten und drohten, die bereits beschädigte Seele des Unwissenden vollkommen in Fetzen zu reißen.

Als sie Chenoa bemerkten, ging eine Welle aus Schmerz und Wut durch die Astralwelt. Unsicher schritt sie rückwärts, bis sie Finnley hinter sich spürte. Seine linke Hand legte sich auf ihre Schulter, und die Welle der Totems verebbte.

Sie wollte weitersingen, aber erstmals wusste sie nicht, welche Melodie es sein musste. Es war nicht zu erkennen, wie lange Broud die Totems schon an seine Seele kettete, aber es erklärte, warum er zunehmend seinen Verstand verlor.

Fenrirs Aura durchwob jedes andere Licht als Zeichen seiner Macht, als er durch Finnleys Brustkorb hindurchschritt und majestätisch die Astralwelt betrat. Chenoa wurde Zeugin, wie der indigo leuchtende Wolf lauernd den Professor umrundete. Das Lichtspiel ließ den massigen Körper muskulös und bedrohlich wirken. Unter den hochgezogenen Lefzen kamen schimmernde Zähne zum Vorschein. Die anderen Totems gaben den Kampf gegen die Seelenketten auf und verharrten erwartungsvoll. Chenoas Atem ging schneller. Vorsichtig lehnte sie sich deutlicher gegen Finnley und spürte, wie er beruhigend über ihre Schulter strich.

Fenrir knurrte, spannte alle Muskeln an, jagte mitten in Brouds Seele hinein und wütete in dem Körper aus Licht. Erste Ketten rissen, und die befreiten Totems stoben davon. Sie hörte Broud in der realen Welt etwas umschmeißen. Fetzen seiner Seele wurden von Fenrir durch den Astralraum geschleudert und erloschen vor Chenoas Augen.

Als das letzte Totem befreit war und Fenrir den Professor wieder verließ, blieb nur ein leerer Körper zurück. Ein Mann ohne Seele.

Fenrir sah sie an, wiegte den Schädel hin und her, als würde er sie zum Gesang auffordern, aber dann erweckte etwas anderes seine Aufmerksamkeit.

Finnley legte ihr den Seelenspiegel wieder um den Hals, und ihre

Sicht änderte sich. Für einen Moment machte er den Eindruck, sie umarmen zu wollen, doch stattdessen drückte er sie nach hinten bis zur Wand. »Bleib hier.«

»Professor Broud, ich habe Sie etwas gefragt«, sagte Deidra zu Broud, der wie erstarrt dastand und keinerlei Regung mehr zeigte.

Thures Pad summte. »Jemand kommt durch den Garten«, flüsterte er nach einem Blick auf das Display.

Sie eilten zurück in den Flur und verbargen sich neben dem Durchgang zum Wohnzimmer, damit der Eindringling zunächst das Haus betreten und nicht sofort weglaufen würde.

Die Terrassentür öffnete sich, und eine Frauenstimme erklang. »Es ist unmöglich, in deinem Garten die richtigen Kräuter zu finden. Das arme Ding da oben wird uns draufgehen.«

»Keine Bewegung, Polizei«, sagte Deidra mit erhobener Waffe und stürmte in das Wohnzimmer. Die Schüssel mit Kräutern fiel der Frau aus der Hand. »Wenona Yepatana, Sie sind vorläufig festgenommen.«

Wieder spürte Chenoa Finnleys Hand an der Schulter. Er schob sie dichter zu Thure und Deidra und sicherte mit gezogener Pistole den Eingangsbereich.

»Verhaftet? Weswegen?« Die Powtankanin hatte sich von dem Schrecken erholt und richtete sich trotzig auf. Broud blieb regungslos.

»Was machen Sie hier?«, antwortete Deidra mit einer Gegenfrage.

Yepatana trat unruhig von einem Fuß auf den anderen. »Was meinen Sie? Wir sind Kollegen, warum sollte ich nicht …« Sie sah Broud an.

»Sie beide werden polizeilich gesucht, ist Ihnen das nicht bewusst?« Chenoa kannte den Tonfall ihrer Kollegin. Deidras Geduld war nicht mehr sehr strapazierfähig.

»Peter war zu mir gekommen und machte einen verwirrten Eindruck. Ich habe ihm eine Beruhigungstablette gegeben, und jetzt habe ich ihn nach Hause gebracht.« Ein Blick auf ein Aufnahmegerät war nicht nötig, um diese Aussage als Lüge zu erkennen.

»Und wo soll das gewesen sein? Bei Ihnen zu Hause war niemand.«

»Ich bin umgezogen. Peter, sag es ihnen.« Als der Professor sich nicht regte, änderte sich der Ausdruck in ihren Augen.

Chenoa erkannte, dass die Frau die Sicht wechselte. Offensichtlich war sie stark genug, sich nicht mit einem Seelenspiegel schützen zu müssen.

»Bei allen heiligen Ahnen …« Mit geballten Fäusten ging Chenoa ein paar Schritte auf sie zu, aber Finnley hielt sie an der Schulter zurück. »Sie konnten es sehen und haben nichts getan?«

»Was hat sie gesehen?«, fragte Thure. Es hatte noch keine Gelegenheit gegeben, das Beobachtete zu beschreiben. Außer ihr wusste niemand, was Fenrir getan hatte.

»Broud hatte mit seinen abstrusen Versuchen Totems an seine Seele gekettet. Sie waren gefangen, und ihre Versuche, sich loszureißen, kosteten Broud seinen Verstand«, erklärte Chenoa wütend. »Und sie konnte es sehen und hat ihnen nicht geholfen.« Bei diesen Worten deutete sie anklagend auf Yepatana. Es wollte ihr absolut nicht begreiflich werden, wie eine Schamanin derartige Machenschaften unterstützen konnte.

Der Gesichtsausdruck der Frau änderte sich und brachte ihre Geringschätzung zum Ausdruck. »Jetzt haben sie sich ja befreit. Ich wusste, dass es nicht mehr lange dauern würde.« Selbstsicher verlagerte sie das Gewicht auf einen Fuß und verschränkte die Arme vor der Brust, sodass eine Hand unter der beigen Jacke verschwand.

»Zeigen Sie uns Ihre Hände«, forderte Deidra und hob ihre Waffe.

»Der Trottel hatte es geschafft und wusste es nicht einmal. Ein Totem nach dem anderen – einfach mit einem Lasso seiner Seelenfäden eingefangen. Statt Macht zu erlangen, wurde er schwachsinnig.«

»Ihre Hände!«, befahl Deidra mit dem Finger auf dem Abzug.

»Wie hätten wir erklären können, dass wir nichts mit den Morden zu tun haben?«

»Das dürfte Ihnen auch jetzt schwerfallen. Wir klären den Rest im Präsidium«, sagte Thure. Mit der Linken griff er an seinen Gürtel nach den Handschellen.

Yepatana hob die Hände, die Innenflächen zu sich gewandt. »Ich leiste keine Gegenwehr.«

»Sagen Sie uns, woher das Blut an der Tür stammt.« Deidra ging gleichzeitig mit Thure auf sie zu. »Wer befindet sich noch in diesem Haus? Eben hieß es, dass jemand sterben würde.«

Yepatana schüttelte den Kopf. »Ich darf Sie nicht zu ihr lassen, er weiß schon Bescheid. Jeden Moment wird er hier sein und sie holen.«

Chenoa merkte, wie Finnley immer unruhiger wurde. »Thure, beeilt euch«, sagte sie.

Ihr Vorgesetzter sah sich zu ihr um. »Tate und Finnley, geht nachsehen, wer da oben ist.«

Tate setzte sich in Bewegung, aber Finnley verharrte unschlüssig. »Wir sollten das Team nicht trennen«, sagte er.

Chenoa fühlte seinen festen Griff, während er sich zu Tate umwandte. »Du gehst nicht allein.« Seine Stimme nahm einen Befehlston an.

»Warum haben Sie all diese Menschen umgebracht? Sie waren es doch, oder?« Deidra ging mit langsamen Schritten auf sie zu.

Yepatanas Atem wurde unregelmäßig, Tränen rannen über ihr Gesicht. »Warum tun Menschen, was sie tun?« Sie fasste sich mit einer Hand an die Schläfe. »Spielt es tatsächlich eine Rolle, warum manche die Macht missbrauchen?«

Ihr Blick wanderte zu Tate, der hinter Finnley stehen geblieben war. »Es war ein Unfall«, hauchte sie. »Eine unserer Testpersonen hatte Mikroinjektoren mitgehen lassen, um Catori einen Streich zu spielen.« Bei der Erinnerung verzog sie schmerzvoll das Gesicht. »Sie dachte, dass er mitten in seiner Vorlesung eine Totemerscheinung haben und zum Gespött der Uni werden würde.« Mit fahrigen Bewegungen wischte sie sich die Tränen aus dem Gesicht. »Sie gehörte zu unseren Blutspendern. Eine junge Schamanin, die etwas Besonderes an sich hatte.«

»Wie war ihr Name?«

»Noya. Eine so vielversprechende Studentin. Sie kam zwei Tage später zu mir und hat mir gebeichtet, was sie getan hatte. Ich habe sie getröstet, aber hinterher fehlten noch mehr Injektoren. Erst dachte ich, Peter habe sie verbraucht.«

Ehrliche Enttäuschung stand ihr ins Gesicht geschrieben. »Bevor wir Gefahr liefen, dass unsere Forschung eingestellt werden würde, wollten wir sichergehen, dass ihr Streich die Ursache für Catoris Tod gewesen ist. Wir haben an Tieren Versuche durchgeführt, die Noyas haarstäubende Geschichte beweisen sollten, aber nichts passierte. Erst als ich Injektoren mit *ihrem* Blut verwendete, zeigten sich verheerende Auswirkungen. Die Tiere wurden brutal zerfetzt. Aber da ist es bereits zu spät gewesen. Jeder hätte uns die Schuld gegeben, dabei sind wir so dicht dran gewesen.« Wieder sah sie zu dem regungslosen Professor. »Das haben wir nicht gewollt.«

Chenoa wurde übel. Diese Schamanin ruinierte mit ihren Machenschaften das Ansehen eines ganzen Clans, ohne auch nur einen Funken ehrliche Reue zu zeigen. Ihre Tränen legten nur Zeugnis darüber ab, wie sehr sie sich vor der Strafe fürchtete.

»Sie hätten das melden müssen«, warf Chenoa ihr vor.

Yepatana hob stolz ihr Kinn. »Es gab diesen Moment, in dem ich das Richtige tun wollte, aber dann hat *er* mich besucht und mir seine Beweggründe dargelegt. Was gerade passiert, wird nur ein Wimpernschlag in der Geschichte unseres Landes sein, bevor Powtanka vollständig erwacht.«

»Wie viele Injektoren gibt es noch?«

»Sie ist tot, dies sind die letzten.« Noch bevor Deidra sie erreichen konnte, drehte Yepatana die Handflächen nach vorne, und eine kleine Fernbedienung wurde sichtbar. »Er hat gesagt, dass ich das tun soll, wenn Sie hier auftauchen. Es tut mir so leid, ich will Ihnen nichts antun, aber ich habe keine Wahl.«

Die kleine Fernbedienung gehörte unverkennbar zu Mikroinjektoren. Deidra zielte auf ihre Hand.

Doch dann änderte die Frau plötzlich ihre Haltung und legte die Fernbedienung mit zwei Fingern auf den niedrigen Couchtisch. »Nehmt mich fest«, sagte sie entschlossen und streckte die Arme aus. »Und dabei dürft ihr gern betonen, wie froh ihr seid, dass Tate hier ist. Na los, ich werde nicht ewig so hierstehen.« Das Verblendete war von ihr gewichen, und das schiefe Grinsen wollte nicht zu ihrer zurückhaltenden Erscheinung passen. »Dee, mach schon, und dann verschwinden wir von hier.«

Deidra warf einen irritierten Blick über die Schulter.

Chenoa verstand, was vor sich ging. »Das ist beängstigend!«

Tate, der gelassen und nur leicht abwesend an der Wand lehnte, zeigte keine Anzeichen, dass er den Körper gewechselt hatte.

»Verdammt.« Deidra zog die Handschellen aus der Tasche und legte sie der wehrlosen Frau an. Zum Glück verzichtete Tate auf weitere Scherze.

»Wir werden angegriffen!«, rief Finnley plötzlich und deutete mit seiner Waffe durch die Glasfront zum Garten. Zwischen den Gebüschen brachen mehrere Personen hervor, alles Männer und Frauen, die ungefähr zwanzig Jahre alt waren.

Tate regte sich wieder und blickte durch den Haupteingang. »Da kommen noch mehr, mindestens zwei Dutzend.«

Er warf die Tür zu und verriegelte sie. »Nach oben!«

Deidra wollte die Gefangene ergreifen, doch ohne Tates Kontrolle war sie schneller, packte die Fernbedienung und aktivierte die Mikroinjektoren. Sie drückte den Knopf und ließ die Fernbedienung fallen.

»Wer ist verletzt?«, schrie Deidra und drehte sich zu ihrem Team um. »Nach was für einem Tier müssen wir suchen?«

Jeder hielt schockiert die Luft an und fühlte in sich hinein, ob irgendwo ein Schmerz pochte.

»Schnell, wen hat es erwischt?«, rief Thure und suchte mit Blicken nach kleinen blutigen Stellen am Hals oder an den Armen seiner Leute.

Finnleys Gesicht zeigte nun deutlich Fenrirs Züge. Der regungslose Professor Broud stand wie eine menschliche Statue in der Küche.

»Verdammte Scheiße«, sagte Deidra und deutete auf Yepatana.

An mehreren Stellen ihrer weißen Kleidung tränkte sich der Stoff mit ihrem Blut.

»Nein«, überwand Yepatana die erste Schockstarre. »Nein, ich habe doch alles getan, ich … ich habe mich doch an die Anweisungen gehalten … er braucht mich!«

Im Hintergrund kamen die Angreifer näher. Mit unmenschlicher Anstrengung rannten sie auf das Gebäude zu.

»Schnell, lauft«, befahl Thure und aktivierte den Notruf auf seinem Pad.

Deidra verharrte. »Dachtest du, du müsstest nur ein Knöpfchen drücken, und deine Probleme würden sich in Luft auflösen?«

»Er hat gesagt, dass …«

Chenoa konnte sich vorstellen, was sie sagen wollte. Die Aktivierung der Injektoren hätte sie retten und andere in den Tod schicken sollen.

Ein unsichtbarer Hieb traf Yepatana im Gesicht und zerschmetterte ihr Jochbein. Gleichzeitig schien ein Tier in ihre Schulter zu beißen. Blut quoll aus immer tiefer werdenden Wunden.

Die erste Fensterscheibe zerbrach, und ein junger Mann mit ausgestreckten Armen stürmte in das Wohnzimmer und auf Deidra zu.

Ohne zu zögern, zielte Finnley auf ihn und schoss ihn nieder. Das Fenrirgesicht zeigte die Unerbittlichkeit, mit der er sein Team beschützen würde. Keiner der anderen Angreifer reagierte auf den Schuss. Weder duckten sie sich Schutz suchend weg, noch wurden sie langsamer.

»Stehen bleiben, wir sind von der Polizei«, schrie Deidra gegen den Lärm an, aber ihre Worte blieben ungehört.

»Es sind zu viele«, rief Chenoa. Sie schätzte die Zahl der Angreifer auf dieser Seite des Hauses auf ungefähr zwanzig.

Endlich bewegte sich Deidra und lief auf die Treppe zu. »Finnley, komm! Sieh sie dir an, sie sind wie von Sinnen.«

Yepatanas Todesschreie gellten durch den Lärm. Ungebremst rannten jungen Männer und Frauen durch die Scheiben, andere warfen sich mit ganzer Kraft gegen die Haustür, um sie mit brachialer Gewalt aufzustoßen.

Tate lief voran. Chenoa sah ihn am oberen Treppenabsatz aus ihrer Sicht verschwinden. »Finnley, bitte, du kannst nicht gegen alle kämpfen, lauf!«

Mit dem Fenrirgesicht sah er beängstigend aus, aber die Eindringlinge blieben davon unbeeindruckt. Rücksichtslos trampelten sie über die blutüberströmte Yepatana hinweg, ihr Ziel keinen Moment aus den Augen lassend.

»Stehen bleiben, oder wir eröffnen das Feuer«, rief Thure warnend.

Es krachte an der Tür, das oberste Scharnier brach aus dem Rahmen.

Thure schoss in die Luft, aber die Warnung half nicht.

»Rauf!« Finnley gab Chenoa einen Stoß, damit sie schneller die Stufen erklomm. Auch Thure und Deidra drängte er unnachgiebig vorwärts. Doch als die ersten Verfolger sie erreichten, blieb er stehen und schlug sofort zu.

»Finnley!« Ohne ihn wollte sie nicht weitergehen. Es wurden immer mehr. Die Tür krachte aus dem Rahmen, und mit ihr stürzten weitere Personen in den Raum.

»Verdammt, die sind alle noch so jung.« Chenoa richtete unschlüssig ihre Waffe auf einen Mann, der wild brüllend Finnley immer näher kam. »Wir können sie doch nicht alle ...«

»Finnley, jetzt lauf endlich, das ist ein Befehl!«, rief Deidra wütend.

Thure stand im nächsten Zimmerdurchgang und machte sich bereit, direkt hinter seinem Team die Tür zu schließen.

Finnley drosch brutal um sich, fing Attacken ab und ignorierte es, wenn er getroffen wurde. Er würde nicht aufhören zu kämpfen, aber das konnte er selbst mit Fenrirs Hilfe nicht schaffen.

Für Chenoa gab es nur eine einzige Lösung: Sie musste sich selbst in Gefahr bringen.

»Was tust du da?«, rief Deidra.

Chenoa sah kurz zu ihrer Chefin und ging weiter die Treppe nach unten. »Ich hole ihn.«

»Das darf doch alles nicht wahr sein!«

Sie hörte Dee hinter sich herkommen, sah, wie Finnley im Kampf einen Schulterblick wagte und Fenrir drohend unter der Haut die Zähne fletschte. »Verschwindet!«

All seine Kraft aufbringend, schlug er zwei kräftige Powtankaner nieder, die den anderen entgegenfielen. Die Körper hielten die Angreifer nur wenige Herzschläge lang zurück. »Lauft nach oben!«, befahl er mit angsteinflößender Stimme.

»Nicht ohne dich!«, blieb Chenoa stur und ging weitere Stufen nach unten.

Mit einem animalischen Aufschrei stieß er die neue Angriffswelle zurück, drehte auf dem Absatz um und hastete die Stufen hinauf.

Es schmerzte, als er Chenoa am Arm packte und sie die Treppe wieder hinaufzwang. Hinter ihnen stieg die tobende Meute über die liegenden Körper hinweg und schubste und drängelte, um vorwärtszukommen.

Mit der anderen Hand packte er Deidra und gab beiden an Thure vorbei einen Stoß in den Raum, bevor er ihnen folgte. Thure knallte hinter ihm die Tür zu und verriegelte sie.

Sie schoben eine schwere Kommode vor den Durchgang und einen Schrank vor das Fenster. Die Angreifer droschen wie besessen auf das Holz ein und schrien dabei wild durcheinander. Es klang eher panisch als aggressiv.

»Wir müssen nur standhalten, bis Verstärkung kommt«, sagte Thure und sah sich im Raum um. »Wo ist Tate? Ich dachte, er sei hier reingelaufen.«

»Verdammte Scheiße!« Deidra rieb sich über den Arm. Chenoa war sich sicher, dass sie Finnley anschreien wollte, weil er sie wie eine schwache Frau behandelt hatte, aber sie hielt sich zurück. Ein leises Grollen ging von dem Schotten aus, der mit geballten Fäusten zur Tür sah.

»Was wollen die von uns?«

Chenoa sah Deidra an. »Liegt das nicht auf der Hand?«

»Wir sind diesem Mörder direkt in die Falle gelaufen und haben ihm auch noch Tate auf dem Silbertablett präsentiert«, brauste Thure auf. Wütend trat er gegen das massive Holz der Kommode. »Warum hat keiner auf ihn aufgepasst? Finnley, du solltest doch …« Er sah die Prellungen und Wunden im Gesicht des Schotten. »Das ist alles meine Schuld!«

»Wir alle hätten es besser wissen müssen«, hielt Deidra dagegen.

»Aufhören«, befahl Finnley mit dunkler Stimme. »Schwächt nicht das Team mit Vorwürfen, macht euch bereit zu kämpfen!«

Seine Erscheinung war so viel präsenter und dominanter, wenn Fenrir bei ihm war. Von dem ruhigen Schotten fehlte jede Spur.

»Solange die anderen denken, Tate wäre bei uns, finden sie ihn vielleicht nicht«, sagte Chenoa.

»Und was, wenn doch?«, hielt Deidra dagegen. »Was, wenn er sich bereits in ihrer Gewalt befindet und wir hier im Zimmer hocken, obwohl wir eigentlich kämpfen müssten?«

Tate hatte an der Tür auf die anderen warten wollen, aber als er die junge Powtankanin auf dem Bett liegen sah, war er zu lange abgelenkt gewesen, um seinen Kollegen den richtigen Weg zu weisen. Er hörte sie im anderen Zimmer, aber er konnte nicht auf sich aufmerksam machen, ohne dass die Meute zu ihm kommen würde. Vorsichtig schloss er die Tür ab und verkeilte einen Stuhl unter der Klinke.

»Ich kenne dich«, flüsterte er der jungen Frau zu. »Du bist die Attentäterin, die mich zusammen mit ihrem Freund umbringen wollte.«

Sie war schwer verletzt. Die weißen Verbände zeigten Flecken von Wundwasser und Blut, ihre Augen waren glasig, und die Haut glänzte fiebrig.

Ihr Zustand war kritisch. Der rechte Unterarm fehlte. Wer auch immer sie dermaßen übel zugerichtet hatte, wollte ihren Tod.

»Sag mir, was hier los ist.« Vorsichtig setzte er sich auf die Bettkante und fasste ihre Stirn an. Das Fieber war sehr hoch, sie musste dringend in ein Krankenhaus gebracht werden.

»Mein Vater wird sich deine Gabe holen«, flüsterte sie dünn. »Und du weißt, welche Macht er dann besitzt. Niemand wird ihn noch aufhalten können.«

Tate nickte. »Wie kann ich diese Gabe zerstören?«

Einen angestrengten Atemzug lang konnte sie kein Wort hervorbringen. Sie verdrehte die Augen und sog gequält die Luft ein. »Das weiß ich nicht, aber wenn du stirbst, nimmst du sie mit ins Grab.«

»Wer ist dein Vater?«

Ein Gegenstand krachte gegen die Tür.

»Er ist hier. Du musst es jetzt tun.« Sie griff mit der Linken nach seiner Hand und schloss die Augen. »Sieh hin und entscheide selbst.«

Tate wollte seine Hand wegziehen, doch dann entstanden Bilder in seinem Kopf, Visionen von Maschinen, leidenden Menschen und Zerstörung, die für Tate keinen Sinn ergaben. Er konnte weder Orte noch Gesichter erkennen, vielmehr war es eine fühlbare Erkenntnis, die in Verbindung mit dieser seltsamen Gabe eine unumstößliche Zustimmung in ihm hervorrief. Mit seiner Macht würde Powtankas Schutz zerbrechen wie Glas, und dann würden sie kommen, die Invasoren dieser Welt, und all ihre Maschinen mitbringen.

Benommen öffnete er die Augen. »Ist das unsere Zukunft?«

Sie atmete schnell und kraftlos. »Es ist derzeit die wahrscheinlichste Zukunft, aber du kannst sie ändern. Das Schicksal ist nicht festgeschrieben.«

»Was hat das zu bedeuten? Ich verstehe das nicht.« Wenn er sich nur auf vage Visionen hin das Leben nehmen sollte, kam ihm das recht idiotisch vor. Andererseits hinterließen die Impressionen einen Eindruck von Wahrhaftigkeit, den er nicht ignorieren konnte. Diese Gabe verlieh einem Menschen mehr Macht, als sie je eine Person besitzen sollte. Und der Kerl wusste, wie er sie sich nehmen konnte.

»Wie heißt dein Vater?« Er brauchte den Namen, wenn er die Gabe gegen ihn einsetzen wollte. Wenn ihm das gelang, dann müsste er nicht sterben. »Sag mir seinen Namen!«

Der Lärm an der Tür wurde lauter, viel Zeit blieb ihm nicht mehr.

»Chogan...«, ihre Stimme versagte.

Die junge Frau bäumte sich gequält auf, krampfte und griff panisch um sich. Ihre Lippen wurden blau. Hilflos sah Tate sich um, aber es gab keine Medizin, die er ihr geben konnte. Sie machte einen erstickten Laut, und ihr Kopf blieb mit gebrochenem Blick verdreht auf dem Kissen liegen.

»Bei allem, was mir heilig ist ...« Einen Moment lang dachte er darüber nach, Wiederbelebungsversuche zu starten, aber ein Blick auf ihren schwer verletzten Körper reichte, um zu begreifen, dass er nichts mehr tun konnte.

Er konzentrierte sich auf die Lichtkugel in seinem Kopf und sagte den Namen, Chogan. Wenn er in der Nähe war, musste es funktionieren, aber das tat es nicht.

Mit der freien Hand zog er das Smartphone aus seiner Tasche und wählte Deidras Nummer.

»Tate, verdammt, wo bist du?«, meldete sie sich atemlos.

»Im Nebenzimmer, bei der toten Tochter unseres Widersachers. Sie sagt, sein Name sei Chogan.«

Es krachte an der Tür. Zig Fäuste trommelten gegen das Holz, ab und an warf sich jemand dagegen. »Wenn sie es hier reinschaffen, dann werden sie mich sicher zu diesem Kerl bringen. Vielleicht reicht es, seinen Namen zu wissen. Aber was, wenn nicht?«

Wenn er Powtanka vor dem Missbrauch dieser Macht retten wollte, musste er die Gabe zerstören. Nicht irgendwann, sondern sofort.

Wieder krachte es, das Holz bekam einen ersten Riss. Bilder dieser erschreckenden Vision kamen zurück, hinterließen das Gefühl, dass er genau jetzt am Wendepunkt des Landes stand und sich entscheiden musste.

Mit der Rechten griff er seine Tomahawk 940 fester. »Versprich mir, dass ihr den Kerl zur Strecke bringt«, forderte er unvermittelt.

»Das werden wir, halte durch, Verstärkung ist unterwegs.«

Tate sah auf seine Waffe hinab. Es hieß, beim richtigen Winkel wäre man sofort tot. Aber sein Lebenswille hemmte ihn. »Was würdest du tun?«, fragte er schwach.

Deidra stockte. »Was meinst du? Was hast du vor?«

Er hob die Waffe und sah in die Mündung. »Wenn du wüsstest, dass du nur abdrücken müsstest, um diesen Wahnsinn zu beenden, würdest du es tun?«

Bevor sie antworten konnte, legte er auf. Er wusste, was sie sagen würde, weil sie nicht in seinen Schuhen steckte. Sie waren seit ein paar Jahren Partner, keiner würde den anderen in den Tod schicken, ohne nicht selbst sein Leben dafür einzusetzen, das zu vermeiden.

Er kniete sich vor das Bett und setzte den Lauf unter sein Kinn.

Deidra steckte zitternd das Telefon weg und sah zur Wand, hinter der sie Tate vermutete.

Der Krach war ohrenbetäubend. Thure und Finnley lauerten vor der unter Schlägen erzitternden Tür und hielten die Waffen bereit, falls doch jemand durch die Barrieren brechen würde. Die meisten Angreifer schienen sich auf dieses Zimmer zu konzentrieren, aber das änderte nichts, wenn sie Tates Worte richtig deutete. Finnley sah aus, als würde er lieber alles aus dem Weg räumen und jede Frau und jeden Mann in Stücke reißen. Plötzlich schrie er wütend auf und schlug vor

Wut gegen die Kommode. Fenrir tobte in ihm, wollte sich nicht der Kontrolle des Hüters unterwerfen.

»NEIN!«, brüllte Finnley und ergriff die Kante des Möbelstücks.

Thure versuchte, ihn davon abhalten, die Kommode zur Seite zu ziehen. »Hör auf, willst du uns alle umbringen?«

»Lass ihn durch!«, brüllte Deidra. »Tate will sich das Leben nehmen, um die Gabe zu vernichten.«

Thure ließ Finnley los. »Was?«

Das Möbelstück schrammte über den Boden. Finnley riss die Tür auf und stemmte sich gegen die überrumpelten Männer und Frauen, schaffte es, den Pulk für einen Moment vom Eindringen abzuhalten.

Deidra sah Verzweiflung und Tränen auf den jungen Gesichtern der Angreifenden. Blutige Finger streckten sich in ihre Richtung aus. Thure eilte Finnley zu Hilfe, drückte ebenfalls gegen die dicht gedrängten Körper.

»Sie werden es nicht schaffen«, sagte Chenoa. »Er wird es tun.«

Deidra hielt unsicher ihre Waffe umfasst. »Was macht dich da so sicher?«

Chenoa legte ihre Hände auf den Bauch und verzog schmerzhaft das Gesicht.

»Alles in Ordnung?«, fragte Deidra.

Chenoa nickte. »Es ist Fenrir, er tobt.«

Chenoa war seit nicht mal einem Tag schwanger, aber Deidra glaubte ihr jedes Wort.

Unschlüssig blickte sie zur Tür. Auch wenn die Meute auf Finnley und Thure einschlug, erweckte sie eher den Eindruck, vor etwas zu flüchten. Nackte Panik stand in den Gesichtern. Wenn sie auf sie schoss, würde sie eindeutig Unschuldige niedermetzeln.

»Hilf mir«, sagte sie zu Chenoa und stemmte sich gegen den Schrank. Gemeinsam schoben sie ihn vom Fenster weg. Mit einem vorsichtigen Blick nach draußen versicherte sie sich, dass niemand über das kleine Vordach angelaufen kam. Die Fenster zu den anderen Zimmern befanden sich auf der anderen Seite, das Vordach reichte nicht so weit.

»Du kletterst da jetzt raus und wartest auf Hilfe. Du weißt, dass du für das ungeborene Leben verantwortlich bist. Also sieh zu, dass dir nichts passiert!«

Chenoa nickte ergeben und befolgte die Anweisung. Anschließend schob Deidra den Schrank wieder vor das Fenster. Das Hindernis würde Chenoa zumindest etwas Zeit verschaffen.

Kampfbereit steckte sie die Waffe weg und hob die Fäuste.

Thure ging unter einem Schlag zu Boden. Die ersten Angreifer stolperten an ihm vorbei in den Raum, während Finnley sich prügelnd durch die Leiber drängte.

»Du musst ihn aufhalten«, rief Deidra ihm nach. Sie wehrte einen Hieb ab und rammte einem wild um sich tretenden Asiaten kraftvoll ihre Faust in den Magen. Augenblicklich ging er in die Knie, doch er hörte nicht auf, um sich zu hauen. Blut glänzte deutlich auf seinen Knöcheln, genau wie bei den Nächsten, die auf Deidra zustürmten. Keiner sah sie an, die weit aufgerissenen Augen blickten auf irgendeinen Punkt hinter ihr. Egal, wohin sie sich im Zimmer bewegte, sie und Thure waren eindeutig die Ziele der kämpfenden Männer und Frauen, die jedoch gleichzeitig wie von Sinnen wirkten.

Im Hintergrund verlor sie Thure aus den Augen. Der Raum füllte sich mit schreienden jungen Männern und Frauen, die gegen Deidra prallten und sie mit mörderischem Druck gegen die nächste Wand pressten. Ihre Lunge konnte sich unter der Belastung nicht mehr weiten, und ihr wurde schwarz vor Augen.

Ein Schuss fiel.

Sie hörte es wie aus weiter Ferne.

Und augenblicklich endete der Angriff.

Die Panik verschwand, als wäre der Knall eine Schallwelle der Vernunft, die durch die Köpfe der Angreifenden rauschte. Der Druck endete. Verwirrt und ängstlich sahen sich die Männer und Frauen um. Manche schrien entsetzt auf, als sie ihre Verletzungen bemerkten und die Schmerzen den Schock durchdrangen.

Im Flur brüllte Finnley, der es offensichtlich nicht bis zu Tate geschafft hatte.

»Tate«, flüsterte sie atemlos. »Keiner von euch verlässt dieses Haus«, sagte sie dann finster, während sie sich schwer atmend in Bewegung setzte.

Vor der Tür half sie Thure auf die Füße, der mühsam einen schlaffen Körper von sich wuchtete.

»Bist du in Ordnung?«, fragte sie ihn und konnte ihre Befürchtungen, was sie im Nebenraum erwartete, kaum verbergen. Sie wusste, dass ihr die Sorge deutlich ins Gesicht geschrieben stand.

Thure nickte nur. Er hatte eine Menge abbekommen, aber der Tag, an dem dieser Mann seinen Schmerz offen zeigte, würde in diesem Leben nicht mehr anbrechen. In seinen Augen erkannte sie ihre eigene Angst vor dem, was sie gleich sehen würden. Sie verließen das Zimmer und folgten Finnley.

An der zerstörten Tür und den davor stehenden Powtankanern erkannten sie gleich, wo sie nach Tate suchen mussten. Draußen hörte sie Sirenen. Die Verstärkung kam zu spät.

»Los, runter mit euch. Die Einsatzkräfte werden sich um euch kümmern«, herrschte Deidra die Herumstehenden an. Sie war kurz davor, sie mit Tritten Richtung Treppe zu befördern, obwohl es offensichtlich war, dass keiner von ihnen freiwillig dieses Haus erstürmt hatte. Mehrfach stieß sie jemanden zur Seite, der ihr nicht rechtzeitig aus dem Weg ging.

»Verdammte Scheiße!« Übelkeit stieg Deidra in die Kehle, entsetzt schlug sie eine Hand vor den Mund und sog qualvoll die Luft ein. Tate lag auf dem Boden vor einem Bett, in dem eine Tote lag. Blut breitete sich unter seinem Kopf aus. Neben ihm kniete Finnley mit dem Rücken zur Tür.

Deidra brüllte ihre Wut hinaus.

»Das ist alles meine Schuld«, sagte Thure benommen. »Anernerk sagte, ich müsse beweisen, wie klug ich Entscheidungen treffe …«

Deidra legte den Kopf in den Nacken und rang um Atem. Niemandem war damit geholfen, wenn sie jetzt die Nerven verlor.

Im Eingangsbereich wurden Stimmen laut. Anweisungen und Verzweiflung trafen aufeinander. Die Leichen und Schwerverletzten sorgten für Aufschreie. Deidra sah zwei Polizisten mit gezogenen Waffen die Treppe heraufkommen. Sie zog ihre Marke aus der Tasche und hielt sie vor sich hoch. »Deidra Onheira, wir sind von der Spezialeinheit …«

Der Polizist winkte ab. »Wissen wir. Wir haben Ihre Kollegin vom Dach geholt, sie hat uns alles gesagt. Benötigen Sie medizinische Versorgung?«

Sie sah zu Thure und Finnley, die etliche Verletzungen erlitten hatten – und zu Tate.

Ihre Stimme versagte.

KAPITEL 20

Anernerk kam selten zu seinen Untergebenen ins Büro, aber an diesem Morgen betrat er den Raum und blickte sich mit unnachgiebiger Strenge um. Deidra stand augenblicklich auf und begrüßte ihn gebührend.

Sie war froh, dass Finnley es ihr nachmachte, wobei er als vollwertiger Hüter nun mit mehr Toleranz rechnen durfte. Thure folgte dem Chief und hielt sich im Hintergrund. Einige Prellungen in seinem Gesicht hatten sich blau verfärbt, einen Arm hielt er eng am Körper, um ihn zu schonen. Finnley sah nicht besser aus, aber durch die Tätowierungen fielen seine Verletzungen kaum auf.

Einen Moment betrachtete der Wolf Tates leeren Platz, bevor er bedrohlich leise das Wort ergriff. »Ihr seid für das Gleichgewicht zuständig, euer Handeln dient dem Schutz der Menschen und Mutter Natur. Dafür gleicht der Große Geist unseren technischen Fortschritt mit spirituellen Gaben aus.« Es war unnötig, dass er den Sinn der Geistkrieger betonte. Sogar Finnley wusste inzwischen, was die Aufgabe dieser Einheit war. »Der Große Geist hat uns einen Hüter geschickt. Chenoa wurde gesegnet, und offenbar dachte Wakan Tanka, es würde uns nützen, einen Wanderer in unserer Mitte zu wissen.« Thure sah elend aus, das vorangegangene Gespräch war sicher nicht gut verlaufen. »Deidra, sage mir, warum dein analytischer Verstand zuließ, eine so folgenschwere Information vor mir geheim zu halten.«

»*Até Uzuye*, ich wollte erst mit dem Team Rat halten, um zu begreifen, was für eine Gabe es tatsächlich ist, aber dann ging alles so schnell.« Mit festem Blick in seine kalten braunen Augen hielt sie seiner Musterung stand. »Es war eine Falle. Wir hätten sofort Verstärkung rufen müssen. Ich habe die Situation vollkommen falsch eingeschätzt.«

Anernerk überragte Deidra um gut eine Kopflänge. Er hielt das Kinn erhoben, und in seinen Augen lag so viel Enttäuschung, dass Deidra ihre wehrhafte Haltung aufgab und unwohl ihre Arme um ihre

Körpermitte legte. »Chief«, sagte sie bittend. »Wir hatten es mit einem spirituellen Missbrauch zu tun, der alles übertrifft, was wir bislang erlebt haben. Wer auch immer dahintersteckt, ist mächtiger als wir.«

Die Falten neben seinen Nasenflügeln vertieften sich verheißungsvoll. »Mächtiger als wir?«, echote er und wurde dabei so laut, dass im Flur vor dem Büro alle Gespräche erstarben.

Reflexartig zuckte Deidra zusammen. Thure schloss leise die Tür, während Chenoa auf ihrem Stuhl ganz klein wurde.

»Ja, das ist er«, mischte sich Finnley ein. »Mächtiger als wir und uns immer einen Schritt voraus. Wir haben Stärke bewiesen und mussten Rückschläge hinnehmen. Aber wir werden nicht aufgeben, bis wir den Kerl zur Strecke gebracht haben.«

Anernerk sah weiterhin Deidra an, als gäbe es den Schotten nicht, aber sie merkte sehr genau, dass er Finnley zuhörte.

»Wir werden lernen müssen, wie er zu denken. Das bedeutet auch, dass die traditionellen Werte uns nicht daran hindern dürfen, alle Möglichkeiten des spirituellen Missbrauchs in Betracht zu ziehen. Was für mich ganz leicht ist, weil ich – wie wir alle wissen – keine Ahnung von diesen Dingen habe.« Finnley stand auf und stellte sich neben Deidra. »Er hat über vierzig Studierende glauben lassen, dass sie einer Flutwelle entkommen müssen und wir uns ihnen entgegenstellen würden, um ihre Rettung zu verhindern. Des Weiteren war hinterher jeder von ihnen bereit, uns den Namen des Verantwortlichen zu nennen und ihn zu beschreiben.«

Anernerk ließ erstmals von ihr ab und schenkte Finnley seine ungeteilte Aufmerksamkeit. Tunkan sah wieder aus wie der einfache Schotte mit Maschinenteilen im Gesicht. Weder Trotz noch Ärger lagen in seiner Stimme oder Körpersprache. Er zeigte sich nicht überheblich oder entschuldigend. Er schützte lediglich sein Team, wenn diesmal auch mit Worten. »Alle haben den eigenen Vater beschrieben. Die Aufnahmegeräte haben angezeigt, dass sich jeder Student und jede Studentin hundertprozentig sicher war, der eigene Vater sei der Täter.«

Anernerk neigte den Kopf und fuhr sich mit dem linken Zeigefinger nachdenklich über die Lippen. »Dann gehen die Morde weiter?«

»Wir glauben es nicht«, wagte Deidra, sich einzumischen. »Zwar müssen wir das noch überprüfen, aber laut Wenona Yepatana können die schwarzen Spuren nicht länger erschaffen werden. Die Mikroinjektoren sind nur dann als Waffen einsetzbar, wenn sie mit dem speziellen Blut einer bestimmten Studentin präpariert wurden. Die Frau ist tot, also gibt es keine entsprechenden Injektoren mehr. Es sei denn, es sind noch welche vorrätig, von denen Yepatana nichts wusste.«

Anernerk musterte Finnley etwas eindringlicher. »Das Team hat seine Meinung über dich geändert. Dein Mut eilt deinem Verstand voraus. Du solltest lernen, beides in Einklang zu bringen.«

Deidra sah Finnley an, dass er nicht ganz verstand, was der Wolf ihm damit sagen wollte und wie ehrenvoll die damit verbundene Anerkennung für ihn war. Krieger, die sich im Kampf bewiesen, errangen sein Wohlwollen. Dass Finnley sich allein einer panischen Meute entgegengestellt hatte, weckte das Interesse des Wolfs.

»Thure wird mich zum Ältestenrat begleiten und vor den Ehrwürdigen Bericht erstatten.« Er zog ein hellbraunes Lederband mit einer langen, grau gemusterten Geierfeder und ein schmales Messer aus der Tasche.

Chenoa atmete hörbar ein, und auch an Thures Reaktion war deutlich zu erkennen, dass der Anblick der Feder nichts Gutes bedeutete. Sie sahen zu, wie Anernerk zum Türrahmen ging, die Messerklinge in das weiche Holz schlug und dann das lose Ende des Lederbands an den Griff knotete. Die Feder schwang frei an dem Band.

Grußlos verließ er das Büro, und Thure folgte ihm mit versteinerter Miene.

»Was hat das zu bedeuten?«, fragte Finnley.

»Das ist die graue Feder der Schuld«, erklärte Chenoa. »Solange sie dort hängt, werden wir täglich daran erinnert, dass irgendwo dort draußen ein Mörder herumläuft, den wir entkommen ließen. Erst wenn wir ihn ergreifen, wird der Wolf sie wieder entfernen.«

Deidra seufzte. »Tunkan hat recht, wir müssen umdenken und anders an die Sache rangehen.« Sie sah ihn von der Seite an. »Wer hätte gedacht, dass ich jemals so froh sein würde, dich in unserem Team zu wissen.«

Finnley rieb sich über den Nacken und zuckte die Achseln. »Danke.« Er deutete auf Tates Platz. »Ich wünschte nur, ich wäre schneller gewesen.«

Ein Stich fuhr durch Deidras Magen. »Das wünschten wir alle.«

Chenoa war in ihrem ganzen Leben nicht so oft in einem Krankenhaus gewesen wie in den letzten Tagen, und sie hoffte, dass dies auf lange Sicht das letzte Mal sein würde. Sie ging den Flur entlang. Am liebsten wäre sie gerannt, damit es schneller ginge. Als sie die Tür öffnete, mussten sich ihre Augen zuerst an die Dunkelheit gewöhnen. Die Lichtadern waren auf ein Minimum heruntergedimmt und die Außenwand deaktiviert, sodass kein Tageslicht hindurchkam.

»Das ist hier ja wie in einer Gruft«, sagte sie und berührte eine Lichtader, damit sie heller leuchtete.

Mit einem Aufstöhnen legte Tate einen Arm über seine Augen und richtete sich auf.

»Ich dachte, du bist abreisebereit?«, kommentierte sie seinen Zustand.

Um seinen Kopf lag ein Verband, der die Stelle verdeckte, an der der Streifschuss genäht worden war.

»War ich auch, dann bin ich wieder eingeschlafen.«

Chenoa hängte den Seelenspiegel neben der Tür an einen Haken und kam auf ihn zu. Sie wollte sehen, wie es ihm tatsächlich ging, statt sich seine Ausflüchte anzuhören.

Seine Aura war bläulich und drohte ins Grüne zu kippen, weil ihm die Kraft fehlte und er sich schuldig fühlte. Der Unbekannte hatte Tates Suizidversuch vereitelt, und als er ihm die Gabe aus dem Schädel gerissen hatte, hatte er etwas verändert, sodass Tate nun rastlos und zornig war. Es war unverantwortlich, ihn jetzt schon zu entlassen, aber Tate war nicht mehr zu halten. Seine Nachricht am Morgen war äußerst deutlich gewesen, und sie alle waren froh, ihn wieder bei sich zu haben.

Deidra hatte gesagt, er habe tot ausgesehen, als sie ihn gefunden hatten. Ein Anblick, den sie und Thure nie wieder vergessen würden.

Aber Chenoa war nicht nur hier, um ihn abzuholen, sie musste sich vergewissern, dass diese verfluchte Gabe tatsächlich fort war. »Ist sie weg?«

Tate rückte auf die Bettkante vor und nickte. »Ja, vollkommen.«

Sie konnte keine Lüge in seiner Aura erkennen. Kein Leuchten oder einen anderen Hinweis darauf, dass etwas zurückgeblieben war. Erleichtert atmete sie aus. Kein einziger verlockender Vorteil konnte darüber hinwegtäuschen, dass diese Gabe nicht existieren durfte.

»Wir wissen nicht, ob der Unbekannte deine Fähigkeit überhaupt einsetzen kann. Deidra glaubt, dass ein schnelles Handeln derzeit die einzige Chance ist, die wir haben«, brachte sie ihn auf den neuesten Stand.

»Worauf warten wir dann noch?« Er stand auf und musste sich am Bettgestell abstützen. Seine Aura flimmerte. In seinem Zustand konnte er kaum eine Hilfe sein. Dennoch stützte sie ihn. Auf dem Weg nach draußen nahm sie den Seelenspiegel wieder vom Haken und hängte ihn sich um.

»Auf einer Skala von eins bis zehn, wie sicher bist du dir, dass du durchhalten wirst?«

»Wenn du gesehen hättest, was ich gesehen habe, wüsstest du, dass Skalen keine Bedeutung mehr haben. Ich fürchte nur, dass andere Instanzen mich ruhigstellen werden. Gehen wir lieber, bevor die Räte eine Entscheidung getroffen haben.«

Es war nicht einfach, ihn zu stützen. Tate war wesentlich größer als sie, und die Kopfverletzung war schwerwiegender, als er zugeben wollte. Wahrscheinlicher war, dass Deidra ihn nach Hause brachte, statt ihn arbeiten zu lassen. »Was genau hast du denn gesehen?«

Solange er redete, konnte sie hören, ob sich sein Zustand verschlechterte.

»Wer der Mann auch ist, er will Krieg.«

Endlich kam der Ausgang in Sicht. Schweiß rann an ihrem Rücken hinab. »Und wie sicher bist du dir, dass diese Vision real war?«

Dazu sagte Tate nichts.

»Ich meine, er hat diesen jungen Leuten Bilder und Lügen in die Köpfe gepflanzt, die jeder von ihnen für wahrhaftig gehalten hat. Gut möglich, dass die Visionen ebenso konstruiert waren.«

Mit einem Kopfschütteln lehnte er diese Möglichkeit ab. »Ich weiß, dass sie echt sind, weil er seine Euphorie nicht verbergen konnte, als er endlich meine Gabe an sich riss. Er wird damit schlimme Dinge tun, wenn wir ihn nicht aufhalten. Stell dir das nur mal vor: Staatsmänner halten die falschen Reden, er kann sich zu den sensibelsten Bereichen Zugang verschaffen …« Er brachte sie mit etwas Druck am Arm zum Stehen und schöpfte kurz Atem. »Unsere Welt ist ein Pulverfass, und dieser Mann hat soeben die Lunte angebracht. Ich will nicht zusehen, wie er das Volk dazu bringt, ihm Feuer zu geben.«

Chenoa zog ihn weiter. »Lass uns einen Schritt nach dem anderen gehen. Früher oder später wird er sich zeigen müssen. Und wir werden tun, was in unserer Macht steht. Aber jetzt müssen wir erst mal wieder auf die Füße kommen.«

Tate nickte ergeben. »Ich wünschte, dieses Pärchen wäre damals im Krankenhaus erfolgreich gewesen. Dann wäre all das nicht passiert.«

Sie umfasste ihn etwas fester. »*Ich* bin froh, dass sie es nicht gewesen sind. Es ist viel zu ruhig im Büro ohne dich. Und wer soll mich künftig vor all den Schwangerenwitzen der Kollegen beschützen?«

Chenoa wusste, dass der erste Schritt zur Problemlösung die Akzeptanz war. In ihrem Bauch wuchs ein Hüter heran, und Wakan Tanka würde andere besondere Kinder folgen lassen, wenn das Gleichgewicht in Gefahr geriet. Die Zukunft wirkte bedrohlich, aber sie war nicht unformbar.

Sie ließ Tate vorgehen und draußen vor der Tür zuerst in den Blú Controverse steigen. An ihm vorbei sah sie in Finnleys Augen, der jedes Mal erleichtert zu sein schien, wenn sie sich wieder in seiner Nähe befand. Vielleicht stimmte es, was Tate sagte – vielleicht war der Fremde dabei, einen Krieg vom Zaun zu brechen. Aber was der Angreifer nicht wusste: *Er* war es selbst, der das Team zusammengeschweißt hatte, das ihn aufhalten würde. Sie waren nur eine kleine Einheit, noch immer relativ neu und unerfahren, aber wichtiger als das war die Tatsache, dass sie unterschätzt wurden. Sie stieg ebenfalls ein und setzte sich neben Finnley. Unter dem Tisch ergriff er ihre Hand und verschränkte seine Finger mit ihren.

Das passierte wie von selbst, genau wie all die anderen kleinen Berührungen und Gesten, die Chenoa immer wieder vergessen ließen, dass der private Frieden ebenso kurz vor dem Krieg stand. Sie wusste, dass sie nicht an beiden Fronten gewinnen konnte, aber für den Augenblick genoss sie die Aussicht, dass von hier an noch alles offen war.

NOVELLE

PROJEKT: KAIKO-ROKU

LEBENDIGE ERINNERUNG

von

MARKUS
HEITZ

basierend auf der Welt von
Sonja Rüthers Romanreihe
GEISTKRIEGER

∞ ∞ ∞

»Decken auf dem Gras,
eine Nacht lang ohne Haus –
reich nur durch den Mond.«

Ryōkan aka Taigu (1758–1831)

∞ ∞ ∞

KAPITEL I

Japanisches Kaiserreich,
Provinz Hizen, Nagasaki,
Handelsinsel Dejima

»Vier Grad Steuerbord, Junge.«

Trent starrte auf seine acht kleinen Monitore. Er war mit seinen fünfundzwanzig bestimmt kein *Junge*, aber zu beschäftigt, um seine deutlich ältere Vorgesetzte zu korrigieren. Die Optiken, Restlichtverstärker, Wärmesensoren und Infrarotansichten zeigten verschiedene Bilder rund um die *MS Fugger*. Und sie gefielen dem IT-Spezialisten nicht im Geringsten. »Kapitänin, das wird …«, setzte er besorgt zum Widerspruch an.

»Vier. Grad. Steuerbord«, wiederholte Hohenburg und versetzte ihm mit einer Hand einen Nackenklaps, während die andere das elektronische Fernglas unbeirrt vor die Augen hielt. Eine dunkle Wollmütze saß auf den kurzen blonden Haaren, die Mittvierzigerin trug wie Trent den obligatorischen Blaumann, versehen mit dem Emblem der Reederei Fortis.

Die Sehhilfe war auf den nebligen Abschnitt des Westkais gerichtet, an dem etliche gigantische Silhouetten in den sanften Wellen vor senkrecht aufragenden Schatten dicht an dicht dümpelten. Die halbe Welt wollte in Dejima sein und einen begehrten Ladeplatz bekommen. Das bunte Leuchten davor schien von einem Jahrmarkt zu stammen, den die Gespinste verschluckt hatten. »Auf mein Zeichen: Maschinen volle Kraft zurück.«

»Ay, Kapitänin.« Trent steuerte die sechs Strahlruder des riesigen Super-Containerschiffs behutsam und prüfte die Kurskorrektur über GPS und die Echtzeitkarte auf dem Navigationscomputer unterhalb der Monitore.

Rot blinkte die OVERRIDE-Warnung über allem. Auf Hohenburgs Befehl hatte er den Autopiloten mit dem Eintreten in japanische Hoheitsgewässer deaktiviert und die Satellitenfernsteuerung unterbrochen. Lebensnotwendige Vorschrift. Nur er hatte Macht über Hunderte Tonnen Stahl, verteilt auf vierhundert Meter Länge und sechzig Meter Breite, vollgestapelt mit leeren Containern.

Die *MS Fugger* nahm die Änderung gnädig an.

»Neuer Kurs liegt an, Kapitänin.« Für ein Aufatmen war es zu früh. Die schwerste Prüfung stand noch bevor.

Unvermittelt knackte der Funk. Der Brückenlautsprecher und die Freisprecheinrichtung aktivierten sich über den Notfallkanal. »Scheiße, Hohenburg! Was machen Sie da?«, wurden sie wütend gerufen.

»Anlegen«, erwiderte die Kapitänin trocken.

»Aber da ankern *wir!*«

»Laut meinen Daten noch nicht, Fitzpatrick. Sie sind nur ein bisschen voraus.«

»Verpissen Sie sich! Sie haben sich verspätet. Damit haben wir das Recht, vorne anzulegen.«

»Sie haben das Recht, aus dem Weg zu gehen, Captain.« Hohenburg blickte in den Nebel. »Sie verstoßen gegen die Abmachung unserer Regierungen. Die Japs werden nicht lustig finden, was Sie tun.«

»Was ICH tue?«, schrie Fitzpatrick, und die Lautsprecher knackten übersteuert. »Was ICH TUE?«

Trent sah in einem der Monitore den Rumpf des zweiten Superfrachters an ihrem eigenen Heck auftauchen, den ihr Schiff im spitzen Winkel überholte und den Weg zum Westkai abschnitt. *Oh, fuck!*

»Jetzt«, befahl Hohenburg locker.

»Ay, Kapitänin.« Hastig gab er den Befehl ein und drückte auf die Eingabetaste. »Maschinen volle Kraft zurück.«

Niemals hätte Trent geglaubt, dass man die Kraft der Wasserstoffturbinen durch die *MS Fugger* spürte, doch der Leib des Frachters schwang und tönte. Ein leichtes Vibrieren erfasste den Koloss.

»Strahlruder hart Steuerbord.« Die Kapitänin stand wie eine Statue im blauen Overall auf der Brücke und sah unbeirrt durch das Fernglas. »Maschinen und Ruder abschalten in zehn …«, gab sie den Countdown vor.

Trent öffnete die Eingabemaske, sah schwitzend auf die Monitore und wischte die Tropfen mit dem Ärmelrücken aufwärts von der Stirn in die fingerlangen schwarzen Haare.

Das Heck der *MS Fugger* schwenkte um den Bug als Achse herum und drückte die Spitze des langsameren Schiffs einfach weg. Der Ruck des Touchierens versetzte sie in leichtes Schaukeln.

»Ich zeig Sie an, Hohenburg!«, plärrte Fitzpatrick durch die Box. »Das kostet Ihre Reederei Millionen und Sie den Job!«

»… zwei, eins: AUS!«, brachte sie in Seelenruhe den Countdown zu Ende.

Trent deaktivierte sofort Antrieb und Steuerung.

Mit einem leisen, dunklen *Klonk* legte die *MS Fugger* genau zwischen zwei vertäuten Frachtern am Westkai an, während der abgedrängte Tanker alle Mühe hatte, die Kollision mit weiteren Schiffen zu verhindern. Rauschend schwappte eine künstlich erschaffene Welle zwischen seitlichem Rumpf und Mauer empor, Wassermassen ergossen sich auf das Bauwerk.

Hohenburg senkte grinsend das Fernglas. »Willkommen in Japan, Herr Lieblich. Für einen ITler fahren Sie gar nicht mal schlecht Bötchen.« Dieses Mal klopfte sie ihm mütterlich auf die Schulter, statt in den Nacken zu schlagen. »Gut gemacht.«

»Heilige Scheiße! Das stand nicht in meiner Jobbeschreibung«, protestierte Trent mit einem erleichterten Lächeln. »Ich sollte nur für die Kontrolle des Autopiloten und die mechanisierten Abläufe an Bord zuständig sein.«

»Auf See und vor Gericht, Herr Lieblich, ist man auf sich allein gestellt.« Hohenburg zog die maritime Uniformjacke über ihren blauen Overall und bedeutete ihm, sich aus dem Sessel zu erheben. »Begleiten Sie mich. Die Hafenbehörde wartet schon.«

»Ich? Nein. Bestimmt nicht.«

»Doch. Sie haben die *Fugger* gesteuert.«

»Auf Ihren Befehl.«

»Das interessiert die Japs nicht. Sie waren der Steuermann, Sie müssen mit.« Hohenburg warf ihm einen gelben Friesennerz zu, der neben der Tür am Haken gehangen hatte. »Abmarsch. Und internationale ID-Karte nicht vergessen.« En passant schaltete sie den Funk aus, der tobende Fitzpatrick verstummte. »Sprechen Sie Neo-Japanisch?«

»Ein bisschen.« Er warf sich das stinkende Ölzeug über seinen Overall; der praktische Einteiler war die Dauerkleidung auf dem Schiff. Gesellschaftliche Anlässe fanden keine statt, insofern war man damit nie underdressed, aber stets gemütlich angezogen.

»Noch irgendein anderes Japanisch?«

Trent schüttelte den Kopf und folgte der Kapitänin, die locker seine Mutter sein könnte und sich gelegentlich so benahm, von der winzigen Brücke durch die Tür hinaus ins feuchtneblige Freie.

Die steile Treppe kostete ihn jedes Mal Überwindung, aber es gab keine andere Möglichkeit. Mannschaftsräume existierten nicht, ein kleiner Bereich hinter dem Kommandostand diente der Notfallcrew als Unterkunft. Normalerweise fuhren die Super-Containerschiffe über Satellitensteuerung und ohne Besatzung.

Außer nach Dejima.

Auf Befehl des Tennō durften Gaijin-Schiffe innerhalb japanischer Gewässer nur von Menschen geführt werden. Zweimal hatten es Reedereien via Satellitensteuerungen versucht und waren prompt von der kaiserlichen Kriegsmarine versenkt worden. Drei Meter hinter der Grenze. Ohne Entschuldigung. Für die Unternehmen war der Einkauf teuer, bevor er begann.

»Woher können Sie Neo-Jap?«

»Bin großer Manga-Fan. Und mag Animes.« Der wahre Grund ging die Kapitänin nichts an, und sie beließ es dabei. »Im Original gewinnen Comics und Filme, wissen Sie.«

»Nein. Weiß ich nicht. Will ich auch nicht.«

»Dann schätzen Sie japanische Kultur nicht besonders?«

»Ich schätze die Technologie. Die verschafft mir nämlich Arbeit in dieser Dose. Wer braucht heute noch Leute, die Tanker fahren können? Ansonsten gehen mir die Japs an meinem faltigen Arsch vorbei. Von Sushi über Mikado bis Karaoke und Chopsuey.«

Trent schwieg. Dass Chopsuey chinesisch war, wusste die Kapitänin garantiert. Anscheinend gab es für sie in ihrer einfachen Welt nur Asiaten an sich.

»Sie hätten als Gentleman was sagen sollen wie *Sie haben keinen faltigen Arsch.*«

»Oh. Ach so. Aber das weiß ich ja nicht.«

»Heißt das, Sie wollen ihn sehen? Würde Ihnen das gefallen? Ihr ITler sollt doch kleine Spanner sein. Oder eher Schulmädchenuniform wie die Sushis? Sie sind ein echter Freak, was?«

»Das ist verbale sexuelle Belästigung. Zur Info.«

Hohenburg lachte schallend. »Man merkt, dass Sie wenig rumgekommen sind. Schon gar nicht auf See. Direkt von der Uni und mit exzellentem Abschluss. Ein Mimosenjunge. Bei all dem Wissen.«

Im gleichen Moment wurden aus dem bunten Leuchten im sich lichtenden Nebel Dutzende rotierende Blinklichter von autonomen Frachtverladeeinheiten. Haushohe Kräne, kleine Stapler, tonnenschwere Schlepper und klobige Roboter wuselten am Boden und wichen von der KI gesteuert Hindernissen aus und verrichteten zuverlässig ihre Arbeit. Von der knapp fünfzig Meter hohen Brücke der *MS Fugger* herab wirkten sie klein.

»Ah, sehen Sie mal nach oben, Junge. Den Anblick vergessen Sie nie wieder.«

Trent kam der Aufforderung nach – und musste sich vor Überraschung mit beiden Händen am Geländer festhalten, sonst wäre er fehlgetreten und kopfüber gegen Hohenburgs Arsch gestürzt, faltig oder nicht.

Die senkrecht aufragenden titanischen Schatten, die er von der Brücke aus gesehen hatte, erwiesen sich als himmelhohe Gebäude mit teils verglasten, teils stahlverhüllten, teils verchromten Fassaden. Außenscheinwerfer beleuchteten massive Außenschotts, die in unregelmäßigen Abständen eingelassen waren. Die grauen Schwaden gaben große Teile von ihnen frei, und doch ragten Häuser bis hinauf zu den Gestirnen.

Angebrachte Projektoren nutzten die immensen Flächen, um Werbung darauf abzuspielen, die jenseits von Dejima bei gutem Wetter kilometerweit gesehen wurde. Aber auch Bilder, japanische Schriftzeichen und die Gesichter bekannter Japanerinnen und Japaner flackerten auf, dicht gefolgt von neuerlicher Werbung.

»Das sind die Warenspeicher?« Trent erkannte immer wieder das Siegel des Tennō: zwölf kreisförmig angeordnete Chrysanthemen, die zwischen den Werbungen eingespielt wurden oder das Porträt des Tennō umrahmten. Das Prinzip ähnelte den alten Kontoren und Speicherstädten – nur überdimensional. »Das sieht wirklich aus wie in den Animes! Verrückt«, brach es begeistert aus ihm heraus. »Wie hoch sind die?«

»Das ist unterschiedlich. Zwischen drei und anderthalb Kilometern. Erdbebensicher. Irre, oder?« Hohenburg ging auf der Treppe schneller. »Los. Die Japs sind gleich da. Deren Laune dürfte schon scheiße genug sein.«

»Könnte am Anlegemanöver liegen.«

»Das waren Sie.« Lachend sprang die Kapitänin die letzten Stufen hinab und eilte dem lastwagengroßen Militärgleiter entgegen, der just senkrecht neben der Bordwand in die Höhe schoss und mit einer eleganten Kurve zur Landung an Deck ansetzte. »Vielleicht haben Sie es ja verkackt und meinen Befehlen nicht gehorcht?«

»Hey!« Trent stolperte ihr hinterher, und Panik ergriff ihn. Er konnte bei seiner Vorgesetzten nicht einordnen, wann sie Scherze machte und wann nicht. Auch wenn sie schon zehnmal in Dejima anlegte und die Behörden besser einschätzen konnte als er, wollte er nicht in einem japanischen Arbeitslager enden. »Wehe, Sie reißen mich rein! Es gibt Aufzeichnungen unserer Unterhaltung.«

Dann wurde Trent bewusst, *was* er vor sich sah.

»Sie haben Schweber«, murmelte er ungläubig und beobachtete das kantige Gefährt beim Landen; die Panzerung war ebenso offensichtlich wie die Bewaffnung. Rail-Geschütze, die ihre Projektile elektromagnetisch verschossen, und Gatling-Maschinengewehre auf leicht erhabenen Drehtürmen verliehen der Hafenbehörde neben natürlicher Autorität auch extreme Feuerkraft. *Und was für welche!* Vor Trents Nase driftete der Beleg, weswegen Konzerne, Händler und Nationen unbedingt den Handel mit Japan suchten: unkopierbare Hochtechnologie.

Solche Niedrigenergieturbinen beispielsweise, die es außerhalb des Inselreichs nur in sehr teuren Wagen von Superreichen gab, waren extrem beliebt. Die Antriebe wurden verplombt und gegen Durchleuchten geschützt. Jegliche Manipulation daran führte zur Detonation. Wog so ein Luxuswagen um zwei bis drei Tonnen, mochte der schwebende Militärgleiter dreißig und mehr auf die Waage bringen.

Die seitliche Klappe öffnete sich.

Heraus kam ein Japaner in einem aufwendig gestalteten Kimono, wie Trent ihn aus Filmen kannte. Mit seinen Gewandlagen, Stickereien, einem Hut, Gürtel und Schuhen schien er aus der Zeit gefallen. Der moderne Einschlag erfolgte durch die Wahl der Stoffe.

Hinter ihm gingen vier Schwerbewaffnete in hochmodern futuristischen weißen Vollrüstungen, die gefährlich aussehenden kurzen Gewehre mit Bajonetten locker in den Händen. Danach surrte ein Schwarm aus fingergroßen Nadeldrohnen aus der Luke los und verschwand lautlos zwischen den sich auftürmenden Frachtcontainern der *MS Fugger*.

»Willkommen auf Dejima, Kapitänin Hohenburg-san.« Der Mann sprach Neo-Japanisch und verbeugte sich auf klassische Weise, wenn auch für die Gaijin nur sehr knapp. Seine gepanzerten Begleiter fächerten leicht auseinander und blieben stehen; die Gesichter lagen hinter dunklen Visieren verborgen. »Das war ein riskantes Manöver.«

Hohenburg verbeugte sich fast im 90-Grad-Winkel. Schnell machte Trent ihr es nach. »Danke, Shikumi-san. Captain Fitzpatrick wusste nicht, wo sein Platz ist. Er musste erinnert werden. Außerdem hatte ich keine Lust, ewig beim Beladen zu warten.«

»Verständlich, Hohenburg-san.« Shikumi nahm seinen durchsichtigen Fächer aus einer Gewandfalte und ließ ihn aufklappen, der sich glatt zog und zur Projektionsfläche wurde. Der eingebaute Computer spielte dem Beamten die notwendigen Daten der *MS Fugger* auf. »21 800 Container zu je dreiunddreißig Kubik. Die üblichen Unternehmen und Einkäufer. *hai?*«

Trent starrte den Offiziellen und seine Beschützer an, danach auf den Gleiter, den Fächer, die Speicherhochhäuser und durch den kaum mehr vorhandenen Nebel zu den Lichtern von Nagasaki. Das wenige, das er sah und in sich aufsog, schrie nach Übereinstimmung mit den Animes und Mangas und den Beat-them-up-Spielen, die er kannte.

Die Weißgepanzerten gehörten zur Sondereinheit KAMI, wenn er sich richtig erinnerte. In den Animes zumindest.

Unbewusst seufzte Trent. Wie gern hätte er die Stadt betreten – doch es blieb ihm verboten, weil nur spezielle Reiseanbieter gegen horrende Summen Trips anbieten durften. Wenn er zehn Jahre sparte, konnte er sich einen solchen Besuch leisten. Für einen Tag.

Abgesehen von Dejima oder den Sonderreisen blieb das Kaiserreich abgeschottet. Komplett. Gegen jede Spionage hatte es das passende Gegenmittel, inklusive aus dem All.

Der einzige Handelszugang für den Rest der Welt war von japanischen Kaufleuten in den 1630ern aufgeschüttet worden, um die in Nagasaki verstreuten »Südbarbaren« zu beherbergen. Nach einigem Durcheinander durfte die Ostindienkompagnie an diesem Ort Handel treiben, Dejima wurde zu einem Stadtteil mit Vorsteher, dem Otona. Heute wie damals durften die Gaijin die Insel normalerweise nicht verlassen, es sei denn, zu einer besonderen Gelegenheit.

Und genau aus dem Grund, um wenigstens einen kleinen Eindruck zu erhaschen, hatte sich Trent als IT-Spezialist anheuern lassen.

»Ah, die Container. Nicht ganz, Shikumi-san.« Hohenburg nahm ihr abgenutztes Pad aus der Gesäßtasche des Overalls, das gegen die japanische Technologie altbacken und schwerfällig wirkte. Mit einem Wisch beförderte sie die exakte Liste zu ihm. »Es gab Korrekturen in der …«

Abrupt drehte einer der Gepanzerten den Kopf zum aufragenden bunten Containerwald, als hätte er etwas bemerkt.

Nach einer Sekunde gab er ein Handzeichen und spurtete mit zweien seiner Leute in das enge Labyrinth aus Stahlkisten.

Der vierte der KAMI-Truppe blieb zurück und nahm sein Kurzgewehr halb in den Anschlag, die Mündung indirekt auf Trent und Hohenburg gerichtet, ein smaragdfarbener Ziellaser erwachte darunter.

Gleichzeitig zuckten die Geschütztürme des Schwebers mit einem hydraulischen Geräusch herum. Die langen Läufe der Rail-Werfer kreisten auf der Suche nach einem Ziel und gaben der Einheit zugleich Deckung, grüne Visierpünktchen wanderten wie strukturiert fliegende Glühwürmchen über die Containeroberflächen.

»Sie wussten hoffentlich nichts von Ihrem blinden Passagier, Hohenburg-san?« Shikumi strich über den Fächer und zeigte darauf ein aktuelles Drohnenbild: Die Gepanzerten bewegten sich von drei Seiten auf einen Menschen zu, der sich durch rasche Haken zwischen den Containern zu retten versuchte. Doch die Drohnen hatten sich an seine Fersen geheftet und verloren ihn nicht mehr.

»Nein. Keine Ahnung, woher der Wichser kommt. Oder sie. Die … egal. Aber … keine Wärmesignatur?«, wunderte sich Hohenburg.

»Ein Tarnanzug. Um den Standardabtastern auf Dejima zu entgehen. Jemand, der wohl nicht aus Versehen auf die *MS Fugger* gelangte.« Shikumi zoomte näher heran. »Und eine Maske trägt. Ein Saboteur? Gab es Drohungen gegen die Reederei?«

»Außer Fitzpatrick vorhin?«, versuchte Hohenburg einen Scherz. »Da müsste ich nachfragen.«

»Tun Sie das. Sonst könnte es sein, dass der Verdacht auf Sie fällt.«

»Mich?«

Trent wurde schlecht vor Aufregung. Der Bewaffnete vor ihm, die Hetzjagd, die angespannte Situation schlugen ihm auf den Magen. *Das ist ein bisschen viel Anime-Situation.*

»Sie wären nicht die Erste, die Ihre kleinen privaten Geschäfte machen will. Wir wissen um den Kleinschmuggel, der auf Dejima passiert, Hohenburg-san. Manchmal bringen Leute unerlaubte Dolmetscher von außerhalb mit. Wenn man mehr als das kinderleichte Neo-Japanisch braucht.« Er lächelte. »Aber der Tarnanzug sieht mir nach Profi aus. Hatte es vielleicht auf Ladung abgesehen, um sie auf See in flachem Gewässer über Bord gehen zu lassen.«

»Verhören Sie ihn. Dann finden Sie es heraus.« Hohenburg blieb die Ruhe selbst.

Der Datenfächer zeigte ihnen, wie der Maskierte affengleich einen Container erklomm und in großer Höhe von Behältnis zu Behältnis sprang.

Zwar verfolgten ihn die Drohnen weiterhin, aber die KAMI wurden schnell abgeschüttelt.

»Er kommt zu uns«, verstand Trent entsetzt und wollte einen Schritt zurück machen.

Der Lauf des Kurzgewehrs schwenkte in die Höhe, die Mündung richtete sich auf ihn. »Keine Bewegung. Bis die Lage geklärt ist«, kam die Stimme des KAMI durch einen Lautsprecher im geschlossenen Helm.

Trent riss die Arme hoch und dachte absurderweise, dass es eine Bewegung gewesen war. Aber da die Waffe schwieg, schien er nichts Falsches getan zu haben.

Die Geschütze des Gleiters richteten sich surrend auf den berechneten Punkt aus, an dem der Maskierte laut Überwachung auftauchen musste.

»Warum glauben Sie, dass er zu uns will?« Shikumi betrachtete Trent und Hohenburg. »Was kann er wollen? Mich umbringen? Oder Sie beide?«

Die Kapitänin zuckte mit den Achseln. »Ich schwöre: Ich weiß es nicht.«

Unvermittelt flackerte der Fächer, und das Material nahm seine durchscheinende Form an. Die Übertragung endete.

»Was ist …?«, setzte Trent zur Frage an, doch seine Worte gingen im Röhren der Gatling-Maschinengeschütze unter.

Als er sich umwandte und zum Container blickte, wo er den Maskierten vermutete, wurde ein aufgetauchter KAMI von den Projektilen getroffen und in Fetzen gerissen.

»Die Zielerfassung! Die Zielerfassung ist gestört!«, schrie Shikumi und wandte sich zum Gleiter, fuchtelte mit dem Fächer, um die Besatzung aufmerksam zu machen.

»Das ist mal ein hübscher Tarnanzug. Bringt die Elektronik durcheinander.« Hohenburg packte Trent am Arm und zog ihn mit sich. »In Deckung! Wenn dieses Panzermonstrum nicht richtig funktioniert, sollten wir nicht danebenstehen.«

Wie zum Beweis ruckte der lange Lauf des Rail-Werfers am Geschützturm zu ihnen herüber.

Der KAMI hob sofort einen Arm, um das Auslösen zu verhindern, und stieß Shikumi zur Seite, der über seinen traditionellen, schweren Kimono stolperte und aufs Deck fiel.

»Warten Sie!« Trent half ihm auf die Beine, zog ihn hinter einen schützenden Container. »Wir bleiben hier«, schärfte er dem Japaner ein, der nur nickte und hektisch versuchte, seinen Datenfächer zum Leben zu erwecken.

Schüsse peitschten und ratterten hintereinander, gelegentlich pfiff ein hochbeschleunigtes Geschoss durch die Luft und stanzte hörbar Löcher in die Stahlwände wie durch dünnen Karton.

Hoffentlich geht das gut aus! Trent wagte es nicht, um die Ecke zu blicken, solange der Gleiter feuerbereit war, und bemerkte, dass die Kapitänin fehlte. *Wo steckt sie?*

Schließlich ertönte eine dumpfe Explosion.

Es dauerte fast eine Minute, bis ein KAMI um die Ecke kam; auf seiner weißen Rüstung hafteten rote Spritzer. »Erledigt, Shikumi-Sama. Wir haben den Mann eliminiert.«

Trent richtete sich auf, der kaiserliche Beamte erhob sich ebenfalls. Der Fächer erwachte flackernd und zeigte Drohnenbilder von perforierten Containern, zwei toten KAMI und letztlich einen großen rotschwarzen Fleck inmitten des Stahlwalds. »Er hat sich gesprengt?«

»Ja, Shikumi-Sama.«

»Wo ist Hohenburg-san?«

»Auf der Brücke«, rief die Kapitänin laut von der Plattform hoch über ihnen vor dem Eingang zum Kommandostand. »Ich wollte sichergehen, dass der Typ nicht meine *Fugger* übernimmt.«

Shikumi sah Trent an. »Danke, dass Sie mir beistanden.« Er reckte andeutungsweise die Hand.

Die für Japan untypische Geste freute ihn. »Aber das habe ich doch gern getan.« Er setzte an, die ausgestreckten Finger zu ergreifen.

»Ihren Ausweis«, sagte der Mann höflich. »Für die Überprüfung. Wir sind noch nicht fertig.«

Das laute Lachen kam von Hohenburg.

∞ ∞ ∞

»Der Regen hat aufgehört,
die Wolken sind weggezogen,
Und der Himmel ist wieder klar.
Wenn dein Herz rein ist,
Dann sind alle Dinge deiner Welt rein.
Gib diese vergängliche Welt auf, gib dich selbst auf.
Dann werden der Mond und die Blumen
dir den Weg weisen.«

Ryōkan aka Taigu (1758–1831)

∞ ∞ ∞

KAPITEL II

Japanisches Kaiserreich,
Provinz Hizen, Nagasaki,
Handelsinsel Dejima

Trent war nach den Aufregungen froh, dass das Verladen innerhalb der nachfolgenden Tage vollautomatisch und reibungsfrei vonstattenging. Gelegentlich prüfte er aus Langeweile die verschiedenen Maschinensysteme der *MS Fugger*, checkte die Programmierung der Wasserstoffturbinen, die den Strom an Bord lieferten, und nutzte ansonsten jede Gelegenheit, Dejima in Overall und schwarzer Kunstlederjacke zu durchstreifen und mit den Fahrstühlen der Speicherwolkenkratzer in die höchsten Etagen zu fahren. Wegen der Aussicht. Lediglich der größte von allen blieb ihm verwehrt, weil er nicht die passende Zugangsberechtigung besaß.

Die Handelsinsel selbst blieb erschreckend langweilig.

Von japanischer Kultur keine Spur, dafür versiffte Karaoke-Klubs und Patchinko-Läden, in denen die überteuerten Drinks nach Wasser schmeckten, und natürlich Bordelle, in denen die klischeehaftesten Manga- und Animefantasien bedient wurden.

So sehr Trent die Filme und Zeichnungen schätzte, er setzte keinen Fuß in die Etablissements, sondern genoss die Ausblicke von den Dächern der kilometerhohen Warensilos. Hohenburg wollte ihm sogar »ein kleines Zimmermädchen« ausgeben, aber für ihn war das nichts. Als er hörte, dass die meisten Prostituierten Sexroboter waren, bekam das Ganze etwas noch Gruseligeres.

Freudig-hellhörig wurde Trent erst, als er mit der Kapitänin zusammen zum zwanglosen Umtrunk zum Stadtviertelvorsteher, der als Otona bezeichnet wurde, gehen sollte. Dejima gehörte zu Nagasaki, ganz gleich, ob Sonderzone oder nicht. Der Empfang hatte sich in den letzten Jahren als kleines Ritual eingespielt, das am Ende der Beladungsphase und vor Ablegen der Flotte stattfand, wie Hohenburg ihm erklärte. Man sagte *Kampai* und freute sich, mit der teuren Ware den Heimweg antreten zu können.

Also zwängte Trent sich in seine beste Hose, Hemd und Sakko, um die Kapitänin zu begleiten. Sie trug immerhin einen sauberen Marineoverall und ihre Kapitäninnenjacke darüber. Casual-offical nannte sie den Stil.

Nach kurzem Marsch runter vom Supercontainerfrachter und quer durch die verwaiste Verladezone ging es mit dem Fahrstuhl ins höchste Gebäude von Dejima. Dort befand sich der Sitz des Otona. Beste Aussicht auf die kleinste Kleinigkeit, die im Hafen geschah, sofern man sich gezoomte Bilder der Außenkameras auf die Panoramascheiben projizieren ließ. Ansonsten gab es nur ein wundervolles Panorama, auf das Trent setzte.

»Ich hoffe, es gibt so was wie traditionelle Küche. Oder ein Kabuki-Theaterstück. Oder …«, sagte er voll Vorfreude, während sie der Lift regelrecht in drei Kilometer Höhe schoss. Seine Ohren knackten durch den variierenden Druck.

»Ich hoffe nicht. Currywurst wäre geil. Oder Schnitzel. Oder ein Wagyu-Steak«, hielt Hohenburg dagegen. »Okay, ich korrigiere, was ich über Japan gesagt habe. Ist nicht alles scheiße. Das Bier ist ganz gut. Und die Steaks.«

Trent seufzte resigniert.

»Nicht frech werden. Wir haben noch den ganzen Rückweg vor uns«, warnte sie ihn mit einem Feixen. »Wenn Sie wieder eine Heuer bekommen wollen, Herr Lieblich, seien Sie nett zu mir. Sonst habe ich für die nächste Fuhre einen anderen IT-Mauserich.«

Um ein Haar hätte er angemerkt, dass es noch andere Reedereien gab, doch weil er nicht wusste, wie gut Hohenburg vernetzt war, schwieg er lieber.

Die Kabine bremste so abrupt ab, dass sich beinahe ein Moment der Schwerelosigkeit einstellte, die Doppeltüren glitten auf.

Sie betraten in einer verglasten Empfangshalle, in der zwei gepanzerte KAMI-Security am Eingang standen, um sie auf versteckte Waffen zu prüfen und erneut die ID-Karten einzulesen. Dann durften sie zur Gruppe der Schiffscrews dazustoßen. Theoretisch.

Aber Trent starrte fasziniert aus dem Fenster, statt sich zu bewegen. »Die Aussicht ist … wow.«

»Ja, wow!«

»Nicht wahr?«

»Wow. Sie haben Schnitzel. Das meinte ich.« Hohenburg klopfte ihm auf die Schulter. »Machen Sie sich einen schönen Abend. Wir sehen uns morgen beim Dienst. Und wenn Sie schnarchen, weil Sie zu viel gesoffen haben, Herr Lieblich, werfe ich Sie von der Brücke.« Dann verschwand sie in der Menge, um alte Bekannte zu begrüßen.

Trent verdrehte die Augen und wanderte langsam an der Fensterfront entlang.

Er erfasste das nächtliche Nagasaki, das leuchtende Umland, die Schönheit des Flusses und den in weiter Entfernung aufragenden Fuji-san. *Ich schwebe über allem.* »Der Heilige Berg.« Er legte eine Hand gegen das Glas.

Was würde Trent dafür geben, als Tourist durchs Land reisen zu dürfen. Japan zu erleben. Die Wunder, die es in den Städten, auf den Bergen und in Bambuswäldern zu bestaunen gab, mit eigenen Augen zu sehen. Schreine, Tempel, Natur und Technik vereint.

»Schnitzel, Mister?« Ein Tablett mit den frittierten Minibissen schwebte vor seiner Nase.

»Sushi wäre super.« Trent wandte sich zur Kellnerin, die zu seiner Freude ein klassisch japanisches Gewand und die passende Frisur dazu trug. »Haben Sie das?«

»Es wurde von den Crews nicht gewünscht, Mister. Aber wir haben Currywurst, Pommes frites und …«

»Nein danke«, lehnte er ab. »Bekommt man in Dejima irgendwo echtes Sushi? Oder Sashimi? Wie man es in Japan … im echten Japan isst?«

»Nein, Mister.« Sie sah ihn entschuldigend an. »Bier, Mister?«

»Japanisches?«

»Ja, Mister.«

»Wenigstens das.« Trent machte sich zur Bar auf. »Ich hole es mir selbst, danke.« Frustriert kämpfte er sich durch die Menge an Unbekannten, die sich mit dem Zeug vollstopften, das sie zu Hause sowieso bekamen. Doch das Bier, das man ihm reichte, schmeckte ausgezeichnet. Also trank er sich einen kleinen Trost an.

»Mister.« Die Kellnerin war zurückgekehrt und reichte ihm ein Tellerchen mit acht verschiedenen Sushi-Varianten. »Dozo.«

»Arigato«, bedankte er sich überglücklich und hätte sie im Überschwang fast umarmt, was ein zweifacher Fehltritt gewesen wäre. »Woher haben Sie das denn gezaubert?«

»Mein Abendessen. Von zu Hause. Authentischer bekommen Sie es nirgends.« Sie verbeugte sich leicht. »Es freut mich, wenn es Ihnen schmeckt.« Dann war sie schon wieder bei der Arbeit.

Trent kostete das erste Stück – und seine Geschmacksnerven jubelten vor Glück auf. Jeden Bissen zelebrierend, aß er das Tellerchen leer und versank in einer Welle aus Zufriedenheit. Wenigstens dafür und für die Aussicht hatte sich die Heuer gelohnt.

»Darf ich um Ihre Aufmerksamkeit bitten?«, erklang eine Männerstimme aus dem Soundsystem der Empfangshalle. »Otona Takeshi wird nun seine Ansprache halten.«

Applaus setzte ein, und ein Podest fuhr nach oben.

Darauf stand der Stadtteilverwalter in einem aufwendigen traditionellen Kimono aus mehreren Lagen, ähnlich dem, wie es Shikumi getragen hatte. Er schwebte etwa einen halben Meter über den Anwesenden, warf einen Blick über die Gäste und hielt einen Drink in der Hand. »Guten Abend. Ich freue mich, dass Sie meine Einladung angenommen haben, um einen erfolgreichen Umschlag zu feiern. Mögen die Geschäftsbeziehungen Ihrer Auftraggeber mit dem japanischen Kaiserreich lange bestehen.« Er reckte ein kleines Glas. »Banzai, banzai, banzai!«

Die Frauen und Männer stimmten in den Freuderuf mit ein, dann wurde getrunken. Auch Trent musste sein Bier erheben. Alles andere wäre sträflich gewesen.

»Bevor wir nun gleich zum beliebten Karaoke-Wettbewerb übergehen, lassen Sie mich ein paar Worte sagen.« Takeshi winkte eine Bedienstete heran und stellte das Glas auf ihrem Tablett ab. »Sie wissen, dass die Wikinger im Jahre 860 im Gebiet der Pi'tow'ke landeten und die Ureinwohner sowohl mit Fortschritt als auch mit der Kunde versorgten, dass Krieger eines Tages übers Meer kommen sollten. Um sie zu unterwerfen«, setzte er an.

»Scheiße, ja. Wir hätten den Indianern den Arsch aufreißen sollen«, murmelte ein älterer Mann neben Trent an der Bar, auf dessen angeberischer britischer Navi-Uniform der Name Fitzpatrick stand. Er hatte buschige Koteletten und einen Schnäuzer, an dem Krümel von der Schnitzelpanade hafteten.

»Auch meine Heimat musste erfahren, dass nicht nur ein neuer Glaube eingeschleppt wurde, sondern auch Handelsabhängigkeiten und Ausbeutung etabliert werden sollten, kaum dass die Europäer zum ersten Mal einen Fuß nach Edo gesetzt haben«, führte Takeshi aus. »Dejima ist ein Zeugnis davon. Aber das Schicksal der Powtankee lehrte uns: Sagt Nein! Sagt Nein, wenn die gierigen Europäer euch besitzen wollen!«

»Was hat der Otona denn gegessen? Am Fugu geleckt?«, kommentierte Fitzpatrick.

»Ich denke, dass es was mit den Vorkommnissen auf der *MS Fugger* zu tun hat«, raunte ihm sein Nebenmann zu. »Er wird ein bisschen schimpfen wollen.«

Trent machte sich klein und war froh, kein Schiffsabzeichen zu tragen. *Ich will mit dem nicht reden müssen.*

»Also haben wir die Portugiesen verjagt und ließen bis auf die Holländer in Dejima keine fremde Macht mehr an Land. Und als Europa 1853 mit schwarzen Kanonenbooten kam, um uns zur Öffnung der Häfen zu zwingen, haben wir sie mit unseren Waffen aus dem Wasser geblasen.« Takeshi hatte sichtlichen Spaß, an die Niederlage in der Bucht von Oraga zu erinnern. »Heute beherrschen *wir* die Kunst des Handels. Die Kunst der Abhängigkeit. Sie alle mehren den Reichtum des Tennō. Wir bewahrten unser Land, die Wälder, unsere Tiere und unsere Kultur vor jeglichem schädlichem Einfluss, der nur zur Degeneration führen kann.«

Fitzpatrick rülpste laut, sodass es alle hörten.

»Bestes Beispiel«, entschlüpfte es Trent und rückte vom Captain weg.

»Was hast du gesagt?« Fitzpatrick kniff die Augen zusammen, und der Schnäuzer bebte. »Ging das gegen mich?«

»Hochtechnologie. Wasserkraft. Solarenergie und weitere Energiegewinnungsmethoden, die wir für viel Geld nach Europa verkaufen. Das ist das mächtige moderne Japan, das sich auf wirtschaftliche Weise für die einstige Niedertracht Europas rächt. Auf freundschaftlichste Weise. So profitieren beide.« Takeshi deutete eine Verbeugung an.

Niemand applaudierte, außer Trent, der nach kurzem Beifall aufhörte und sich rasch ein neues Bier nahm.

»Bevor wir zum gemütlichen Teil übergehen«, sagte Takeshi, »noch eine letzte geschäftliche Angelegenheit. Sie haben von den Vorkommnissen auf der *MS Fugger* gehört.« Er deutete auf Kapitänin Hohenburg. »Dankenswerterweise rettete sie einem kaiserlichen Beamten das Leben.«

Sie? Aber das war ich! In Trent zuckte es für einen Moment. Doch da er neben dem übellaunigen Fitzpatrick stand, schwieg er besser.

Dafür hob die Kapitänin ihr Sakeglas und drehte sich einmal, um das verhaltene Klatschen entgegenzunehmen.

»Die Untersuchungen ergaben, dass es sich dabei um einen bestens ausgerüsteten Schmuggler handelte, der einen größeren Coup plante. Da ich nicht ausschließen kann, dass sich weitere Männer und Frauen mit solchen Hochtechnologie-Tarnanzügen auf Ihren Schiffen befinden, bin ich gezwungen, vor dem Ablegen eine Sonderprüfung vornehmen zu lassen.«

Erstes Murren kam auf.

»Das kostet uns Tage«, rief Fitzpatrick laut durch den Raum. »Was soll die Scheiße, Otona? Ich habe noch andere Aufträge, die ich nicht verschieben kann.«

»Wir tolerieren Ihren gelegentlichen Kleinschmuggel, Captain«, hielt Takeshi dagegen. »Aber wir reden von einer weitaus größeren Sache. Um Schaden für Ihre Frachter und Geheimnisdiebstahl von japanischer Technik zu verhindern, gibt es keinen anderen Weg.«

»Fuck, echt?« Fitzpatrick stellte sein Bier laut auf dem Tresen ab. »Was wollen Sie tun, sobald wir alle gemeinsam ablegen? Wer soll uns denn aufhalten?«

Zur Antwort hob Takeshi beide Hände und formte damit die Zahl Sieben elegant in der Luft.

»Was soll das sein? Irgendein Zen-Ding?«

»Meine Anzahl unterschiedlicher Möglichkeiten, sämtliche Schiffe zu vernichten. Was ich tun werde, sollte jemand der Aufforderung nicht nachkommen«, erklärte Takeshi freundlich. »Oder sollten Angriffe auf die Suchtrupps oder jemand anderen dieser Hafenbehörde erfolgen.«

Das Murren verstärkte sich.

Trent musste sich das Grinsen verkneifen. Damit nahm er sämtliche Crews in Gruppenhaft, zumal die Waren an Bord bereits bezahlt waren. Nicht nur der Verlust der Schiffe selbst träfe die Reedereien beim Vernichten der Frachter, ihre Kundinnen und Kunden hätten Einkäufe im Wert von Milliarden verloren. Einfach so. Der Tennō machte die Regeln, der Otona befolgte sie – und freute sich dabei diebisch.

»Es ist zu Ihrem eigenen Besten. Wir beeilen uns. Aber nun: Karaoke! Dem Sieger oder der Siegerin winken Preise im Wert von zehntausend T-Yen!« Takeshi fuhr mit seinem Podest wieder abwärts.

Im hinteren Bereich des Saals flammten Beamer und Discobeleuchtung auf. Auf der Seitenwand erschienen die ersten Songs, die nach Belieben ausgesucht werden konnten.

Die Ankündigung der Preise und des Werts ließ die Stimmung wieder steigen, die ersten Sängerinnen und Sänger bewegten sich zur Karaoke-Ecke.

Trent überlegte, früher zu gehen. Den Abend wollte er nicht mit betrunkenen, schlecht singenden Seeleuten verbringen, sondern lieber nochmals die Aussicht genießen. Außerdem musste er sich unbedingt bei der netten Kellnerin bedanken. Für das authentischste Sushi seines Lebens.

»Was ist, IT-Junge? Wieso stehen Sie herum?« Hohenburg tauchte plötzlich neben ihm auf und packte ihn am Arm. »Los, Sie Japan-Fan. Sie müssen singen.«

»Na, seht mal, wer da ist.« Fitzpatrick wiederum griff in den Nacken der Kapitänin. »Die schlechteste Anlegerin der Welt.«

»Das war er.« Hohenburg deutete auf Trent. »Schlagen Sie sich mit ihm.«

»Was? Nein!« Er hob die Hände zur Beschwichtigung. »Ich habe doch nur …«

Der alkoholisierte Captain schleuderte Hohenburg gegen ihn, beide gingen gemeinsam unter dem Gelächter der Umstehenden zu Boden. »Schickes Pärchen. Na, reibt er dir deinen faltigen Arsch?«

Trent versuchte, sich zu erheben und aus der peinlichen Situation zu flüchten, aber die Kapitänin lag über ihm. »Scheiße. Das wird ein ganz …«

Hohenburg trat Fitzpatrick im Liegen in den Schritt, der ihn nach vorne klappen ließ, und sprang auf, um ihm das Knie gegen die bauschbärtige Wange zu donnern.

Keuchend flog der getroffene Mann gegen die lachenden Zuschauer und riss etliche zu Boden.

Bier spritzte, es wurde geschubst, und während sich Trent noch am Tresen emporzog, war eine wüste Schlägerei im Gang. Dazu sang ein Seemann unter lautem Klatschen »Shipping out to Boston« in einer sehr rauen Version, von der die Dropkick Murphys noch was lernen konnten.

Sind die irre? Trent verlor den Überblick, wer wen verdrosch und ob es ein Muster gab. Die gepanzerten KAMI würden dem Treiben gewiss ein unschönes Ende bereiten.

»Zum ersten Mal hier, Mister?«, erkundigte sich der Barkeeper freundlich.

»Ja.«

»Ah, gut. Dann können Sie das nicht wissen. Diese … Massenauseinandersetzung ist Tradition. Wie das Karaoke.« Er goss ihm ein frisches Bier ein. »Aber undotiert.«

Ja, okay, sie sind irre. Trent hatte noch weniger Lust zu bleiben und schob sich am Tresen vorbei.

Unvermittelt erklang ein lauter Schrei, und ein Warnsignal ertönte. Die Beleuchtung schaltete auf Rot, das fröhliche Lied endete schlagartig. Es roch nach Rauch.

»Feuer!«, schrie jemand. »Es brennt!«

Hektik und Gedränge setzten ein. Die Schlägerei war noch halbherzig im Gange, die weiß gerüsteten KAMI pflügten brachial durch die Menge, um den Otona in Sicherheit zu bringen.

»Hier, IT-Boy!« Aus der schiebenden Menge erschien Hohenburg.

»Das wird Ihre Fahrkarte in die Freiheit.« Sie drückte ihm ein feuerzeuggroßes Gerät in die Hand. »Hauen Sie ab! Schnell!«

Trent nahm es an sich und wunderte sich über die klebrige Flüssigkeit daran. »Das ist Blut!«, entfuhr es ihm, und er bemerkte die dunklen Flecken auf ihrem Overall und der Jacke. »Was ist Ihnen passiert?«

»Das ist nicht meins.« Hohenburg stieß ihn von sich und hielt in der anderen Hand ein langes Plastikmesser, das vom Büfett stammte. An der gezackten Klinge schimmerte es rotfeucht. »Los! Ich halte sie auf.«

Peitschende Schüsse fielen, die KAMI eröffneten das Feuer auf die Crews. Das Chaos war perfekt.

»Scheiße!« Trent duckte sich und wurde zu einem von vielen. Nicht in seinen wildesten Träumen wäre ihm dieses Ende des Abends in den Sinn gekommen.

Um dem Druck der Masse zu entgehen, der ihn gegen die Bar presste und zu ersticken drohte, rutschte er in die nächste offene Tür, die er fand. Die Evakuierungsroutine hatte die Eingänge geöffnet, Signalleuchten auf dem Boden wiesen den Weg zu den Fahrstühlen.

Da entdeckte Trent die beleuchtete Notfallkapsel im Raum. Der Einstieg stand offen. Sie wartete auf einen Passagier, um ihn wegzubringen.

Wie gerufen! Hastig rannte er durch das Büro und stieg ein. Weder wollte er verbrennen noch erschossen werden. Alles ließe sich danach aufklären, ohne Durcheinander und Getümmel.

»Passagier erkannt. Startvorgang einleiten«, sagte eine sanfte Computerstimme.

»Ja, bitte. Los«, rief er auf Neo-Japanisch.

Als die Panzerplexitür sich schloss, sah Trent die beiden KAMI, die den blutenden Otona an den Handgelenken hereinschleiften. In seinem Kimono gab es ein Dutzend Einstichstellen, aus denen das Blut rann und den Stoff färbte. Auch den Hals hatte es mehrfach erwischt. Die Verbandstaschen der Wachen hatten nicht ausgereicht, um die Blutungen zu stoppen.

Zwischen den umherliegenden Körpern im Empfangssaal, der sich bereits deutlich geleert hatte, befand sich auch Hohenburg, von Kugeln der KAMI zersiebt und das gezackte Messer noch in der rechten Hand. Damit erklärte sich, wen sie attackiert hatte.

Oh, scheiße. Ich bin in Takeshis Büro, verstand Trent zu spät. Die Leibwächter wollten den kaiserlichen Beamten mit der Kapsel in Sicherheit bringen.

Die dunkelgrauen Visiergesichter richteten sich auf ihn, und er konnte die Verwunderung dahinter regelrecht hören.

Einer der KAMI bedeutete ihm mit einer deutlichen Handbewegung, sofort auszusteigen.

»Es geht nicht!«, rief Trent verzweifelt und rüttelte an der Tür. »Das Ding hat einen ...«

Fauchend kippte die Notfallkapsel nach hinten weg und löste sich aus der Fassade des Wolkenkratzers.

Im freien Fall ging es die ersten hundert Meter abwärts, bevor sich der Flug stabilisierte und die Kapsel wie eine kleine Rakete einen vorgegebenen Kurs einschlug.

Trent lag rücklings auf der weichen Unterlage. Auf der schier unzerstörbaren Glasoberfläche wurde eingeblendet, wie Dejima unter ihm entlangzog, aber schon befand er sich über Nagasaki und für ihn verbotenem Boden.

Aus den Lautsprechern der Kapsel drangen wütende Sätze auf Hochjapanisch, das er nicht sonderlich beherrschte.

»Das ist ein Missverständnis«, antwortete Trent auf Neo-Jap. »Gomen nasai! Gomen nasai! Wirklich, ich wusste nicht, dass ...«

Grelles Feuer flackerte zu seiner Rechten auf – von dort, wo die Handelsschiffe und Containerfrachter im Hafen lagen.

Trent brauchte nicht einmal die Kameraübertragung zu checken, um zu begreifen: Die Drohung des Otona war in die Tat umgesetzt worden.

Seine Kapsel gondelte mit hoher Geschwindigkeit um die Hochhäuser und senkte sich langsam ab. Das einprogrammierte Ziel schien fast erreicht zu sein.

Fuck, die werden auf mich warten und mich abknallen. Trent sah sich panisch in der Kapsel um und entdeckte den abgedeckten Knopf für den Notausstieg. *Scheiße, ja!* Schnell entfernte er die Sicherung und drückte mit geschlossenen Augen darauf. *Weg hier!*

Bänder legten sich schlangengleich um seine Arme, Rumpf, Beine und Kopf, und schon wurde er aus der surrenden Kapsel geschossen. Über ihm öffnete sich ein Fallschirm, an dem er angeschnallt sanft abwärts schwebte, mitten im hell beleuchteten Nagasaki, umgeben von neonheller Werbung auf den Fassaden und Projektionen, durch die er glitt wie durch fremde Träume.

Bis er schließlich von einem Windhauch erfasst wurde und auf einem Dach aufsetzte.

Die Fesseln gaben ihn frei, kaum dass Bodenkontakt hergestellt war, und der Schirm wurde abgetrennt.

Trent sprang von der Liege auf und rannte über das Dach, das sich als Rooftopbar herausstellte, die zu seinem Glück geschlossen hatte.

Kurzerhand sprang er von einem Dach immer auf das darunterliegende, bis er keuchend und schweißnass den Boden erreichte.

Das Schicksal hatte ihn in den Hinterhöfen eines Vergnügungsviertels landen lassen, in dem es nichts gab, abgesehen von Müllcontainern, Recyclinganlagen und abgestellten Fahrzeugen.

Trent suchte sich einen Platz zwischen den größten Tonnen und atmete tief ein und aus, um zur Ruhe zu kommen.

Er musste dringend, dringend nachdenken, wie er sich den Behörden stellte, um nicht vorher von einer KAMI-Einheit oder der nächstbesten Polizeistreife erschossen zu werden. Diese Verkettung von Missverständnissen musste erklärt werden.

Warum hatte Hohenburg den Otona ermordet? Es ergab keinen Sinn.

Ich bin ein Gaijin in Nagasaki. Trent raufte sich die schwarzen Haare. *Der einzige Gaijin.*

∞ ∞ ∞

»Die Biene sammelt ihren Nektar,
doch ohne der Blüten Schönheit
oder ihren Duft zu stören.
So wandere auch du
als schweigender Weiser.«

Ryōkan aka Taigu (1758–1831)

∞ ∞ ∞

KAPITEL III

Japanisches Kaiserreich,
Provinz Iga, Iga

Ganz behutsam schwenkte Hattori Masanari in seinem komplett geschlossenen Laborschutzanzug die gewonnene klare Flüssigkeit im Reagenzglas und hielt es prüfend gegen das Licht.

Zwei Wochen hatte der Mittfünfziger in dem Räumchen am Destillat gearbeitet. Unaufhörlich, streng nach zeitlichen Vorgaben und basierend auf den alten Rezepturen seiner Vorfahren.

Keine Maschine, kein Computer, kein Laborroboter konnte derart programmiert werden. Handarbeit. Gefühl. Empathie für das, was er erschuf, spielte eine unabdingbare Rolle.

Mit der gleichen Mischung aus Disziplin und Empathie hatten seine Ahnen vor zweihundert Jahren die in vier Linien zersplitterte Hattori-Familie zusammengeschweißt, eine neue Dynastie gegründet und die Provinz Iga mit einem Überraschungscoup vom Tennō abgerungen.

So sagten die einen.

Die anderen behaupteten, dass der Tennō die Hattoris als Gegengewicht zum Kitabatake-Clan in der Stadt Tsu benötigte, die in der Nachbarprovinz Ise dem gleichen Handwerk nachgingen. Die Legende der Eroberung sollte Stärke demonstrieren.

Es interessierte Masanari nicht, welche Beweggründe der Kaiser gehabt hatte. Sie waren der Grundstein für die Regentschaft seiner Familie über die Provinz Iga. Einer jener Teile Japans, der für seine besonders effektiven Mörder, Spione, Saboteure und geheimnisvollen Krieger bekannt und gefürchtet wurde. Wie auch die Provinz Ise.

Die meisten nutzten das Wort *Ninja* für ihn und seinesgleichen.

Masanari fand, dass es sich durch die westliche Welt zu sehr abgenutzt hatte. Degenerierte Popkulturdarstellungen wurde dem, was er und seine Leute vermochten, nicht im Ansatz gerecht. Allein, wenn er an die bunten Ninja-Anzüge aus miesen Actionfilmen dachte, in Rot, Grün, Blau und sonstigen Farben, konnte er kotzen. Er vermied den Begriff Ninja, wenn es ging.

»Sensei«, hörte er die Stimme seines Buchhalters Kojirō Sasaki im Helmfunk. »Ich muss Euch stören.«

Zufrieden mit dem Ergebnis seines Tuns, senkte Masanari das Gläschen und verteilte die Flüssigkeit in wartende, noch offene Glasampullen. Kaum hatte er die Arbeit beendet, bei der kein Tröpfchen danebenging, aktivierte er über Augenbefehl den computergesteuerten Schweißvorgang.

Summend fuhr ein Laserkopf von der Seite heran, während sich von oben die Abdeckungen senkten. Blitzschnell waren die Ampullen verschlossen und fertig vorbereitet für einen Einsatz. Das destillierte und potenzierte Gift des Fugu-Fischs tötete nun binnen eines Herzschlags. Sobald es in den Körper des Opfers gelangt war oder als Dampf eingeatmet wurde, gab es kein Zurück für Mensch oder Tier.

Sicherlich töteten moderne Substanzen ebenso wie das von den Russen gern eingesetzte Polonium oder Nowitschok. Masanari hatte jedoch ein Faible für natürliche Gifte, von Schlangen über Spinnen und andere Tiere, die sich damit verteidigten. Durch verschiedene Verfahren wurden diese Mittel, die aus Hunderten chemischen Verbindungen bestanden, zu ultimativen Killern. Es war unmöglich, in kurzer Zeit ein Antidot zu beschaffen.

»Sensei. Bitte. Es ist wirklich dringend.« Kojirō durfte ihn deswegen mit dem Titel *Lehrer* ansprechen, weil er ihn ausgebildet hatte, in vielen Künsten, die man in dieser Tätigkeit benötigte. Wie tödlich der schmale, lange Mann sein konnte, ahnte ein Außenstehender niemals. Tarnung gehörte ebenso zur Schulung.

Masanari verließ das Labor, ohne das Wort an seinen Buchhalter zu richten, den er vor der Schleuse im dunklen Maßanzug stehen sah.

Geduldig ließ er den Dekontaminationsvorgang über sich ergehen und verließ die Kammer, als das grüne Lämpchen aufleuchtete.

Draußen warteten bereits zwei Untergebene, die ihn mit einer tiefen Verbeugung grüßten und ihn aus dem nassen Schutzanzug schälten. Man sah ihnen nicht an, dass es sich um schlichte Robotermodelle handelte, menschengleich im Äußeren, aber mit der Gefügigkeit eines treuen stummen Hundes, der einhundert einfache Befehle und Gesten erkannte und ausführte, was man verlangte.

Masanari spreizte die Arme nach rechts und links. »Du weißt, dass ich es hasse, bei meinen Arbeiten gestört zu werden, Kojirō.«

»Ich weiß, Sensei.« Der Buchhalter verbeugte sich. Vom Anzug über die Krawatte bis zur Brille und Frisur saß alles perfekt. »Aber es ist derart dringend, dass ich Eure sofortige Entscheidung benötige, um alles Weitere in die Wege leiten zu können.«

Nachdem der Schutzanzug abgenommen worden war, stand Masanari in traditioneller weißer Gi-Unterwäsche vor dem Mann, die Füße in schwarzen Tabis. Seine Figur war trainiert und bestens in Form. »Du hast meine Neugier. Und meine volle Aufmerksamkeit.«

Kojirō verbeugte sich und hielt einen Tabletcomputer wie aus dem Nichts in der Hand. »Sensei, eine Anfrage. Anonym. Kopfgeld auf Trent Lieblich. Lebend. Gesucht in Nagasaki.« Er sah auf die Karte. »Letzter vermuteter Aufenthaltsort: unmittelbar südwestlich des Nagasaki-Hauptkrankenhauses, nach seiner Flucht mit einer Rettungskapsel aus dem Büro von Otona Takeshi.«

»Das ist der Name eines Gaijin. Woher kommt der Mann?«

»Er ist von einem der Schiffe, die an Dejima vor Anker lagen. Er soll am Mord des Otona beteiligt gewesen sein.«

»Oh, interessant!« Nach dem Tod des Verwalters von Dejima waren sämtliche Containerfrachter vernichtet worden. Die Abwehrbatterien am Hafen und rund um die Niederlassung arbeiteten gründlich und schnell, die Lasergeschütze brannten sich durch die Stahlrümpfe und versenkten die unsinkbaren Schiffe. Ein Zeichen der Stärke, der Warnung, der Übermacht, dass der Tennō vor nichts zurückschreckte und seine Drohung stets wahr machte. Es würde dauern, bis die gesunkenen Wracks und die Ware geborgen waren. Doch Japan hatte Zeit, bis eine neue Handelsflotte eintraf.

Die Bilder des staatlichen Senders gingen bereits um die Welt und hatten sogar Masanari beeindruckt. Im Internet kursierten zudem illegale Aufnahmen von Überwachungskameras der Frachter, welche die Vernichtungskraft noch eindringlicher darstellten.

»Wie hoch ist das Kopfgeld?«

»Eine Million T-Yen.«

»Von einem anonymen Auftraggeber. Sieh an, sieh an.« Masanari fand es wirklich interessant. »Wo soll die Übergabe stattfinden, sobald wir ihn haben?«

»Nagasaki. Treffpunkt wird von Anonym mitgeteilt.« Kojirō, der viel schlanker und länger war und an einen dünnen Turm erinnerte, hielt ihm das Display hin. »Die Hälfe wurde bereits überwiesen. Schaffen wir es innerhalb eines Tages, kommen noch zwei weitere Millionen dazu.«

»Da ist jemand sehr scharf auf den Gaijin. Und der Kitabatake-Clan? Hat er den gleichen Auftrag bekommen?«

»Nicht dass ich wüsste, Sensei.«

Masanari nahm vom Grüntee und trank ihn langsam, schloss dabei die Augen und atmete den Duft des Sencha tief ein.

Niemand sagte etwas oder rührte sich. Die Zeit schien um ihn herum eingefroren zu sein, während er sich normal bewegen konnte.

Eine der Maximen der Hattoris war: Niemals nachfragen, warum was von den Auftraggebern verlangt wurde. Es gab nur ein Ja oder ein Nein, und danach ging es seine Wege.

Aber gerade in diesem Fall reizte es Masanari, die Hintergründe zu erfahren.

Der unbekannte Auftraggeber konnte natürlich die Obrigkeit sein, die sich keine Blöße geben wollte.

Dann gab es noch die Reederei, die ihren Mann aus Nagasaki und in Sicherheit bringen wollte, bevor ihn die Polizei erwischte.

Vielleicht auch die Familie des getöteten Otona, um Rache für den Mord an ihm zu nehmen.

Oder etwas, an das Masanari im Moment nicht dachte.

Nicht einmal im Traum.

Das weckte seine Neugier noch mehr.

»Wen haben wir in Nagasaki?«

»Jukei-Ni und Saizō. Unsere besten Späher, Sensei.«

»Sag ihnen Bescheid. Sie werden den Gaijin finden. Es sollte nicht so schwierig werden, oder?«

»Nein, Sensei. Derzeit befinden sich keinerlei Reisegruppen in der

Stadt, die Lieblich als Deckung nutzen kann. Ein kaukasisches Gesicht kommt nicht weit.« Kojirō tippte die Bestätigung des Auftrags ein und aktivierte Jukei-Ni und Saizō.

Keine zehn Sekunden darauf kamen die Antworten der Spezialistin und des Spezialisten.

»Sie müssen vorsichtig vorgehen. Die Stadt wird vor Polizisten und KAMI wimmeln. Ich möchte mich nicht mit der Obrigkeit anlegen. Das tue ich nur in unserer Provinz. Aber außerhalb bleiben wir unerkannt und legendär.«

»Ja, Sensei.« Kojirō verbeugte sich sehr, sehr tief. »Entschuldigt nochmals die Störung.«

»Es hatte seinen Grund. Das ist in Ordnung und entschuldbar.« Masanari entließ ihn mit einem knappen Wink. »Finde dennoch heraus, ob der Kitabatake-Clan denselben Auftrag bekam.«

»Falls ja?«

»Sollen unsere Leute bei einem Zusammentreffen keine Gnade kennen.« Masanari trank seinen Tee aus. »Wir haben einen Ruf zu verteidigen.«

Japanisches Kaiserreich, Provinz Hizen, Nagasaki

Trent wagte sich nicht aus seiner Deckung. Hinter den künstlichen Wällen aus Recyclingmaschinen und Müllcontainern fühlte er sich vorerst vor Entdeckung sicher.

Aber sein Denken streikte.

Eingepfercht von Rattern und Gestank, gelegentlichem elektrischem und hydraulischem Summen, wollte sich ihm kein Ausweg eröffnen, der ihn nicht umgehend in eine Zelle beförderte.

Trent kannte viele kurze Filme und illegale Dokus über Nippon. Seit der vollkommenen Abschottung war man auf die Berichte und heimliche Aufnahmen von Touristen angewiesen, um mehr als das wenige Offizielle zu erhalten.

Besonders eingeprägt hatten sich die Aufnahmen eines »Zentrums für Umgangsformenverbesserung«, wie es verniedlichend genannt wurde. Nicht, weil es grausame Aufnahmen aus dem Inneren gab. Der knappe Schwenk über die weinenden Angehörigen, die vor dem Eingang warteten, um ihre Familienangehörigen zu besuchen, hatten Trent getroffen.

»Einlass nach Aufruf« stand am Tor. Mehr nicht.

Aus Angst, den Aufruf zu verpassen, wechselten sich die hoffenden Menschen mit ihren Liebsten ab. Rund um die Uhr.

Manche warteten angeblich ein halbes Jahr und länger, um den Eingesperrten zu sehen. Dabei war nicht mal von Verurteilten wegen schwerer Delikte die Rede. In dieser Einrichtung landete man wegen ungebührlichen Verhaltens in der Öffentlichkeit, und zwar so lange, bis die Justiz der Meinung war, die Person dürfe zurück auf die Straße und in den Beruf. Sofern sie nicht in der Zwischenzeit von ihrem Arbeitgeber entlassen worden war.

Über die Gefängnisse für echte Straftaten hörte man Schlimmeres. Zwangsarbeit gehörte zu den leichtesten Strafen.

Offiziell hatte Japan die Todesstrafe abgeschafft, weil sie gemäß verlässlicher Statistik keine abschreckende Wirkung zeigte. Das schafften wiederum die rätselhaften Unfälle in den Anstalten, die Verkrüppelungen und Exitus zur Folge hatten.

Trent trug diese mutmaßlichen Fakten im Kopf. Zusammen mit dem unschönen Wissen, dass ihn die Polizei wegen Verschwörung oder Mitplanung oder Mittäterschaft an einem hohen japanischen Beamten suchte. *Was machen sie dann erst mit mir?*

Seine Faszination für Japan erreichte den Tiefststand.

Daran änderte auch der Anblick des nächtlichen Nagasaki aus nächster Nähe nichts, mit lichtumtosten und projektorenbilderbemalten Wolkenkratzern oder den unbekannten Geräuschen einer fremden Großstadt wie aus einer anderen Welt.

Ein Gaijin wie er kam außerhalb der Touristenhochburgen keine zwei Meter weit unerkannt.

»Was hat diese dumme Fotze sich dabei gedacht!?«, rief Trent und erschrak beim Klang seiner eigenen Stimme. Jeder Ton, jeder Laut, jede Silbe konnte zu seiner Entdeckung führen. Ihm fiel kein Argument ein, und sei es noch so abstrus, das Hohenburgs Mord am Otona erklärte. Außer Drogen und Wahnvorstellungen.

Langsam fuhr Trent sich durch die fingerlangen schwarzen Haare, spürte die Hitze, die von seinem Gesicht ausging. Der Puls blieb hoch, die Aufregung legte sich nicht. *Sollen sie mich doch schnappen. Wenigstens wären der Albtraum und die Furcht beendet.*

In seiner Jackentasche vibrierte es spürbar.

Sein Smartphone hatte er in der Hose verstaut und besaß sonst keine elektronischen Geräte. Bis ihm einfiel: *Das Ding, das mir Hohenburg gab!*

Rasch zog Trent den feuerzeuggroßen Gegenstand heraus und betrachtete ihn.

Auf der Oberfläche zeigte sich ein schwaches Leuchten, das im Rhythmus des Vibrierens ab- und zunahm.

»Was zum Teufel …?« Er schob und drückte darauf herum, um festzustellen, dass man den Gegenstand auseinanderschieben konnte. Unter der Abdeckung wurde ein winziges Display sichtbar, darunter ein kleiner Zehnertasten-Buchstabenblock.

Kaum hatte Trent das Gerät geöffnet, aktivierte sich eine Nachricht, die als Laufschrift über den Miniaturbildschirm jagte.

WIR WERDEN SIE RETTEN +++ GEHEN SIE DAZU NACH KOSUGECHO, 850–0934 NAGASAKI +++ DORT WERDEN DIE TRÜMMER DER FUGGER VERBRACHT +++ SIE WERDEN MEHRERE DATENTRÄGER AUS DEM SAFE DER WERFT IV, GEBÄUDE III, TOR 2 ENTWENDEN +++ DIE CHIPS SIND MIT EINEM GRÜNEN STIFT BESCHRIFTET +++ AUFSCHRIFT FOLGE 1 BIS ZU FOLGE 5 +++ SOBALD SIE DIE DATENTRÄGER HABEN, SCHREIBEN SIE ÜBER DIESES ABGESCHIRMTE GERÄT +++ NUR EIN WORT: KARMESINSCHWARZ

Nach dem letzten Wort erlosch das Display.

»Fuck!« Trent starrte auf den schwarzen Kommunikator. *Was … wer …? Wieso holt ihr mich nicht einfach ab? Ihr scheiß Wichser!*

Niemals würde er sich durch Nagasaki schleichen können, in eine Werft einbrechen und Datenträger klauen, von denen er nicht mal wusste, was sich darauf befand.

Hohenburg und die Reederei oder wer auch immer hatten irgendeinen fragwürdigen Deal gemacht und geschmuggelt. Nach Nippon.

Weswegen?

Was stand auf den Chips?

Trent wollte es nach kurzem Überlegen gar nicht wissen. Weder löste es seine Probleme, noch half es ihm in irgendeiner Weise.

Verwirrt und wütend wollte er das Gerät wegwerfen, hielt aber in der Ausholbewegung inne, weil er mit ganzer Macht begriff: Es war seine einzige Gelegenheit, lebend aus Japan hinauszugelangen. Die durfte er buchstäblich nicht wegwerfen.

Also gut. Trent erhob sich geduckt. Die Straße würde sich finden lassen. Und war er erst im Gebäude und bei dem Bergungsteam, ergab sich eine Gelegenheit, um den Safe zu finden und den Inhalt zu stehlen.

Karmesinschwarz, sagte er sich in Gedanken vor, um das Wort nicht zu vergessen. Den Kommunikator schob er in die andere Hosentasche und überlegte. Dabei fiel sein Blick auf einen Reyclingcontainer, aus dem ein langer Plüscharm herausragte.

Das wäre großartig! Den Kopf unten haltend, damit ihn keine Kamera erfasste, huschte er zwischen den Stahlbehältnissen entlang, um sich den Arm zu greifen und anzuziehen. *Bitte, lass es großartig sein!*

Mit etwas Mühe und Geschick befreite er das aus dem Müll, was er sich erhofft hatte.

Ob es sich dabei um ein Cosplay- oder Maskottchenkostüm handelte, wusste Trent nicht. Musste er auch nicht. Er hielt irgendein ihm unbekanntes Monstrum in der Hand, knallorange mit kurzem Fell und buntem Muster, zu dem auch ein angenähter katzenhafter Kopf mit bunten Schnurrbarthaaren gehörte. Die Augen kullerten und rollten lose in den flachen Halterungen.

Das kann funktionieren. Sich verbiegend und windend, schlüpfte er in den Anzug, nur um geradeso hineinzupassen. Der Träger oder die Trägerin vor ihm schien deutlich kleiner gewesen zu sein.

Schlagartig verstand Trent, weswegen man das Kostüm weggeworfen hatte: Die Innenseite war zugekotzt, einschließlich des Plüschschädels. Es stank nach Sushi und Sake, die Brocken hingen überall.

Hustend übergab er sich neben einen Container, bis das leckere Sushi den Magen verlassen hatte. Erst dann stülpte er sich den miefenden Kopf über und rülpste mehrmals laut, würgte trocken und gab sich einige Minuten, um sich an den Gestank zu gewöhnen.

Im Anschluss trat er aus dem Schutz der Container und sah sich durch die schmierigen Gucklöcher nach der Treppe um. Schwitzend und leise fluchend tapste er wie ein besoffener Bär umher, fand den Eingang zu den Abwärtsstufen – und sein überdimensionaler Tatzenfuß ging prompt ins Leere.

Rumpelnd und sich überschlagend fiel er eine komplette Etage die Stiege hinab. Dazu machte der Anzug niedliche Katzengeräusche, Soundeffekte erklangen aus eingelassenen Lautsprechern. Das weiche Kostüm dämpfte die Schläge, die Schmerzen waren nicht allzu schlimm. Aber der aufwallende Gestank von vergorenem Fisch, Reis und Sake ließen Trent wieder kotzen, ohne den Kopf abnehmen zu können.

Stöhnend stemmte er sich auf die Riesenfüße und legte die restlichen Stockwerke zurück, indem er das Geländer hinabrutschte, was ihm ungefährlicher erschien als die Treppe.

Zögernd stand er vor der Ausgangstür, die Plüschpelzhand am Öffnungsriegel.

Draußen wartete Nagasaki auf ihn. Seine erste japanische Stadt. Nur er allein.

Draußen wartete die Polizei.

Draußen warteten tonnenweise andere Gefahren, die das Aus seiner Reise und seines bisherigen Lebens bedeuteten.

Lass dich einfach nicht erwischen. Trent verließ das Gebäude und stand auf dem breiten Bürgersteig neben einer mehrspurigen Straße, auf der der Verkehr dahinglitt gleich einem ruhigen, wogenlosen Fluss aus Metall und Neo-Plastik.

Roller, große und kleine Wagen, Busse, Halbgleiter, Schweber wuselten umher, ohne sich zu touchieren. Manche Gefährte hatten keinen Fahrer, andere Leute saßen am Steuer oder im Fond und lasen auf einem Pad, während die KI des Wagens den Rest erledigte.

Rund um diesen künstlichen Fluss ragten die Hochhäuser wie Canyonwände auf, an denen es blitzte, leuchtete und funkelte. Nicht etwa grell und durcheinander, sondern mit einem Muster, einer ausgesuchten Anordnung, die mal beruhigend, mal aufregend wirkte.

Der Puls der Stadt. Trent stand und glotzte mit dem Kopf im Nacken. *Unfassbar! Was das Strom verschlingen muss.*

Wobei die Energie als solche niemals das Problem in dem riesigen Land sein würde. Aus Gezeitenkraftwerken, Solar- und Windkraft plus einer geheimnisvollen, unerschöpflichen Quelle, wie man sich berichtete, deckte Japan seinen Bedarf.

Manche sagten, die japanischen Wissenschaftler hatten einen bioelektrischen Fusionsreaktor erschaffen und behielten das Geheimnis für sich, wie sie es stets mit ihren besonderen Erfindungen hielten.

Trent wusste um die Parallelen mit der Historie der Powtankaner. Auch die First Nations, die Ureinwohner des amerikanischen Kontinents, griffen auf alternative Energiequellen zurück. Fotosyntheseenergie, Polymer- und Biopolymerwissenschaften und Solarenergie erwiesen sich als segensreich. Nachhaltig. Unerschöpflich.

»Da! Da! Da ist Kitzokatzo!«

Trent zuckte bei der schrillen Mädchenstimme zusammen und war im nächsten Moment umzingelt von einer Horde heranwachsender Damen, die ihre Smartphone-Armbanduhren zückten und Aufnahmen mit ihm machten.

Wollte er zuerst in Panik losrennen, fiel ihm wieder ein, dass er das überdimensionale Kostüm trug. Daher spielte er das Spiel mit, posierte und nahm die jungen Frauen der Reihe nach in den Arm, bis sie sich rasch entfernten und angewidert mit den Händen wedelten. Sie hatten den Kotzgeruch bemerkt.

»Ich bin also Kitzokatzo«, sagte Trent leise und trabte zum nächsten Auskunftsterminal, um sich die Werft in Kosugecho, 850–0934 Nagasaki anzeigen zu lassen. Er hoffte einfach, dass dieses Wesen lieb und nett und harmlos war.

Zu seiner Erleichterung ließ sich das in der Wand eingelassene Gerät neben dem Abgang zur U-Bahn-Station mit seinen einfachen Japanisch-Kenntnissen bedienen. Weil das Terminal ihm die Daten nicht auf ein kompatibles elektronisches Gerät übermitteln konnte, ließ Trent es sich ausdrucken und ging los.

Und ging.

Und ging sehr, sehr lange.

Da er keine öffentlichen Transportmittel nutzen durfte, trabte er gefühlt zehn Stunden durch Nagasaki, stets unterbrochen von Menschen, die sich mit ihm knipsen wollten und dank des Erbrochenen rasch das Weite suchten. Zweimal hielt er an frei zugänglichen Wasserstellen an und trank durch die Mundöffnung, um den Kitzokatzo-Kopf nicht abnehmen zu müssen. Auch das wurde unter großem Gelächter fotografiert.

Hungrig, genervt und fast am Ende seiner Kräfte erreichte Trent die angegebene Straße in einem Teil des Abwrackhafens, der nicht vor Modernität strotzte wie in Dejima.

Menschliche Arbeitskräfte, für die es sonst keine Einsatzmöglichkeiten gab, wurden an Maschinen und Werkzeugen beschäftigt. Die Bergung der Frachtcontainer und Ladungen sowie der Wracks lief auf Hochtouren. Lastenkrane, schwere Schlepper und autonome Cargolifter brachten Nachschub und wurden am Kai von ihrer gewinnbringenden Beute befreit. Der Stahl der vernichteten Frachter landete als Recyclingmaterial bald in irgendwelchen japanischen Schmieden.

Das Problem bestand darin, dass man Kitzokatzo in der Innenstadt als Maskottchen oder Cosplayer oder sonstige lustige Schrägheit betrachtete, die im Stadtbild von Nagasaki dazugehörte. Aber außerhalb von Downtown warfen ihm die Arbeiterinnen und Arbeiter verwunderte Blicke zu.

Gelegentlich rief man ihm etwas nach, das Trent nicht verstand. Er winkte einfach zur Antwort, was noch lautere Heiterkeit auslöste. Aufgehalten wurde er nicht, man glaubte wohl an einen Geburtstagsscherz oder eine Überraschung für einen Mitarbeiter.

Schließlich stand er vor der angegebenen Werkstatt im Werftkomplex IV, umringt von abgestellten Boxen und Containern mit Metall von zerlegten Schotts. Niemand kam aus dem offenen Tor III, um sich darum zu kümmern.

Laut dudelte ein Radio aus der Dunkelheit, ansonsten herrschte Stille, während ringsherum im Hafen die Funken der Schneidbrenner in breiten Strahlen und Bogen flogen.

Sie machen Pause! Perfekt! Trent tanzte in lustigen Moves ins Innere, um so zu tun, als hätte er eine offizielle Mission als Kitzokatzo, und versuchte, etwas mehr aus den verklebten Augenlöchern des Maskottchenkopfs zu sehen.

Im matten Licht stapelten sich die Materialien, getrennt nach ihren Bestandteilen. Angeranzte Industrieroboter, deren Arme auf fahrbare Plattformen montiert standen, verrichteten das Zerteilen von Stahl und Eisen und filetierten Verbundstoffe.

Die neue Ware befand sich in einem eigenen Bereich der Lagerhalle, in den Trent sich zum Klang der Musik vortanzte. Er war sich bewusst, wie albern es aussah. Absichtlich. *Beste Tarnung.*

Noch immer sah und hörte er keine menschlichen Arbeiter. Gleichgültig gingen die Roboter ihren stupiden Arbeiten mit programmierter Sorgfalt nach und umfuhren ihn, sobald er ihren Weg kreuzte.

Erst als Trent um die Ecke bog, blieb er abrupt stehen: Die Leichen von vier Männern und drei Frauen in Overalls lagen um einen geöffneten Safe.

Den Safe.

Den *gesuchten* Safe, dessen Inhalt teils noch im Innern, teils darum verstreut lag. Dass die Arbeiterinnen und Arbeiter tot waren, machten die aufgeschnittenen Hälse, die Stich- und Schnittwunden und der rote See aus Blut auf dem Boden überdeutlich.

Was zum Teufel? Was Trent fast schon beruhigte, trotz des Schlachtfests vor seinen Füßen: Die Sticks mit der grünen Aufschrift befanden sich noch hier. Von Episode eins bis fünf, wie es seine externen Erpresser beschrieben hatten.

»Hey, du! Kitzokatzo!«

Trent vermochte sich nicht zu rühren. Der Sprecher näherte sich ihm von rechts aus dem toten Winkel, die Augenschlitze ließen kein peripheres Sehen zu. *Sei Kitzokatzo. Fall jetzt nicht aus der Rolle, sonst bist du tot.* Leicht steppend wandte er sich zu dem Unbekannten um. »Ja?« *Fuck, habe ich eben Ja gesagt?*

Ihm gegenüber und keine vier Meter entfernt stand ein Asiate in hellem Pulli und safranfarbenen Jeans, darüber eine dunkle Lederjacke und eine schwarze Maske um die Augenpartie, als wäre er aus dem Stummfilm ausgebrochen.

»Bist du irre?« Der erkennbar sehr junge Mann sprach Neo-Japanisch mit weichem Slang. Es schien gerade angesagt zu sein, sich so mies und schlecht und asozial anzuhören wie ein Gaijin. Auf seinem Rücken trug er einen extrem schweren Rucksack, wie man an den einschneidenden Riemen und der Körperhaltung sah. »Du kannst doch nicht einfach in die Werkstatt marschieren!« Er zeigte mit einem blutigen Katana in der Rechten auf die Toten; an seinem Gürtel steckte eine Mini-Maschinenpistole. »Jetzt hast du die Sauerei gesehen, Kitzokatzo.«

»Das … tut mir auch leid.«

»Solltest du nicht auf einem scheiß Geburtstag sein und Kinder bespaßen?«

»Na ja, ich bin … für … oh, ist das nicht Werft V?«

»Nein. Das ist die Werft Nummer IV. Tor III.«

»O je! Herrjemine!«, täuschte Trent eine niedliche Sprache vor und hielt sich beide Plüschtatzen vor den Mund. »Herrjemine, Herrjemine!«

»Sag mal, wie redest du denn? Musst du nicht *Hihi, miau, miau, möp, möp* machen?«

»Ist kein guter Moment.« Vor Angst hätte er beinahe in den Anzug gepinkelt, wobei es bei dem Gestank sowieso nicht mehr darauf angekommen wäre.

»Raus, Kitzokatzo. Solltest du schreien oder einen Aufstand machen …«

»Nein! Nein, das tue ich nicht.« Trent schielte auf die beschrifteten Datenchips. Seine Rückfahrkarte. Seine letzte und einzige Chance. Frechheit siegte bekanntermaßen. Und ob er in der Werft starb oder in einem kaiserlichen Knast, machte keinen Unterschied. Durch das Katana ging es vielleicht schneller. »Kann ich mir davon auch was nehmen?«

»Hä?«

»Aus dem Tresor. Lässt sich bestimmt zu Geld machen und … hey, die Chips!«, tat Trent, als entdeckter er sie erst in dem Moment. »Die kann ich super gebrauchen. Meine Kamera nutzt die.«

»Echt jetzt?« Der Unbekannte lachte schallend und fuchtelte mit dem blutnassen Katana. »Das ist deine einzige Sorge? Ich kann dich abstechen, Kitzokatzo!«

»Stimmt. Aber … ich nehme mir das rasch, und dann bin ich weg. Okay?« Langsam bewegte er sich auf den Tresor zu. »Die brauchen es ja nicht mehr.«

Der maskierte Mann umrundete ihn und stellte sich ihm in den Weg, die schräge Schneide zielte auf die Kehle des Maskottchens. »Bist du ein Bulle?«

»Nein!«

»Doch. Du sprichst … komisch. Sie haben dich bestimmt anstelle einer Drohne reingeschickt, um zu schauen, was vor sich geht«, steigerte er sich in den Gedanken hinein. »Ist die Werft umstellt? Wollte ihr mich hochnehmen?«

»Nein! Ich bin kein…«

»Die Goldbarren gebe ich nicht mehr her! Runter mit dem Kopf!« Er riss die Mini-MP aus dem Halfter und legte an. »Jetzt, Kitzokatzo! Lass sehen!«

Gold. Der Räuber hatte es auf die Barren abgesehen, die vermutlich aus zerlegten Wracks stammten, und sorgte sich um seine Beute, die kiloschwer in seinem Rucksack hing. »Das können Sie alles behalten. Ehrlich!« Trent fürchtete, dass ihn der Mann abstach, sobald er den Gaijin vor sich sah. »Ich würde …«

»He! Du da! Was hast du da gemacht, hä?«, schallte ein wütender Ruf durch die Halle.

Trent drehte den Kopf und sich selbst leicht seitwärts, um zu sehen, wer jetzt aufgetaucht war.

Neben ihnen marschierte ein halbes Dutzend Arbeiter auf. Teils hielten sie gefährlich aussehende Werkzeuge in den Händen, einer steckte in einem Exoskelett, mit dem man sperrige, schwere Gegenstände anhob, und eine Frau hielt einen portablen Schneidbrenner in der Hand, aus dem eine blaue Flamme fauchte.

Na, so ein Kack. Als Nächstes spürte Trent den heißen Schmerz in seiner linken Seite. Der Räuber hatte sein Katana durch das Maskottchenkostüm gerammt, um ihn zu töten. Nur die Dimensionen der Verkleidung hatten ihn davor gerettet, durch den Solarplexus aufgespießt zu werden. Mit einem lauten Schrei taumelte er rückwärts, warm sickerte Blut aus dem Stich und lief an ihm hinab.

Noch bevor sich der Räuber erneut gegen ihn wenden konnte, attackierten ihn die Arbeiter. Die Mini-MP hatten sie offenbar nicht gesehen und glaubten, sich mit ihren eigenen Werkzeugen einem Katana stellen zu können.

Trent kümmerte sich nicht um den Kampf, der neben ihm entbrannte, sondern hinkte stöhnend zum Tresor und grapschte unbeholfen mit seinen Plüschfingern nach den Sticks und vergessenen Geldscheinen, um danach in einem Höllentempo aus dem Bereich der Halle zu rennen.

Hinter ihm ratterte die Maschinenpistole, Geschrei und Gebrüll setzten ein. Es schepperte und klirrte unentwegt.

Scheiße! Schnaufend blieb Trent im Freien hinter einem Container stehen und streifte zuerst den Kitzokatzo-Kopf nach hinten und schlüpfte aus den Tatzen. Mit fliegenden Fingern verstaute er die Datenträger in seiner Kleidung und aktivierte den Kommunikator.

KARMESINSCHWARZ +++ KARMESINSCHWARZ

– tippte er in seiner Panik wieder und wieder und vermied es, in irgendeiner Weise nach unten zu sehen, ob sich außen am Kostüm Blut zeigte. Sein Blut.

Das Schießen und Geschrei gingen noch eine ganze Weile. Vor allem schwärmten plötzlich weitere Arbeiter herbei, die ihren Kolleginnen und Kollegen zu Hilfe kamen. Und sie hatten aufgerüstet; im Hintergrund heulte plötzlich eine Sirene auf. Die Polizei oder der Werkschutz befanden sich auf dem Weg.

Endlich kam die ersehnte Antwort. In sehr schlichter Form, doch zu Trents Leidwesen extrem einprägsam und ultimativ.

Nach einer Reihe von Koordinaten stand geschrieben:

+++ KOMMEN SIE DORTHIN +++ WIR ERWARTEN SIE +++ SIE HABEN VIER TAGE +++ DANACH MÜSSEN SIE SEHEN, WO SIE BLEIBEN +++ SOLLTEN SIE ES NICHT SCHAFFEN +++ TÖTEN WIR ALLES, WAS MIT IHNEN IN VERBINDUNG STEHT +++ VIEL ERFOLG

Ungläubig sah er auf das erloschene Display. *Was sind das für beschissene Arschlöcher?*

Trent kannte solche Drohungen aus Actionfilmen und hatte stets den Eindruck gehabt, dass sie extrem wirkungsvoll waren.

Aus eigener Erfahrung konnte er fortan verkünden: Es stimmte.

Schlagartig wurde es in der Halle still.

Totenstill.

Aus einer Eingebung heraus wusste Trent, dass weder die Arbeiter noch der unbekannte Räuber mit der Maschinenpistole gewonnen hatten.

Sondern eine dritte Partei.

Gänsehaut bildete sich auf seinen Unterarmen. Die Sirenen näherten sich rasch. Also rannte er los, so schnell er es in dem Anzug und mit seiner Verletzung vermochte.

∞ ∞ ∞

»Im Unglück musst du
dem Unglück begegnen.
Wenn du stirbst, dann stirb!
Auf diese wundersame Weise
kannst du jeder Katastrophe entfliehen.«

Ryōkan aka Taigu (1758–1831)

∞ ∞ ∞

KAPITEL IV

Japanisches Kaiserreich,
Provinz Iga, Iga

Sensei! Verzeiht die Störung. Wir haben ihn. Beinahe.«

Hattori Masanari hielt mit dem Meditieren vor dem Ahnenschrein inne. Langsam öffnete er die Augen, atmete tief ein und aus. Danach verbeugte er sich in der knienden Position vor dem Heiligtum, in dessen Mittelpunkt ein Bildnis von Hattori Hanzo stand, umgeben von kunstvollen Blumengebinden und Weihrauchstäbchen.

Wieder einmal wagte es Kojirō, ihn bei einer wichtigen Sache zu unterbrechen. Jeden anderen hätte er dafür einer schweren Prüfung unterzogen, damit er lernte, was Duldsamkeit bedeutete.

Masanari verließ das Räumchen, in dem es weitere Abbilder der angesehenen Ahnen gab, während wiederum einige aus dem Clan der Familien fehlten. Auf sie legte er keinen Wert. Sie hatten die Ehre beschmutzt und für den zeitweisen Niedergang gesorgt. Nun aber standen die Nachfahren von Hattori Hanzo an der Spitze.

Gekleidet in einen gemusterten Yukata, der einfacher und leichter zu tragen war als ein Kimono, wechselte Masanari barfuß in das Zimmer nebenan und schob die Pergamentwand hinter sich zu.

Kojirō verharrte in gebeugter Haltung vor ihm, was im Maßanzug wunderlich aussah. »Vergebt mir die Störung, Sensei.«

»Erneut, Kojirō.«

»Ich weiß, Sensei.«

»Für ein *beinahe* wirst du mich nicht aus meiner Meditation und Andacht geholt haben.« Masanari deutete eine leichte Verbeugung als Begrüßung an. »Was ist geschehen?«

Kojirō richtete sich auf, und wieder blieb der Sitz von Kleidung und Frisur perfekt. »Jukei-Ni und Saizō haben ihn entdeckt. Er ist in einem Maskottchenkostüm durch Nagasaki gelaufen.«

Leise lachte Masanari bei der Vorstellung, wie ein Europäer unerkannt unter Tausenden von Japanern vorbeiging. »Nicht schlecht für einen Gaijin. Welches Maskottchen?«

»Kitzokatzo.«

»Es hätte schlimmer kommen können. Jetzt zum Grund, warum sie ihn nicht geschnappt haben.«

»Der Kitabatake-Clan war ebenso an ihm dran. In einer Werft, die Lieblich sehr gezielt aufsuchte, kam es zu einer Auseinandersetzung zwischen ihnen und uns. Dabei wurden die Gegner vernichtet und Jukei-Ni getötet. Saizō ist verletzt, aber er meinte, es sei nicht gravierend. Er macht weiter.«

»Und der Gaijin?«

»Entkommen. Aber im Kostüm. Es wird nicht lange dauern, bis Saizō ihn hat.«

»Gibt es mehr Informationen dazu?«

»Ja.« Kojirō zog seinen Tabletcomputer heraus. »Kurz bevor Lieblich aus der Werkstatt rannte, registrierte Saizōs elektronischer Scanner zwei starke Funkimpulse. Sie waren zu kurz und zu alt, um sie entschlüsseln zu können.«

»Zu alt?«

»Keine Technik, die heute noch benutzt wird. Das macht es schwer für die Scanner.« Kojirō öffnete verschiedene Bilder. »Die habe ich besorgt. Die Aufnahmen stammen von der Überwachungskamera der Werkstatt. Der Gaijin hat einen Kommunikator, wie man sehen kann.«

»Also befolgt er Befehle.«

»Ich denke, ja. Sein Hintergrund, der bei der Reederei in der Personalakte hinterlegt ist, erscheint viel zu makellos und glatt. Lieblich könnte ein ausgebildeter Spion sein.«

»Der in einem Maskottchenkostüm durch Nagasaki wandert?« Masanaris Bauchgefühl sagte ihm etwas anderes. »Nein. Die Hintermänner des Mordes an Otona Takeshi geben ihm Anweisungen.« Er betrachtete die Fotos. »Was wissen wir über die Arbeiter in der Werft?«

»Professionelle Schrottverwerter und Abwracker. Allerdings wurden vier davon erst vor einem halben Jahr eingestellt, die sich gezielt auf Werft IV beworben haben. Sie stammen alle aus irgendwelchen kleinen Käffern aus dem Norden.«

»Lass mich raten: Es sind falsche Namen.«

»Korrekt, Sensei.«

Masanari betrachtete ein Bild aus der Überwachungskamera, auf dem ein geöffneter Tresor zu sehen war, um den die Leichen lagen. »Werft IV war mit der Bergung eines Schiffs beauftragt. Die *MS Fugger?*«

»Genau, Sensei.«

Der Anführer des Familienclans überlegte. »Der Gaijin geriet in eine Geheimdienstoperation hinein, denke ich«, sprach er bedächtig, nachdem er sein Wissen zusammengesetzt hatte. »Die Kapitänin sollte etwas außer Landes bringen …«

»Sensei, Lieblich nahm eine Handvoll Speichergeräte mit. Sie gehörten der Kapitänin«, warf Kojirō rasch ein.

»… und als die Sonderuntersuchung der Schiffe angekündigt wurde, aktivierte Takeshi damit, ohne es zu ahnen, Plan B.« Masanari rief die Personaldaten der vier Neuangestellten in Werft IV des Abwrackunternehmens auf. »Hohenburg hat den Otono umgebracht, weil sie wusste, dass als Antwort auf die Tat die Frachter versenkt würden. Diese vier in Werft IV sollten die Aufgabe übernehmen, die wichtigste Ladung der *MS Fugger* zu sichern und aus Nagasaki zu schaffen: *diese* Chips. Wahrscheinlich wurden sie wie Hohenburg von einem europäischen Geheimdienst geschickt.«

»Bis der Räuber dazwischenkam.«

»Welcher Räuber?«

Kojirō zeigte ihm eine andere Aufnahme, auf der ein Maskierter mit einem Katana fuchtelte und einen schweren Rucksack auf dem Rücken trug. »Er riss sich Goldbarren unter den Nagel, die aus den Ladungen stammten, und erledigte die Arbeiter.«

»Ah. *Jetzt* ergibt der Auftrag an Lieblich noch mehr Sinn.« Masanari reichte den Tabletcomputer zurück. »Sende noch fünf weitere Leute nach Nagasaki. Ich denke, es wird übler, als wir uns vorstellen können.«

»Sensei?«

»Wer immer uns beauftragt hat, Lieblich zu fassen, ahnte etwas von den Vorgängen. Und dass eine ausländische Macht Kontakt zu ihm aufnehmen würde. Wegen dieser Datenspeicher.«

»Dann arbeitet der Kitabatake-Clan für die Gegenseite.«

»Vielleicht. Es geht um mehr als Mord an einem kaiserlichen Beamten, Kojirō. Etwas soll unser Land verlassen oder unserer Heimat Schaden zufügen. Beides lassen wir nicht zu.« Masanari deutete auf die Tür. »Der Gaijin ist der Schlüssel. Beschaff ihn mir. Ausnahmsweise will ich das Schloss zum Geheimnis öffnen und sehen, was dahintersteckt.«

»*hai*, Sensei.« Nach einer tiefen Verbeugung eilte Kojirō los.

Aufregung ergriff Masanari.

Während seiner Zeit als Clanchef und Anführer der Schattenkrieger von Iga hatte es kein derartiges Ereignis gegeben. Er bekam die sehr seltene Gelegenheit, enormen Ruhm für seine Familie einzufahren.

Und unvorstellbar viel Geld, sobald er die Datenträger in der Hand hielt.

Sein Auftraggeber hatte nur nach dem Gaijin verlangt. Lebend. Den sollte er bekommen. Den Rest behielt er.

Japanisches Kaiserreich,
Provinz Hizen, Nagasaki

Trent saß einmal mehr zwischen Müllcontainern und Recyclingmaschinen, damit er im hintersten Winkel des Hafens den Kitzokatzo-Kopf abnehmen und sein Essen genießen durfte, das er sich mit den gestohlenen Scheinen aus dem Safe gekauft hatte. Sofern man bei diesen Umständen von Genuss sprechen konnte.

Gierig trank er von dem Sencha, aß die gefüllten Reisküchlein und konnte nicht fassen, wie lecker das alles war. Trotz der Umstände.

Außerdem hatte Trent sich in einer SB-Apotheke Wunddesinfektion, Fleischkleber und Kompressen gekauft, um den Stich in seinem Oberkörper zu versorgen, so gut es ihm möglich war. Seine Auftraggeber sollten sich später darum kümmern und ihm einen guten Arzt spendieren.

Kauend sah er hinauf zum Himmel, in den sich immer noch Wolkenkratzer schoben. Wie gern hätte er dem Hinterland einen Besuch abgestattet, Bambuswälder, Teeplantagen, Reisfelder, Tempel und Schreine gesehen.

Mal nicht das Neongeflimmere der Megastadt ertragen müssen. Trent schob seine schlechte Laune auf die miserable Lage. Er kannte keinen Japan-Touristen, der sich rühmte, auf eigene Faust durch Nagasaki gezogen zu sein.

Nach dem vierten Reiskuchen und einem Liter aufputschenden Sencha fühlte er sich satt und gestärkt, um seinen Marsch aufzunehmen. Die Koordinaten führten ihn tatsächlich über die Stadtgrenze hinaus, allerdings an die Küstenlinie und nicht ins Hinterland. Sicherlich erwartete man ihn mit einem Schiff.

Einem U-Boot, wohl eher. Trent warf die Verpackungen in die Wiederverwertungsanlage und sah auf den Maskottchenkopf, den er abgelegt hatte. *Dann wollen wir mal wie ...*

»Du sprichst Neo-Japanisch, habe ich gehört?« Ein dunkelhaariger Einheimischer in einfacher Kleidung stand über ihm auf einem Müllcontainer und blickte auf ihn herab. In der behandschuhten Linken hielt er ein Wakizashi, wie man das leicht gebogene Kurzschwert nannte, in der Rechten eine pistolenähnliche Waffe. »Weit gekommen, Gaijin. Guter Trick.«

Fuck. Langsam erhob er sich. Das Gestammel und Gestotter und Gelüge ersparte er sich. Wer sollte er sonst sein außer Trent Lieblich? Zugleich wusste er: Oberhalb von ihm stand der Grund für die eingekehrte Stille in der Werkstatt. *Das bedeutet: kein Polizist.* »Was wollen Sie?«

»Dich. Du wirst mich begleiten.«

»Wohin?«

»An einen schönen ruhigen Ort in Iga.«

Bei dem Namen klingelte es sofort bei Trent. Sie wurde wie die Provinz Ise von Ninjas geführt. Der Japaner, der ihn aufgespürt hatte, entsprach jedoch nicht der klischeebeladenen Vorstellung der Schattenkrieger; wobei der schwarze Kampfanzug nur getragen wurde, wenn es zu einem passenden Auftrag ging, wie die Popkultur lehrte.

Spione, Mörder, Auftragskiller, Saboteure, *Agents provocateurs.* Dazu bedurfte es passender Verkleidungen. *Wie ich mit meinem Maskottchen.*

»Bist du schwer verletzt?«

»Woher wollen Sie wissen, dass ich verletzt bin?«

»Dein Einkauf in der Apotheke.« Der Mann von geschätzten dreißig Jahren sprang vom Container und landete vier Schritte von ihm entfernt. »Hat dich der Räuber erwischt?«

»Ist nicht schlimm.«

»Umso besser.« Mit der kurzen Schwertklinge deutete der Ninja auf eine Lücke zwischen den Behältnissen. »Der Transporter steht gleich da vorne. Dann kommst du aus dem albernen Kostüm heraus. Es riecht auch nicht besonders gut.«

Trent dachte nicht einmal an Gegenwehr. Gegen einen Schattenkrieger, der ihm mit dem kleinen Finger das Genick brach, konnte er einpacken. Aber ein bisschen Wissen rund um das Geschehen wäre zu schön. »Für wen arbeiten Sie?«, versuchte er es.

Der Ninja lachte. »Ich soll dich einsammeln und abliefern. Den Rest übernimmt jemand anderes.«

»Ich komme wirklich nach Iga?«

»Lebendig sogar.« Der Mann zwinkerte.

Für Trent sprach alles gegen ein gutes Ende seiner ersten Heuer. Seine Erpresser konnten den Ninja nicht geschickt haben, sie erwarteten ihn am verabredeten Ort. Aber lieferte er die Sticks nicht an den Koordinaten ab, töteten die Unbekannten seine Liebsten zu Hause.

»Bevor wir das vergessen: Du trägst einen Kommunikator bei dir.« Der Ninja hielt Trent mit der Klinge an. »Hol ihn raus und leg ihn auf den Boden.«

»Ich … ich brauche ihn!«

»Nein, brauchst du nicht.«

»Aber wenn ich mich nicht melde, dann … töten irgendwelche Arschlöcher meine Familie in Deutschland! Bitte!« Er rief sich die Koordinaten in Erinnerung und nannte sie dem Mann. »Können wir zuerst dort vorbei? Ich … komme danach freiwillig mit und mache keine Scherereien.«

Der Ninja hob die Augenbrauen, der Gesichtsausdruck und die geraden Mundwinkel machten seine immense Gleichgültigkeit deutlich.

Trent blickte entschlossen auf die Schneide. Er konnte nicht einfach mitgehen, sondern wollte passiven Widerstand leisten. »Na schön. Aber Sie werden mich töten müssen, um an den …«

Sein Widersacher hob die pistolenähnliche Waffe und löste aus.

Orangefarbene Blitze zuckten aus der Öffnung und schlugen durch das dicke Kostüm. Trent fühlte sich, als habe er in einen Stromkasten gegriffen. Zuckend stand er auf seinen Zehenspitzen, was als Kitzokatzo von außen sicherlich extrem beeindruckend aussah, bis das künstliche Gewitter verebbte und er schnaufend zusammenbrach.

»Nein, Gaijin. *Ich* befehle, *du* gehorchst.« Der Ninja öffnete den Reißverschluss des Maskottchenanzugs und schälte Trent heraus wie eine überreife Frucht. »Für alles andere habe ich keine Zeit.« Rasch hatte er den Kommunikator gefunden und an sich genommen.

Trent versuchte, sich in irgendeiner Weise mit unbeholfenen Bewegungen zu wehren, aber die orangefarbene Energie hatte das Denken in seinem Kopf durcheinandergewirbelt wie ein verrückt gewordener Tetrislevel.

Am hinteren Kragen schleifte ihn der Ninja zwischen den Containern entlang und warf den geborgenen Kommunikator nebenbei in eine der Pressen. Surrend zermalmte die Hydraulik das Gerät. »Gleich geschafft, Gaijin. Mein Wagen …«

Trent drehte den Kopf. »Bitte«, brachte er raus.

Abrupt schnellte eine Eisenstange hinter einem grünen Kübel hervor und zielte auf den Kopf des Ninjas.

Doch der Schattenkrieger riss sein Wakizashi in die Höhe und fing die Attacke ab. Klirrend prallte Metall auf Metall, sogar Funken flogen. Blitzschnell wirbelte er nach vorne und vollführte im Sprung einen Drehkick, der den unbekannten Feind aus seiner Deckung beförderte und neben Trent taumeln ließ.

Durch den sich lichtenden Nebel und die tanzenden Sterne vor seinen Augen erkannte er eine Japanerin, die im Vorbeistolpern die Eisenstange verlor. Ihre Kleidung war so unauffällig wie die des Schattenkriegers; die langen schwarzen Haare hatte sie zu einem Zopf geflochten.

Schon wuchs der Ninja neben ihr empor, als habe er sich von A nach B materialisiert. Die kurze Schwertklinge legte sich in ihren Nacken. »Wer bist du? Wer schickt dich?« Auch wenn es Standard- und kein Neo-Japanisch war, konnte Trent nachvollziehen, was er sprach.

»Niemand! Ich sah nur, dass ein Mensch in Gefahr war«, stieß sie aus und reckte langsam die Arme als Zeichen ihrer Friedfertigkeit. Sie war ungefähr vierzig, auch wenn es Trent schwerfiel, das Alter von Asiaten zu schätzen. »Mein Name ist Neneko. Ich bin Shinto-Priesterin.«

»Du trägst keine passende Kleidung.« Die Schneide hinterließ einen langen roten Strich in ihrer Haut, aus dem Blut rann. »Ich frage ein zweites und letztes Mal: Wer bist du? Wer schickt dich?«

»Im Namen der Götter und der Geister: Ich belüge dich nicht!« Neneko regte sich nicht und verzog das Gesicht vor Schmerzen.

Trent sah den Transporter keine zehn Meter von ihnen entfernt geparkt. *Das ist die Gelegenheit zu entkommen.* Schnell griff er die Eisenstange und drosch nach dem Knie des Gegners.

Blitzartig blockte der Schattenkrieger das schwere Metall mit der Schuhsohle und beförderte es schwungvoll zurück gegen Trents Oberkörper. Aufschreiend ließ er das Rohr fallen und hielt sich die Brustwunde. »Du dämlicher …«

Dafür wirbelte die Priesterin herum, drückte das Wakizashi mit dem rechten Oberarm zur Seite und trat dem Ninja mit der Ferse in den Schritt. Kaum krümmte er sich vor Pein leicht, unterlief sie seinen raschen Schwertstich und schleuderte ihn an der Waffenhand über die Hüfte, um dem Aufschlagenden wuchtig und technisch perfekt gegen den Kopf zu kicken.

Aufkeuchend lag der Ninja still.

Trent starrte Neneko an. »Wie haben Sie …?«

»Man muss sich zu verteidigen wissen«, unterbrach sie ihn und deutete auf den Wagen. »Ich weiß, wer Sie sind. Sie sind der Gaijin, nach dem alle suchen.« Sie durchsuchte den bewusstlosen Gegner. »Ich muss weg von hier. Raus aus Japan. Sie nehmen mich mit, und ich helfe Ihnen, zu den Koordinaten Ihres Abholpunktes zu gelangen. Einverstanden?«

Trent war verwirrt, doch die Option erschien ihm besser, als in die Fänge des nächsten Ninja oder der Polizei zu geraten. »Klar.« Was es mit Neneko auf sich hatte, erfuhr er noch früh genug. *Oder: besser nicht.* »Aber Sie müssten fahren. Mich erkennt man sofort.«

Neneko stieß einen Fluch aus und zeigte Trent ihre blutfeuchten Hände; zwischen den Fingern der Rechten hielt sie den Keytoken für den Transporter. »Der Ninja ist verletzt. Deswegen habe ich ihn besiegen können.«

»Ich habe ihn nicht mal mit meinen Worten getroffen.« *Das muss in der Werft passiert sein. Als er die Leute aufmischte.* Trent sah sich nach allen Seiten um. »Wie kamen Sie denn hierher?«

»Ich hatte mich versteckt. Wie Sie. Dann hörte ich ungewollt Ihre Unterhaltung mit und beschloss, dass die Ahnen mir ein Zeichen gaben.« Neneko nahm dem Ninja ein paar Scheine aus der Tasche. »Das war's. Mehr hatte er nicht dabei.«

Trent steckte die Taserwaffe ein. Damit ließe sich besser arbeiten als mit Schwertern und Fäusten. »Dann weg hier.«

Gemeinsam eilten sie zum Wagen und stiegen dank des erbeuteten Keytoken problemlos ein. Gehorsam startete der Elektroantrieb unter Trents Knopfdruck, und Neneko setzte den Transporter in Bewegung. »Sie sind ein Spion, habe ich recht?«

»Oh, nein! Ich bin nur ein harmloser IT-Typ, der auf der *MS Fugger* war und in eine richtige Scheiße geraten ist. Weil die Kapitänin oder die Reederei oder wer auch immer von denen irgendeinen illegalen Dreck am Laufen hatte.« Es tat gut, jemandem die Wahrheit zu sagen, auch wenn die Priesterin sie garantiert nicht glaubte – ihn erleichterte es maßlos. Er aktivierte das Navi-System und gab die Koordinaten des Treffens in den Computer ein. Die Route war binnen einer Sekunde berechnet. Es ging über zwei Brücken und kleinere Inseln. »Da müssen wir hin.«

Neneko warf einen Blick auf die Strecke, die mit einem Miniprojektor auf die Innenseite der Windschutzscheibe gezaubert wurde. »Nicht falsch verstehen. Es ist mir egal, was Sie sind. Oder warum Sie geholfen haben, Otona Takeshi zu töten. Ich muss nur raus aus Japan. Sie werden jemanden treffen, der das möglich macht. Das genügt mir.«

Trent musterte sie von der Seite. »Eine Priesterin.«

»Shinto-Priesterin.«

»Was haben Sie angestellt, dass Sie gleich Japan verlassen müssen? Mord?«

Sie grinste. »Nein. Ich verfolge andere theologische Ansichten als die meisten hier, und weil ich sie offen propagierte, werde ich verfolgt. Man will mich zum Schweigen bringen.«

»*Schweigen* wie *tot?*«

»Genau.«

»Mh.« Neneko sah nochmals auf die Route.

Das unausgesprochene Statement verunsicherte Trent. »Was ist? Warum können wir die nicht nehmen?«

»Sperrgebiet. Wir müssen einen Umweg nehmen und uns am besten von See nähern.« Sie deutete auf die Bucht von Nagasaki. »Mit einem Boot sollte es klappen. Bei dem Trubel, der dank der ganzen Bergungsschiffe auf dem Wasser herrscht, ist es machbar, den Patrouillen zu entgehen.«

»Aber die Route über die Straßen ist …«

»Was uns wegen des Sperrgebiets nichts bringt«, würgte sie ihn ab.

»Das ist auf dem Navi gar nicht eingezeichnet.«

»Vermutlich, weil es den Ninja nicht interessierte. Oder er eine Zugangsberechtigung dafür hatte. Außerdem sollten wir den Wagen schnell wieder loswerden. Sicherlich wird er getrackt. Die Schattenkrieger denken an beinahe alles.« Neneko warf ihm einen kurzen Blick zu. »Glauben Sie mir. Dort *ist* ein Militärstützpunkt, von dem aus jene Raketen und Abwehrsysteme gelenkt werden, die zum Beispiel die Containerfrachter auslöschten.«

»Wieso wissen Sie das?«

»*Alle* in Nagasaki wissen das.« Neneko schwenkte mit dem Transporter auf die Hauptstraße und beschleunigte, um in den dichten Verkehr einzutauchen. »Sehen Sie nach, ob Sie im Wagen etwas finden, was Sie anziehen können. Ihr momentanes Outfit ist nicht passend. Und es stinkt grauenhaft. Am besten was mit Maske.«

Trent kletterte in den hinteren Bereich und öffnete die Schränke. Die Überraschung hielt sich in Grenzen, die Begeisterung angesichts der Fundstücke hingegen nicht.

»Und? Was vorhanden?«

»Ninja.«

»Was?«

»Ich gehe als Ninja.« Trent streckte die Hand nach dem schwarzen Kampfanzug aus, der im eingelassenen Schrank hing. War man kein Schattenkrieger, bedeutete die Kleidung eines Ninjas wiederum die beste Täuschung, die es geben konnte. Solange man nicht in ein Gefecht geriet.

∞ ∞ ∞

»Selbst wenn du so viele Bücher verschlingst,
wie es Sandkörner im Ganges gibt,
das ist doch alles nicht so viel wert
wie das wirkliche Erfassen eines einzigen Zen-Verses.
Wenn du das Geheimnis des Buddhismus wissen möchtest,
hier ist es:
Alle Dinge sind im Herzen!«

Ryōkan aka Taigu (1758–1831)

∞ ∞ ∞

KAPITEL V

Japanisches Kaiserreich,
Provinz Hizen, Nagasaki

Zu Trents Glück kannte sich Neneko aus und lenkte den Transporter in den Bereich des Hafendistriktes, in dem sich die Großmärkte befanden, um ihn auf einem großen Parkplatz stehen zu lassen – nicht, ohne vorher das Navi zerstört zu haben.

Er hatte die schmutzigen Sachen ausgezogen, sich mit Feuchttüchern aus dem Schrank einigermaßen abgerieben, den Verband gewechselt und danach den Ninja-Kampfanzug angelegt, inklusive Haube und Mund-Nase-Kinn-Schutz. Um die Augen zu kaschieren, trug er die Sonnenbrille aus dem Handschuhfach. Lässig geschultert schleppte er eine schwarze Sporttasche mit einigen Ausrüstungsgegenständen des Schattenkämpfers. Man wusste nie, wozu man es brauchte, auch ohne eine Vorstellung davon zu haben, was die Apparaturen und Waffen vermochten.

Als Trent und Neneko Hand in Hand wie ein Liebespaar die Straßen entlanggingen, gab es allerhöchstens ein-, zweimal verwundert-amüsierte Blicke. Ansonsten dachten wohl die meisten, das Paar sei auf dem Weg zu einer Convention oder Kostümparty oder einer privaten Mottoveranstaltung. Kein Passant kam auf den Gedanken, es handelte sich um einen echten Kampfanzug.

Ihre Rechnung ging auf.

Gemeinsam versteckten Neneko und Trent sich in der Nähe eines Anlegers, an dem große und kleine Boote zwischen Dejima und den Verladedocks hin und her düsten, um autogroße Einzelcontainer abzuliefern. Die Priesterin verschwand für einige Momente, um Essen und Trinken an einem Automaten zu ziehen.

»Gegen Abend greifen wir uns eines der schnellen Boote«, verkündete sie den Plan bei ihrer Rückkehr. »Wir tun so, als würden wir verstreute Kisten im Wasser jagen. Das sollte funktionieren.«

»Sollte.« Trent hatte Sonnenbrille und Gesichtshalbschutz abgelegt.

Es gab wieder Matcha und Reiskuchen, beides in hervorragender Qualität. Der Kampfanzug schien sich seiner Statur anzupassen und bildete darunter das perfekte Klima: nicht zu heiß, nicht zu kalt. Der Stoff raschelte nicht mal, sodass er zwischendurch annahm, er sei nackt. Die weiteren Eigenschaften, die man den Anzügen nachsagte, wollte er nicht herausfinden, denn dazu hätte er sich in ein Gefecht begeben und Kugelfestigkeit, Hitzeresistenz und einiges mehr testen müssen.

Hätte der Ninja das Ding getragen, wäre ich erledigt gewesen. Und Neneko auch. Zum Glück hatte es der Gegner nicht für nötig gehalten, den Anzug anzulegen. Ehrfürchtig fuhr er sich über den Ärmel. »Wenigstens habe ich ein einmaliges Andenken.«

Neneko lachte und biss vom Reiskuchen ab. »*Das* ist es allerdings. Die Ninjas aus Iga werden angepisst sein, dass sie einen ihrer wertvollen Kampfanzüge verloren haben. Aber ich gönne es ihnen.«

»Kennen Sie welche persönlich?«

»Nein. Weder aus Iga noch aus Ise. Sie machen ein Mysterium um ihre Provinzen und Möglichkeiten. Angeber, wenn Sie mich fragen. Mit viel zu viel Einfluss und Macht.« Neneko sah den Booten und Kranen zu, die Ware sicherten und in die bewachten Hallen verfrachteten. »Sie sind der erste Gaijin, der es raus aus Dejima schaffte. Wissen Sie das?«

»Weiß ich. Hätte ich aber gern unter anderen Umständen gemeistert.«

»Sie sind ein Japanfreund?«

»Das bin ich. Also, war ich.« Trent wusste nicht so recht, in welchem Stadium er sich befand. »Ich wäre zu gern umhergereist, um mehr vom Land und seinen Traditionen zu entdecken. Aber das kann ich wohl komplett vergessen.«

»So ist es. Seien Sie froh, sobald wir Ihren Kontaktmann …«

»Er ist nicht mein Kontaktmann«, unterbrach er sie düster. »Ich wurde erpresst. Irgendwelche Arschlöcher töten sonst meine Familie, wenn ich denen nicht die Datenträger bringe.« Trent sah keinen Grund, vorsichtig zu sein. Neneko hatte genauso viel zu verlieren wie er.

»Warum hat Ihre Kapitänin den Otona umgebracht?«

»Was weiß ich. Ist mir auch geschissen.« Beglückt entdeckte er, dass sie Bier mitgebracht hatte. »Oh, sehr gut. Das kommt mir echt wie gerufen.« Er öffnete die Dose und trank in langen Schlucken. »Ist das … *echtes* Aluminium?«, staunte er.

»Ist es.« Neneko prostete ihm mit ihrem Reiskuchen zu. »Und es wird zu einhundert Prozent wiederverwertet.«

Das war die Gelegenheit, mehr Insiderwissen zu Nippon zu erhalten. Trent sah sie erwartungsvoll an. »Wie läuft das mit der Energiegewinnung? Ist sie wirklich unendlich?«

Neneko nickte kauend. »Fusionsreaktoren. Alle Atomreaktoren sind umgerüstet worden. Und dort, wo keine Kabel hinverlegt werden konnten, haben wir Wasserstoffturbinen installiert. Mit unendlicher Energie ist es billig, Wasserstoff herzustellen und als Kraftstoff zu nutzen. Oder es gibt Gezeitenkraftwerke, Wind- und Solarkraft.«

»Unendliche Elektrizität.« Trent erinnerte sich an das hell erleuchtete Nagasaki. »Wie sieht es mit der Natur aus? Ich habe gehört, dass Japan viele Millionenstädte hat. Ist der Shintoismus als Naturreligion nicht zum Schutz der Flora verpflichtet?«

»Oh, haben wir. Grünflächen wurden gleich mit eingeplant. Als große Arboreten in Wolkenkratzern über viele Stockwerke, die komplett offen sind. Wir haben die Wälder und Parks über die Etagen verteilt. Das erdbebensichere Bauen machte es möglich.«

Auch davon gab es lediglich Skizzen und Versuchsbauten in Europa. Ein Arboretum-Projekthaus in Frankfurt war neulich erst zusammengestürzt, weil man das Gewicht der wachsenden Bäume falsch berechnet hatte. »Das würde ich zu gern sehen!«

Neneko machte ein bedauerndes Gesicht. »Weder für Sie noch für mich gibt es eine Rückkehr. Aber ich habe ein paar Originalbilder auf meinem Smartphone. Die überlasse ich Ihnen gern. Damit können Sie sich was dazuverdienen. Europäische Konzerne werden es lieben. Auf Geheimnisverrat steht die Todesstrafe in Japan, aber bei mir kommt es eh nicht mehr darauf an.«

»Wegen religiöser Differenzen«, vergewisserte sich Trent erneut.

»In Japan sind Shintoismus und Buddhismus die vorherrschenden

Religionen. Das Christentum sowie alle anderen sind als unjapanisch verboten worden, aber das wissen Sie.«

»Ja.«

»Gut.« Sie öffnete sich ebenfalls ein Bier. »Was wissen Sie über den Tennō?«

»Ein … gottgleicher Abgesandter. Etwas in der Art. Und Oberhaupt des Staats.«

»Er wird inzwischen von nicht wenigen Menschen als Gott betrachtet, und der Kult um ihn verstärkt sich. Jeden Tag mehr«, begann Neneko. »Das missfällt einigen mächtigen Menschen in der Shinto- und Buddhistengruppierung. Und es gibt Bestrebungen seitens der einflussreichen traditionellen Samurai-Clans, das Shogunat auszurufen, um Japan zurück auf den rechten Pfad zu führen.«

»Bedeutet das eine Öffnung für Europa?«

Das Lachen der Priesterin klang mitleidig. »Nein. Gewiss nicht. Jedenfalls nicht so, wie Sie es verstehen.«

»Was meinen Sie damit?«

»Da muss ich wieder ein bisschen ausholen.« Neneko trank von ihrem Bier. »Als Abgesandter der Götter, als Gott selbst zeigt der Tennō eindeutige Tendenzen, die Menschheit an die Abhängigkeit von der Natur erinnern zu wollen. Die Welt solle sich ein Beispiel an den Powtankanern und Japan nehmen: keine Ressourcen verschwenden und die Umwelt nicht mit Giften belasten, die Einheit von Technik und Natur und Religion herstellen.«

»Ah, verstehe. Er will mehr Handel, und zwar mit den Technologien, um …«, Trent suchte nach Beispielen, »belastete Böden zu säubern, wie es Japan nach Reaktorunfällen gelang.«

»Handel? Nein.«

»Aber … wie soll …?«

»Es gibt das Gerücht, dass der Tennō eine aggressive Umerziehung plant. Für all jene Länder, die verschwenderisch mit der Erde umgehen.«

Den Euphemismus wusste Trent im ersten Moment nicht zu deuten. »Reden wir von … Krieg?«, übersetzte er nach einigem Nachdenken.

»Wir reden von *Übernahme*. Protektoraten. Genau wie es damals die Kolonialmächte taten, um die Zivilisation zu bringen. Ob gewünscht oder nicht. Angeblich strebt der Tennō dazu ein Bündnis mit den Powtankanern an. Wie man es bei den First Nations sieht, weiß ich nicht. Gut zu sprechen sind sie jedenfalls nicht auf Europa.« Sie öffnete die Verpackung eines weiteren Reisküchleins. »Schätzen Sie sich glücklich: Das sind wertvolle, exklusive Gerüchte, die nur wenige bislang zu hören bekamen. Und schon gar keine Gaijin.«

Trent wusste nicht, wie gefährlich diese Gerüchte werden konnten, sobald sie westlichen Machthabern zu Ohren kamen. Damit stiege die Nervosität bei jenen Ländern, die mit Schwerindustrie arbeiteten; zumal niemand wusste, welche militärische Schlagkraft Japan besaß. Erinnerte er sich richtig, war ein chinesischer Invasionsversuch zurückgeschlagen worden, wobei offiziell stets von *misslungenem Manöver* der Volksrepublik die Rede gewesen war. »Ist das auch ein Grund, weswegen Sie gejagt werden?«

»Möglich.« Neneko zuckte mit den Schultern, nahm einen langen Zug und biss in das Küchlein. »So oder so werde ich sofort hingerichtet, wenn mich die falschen Leute zu greifen bekommen. Sie sind meine einzige Rettung.«

»Und die Samurai sehen das anders?«, hakte Trent nach.

»Ach so, stimmt. Deren Sichtweise habe ich noch nicht erläutert.« Neneko schluckte den Bissen rasch. »Die Samurai sehen sich als Bewahrer der Tradition und wollen beim alten System bleiben: Handel in Dejima, und aus dem Rest der Welt sollte sich Japan heraushalten.«

»Wie sehen Sie es?«

»Dass meine Zukunft nicht hier liegt.« Neneko verschlang das Essen mit einem großen Happs. »Glauben Sie, ich bekomme politisches Asyl?«

»Wer aus religiösen Gründen verfolgt wird, erhält normalerweise eine Aufnahme. Nach den großen Flüchtlingsströmen aus Afrika ist man in Europa zwar restriktiver geworden, aber bei Ihrer Herkunft und der Aussicht, ungeahntes Wissen zu erlangen – das geht im Handumdrehen.« Trent war immer noch mit dem Verarbeiten des Gehörten beschäftigt. Und es machte ihm gehörig Angst.

Dem Sendungsbewusstsein eines als Gott verehrten Tennō ließ sich kaum beikommen. Er glaubte sich im Recht und kämpfte für die Erde, um in den Protektoraten neue schonende Energietechniken zu etablieren. Das Ziel war edel, moralisch vertretbar und unbedingt nötig für das Weiterleben aller Bewohner der Welt.

Es klang zu gut: keine Stadtwüsten mehr ohne Natur, keine potenziell krank machenden Fabriken, keine unaufhörlich plätschernden Abwasserrohre, die Schadstoffe in Gewässer und Meere kotzten, und das Ende von tiefen Kratern in der Erde, um an Bodenschätze zu gelangen. Der Tennō brachte den Raubbau zum Erliegen. Nie wieder Kohle und Öl, nie wieder Urananreicherung und radioaktiver Müll.

Dafür mussten die Länder ihre Freiheit aufgeben. Freiwillig oder erzwungen.

Trent erinnerte sich an den Satz eines befreundeten Historikers: Geschichte wiederholt sich. Dieses Mal brachte eine andere Nation die sogenannte Zivilisation nach Europa. Der Spieß drehte sich um.

»Sollten sich die Powtankaner einer Allianz mit Japan anschließen, wird es für Europa … chancenlos«, erkannte Trent.

Neneko trank ihr Bier aus. »Wir können sie davor warnen.« Sie erhob sich. »Es ist dunkel genug. Gehen wir und schnappen uns ein Boot. Sie können das doch steuern?«

»Kann ich. Also … ja.« Was hätte er sagen sollen?

Neneko ließ den Blick über das Pier schweifen. »Ist die Größe egal?«

»Ja.« Trent hing gefangen in seiner eigenen Behauptung. *Das kriege ich schon hin.*

»Perfekt. Dann gehen wir an Bord der *Ashaii.*« Die Priesterin setzte sich in Bewegung.

Er folgte ihr, setzte im Gehen die Halbmaske sowie die Sonnenbrille auf.

Unterwegs bemerkte er die Überwachungskameras, die an allen Ecken und Enden des Hafens hingen. Es blieb die Frage, wie lange sie die Sicherheitsmannschaft überlisten konnten. Die Leute vor den Monitoren wunderten sich jedenfalls mehr über einen Ninja, der an Bord eines Boots ging, als Menschen in Nagasakis Stadtbezirken.

Entgegen seiner Befürchtung gelangten sie an Deck der *Ashaii,* ein umgebauter Schlepper mit breitem Rumpf und einer imposanten Schornsteingalerie für die Abluft des Motorraums, der mit acht Kranauslegern zum Abschleppen von kleinerem losem Treibgut ausgerüstet war.

Neneko machte die Leinen los und schickte Trent auf die Brücke. »Starten Sie. Aber geben Sie die Koordinaten *nicht* in den Computer ein. Niemand soll wissen, wohin wir wollen. Navigieren Sie mit der Seekarte.«

»Okay.« Er enterte den verlassenen Kommandostand und sah auf die Phalanx von Schaltern, Schubhebeln und digitalen schwarzen Bildschirmen. Es erinnerte ihn fatal an die komplexe Steuerung der *MS Fugger*. Seekarten lagen noch weniger herum. »Scheiße.«

Um wenigstens das Gefühl zu haben, etwas zu tun, aktivierte er die Steuerkonsole und überbrückte die Sicherheitsabfrage mit dem raschen Neuverkabeln des Pults. Als ITler mit reichlich Praxiserfahrungen und gefühlt eintausend selbst zusammengebauten und gemoddeten Rechnern gelang ihm das zumindest leicht.

Der Elektromotor sprang im Bauch der *Ashaii* sirrend an, die Außenscheinwerfer erwachten ebenfalls und beleuchteten das Umfeld taghell. *Jetzt* war jedem am Kai klar, dass der Schlepper ablegte.

Nur weg hier! Trent nahm den Joystick mit rechts, drückte den Schubhebel nach vorne und manövrierte den Kahn weg von der Anlegestelle.

Aber mit der Kraft der Turbinen hatte er nicht gerechnet. Die *Ashaii* machte einen Satz vorwärts, als wäre sie ein Rennboot, das Wasser wirbelte am Heck schäumend auf und schlug Blasen. Mit dem Kiel weit aus den flachen Wogen und angetrieben von mehreren Tausend PS, blies der Schlepper aus dem Hafen in die Bucht.

»Was machen Sie da?«, rief Neneko verwundert und aufgebracht.

»Üben«, gab er schwitzend zurück und hörte das wütende Plärren aus dem Funkgerät. »Kommen Sie hoch und übernehmen Sie das Sprechen. Ich schaue, dass wir raus aus der Bucht aufs offene Meer gelangen. Wie es unser Plan vorgesehen hat.« Trent drosselte die Geschwindigkeit und versuchte, ein Gespür für den Schlepper zu bekommen.

»Ich versuche es«, sagte Neneko im Hereinkommen und hörte zu, um aus der schallenden Tirade schlau zu werden.

Trent wich derweil den beladenen Kähnen aus, die teils größer, teils kleiner als die *Ashaii* waren. Noch kümmerte sich keiner der anderen Kapitäne um sie. »Wer schreit uns an?«

»Die Hafenaufsicht. Warum wir rausfahren, obwohl wir uns vor einer Stunde offiziell abmeldeten.« Neneko sah ihn an und nahm das Mikro in die Hand. »Vorschläge?«

»Sonderauftrag. Für eine Box außerhalb. Strömung und Wind. Etwas in der Art. Sie machen das schon.« Er hatte endlich Seekarten entdeckt, mit deren eingezeichneten Längen- und Breitengraden er ungefähr abschätzen konnte, wohin ihn die unbekannten Erpresser mit den Datenträgern bestellt hatten. *Es war irgendeine Insel.*

Mit sanften Bewegungen dirigierte Trent die *Ashaii* in einem leichten Slalom vorbei an den übrigen Bergungsschiffen und legte den neuen Kurs an.

Um die Feinheiten kümmerte er sich, sobald sie die gefährlichste Stelle ihrer kurzen Reise verlassen hatten. *Etwa zwei Seemeilen, bis wir die Ausläufer der Bucht verlassen.* Bis dahin konnten die Schiffe der Wasserpolizei oder Schweber oder andere Fluggeräte auf sie aufmerksam werden und sie anhalten.

Neneko sprach unentwegt mit der Hafenbehörde. Die Verantwortlichen schienen sich nicht ohne Weiteres abwimmeln zu lassen, wie man am Tonfall und an ihrem angestrengten Gesicht merkte.

Mehrmals schielte Trent auf die Karte und erkannte, wo der Treffpunkt lag – auf einer Insel namens: *Iojima? Die Militärbasis?* Eine legendäre Pazifikinsel, von der aus Japans Drohnenverbände aufstiegen, um den Pazifik rund um Nippon zu kontrollieren.

Er wollte es kaum glauben und überschlug die Koordinaten erneut. Aber die Beschriftung der Insel blieb. *Iojima. Das kann nicht sein. Ich …*

Ein lautes Hupen und die dröhnenden Kollisionswarnungen ließen Trent in letzter Sekunde reagieren und den Schlepper mit einem raschen Schwenk nach Steuerbord und voller Kraft voraus einem Zusammenstoß mit einem Containerfrachter entgehen.

Die *Ashaii* kränkte zur Seite, schaufelte Wasser über das Deck und ließ es laut gegen die Scheiben der Brücke prasseln.

Neneko hielt sich mühsam fest, ihr Gesicht hatte sich leicht grünlich verfärbt. »Machen Sie nur so weiter, und ich übergebe mich unentwegt.« Sie hing das Mikrofon in die Halterung. »Es geht klar. Die Hafenaufsicht schluckte es. Aber verderben Sie es nicht mit Ihrer seltsamen Fahrweise.«

»Kommt nicht wieder vor.« Trent nickte zur Seekarte. »Der Abholpunkt für uns liegt am westlichen Zipfel auf Iojima.«

»Aber da ist eine Militärbasis!«

»Das weiß ich.«

Die Priesterin fluchte. »Das kann was werden.«

»Oder es ist eine Falle.«

Neneko machte ein nachdenkliches Gesicht. »Und das alles wegen der Sticks?«

»Ich wüsste keinen anderen Grund.«

»Was ist drauf?«

»Will ich gar nicht wissen.« Trent pochte sich gegen die Brust, wo er sie unter dem Stoff am Leib trug, und nahm den Schub zurück. Prompt schmerzte der Kratzer der Stichwunde. »Ernsthaft: Wenn das eine Falle ist, laufen wir geradewegs hinein.«

»Und den Kommunikator haben wir nicht mehr, um bei den Erpressern nachzufragen«, schloss sie an. »Verflucht. Also bleibt uns nichts anderes übrig, oder?«

Trent hätte am liebsten geschrien.

Denn Neneko hatte den Nagel auf den Kopf getroffen. Es gab keine Alternative, um seine Liebsten zu retten, Hinterhalt oder nicht. »Ich war nie gläubig, aber komme ich heil aus dem Ganzen raus, werde ich Gott dafür danken.«

»Danken Sie lieber den Ahnen. Damit machen Sie nie etwas falsch.« Sie setzte sich auf einen festgeschraubten Stuhl, zog die Beine an und schloss die Augen. »Ich bete. Um den Beistand der Geister der See zu rufen. Es wird nichts schaden.«

»Wird es nicht.« Trent steigerte die Leistung der Turbine wieder. *Ich nehme alles, was ich kriegen kann.*

Die *Ashaii* zog ziemlich in der Mitte der Bucht davon und steuerte auf den breiten Ausgang zu.

Noch immer arbeiteten die Bergungsschiffe, teils mit menschlicher Besatzung, teils komplett automatisiert und nur von einer Person mittels Tabletcomputer überwacht. Drohnen mit großen Scheinwerfern schwebten an einigen Stellen über dem Meer, Kabel, Stahltaue und Greifvorrichtungen stocherten im dunklen Wasser. Vereinzelt glomm der Pazifik von innen, wo sich Tauchboote und Unterwasservehikel mit starkem Licht bessere Sicht verschafften.

Ihr eigener Schlepper hatte das Ende der Bucht beinahe schon erreicht, als Trent nochmals einen Blick auf die Karte warf – und seinen Fehler erkannte.

Iojima Island! Nicht *Iwojima.* »Neneko! Scheiße, ich habe mich geirrt! Es ist eine Ferieninsel! Die mit den schönsten Stränden Nagasakis. Es ist nicht die Basis. Die liegt weiter im Pazifik!« Laut lachte er seine Erleichterung hinaus. »Die schreiben sich unterschiedlich. Das wird einfach! Haben Sie mich gehört? Es wird einfacher, als wir …«

Zwischen den entgegenkommenden Schiffen mogelte sich plötzlich ein schlankes Schnellboot elegant hindurch – und hielt genau auf die *Ashaii* zu. Die starken Richtstrahler auf dem Vorderdeck flammten auf und hüllten die Brücke ein, an der oberen Seite erwachten rot-blaue Signallampen rotierend zum Leben, und eine Sirene jaulte warnend auf.

»Verdammt!« Trent duckte sich leicht hinter den Rahmen weg, damit ihn die Helligkeit nicht erfasste. »Neneko! Schnell! Sie müssen …«

Doch die schwarzhaarige Frau rührte sich nicht. Versunken in ihre stumme Anrufung oder ihr Gebet, oder was immer sie als Shinto-Priesterin tat, verharrte sie in ihrem lautlosen Tun.

Dafür knackte erneut der Funk. Die Aufforderungen waren eindeutig und sogar für Trent leicht zu verstehen. »Schlepper *Ashaii,* halten Sie an und drehen Sie bei. Oder wir eröffnen das Feuer. Wir wissen, dass das Boot unrechtmäßig gekapert ist. Sie haben fünf Sekunden, die Maschinen abzuschalten.«

Trent geriet in Panik.

In um das eigene Leben fürchtende, vollkommen lähmende Panik – und so verstrichen in seiner Lähmung die gewährten fünf Sekunden.

Die erste Detonation am Bug verfolgte Trent noch mit. Es sah spektakulär aus, als der Stahl von der explodierenden Rakete zerfetzt und anschließend in einem gleißenden Feuerball geschmolzen wurde.

Danach fegte ihn die Druckwelle mitsamt den Glassplittern aus sämtlichen Fenstern durch die offene Einstiegstür des Kommandostands. Pfropfengleich flog er hinaus und wirbelte dabei um die eigene Achse.

In Trents Flug zischte die zweite Rakete aus dem Schnellboot heran, krachte unter der Brücke in die *Ashaii* und löste eine zweite Explosion aus, die in schillernden Grün- und Violetttönen geschah.

Mit dem nächsten Zwinkern schlug Trent kopfüber in das dunkle Wasser der Bucht ein.

Und es war eisig kalt.

∞ ∞ ∞

»Wir begegnen einander,
nur um uns zu trennen.
Wir kommen und gehen
wie die weißen Wolken.«

Ryōkan aka Taigu (1758–1831)

∞ ∞ ∞

KAPITEL VI

Japanisches Kaiserreich, Provinz Nagasaki, Nagasaki

Trent öffnete die Augen, weil sie so sehr brannten, dass er es nicht mehr aushielt – und blickte in die Gesichter zweier japanischer Soldaten, die über ihn gebeugt standen. Sie trugen leichte, meeresblaue Vollpanzerung und die Abzeichen der kaiserlichen Kriegsmarine; ein dritter mit Sanitätsabzeichen am Oberarm kniete neben ihm und zog die Spritze aus der Vene.

»Ah, und schon sind Sie wach, Mister Lieblich«, sprach der rechte Mann auf Neo-Japanisch, dessen beeindruckend schnörkelreiches Abzeichen ihn als höheren Offizier auswies. Auf seinem Namensschild stand Nakamura.

»Bin ich wohl, Nakamura-san.« Langsam richtete er den Oberkörper auf und sah sich sitzend um. Er lag am befestigten Ufer der Bucht von Nagasaki, die Lichter der Stadt und ihrer Ausläufer flimmerten und glitzerten um ihn wie die Sterne über ihnen. Es roch nach Meer, nach frischem Grün und Algen. An der natürlichen Anlegestelle dümpelte das schwer bewaffnete Schnellboot.

Um ihn herum standen fünf weitere Gepanzerte, zwei hielten lange Maschinenpistolen auf ihn gerichtet, die anderen trugen lange Rail-Gewehre.

»Sie haben sich der Verhaftung widersetzt, Mister Lieblich. Als gefährlicher Mitwisser einer Mörderin und gesuchter Verbrecher konnten wir keinerlei Risiko eingehen. Am Ende hätten Sie einen terroristischen Anschlag begangen.« Nakamura gab ein Zeichen, und zwei Marinesoldaten zerrten Trent auf die Beine. »Schade, dass Sie überlebt haben. Jetzt wird es komplizierter als geplant.«

»Terrorismus? Nein, niemals im Leben! Ich schwöre, dass ich keine Ahnung habe, was Hohenburg beabsichtigte. Oder was sie dem Otona antat.«

Nakamura verzog verwundert das Gesicht. »Ich rede nicht von Ihrer Kapitänin, Mister Lieblich.«

»Nein? Aber ich …«

»Die Priesterin, die Sie begleiteten.«

»Neneko? Die soll eine Terroristin sein? Sie … sie ist doch eine religiös Verfolgte«, wehrte er sich gegen die Unterstellung. »Sie müssen sich irren! Wir …«

Die Ohrfeige mit der behandschuhten Rechten erfolgte viel zu schnell, als nur im Ansatz eine Abwehrbewegung machen zu können. Der Offizier hatte fest zugeschlagen, die Zähne rissen die Innenseite der Wangen auf.

»Sie haben sich der Verschwörung schuldig gemacht, Mister Lieblich. Und des Geheimnisverrats, der Spionage und weiterer Delikte. Darauf steht die mehrfache Todesstrafe.« Nakamura öffnete die andere Hand, in der sich die begehrten Sticks befanden. »Wie konnten Sie nur? Selbst ihr Gaijins solltet mehr Anstand haben.«

»Ich verstehe nichts davon, Nakamura-san!«, stieß Trent verzweifelt aus. »Ich … ich bin der Schiffs-ITler der *MS Fugger*. Mehr nicht. Und dann ging diese Scheiße los.«

Der Offizier kniff die Augen leicht zusammen. »Sie wissen nichts über Kaiko-Roku?«

»Nein! Das höre ich zum ersten Mal.«

Nakamura lachte ungläubig auf. »Haben Sie überhaupt eine Vorstellung, in *was* Sie geraten sind? *Was* Sie unterstützt haben?«

»Ich habe nichts unterstützt.« Trent seufzte und berichtete dem Offizier in aller Kürze, was nach dem Mord am Otona geschehen und was ihm widerfahren war. »Suchen Sie nach den Resten des Kommunikators in der Müllpresse. Ich weiß, wo das war. Das sollte Ihnen Beweis genug sein«, endete er niedergeschlagen. »Diese Erpresser werden jetzt meine Familie umbringen.« Er nickte zu den Datenträgern hin. »Weil ich ihnen *die* nicht übergebe.« Ihm war nach Heulen und Schreien, aber ihm fehlten die Kräfte. Das Mittel, das man ihm gespritzt hatte, machte zwar wach, doch gab keine Energie zurück. Verzweiflung durchflutete ihn.

Nakamura hatte aufmerksam zugehört. »So seltsam Ihre Geschichte ist, Mister Lieblich, so wahr könnte sie sein. Ich werde den Geheimdienst unverzüglich in Kenntnis setzen und das Gerät suchen lassen, von dem Sie sprachen.«

Trent sah zwischen den Soldaten und dem Offizier hin und her. »Was ist Kaiko-Roku?« Übersetzt bedeutete das Wort in etwa *Erinnerung.* »Was hat Neneko damit zu tun gehabt? Und was ist auf den Sticks, die Hohenburg dabeihatte? Kann der blinde Passagier etwas damit zu tun haben, den die …«

»Ich denke nicht, dass ich das mit Ihnen …«, setzte Nakamura an.

Der Rest des Satzes verging in der gewaltigen Detonation, mit der das kantige Schnellboot in der Mitte zerrissen wurde. Die Besatzung flog brennend und schreiend meterweit durch die Luft, blubbernd versanken die flammenden Wrackteile in der Bucht.

Die Meeresoberfläche fing durch ausgetretene Motorflüssigkeiten Feuer und beleuchtete einen aus dem Wasser stapfenden, humanoiden Umriss, fünf Meter hoch und äußerst beeindruckend. Die Lohen enthüllten eine verchromte, übergroße Samurai-Rüstung mit einschüchternder Maske, hinter der ein roter Strich in den Augenöffnungen glühte. Katana und Wakizashi waren an der Hüfte befestigt, auf dem Rücken ragte der Griff einer Feuerwaffe empor.

Scheiße. Ein Anblick, wie ihn Trent aus vielen Animes, Mangas oder Beat-'em-up-Spielen in ähnlicher Weise kannte. Durch die Bekanntheit verlor er nichts von seiner Furcht einflößenden Bedrohlichkeit. Erschrocken wollte er flüchten, aber die Marinesoldaten hielten ihn fest.

»Kaiko-Roku«, stieß Nakamura entsetzt aus und riss seine Maschinenpistole aus dem Beinholster; parallel dazu aktivierte er die Wärmebildvorrichtung der aufgesetzten Zielerfassung. »Sie ist hier! Sie muss irgendwo hier sein! Sucht die Priesterin oder …«

Der riesige Chromsamurai zog sein langes Katana und führte erste Probeschläge, während er an Land stapfte. Wasser spritzte glitzernd um seine Stiefel auf. Die Waffe surrte, die Schneide leuchtete dunkelrot wie erhitzt und zog glimmende Bahnen in der Luft.

Spielend leicht zerteilte die zuckende Klinge zwei der Soldaten, die bis zur letzten Sekunde aus langen Rail-Gewehren nach dem Angreifer schossen. Die ultrahochbeschleunigten Geschosse prallten mit hörbarem Klirren von der Rüstung ab, ohne Schaden an der blank glänzenden Hülle anzurichten. In Hälften geschlagen, fielen die Leichen nieder, Blut und Gedärme ergossen sich auf den Strand.

»Sucht sie!«, schrie Nakamura und schwenkte den Lauf und damit die aufgesetzte Wärmeerfassung seiner MP über die Umgebung. »Wir dürfen die Priesterin nicht …«

Der titanische Chromsamurai schleuderte sein Katana nach dem Offizier.

Die schräge Spitze bohrte sich bis zum Heft in seinen Rücken und trat vorne aus, rammte sich in den Sand und stützte den sterbenden Mann. Seine Finger öffneten sich, die Datenträger fielen in den Sand.

Zischend verbrannten dessen leichte Panzerung und das Fleisch darunter. Rauchschwaden stiegen aus dem weit geöffneten Mund, das Katana hielt den Offizier aufrecht. Schließlich ging Nakamura in Flammen auf; vereinzelt zuckten Flämmchen aus Stellen in der Rüstung.

Trent wurde losgelassen und verfolgte das grausame Schauspiel vor sich, ohne die Augen abwenden zu können und zu begreifen, was sich um ihn herum auf dem Strand tat. Das Rattern und Pfeifen der Waffen, mit denen die verbliebenen Soldaten den fünf Meter hohen Chromsamurai zu stoppen versuchten, vernahm er leise und gedämpft, die Schreie der Getroffenen wurden zu einem Säuseln. Das Bildnis des verbrennenden Nakamura fraß sich in seinen Verstand und würde sich nicht mehr daraus lösen.

Erst das schrille Dauersirren riss Trent aus seiner Starre. Erschöpft brach er auf die Knie und wandte den Kopf zu dem überstarken Angreifer.

Der metallische Riesenkrieger hielt eine Mini-Gun in der rechten Hand und bestrich den Strand mit einer Dauersalve aus Leuchtspurgeschossen, die gerade, feurige Linien in die Dunkelheit zogen und die Soldaten durchstanzten. Sand spritzte in Fontänenbahnen auf, die Luft füllte sich mit Blutströpfchen.

Als der letzte Gegner fiel, hakte er die Schnellfeuerkanone ruhig auf eine Halterung im Rücken und griff sich sein im Sand steckendes Katana, schüttelte die verschmurgelten Reste Nakamuras ab.

Die dämonische Fratzenmaske richtete sich auf Trent, der rote Strich verblasste und wandelte sich zu strahlendem Weiß. Mit dem Langschwert in der Linken und schräg vor sich haltend, die Schneide nach unten, harrte der Chromsamurai aus.

»Was …?« Trent begriff nicht, warum er verschont wurde.

»Lieblich!«, erklang Nenekos Stimme aus der Dunkelheit. Schritte näherten sich reibend durch den Sand, bis die Priesterin in den Lichtschein des Feuers trat. Wasser rann aus ihrer Kleidung. »Sind Sie verletzt?«

»Kommen Sie nicht näher! Dieses Roboterding …«

Neneko lachte und sammelte die Sticks ein, die der Offizier vor seinem Tod losgelassen hatte. Hastig steckte sie die Datenträger ein. »Er gehorcht mir.«

»Aber …« Akute Überforderung befiel Trent. Er verstand *gar nichts* mehr. »Sie lenken ihn?«

»Es ist kein Roboter. Jedenfalls nicht sein Verstand. Es ist Keiko-Roku.« Neneko half ihm, auf die Füße zu kommen. »Los! Wir können es immer noch schaffen.«

»*Was* schaffen?« Das Gefühl, völlig überfordert zu sein, legte sich nicht.

»Ihre Familie zu retten.« Neneko pochte auf die Tasche, in die sie die Datenträger gesteckt hatte. »Wir müssen zum Treffpunkt. Sie wissen, wo.«

Trent betrachtete den verchromten Samurai. »Was ist Keiko-Roku? Und wie kamen Sie so schnell an dieses Ding?«

»Dafür haben wir nicht die Zeit. Denken Sie an Ihre Liebsten.«

»Doch. Ich muss wissen, weswegen ich gejagt werde.« Trent sah sie an. »Und ich will wissen, ob Sie eine Terroristin sind.«

Neneko lachte auf. »*Das* hat Ihnen der Idiot gesagt?«

»Ja. Und er klang sehr ehrlich.«

Die Heiterkeit schwand. »Ich habe nicht gelogen, als ich von einer religiösen Verfolgung sprach.« Sie deutete auf den regungslosen Chromsamurai, der zu einer großen, schimmernden Statue geworden war. »Ich arbeitete mit einem Unternehmen zusammen, das nach neuen Wegen zur Steuerung von Kampfmaschinen suchte. Ohne KI und

Programmierungen. Die Verschmelzung von Technologie und Glaube erschien ihnen der rechte Weg.«

»Weswegen Sie als Shinto-Priesterin rekrutiert wurden.«

»Nicht allein. Wir sind ein Dutzend gewesen. Einige von uns kamen bei Experimenten für Kaiko-Roku ums Leben.« Neneko deutete auf die Maschine. »Darin steckt eine uralte Ahnenseele. Eine Erinnerung an längst vergangene Zeiten.«

»*Deswegen* der Projektname!«

»Wir riefen die Seelen treuer Samurai, um ihnen neue Gestalt und neue Möglichkeiten für den ehrenvollen Kampf gegen die Feinde Nippons zu geben. Für den Tennō. Für unser Volk.« Stolz nickte sie dem Chromkrieger zu. »Sie werden verstehen, dass nicht alle so dachten. Die Seelen sollten ihren Frieden behalten dürfen, haben einige nach Beginn der Experimente verlangt. Die Seelen haben gelitten.«

»Man wollte Kaiko-Roku stoppen.«

»Man *hat* es gestoppt. Aber nicht, um den Seelen etwas Gutes zu tun. Sondern um Nippon schwach zu machen. Die Feinde Japans lauern im Innern und sind nicht an einem starken Kaiserreich interessiert«, sprach sie mit Abscheu. »Diese Feinde sind nur aufzuhalten, wenn wir sie bezwingen. Aber allein vermag ich es nicht.«

Trent hatte aufmerksam zugehört. »Sie gehen mit der Ahnenseele und den Aufzeichnungen zu jenen Leuten, die meine Familie haben«, fügte er das Puzzle zusammen.

»Ja. Hohenburg hatte den Auftrag, mich und meine Maschinenseele an Bord der *MS Fugger* zu nehmen. Der Chromsamurai war in einem Container verborgen, alles hätte funktioniert«, fasste Neneko zusammen.

»Wer war der Spion im Tarnanzug, der am Tag unserer Ankunft von der Hafenbehörde entdeckt wurde?«

»Das weiß ich nicht. Vielleicht ein ausländischer Geheimdienst, der von Hohenburgs Plänen erfahren hat.« Neneko deutete auf die Maschinenseele. »Aber die angekündigte Sonderprüfung des Otona hätte den Schmuggel auffliegen lassen. Also hat die Kapitänin improvisiert, wie es vereinbart war. Es ging nicht anders.«

Wie brachial und rücksichtslos. Langsam ergab sich für Trent ein passendes Bild. »Sie wollten den Container des Samurai von Agenten bergen und wegschaffen lassen.«

»Genau. Ich wusste, dass Sie die Koordinaten für das Treffen besaßen. Ich habe nur noch meine versunkene Maschinenseele gebraucht. Aber die Werft wurde überfallen, und die Agenten sind dabei ums Leben gekommen. Und wieder musste ich improvisieren.« Zufrieden sah sie über den Strand voller Leichen. »Auch das habe ich gelöst. Meine Meditation auf dem Boot hat mich den Samurai finden lassen.«

»Sie wollen die Technologie an einen ausländischen Geheimdienst verkaufen, um – was?« Trent zeigte auf den silbern schimmernden Roboter. »Mehr davon zu bauen? Mehr Ahnenseelen zu bannen und sie einzusperren und Japan anzugreifen?«

»Die *Feinde* des Kaiserreichs anzugreifen, die in Nippon leben«, verbesserte Neneko und lächelte. »Sie haben damit nichts zu schaffen, Mister Lieblich. Bringen Sie mich zum Treffpunkt, und Sie kehren zu Ihren unversehrten Liebsten zurück. Geld wird sicherlich auch dabei herausspringen. Und ein neuer Job. Alles andere ist nicht mehr Ihre Sorge.«

Trent sah sich um, die Blicke glitten über die toten Marinesoldaten. Lange würde es nicht mehr dauern, bis die Vernichtung des Boots bemerkt worden war und die Verstärkung anrückte. »Folgen die Ahnenseelen freiwillig, oder zwingen Sie die Samurai dazu? Sie sprachen vorhin von Leid.«

»Es ist nicht Ihre Sache, Gaijin.« Neneko verlor deutlich die Freundlichkeit.

»Ist die Seele frei, sobald Sie sterben?«

»Es sind Samurai, die für ihren Tennō kämpfen wollen. Alles andere ist nicht von Belang.« Auffordernd versetzte sie ihm einen Stoß. »Los. Oder Ihre Familie wird draufgehen. Und Sie auch.«

Trent zögerte. Die Verschmelzung von Ahnenseelen und Technologie konnte niemals im Sinne des Shintoismus sein. In keiner Religion. Es verstieß gegen sämtliche moralischen Konventionen, die Toten auszunutzen. *Der Geist in der Maschine in einer anderen Bedeutung.* »Draufgehen wie Sie. Und die Maschinenseele«, konterte er. »Ohne die genauen Koordinaten sind Sie aufgeschmissen. Irgendwann sind es zu viele Gegner für Sie und den Chromsamurai.« Zu gern hätte er die Übergabe der verachtenswerten Technologie verhindert. Welches Land diese Innovation auch immer in die Finger bekam – es erwuchs nichts Gutes daraus. Vielleicht sogar ein Angriff auf Japan, auch wenn die Priesterin es für sich ausschloss.

Doch für Trent stand zu viel auf dem Spiel. Er konnte seine Familie nicht aufgeben und dem Tod überlassen. »Wir brauchen ein Boot oder ein Schiff.« Er sah zum fünf Meter hohen, verchromten Samurai, der gewiss Tonnen wog. »Es muss groß genug sein, damit es nicht absäuft.«

»Das wird sich finden.« Neneko war erleichtert. »Sehr gut. Ich danke Ihnen. Und Sie sollen wissen, dass es nicht meine Idee war, Ihre Familie zu kidnappen und als Druckmittel zu benutzen. Das bedauere ich sehr, Mister Lieblich.«

Trent sah sie verächtlich an. »Das können Sie sich sparen.«

Neneko setzte zu einer Erwiderung an, aber es kam lediglich ein schwaches Seufzen über die leicht geöffneten Lippen. Der Blick blieb auf ihn gerichtet, die Pupillen weiteten sich – und trübten sich brechend. In der nächsten Sekunde fiel sie in sich zusammen und lag im Sand. In ihrem Nacken steckte ein Blasrohrpfeil, das gefiederte schwarze Ende wehte im lauen Wind.

Shit, was bedeutet das nun wieder? Trent richtete den Blick erschrocken auf den riesigen Samurai. »Nein! Ich … ich war das nicht!«, stammelte er und hob beide Arme. »Bitte, nein!«

Mit einem lauten, elektronisch verzerrten Geräusch sprang das Weiß hinter der Maske in einen roten Strich um. Die gepanzerte Hand mit dem langen Katana erhob sich zum Schlag, die Schneide glomm in große Hitze auf.

Unvermittelt erklomm ein langer dunkler Schemen den Samurai geschickt und arbeitete sich in Sprüngen hinauf zum behelmten Kopf, rammte etwas in den Nacken und sprang sofort hinab, um ins Meer einzutauchen.

Gleichzeitig detonierte die Panzerung der Maschinenseele, der Helm und große Teile des Chromschädels wurden zerrissen und in Metallstückchen zersprengt. Aus dem Genick schlugen lange elektrisch blaue Blitze, welche die Umgebung erhellten.

Der fünf Meter große Gegner stolperte unter der Explosionskraft zur Seite, aber er war nicht besiegt. Aus den offenen Stellen im Schädel waberte roter Nebel, umgab den glänzenden Kopf und die mehrfach gerissene Dämonenmaske mit einer Blutkorona. Suchend und überlegend wandte sich der Samurai nach rechts und links.

Er ist sich nicht sicher, was er tun soll. »Du bist frei, Samurai«, rief ihm Trent in einer Eingebung auf Neo-Japanisch zu. »Die Priesterin, die dich eingefangen und belogen hat, ist tot. Dein Gefängnis ist gesprengt und steht offen, Ahnenseele. Du kannst diese Maschine verlassen. Es gibt keinen mehr, der dir Befehle erteilt.«

Das wabernde Rot im Schädel wechselte zu hellem Weiß und schwächte sich ab, wurde zu einer Gloriole – und löste sich auf.

Gleich darauf stürzte der erstarrte Chromsamurai nach vorne um und grub sich durch sein Gewicht dumpf rumpelnd neben der Priesterin in den Strand.

Noch bevor Trent durchatmen konnte, spürte er eine Klinge an seiner Kehle. Eine Hand langte in seine schwarzen Haare, um den Hals nach hinten zu überstrecken.

»Du hast Glück, Gaijin«, raunte ein Mann. »Wäre ich nicht rechtzeitig gekommen, um eure Unterhaltung zu hören, ginge es für dich anders weiter.«

Trent wagte sich nicht zu rühren. Damit war das Rätsel gelöst, wer den Pfeil in Nenekos Nacken geschossen hatte.

»Die Dinge liegen jetzt ein wenig anders.« Der Mann lachte leise. »Du trägst zwar die Kleidung eines Ninjas, aber es fehlen dir einige wichtige Dinge. Aber dass du mir die Ahnenseele vom Leib gehalten hast, rechne ich dir hoch an.« Das Messer wurde stärker in seine Haut gedrückt. »Wenn ich dich gleich loslasse und nicht töte, befolgst du brav meine Anweisungen, Gaijin?«

Japanisches Kaiserreich, Provinz Nagasaki, Iojima Island

Einsam wanderte Trent den steinigen Strand entlang, an dem der Übergabeort laut den genauen Koordinaten liegen sollte. Die Hoodiekapuze hatte er gegen den Wind und Entdeckung fest zusammengezogen, damit man sein Gesicht nicht erkannte.

Die Touristeninsel mit den Badestränden und Parks auf der etwas raueren Westseite war kaum besucht. Die Japanerinnen und Japaner lagen lieber an den weichen Sandstränden im Osten. Außer ihm gab es noch ein paar Individualisten und verliebte Pärchen, die etwas ungelenk über die großen und kleinen Steine liefen. In seiner rechten Tasche trug er die verlangten Sticks, die er benötigte, um seiner Familie die Freiheit zu verschaffen.

Wie wollen sie hier mit einem Schiff an Land gehen? Das wird bemerkt. Trent hielt sich eine Hand über die Augen und suchte den Horizont ab. Erst als es in seiner Nähe plätscherte, drehte er sich und blickte nach links.

Mehrere unerschrockene Schwimmerinnen und Schwimmer, teils in Neoprenanzügen, teils in kurzen Hosen, tauchten aus dem Pazifik auf. Lachend und scherzend kamen sie an Land, hielten Schwämme, Harpunen und erlegte Fische.

Trent seufzte. *Und wenn ich zu spät bin?* Die Unwissenheit und Ungeduld ließen ihn halb wahnsinnig werden. Langsam wich er den gut gelaunten Sportlerinnen und Sportlern aus.

»Sie haben die Datenträger, Mister Lieblich?«, sprach ihn einer der Taucher auf die Entfernung an, der seine entspannte Harpune lässig geschultert hielt.

Trent sah den Asiaten an, musterte ihn und seine Begleitung. *Die sind meine Kontaktleute?*

»Jemand sandte mich, damit ich etwas von Ihnen bekomme. Und dann gebe ich das Signal, woraufhin man Ihre Familie gehen lassen wird«, erklärte der Mann.

»Ich dachte, Sie nehmen mich mit?«

»Davon weiß ich nichts. Das müssten Sie mit demjenigen klären, der den Deal mit Ihnen ausgehandelt hat.«

»Wie soll ich denn in Japan überleben? Oder rauskommen?«, begehrte Trent auf.

Der Taucher zeigte nach Westen. »Wenn Sie lange genug durchhalten, können Sie ja schwimmen. Russland ist nicht so weit weg.«

»Und Sie?«

»Wir haben ein getarntes U-Boot. So gut wie unsichtbar für Standardsonar. Und gute Ausrüstung.« Er sah sich um. »Die Priesterin ist Ihnen nicht zufällig begegnet?«

»Doch. Aber das Militär hat sie aufgehalten.«

»Was ist mit der Erfindung?«

»Zerstört. Hat gedauert, bis die Maschine vernichtet war, aber irgendwann machte es *boom.*« Trent fand es schäbig, dass man ihn ohne Anzeichen von Reue oder Bedauern hängen ließ. Dabei verwunderte es ihn nicht einmal mehr. Oder dass man Neneko gewiss mitgenommen hätte. »Das U-Boot muss ja ganz schön groß sein, wenn Sie diesen Samurai hätten einladen wollen.«

Der Taucher zuckte mit den Achseln und wollte nicht mehr reden. »Die Sticks.« Er hielt die Hand auf und legte die Harpune auf den Boden, zog den Reißverschluss des Anzugs etwas nach unten, um ein Prüfgerät herauszuziehen.

Trent reichte sie ihm. »Der Funkspruch?«

»Gleich, Mister Lieblich.« Nacheinander checkte er den Inhalt der Datenträger. »Sieht gut aus für Ihre Familie.« Er gab einer Taucherin ein Zeichen.

Sie zückte daraufhin einen ähnlichen Kommunikator, wie ihn Hohenburg genutzt hatte. Rasch tippte sie eine Nachricht und verstaute das Gerät erneut.

»So. Damit müssen Sie sich keine Sorgen mehr um Ihre Liebsten machen. Die Auftragskiller sind soeben abgezogen worden«, eröffnete ihm der Taucher und gab die Sticks in eine wasserdichte Hülle. »Wenn Sie mich nach einem Tipp fragen würden, Mister Lieblich: Legen Sie sich in der Nähe einer Touristenroute auf die Lauer, und mischen Sie sich in eine Gruppe. Das hat die besten Aussichten auf

Erfolg. Jemand wird Ihnen bestimmt aus Mitleid helfen.« Er nickte ihm zu und gab das Signal zum Aufbruch. »Ist nichts Persönliches. Müssen Sie verstehen.« Langsam hob er die Harpune vom Boden auf.

Blödes Arschloch! »Verstehe ich.« Trent schaute hinaus aufs Meer. »Aber wenigstens lebe ich noch.«

»Gute Einstellung.«

»Na ja. *Sie* haben ja nicht mehr lange.«

Der Taucher hielt im Gehen inne. »Was?«

»Der Befehl, den Ihre Begleiterin schickte, ging doch an das U-Boot.«

»Ja. Und?«

»Und das sendete den Befehl, meine Familie in Ruhe zu lassen, richtig?«

Der Taucher kam alarmiert auf Trent zu. »Was haben Sie getan?« Routiniert spannte er die Harpune. »Mister Lieblich, was haben Sie getan?«, schrie er aufgeregt.

Grell pfeifend schoss eine Rakete aus dem Himmel und tauchte senkrecht in den Pazifik ein, woraufhin sich keine Sekunde darauf die Oberfläche aufblähte, als wollte sich eine Seifenblase bilden und davonfliegen.

Stattdessen zerbarst die Halbkugel, und eine meterhohe Fontäne stieß himmelwärts, angefüllt mit erkennbaren Trümmern und Metallteilen. Die Wassermassen fielen zurück in die See, und schon endete der Spuk. Größere Wellen schwappten an den Strand.

Aufgeregt eilten die Touristen am Weg hin und her, es wurde gerufen und fotografiert.

»*Ich* habe nichts getan«, sprach Trent ruhig, ohne sich zu dem Taucher zu drehen. »Das hat jemand anderes erledigt.«

Als er keine Antwort bekam, wandte er sich zu den Agenten um.

Die Männer und Frauen lagen ausgestreckt im Sand, lautlos und schnell von jenem namenlosen schlaksigen Ninja getötet, der Trent geholfen hatte, zum Treffpunkt zu gelangen. Die Schnitt- und Stichwunden in den Kehlen und in der Brust verdeutlichten, wie der Unbekannte sie umgebracht hatte. Der kurze Moment der Ablenkung, für den die Rakete und die Detonation gesorgt hatten, reichte dem dünnen Schattenkrieger aus, sämtliche Feinde auszuschalten.

Um die Inselspitze kam ein leichter Kreuzer der kaiserlichen Kriegsmarine gefahren, von dem aus die Rakete abgefeuert worden war. Der kurze Funkimpuls der gesendeten Nachricht hatte ausgereicht, um dem Geschoss ein Ziel zu geben. Zwei Schnellboote flankierten das Schiff und hielten auf den Strand zu.

Trent wusste, dass sie kamen, um ihn festzunehmen. Weglaufen ergab keinerlei Sinn.

Der Ninja hatte ihm versprochen, dass man ihn für seine Verdienste nicht hinrichtete, auch wenn er ein Gaijin war. Denn: Er hatte verhindert, dass verabscheuenswerte Technologie in die Hände feindlicher Mächte gelangte, sowie eine Verräterin aufgehalten. Und eine Ahnenseele befreit, um ihr die Ruhe zurückzugeben, die sie verdiente.

In welches Gefängnis sie mich wohl stecken? Trent hob die Hände als Zeichen seiner Kapitulation. Er hoffte auf einen Ort inmitten von Natur. Nun durfte er doch noch etwas von dem Land sehen. *Mehr, als die meisten Touristen zu sehen bekommen.*

Der beruhigende Gedanke blieb: Seine Familie befand sich in Sicherheit. Mit dem Auftragsfiasko rund um die Sticks konnte Trent nicht in Verbindung gebracht werden, das japanische Militär hatte das U-Boot dank des Funkspruchs geortet. Tragisch. Oder dumm gelaufen. *Vielleicht darf ich sie einmal im Jahr über das Internet sprechen. Das wäre so schön.*

Die Schnellboote hatten den Strand erreicht. Unter dem Schutz der kreisend sichernden Geschütze ging ein halbes Dutzend Marinesoldaten an Land und eilte auf ihn zu.

Dieses Mal erschien kein Chromsamurai aus den Fluten, um die Boote zu zerstören. Projekt Kaiko-Roku blieb Geschichte.

Trent atmete ein letztes Mal in Freiheit tief ein und aus.

∞ ∞ ∞

»Ihre Rückseiten zeigen sie,
dann ihre Vorderseiten,
die fallenden Ahornblätter.«

Haiku (Todesgedicht)
von Ryōkan aka Taigu (1758–1831)

∞ ∞ ∞

KAPITEL VII

Japanisches Kaiserreich, Provinz Iga, Iga

Hattori Masanari saß in traditionellem Kimono und Hakama auf dünnen Bambusmatten, umgeben von seinen Anführerinnen und Anführern der ihm angeschlossenen Ninja-Clans unter dem Dach der offenen Versammlungshalle. Um ihn herum lag der wundervoll angelegte Garten. Die Männer und Frauen hatten Yukatas in verschiedenen Farben gewählt, die bestickten Gürtel setzten Akzente.

Der Wind brachte den sattgrünen Bambus zum Wanken und Reiben, leise plätscherte der Bach und begleitete das Zwitschern der Vögel. Der Garten, der seinesgleichen suchte, war von den Besten ihres Fachs angelegt worden, gewährte Ruhe und belebte gleichermaßen Körper und Geist.

Masanari blickte in die Runde. Die Unterredungen und Aussprachen der Clans hatten den gesamten Tag in Anspruch genommen. Die dringliche, wichtige Angelegenheit ließ eine schnellere Vorgehensweise nicht zu. »Wir sind uns einig?«

Laut erschallte das *hai* wie auf ein Kommando, die Verbeugung erfolgte unmittelbar danach.

»Dann wird Iga sämtliche Maßnahmen einleiten, die notwendig sind. Ich sende Nachricht, sobald wir beginnen.« Masanari deutete ebenfalls eine Verbeugung an. »Danke, dass ihr gekommen seid und zu einer Einigung gefunden habt.« Er erhob sich. »Eine gute Nachhausereise. Lang lebe Iga.«

»Lang lebe Iga! Banzai, banzai, banzai!«, erschallte es, und die Fäuste wurden dazu rhythmisch in die Luft gereckt. Danach löste sich die Versammlung geräuschlos auf.

Zurück blieben Masanari und Kojirō.

Sein langer, dünner Buchhalter, der als Einziger einen Maßanzug trug, griff nach der Teekanne und goss zuerst seinem Vorgesetzten von dem Sencha ein, danach sich. »Es war ein Glücksfall.«

»Ein absoluter Glücksfall. Auch wenn wir den Auftrag nicht zur vollen Zufriedenheit unseres unbekannten Kunden zu Ende geführt haben.« Masanari lächelte und zog die wertvollen Datenträger unter dem Kimono heraus, die ihm Kojirō überbracht hatte. »Die Analyse ist abgeschlossen. Wir konnten die Aufzeichnungen entschlüsseln.«

»Dann steht unserem eigenen Projekt Kaiko-Roku nichts entgegen!«

»Doch.«

»Was wäre das?«

»Die Verantwortung, Kojirō. *Unsere* Verantwortung.« Masanari trank vom Sencha-Grüntee. »Niemals würde ich eine Ahnenseele in ein solches Gefängnis zwingen. Wir«, er sah seinen Buchhalter streng an, »erschaffen keine beseelte Maschine. Keinen Geist in der Maschine.«

Kojirō verbeugte sich entschuldigend. »Vergib mir. Ich ließ mich hinreißen.«

»Es sei dir verziehen. Denk nicht, dass ich die Option nicht in Erwägung zog. Aber wir brauchen einen anderen Weg, diese Maschinen zu steuern.« Masanari genoss den Geschmack des Tees. »Denn wir werden Verwendung dafür haben. Fürchte ich.«

»Ich auch, Sensei.«

»Gibt es Neuigkeiten von unseren Freunden der Kriegsmarine?«

»Ja, Sensei. Sie sammelten die U-Boot-Reste aus dem Pazifik. Der Technik nach ein westlicher Geheimdienst. Mehr wollten sie nicht sagen. Aber sie bedanken sich erneut für unseren Tipp. Dank uns haben sie ein Tarn-U-Boot aufgebracht und können es studieren.«

»Zumindest das Wrack. Die Kriegsmarine hat eine Vorliebe für voreilige Zerstörung.«

»Ich kann es verstehen. Je nach Bewaffnung hätte es anders ausgehen können.«

»Der Gaijin?«

»Irgendwo in den Norden verfrachtet. Es interessierte mich nicht.« Kojirō betrachtete versonnen die Datenträger. »Kaiko-Roku. Das ist eine Verschmelzung, wie es sie noch nie gab.«

»Mach dir lieber Gedanken, was wir anstelle einer Ahnenseele einsetzen könnten«, erwiderte Masanari scharf. »Sollte der Tennō seinen Plan verfolgen, ein Abkommen mit den Powtankanern zu schließen und die Welt mit Waffengewalt zu bekehren, brauchen wir Feuerkraft, um zu ihm durchzudringen. Und ihn von seinem Vorhaben abzubringen, das Japans Ende bedeuten kann. Der Westen muss verstehen, wie falsch er handelt. Aber Gewalt wird nichts erreichen.«

»Die Menschen werden ihm folgen. Er ist der himmlische Tennō, gegen den wir uns stellen, anstatt ihm zu gehorchen.«

»Wir sind Schattenkrieger, keine befehlsgierigen Samurai oder um Aufmerksamkeit heischenden Ronin. Deswegen wird man uns brauchen. Um die Vernunft hochzuhalten. Iga muss das Bollwerk gegen verblendeten Wahn sein, an dem der Tennō erkranken könnte.«

»Beten wir zu den Ahnen, dass er sich besinnt, Sensei.«

»Auf Beten allein hat sich Iga niemals verlassen.« Masanari hob die Teeschale und verfolgte den aufsteigenden Dampf. »Auch ein Tennō kann sterben, Kojirō. Hoffen wir, dass es nicht dazu kommen muss.«

Die Männer tranken synchron einen kleinen Schluck und betrachteten schweigend den wiegenden, raschelnden Bambus.

DANKSAGUNG

Als Konrad mit der Grundidee zu diesem Roman zu mir kam, war ich sofort begeistert. Kolumbus hat auf den Sack bekommen, und das Land ist in der Hand der Ureinwohner geblieben – und in diesem Setting spielt dann eine Art CSI-Mystery-Crossover. Ich musste sofort an mein Lieblingsrollenspiel *Shadowrun* denken, in dessen Universum meine Waschbär-Schamanin viel Unsinn angestellt hat.

Deswegen danke ich als Erstes Konrad Hollenstein für die Grundidee. Und ich danke Holger Kliemannel für die schöne Hardcover-Ausgabe, die 2018 bei Edition Roter Drache erschienen ist.

Mein besonderer Dank geht an die Menschen, die mich bei diesem Projekt als Testlesende, Mutmachende und Brainstormende unterstützt haben: Anja Bagus, Yasmin Dreyer, Björn Gramatke, Markus Heitz, Florian Jung, Hanka Leo, Monika und Dieter Külper, Jan Rüther, Kassandra Schwämmle und Nicole Zöllner.

Ich widme den Roman dem verstorbenen Musiker Tom Petty (20.10.1950–02.10.2017), weil seine Musik, Songtexte und sein künstlerisches Wirken mir seit 25 Jahren eine große Inspiration sind. Das wird seine Musik auch immer bleiben. Deswegen bin ich 1994 für ein Jahr als Au-pair in die USA gegangen, und viele Beschreibungen von Bethesda und der Landschaft rund um den Potomac sind hier mit eingeflossen. Und so schließe ich diese Danksagung mit einem Tom-Petty-Zitat ab: »Do something you really like, and hopefully it pays the rent. As far as I'm concerned, that's success.« – Tom Petty

Lebt eure Träume, seid außergewöhnlich, habt Spaß.

Ich freue mich, wenn ihr mich online besucht und mir einen Kommentar zum Roman dalasst:

Homepage: www.briefgestoeber.de
Twitter: @sonja_ruether
Facebook: Sonja Rüther
Instagram: sonneruether

QUELLENNACHWEIS

Die Zitate von Ryōkan aka Taigu entstammen folgenden Quellen:

»Der Regen hat aufgehört« stammt aus: Eine Schale – ein Gewand. Zen-Gedichte von Meister Ryokan, Übers. Munish B. Schiekel. Verlag Werner Kristkeitz, Heidelberg: www.kristkeitz.de.

»Decken auf dem Gras« stammt von: https://de.wikipedia.org/wiki/Haiku.

»Ihre Rückseiten zeigen sie« stammt von: https://de.wikipedia.org/wiki/Ry%C5%8Dkan.

Die übrigen Gedichte sind erstmals im Jahr 1999 bei Herder in der Sammlung »Alle Dinge sind im Herzen. Poetische Zen-Weisheiten« des Autors Meister Ryokan erschienen. Die Rechte liegen beim Übersetzer Munish B. Schiekel.